魅丽文化 花火工作室

小蔷薇 上

小红杏 著

江苏凤凰文艺出版社
JIANGSU PHOENIX LITERATURE AND ART PUBLISHING, LTD

图书在版编目（CIP）数据

小蔷薇：全2册 / 小红杏著. -- 南京：江苏凤凰文艺出版社，2019.8
ISBN 978-7-5594-3949-9

Ⅰ. ①小… Ⅱ. ①小… Ⅲ. ①长篇小说 - 中国 - 当代
Ⅳ. ①I247.5

中国版本图书馆 CIP 数据核字 (2019) 第 158378 号

小蔷薇：全2册

小红杏 著

出 版 人 张在健
责任编辑 张 倩 王 青
特约编辑 丏小亥 王 潇
装帧设计 殷 舍 InChia
出版发行 江苏凤凰文艺出版社
南京市中央路 165 号，邮编：210009
网 址 http://www.jswenyi.com
印 刷 湖南新华精品印务有限公司
开 本 880mm × 1230mm 1/32
印 张 17.5
字 数 333 千字
版 次 2019 年 8 月第 1 版，2019 年 8 月第 1 次印刷
书 号 ISBN 978-7-5594-3949-9
定 价 69.80 元（全 2 册）

C O N T E N T S

目录

C O N T E N T S

目录

第一章

席越和他那个继妹的关系一直这么要好？

01

“一尺七，很好。”乔母将皮尺交到一侧的人手上，亲手替乔微系起礼服后面的绑带，“保持这个腰围，身材是女人终生的事业。”

交叉穿入的绑带被顺着方向逐一理顺，拉紧、打结，最后宛如一件艺术品。

乔微默不作声，收腹、挺直腰背。乔母退后两步欣赏完，这才慢条斯理地重新戴上手套，抬眸问她：“记住了吗？”

时间已临近傍晚，此时的乔微胃里除了晨起时喝的一杯咖啡，再没有其他东西，这会儿紧身的礼服一收腰，五脏六腑都开始抗议。她深吸一口气，长睫轻垂，眼神望向身侧，终于沉声应一句：“记住了。”

也许是裙子太紧，也有可能是室内暖气夹杂的香水与脂粉味让她难以喘息，好不容易打理完，乔微想先到走廊上去透气，才站起身，却又被叫住了。

“右耳侧的头发弧度不够漂亮，阿元，你帮她重新烫一下，卷儿别太散，瞧着不精神。”

造型师应声而动，乔微就这样被按回镜子前的化妆凳上，她烦闷地闭了闭眼，终于开口道：“妈妈，这又不是我生日，我晚上还要回学校，不用这样细致……”

“说的什么话？”乔母眉头轻皱，打断她，“你是我的脸面，就算只站那儿十分钟，派头排场也得给我摆足了。”

乔母收回视线，随着化妆师的笔尖在眉峰描画，眉头松开，神情重新归于平静。

“你这么大了，按道理这些事情已经不用我再手把手教，但我还是得告诉你，别想着往哪儿一躲就坐一整晚，跟在席越身边多听多看，那些人认识几个对你有好处。只有人脉是自己的，谁也说不准哪天会用上……”

乔微偏头看向窗外，葱白的十指下意识地在裙摆上乱挠，最后竟抠起了新做的半透粉指甲。乔母拍开她纠缠在一处的指尖，声音都冷下来几分：“你给我打起十二万分的精神，看好你自己的东西。有多少女人前赴后继想往他身上扑，你比我更清楚。”

乔微这次没作声，空气便凝滞下来。她从不觉得席越是能看得住的，再说，席越也不是谁的东西。说亲密点，他至多算她的兄长吧，抑或者叫继兄还更恰当些。

母女俩僵持间，造型师终于移开卷发棒，将整理好的发丝别到乔微耳后，侧开身，回头问：“乔董，您看这样行吗？”

话是问出口了，可造型师心里其实没什么底。母女俩的美貌一脉相承，乔微年轻，雪肤红唇，风仪更甚。她经常不知道该从哪里下手去雕琢修饰，才不至于让妆容失了她本真的样子。

直到等来身后妇人的微一颔首，阿元才悄然松了一口气，抬手摇晃两下瓶身，移开些许距离按压喷雾定型，从镜中端详自己的作品。

黑发烫卷后搭在她的肩头，每一根发丝的弧度都是精心打理的，细颈纤长，胸口白皙，礼服黑色的窄带勾勒出瘦削的蝴蝶骨。

少女一起身，星空裙便四下散落开，零星的细钻垂坠在裙褶里，行走间闪烁不定，朦胧又婉约，简直完美。然而女孩的一双眼睛自始至终漠不关心地看着窗外，菱唇紧抿，神情冷然，仿佛镜子里映出的是另外一个人。

晚秋凉，霜露重。

G 市的气温一连几日走低，暖气却将室内室外完全隔绝成两个世界。日头刚落，举办生日宴的大厅已经灯火通明。餐桌上摆着怒放的香槟玫瑰，花团锦簇，酒杯堆叠，角落里还有小型的弦乐队伴奏，厅中皆是名流往来。

只是乔微太瘦，穿得也单薄，即便开了暖气，又铺了地毯，寒意还是顺着她的小腿一个劲儿地往上爬。

真冷哪！她扶桌暗叹，不动声色地将裙摆下的踝关节活动了两圈，见不远处又来人了，只得站稳立定，嘴角扬起镜中练习过千百次的端庄弧度。

“微微，我一进厅就先看见你，姑娘长大了，俏生生的还真是水灵……”走近的妇人热情地与她寒暄。

乔微颔首，极力耐下性子与其客套了两句。

血液中流淌的东西大概是无法被磨灭的，乔微天性里便遗留了她那位音乐家生父的自由随性，即使经历乔母长久以来严苛的教养，还是数十年如一日地疲于应对这样的场合。好在未来得及多说几句，妇人便在人群中找到了今晚生日宴的主人公，笑着匆忙结束了话题，往席越的方向去了。

说起来，席越往年的生日宴都只是请几个朋友在一处小聚，像今年这样铺张正式，除开百日和周岁，怕还是头一次。目的倒也不难猜，席父在月初把环海百分之五的股份以低价转让给了儿子，未来席越将以环海董事的身份正式接手集团的部分事务。

这一信号也意味着席家的权利自此就要逐渐下放到年轻一代的手中。今天借着这个机会把大家聚在一处，一方面是宣告这消息，另一方面也是替席越拓展人脉搭个梯子、铺条路。

一时间，家里有适婚女儿的不可避免地都动了心思。席越是家中独子，门户大，家底厚，他本人更是聪慧早熟，身上半点不沾那些纨绔二代们的习气。这样得天独厚的条件，若有机会，谁不削尖了脑袋往前钻。也正因此，才有了事前乔母叮嘱乔微的那番话。只可惜，她恐怕注定要失望了。

乔微目送着那妇人远去，轻呼出一口气，正打算找个没人注意的角落安静地待会儿，谁料刚拎起裙摆，那边的席越忽地扔下身边的一众人，快步朝她走过来。

“你还没吃东西？”大概是一晚上说多了话，席越的声音有些低。

他平日并不喜欢戴领结，今天却系了个深蓝色的，头发一丝不苟地往后梳，嘴角挂着一贯的浅淡笑意。

“没有。”她移开视线，摇了摇头。

席越心中明了，目光自她收紧的礼服腰线处移开，侧身倒了半杯果汁，把一碟甜点推到乔微跟前。

没有犹豫，乔微继续摇头：“吃下去礼服该穿不了了。”

这次，他直接捏了块点心递到她的唇畔：“吃吧，我一会儿叫王妈帮你把背后的绑带松一松。”

乔微避无可避，又担心僵持久了被人瞧见，只得微启唇齿，就着他的手敷衍地咬了一口。

乳酪蛋糕上的小红莓嚼碎在舌尖，带点开胃的涩酸。

席越个子高，是道天然的屏障，往乔微跟前一站，众人只猜他们在说话，倒是瞧不清他们的动作。

不过两个人郎才女貌，挨一处站久了，望在旁人眼中，便品出了点其他意思。

“席越和他那个继妹的关系一直这么要好？”人群中有人好奇地低声询问。

“从前还真没注意。”有人接过话头揣测道，“但是这些年两人同住一个屋檐下，朝夕相处的，我瞧着……”

“真有点什么，也不必大惊小怪吧？反正长辈们没领证，两个小的就算恋爱结婚也不犯法呀。”

“那这么一来，两家倒彻底绑到一块了？”

……

乔微听不见这些议论，但她对旁人的视线一向敏感得很。第一口蛋糕还没咽下肚，她忽地觉得浑身不自在起来，推开席越的手，四下张望。果然，这一看她便看到了不远处另一双漆黑的眼睛正盯着这边。

窗边的角落光线不明，这也是乔微之前没发现那里有人的原因。男人的右手正懒洋洋地插在裤兜里，半倚在窗台上斜坐着，身形颀长，辨不清五官。不管他是从什么时候开始待在那儿的，总之，从那个角度看过来，肯定已经把席越喂她吃蛋糕的动作尽收眼底。

似是在回应乔微的注视，暗淡的灯光里，男人的下巴微挑，冲她摊手以示无辜。

他是在笑吗？乔微皱眉，尚来不及深究那抹意味不明的笑意，身侧的席越忽地扬声招呼了一句。

“嘿，峭之！”

下一秒，男人应声而起，双手仍旧插在裤兜里，自角落缓缓踱过来，走进大厅欧式水晶灯璀璨的灯光下。他的身形像极了那些 T 台上的男模，遗世独立在所有纷纷扰扰之外。他头发修得很短，皮肤白皙光洁，眉目英挺，下巴也棱角分明。即便穿了整套正式的西服，他整个人看上去还是带着一种说不上来的散漫。

“真是好久不见了。”席越迎上前两步，伸手与他交握，寒暄了两句后，又介绍起身后的人。

“我妹妹乔微，你应该是第一次见。”

席越一侧身，乔微就这样完全暴露在来人的视线中。

“确实是第一次。”男人的目光在她面上落下片刻，终于伸出矜贵的手。

“你好，我是霍崤之。”

这个人，连声音也是懒洋洋的。说是握手，其实也不过是轻碰了下指尖，只触上一秒钟，乔微便飞快地把手收了回来。这样并不礼貌，但有钱难买她喜欢。

不过是喂了块蛋糕，既不是偷情，也没有激吻，男人在角落起身前那似笑非笑的嘴角始终不能令乔微释怀。就像此刻听好似婉转悠扬的伴奏乐声里，首席小提琴那根松掉的 E 弦一样。许是新换的琴弦易打滑，曲子才过半便开始跑音，每拉一句都梗在人心头，难受得紧。

席越无奈地笑了笑，到底没有说她，只迅速转移话题，重新与男子交谈起来。乔微则拎起裙摆，识趣地退到了一边。

霍崤之，虽是第一次谋面，但这个名字乔微其实曾听不少人提过，于她来说并不算陌生了。他的家族显赫，是 B 市出了名的二世祖，因着祖籍在 G 市，亲奶奶又在这边定居，从前他每年都会回来小住一段日子，后来听说他去了英国留学，这才不常回来了。

乔微十来岁还在循规蹈矩上初中的时候，人家已经呼朋引伴，飙车打架，把酒吧夜店当成家。就算这样，旁人再多的闲话也只敢在他身后议论，到了他跟前，还得恭敬、规矩地唤一声霍少。

因为两人差不多大，席越从前与他算是有些交情。但几年不见，这交情究竟还有几分，从席越与他交谈语气里的小心便可见一斑。

无论如何，这一切与乔微并没有关系。墙壁上的挂钟显示刚过十点钟，她便开始不停地看表。学校的门禁是十一点钟，从宅子里到学校要四十分钟的车程，如果二十分钟内再不动身，宿舍楼就该落锁了。

乔微特意挑了母亲被夫人们簇拥的时候上前道别，乔母不好当着众人的面多说什么，面色虽是微沉了沉，但也只能挥手放行。

一出大厅，空气清爽。乔微边走边伸手去扯腰后的绑带，连脚步都轻快起来。

02

从大厅通往房间的楼道一片幽暗，乔微没有开灯。她摸黑扶着墙脱掉高跟鞋，和裙摆一块拎在手里，然后疾步跑起来，听着离身后大厅的喧嚷与音乐声越来越远。也只有这时候，才不会有任何人将视线投放在她身上，关注她、打量她。事实上，乔微喜欢而且享受这一刻因为幽静而显得格外放肆自由的时光。

一回到房间，乔微反手将门上锁。背后的腰带已经扯开了，一松手，裙子便从身上落下来，她束起马尾，径直走向浴室，站在洗手台前卸妆。

水龙头哗哗流淌的热水冲在脸上，浑浊的彩妆随着热水排入下水管道，擦干净发际的水，她冰凉僵硬的面庞终于有了些许知觉。

洗过的毛衣和外套早已熨好，挂在衣架一侧，她用最快的速度穿好，伸手去拿关灯的遥控时，不防在床前的梳妆台镜子里看到了自己的样子。

失去妆容的乔微再没有了宴会上那样明艳红润的气色，淡粉的唇瓣几近发白，下巴也消瘦得厉害，头一低，便直接没入了大衣的领子。

饿了一整天，腹中隐隐的疼痛这时开始提醒她。在酸意翻涌上来之前，乔微拿上包，关掉灯，捂着腹部，疾步走出了房门。

日子离入冬并不远了，但席家庭院里的花园仍旧被打理得很漂亮，月季和海棠在寒风中竞相开放，空气里隐有暗香浮动，半点不见深秋的萧瑟破败之象。

送她回学校的车早已停在阶梯下等候，只是直待乔微走近时才发现，司机还蹲在驾驶室外打电话。

暗淡的路灯下隐约可见烟头橘色的光点，没注意到有人走过来，中年男人焦急微哑的嗓音就这样飘进她耳朵里。

“我这边还要送小姐去学校，最快两个小时才能赶得到……”男人的声音中难掩不安，“你先叫车，到了医院挂急诊，还有，给儿子拿块冰毛巾敷到额头上……”

乔微听到这儿，便礼貌地退了两步等着。直待司机将电话讲完，这才低声开口唤一声：“谭叔。”

“小姐！”男人猛地站起来，显然被吓了一跳。

“家里出什么事了吗？”

“也没有，就是小孩发高烧，孩子平时不常生病，他妈妈一个人在家慌了神……”

谭叔家的小孩大概五六岁，乔微上一次见过，小孩跟着他爸爸来的，身高刚及她的腰，虎头虎脑的，看着很是可爱。

“既然这样……”她沉吟片刻，又开口道，“那您今晚就先去医院吧。”

谭叔连连摆手道：“那不行，得先送您到学校去。”

“不妨事，我自己去就行。”乔微打断他，“车站不远，还有直达学校的公交车。”

顿了片刻，她又道：“我不会告诉妈妈的。孩子生病时，家人陪在身边会好些。”

也许是被乔微最后一句话说动，也许是对孩子的担忧冲昏了他的头脑，谭叔这会儿再也顾不上那么多规矩，连连冲乔微道谢后，把车移回车库，匆匆赶往医院去了。

乔微平日里不常乘公交车，但车站确实有直达学校的公交车，她只步行了十分钟便抵达了站台。

只是，她刚才劝人的时候，其实还有一句很关键的话没有说。学校十一点钟准点落锁，如今已经过了十点二十，就算按照市区规定的最高限速行驶，她也不可能在半个小时内抵达宿舍了，更遑论乘坐公交车。

空气又湿又冷，四下安静，乔微把头埋进领子里，呼出的暖气便又扑在脸颊上。乔微把书包往站台的长椅上一放，挨着包安静地坐下来。

时间很晚了，明早还有课。她发了会儿呆，最后从大衣口袋里抽出手机，按亮屏幕，打算在G大附近找家酒店对付一晚。

手机才解开锁，乔微便在信息栏发现了两条未读短信。

“乔微，学院的管弦乐团演出，朱教授也在。”

“1号音乐厅，我给你留票。”

收到的时间是下午五点零六分，那时乔微在烫头发。此刻距季圆给她发这两条消息已经过去了五个多钟头，也不知道好友是不是已经躺下睡了。好不容易焐热的手，在夜风里暴露几分钟便彻底失去了温度。乔微犹豫了两秒，按下了拨号键。

谁知电话一接通，那边便传来季圆含混不清的醉话：“微微？”

“我在。”乔微应道，皱眉站起来，“你喝酒了？”

“嗯，见到朱教授可开心呢，就喝了一点点。”

“你在哪里？”

“在咱们学校外面的烤肉店呢，我跟你说，他们家今晚的烤肉可好吃了，你吃什么，我回去帮你带……”

“坐那儿等着，别乱动就行，我马上过去。”

“好的！”

季圆立马像小学生一样坐正，高高兴兴地答应了，末了，又小声补充一句：“微微，你快点哦，我好像有点困了。”

公交车进站，乔微挂掉电话上车，路线是和G大截然相反的方向。

季圆喝醉酒忘了，乔微十五岁那年就已经从音乐附中退学，转入师大附中高中部。两人如今一个在音大弹钢琴，一个在G大学金融，念的早不再是同一所学校。

季圆不常喝酒，偶尔沾一点，醉后通常都很乖。果然，当乔微赶到烤肉店时，她还老老实实坐在原地，一见乔微进门，整张脸都扬起来，抬手招呼。

“乔微！”

烤肉店坐满了人，都是出来吃夜宵的学生们，店里的烟火气和油腻的肉味争先恐后地涌入鼻腔，拼命刺激着乔微本来就不太舒服的胃。

在公众场合，再多的不适乔微也不会露在脸上，强忍着干呕的欲望才把眉头抚平，应了季圆一声。

只是几句话过后，她才发现好友已经完全神志不清了，答话也前言不搭后语的，只有叫她名字的时候才特别顺溜。

“乔微？乔微！”

“蠢死了。”乔微低声骂完，季圆还是一个劲儿捧着脸冲她傻笑，她不解恨地用指尖狠狠戳了一下她因醉酒而酡红发烫的脸颊，三两下收好包挂在季圆的脖子上，这才疾步走向柜台结账。

“您好，一共是三百二十元。”收银的女孩埋头打单。

乔微之前本打算直接回学校，钱包里只有百来元现金不够付账，因此只能问道：“可以刷卡吗？”

女孩头也没抬道：“手机转账支付也行。”

乔微的手机是七八年前的老古董，哪里有这些功能，只得解释：“我的手机不支持这个，能刷卡吗？”

不支持转账？G 市好歹也是国际大都市，这人怎么像跟社会脱节了似的？女孩心想，又没忍住笑了一声，抬起头，待瞧清乔微的模样，眸中的揶揄这才敛住了，讪讪地回了一句：“刷卡也是可以的。”

乔微得到答复，低头从钱包里抽出卡。烧烤店喧嚷嘈杂的声响里，暖黄色的灯光下，黑金卡的颜色格外神秘。

收银员怔了一下，半晌才接过去。在 POS 机上按下金额时，她的指尖还有点颤。烤肉店不是什么高端的消费场合，这是她工作这么多年来头一次见到传闻中的黑金卡。那持卡的手细腻白嫩，对方根本不像是该出现在这样的路边小店的人。

也不知季圆喝了多少，才出烤肉店，夜风一吹，她便匆忙跑到马路边，抱着树干，头埋在花坛边吐了。

乔微拍着她的背，又从包里找出纸巾递过去。

季圆迟迟没有接，似乎是吐出来后猛地有了片刻的清醒，她忽然开口道："微微，今天的小提琴独奏是朱教授后来收的学生表演的呢……"

乔微怔了片刻，直接把纸巾塞到季圆手中，说："别想这些了，今晚好好睡一觉。"

"怎么能不想？"季圆像是被这一句话激怒了。

"你知道吗？我看着台上的时候，我……"她带着哭腔控诉，"我真的特别难受！"

"站在那里的该是你，如果是你，拉得该要比她好一百倍……"她的手攥在胸口，郁气憋得她无法喘息，"明明考进音乐附中那一年，你才是第一名，教授夸你是天才，所有人羡慕你的天赋，可是现在，谁也不记得你了……"

她和乔微一起长大，又一起进了音乐附中。做朋友，她们亲密无间；做搭档，她们心灵契合。那时候，她们甚至不用反复配合练习，只需彼此一个眼神便可以在众人面前合奏出让人惊喜的音乐。

"你为什么就不拉了呢？为什么就不拉了呢……"季圆说着说着就捂着脸在路边蹲下来低泣着，口中一遍又一遍无意义地重复着。

乔微愣在原地，僵着的手指无意识地动了动。如今的她，指尖做了精致的美甲，形状修长，指腹的茧子也早已消退得无影无踪，半点不像一双拉小提琴的手。

从懵懂不记事的幼时起，那十来年两万多小时的辛苦练琴时光，仿佛是一场了无痕迹的梦。

她已经记不清自己多少年没有再碰弦和弓了。五年？还是六年？总之，是从父亲离开那一年，母亲把她的小提琴砸掉的那一天开始。

03

季圆的父母跟随乐团尚在欧洲巡演未归，乔微打车把好友送到家扶上床时已经是深夜了，只得留下在客房将就着过了一夜。只是季圆家离她的学校还挺远，她第二天凌晨一早便动身，这才在上课前抵达教室。

早上的投资银行学是林教授的课，乔微抱着课本进门时，阶梯教室底下已经有黑压压一片人头。她下意识地往后寻觅空位，好在同寝的任秋莹马上抬手扬声唤她："乔微，这儿呢！"

大四的课程不多，学生们通常不是在准备考研便是忙着实习的事儿，也只有林教授的课才得见这样的盛况。她们寝室六人，其中四人已经挨着坐好，一整排只有任秋莹身边还剩个空位。

乔微笑了一下，颔首后，只身穿过拥挤的过道，在室友身边坐下来。一一回应来自前后排的招呼，末了，她才侧身朝任秋莹认真地道谢。

乔微的仪态仿佛刻在了骨头里，点头微笑都是与生俱来的礼情兼到。任秋莹故作恼了："这么点事都谢，我们一起住了这么久呢。"

乔微的嘴角漾开一抹笑。

因为家里的缘故，乔微其实并不常在学校的寝室住，与室友相处的时间甚至没有普通同学多，好在关系都还算和睦，但凡一起上的课，都有人替她占座。不管她们这样做的出发点是什么，但旁人的恩惠乔微一直记在心上。翻课本的工夫，她四下看了一圈，又想起来追问一句："律静还没来上课吗？"

"是啊，听说她递给学校的假条都过期了，辅导员打电话通知了她好几次也不见回来补假，现在的缺勤都算旷课，再这样下去，估计该被劝退了……"任秋莹说到这里，转而低声问起乔微，"微微，寝室里数你和她最合得来，她连你的电话也不接吗？”

乔微沉默了片刻，没回答。都说人如其名，乔微就没有见过比袁律静更自律上进的人。她的成绩在人才济济的金融系也算顶拔尖的，课业的出勤率一向是百分之百，大学四年连迟到都难得一见。只是她为人性子冷清，独来独往，在班里只和乔微能多说上几句话，课后的时间都往返在兼职地点与自习室。然而就是这样一个人，已经两个多月没来上学了。

袁律静是南方偏远小镇出来的姑娘，长相清秀。怀孕、堕胎……人性总不惮以大的恶意去揣测未知的事情，可系里那些四起的流言，乔微一个字也不信。纵然有着天差地别的家境，但两人性子能合到一块去，必然是有缘故的。毕业在即，若非不得已的原因，袁律静不可能旷课这么久，大学肄业便意味着她这些年来的努力都付诸东流了。

她有心帮她，可电话打过去永远是关机。思及此，乔微把笔卡在上次课讲到的那一页，微不可察地叹了一口气。

便是这几句话的工夫，教授进门，喧嚷的教室霎时安静下来。

林可深教授的课向来一座难求，他不仅是G大最年轻的终身教授，也是一流的学者。年轻有为倒也罢了，他还长得英俊儒雅，给学生授课从不照本宣科，而是深入浅出讲些切实的东西，坐底下听起来很有意思。

只是今天上课，教授并未像往常一般翻开讲义，而是先拿起粉笔在黑板上写下一道有关股权分置改革的论述题。

“合上课本，也千万别用手机搜索。”他扔下粉笔，低头看表，“给大家十五分钟时间组织语言，今天我想听到让人耳目一新的答案。”

教授平日里并不常做随堂测验，更别说还是这样明显超出本科教学范畴的问题。台下众人摸不着头脑，有大胆的便直接扬声问了：“老师，答好了有奖励吗？”

“当然有。”教授拍干净掌心的粉笔灰，温声道，“有位中信的朋友让我帮他物色两名合适的下属，大家不是正找实习单位吗？谁要是答好了，实习岗位也就有了。”

才听闻中信二字，台下便是一片哗然。能在中信投行总部这样国内顶级的投行实习，对他们这些本科学生来说是再宝贵不过的经历了，再有林教授的推荐加成，相较那些硕博求职者也有了一拼之力，若是实习结束后能留下来，那可真是一步登天了。

教授这样随性，今天没来上课的学生大概都得悔青肠子。可就算坐在台下，怎样才能答出让人耳目一新的答案呢？林以深教授出的这道题不在本科的教学范围内，也不能搜索相关资料，思考时间只有十五分钟，还得将组织语言的时间排除在外。

一时间，空气如同熬干水分的糖丝，悄然凝滞下来。谁都想抓住这个机会，可想把问题答好，很难。

两分钟过去，教室里大半的学生眼神空洞，都还是找不着思路的茫然状态。任秋莹咬了咬笔头，目光落到左手边的乔微身上。

窗外晨起微寒的阳光落在乔微的眼睫毛上，她正垂眸专心给自动铅笔装芯。按照乔微的习惯，她此刻大概已经找到了答题的切入点，打算在草稿纸上列出纲要。黑色笔芯细极，被那白皙纤瘦的手执着一整根没入笔尖，指尖一点也不见打战，少女的气质清朗沉静，仿佛快要把整间教室撑破的紧张氛围与她无关。

是了，以她的身份，又何必在乎一个中信实习的机会。可若站起来的人是她，必定是能把这题答得好极了吧。毕竟乔微就在那样的环境中长大，见闻广博，目光长远，远非她们这些普通学生能及的。

“微微。”

听闻身后有人在唤自己，乔微直起身微微偏头侧耳听。

“你打算从哪方面去答？”

这问题问得挺尴尬，大家心知肚明在座的每一位都是彼此的竞争对手，可此刻周边一群人都竖直了耳朵，若乔微什么也不说，又显得她小气爱计较。

思虑片刻，乔微还是吐出几个关键词。给了思路，划出范围，已经算仁至义尽，剩下的答题内容便全凭个人理解了。十五分钟时间一到，先前那个问教授答好有什么奖励的男生率先举手了。男生在系里也是个顶有名的人物，学委主席，向来有着拿到手软的奖状和全优奖学金。

他一站起来，下头便是一片唉声叹气。

乔微倒是没出声，认真听完了他的答案。男生的语速均匀，不急不缓，观点新颖，条理清晰，很有大局观，最重要的是，他的心理素质与综合素质极佳。

果然，男生发言才结束，教授便在文档里认真地记下了他的学号，又朝台下提示："还剩一个名额。"

机会转瞬即逝，又接连有十几人争先恐后地站起来，可直到最后一个人答题完毕，教授也只评了一句："不错，请坐。"任秋莹有些紧张，她下意识地朝身侧看了又看，见乔微还镇定地坐着，一咬牙，终于鼓足勇气起身。她刚开始答时还有些磕绊，到了后头便顺畅起来。可林教授明显对任秋莹说得磕绊的部分更感兴趣，不待她答完，又针对前面的论点拓展开来给出几个追问。

突如其来的问题叫任秋莹有些发蒙，她根本没来得及想这些，只能唇干舌燥地咽了口唾沫，硬着头皮继续往下答。

乔微才听几句，便不由得摇摇头，扔开手上的自动铅笔。

怎么解决市场供需失衡，如何对待股东利益冲突……

教授提到的问题，正是乔微刚刚没来得及在稿纸上列出来的部分，任秋莹看见了这稿纸。但纲要毕竟是纲要，她只知其一不知其二，是怎么都答不好的，若是乔微站起来，必定能说得更全面深入些，可惜这个观点已经被先一步亮出来，便也不新鲜了。

不出所料，任秋莹答完，教授也从一开始的兴奋变得平静，点头问了她的学号之后，又把期待的目光投向其他人。

看这意思……如果没有更好的出现，估计便定下她了。

任秋莹缓缓坐下来，紧张得手掌都开始冒汗，全部心神关注着身侧的动向，嗓子眼发干，一颗心忐忑得落不到实处，然而令人绝望的是，乔微还是站起来了。

音乐开发右脑，有时候乔微觉得自己十几年的小提琴到底没有白学，至少她的记忆、思考和创造能力确实较一般人更优秀些。

即使不能回答先前想好的内容，她也很快在最短的时间里切换了新思路，从旁人没有想到的另一角度去解析。不知道教室里谁的手机没关，乔微总感觉她才开口，周身便是此起彼伏的手机消息振动。可别的声响再怎么干扰，她也只能不动声色地将眉头抚平，看着教授发亮的眼睛，抛开杂念，继续往下讲。

那声音低回轻柔，如同流水潺潺，又暗夹着碰撞的冰凌，很有辨识度，且娓娓道来，让人听得舒服。

发言结束，教授果然笑着率先给她鼓了掌，最后将她的名字、学号、联系方式等一一登记在文档中。

“好了，第二个名额也有着落了。登记上的两位同学记得下周来我这里领取推荐表格……”林教授一边叮嘱，一边将白板上的题目擦干净，然后开始正式授课。

乔微跟着进度翻课本，再偏头时才瞧见任秋莹微红的眼睛。任秋莹平日里爱笑，在同学间人缘不错，这会儿几位室友皆在低声安慰她，还有拍她肩膀安抚的。

确实遗憾，有那么一瞬间，她和中信几乎只有一步之遥了。周边几道视线不住地往乔微身上飘。乔微懂得那些视线的含义，毕竟若不是生出她这个变数来，这个实习名额已经属于任秋莹的了。

大多数时候，人们的同情不论对错永远给弱势的一方。她们大抵觉得，这个名额对自己来说分明可有可无，却还是抢走了别人唯一的机会。

她沉静垂眸，将所有视线过滤在身后，心无旁骛地一行行写下笔记。旁人不能设身处地，自然永远不会知道，每一次机会对乔微来说有多重要。若有好机会，谁会愿意按部就班地过着别人替自己安排好的人生？倘若这一次她能进入国内首屈一指的投行历练，倘若乔母找不出正当理由阻止，怎么着她都要比现在更自由。

G 大金融专业是国内高校里当之无愧的前三名，乔微从一个艺术生转攻文化课，今天能坐在这里，靠的不是她从前引以为傲的音乐功底，而是师大附中三年的钝学累功。

乔母是个女强人，手腕与她与日俱增的掌控欲十分匹配。十五岁的乔微没办法决定自己学什么专业，但她从那时起就已经明白，无论今后踏上哪一条路，她能做的只有让自己走得更远，变得更强大。远到乔母没办法再掌控她，强到不至于再次被支配着放弃喜欢的一切。

04

上午的课程结束，任秋莹的情绪也终于平复下来。

教授宣布下课，同学们起身离席的当儿，教室喧嚷，乔微忽地听到旁边传来低低的一声“对不起”。这声道歉是什么含义，恐怕也只有她们彼此明白。尽管没能拿到名额，但任秋莹抢先把她的答案说出来是事实。

乔微的视线落在她身上两秒，到底没说出什么话，只将下巴微压，微微一颔首，这事便算揭过了。但心中羞愧和酸楚，想必也只得任秋莹自己品尝。

下午没课，来接乔微的车子已经停在学校北门。拒绝了大家一起去食堂的邀请，乔微缓缓收拾完课本，低头又开始拨律静的号码，可惜电话那端依旧是关机状态。

去洗手间的路上，同寝的林蕾小跑几步追上来，打招呼：“微微。”

“你怎么不和她们一起去吃饭？”乔微诧异道。

“我先去洗手间补个妆。”林蕾笑起来，拨了一下额前的空气刘海，问道，“律静的电话还是关机吗？”

“嗯。”乔微应道。

“哎……”林蕾犹豫了一下，“其实律静刚开始请假的那个星期，有一天，我好像在G大附属医院见过她来着。”

“医院？”

“对啊，我去肿瘤科看我奶奶，刚出电梯就看见她。我还想上去打招呼呢，谁知道一眨眼的工夫，人就不见了。”

“肿瘤科？”乔微关掉洗手台哗哗的水流，眉头微皱，“你没看错？”

“我一开始也想着是不是认错人了，可是她那老干部一样的穿衣风格挺出挑的，现在还有谁这么穿呀。”林蕾合上粉饼盒，说道，“也不知道她去医院看谁。”

“不过她也真够倒霉的，都要毕业了还被记个处分……”林蕾说到这儿，像是想起什么，偏头看乔微，“对了微微，上次学校组织毕业体检，报告出来了，老师让咱们自己登录网址查体检结果，这事我差点忘通知你了。”

乔微点头，表示自己记下了，正待要再问那天的细节，胸中一阵恶心感忽地泛上来，还未说出口的话便这样哽在咽喉里，彻底失去了发声的力气。

有那么一瞬间，她只觉得眼前发黑，脑袋里天旋地转，整个人也难以喘息。身体摇晃之前，乔微伸手紧紧地扣住了洗手台边缘，这才好歹维持住了平衡。

“怎么了？”林蕾分神瞧了她一眼，口红差点画出唇线边界。

“没事。”乔微艰难地答出两个字，定了定神，重新往脸上泼了一把入冬的凉水。

大抵是没吃早点低血糖的缘故，镜子里的人脸颊水汽未尽，唇瓣发白，到底有几分恹恹之色。擦干手上的水迹，乔微打算离开时，林蕾还在认真地描眼线，忽地，放置在洗手台上的手机接连振动了几下，大抵是室友们在食堂点好菜催她了。

乔微不喜窥探他人的隐私，只是林蕾的对话框本就没有关，听到声响后，她下意识地一瞥，便不小心在那聊天记录里瞧见了自己的名字。

“乔微这次确实有点过分……”

“都是一个寝室的，她想要找个更好的实习单位不是轻而易举的事吗？”

一瞬间，乔微恍然明白了她上课发言时周身此起彼伏的振动声来自何处。聊天记录里的头像都挺眼熟，对话框顶端群组名后缀显示有四人。不用深想，六人的寝室，那是其中四位又拉了一个群。

没再往下看，乔微收回了视线。室友们平日对她的态度都挺亲热，关心也无微不至。说是心底毫无波澜倒也不可能，只是有些失望罢了。毕竟打乔微出生那天起，便已经生活在这样的环境里。人心复杂，他们生而虚假伪善。两副面孔的人她见得多了，也已经习惯了。在这个世界上，能够抛开利益纠葛毫无保留全心全意对她，真挚且坦诚的人，数着五个手指头还绰绰有余。

看破而不戳破，她年少时便早早学会了不再为这样的事伤神。

乔微的手机老旧，还用着几年前的 2G 网络，因此一直等走到北门上了车，她才有空打开电脑。她正打算登录体检中心网站查询体检报告，乔母的电话就在这时候又打了过来。

“晚上七点半有个古典音乐会，你先回家，阿元等着给你做造型。”

乔微手抚上眉心，深吸一口气才让自己平静下来，语调平静地拒绝：“我以为你不会喜欢我听这些。”

“我不喜欢你听，你听得还少了？”

“我下午还有事。”

“什么事都先放一边，特殊时期，你知道环海现在的资金链有多紧张！”乔母压低声音警告道。

环海的新开发项目急需一大笔资金渡过难关，音乐会上大抵有什么了不得的投资人也去。也只有这个理由能解释乔母的急迫了，若不然她从前一向是闻古典乐色变的。

演奏需要被尊重，听音乐也须得虔诚，音乐大厅本是个沉心静气的地方，又成了这些商人你来我往、各怀心思过招的场合。

乔微挂掉电话，只觉得浑身都疲惫不堪。

“谭叔，掉头。”

“小姐，上林路不去了？”

风刮得人脸颊发疼，乔微将车窗重新升起来，声音里是一声微不可察的叹气。

“外公这会儿应该在午睡，我改天再去看他，回宅子吧。”

车子在路口处掉头驶上绕城高速。很快，行驶渐趋平稳，乔微在后座仰头闭眼，意识渐渐模糊，好不容易生出些睡意，窗外一声响亮的跑车轰鸣声将人惊醒，未来得及反应，她偏头便见一辆黑色的超跑呼啸着从窗外一掠而过。

声音还未远去，又有发动机的咆哮声自身后传来，她回头一看，飞驰的跑车还不止一辆。这段绕城高速新建不久，车不多，监控也没装全，也因此成了城中那群富二代们比车的场地。乔微先前只是有所耳闻，万万没想到今天叫她遇上了。

“这段路的最高限速是一百二十吧？”她开口问谭叔。

“是的，一百二十。”

乔微只沉吟回忆了片刻，便记起了挂在绕城高速入口处的违法举报电话，刚拿出手机按下两个数字，变故突生！车子就在这时传来剧烈震动。

她系了安全带却还是被震动晃得天旋地转，车子不知被什么力量推着持续往右侧栏杆偏移。

饶是谭叔开了几十年车，经验老到，都不禁慌了神，死命地握紧方向盘把握方向，持续轻踩踏板试图把车速降下，整辆车却依旧被惯性带着推送出去七八米远，轮胎在地面摩擦出一个惊险的甩尾，终于停住了。

乔微惊魂未定地松开扶手，朝驾驶座看去，司机头埋在方向盘上，握紧方向盘的手青筋毕露，还在不自觉地微颤着。

空气中弥漫着一股轮胎摩擦地面后焦煳的味道。

“谭叔，你还好吗？”

“我还好。”谭叔的声音沙哑，面上是遍布的汗迹，他转身问道，“小姐，您有没有哪里不舒服？”

“我没事。”乔微摇头，转头再往后看，就在不远处，一辆保险杠撞得稀巴烂的蓝色跑车停在原地，引擎盖正冒烟。

四目相对，驾驶座的人仓皇把头低了下去，那是个半大小子。

乔微还没从刚才的眩晕中缓过来，摇晃了两下脑袋定了定神，这才打开车门下车。谭叔去事故现场后面摆放警示标志，而乔微则一步一步走近跑车的驾驶座，站定，抬手敲车窗。

“下车！”

少年瑟缩了一下。

“开门，下车！”

就在刚才，她差点魂归西天，然而就算到了这一刻，乔微还是忍耐着维持了最大的涵养，仅仅是厉声让他下车来。

可少年不知是吓坏了还是完全没有面对她的勇气，对着手机低声说了一句什么后，就抱着方向盘，龟缩在驾驶座上不敢再动弹。

乔微简直要被他气笑了：“现在知道怕了，吃奶的孩子飙什么车？！”

人不下来，她也无可奈何，扬声朝不远处唤：“谭叔，给交管部门打电话，先报案。”

这句话一出口，少年慌忙打开车门，开口哀求：“对不起！姐姐，医疗费、修理费、精神损失费我都赔，多少都成，别报案，我们私了行不行？”

“别的不会，来这套倒是挺熟。”乔微不为所动，示意司机继续拨电话。

“等一下。”

谭叔闻声未来得及反应，手中拨号的手机便被人抽走了。黑色的机身在年轻男子光洁修长的手里转了两圈，关机黑屏后又扔回到谭叔怀里。乔微回头，这才发现，刚刚飞驰而去的跑车一溜停在不远处，少年的同伙不知何时都回来了。G市就这么大，人群中不乏几张熟面孔，而为首那位，他们昨晚才刚刚碰过面。

此人正是霍峤之，他身形颀长，一步步从远处走近，目光才落在她身上，便笑了起来，吊儿郎当地吹了声口哨。

“巧啊，又见面了。”他顿了半秒，偏头冲她打了声招呼。

此刻，他们之间的距离不过半米，他比她高一整个头。那公子哥儿的气质里仿佛天生带着难驯的痞气，无公害笑容的冲击力比昨晚在璀璨的水晶灯下还要更强烈。

当那漆黑漂亮的眼睛注视你时，你几乎要飘飘然了，生出你是他情人的错觉。乔微倒是很清醒。她心里清楚极了，男人的话音落下时那半秒的停顿，大概是因为他早已经把她的名字忘了个干净。

第二章

没错，就是你以为的那样

01

乔微没有心情笑，退后两步与他拉开距离，垂首看散落一地的碎片，忽地抬头反问："您觉得在这样的情况下碰面是件值得开心的事？"

她站得笔直，声音轻且语速缓慢，咬字清晰，语落时上扬的尾音仿佛一块掷出来的石子。

旁人尚且品不出意味之际，他已经颇为意外地眯起了眼睛，目光在她身上停了两秒，没说话，视线再往后移，声音立即沉下来："谁把这家伙带来的？"

他在责问身后的一干人，也极有可能是问给她听的。纵然平日嬉皮笑脸没个正经样儿，但若这混世魔王真沉了脸，一群纨绔里还没谁敢出大气。

气氛僵持半晌，还是那少年低声唤他："二哥，是我非要来的，一人做事一人当，不干他们的事。"

"哦？"霍峤之轻嗤道。

他懒洋洋地将手插进裤兜，嘴角的弧度若有似无，嘲笑道："既然这么仗义，那后果你也一并担了，自己的事自己处理吧。”说罢便转身要走。

“二哥！”少年疾走跟上，紧抱住他的小臂，就差哭出来了，“我错了！我错了！您可不能这么绝情，把我扔在这儿，要是被我妈知道了，是会死人的！”

“你有本事再把眼泪鼻涕抹我衣服上，也是会死人的。”

少年触电般松手，霍峤之嫌弃地把人挥开，这才重新转回身来。

超跑扭矩大，真正的公路上环境复杂，每次加速或躲避都能直接导致车子失控。但路宽车少，这么慢的速度，又在新高速没设减速障碍的情况下，徐西卜这小子还能把车开成这样，真是脸都被他丢到家了。

好在乔微的司机驾驶经验丰富，应急处理到位，前面的奔驰 S500 只是车屁股撞下去大块内陷，可见几道裂开的纹路。真论起来，少年的车更惨些，半个车头损毁冒烟，在霍峤之眼中已经是一堆废铁了。

他抬腿轻轻踢了两下跑车干瘪的前轮，歪着头说道：“修理、折损费全部由他负责，医疗精神损失费也都随便你们开，这家伙再道个歉，今天这事儿就算了了，成吗？”

按说霍家远在 B 市，山高皇帝远的应该鞭长莫及，但在这地界，恐怕还没人敢不卖这二世祖一个面子。原因无他，霍家树大根深，稍动一动，业内便地动山摇，谁都不愿意得罪他们。再者，G 市本就是霍峤之母家——徐氏船舶的大本营。霍峤之就算把 G 市的天捅破个洞来，恐怕也没人敢说半个不字。

这些乔微都知道，可方才性命悬在边缘的滋味她记得清清楚楚，一口硬气憋在胸腔里。她看不惯男人无所畏惧的样子，仿佛别人的安危在他眼中都比不上一场可以嬉闹的游戏。

毫无预兆，她忽地朝少年发问：“你还没成年吧？”

“可以把他的驾驶证给我看看吗？”没得到答案，乔微转而向少年跟前的人追问。

霍峭之抬头。

“身份证也行。”乔微继续说。

只是一瞬，周边所有人说话的声音停下了，场面一度寂静得可怕。霍峭之的手依旧漫不经心地放在裤兜里没动，然而他的眼神直到这一刻才算真正显得认真起来。

他漆黑的目光望进乔微的眼睛，似乎想深究她这样做的深意。环城高速架得很高，两侧都是山，冬天只余空荡荡的枝丫，有夹杂湿意的寒风穿谷呼啸而过，吹得人脸生疼。

“看来我没猜错。”乔微下车时没来得及套上大衣，她冷得牙齿发抖，却还是咬紧后槽牙挺直脊背，露出些许浅淡的笑容嘲弄，“不过你们解决事故的方式还真是如出一辙呢。”

依着席越对霍峭之的态度，倘若乔母知道今天的事，必定不会善了，甚至可能指着她的鼻子教训，但乔微绝不后悔。

她从父亲那儿遗传到的，除了自由随性，还有执拗。身处这个圈子，本不该带着一股子不合时宜的骨气，可若要她违背本心摧眉折腰，在乔微看来，同践踏自己的尊严没有任何区别。

“谭叔，打电话，有什么事让警察来秉公处理，我不喜欢私了。”乔微垂眸吩咐道，将衣摆收拢，手臂环住针织开衫，迈出步子打算回车上避风。只是她才走出两步，便被人抓住了手腕。

那桎梏的力道不重，带着迫人的温度，和她僵到失去知觉的手仿若冰火之别。

乔微仿佛沾上脏东西般厌恶地甩开那双手。

“劝就不必了，我不会改变主意，车坏了有保险公司。在交警给出事故认定书以后，我知道你们多的是办法。”

“没想劝。”

“那请问还有什么事？”

“席越的……继妹？”他松手，无辜地眨了下眼睛，又恢复了那副吊儿郎当的做派，“你的名字，我昨晚没太听清。”

“是吗？”乔微终于回头看他。

霍峤之的眼睛连带眉梢都像是带着几分情意，整个人像是太阳底下的植物那样肆意张扬。不需要瞧人眼色，顺风顺水被捧着长大的二世祖，大概很难学会顾及别人的感受，也明白不了怎样给予每个人尊重。

“反正我们毫无交集，就算告诉你，大概也很快就忘了。”乔微不再看他，迈开腿疾步往前走，“就当作这次也没听清好了。”

沉静的声音很快没入山风里。她转过身，只留下一抹高挑瘦削的背影，腰掐得细极。

“从前还不知道，席越这妹妹的脾气可真够倔的。”人群中有人压低声音感叹一句。

霍峤之的眉头微不可察地挑了一下。

“那咱们就这么等交警来？”有人问。

“不然呢？”霍峤之反问。

那人立刻没了声响，只剩徐西卜哭丧着脸说：“二哥！我这么信你，你不能这么对我，警察来了，我怎么办？”

“扣车、罚金、拘役，按流程来，你不会不知道吧？”

此话一出，徐西卜差点坐下来抱着他的大腿哭天抢地：“二哥！”

“没出息。”霍峤之嗤笑一声，脱口而出的话残忍无比，“以后再敢偷偷摸摸跟来，还是这个下场。”

其实徐西卜差两个月才满十六岁，说拘役不过是吓唬他罢了，只不过家里姑妈的一顿打是免不了的了，也让他长长记性，知道自己技术差就别碰车。

霍峤之恶意满满地拍了拍他的头，这才挥手叫众人散开，各回各家，各找各妈。

接下来乔微便没再下过车，把事全权交给了谭叔处理。待到交警赶赴现场，拍了照片，把超跑拖走，又等保险公司认定完相关事宜后，时间已经过去近两个钟头，在席家的造型师大概已经等很久了。

乔微疲乏地打了个哈欠，尽管车尾被撞坏了，但车还勉强能开，她打算先回家，话到嘴边，瞧见谭叔额头上浮起来肿胀的一块青紫时，又拐了个弯，说："去医院吧。"

大概是方才车子甩尾时头撞在了方向盘上。车祸后的许多症状并不一定是肉眼可见的，有什么问题一并检查了，也免得留下后遗症。

临近下班时间，医院已经不大挤了，谭叔拍了个加急的CT片，半小时便拿到了结果。

"就是有点青紫，颅内不见出血，没什么大碍的，我给你开盒药喷一喷，两三天就差不多好了。"老医生推了推眼镜，目光移到一侧的乔微身上。

"这姑娘是一块出车祸的吗？"

"是。"谭叔看了乔微一眼，点点头，"我们小姐当时坐在后排。"

"我看你脸色不大好，有没有哪里不舒服？要不要一块做个检查？"

事实上，乔微确实不大舒服。医院的消毒水味让她喘不过气，胃里隐隐坠疼，但这和车祸无关，乔微的胃病由来已久，家里开的药也有一堆。所以她只是摇摇头，笑了一下，礼貌地说："多谢，我没有哪里不舒服。"

医生本还要再开口，被乔微这样拒绝后，就不再多说什么。

02

她这边才到家，乔母的电话便又打了过来。

"乔微，你到底在做什么，教了你这么久，还没点时间观念吗？"她平静的声音里压着薄怒，"你看看现在几点了？"

从医院出来后依然不太舒服，乔微捂着腹部，换了左手拿电话。她把车祸一笔带过，垂眸轻描淡写地解释："路上车子出了点事故耽误了。"

“有没有受伤？”乔母的声音微不可察地上扬。

“没事。”

那边似是松了一口气，说：“那就把你自己收拾整齐现在赶过来，四十五分钟以内，我要看见你出现在音乐厅入口。”

“知道了。”乔微闭眼，沉声答道。

发型是不能做了，阿元只来得及给她扎个低马尾，用最快的时间化了个淡妆，薄铺细粉，淡扫蛾眉，唇瓣涂了一点淡粉。好在乔微天生丽质，气质矜贵沉静，怎样出现都不至于在人前失礼。

助手把搭配好的衣服捧来，晚礼服配皮草披肩。乔微看了一眼，便移开视线，说：“换套简单些的吧。”这套太晃眼睛，也太张扬了。

阿元的助手嗫嚅着没敢应，心知若是小姐穿得太朴素，乔董肯定又不满意。还是阿元抬起头来吩咐：“听小姐的。去衣帽间拿那件白色的套裙，搭浅蓝小山羊皮手袋，一会儿出门再穿件外套就不冷了。”

助手小跑着刚要走，又被阿元叫住，附耳说了几句。

乔微今天化妆不像平日那样安静，不时倾身，这个行业都是人精，阿元自然猜出她肚子不舒服，也许是小日子到了。暖手袋递到乔微手上时，她正在穿短靴，阿元便又往她外套里贴了几片暖宝宝。

这雇主畏冷，一到冬天四肢就跟冰块似的。

“谢谢。”乔微说。

“东西都不是我的，我也是借助理的花献佛。”阿元笑起来。

乔微还是抬头冲她笑了一下，笑完又觉得颇有些讽刺。哪怕外人都记得的事，她母亲是无论如何也记不起来的，或者说，就算记得也决不肯浪费时间去做。

乔微踩着点，堪堪在音乐会开始前抵达。部分听众已经入席，音乐大厅外这会儿颇为安静。

乔母才瞧清她的打扮，眉头便是微皱，只是到底没有说什么。

乔母抚平裙摆起身，挽上乔微的手，一边朝厅内缓缓齐步走着，一边压低声音跟她介绍今晚的来人："这个人你应当认识。"

"谁？"

"宋常惠。"

"宋老？"乔微颇为意外。

这个人她确实认识，在教科书上认识的。作为国内最早一批著名钢琴家、作曲家中的一个，这个名字对学音乐的人来说如雷贯耳。

"投资人那边油盐不进，不过我听闻他是个大孝子，那也只能从他身边攻破了。"

这么说来，宋老是大金主的母亲。

乔母似是真碰了壁，说到这儿眉头便皱起来："我们的座位就挨在一处，到时候你只需要说些她感兴趣的话题，同她搭话就好。借着这个契机认识了，剩下的我自己来。"

席越这小子那边的进度半点风声都不透，也不知道老家伙暗里帮了他多少。既然没人帮衬，她便自己想办法。这次的资金一旦成功注入项目，她便是最大的功臣，届时再提变更股权的事，便是董事会也拿不出搪塞的理由了。

她正畅想着，乔微却笑起来，嘲讽道："您真是高估我了，我哪里有这本事同人家搭话。"

"乔微。"她不悦地呵斥，"让你学这么多年音乐是白学的？再者，你连这点基本的交际手腕都没有？"

还真没有。乔微心想。她别过头不再说话，却又听乔母道："不行就把你父亲的名字搬出来，他早年任教时同老人家有过几分交情。"

此话一出，乔微嘴角讽刺的弧度僵住了，脚步缓缓停下来。

"你又耍什么小孩子脾气？"

“别再提我父亲的名字。”乔微的面上再没有了笑意。

你不配。乔微在心里说。

她将手从乔母的臂弯中抽出，快步朝前迈开，头也不回地将她甩在身后。

开场前，乔微对照票号在二楼靠前排找到了自己的位置。座位处在正中，是整体和声效果最好的位置。芝加哥交响乐团的演出，乔母还拿得到特定的票号，应该是费了一番工夫。

大厅里开了空调，听众席的灯光这时开始忽明忽暗地闪烁，演奏将在五分钟内开始。乔微摸索着放下座位，将外套搭在身后，刚坐稳，她忽然觉得周身十分不自在。她左右偏头看，这一看，便直直地撞入了一双漆黑的眼睛里。

见鬼！

乔微瞪大眼睛，这票不应该是在宋老身边吗？灯光恰又在这时亮起一瞬，男人似是觉得她的表情让人心情愉悦，偏顽劣地将手肘支在靠近她一侧的座位扶手上，两人的距离瞬间拉近。这样近的距离，乔微能清晰地瞧见他英挺的五官，皮肤白皙光洁，睫毛长得过分，眼波流转，眼角眉梢甚至能瞧出几分孩童般不谙世事的清澈来。只不过乔微很清楚，那些都是假象。因为下一秒，男人便整好以暇地扬起嘴角，懒洋洋地沉声笑道：“这样的场合碰见，确实比刚才开心多了。”

“真巧啊，席越的妹妹。”

也不知他话里究竟是有意还是无意，总之乔微的心被戳到了。恰巧乔母也在这时找到座位，放好手包在她身侧落座。

不巧，她就是目的不纯坐在这儿的。

灯光停闪，乔微的脸彻底在黑暗中烧起来。

“阿峤，是碰到认识的人了吗？”

“是呢，奶奶。”

乔微听到他压低声音回答。

近代音乐史课本上只讲了音乐家们年少时的历程与创作环境、音乐成就，却很少提及他们最后的归宿。宋老晚年深居简出，乔微竟不知道这样一位大音乐家是嫁入了豪门，自然更不会知道，她的孙子居然就是自己今天下午得罪过的那位二世祖。

乔母这时也侧身附耳问她："你刚才在和谁说话？"

身旁人的视线令乔微感觉如芒在背，她只坐直身子鼓掌，没有回答。

音乐会指挥上台，母亲接下来的话被淹没在整个音乐大厅的掌声里。

03

台上的指挥是当今世界水准最高的指挥大师之一，演奏是一流的演奏，就连音响效果也无可挑剔。乔微挺直脊背端坐，努力想让自己融入音乐中去，奈何事与愿违。她听过不计其数的音乐会，从来没有一场像今天一样让人觉得不自在。最重要的是，她没有主动离场的权利。

下午结下梁子，在她叫完交警、义正词严地说了"反正我们毫无交集"这样的话之后，不想转头便又和对方碰上。

尤其是这次碰面，还是乔母有求于人，费尽心机得来的机会。

乔微其实打一开始便没想过听母亲的吩咐办事。可尽管这样，出现在这个位子上本身便是一种不太美妙、窘迫尴尬至极的体验。她对霍峭之的了解仅源于外界一点零星的传闻，倘若他是个记仇的人、倘若这次项目资金落空……无论哪一点，要是乔母最后将原因归结到她得罪霍家人这事上来，这件事恐怕又不能善了了。

乔微在心里叹气，视线微移，却见罪魁祸首已经安静地靠在椅背上，眉眼垂着。音乐厅的过道对他来说太窄，一双长腿无处安放，只得别扭地敞开，修长的指节搭在膝盖那里，放松地跟着音乐打起了拍子。

开场奏的是柴可夫斯基的《胡桃夹子》组曲，这会儿已经进行到第六段，笨拙的大管紧紧地跟着轻快明亮的长笛奏响。圆号重奏，又以单簧管相呼应，小提琴中提琴划分六个声部，旋律如歌，华丽欢快，音色闪闪发亮又充满童趣。似是感觉到视线的关注，男人的睫毛动了动，乔微连忙在他掀开眼帘之前将视线移到大厅灯火明亮的正中央。

但愿他就一直这样安安静静到音乐会结束。

乔微这一端坐，便是近两个小时。不论乔母怎么示意，她打定了主意不开口，却万万没料到，到了中场休息时，宋老居然主动侧身，饶有兴趣地隔着霍峤之看她。

“阿峤，不向我介绍一下你的朋友吗？”宋老问的是霍峤之，目光却是落在她身上。

老人年轻时的黑发已有如严冬的霜雪落地，额头也爬上岁月的年轮，然而眼睛明亮，风姿不减，依稀可辨其年轻时姣好的容貌。此时此刻，乔微也终于将这张面孔与教科书上那位杰出的大音乐家的肖像重合起来。

“哦，是我一个朋友的妹妹。”霍峤之放下手机，抬头偏向乔微的那一侧，冲她挑了下眉梢，递过话头，示意她自己来说。老人也颇有耐心地等着。

“您好。”乔微心中暗骂一声，颔首行礼，终究还是接了他的话头，“我是乔微。”

“嗯，名字好听。”宋老点头赞了一句。霍峤之将这名字在舌尖过了一遍，补充道：“人也标致。”

老人闻言便笑起来，冲她道：“说起来，我还是头一次见我们阿峤跟女孩儿玩到一处呢，上幼儿园那会儿，女孩儿一看见他就吓得哭。”

“奶奶——”霍峤之拉长的调子像是在撒娇，眉头也不高兴地皱起来，“怎么一见面你就跟人说这个？”

“也算童年趣事啊，多可爱。”瞧见霍峤之的眉头仍旧没松开，老人又笑起来，“好吧，你不爱听，我不说就是了。”

乔微瞧得想笑。这二世祖在他奶奶面前和在外头完全是两副面孔，那身顽劣痞气硬是收敛得丁点不见。尽管外头把他传成个混世魔王的模样，但在人家奶奶的滤镜里，她的孙儿怕是这天底下最真诚，连姑娘的手都没牵过的纯善孩子。

“微微？”乔母轻柔地唤她一声。

乔母此时也终于从三人刚才的谈话中明白状况，乔微大概是因着席越的关系，早前便和霍家的公子哥儿认识。这下，音乐会才到一半，她们的进度条便直接走完了三分之二。席越这小子，总算也有不给她添堵的时候。

乔母笑起来，暗松了一口气。她本就是个长袖善舞的人物，借着乔微的机会，开口只三言两语便加入到他们的谈话中。作为一个浸淫商场多年的女人，乔母的交际能力不是一般的好。找出话题引起人的兴趣、燃起交谈欲望的同时，话里话外又不着痕迹地吹捧霍峭之几句。直接恭维老人倒还显得有几分虚情假意，可夸孩子，又有哪位家长是不爱听的呢？宋老当即兴致勃勃地与她谈论起来。

乔母一开一合的红唇每分每秒都刺激着乔微的神经，她最不愿见的事情发生了。她清楚自己的母亲是个怎样的人，为了达到目的无所不用其极。接下来，在没有谈资之后，为了拉近距离，她大概还会从音乐引出话题，假装提到她那位前夫的名字……

乔微就在这时霍地起身，突兀地打断了两端的交谈。

“去哪儿？”乔母压下眸中的风云骤变，低声问。

“洗手间。”乔微俯身，嘴角敷衍地翘了一下便落了回去，按下裙摆，抱起座位上的外套，从乔母跟前缓缓走远。

眼不见，心不烦。

长时间的端坐让乔微的肩膀、脊椎生疼，直到出了大厅，她反手捶打好几下才稍微舒服些，可一动身，腹部的痛感又重新上来了。

她走出几步，便额角发汗，吃力地扶住墙停下来。像是一把火烧在了五脏六腑，缠成乱麻的线团一松一紧，整个腹部时而翻腾绞疼，时而坠胀难受。

乔微不怕疼。约莫是十来岁的时候，她从台阶上摔下去，后脑划开一个大口子，缝了好多针，麻醉剂量不够，中途便失去效力，疼得眼睛都要鼓出来，她愣是没有哭。

在医院住了一夜，回家后，父亲便送了她一把新的成人琴作为奖励。乔微仍记得每一个细节，父亲一向把自己的仪容打理得干干净净，那天因为在医院守夜，他脸上的胡茬儿都没来得及剃，心疼地抚着她伤口的纱布，拍着她的背，声音温暖又好听："我们微微是个坚毅的孩子，以后无论走到哪里去，爸爸都不用担心你了。"

那把琴上的刻字是 Charlotte Elizabeth，乔微后来才知道，这是二十世纪一位勋爵女儿的名字。这把价值百万美元的提琴，就这样被父亲送给了他少不更事的女儿。

太疼了！这一瞬，愣是乔微格外耐疼，也疼得再难站起身，她脚下虚浮得似是踩在云端，飘在另外一重世界里。稍一动，她便觉得脚尖发软，失去平衡跌了下来。

父亲那天的笑容，她至今都没有看懂。可她知道他那句话错了，她其实不是个坚毅的孩子，她总是被生活逼迫着不得不坚毅起来。

她想爸爸。年少的岁月里，千百个夜晚梦回时，她多么盼望父亲能就站在床头笑着对她说一句："微微，起来练琴了。"可到她完全清醒的那一刻，才会恍然又记起，她父亲是不可能出现在席家花园般的大宅子里的。

思绪飞远，乔微的视线微有些恍惚，就在这时，视野里出现了一双黑色皮鞋。刚刚疼得厉害，她没听到脚步声，竟不知道什么时候有人过来了。

"需要帮忙吗？"对方白皙修长的手彬彬有礼地递下来，虎口有颗浅褐色的小痣。乔微瞧了他一眼，却没有伸手，仍旧扶着墙，依靠自己的力量站起来。

她的外套抱在手上，身体被包裹在与皮肤一样白的丝质裙子里，腰肢处还显得有些空荡。她鬓角的发丝有几根被汗水打湿，贴在脸颊，唇瓣上的粉色的口脂褪去，也不知用了多大的力气咬得发白，睫毛覆下阴影，恍若没看见他的手。

“不必，谢谢。”她径直从他身旁走过，只留下一个瘦极的背影，冷漠、矜持，瞧得霍峤之几乎要怀疑自己的判断了。

乔微走出几步，他忽地扬声问了一句：“你觉得今天的演奏水准如何？”

聪明人说话一点即透，乔微自然明白他没头没尾的一句不是在单纯问她芝加哥乐团的演奏水准。

脚步顿了片刻，她沉声道：“正如你以为的那样。”

这便是坦然承认了他的猜测。

奶奶对巧合不设防，霍峤之虽是个游手好闲的二世祖，却不是个傻白甜。女孩的鞋子在光洁的大理石地板上走动，细微的声响越来越远。她返回了音乐厅。

建筑外面漆黑一片，吸烟区的落地窗倒映出霍峤之此刻的样子。他难得穿了正式的马甲搭配西服，领口的衬衫放松地解开，领结也不知道掉到了哪个角落。他站直身子，懒洋洋地点燃一支烟，嘴角翘了一下，心想：除去模样，母女俩还真不像有血缘的关系。

灯光完全暗下来后便禁止交谈，接下来的这场第一首就演奏主要曲目。

两人再没有任何交流。直到十点半音乐会结束退场，霍峤之奶奶与乔母打招呼：“乔微这孩子安静，挺乖，有空带她来家里坐一坐。”

乔母哪有不应的，笑起来点头说好。

“再见。”霍峤之伸手，礼貌地微笑，唇畔的梨涡若隐若现。他真的享受了一整场无与伦比的视听盛宴。

“再见。”乔微伸手交握。她不同，她没有听过比今天感受更糟糕的音乐会。

触手的温度像一块冰。

乔母显然对今天的收获很满意，心情大好，回去的路上脸上一直带着笑意，又跟乔微念起那些重复了千百次的话。

很奇怪，她在董事局和这个继子半点也不对付，却还是千方百计想把女儿和他配到一处。大抵是觉得，只要女儿嫁进席家，她的成功与否，到底殊途同归了。

乔微没有力气听她絮絮叨叨说这些，她已经被之前发作的一场胃炎折腾得精疲力竭。她在楼下大厅就着一杯温水吞完药，正打算上楼时，席越刚好从公司回来。

“小姐，您的洗澡水好了——”阿姨的话刚说到一半，剩下的话便受少爷的示意吞回了肚里，她识趣地退出大厅。

“胃又难受了？”席越问。

“嗯。”乔微点头。大抵是感冒了，乔微的声音有些哑，带着鼻音，面色也白得叫人心疼。

席越放下公文包，俯身抬手，似是想摸摸她的额头，才一动，乔微便退开两步。席越的嘴角动了一下，最终放下手来，说：“抽时间让谭叔带你去做个检查吧，我给医院那边打个招呼，也不能总吃药，每天都得按时吃饭。”

“我知道。”乔微垂眸点头。

他私底下让厨房煲的养胃汤，她都已经喝了大半个月了，乔微放下杯子，拿上外套起身上楼。

席越步子大，迈开两步便轻易跟上她，说道：“我听说今天出了事故，你们的车和徐家那小子的车撞上了。”

“嗯，没什么大碍，车子已经返厂了。”乔微又走快了一些。

“有没有受伤？身上没有不舒服吧？”席越反复问。

“没有的。”乔微在自己的房间门前站定，抬头认真地看了他一眼。

他很早就发现，乔微的眼眸很干净，像是小时候玩的玻璃珠子，他喜欢得要命。

“我没事的，席越。”乔微又强调一遍。

“那……”他终于退后一步，“晚安。”

“晚安。”

乔微进去，便只余一声关门的轻响。席越在原地站定，像一尊雕塑，瞧着那门板许久没有动。如果他不问，今天的事她大概什么也不打算告诉他。他们之间的距离越来越远了，而且以不可挽回的趋势发展着。可席越分明还记得，上学那会儿，乔微每天和他同乘一辆车。高三的课业繁重，多半是她在等她，瞧见他从学校出来了，便甜甜地叫一声“哥哥”。那样的日子，在二十岁过后，不知哪一天开始便再也不得见了。

04

霍少爷从半岛酒店迁入新居的时候，正是冬天里难得的好天气。昨天大半夜才散场，他正打算舒舒服服地躺会儿，一大清早，三五个朋友便聚一起来了，说是要庆贺他的乔迁之喜。人都上门了，总不好把人赶回去，霍峭之只好找点事情做，有一搭没一搭地应着他们。

“哟，霍少爷，您这前后都是花园。”严坤前后晃悠一圈，调侃道，“还挺安静。”

确实，霍峭之买它可不就是因为安静。

“怎么着，不会是打算在G市常住了吧？”

“真没准儿。”霍峭之点点头，“B市最近挺烦的，吵得人耳根疼。”

“不过你还别说，这临时买的宅子没亏，环境确实好，而且空气清新。”林以深穿戴齐整地坐在游泳池边的藤椅上自己玩扑克，听到这句才出声附议。

“打住，你的审美跟我可是不一样的。”严坤连忙摆手，“瞧瞧那宅子里的雕花博古架、红木家具……也就只有你们这种退休老干部欣赏得来。”

买的时候，霍峭之倒真没好好看过环境，只不过因着酒店住腻了，恰好圈里有人问，他便买了。不是没地儿住，可甭管家里多宽敞，年轻人大多不爱和长辈住一块，作息时间不合拍，又多受管束，都爱另辟洞府。

此刻他认真一瞧，倒真是座让人惬意的好宅子。天空中的云很淡，阳光舒适，院前的小苍兰生长得极盛。隔壁也不知谁家的蔷薇爬满了整道铁栏栅，花期还没过，繁盛地伸过来几枝。许是G市沿海，冬天也不算太冷，又许是园丁打理得太好，大片蔷薇开在墙头，清新的气味在微寒的空气中弥散。

“东西都是宅子的前主人留下来的，不然谁要谁搬回去？我这儿没地儿放。”他边脱浴袍，边替自己的宅子辩护几句，“里头的构造倒还行，改改装修，凑合着能住。”

话音落下，不待人答，他扶上泳镜，一道标准的鱼跃扎入泳池里。泳池有加热系统，倒也不冷，只是瞧得严坤啧啧直叹。他眼红霍峭之腰上的侧肌很久了，健身房他也没少跑，怎么就练不出那人鱼线呢？想到这儿，他倒是又想起来一件事情。

待到霍峭之一口气游了几个来回，自水中探头时，严坤才又神秘兮兮地开口道：“霍大少，知道你的新邻居是谁吗？”

霍峭之兴致索然，趁坐上泳池边缘喘息的空儿，甩干净发梢的水滴，最后才慢条斯理地满足他的倾诉欲：“谁？”

“席家！”

这可才真是有点扫兴了，霍峭之想。

“按说我见过的漂亮妞不了少吧？但席家那继女才是真漂亮，那脸，那腰，那腿，是半点都挑不出毛病，气质也好，看不腻！”他绘声绘色地朝众人吹嘘。

“别是你眼皮子浅，哪有这么夸张？”有人不信，“圈子里顶漂亮的，哪个脸上没动过点手脚。”

“嘿，你还别激我。”严坤来了兴致，眉飞色舞道，“你们别看席越这小子成天道貌岸然、一本正经的，还不是惦记死了他妹妹。为这妹妹，连长辈那些事都不记恨了，不漂亮能这样？有机会你们自己走近点看，保证让人心旷神怡。”

严坤老爱瞎用词儿，不过今天这话霍峤之倒没什么异议。前几日音乐厅外面，乔微蹲地上抬头看他那一瞬，他是真切地被惊艳了一把。再往前撞车时候，他还冲她吹过口哨呢。霍峤之这么想着，撑地起来，打算回房冲澡。刚走出两步，他便又听严坤惋惜地感叹一句：“不过我差点忘了，咱们霍少喜欢丰腴的，真是白瞎了这近水楼台。”

他脚下踉跄，差点没走稳，转过头使足力气把浴巾扔过去，正中严坤的后脑勺。

严坤发蒙之际，霍峤之眼睛危险地眯起来盯着他，一字一句，声音发沉：“你还真敢提。”

严坤果然温顺地把嘴闭上了，转过身举双手作投降状：“行行行，霍少，我再提就让我下拔舌地狱！”

只是等霍峤之进浴室，他到底再也忍不住，捂着肚子笑起来，连端坐的林以深都没忍住，手里的扑克抖了两下。

旁人再好奇，严坤也只能摆着手忍住笑：“我可不想下拔舌地狱。”

霍峤之刚成年那会儿，兄弟们不想他再整天泡车坑里头，便费尽心思搜罗了一堆环肥燕瘦的女人，打算替他打开新世界的大门。偏他看了这个嫌丑，看了那个也嫌丑，最后不选不行的时候，才挑了个最胖的、以丰满有致著称的小明星。说是瘦的女人硌手，敢情他把女人当枕头了。谁知进门不到十分钟，那小明星便抱着衣服哭哭啼啼地跑出来控诉：“不带你们这么羞辱人的。”

就在众人以为十分钟这梗够笑一辈子的时候，忽然发现霍峭之连件衬衫都没脱，出门便把塞给他的避孕套摔在桌上，放言谁敢再提这事儿就跟谁绝交。

有好奇心重的，私底下再三打听才知道内情。那天包厢的灯光暗，女人往身上涂了美白的香粉，回房刚走近，就擦了霍少爷满衬衫，她用的不知是什么粉底，没一会儿便过敏长了密密麻麻的疹子。霍少爷的衬衫脏了本就心中不快，白炽灯一照，再瞧见她那脸，当即便被吓到了。这么多年，甭管怎么玩，就因着那天的心理阴影，旁人再怎么盛情邀请，霍大少爷都对那事儿敬谢不敏。说起来，倒是他们这几个兄弟成了罪人。

霍峭之冲完澡再出门，众人已经在大厅玩开了，开了电视，满桌扑克堆叠，又忙着倒香槟。他搬家带进来的东西不多，客厅里除了一架钢琴和几把吉他，其他都是前任主人留下的。众人很有默契，避开这些，什么都碰得。阳光挺好，他在阳台找了张椅子懒洋洋地躺下来，头发还没晒干，便听院子外门铃响了。

“什么？”乔微站在楼梯上，眉头紧紧地皱起来。

“夫人请了霍少来家里吃晚餐，一会儿就到。”厨房的阿姨又温声重复一遍，“她让小姐您别失礼，换了衣服再下楼。”

“怎么没人告诉我？无缘无故的，他怎么会来？”

“听老谭说，霍少是隔壁宅子的新主人，今天刚搬过来。”

乔微简直要爆炸了，她一直觉得，看谁不顺眼是因为自己的修养不够，可有的人还真是能让你的修养好不起来。

两家的宅子离这么近，低头不见抬头见的，更何况乔母心怀鬼胎，要是隔三岔五把人请来家里吃晚餐，那可才真是绝了。

那天晚上不愉快的场景，乔微直到现在还记忆犹新。

“阿姨，您帮我说一声，我明早还有课，得回学校去了。”乔微双手抓紧栏杆，打定主意不露面。

“这……”阿姨面露难色。

“微微，吃完晚餐就好。”席越挽着袖扣从房间出来，“一会儿我送你回学校。”

席越只知道车子出了事故，还不清楚霍峭之当时也在现场，乔微怼了霍峭之的事。

“我不想吃！”眼看着没了借口，乔微似是发狠一般扭过头转身回房。

席越却不知道她生的什么气，吩咐阿姨先去忙，自己又追上来敲门。

“微微——”他的声音沉静又无奈。

“我在换衣服！”乔微的声音从房间内传出来。

霍峭之被阿姨引着进餐厅，一眼先瞧见坐在下首的乔微。厅里暖黄的灯光氤氲，像是隔着一层纱，稍有些迷离。她大约是刚洗过澡，静坐在桌子另一端，黑色的长发吹干了柔顺地披在肩头，穿了条乳白色的棉布衬衫长裙，领子上系的一条红细带，衬上她嫣红的唇瓣，眼睫低垂，看起来格外乖巧漂亮。

席越的父亲亲自站起来迎他：“贤侄第一次登门，家里薄酒淡茶的……”

乔微抬头，恰好看见霍峭之朝她无辜地眨眼睛。她面无表情地端坐着，收回目光后，深深觉得他那目光里的色彩大抵是得意。

第三章 这下扯平了

01

席家宴请的晚餐规格隆重，霍峤之却只套了件黑卫衣便来了，连帽的系带在领口收了个结，外套搭在椅子一侧，连头发看起来都只是随手拨了拨，随意地散落在额前。

他的漫不经心与整座宅子格格不入。桌上的众人却恍若未见，或者说并不在意。

席越与霍峤之的话题多半是些他赴英国留学前的旧事，出乎乔微意料的是，连席越的父亲都比平日亲和许多，吃饭间，不着边际地与这贤侄聊了些关于 G 市的天气、新建的赛马场、高尔夫和游轮之类的话题……

大抵也清楚霍峤之是个纨绔子弟，他只讲些他爱听的。席间，他甚至亲自替霍峤之斟了半杯红酒。乔母坐在霍峤之对面，时不时把厨房新上的餐点往他跟前送一送，照顾得细致入微。仿佛整座宅子都在围着这个男人团团转。而霍峤之半点不谦让，显然已经习惯了这样被恭维环绕。

碗碟在笑谈中轻撞。

通常这样的场合，乔微是没有胃口的。她全程把自己当背景板，沉默着低头机械地进食，眼睛盯着腕上的表盘，看着仿佛停滞的分针，恍惚发起呆来。

七点一刻。只要熬到这个点，晚餐就差不多该结束了。

“微微？”旁人连唤几声，连乔母的腿都在桌子底下撞了她两下，乔微才回神。

“你席叔叔叫你呢。”乔母眉眼含笑。

席儒城倒也没在意她的失礼，偏头又对霍崤之笑道：“微微小提琴拉得很好，你们这些玩音乐的年轻人相处起来应该有许多共同话题。”

也许是觉得无聊，也许是厅里太闷，男人抬手拉开帽领的带子，视线漫不经心地移过来，落在她身上，转而便戏谑地笑道：“是吗？”

她的手指白皙修长，美甲上晶莹透粉的细钻在灯光的晕染下熠熠生辉。乔微默不作声地将指甲收回掌心。

“当然，她刚进音乐附中时，就是朱玉因教授亲自收下的……”

朱玉因教授是国内古典音乐的布道者，小提琴界的泰斗，能被教授主动收下，乔微的音乐造诣可见一斑。霍崤之在他奶奶的熏陶下长大，这些人应当没有不认识的。

果然，霍崤之挑眉道：“不错啊，朱教授也是我奶奶的好友，听说她不轻易收弟子的。”

其实乔微的生父单独拎出来也很有分量，不过餐桌上十分默契地谁也没想过要提这个人。旁人的谈资，对乔微来说每一秒都是凌迟。她放下筷子，筷枕被敲击发出清脆的轻响。贵客落筷之前，本不应该妄动的，乔微笑了一下。

“随便学着玩的，我好多年没拉过琴了，朱教授大概已经不记得我了。”她笑意浅淡，声音缓慢，眸子里像是一汪稠浓的墨，将数不清的复杂情绪织成一张细密的网，神情淡漠疏离。

“我玩的也不是严肃音乐。”霍峥之似是饱足了，往椅背上一靠，“跟我奶奶不一样，我更喜欢轻快俗气的。”

02

饭后，父子俩送客人出门。保姆们收拾着餐盘碗碟时，乔母把餐巾扔到桌上，当即便朝她发作。

“乔微，你最近是越来越放肆了。”这指的是刚才席上她落席儒城面子的事。

乔微往椅背上靠着，扭头看着窗子外边，轻笑一声：“我以为我已经足够温顺了。”

“你长大了，翅膀硬了，不服我管教了。”乔母皱眉许久，冷笑一声，“好，那你爸爸留给你的琴，你也别再指望拿回去，我这就去联系拍卖会……”

“你敢！”她当即坐直身子，转回头狠狠地盯着她，“那是我的东西，你没有资格那么做！”

她漆黑的眼眸里燃着一团火，几乎要把人焚烧干净。

“有没有资格，不是你说了算。”乔母恍若未见，甩手拂掉衣摆上不存在的灰尘，皱眉道，“如果你真想看着琴被别人拍走，大可以试试再和我对着干。”

乔微的拳头握紧，咬紧牙关冷声应她：“那我也不可能一辈子任你摆布。”

“那就乖乖听话直到你嫁出去的那一天为止。”乔母话音刚落便起身向餐厅外走去，只留下一声温柔的呼唤，“王妈，帮我倒杯花茶来。”

晚上席越送乔微返校。

他的车开得跟为人一样低调、稳当，乔微上车后，先发了半晌呆。车子拐上环城高速时，席越才提起了乔微毕业的事。乔母的意思是先安排乔微到环海实习，席越自然是赞同的，席儒城也随乔母的意见。

“到时候我找个耐心的人带你，每天学一点，不会很累……”席越温声和她说着。

车厢的密闭性很好，不仔细听都听不到窗外一掠而过的风声呼啸，偏头看出去，外面漆黑一片，偶尔才能远远看见城中零星的灯火。

乔微敷衍地听着，收回视线，百无聊赖地打开手机，里面的游戏是最古老的俄罗斯方块和贪吃蛇。

玩了一会儿，乔微便失去了兴趣，像是想起什么，他出声打断他：“iPad借我用一下。”

“后排的公文袋里，小心点拿。”席越一边说一边帮她按亮头顶的车灯。

昏暗的光线里，乔微坐稳，打开学校提供的体检结果查询网站。学校组织的毕业体检并不复杂，无非是身高、体重、眼科、血常规之类的，乔微看着看着，手指忽然顿住了。

“怎么了？”席越开着车偏头看了她一眼。

那些专业的东西乔微也看不懂，只是体检表最后的诊断意见不明，还通知她尽快复查。

“没事。”乔微抬头，在漆黑的车窗玻璃里看见了自己的影子。她关掉网页，清除浏览记录。

席越把乔微送到宿舍楼下的时候，又从后座上给她拿了一个天蓝色的小罐子。

“什么？”乔微没有立刻接。

“气泡糖，我记得你爱吃这个，前两天恰巧看见有人在卖。”席越解释。

乔微沉默片刻，腾开手，低头接过来，笑道：“这个你也记得啊。”

乔母觉得这些东西不健康，还令人发胖，是严禁她碰的。转身时，席越似乎听到她喉咙里发出一声微不可察的轻叹。她的背影在月色里很瘦，整个人被包裹在大衣里，还是显得很单薄。

风一动，黑发便跟着风舞动起来，拍得大衣飒飒作响。走到楼梯尽头时，她终于回头了，扬声冲他说了一句：“席越，你回去吧。”

在路灯的光晕里，她笑了一下。

乔微打开罐子，撕了一颗橘子味的糖放在嘴巴里，感受着气泡在口腔里升腾，酸甜味很刺激味蕾。这是久违的味道，像是小时候爸爸买的碳酸饮料的味道。乔微喜欢这个味道这么久，其实也并没有多好。但人就是有一种奇怪的心理，旁人越不让做的事，越想突破全世界的阻碍去做成。

打开柜子，她把糖罐子放进最里面。

其实，席越不是最开始便这样对她的，乔微记得自己刚跟着母亲到席家那会儿，他很讨厌她。毕竟母亲去世不到半年，父亲便续弦，任谁都对继母带来的女儿拿不出好脸色。但席越又是个聪明沉稳的人，他从来不将讨厌写在脸上，只是不与她说话，把她当空气，将冷暴力进行到底。

再后来，席越大抵发现乔微原来跟他是一样的可怜虫，便不难为她了。从一开始到现在，中间有段时间，他们其实要好过。只不过人都会长大，朝前走，便是一个破碎的过程，得把许多东西往后抛。所有纯粹的感情里一旦掺杂了其他东西，便再难清澈了，就像他们十七八岁时一样。乔微更愿意把那时候当成一次短暂的结盟。

同盟关系破裂，是在乔微高三要毕业那一年，席越在大学里交了一个女朋友。那女孩是世家出身，高挑美艳，最重要的是冰雪聪明。她第一次到席家来时，站在露台上看见了放学回来的乔微，回头便把席越支开去拿果汁了。那天露台的落地窗窗帘半散着，她穿了件修身的羊毛衫裙站在窗前，大衣抱在手上，背光回头，撩了一下长发，冲她笑了笑，然后问：“你就是席越的继妹吧？”接下来，她用始终温和的调子捍卫了主权，顺道拐弯抹角说出乔母打算把两人撮合成一对，但注定不会成功的。

乔母的想法在圈子里不是什么秘密，可对那时的乔微来说无异于骇浪惊涛，她从来没有想过乔母打的是这个主意，最后那句话更是让乔微在后来很长的一段时间里都无法坦然地面对席越。

“席越他会因为你们母女成为圈子里的笑柄。”那个女孩说。

当时乔微正对着窗，阳光戳得她眼睛很疼。

除了模样，乔微和她父亲像了个十成，清高、骄傲。她了解自己，她不可能做乔母所期待的事情，可那一瞬间，女生赤裸裸点明的那一刻，羞耻和狼狈还是令她颜面全失、无地自容。

后来，席越大三时便和那女孩分手了，家里问起原因，他说是性格不合。但乔微便是从那时候找到了自己的位置，谨慎地给自己画了一个圈，再不越及外面一步。

寝室夜谈，她们又说起了近三个月没见面的袁律静。

“你们说律静到底是出了什么事，不会是律静爸妈为了拿彩礼，逼着她嫁人了吧？”林蕾猜测，“不然怎么会连电话都打不通呢？”

“不一定，我听说那边女孩到了十五六岁就有嫁人的。”

“但律静好歹也是受过高等教育的人，怎么可能受他们摆布？”

“我那天还在医院肿瘤科见到律静，会不会是她的什么亲人病了，家里拿不出钱，就——”

“不会。”眼见众人越猜越离谱，乔微出声打断，“律静的爸妈很开明，不然也不会让她来G市上学。”

此话一出，寝室几人又静默下来。

半晌，又才有人低声说：“那律静到底是怎么了？都快期末了……”

好歹大家一起住了四年，她们都挂念着她。灯熄了后，乔微翻来覆去睡不着，想了半晌，从床上起身，踮着脚走到桌子前开了台灯，打开电脑。她记得袁律静有个亲弟弟，袁律静从前常跟她提起这个弟弟。袁律静家里清贫，为了供袁律静在G市上学，几乎花光了所有的积蓄，袁律书也是在那时候自己退了学。也不知道他是什么时候学会了弹贝斯，跟省会的酒吧签了合约，给乐队伴奏赚钱，一边还家里的贷款，一边供姐姐上学。

G 大是国内最好的学校之一，袁律书宁愿放弃自己的学业也不想姐姐辍学，他觉得自己是男孩，怎么都有一股子力气活下去。袁律静每每提起弟弟来，都是心存亏欠而自责的：“他是真的很有天赋，比许多出了名的贝斯手都弹得好。”

袁律书自然是没系统学过音乐的，但乔微相信这话，若是没天赋，旁人也不可能把一个没成年的毛孩子签下来。她登录软件，打开袁律静的社交圈，一条一条接着往下看，试图在评论里找到蛛丝马迹。电话不通，那就试着联系她弟弟，乔微觉得他一定知道些什么。袁律静的人际关系很简单，状态里发布的内容也不多，才往下翻几条，果然便有了线索。

中间有条状态发布时间在一年前，内容大概是袁律静同弟弟在老家的合照。

照片里，袁律书抱着贝斯站在袁律静身后仰着头。他高鼻阔眼，小麦色的皮肤，菱形的嘴巴和他姐姐一样清秀，大笑时露出的牙齿很白。

图片下方，有条生气表情的评论，大概是怪姐姐擅自把自己的照片发出来。

找到了！

乔微当即便点开这个账号，编辑发送内容。她先是说明了自己的身份，又向对方询问有关袁律静的消息。

然而信息发出去许久，对话框里还是静悄悄的。乔微就这样坐在电脑前，令人失望的是，一直等到过了十二点，她也没得到对方的回复。

乔微的郁郁寡欢一直持续到第二天上午放学，季圆亲自来 G 大门口等她。

才瞧见人出门，季圆便兴奋地挥手：“微微，快过来！”

大概是嫌乔微走得慢，季圆干脆三步并作两步跑上前，飞快地塞了张红色请柬在乔微怀里，然后便把手插入乔微臂弯，将脑袋依偎在乔微肩头。

“这是什么？”乔微好笑地道，“这么快就要给我发喜帖了吗？”

“呸！”季圆抬手作势要打她，“我这是正式地邀请你参加我们的期末会演。”

03

说到期末会演，乔微的脚步便慢下来。

“不是吧，我这么诚心诚意亲自到你们学校来请你……”季圆唬道，“我跟你说，你现在不去，等我以后成名了，你想听我弹都抢不着票！”

“我都退学这么久了。”乔微压低了声音，闷头朝前走，“不好再回去……”

音大的学生少，人员变动小，转过来转过去就是那几个认识的人。若是碰上熟悉的面孔问起来，乔微都不知道该怎么回答。

“乔微！”季圆唤住她，“这么多年了，难道你就不好奇大家都变成了什么样吗？是不是进步突飞猛进？是不是比从前的你拉得更好了？”

她压低声音，话却一个字一个字敲在乔微心上。

“你知道吗？每次碰到你那些管弦系的同学，我都不敢看他们。”季圆的声音已经有些哽咽，“我会有种错觉，觉得你就站在他们中间。”

乔微走在前面的脚步终于顿住。

“隔了这么久，他们都还向我问起你，回去看一眼又会怎么样？让你面对从前的自己，就真的那么难吗？”

G 大校门外成排的景观树只剩光秃秃的褐色枝丫，寒风一起，最后两三片枯叶便被裹挟着在天地间飘荡，风冷冷地刮过乔微的脸庞。她外套里的手冰透了，几乎已经察觉不到它的存在，唯有一颗心依然火热地跳动着。

“我去。”她听到自己内心有一个声音。

裳杨路 20 号，音大和音乐附中都坐落这里。进校门便是砖红色的大楼，砖红色的墙面、被罗马柱分隔开的宽大的西班牙铁窗，楼上是长长的白色阳台，高高矗立起的伟大音乐家雕像。

隐约从繁盛的树林里露出一角的花园小洋楼，似是有弦乐器合奏的声音传来在耳边回荡，上课的学生们提着琴盒脚步匆匆地与她擦身而过。

空气里尽是熟悉的味道。教学楼、乐谱库、排练大厅、演奏厅……她知道，即使到了现在，她也能闭着眼睛找对每幢楼的方向。乔微一路压低帽檐跟着季圆进了演奏厅台下，便被转交给了季圆的男友。

“凌霖，你帮我照顾微微，我先去后台准备一会儿。”

“我又不是孩子，哪里需要人照顾。”乔微失笑，脱帽坐好。

季圆与男友凌霖是刚上大学那会儿认识的，凌霖学的是打击乐。两人一起吃饭的时候，季圆常将他带来，大家也算相熟了。

凌霖生了一双桃花眼，个子高大、长相英俊，在音大算是校草般的存在。季圆私底下还常和她抱怨，总是有小师妹前赴后继地朝他身上扑，少看住一分钟都不行。

乔微总笑，她其实并不担心季圆会被人挖墙脚，因为她真的是一个值得人用心对待的、很特别的女孩。倘若凌霖喜欢上别人，那她才真的要诧异了。

会演开始，整座音乐厅已经完全静谧下来。

乔微静坐在一楼的黑暗中，静听着开场曲，琴键被敲动，活泼的乐声响起。

帷幕拉开，季圆坐在钢琴前，偏头冲台下看来，眨了眨眼睛，似乎在对她笑。季圆进步了许多，八度大跳比上一次演奏的时候更臻于完美，短促的顿音处理得棒极了，跳荡的节奏仿佛生动得就要飞扬起来。然而更让乔微心跳加速的是紧接着拉响的小提琴，琴弓缓慢划过E弦，完美融入跳动的钢琴音里，那音色清澈明净，尤其连顿弓平静圆滑，又顿挫有力。

舞台灯光下，身着及地晚礼服，挺拔站着演奏的女生闭着眼睛，指尖在琴弦上飞舞。她只使用手腕和食指来演奏震弓，手臂的动作来演奏四分之三全弓，在手臂水平移动时，震弓的动作也不停。

果然，朱教授的学生连顿弓都拉得极好。

渐渐地，小提琴悠扬欢快的乐声成为合奏的主旋律——D大调《加沃特舞曲》。

乔微觉得，这一刻，全世界的声音似乎都远去了。她能听到自己的心跳怦怦飞速震动起来的声音，冰凉的手里仿佛握着火种，每个指尖都燃烧起来，且越燃越烈，她无法控制自己的手指跟着跳动。

她还是高估了自己。重新回到阔别多年的环境，犹如久别的游子重归故里，身体里涌动的血液几乎要让她战栗起来，每一个细胞都在叫嚣着她是属于这里的。

哪怕一刻！哪怕就是一刻，她也想重新将那琴身搭在锁骨、下巴那里静静地依偎着，感受那耳畔传来的震动。她有多厌恶现在的生活，就有多怀念那些把琴拉到抬不起手臂的日子。过去的五年冗长得好似一场梦境，梦醒来……

她从未离开过。

会演结束，大厅灯光亮起来，乔微跟在凌霖身侧，随着人流退场。

“乔微？”身后忽地传来一声不确定的叫唤。

乔微回头，恍然意识到自己的帽子正握在手里。

“乔微，真的是你啊！”那同学惊喜地叫出声，“好多年了，我真的想不到今天会在这儿看见你！”

乔微从前在音乐附中是个风云人物，刚入学便被朱教授破格收为弟子，可她并不骄矜，平日也常和她们这些同学在一处练琴，谁交作业时找她伴奏她也总是好脾气地答应。

就在大家都觉得她前途不可限量，将来一定能成为像她父亲一样的天才演奏家的时候，她竟然退学了，和当年她父亲毫无预兆地退出乐坛一样。这对众人来说完全是不可思议的，谁都不能理解，为什么乔微明明有着她们可望不可即的天赋，偏偏要将这一切埋藏起来？

“嗨……”乔微扬了扬嘴角，笑容僵硬地打了声招呼。

经乔微应答确认过，那同学激动地回头便唤：“朱教授，您猜我看见谁了？”

女人闻声抬头。

五年不见，教授已经年过半百，但举手投足间永远恬淡典雅，眼角的鱼尾纹更似是岁月赋予她的智慧与魅力，眼睛明亮而充满着沉静的光芒。

教授微笑着与友人从远处走近，乔微的眼泪几乎要即刻落下来：“老师……”

在过去的五年里，乔微一次都没有接过学院打来的电话，却永远记得从教授家里离开那一天，朱教授一遍又一遍地询问她是不是真的想好了，如果没有，她就算花再大的力气，也要说服乔微的母亲。

可乔微最终头也不回地放下曲谱跑下了楼，她怕自己要是再回头看一眼，便会不管不顾地留下来。

“乔……乔微？”朱教授的视线落在她脸上的那一刻，花了好大的力气才抑制住自己内心的震惊，“都长成这么大的姑娘了啊……”

“老师。”乔微忍住盈在眼眶里的泪水，弯腰，郑重地唤了一声。

朱教授连忙摇头，抬手将她扶起来，认认真真打量了一番乔微，半晌，才用手在胸口比画了一下。

“我记得你走的时候，才有这么高。”语音刚落，她又笑起来，“我那天还跟我的学生说起你来，你练琴都不知道多用功，从来不用人看着，一个人在琴房能从早上拉到晚上……”

老师的手温暖极了，她将乔微的手握在手里，乔微觉得仿佛自己的整颗心都被包裹着、保护着。

“这些年你还在拉琴吗？”朱教授问。

听到这一句，乔微浑身便立刻僵硬了，她费了极大的力气，却怎么也说不出话来。好在朱教授的注意力马上就分给了一侧的人。

“这就是我从前常跟您提起的学生，乔微，从前那批弟子里，最聪明也最用功的就是她了。”

“这孩子我认识的，前不久还在音乐会上遇见呢。”一个年老的声音笑起来。

乔微抬头，微觉诧异。

原来是霍崤之的奶奶。

乔微连忙又行了个礼：“宋教授。”

“现在的年轻人哪有这么礼貌的。”老人扶她起来，又笑道，“你是我们家阿崤的朋友，跟他一起叫我奶奶也行的。”

大概是听完朱教授的介绍，再说老师都喜欢有天赋又努力的孩子，宋教授自然也很欣赏她。乔微到底没有应下来，轻轻退到朱教授一侧，任老师把她的手牵在手里。

外面的天幕已经完全暗下来。

朱教授似乎攒了许多话，三人一道走，直从音乐厅走到了学校正门的办公大楼，她也没说完。乔微的话不多，一一温声应了，浑身像是被热水浸泡着。

临别时，朱教授说：“就算不拉琴了，一日是你的老师，终身就是你的老师，以后再这样杳无音信的，我可要真生气了。”

“是。”乔微应道。

“我记得从前家里每次做了红烧肉，你那天的琴都会拉得特别好。”朱教授笑着，又想起来一点趣事。

乔微也笑。

“以后常来，老师有空就做。”

“是。”

朱教授松手后，又替她担忧道：“我拉着你说到这么晚，路上都没车了。”

“这倒没什么。”宋老笑道，“我让阿峭把她送到家就是了，我家阿峭都在外面等好久了。”

04

寒月挂上光秃的柳梢，霍峭之远远地瞧着路灯下的来人，从斜倚着的车上站直身子。

“奶奶。”他乖巧地唤道，待瞧清后面跟着的人时，他又笑起来，“乔微啊……”

晕黄的路灯下，乔微的黑发披散着，皮肤细白剔透，不上妆更显得眉眼出尘。霍峭之掐灭烟头，吹了声口哨。

“这又是跟谁学来的？”宋老皱眉，走近孙子抬手接连拍了几下他的头，“不许再跟你那些朋友学这没教养样儿。”

明显定了型的精致发型几下便被霍奶奶的巴掌拍散了，她还把他整颗脑袋拍到了卫衣里。

乔微的嘴角翘起来，无声地嘲讽。

霍大少爷的美名从 B 市远扬到 G 市，霍奶奶总觉得自家孙子是被别人教坏的，却不知道他不把旁人带坏就算不错了。霍大少爷的感知仿佛格外敏锐，皱着眉回头，把她脸上的神色、露出的白牙看了个正着。

“你笑什么？”霍峭之问。

乔微片刻间便将眼中的嘲讽之意敛起，霍奶奶回头看了一眼，转身又狠狠地给了他一下：“别转移话题，我说的话你到底听没听？”

霍大少爷意味深长地望了乔微一眼，回头塌下肩，心不在焉地说：“听。”

“微微来，上车。”霍奶奶得到答复后朝她招手。

“我家还挺远的，真的不用麻烦了，宋教授。”乔微笑着拒绝，“这个点儿车还挺多的。”

瞧着霍峭之的发型，明显是送了他奶奶回家之后还有一场酒局的，她就不讨人嫌，耽误人逍遥自在了。

“不麻烦。”霍大少爷听到这句话便心生一计，回头拉开车门，眼睛笑得弯起来，“我顺路，咱们不是邻居吗？”

他是这样的好人才有鬼了，乔微怀疑地站在原地没动。

听说霍峭之的新宅子就在乔微家旁边，宋教授更是不断点头：“女孩子晚上一个人不安全，让阿峭顺路把你捎回去就是了。”

跟他一路才更不安全呢。乔微腹诽，但眼下也只能硬着头皮上了车。

宋教授的住处就在市区，离音大不远，把老人家送到后，霍峭之一把方向转过车身，重新汇入车流里。

车子其实是一个人的肢体延伸，驾乘的方式就是肢体语言，一个人的个性也从中体现出来。比如席越就永远求稳，霍峭之就非常放飞自我。这种放飞在宋教授下车后更加明显地得到体现，乔微很怀疑他是故意的。夜幕下的城市五光十色，她紧紧抓住扶手，头都被晃得开始眩晕，颇有头重脚轻的感觉。

“你在前面靠边停吧，我下车了。”

“那不行，我答应了把你捎回家，怎么会是那种言而无信的人。”

“不是，你把车停下来。”乔微的声音放得很轻。

霍峭之看起来大方，却是最容不得别人在他头上撒野的。

乔微当着他的面嘲笑他，还害得他又被奶奶拍了一下，憋了一肚子气，直到此刻听到乔微示弱般的一句话，心里这才舒畅了。

“看你还敢不——”

霍少爷说话时抽空回头看了一眼，“哎”一声便踩了刹车停下车来。

“你怎么了？”

乔微没答。她弯腰捂着肚子，头低垂着，脸上的神色隐在后排的黑暗中辨不清楚。他忽地想起那天在音乐厅外，乔微也是这样蹲在地上，在白炽灯的映照下额角全是浸湿头发的冷汗，格外可怜。

看上去很疼，不会是他把她的什么隐疾给弄发作了吧？霍崤之难得忐忑起来，小心地把车移到路边，打开车灯。

乔微抬手便开门下了车。

“哎！”霍崤之匆忙熄火追上去，“你没事吧？要不我送你去医院？”

他腿长，刚迈开几步追上去，眼见着手就要搭上乔微的肩，她却忽然停下来，猛一下伸出左腿。

霍崤之的个子高大，瞧见了却来不及反应，被乔微绊了个正着，直直地朝人行道上倒去。

他英俊的脸！电光石火的一瞬间，霍大少爷急中生智，伸手拽住乔微的裙摆，将身子转过来。乔微万万没想到这个人居然做出如此动作，闪开半步却还是被抓了个正着。

前后夹击，霍大少爷整个人被惯力重重地甩在盲道上不算，又被乔微补砸了一下，下巴被乔微的脑门撞得生疼，只觉得五脏六腑都要碎掉了。

直到乔微爬起来，他还躺在冰凉的地上缓了半天。出人意料的是，霍大少爷这次没有生气，注视着乔微居高临下的眼眸，忽地笑起来：“这下扯平了。”

第四章 // 打算瞒着谁？

01

乔微拍干净衣角的灰尘，没出声。她摔在肉垫上，其实一点都不疼，偏头俯视着霍大少爷爬不起来，心情终于大好。

“蠢货。”她嘴唇微动，神清气爽地吸了一口冷气，将大衣拢上，头也不回地迈开步子朝前走。

“喂——”见她不理他，霍崤之一骨碌爬起来重新跟上，“你真没事了？不用去医院？没摔到哪儿吧？”

和前几次见面截然不一样，没有旁人在，他似乎完全放下了平日里端起的架子，喋喋不休地追问。

乔微烦不胜烦，停下脚步，下巴朝头顶的摄像头挑了挑：“你的车。”

这个地方禁停，超过时限就要被抓拍。大少爷当然不在乎那几百元罚款，拽住乔微的手腕：“那你上车，我送你回去。”

他掌心的灼热与乔微皮肤的冰凉完全相反。

乔微挣了一下，没挣脱，抬头反问：“你觉得我还敢坐你的车吗？”

女人的黑眸平静无波。霍峭之愣了一下，手终于松开，解释："我这次会好好开。"

"算了吧。"乔微似笑非笑地上下打量他一眼，"我知道你今晚不顺路。"

话音落下，她越过他在路边站定，一抬手，便有出租车靠边停下来。风拂得女人的黑发飘动，她收起衣摆，弯腰坐进后座。柠檬黄的出租车很快汇入灯火璀璨的夜晚的车流里。

地下酒吧昏暗的灯光里，空气中弥漫着烟酒的味道，台上乐队在唱*On The Road Again*，台下的男男女女跟着旋律摆动肢体。

霍峭之靠在角落的沙发上，一整晚都兴致索然。乐队唱完一曲，吉他手轻巧地跳下台，走到霍峭之身边，给他倒了一杯黑方，加上苏打水和冰块。

霍峭之懒洋洋地抬了抬眼皮："天天来这种地方，小心你妈再揍你。"

"二哥不说谁知道。"少年小心翼翼地将脖子上的电吉他取下来，装进琴盒，递到霍峭之的手上。

"手感音色都好到爆，多谢二哥忍痛借我。"徐西卜讨好地笑了笑，又轻声问，"下次我还能借不？"

"好好学习，别整天做梦。"霍峭之想拍他，手抬到一半，忽地想起老太太今天也是这么收拾他的，还被乔微嘲笑了，他抬起来的手僵硬了一下，又放下了，说，"回去，十一点不到家我就给姑妈打电话。"

少年离开后，众人总算无所顾忌了。严坤挑了几个漂亮的姑娘，回头见霍峭之只低头摆弄他那把电吉他，便朝中间最漂亮的那个姑娘使了个眼色，努努嘴。姑娘立刻会意，来到霍峭之身边坐下来。

若有若无的迪奥香水味溜进鼻腔，女人的纤纤玉手递了颗葡萄到他嘴边。灯光底下看，姑娘的妆容很淡，确实眉目清丽，颜值不错，还带着几分怯生生的样子。垂眸一瞥，霍峭之觉得唇畔的黑葡萄有点眼熟。

像什么呢？他皱眉想了半晌。

"呵呵……"像今晚路灯下乔微平静无波的大眼珠子！

姑娘被霍峤之突如其来的讽刺吓了一跳，还以为是哪里得罪了他，倾过来的身子下意识地往后缩了一下。

"我特别不喜欢吃葡萄。"霍峤之拎着电吉他起身，挪到沙发角上，心烦意乱地用点弦弹了段帕格尼尼的曲子，越弹越不得劲儿。很快，他又把电吉他扔到一边。想来想去，他还是觉得音乐会那晚乔微肚子是真疼，而今晚估计是蒙他的。她下车的时候额角没汗，脸色也没什么异常，就连唇瓣……也是粉红色的，还有力气把他绊倒，爬起来时倒比他还快。

他躺地上时，她那个口型是不是在骂他蠢？居然逗他玩！可气的是他还当真了！霍峤之的脸色越来越不好看，当即拿起手机给姑妈打了个电话。

"阿峤啊，怎么这么晚还打电话过来？"

"哦，姑妈，我就是问问西卜在不在家？"

"哦，在呢，刚进门。"

霍峤之眯起眼睛："麻烦您让他接下电话。"

那边窸窸窣窣几声过后，徐西卜心惊胆战地将电话接过来。

"二……二哥，我就是路上买个烤串儿回来迟了十分钟，你怎么能真打过来……"

霍峤之往后一靠，指尖在沙发边缘无意识地敲几下，开口道："我问你，那天撞了人家的车以后，赔偿你留的是谁的电话。"

"司机的啊，怎么了？"徐西卜把声音压得极低，抬眸看了一眼不远处的老母亲，恨不得哭着求二哥别提这个。

"号码给我。"

"干吗？"

"索赔。"霍峤之理直气壮道。

挂掉电话，严坤抽空坐过来，给他点燃一支烟。

"怎么了，霍少？一晚上都是不高兴的样子。"

“腰摔断了。”

严坤愣住了，上下打量他一眼：“真的假的？”

“真的，疼得不得了。”霍峤之吐出个烟圈，把烟头按进烟灰缸，低头翻起电话簿。

“明天我就去医院做检查。”

城市另一端，乔微也回到了宅子。她先发信息同季圆说了一声，洗完澡待要上床时，又想起明天上午没课，便打开电脑预约了医院的身体检查。

关机前，乔微瞧了一下与袁律静弟弟的对话框。那边静悄悄的，灰色的头像显示离线，抛出的问题好似石沉大海。她失望地叹了口气。

躺上床，乔微便做了一夜的怪梦，脑袋昏昏沉沉难受得紧，一会儿梦见自己站在瀑布上踩空，掉下来摔得粉碎，一会儿又梦见父亲站在云端，朝她伸手……天还未亮，她便被吓得醒过来。

心中余悸微消，乔微端起床头柜上的水一口气饮尽，坐起来平复了好一会儿才下床洗漱。

乔微的车正在修理厂修，车库里倒是停着另外几辆车，只不过她没有给谭叔打电话，换了套保暖的衣服，压低帽檐，便背着包便出门了。但凡好些的医院，总有人天不亮便排队。虽然乔微昨晚便挂过号，但总有预约得更早的。

在接诊处缴费填了单，乔微便在长凳上坐下来，等着体检中心的护士叫号。不知怎的，从进医院开始，她的手心总在冒汗，空气中弥漫的刺鼻的味道让她浑身都不适。走廊里有六七岁的小孩哇哇哭着不肯抽血，等哭到没声时，乔微的耳朵已经嗡鸣起来。

“六十七号，乔微。”

“乔微，乔微在不在？”

护士连喊好几声，还是她身侧的一个姑娘瞧见她的号，提醒了她一声，乔微才猛地回神站起来。

“过来做 B 超。”

乔微跟着比她矮一头的护士进了室内。

“脱鞋。”仪器前的医生拍拍细窄的床说，“躺上来。”

G 市室内不似北方那样有暖气，乔微脱下外套，躺平拉起毛衣，肌肤与空气接触的一瞬间，浑身的寒毛竖起来，她没忍住瑟缩了一下，牙齿发抖。

护士们低声交流着什么，医生低头往她身上抹冰凉的凝胶。天花板雪白。这样的感觉，如同自己成了一块案板上的肉，又像是水中的绿萍，沉沉浮浮。

“放轻松。”医生隔着口罩提醒她，“不疼的，你没做过 B 超吗？怎么抖成这样。”

“可能是太冷了。”乔微答道，左手抓紧下方的一次性床单，竭力止住了身体的轻颤。

“行了，马上就好了，你这腰细的，我的耦合剂都没地方涂。”医生笑起来，“鼓气。”

接下来，她依着医生的话身体侧过来侧过去，那耦合剂不知道涂了多少，医生的眉头却越皱越紧，下意识地低语：“怎么会有阴影……哪里看错了……”

乔微的耳朵灵敏，隐约听清楚了一点。

医生很快站起来，嘱咐她道：“你等一下。”

不多时，她便又回来了，身后跟了一位男医生。

“主任，您帮我看一眼，这是胃肿物吧，我瞧着不敢确定……”刚才的女医生说。

年老的男医生推了推眼镜坐下来，仔细注视了屏幕半晌，又问了乔微平日的许多症状，最后说：“你再做个胃镜和上消化道造影检查吧，缴完费让护士直接带你过去。”

“医生，我怎么了？”乔微坐起来。

“现在不好说。”那医生摇摇头，“你先做个胃镜看看吧。”

乔微头脑昏沉地下床，走出几步才觉得腿又沉又软。

她的背影瘦极。

瞧着人走远了，老医生才站起来，惋惜地摇头。

这孩子太年轻了。

B 超观察的是肝胆脾这样的实质性脏器，正常情况下胃是无法观察的，B 超都能发现的胃肿物，那多半是医生也无计可施，无力回天了。

02

无痛胃镜前，护士先给乔微拿了一小瓶麻醉咽喉的药水，乔微喝下去不过几分钟，从下巴到喉咙便失去了知觉。乔微的血管太细，护士凑近找了好半天，又往她手上埋了个全麻用的针头，这才松开橡胶绑带。

“好了，进去吧。”护士说。

乔微醒过来时发现自己已经躺在手术室外了。医院天花板上的白炽灯亮得晃人眼睛，空气中尽是酒精和消毒水的味道。她觉得时间仿佛已经过去了很久，拿起手机来一看，却才不到二十分钟。

全麻的效力没有完全消失，乔微的视线模糊，整个人是木然的，过了许久才撑着床坐起来，每个动作都显得迟缓。

“乔微，家属没有跟来吗？”医生翻着病历问她。

“没有来。”她的头还没办法摇动，会眩晕，只闭了闭眼睛。

“那还是通知一下家属吧。”医生合上钢笔盖，抬头认真地打量了她一眼。

“家属暂时来不了，您直接告诉我就可以的。”话是这样说，可心里多害怕，只有乔微自己清楚。昨晚那个踩在悬崖边的梦好似一个征兆，之前那两位医生的低声交流细碎地回响在耳畔。她的手脚冰凉，周身都被无形的恐惧包围着。

医生迟疑了片刻，还是摊开病历，拿钢笔指了指灯箱上的片子给她看。荧光灯的光线从胶片后面透过来，上面显示着腹部造影。

“你瞧，肿瘤在这儿、这儿都有。”医生顿了一下，又把刚出的胃镜片子也递给她。

“我看不懂的……”乔微下意识地往后瑟缩了一下，又把片子推了回去，“您就直接把结果告诉我吧。”

“我的诊断是胃癌。”

医生说出来只要一瞬间，乔微听着，却反应了大半晌。她的脑袋发蒙，眼前一片空白，好半天才找回自己的声音，把诊断结果在喉咙里低低重复了一遍：“胃癌？”

医生经历多了这样的场合，但瞧着乔微顷刻间变得煞白的脸色，又补充了一句：“当然了，还需要活检结果确诊，不到最后一刻，谁也不敢百分之百地断定。”

那就是百分之九十九的可能了。乔微身子僵硬了半晌，脚下虚浮，像是踩在云端里。有一瞬间，她甚至怀疑是自己的麻醉没有失效，一切其实都是个梦。

她这样想着，眼神中像是找回了一点神采，一动不动地看向医生的眼睛：“会不会是弄错了？我怎么会——”

“你要是担心我院误诊的话，也可以到其他医院复查。”医生平静地说。

可她来的这家医院已经算是G市最好的医院了。

“你也别这么悲观。”医生劝道，“我还见过确诊胃癌晚期后又活了十来年的病人，你还年轻，要对自己有信心。没有意外的话，活检结果三天后出，你周三来拿，到时候我再帮你约个PET-CT。你要随时做好入院的准备。”

医院走廊上的灯光白得瘆人，触目皆是惨淡一片。乔微不知道自己是怎么从诊室里走出来的，只觉得头脑一会儿清醒，一会儿昏沉，路上撞了人也浑然不知。她从未有这样失礼的时候。走了许久，脚踏实地踩在太阳底下时，乔微恍然意识到，这并不是一场可以醒来的噩梦。从刚才医生们的态度来看，她的情况应该很不乐观。大概不太可能是早期，并非通过手术可以切除那样轻松简单。

乔微眼神迷惘，转回身去看医院大楼，掌心都是冷汗，一时间，她只觉得自己再没有了踏进去的勇气。她的世界，从医院出来的一瞬间已经和进去那一刻截然不一样了。走了几步，她脚底发软，随意地坐在医院路边一条长椅上。她努力想让自己静下来理清楚思绪，却发现无论如何也做不到。天上有一点微弱的阳光，并不暖和，她发现自己在颤抖，手也是，身上也是，寒意一阵一阵往上涌。胸腔里总是有个声音在不服气地质问——

“怎么可能呢？”

“为什么是我呢？”

“为什么偏偏是我？”

“我那么辛苦地走到现在，我还有那么多愿望没实现，难道之前的努力就这样全化作一场空了吗？”

乔微拍着胸脯扪心自问，活着的这二十来年里自己从未做过伤天害理的事，为什么听起来那么遥远的疾病偏偏降临在她身上？她能听见自己牙齿发抖的轻响，只能又紧了紧大衣。不知时间过了多久，久到乔微身上每一个关节已经酸痛僵直的时候，她才恍惚听见来自包里的手机振动声。

乔微后知后觉地意识到自己的手机在响，拿出来一看，桌面显示有五个未接来电，都是来自本地的陌生号码。这人或许是有什么急事？乔微想着。可又有什么急事比她得了绝症还让人绝望呢？将桌面关闭的一瞬间，手机再一次振动起来，还是那个陌生号码。

她终究还是按下了接听键。

“喂？”话出口，乔微才发觉自己的喉咙沙哑得有多厉害，“我是乔微。”

大概是早上做胃镜的后遗症，喉咙火辣辣地疼，像是破了个口子在灼烧。

“发什么愣呢，打这么久才接电话？”那边的声音听上去很不高兴。

“有事吗？”乔微心不在焉地低头答着，努力让自己的声音听上去更自然些。

“那天的事故修理费划到你账上了，你瞧瞧。”对方才说话，乔微便把他的声音辨了出来，这二世祖说话乍一听上去低沉悦耳，实则油腔滑调，骨子里便带着股吊儿郎当的气息。

“我知道了。”她点头，挂断电话。

手机放回外套里不到两秒，又振动起来。

“就这句？没有其他要跟我说的了？”霍峤之有点不敢置信。

神经病。乔微心想，这次她没说话，直接便挂断了电话。

对方似乎早有预料，在她点下挂断的一瞬间马上又打了过来。

“你到底有完没完！”乔微怒不可遏，都到了这个时候，还不肯让她好好安静一会儿吗？

对方愣了半天，似乎有点不敢相信乔微居然会真的发怒，半晌，才低低传过来一句：“我只是想说……你抬头看看。”

乔微举着电话抬起头来，目光落到马路对面。霍峤之穿了件飞行员夹克，眼睛俊美深邃，手就插在裤兜里，懒洋洋地站在雪松一侧，身形比平日更显颀长挺拔。

人行道上的绿灯亮起来，他混在人流中，长腿格外醒目，迈开步子一步步走近她。

“我在这儿站了十分钟，你直到现在才看见我。”他非常不满意地控诉。

“你觉得我为什么要关注无关紧要的人？”乔微冷冷地问。

霍峤之讨了个没趣，踢开柏油路上一块挡道的石子，很快抵达了这边的台阶。

“修理费赔给你了，医疗费什么时候给我？”他在乔微跟前站定。

03

“什么医疗费？”乔微诧异道。

霍大少爷终于挂断电话，居高临下翘起嘴角，指指自己的腰：“昨晚，摔的。”

他说得理直气壮，还像模像样地把诊断书递到她跟前，好似自己真受了什么了不得的重伤。

乔微没抬手，他便也不动。

空气冷凝着，他俩僵持着。

这二世祖的手指修长，虎口的褐色小痣生得很好看。上一次他把手递过来，还是在音乐会那天。

假惺惺。乔微垂眸想着。她不知道自己到了这时候，为什么会漫无边际地想着这些乱七八糟的细节。坐在这条长椅上的一整天，她都在放任自己负面消极的情绪疯长，她明白不该这样，可怎么也无法控制自己。

终于有人将她的思绪打断时，她反而迫不及待地将大脑放空，想让自己从那种恐惧情绪里摆脱出来。世界上大概再也没有什么东西比未知的死亡更令人恐惧了。

“软组织损伤、肌肉损伤、韧带损伤……”乔微半晌不伸手去拿，霍大少爷干脆摊开医生的诊断报告书，在她身侧的位子上坐下来，自己翻开，逐项念给她听，顺便自觉地将书面上所有“轻度”这样的字眼过滤掉。然而念完之后，乔微的无动于衷却让他很是不满意。

“你在认真听吗？”霍大少爷问。

乔微点头，甚至没有侧过脸看他，挪开视线看着马路对面。

“多少？”她像是感冒了，微哑的声音如同冬天起风时夹杂着冰碴，扎起来的黑发落下来几缕在侧脸，耳垂白皙，连眉眼都是清冷的。

“什么？”霍峭之愣了一下。

人行道上的绿灯重新亮了。

“多少钱？”乔微站起来，朝对面走去。

霍峭之飞快地追上去，皱眉道：“我看起来像是用钱就可以打发掉的人吗？”

大概是因为生气，他的声调高了一些。路人纷纷投来诧异的目光，各自揣测着，那眼神里的异样，活脱脱把他脑补成了一个不甘心被富婆甩掉、正垂死挣扎的小白脸。

“看什么看！”霍峭之怒道。

斑马线上的行人又各自将因好奇探出来的脖颈若无其事地收了回去。

霍大少爷的怨气更甚，他又是恐吓又是威逼利诱，这才将诊断书从胡子花白的老医生那儿盖了章拿出来。可乔微作为罪魁祸首，全程根本不关心他说了些什么。

她半点也不愧疚，连回应都是心不在焉的。从来只有他敷衍别人的份儿，这么明目张胆敷衍他的，她还是头一个。马路上的车流重新畅通起来时，乔微已经在ATM机前站定，低头插卡，出声道：“卡号给我。”

“不给。”霍峭之嚷道。

乔微终于偏过头，认真地看了他一眼，似乎想瞧清他的意图。

霍峭之毫不示弱地回望。

一秒，两秒。

乔微收回视线，退卡，把手重新塞回外套里。

“是你不要的。”她越过他径直往外走。

霍峭之彻底生气了，大声说：“我说，我的腰摔折了，是你干的！”

乔微恍若未闻，她大概已经习惯了，每次都是转身便走，只留个背影。

“你再走我就……”霍峭之气哼哼地嘟囔了一句什么，也没想着乔微能听见。

就在他以为她这次也不会回头的时候，乔微忽地顿住脚步，转身朝他看过来，说：“你就什么？”

天很冷，乔微整个身体都包裹在黑色的羽绒服里，但还是显得纤瘦。她开口时，整个人终于冒出一点热气。那细眉上扬，色不深，根根分明，似蹙非蹙。皮肤白滑得像是他小时候最讨厌的牛奶，眼眸又好似深山里的寒潭，带着冷意，却全然是清澈的。她没有化妆，菱形的唇瓣颜色浅淡，越瞧越觉得耐看。

霍大少爷讷讷地往后退了两小步，一时间答不出来。他忽然觉得，原来冰肌玉骨这个词真是用来形容人类的。

思绪未来得及展开，霍大少爷又听乔微皱起眉来问他：“你每天都这么闲吗？如果真摔折了，就应该好好躺在床上养伤，别再浪费精力到处蹦跶。”

乔微说罢转身，快步朝前走，这次再不看他一眼。

霍峤之半晌才反应过来。好气！这是继上次骂他蠢之后，乔微第二次怼他了！她居然这么不把他当回事！

霍峤之想追上去，才抬脚，却又被马路对面跑过来的穿着医院制服的清洁工唤住：“先生，你们的东西掉在椅子下面了，还要不要？”

霍峤之定睛一看，那清洁工手里拿着个扁平的大牛皮纸袋，印有医院名称，看起来是装片子的。可他没拍片子。霍峤之正要摇头，忽地反应过来，这东西可能是乔微的。他刚才和乔微坐一处的时候，这个清洁工就在附近打扫，估计是默认他俩是一起的了。

“给我吧。”霍峤之把袋子接过来，果然在封面上瞧见了乔微的名字。

“是你们的不是？”清洁工再次确认。

“是我们的。”霍峤之说。

霍峤之道了谢，得意地挑眉，翻来覆去看了两遍纸袋封面，心里想着乔微会不会回来找片子。清洁工只以为两人是情侣，吵了架，女孩气冲冲地走了，怪可怜的，便又多嘴道：“那姑娘都在这儿坐了一整天了，怎么临走时东西掉了都没察觉。”

霍峤之捕捉到那话里的关键词：“坐了一天了？”

清洁工叹了口气，说：“可不是，我早上九点多来时她就已经坐在那儿了，这么冷的天，动也不动，都不知道是在等谁。”

如今已经是接近下午饭的时间，中间七八个小时是有了。可人怎么可能一动也不动？又不是和尚入定？霍峤之本能地不相信，却不知怎的，又想起刚刚看见她的样子。乔微那时似是在发呆，神情肃穆，确实像清洁工说的一样，一动也不动，连他这个大活人盯着她看了那么久都没察觉。不太对劲啊！

纸袋里的东西装得多，还挺重，他随意地晃了晃，便听见里面传来胶片抖动的闷响。

打开看看？

霍峤之还没来得及把那一点窥探别人隐私的不自在抛开，那纸袋底部的粘胶太次，晃动时病历本和胶片就掉到了地上。

不是吧？乔微若是这时候回来，岂不又让她抓住自己的小辫子了。马路上风大，稍不注意便有把东西刮走的危险。霍大少爷思及此，赶紧手忙脚乱地开始捡，拍干净灰便准备胡乱塞进纸袋里。捡到最后一张，他发现是乔微胃镜的检查报告单。霍峤之一眼扫过，往袋子里塞，塞到一半，手又停下来，眼前浮现出乔微那天被冷汗浸湿的脸。她不会真的有什么大毛病吧？

霍峤之重新把报告单抽了出来，忽略掉上方看不懂的专业名词和检查所见描述，他最后只在检查结果意见栏里看见了“胃癌”两个字。他怕自己看错了，拇指使劲地擦了几下那黑色的字体，眼前的内容却没有丝毫变化。他心中一震，心跳得飞快。

“哗啦——”刚刚放好的胶片又重新掉了出来，霍峤之把但凡带字的一张一张逐字看完。再次看到最后一张时，他终于停下手，抬头瞧着乔微离开的方向，竟不知道该怎么追上去了。

他……刚才干了什么？

04

乔微只觉得耳边吵嚷，漫无目的地不知走了多久，才在路口转弯处的凸面镜里发现了有车在尾随自己，是一辆大地色的路虎。后头车的喇叭声响成一片，偏这车仍不慌不忙地以龟速缓慢移动，非跟在她身后。这样嚣张的性子，纵然再换一百辆车，也全然不影响她猜出车的主人是谁。

大约是觉得反正已经暴露出真面目，霍峤之现如今懒得在她面前装腔作势、摆架子。乔微周身疲惫至极，不想再和谁打交道，再说一句话。奈何霍大少爷见她不回头，居然不折不挠地又跟出了几条街。

直到最后，乔微终于忍无可忍停下脚步，黑色车窗才缓缓地降下来。

“你到底想干吗？”乔微横眉冷眼道。

“先上车。”霍峤之说。

路虎本就开得慢，这会儿居然还敢直接停下来！被堵在后面的车的司机几乎要崩溃了，只能一个劲儿地按喇叭宣泄心中的愤怒。

身后是震天的喇叭声，霍峤之屹然不动。霍峤之可以不在意，乔微却不是个爱在公众场合出风头的人，尤其是不喜欢给旁人添麻烦。眼见因为自己车子堵了一条街，她只得低头抿唇，裹紧大衣，快步拉开后车门。

“坐前边，我又不是司机。”霍峤之说。

乔微面无表情，看不出喜怒，只是从被重重关上的后车门方才窥见她的些许情绪。

乔微重新打开副驾驶座的门，坐上来。

霍峤之单手打着方向盘左拐，车子开出半晌，他终于将中间手套箱上的纸袋递给她。

“对不起。”他声音微沉，道了一句歉。

乔微不明白他为什么道歉，却是头一次看到霍峥之有这样正经说话的时候。垂眸，视线落定在他手里的东西上时，她心中猛地一震。

她几乎是劈手将那纸袋夺过来，怒问："你看了？"

"是。"霍峥之坦然承认。

"你！"乔微只觉得耳旁嗡鸣，整个大脑混乱不堪，她闭上眼睛好一会儿才极力让自己镇静下来。刚才便是因为心神不宁，她才会把东西落在了长椅上。

沉默半晌，乔微再睁开双眸，偏头冷冷地凝视他："你看到的东西，不能告诉任何人。"

那声音毫无温度，更像一种警告，虽然这警告对他来说其实毫无约束力。

"你打算瞒着谁？"

"那是我的事。"

"这个圈子里没有秘密，你早晚得入院，到时候必然会有人知道。"

"没有什么是必然的。"乔微将手里的纸袋卷成一团，抬头看着他，"现在知道的人就只有你。"

"你……打算一个人治？"他最后想到这种可能，心下一惊，踩了刹车停下车。

"与你无关。"乔微推车门打算下车，却听见霍峥之的声音又一次自身后传来。

"如果我不想帮你保密呢？"霍峥之问。

乔微松了开门的手，回头定定地看着他的眼睛，问："你想要什么？"

不待霍峥之回答，她又接着往下说："不论你想要的是什么，我都给不了你。你也看到了，我是个病人，一无所有。"

话音落下，乔微收回视线，拿了中控台下的钥匙开锁，下车。

如果不是有所图，她不相信，像霍峥之这样的二世祖会三番五次地找她麻烦。他有那时间，包养几个小明星，不多事又玩得开，成本代价绝对比招惹圈内人低得多。

乔微这次下车便拦了辆出租车，那出租车汇入车流很快便失去了踪迹，不再给他追上去的机会。霍崤之皱眉捶了一下方向盘，疲惫地往后靠。他一闭眼，便仿佛看见乔微那张冷然的侧脸，又匆忙睁开眼睛坐直。忽地，他觉得怎么也提不起劲儿来了。

生命是这样无常。放在昨天，他怎么也不会想到，这个把他绊倒在地上，还骂他蠢的女人，是真真实实会在未来某一天消失在这个世界上。

乔微走出没多远便接到了季圆的电话，说是双亲归国，她妈妈要请乔微到家里吃饭。

“季圆，改天吧，我今天……”乔微靠在出租车后座上，疲惫地揉了揉太阳穴。

“才不要，等着啊，你别挂，我让我妈来跟你说……”

一阵细碎的声音过后，话筒里重新响起声音。

“微微啊，今天来家里吃饭吧，阿姨做了好多你喜欢的菜。”

那声音极温和，带着暖人的笑意，是人间烟火的味道。

“阿姨……”乔微嘴唇干裂，不知该怎么拒绝。

季圆的父母与她的父亲相识多年，季圆小时候还被双亲送到她家里跟随她父亲学过好长一段时间的小提琴，与她有一起长大的情谊。

季圆一家人都很好，父亲走后很长一段时间里，乔微处处都被他们照顾着。

“怎么了？我听你的声音很哑，是不是病了？”季圆妈妈察觉她的异样，连忙说，“有什么事都跟阿姨说，你知道的，阿姨把你当自己女儿……”

“我没事的，就是有点感冒。”乔微解释。

“没事就好。”季阿姨担忧地道，“本来说今晚乐团内部演出，排的是你爸爸写的曲子，想着吃过饭叫你也去看看。要是累的话，就回家吃点药好好睡一觉吧，我叫季圆给你录像，也是一样的。”

乔微的眼睛不敢再看窗外，她弯腰抬手捂上双眼，触手是一片冰凉。

她轻轻摇了摇头，说：“阿姨，我不累。”

乔微抵达乐团家属楼的时候，极力打起精神，往自己脸上拍了好几下，瞧着有了血色，这才抬手按门铃。是季阿姨来开的门，季叔叔在厨房做饭，季圆正趴在桌子上逗乌龟。那猪鼻龟是她刚谈恋爱时买来养的，取了个名字叫霖霖，宝贝得不行，有一次生了腐甲，她大半夜还把乔微从床上拉起来陪她去宠物医院。

客厅弥漫着食物的香气。季圆深深吸了一口，摸过乌龟的手抬起来揉乔微的脸，嘴里嚷道：“乔微！乔微！我都要怀疑你才是我妈的亲生女儿了，每次都只记得做你爱吃的菜。”

乔微其实没什么食欲，只是还得装出高兴的样子来。她往后侧身闪开季圆的手，正要开口，一股酸意忽然自胸腔涌了上来。这种感觉并不陌生，最近几个星期，乔微几乎每天清晨刷牙时都有这样抑制不住的恶心干呕的情况。她来不及多说话，忍着不适，转身疾步进了卫生间。

身后跟着的季圆拍门，紧张地问：“微微，你怎么了？是不是我的手太臭熏到你了，对不起啊，我下次不捉弄你了……你别咳这么厉害啊，怎么了？”

乔微扼住喉咙，极力想压住自己的声音，忍到身体都开始抽搐，过了一阵，终于平静下来。她按下水箱冲水，撑着墙面艰难地起身，然后在镜子里看见了自己的样子。

她鬓角的碎发散落下来，看起来很憔悴。好在咳了半天后，她的脸上终于有些涨红的血色，不再是惨白一片了。

第五章

我们有这么熟吗？

01

乔微甩头，努力让自己清醒过来，对着镜子整理好仪容，最后才开门。

“微微……”季圆的声音有点弱，她一直站在洗手间门外等她，“你怎么会咳得这么厉害？”

“就是感冒了。”乔微解释。

“要不然咱们还是去医院看看吧？”季圆担忧地道，她瞧见乔微的脸色泛着不正常的潮红，又问，“你是不是发烧了？”

“没有发烧。”乔微摇头，“我吃点药就好了。”

“那我去给你找感冒药。”乔微来不及出声阻止，季圆转身就往客厅跑。

乔微长长地叹了口气。季圆是家里的掌上明珠，十指不沾阳春水，她哪里知道药放在哪儿。果然，跑出去不到两分钟，季圆便对着厨房大呼小叫起来：“妈，咱家的医药箱呢？”

晚饭摆了一整桌，都是乔微和季圆从小爱吃的菜，可惜面对再好的手艺，乔微今天是无论如何都没有胃口的。她在两位长辈关怀备至的目光里，味如嚼蜡般硬着头皮咽下小半碗饭，终于等到季圆父母出门去为晚上的演出做准备。

音乐剧院是G市交响乐团的大本营，距家属楼不过三站路。乔微闭眼靠在沙发上休息，等着季圆慢腾腾吃完饭，又换了身衣裳，将近开场时间，两人才一起乘车抵达。

这座剧院乔微小时候其实常来，那还是她七八岁的时候，父亲曾经带她在这儿登台演出过。那时候她记得乐团里大半的叔叔阿姨的名字，还常和季圆躲在帷幕后看大家排练。

音乐大厅的外饰似是经过翻新了，院里那棵两人合抱的大银杏树依旧高高耸立着，纵然在这时节里只剩下光秃秃的枝丫，也绝不肯减掉半分风骨。

门口的保安还是从前的两位大爷，许多年过去，他们早已经认不出乔微来，还是季圆拿出通行证件，才肯放行。

记忆中的模样似乎是变了，又似乎没有半点更改。

这是父亲的专场音乐会。起先，乔微在电话里听季阿姨提起时，只以为是比排练稍微正式一些的内部演出，到了大厅门口才发觉，车位上还停了好几辆音大的校巴。

察觉乔微视线里的疑惑，季圆笑着解释："这次演出还是音大出资特邀的呢，说是让我们也接受大师音乐的熏陶。"

她们一入场，发现大厅里果然已经坐满了音大的学生，季圆直接带着她上了二楼。灯光几次闪烁后，身边的声音渐渐消失，观众席彻底暗下来。

序曲是父亲的成名作——《边陲海滨》。低音提琴的引子部分犹如大海的波浪，一潮接一潮涌来，拂面的暖风接着引出小提琴的活泼与张力，三连音的连续节奏充满个性，步履轻快，充满对未来的憧憬。

熟悉的舞台与灯光布景，不同的是，独奏小提琴那个位置从前站的是父亲。不知怎的，在这一瞬间她忽然就觉得眼前模糊起来，台上所有的景象都在渐渐与从前重合。

这是父亲在她出生那年写下的曲子。熟悉的弦乐拨奏是她年幼时练了千百遍的旋律，父亲亲手为她誊抄的曲谱，至今还藏在那落满灰尘、不见天日的阁楼里。她有多久没再打开那箱子了？真的是因为被这样束缚、被那样牵绊吗？大厅里只剩下小提琴独奏与长笛轻和的声响，音色高低起伏间，宽广的海浪像极了父亲的怀抱。

旁人沉浸在这松快的音乐里，乔微的掌心却越收越紧。这一刻，她多想痛痛快快哭一场，可她最终只是紧紧盯着灯光下的舞台，眼泪一滴滴无声地落在手背上。

对乐坛来说，父亲其实还很年轻。他像是一颗极耀眼的流星，留下璀璨后便飞快地划落，消失在乐坛，也从乔微的生活里消失匿迹了。除了那些他年轻时大放异彩的影像资料，除了博物馆里收藏的那些手稿，除了教科书末页一览表里的名字与作品，仿佛再也寻不着他留在这世上的一点踪迹。

乔微不知道父亲还有没有活着，可她知道自己快死了。她从未这样后悔过，为什么要将所有时间浪费在自己并不喜欢的那些事情上，为什么要这样战战兢兢地为那些无关紧要的人而活着。她一点都不开心，她过得压抑极了！她在责怪父亲离开时为什么不带走自己，责怪母亲为什么那样自私冷漠，可她最应该责怪的其实是自己，她胆小又软弱，将自己固定在最安稳的模式里，她所做的挣扎力量微小得几乎不可见。没有人把刀架在她的脖子上，除了她自己，没有人可以掌控她的人生。而她，居然直到今天才恍然明白这一点。

“微微？”季圆回头时，黑暗中，不防竟看到了身侧好友眸中的水光，她讶异地压低声音问，“你哭了？”

半晌没得到乔微的回答，季圆的心中几乎是一片巨震，她从未见过好友哭，哪怕是泪光闪在眼里也从未有过。在季圆心里，乔微是个极有主见的人，她永远知道自己想要的是什么，那纤瘦的身躯里蕴含着极大的力量。就算是当年从音乐附中退学，她也马上凭借自身的能力考上了国内首屈一指的G大。她勇敢坚毅，从不屈服于困苦，迈出一步便决不后退，和她季圆是截然不同的。

如果不是季圆恰巧偏过头去，也许她这辈子都见不到乔微哭泣的样子。有那么一瞬间，她几乎开始后悔把乔微带来这里了。她是想要乔微重新开始拉琴，用尽了办法哄她、骗她、引诱她。可她不敢想象，乔微对舞台的渴望从来不比她少，她当初该是下了多大的决心，有多少苦衷，才放弃了拉琴？

季圆几乎要跟着哭出来：“微微，你别哭啊……”

季圆伸手将乔微的手紧紧握在掌心里，深深自责，是自己幼稚浅薄，是自己错了！

“我们走吧，我们不听了，现在就出去！”季圆说。

“不！”乔微坚决而缓慢地摇了摇头。

乔微的目光始终落在台上，双唇微启：“季圆。”

季圆连忙点头，握紧她的手，竖起耳朵听她接下来的话。

“我现在站回那个地方，还来得及吗？”

乔微的声音仿佛是三天不曾开口说话般沙哑，又如同在沙漠里跋涉很久没有水喝的旅人。她话音很沉，每一个字都低沉至极。

季圆却几乎不敢相信自己的耳朵，一个字一个字在脑中过了许多遍，眼泪终于如同断了线的珠子般滚落下来。她耗尽了力气才控制着没有哭出声，扑进乔微的怀里，说：“来得及，来得及……我真的……真的等你很久很久了。”

音乐会散场时夜已深了，气温已经降得极低，乔微却觉得浑身都是滚烫的。季圆的父母打过招呼后，工作人员将空荡荡的剧院交给了她们。

“微微，我借了覃叔叔的琴，我一说你的名字他就肯借，偏心死了。”

季圆拎着琴盒匆匆跑过来。

“人家现在可是乐团首席了。”季圆将琴盒抬到她跟前，翘起嘴角笑，“虽然不如叔叔留给你的那把，但是先拉拉看吧。”

乔微抬手接过，指尖触上琴盒，还未曾打开，她便已经闻见了那熟悉的松香味道。她大脑的神经在这一刻剧烈跳动起来，将心脏的血液输送至每一根神经末梢，连指尖都开始不住地颤抖。闪亮的舞台上，那咖啡色的琴身仿佛镀上了一层洁白的光。

琴腰与弯把线条流畅，木纹漂亮至极。她的指尖久违地抚上优雅凸起的琴腹，一颤，G 弦深沉、隽永而厚实的嗡鸣便重新回响在耳侧。

太久了！她等这一刻实在是太久了！

02

“季圆，剪刀给我。”

“阿姨知道一定会生气，造型师都不知道花了多少时间才做得这么漂亮呢。”季圆嘴里说着，却半点没有阻拦的意思，嘴角始终带着舒畅的笑意，从台下将剪刀抛到了她手中，“接好了。”

“咔嚓——”细微的几声过后，乔微的十指指尖变得光秃起来，泛着光泽的甲片落在实木地板舞台上。像是久别故乡的人近乡情怯，乔微做好了一切准备，却在琴前站了很久很久，才小心翼翼地将它从琴盒里取出来。

碰到琴身的一瞬间，仿佛有什么闸门瞬间被冲开了，所有的记忆蜂拥而出，几乎是一种刻在骨子里的条件反射，乔微扩肩收腹，站得挺拔笔直，下巴倚上腮托。

“每一次演奏都应该满怀敬畏。”

乔微四岁时，第一次握上八分之一琴的那一天，父亲便这样告诉她。小提琴演奏不是以弓拉弦的机械动作，而应该是身体舒展的一部分，它该奏出的是人的情绪，而绝非技巧。它是弦被拨动时与琴身内部借空气产生的共鸣，是大自然鸣唱的绝妙之音，是少女动听的歌唱。它该是一种柔和，却又能直通灵魂深处的神秘力量。

检查过音准和每根弦的高音，乔微的右手腕僵硬得有些可怕，她尝试着拉了一遍《四指练习曲》便停了下来。

毕竟那么多年没有练琴，指尖甚至比不上她五六岁时那般柔软、灵敏。

她的心跳得飞快，却不知自己究竟在怕些什么。

“塞茨《第五协奏曲》，接着来，微微！”季圆在台下紧张地望着她。

明亮的大灯刺得乔微的眼睛有些发疼，她将左手指尖立起，指腹便重新搭上冰凉的琴弦，琴弓的松毛轻扫，旋律再次响起来。

“维瓦尔蒂《A小调协奏曲》第一章。”

琴弓一顿，乔微依着她的话换了演奏曲目。

“第三章。”

“顿特练习曲第十三条。”

“罗德《第六协奏曲》。”

“维尼亚夫斯基《主题与变奏曲》。”

季圆埋头飞快地给她翻着曲谱，一首一首轮换着放在她面前的曲谱架上，乔微也仿佛不知道疲倦般一首一首接着拉。

不论拉得好与坏，在这座空荡的大厅里，只有耳畔传来自己的琴声的时候，她的内心才能平静下来，就如同那些年在音乐附中的琴房里从早练到晚的那种满足与畅意。

焦虑、浮躁……一切都消失了。季圆从乔微开蒙的曲子，一直换到考入音乐附中那年的试题——她父亲的《边陲海滨》。

这次，乔微的右手顿了一下，终于暂时停下来。左手的每一根手指都酸痛不堪，指腹火辣辣的像在燃烧。她感觉从手腕到大小臂，再到肩膀，都沉得仿佛这次放下去便再也抬不起来了，所以她不舍得放。

她的额上都是汗，还有掉下来落在眼睛里的，眼前白茫茫一片，却奇迹般地叫人平静下来。

“还需要我给你找谱子吗？”尽管这样问着，但季圆其实已经知道答案了。

果然，乔微也没再回答，她闭上了眼睛，大厅里所有的声音便都远去了，她只能听到自己浅淡的呼吸与心跳的轻响。

海风拂面，碧波荡漾。海浪自第一个音符起朝人涌过来，轻轻拍击海岸，微风纯净清爽而又柔情万种，A大调上的抒情，叫人连呼吸都心旷神怡起来。

演奏最熟练的曲子，理解起来绝对是最透彻是深刻的。就像是小时候每天吃的巧克力糖，不论有多久没碰，只要剥开糖纸，你的味蕾便会自动记起那刻在灵魂深处的味道。

那样得心应手的感觉会让人的状态更放松、更随意，更能进入一种琴人合一的状态。中段由抒情转入尽情倾诉，波音清新飘逸，泛音余音绕梁，双音使得整首曲子产生大海般的广袤、平静的感觉。

她那么久没碰过琴，即使技术上有些许微小的瑕疵，可她的感情是无比充沛饱满的，内涵丰富。

季圆听着听着，却背过身。她捂嘴，仰着头，泪水无声地湿了眼眶。

果然，无论过了多久，只要乔微在舞台灯光下的那一刻，就足以叫人忽略所有，她将观众的心神带入她所创造的世界里，也只有她有这样的能力与天赋。

乔微，只有站在台上的时候，才是最闪闪发光的。

曲子尾音是泛音，乔微这一次终于能控制自己的手指，快慢随心所欲，海滨的余音不息，将海浪无限延伸开来，送到天际。

曲子结束许久，空荡的大厅里谁都没出声。乔微提着琴弓的手止不住地在颤抖，额头有汗水掉落在实木地板上，她几乎快要拿不稳琴身。然而，她却觉得自己的心从没有如这一刻般安宁与富足。

“我真开心。”乔微抬头，她的嘴角勾起小孩子般满足的笑意，眼睛里的水光恍若星辰般明亮，又一次重复道，“季圆，我真开心。”

乔微请了假，一整个星期没去学校，也没去医院，每天跟着季圆泡在她的琴房里，最后还是主治医生亲自打电话通知她去取病检结果。

季圆坐在钢琴前练习和声部分，摇头晃脑的，欢快又投入。乔微瞧了瞧电话号码，悄悄掩上房门退出来，站在阳台上才按下接听键。

“病检结果不大理想，乔小姐，你需要尽快通知家属办理住院。”主治医生说。

乔微干燥的喉咙动了动：“结果……是什么？”

“胃癌发展期。我初步判断，肿瘤有转移的倾向，而且还有非常严重的细胞的相位，再进一步，可能就要扩散到身体的其他部位。”主治医生劝道，“更多情况，还需要你到医院来做 pet-CT 进一步检查……”

乔微这些天把所有能查的资料都查了一遍，哪里还不清楚“发展期”这三个字的分量。胃癌早期大多是无知无觉，不见症状的，像她这样严重的反应，那天从医院回来，她其实便已经有了心理准备。

可人总怀着侥幸，有准备是一回事，当猜测真正被验证的时候，又是另外一回事了。阳台上有风拂过面颊，冬日里的阳光半点不带暖意，乔微的鼻子被冻得生疼，她将右手放进口袋里，紧紧扣着外套的里衬。

“如果我放弃治疗……”她顿了一下，异常艰难地问出接下来的一句，“我还能活多久？”

医生大概没想到她会这么问，迟疑了半晌，没有正面答她，只是锲而不舍地继续劝道：“再拖延下去，如果癌性感染，或者肿瘤扩散到其他部位，那时候治愈的概率要比现在小得多。乔小姐，你还年轻，不要轻言放弃。”

03

在 G 市待的时间越来越久，不知哪来的烦闷，霍峭之一连几日连玩都提不起兴致，大清早便去了马场。西亭马场由霍峤之的外曾祖父出资兴建，早年是霍奶奶出嫁时的陪嫁。后来听说孙子在英国的学校拿了马术冠军，她干脆美滋滋地将其转到霍峤之的名下。

G 市的土地寸土寸金，马场近半个世纪来不断扩张，新增看台，改建赛道，还承办过不少国际赛事，价值早已不可同日而语。霍父提了几次想将马场要过去，不想将马场给这不成器的儿子管理，偏偏老人家满心满眼都是她的宝贝乖孙，亲儿子也不待见，都给驳斥回去了。

“霍少，你这么久不回 B 市，真的没事吗？”严坤手抱在胸前倚在马厩上，奇怪地问道，“满打满算，你留了两个多星期了吧？”

霍峤之正低头认真地给他的马喂从美国空运过来的新鲜草料，心不在焉地敷衍道：“不用我回去，自然有人着急过来，等着瞧吧。”

“为席家那项目的事？”严坤试探道。

霍峤之不再回答，抬头移开话题问：“跑两圈？”

大概听出有机会遛弯，白色纯种马的耳朵立刻竖起来，前蹄微抬，大声打了个响鼻。

立刻有人替霍峤之打开马厩。

“得了，谁敢跟你这马术冠军比，您自个儿玩吧。”严坤没好气地说。

“没意思。”霍峤之戴上手套轻抚了两下马背，牵到太阳底下，翻身上马。缰绳微收，马靴轻拍马腹，白马立刻奔驰起来，梳理整齐的鬃毛抖动，周边的景色飞快地后退。

严坤瞧着他离开的背影叹了口气，他们说是朋友，其实很多时候他也不大懂霍峤之到底在想些什么。

严家比不上霍家门户大，虽说他也有糟心事，但父亲外头的一堆女人和他那些弟弟妹妹，哪个不被他母亲治得服服帖帖。但霍家不一样，从那对母子让霍峤之父亲亲自领进霍家家门，便可见他们母子是不可小觑的狠角色。

这些年，霍家老大的贤名在外，倒把正儿八经的霍大少爷传成个终日浪荡的纨绔子弟。虽然霍峤之也确实爱玩了些，但有霍奶奶撑腰，他过得也算快活。反正目前他名下的资产也够他吃几辈子的了，也许霍峤之就真的只是想当个闲散的公子哥儿呢！

严坤不理解，在他看来，霍峤之分明是聪慧极了的人。大家一起学的围棋只有他拿到了八段，一起学的马术只有他拿到了冠军，只是他偏偏不肯把心思放半点在生意上，从英国回来这么久，也没见他沾手一点正事。如果他有霍峤之这样的天资，定要把霍家搅得天翻地覆，出了这一口恶气才行。

不过才十五分钟，霍峤之小溜了一圈便回来了，骑在马上居高临下地说："我问你个事儿。"

"什么事？"严坤的眼皮都不抬，有点不太想搭理他。

"我有一个朋友……不是，我是说，怎么跟别人聊天，能让她心情好点？"

"哎哟——"严坤猛地抬头，打量了他半晌才道，"我们霍少这是春心萌动了？你要搭讪哪家的姑娘啊，这么正式？"

"甭废话，问你你就说。"霍峤之不耐烦了。

"问人问题不得虚心点，你姿态那么高，我连你的声音都听不清楚……"

霍峤之利落地翻身跳下马，抱起手看着他。

"这好办。"严坤摸了一下他爱马的鼻子，说道，"你就把你地下车库里最炫的那辆车开着去，如果她无动于衷，那就告诉她你姓霍，还不认识你的话，就再让她在搜索引擎里搜一下你的名字，什么妞拿不下……"

严坤的声音在纯种白马"嚯"的嘶鸣里戛然而止，白马不高兴地扬起那高傲的头颅，吓得他连退几步："嘿，霍少，你这妞吓死我了。"

"活该！"霍峤之牵着马径直越过他，冷冷道，"你这出的什么馊主意。"

乔微何止知道他的名字，可还不是不愿搭理他。

严坤不屈不挠地追上来："我跟你说，追女人最忌死缠烂打，你得不动声色地散发你的荷尔蒙，让她看清楚你的条件，得吸引她，等着她往你身上扑……"

霍峤之总算明白为什么严坤的每任真爱都是会所的公主了。

"审题会不会？"霍峤之把头盔摘下来往他身上一扔，"我问的是什么？"

严坤回忆了一瞬，立刻得意地拍手："那必须先送礼物啊，想让女人心情变好，那就得送她合心意的礼物。"

这办法倒还不离谱。乔微上次走的时候似乎是很生气，送她件礼物赔罪倒也不过分。那天乔微问他想要什么？霍峤之其实也不清楚自己想要什么，乔微身上真没什么可图的。但他就是觉得和她说话很有意思，在他眼中，乔微装模作样、乔微生气、乔微骂人都和别人不一样。

霍峤之这兴致来得突然，不过他平日忽然疯狂喜欢上什么玩具、什么项目、什么运动也不是没有过，只是过后便淡了。偏偏这次他知道了乔微生病，他也说不清楚心里是个什么感觉，惋惜，又觉得遗憾。这两天他都没出门，想着不能再招惹她，移开注意力去玩其他的，却又什么都觉得索然无味。

霍峤之默不作声地在前走着，严坤的好奇心也越来越盛，追问："你看上的那姑娘到底是谁啊？说说嘛，对症下药不是？"

霍峤之翻身上马，垂眸瞟他一眼，回敬道："关你屁事，我自个儿玩去。"

马蹄声踢踏的轻响过后，霍峤之跑远了，只留下严坤站在原地嘟囔："这浑蛋还怪记仇呢。"

一早上在马背上挥汗如雨，霍峤之畅快地洗了个澡，正准备回家，经理得知他过来的消息，小跑着便过来了："霍少，还好您来了，我正准备给您打电话。"

"怎么了？"霍峤之问。

“刚刚市里传来消息，说咱们的马场被规划在新商圈的征地范围里。”经理的神情凝重，“要是这规划真成了，过段时间可能就要开始动员搬迁……”

“疯了吧。”霍峤之嗤笑，“真以为商圈是做做规划批地卖地就能起来的？”

“这事儿是哪个开发商牵的头？”霍峤之扔开擦头发的毛巾，问道。

“听说是环海……”

“这可真有意思，想用我家的钱拆掉我的马场？”

霍峤之面上的笑意若有若无，眼睛里却是一片冷然。

乔微晚上回宅子拿换洗的衣物，故意错过饭点，本想着大厅这会儿应该没人，谁知席家的晚餐这天竟还没结束。

“微微，你回来了。”席越最先看见她。

保姆连忙添加新的碗碟，王妈过来替她拎包拿外套。乔微礼貌地唤了人，却没动，摇头拒绝：“不必摆了，我在外面吃过了。”也是在说话时，她才瞧见了自餐桌上转身看过来的霍峤之。餐厅暖黄的光晕下，他的眉眼深邃，面上带着几分懒洋洋的笑意。

又请这二世祖来吃饭，难怪时间也不按惯例了。

四目相对，乔微率先移开视线。

“学校里还有点事，我先上楼收拾些东西，你们慢用。”乔微转身上楼，也不去看乔母的脸色，因为在人前，乔母再怎么样都会绷住笑意。乔微这些天没回来，又不接电话，乔母大概已经气极了。

乔微的东西不多，不过十来分钟，她便拎着行李重新出现在楼梯口。她放轻下楼的脚步，隐约能听到餐厅的谈话，入耳的先是霍峤之漫不经心的声音。

“真是不好意思，我平日里不大关心理会这些事，如果今天晚餐的目的是这个，恐怕要让您失望了。”

席叔叔哈哈笑起来，又添上一堆否认的客套话。听起来是霍峣之就要告辞了，乔微加快脚步。若是让霍峣之先出门，她今晚大概便走不了了。

果然，乔微才到楼下，霍峣之已经被父子二人送到了门厅。

“微微，你等一下。”乔母笑着唤她，“我还有些话要跟你说。”

乔微握紧手里的包，顿住，缓缓地转身：“我得回学校，有什么事改天再说吧。”

“老谭今晚不在，没有车，再说明早送你去也来得及。”乔母说。

“我送她吧。”霍峣之忽地插进来一句。

此话一出，众人面上都难掩诧异之色。

霍峣之接过保姆取来的大衣，再叠好搭在小臂上，沉声解释：“我去看我奶奶，正好要去市区，顺路。”

这理由听起来像模像样，可站在这里的谁不清楚，霍峣之是个多不爱往身上揽事的人。

席越的视线落在两人身上来回几秒，出声道：“我送——”

席越话才出口，便被他父亲打断：“那当然再好不过，劳烦贤侄了。”

霍峣之笑得眼睛弯了弯：“不麻烦。”言罢，他偏头看向乔微，挑眉道：“那就走吧？”

院子里停的车是卡宴，也不知道这阔少爷到底买了多少辆车，每天换都不带重样的。乔微上车关好门，偏头瞧了一眼窗外的众人，说：“走吧。”

“等一下。”霍峣之没急着把车子启动，伸出右手扶着副驾驶座的座位，侧身过来。

“你做什么？”乔微低声怒斥，皱着眉身子往后缩。

“你的车门没关好嘛。”霍峣之抬头瞧她，声音格外无辜，他的睫毛与鼻梁贴近乔微的下巴处，看上去倒比大姑娘还要精致几分。

“我自己来。”乔微不为所动，抬手便将他推开，重重地重新关上车门，说，“开车。”

所幸车窗是单向透视玻璃。乔母已经转身回去了，保姆们瞧不清车上发生了什么，仍站在台阶上笑着恭送贵客。

车子在夜幕下飞驰，环城高速远处的灯火一闪而过。乔微的仪态一向是极好的，即使再累她也坐得挺拔，只是上了车便一言不发。霍峤之几次试图开口，都因为车厢里的静默，到嘴边的话又咽了回来，好像说点什么都显得他不太庄重。

风被迅疾的车身划开，呼啸声又被隔绝在封闭性极好的车厢外，一路没有什么颠簸，霍峤之这次倒肯好好开车了。

终于接近市区，待外面的车多起来时，乔微开口了：“前面路口把我放下来就行。”

“你不回学校？”他的视线落在她小腿一侧的行李那儿。

“霍少爷。”乔微偏头反问，“我们有这么熟吗？”

她的声音总是带着几分惯有的矜持低沉，恍若风拂杨柳，又似泉水清冽，永远不急不缓。就连这句带着讽刺般的“霍少爷”，在他听来也是极舒服的。

恰逢红灯路口，霍峤之只当没听见，美滋滋地踩了刹车，说：“你拿着行李不方便，去哪儿，我送你就是了。”

乔微并不想回学校，也不打算去医院，总住季圆家，季叔叔和季阿姨肯定会猜测她出了什么事。她其实没什么可去的地方，原本打算在酒店待一晚的。只是这些话，她当然不会告诉他。

“我就在前面路口下。”乔微继续说。

“前面禁停，会拍照。”霍峤之煞有介事地拒绝。乔微还要开口，霍峤之的电话响了。这个时间点儿，二世祖们的夜生活才刚刚开始，大概有人在电话里约他，霍峭之的眼神几次落在乔微身上，又收了回去。

车厢里，只听他压低声音开口拒绝道："我这边有事，今晚就不去了。"

乔微出声再次强调："不用管我，你玩你的吧，我就在前面路口下。"

电话另一端那人隐隐约约在霍峭之的话筒里听见女声，顿时来了精神："哟，车里有人？"

"嗯。"霍峭之压低声音随意地敷衍了一句。

"还是个女人？头一回啊，霍少！"电话另一端的人惊讶地说。

乔微就在身侧，随时准备开门下车去，还好他这次有先见之明，把钥匙放在了口袋里。城市傍晚的街道很吵闹，倒是不必担心乔微会听见蓝牙耳机里的声音。

"漂亮吗？"那边兴致勃勃地继续追问。

霍峭之的卡宴挤在车流里缓慢移动，他的喉结动了动，悄悄侧头，瞟了一眼正看窗外的乔微。城市晕红的路灯下，她的皮肤白得像牛奶，侧脸线条柔和，漆黑的眼睛似有光点在闪，菱唇微粉。

好看。霍峭之收回视线，点头。他点完头后才意识到对方并不能看见，于是得意扬扬地"嗯"了一声。

"到底多漂亮，连你都夸？"话筒那端的人好奇心更强，"来吧来吧，一起过来玩。大家认识认识，以后遇上了说不定还能打声招呼。"

"别蹬鼻子上脸。"霍峭之道。

挂了电话，乔微又提下车的事。

霍峭之微一思忖，便有了主意，眼睛微弯，笑着说："你拿着这么多东西，不方便，我既然说了顺路送你，怎么可以把你扔在路上？"

他的桃花眼多情，皮肤白皙，鼻梁高挺，生来一副浪荡公子哥儿的模样，此刻眼睛弯着笑起来，杀伤力更大。

"你要有事就先去忙，送到这里就足够了。"乔微认真地道了谢。

霍峭之却摇摇头，想出个折中的办法："这样吧，你先跟我去，一会儿晚高峰过了，我再送你回学校也是一样的。”

他的话音落下，便在路口换了方向。乔微还未来不及说话，车子已经拐进漆黑的暗巷。

她紧了紧身上的安全带，问：“去哪儿？”

“我的乐队。”霍嵉之回答。

乔微反应了一下，才笑起来：“你的乐队？”

04

五光十色的霓虹灯点亮了地下酒吧，帅气的服务生在人群中端着托盘往来，吧台后穿制服的调酒师头发打理得服帖光亮。舞池里的男女疯狂地跟着摇滚乐摆动身体，音乐声震耳欲聋，每一段旋律、每一个节拍都让人血液加速流动，燥热起来。

乔微是头一次到这样的地方来，在这座城市的夜幕降临之后，跟着一个不讨她喜欢的公子哥儿。人群太挤，她不习惯和人有身体接触，险些迷失在舞池里找不着方向，还是霍嵉之又折回来，把她的手腕扣在掌心，说：“跟我来。”

乔微没听清他的声音，但看口型懂了什么意思，这次她没有甩开他，任由他拉着自己往前走。

越过人群，前方玻璃地面的舞台便出现在视线里。话筒前那位拨着电吉他的主唱才瞧见霍嵉之便兴奋地吹了声长哨。恰巧一段表演结束，他后退一步，让开主唱的位置，飞快地招手示意霍嵉之上台。

“你在这儿等我，哪儿也别去。”霍嵉之低头叮嘱，想了想又觉得不放心，故意脱了外套给乔微抱上，这才满意地上前去。双手撑在舞台边缘，他只一个利落的翻身，便站上了台。

台下猛地爆发出欢呼与尖叫。

后头有人扔来一把电吉他，霍嵉之稳稳地接住了他的乐器。此时旋律时值太长，他干脆随性地弹了一段和声伴奏，修长的左手指在六根弦上几乎快得化成一道残影。

再转过身正面面向台下时，他低头靠近话筒，歌声没丝毫突兀地切入，很快成为整支乐队的主旋律。

舞池里灯光摇曳，很奇怪，霍峭之临时赶过来，既没有打理头发，也没换服装，就穿着那件黑色卫衣，却依旧成为舞台上最闪耀的聚光点。他洒脱率性到极致，一举一动都扣动人的心弦。鼓点越来越密集，他的吐词也越来越快。那音乐叫人血液沸腾，浑身每一个细胞都开始不甘地叫嚣。那是一种极致狂热的躁动，越是喧嚣，才越是叫人抛开一切将自己释放。

“主唱！我爱你！”

乔微旁边的女人大概是他的狂热粉丝，她涨红了脸大声喊道，为了让霍峭之听见似乎用尽了全身的力气。

乔微的耳朵被炸得嗡嗡响，却到底没有移开脚步站远些，这里是离舞台最近的地方。

音乐永远是共通的，也许她和这地方的每一个人都一样，在被感染着。待到一首歌唱毕，霍峭之忽然将右手高抬，所有的乐声都在这一刻戛然而止。

“下一首*Fighting*是我送给一位朋友的礼物，祝她今晚愉快。”他俯身对着话筒道，漆黑的眼睛灼灼地盯着她所在的方向。

乔微不确定地左右看了一眼，这才确定霍峭之说的这个朋友确实是自己。全场又是一阵喧嚣与躁动，这一刻，乔微忽地敞开心怀笑了起来，她开始跟着所有人为歌曲的前奏打起了拍子。

滑弦过后，霍峭之踩着拍开始唱。那声线穿过话筒，低沉却轻透，磁性中带着慵懒的意味，仿佛重力的吸引，引人沉沦，轻易勾起身体最深处的原始荷尔蒙冲动。

“Said I'd moved on and I'd leave it alone,but before I walk out there is something.”

……

乔微在这一刻彻底意识到，霍峭之是宋教授的孙子，他的血液里便流淌着音乐的分子，吉他弹得极好，轻而易举便能让人振奋起来。

乔微突然觉得自己有些喜欢这样震耳欲聋的音乐了。与她学的古典乐截然不一样，它是年轻而自由的。三和弦与强硬持续的鼓点，离经叛道，冲动而疯狂，然而它的情感却是切切实实存在的。无论是恐惧或愤怒，无论是喜悦还是渴望，都能在那触手可及的地方找到对应和宣泄。

“What am I fighting for？”

一遍遍唱到最高亢的地方，他的高音游刃有余地将所有人的情绪带到最高处，那种感染力即便是录制得再好的 CD 也无法与之相比。全场跟着他一起合唱，霍峭之抬手比画了个圈，台下的人便一起跟着转圈跑起来，气氛达到顶点。

就在这时，他降低音量，微微偏头看着乔微的眼睛，唱道：“You were all that i had.”

你曾是我的全部。

聚光灯下，他的眼睛看着乔微，恍若黑曜石般明亮，桃花眼微弯着，唇畔的两个酒窝可爱而又纯净。

“You were delicate and hard to find.”

你如此精致，是这样难以发觉。

身边女人此起彼伏的尖叫声几乎要把屋顶掀翻，那双眼睛带着魔力又或是魅惑。乔微彻底放纵自己的心跳跟随鼓点的震动，露出牙齿笑起来。

“Got lost in the back of my mind,and I can never get back, no I never got back.”

我的心迷失了，我永远不能回来。

“…And I will never give up, no, I'll never give up.”

但我从不会放弃，不，我不放弃。

那乐声像一支肾上腺素，把活力注入血管，重新赋予人力量。像是一场大汗淋漓的运动之后，所有东西都在此刻宣泄一空，乔微甚至看到了身侧有人眼里闪烁着的泪光。

霍峭之取下身上的电吉他再下台时，乔微还是走了，她把他的外套交给了舞池里的侍者。

“她什么时候走的？”他把那外套往沙发上一扔，满脸的不高兴谁都能看出来。白白费力唱半天，他难得耍次帅，她怎么能先走了？这个不讲信用的女人！

侍者将酒杯放在他跟前的桌子上，顿了一下方才回忆道：“应该是快要结束的时候。”

“什么话都没留？”霍峭之不死心。

“没有。”侍者回答。

他顿时再也提不起半点兴趣，失望地踢了踢脚边的琴盒，往沙发上一倒，心不在焉地吩咐：“你下去吧。”

侍者走到包厢口，像是想起什么，又回头道：“对了，她问了——”

“问了什么？”他紧张地坐起来。

“问了乐队的名字，我告诉她是 Bell，钟声乐队。”侍者说。

霍峭之破碎的心总算得了少许慰藉，嘴角满意地翘起来，挥挥手叫人下去。总之，问了名字就是喜欢他的音乐，喜欢他的音乐就是喜欢他。

乔微再次回到学校，是因为中信实习的事情。

“你真的决定放弃了？”林教授的神情难掩诧异。

乔微点头，行了一个礼：“抱歉，教授。”

教授坐在办公桌后，指尖无意识地敲打了几下桌面，思量片刻，又问：“是什么原因不去了？是找到更好的实习单位了吗？”

对于金融专业应届毕业生来说，国内比中信更好的实习单位还真不多，进入中信实习既能历练自己又能丰富简历。

果然，乔微摇头。

“那是为什么？”

她忽然笑了一下，开口道：“教授，我其实不太喜欢金融。”

“不喜欢还能学这么好？”林以深挑眉追问。

“大概是因为喜欢的事情不能碰，其他的学什么对我来说都一样吧。”

总要为心找到一个依托。

“好吧，我尊重你的选择。”林教授点头，将她的名字从实习那一栏划掉，惋惜地说，“只是你一走，这个名额又空下来了，总不好再选一次……”

“教授，任秋莹您记得吗？”

“哦，那个在你之前站起来的姑娘。”林以深点头，“她说得也不错……”

“我觉得她是个不错的人选。”乔微轻声开口推荐。

谭叔帮她把寝室的东西都拎上车，室友们下了课，便匆忙追出北门来。

“微微，老师说你办退学了，这到底是怎么回事啊？”林蕾最先问她。

“律静不来上课，快要被开除了，这下你也办了退学，咱们寝室人一下子就少了两个，都快毕业了……”

再怎么样，大家到底朝夕相处了四年，还真不舍。

乔微待她们都说完了，才轻声开口解释：“我有些事情想去做，一直没来得及，现在终于有机会了。”

“什么事啊？”林蕾一边问，一边抬手擦被泪光晕花的眼线，“怎么说得就跟快没时间了一样，再等半个学期，毕业了去不行吗？”

“我想回去拉小提琴。”

“小提琴？”室友们面面相觑，大学四年，她们从来不知道乔微居然会拉小提琴。

“我高中之前其实是艺术生，小提琴专业的。”乔微轻轻笑了一下，“从前一直没跟大家提过，对不起。”

她自己是这样说，可又有谁能怪她呢？

乔微的笑容很淡很暖，不同于平日的标准、矜持，皮肤有些苍白，唇色也浅淡，只有眼睛是明亮的，让人心很软。

大家一一与她拥抱，轮到任秋莹时，她终于忍不住哭出来。

“乔微，对不起。林教授刚刚在电话里跟我说，是你推荐我去中信的。”她抬手遮住眼睛，“我看了你的答案才站起来回答问题，你没有怪我，还这么帮我……”

“没事的。”乔微摇摇头，轻拍她的背。

乔微说话时，余光看到北门那边 G 大的教务楼被冬日下午的阳光分成几道颜色，楼下柳树的枝条在风中摇曳，将阳光的明亮抖落，万物的模样都在那光线的影子里。那光并不刺眼炫目，也不骄矜滚烫，柔和地洒了一点在她的手背。今天办完了退学手续，可能她有生之年也不会再回到这个地方。

然而这一刻，乔微心里是坦然而平静的。在 G 大近四年，那些记忆好与坏，笑抑或泪，都已经成为她身体的一部分，难以分割开来。自此离开之后，前方便是一段新的路途了。

近半个月没去过上林路，乔微本打算去探望外公，却又忽然接到季圆的电话。季圆兴奋地说：“微微，我告诉你个天大的好消息！”

“什么？”

季圆兴致勃勃地说：“咱们学校那位俞教授，你记得吧？他之前在国外一位制琴大师那儿订了琴，结果等了三年还多没等到。教授后来又看中一把意大利古琴，他一咬牙把房子抵押了，刚买下来，大师那儿的琴也制好了。这会儿两把琴一块放在家，师母天天跟他闹呢，他好不容易才松口肯出售一把。”

乔微的琴在乔母那儿，她不肯如乔母的意，一时半会儿是拿不回来了，只能另购。所幸季圆托了朱教授，很快便打听到消息。

乔微闻言，面上终于有了些喜色。

俞教授和妻子就住在音大的小洋楼，听说乔微来看琴，热情得不得了，大概是怕她不肯买。

“老俞啊，你这是做什么，两把都拿出来给微微试试看啊？”

俞教授不肯动，师母暗自抬脚，狠狠地踩了一下他的脚尖，瞧得乔微脚指头的神经都忍不住发麻。俞教授终于不大情愿地一瘸一拐地回房拿另一把琴。

乔微先拿起面前的这把大师定制琴，虎纹漂亮，做工完美。最重要的是，她试了试，很趁手。这琴总体音色细腻柔美，拉快时明亮，放缓又低沉，令人悸动。

大概人总有先来后到的心理，俞教授偏爱那把先来的古琴，乔微却觉得，忽略掉历史的价值，她更喜欢自己手上这一把。用一把合心意的好琴拉曲子，完全是不一样的感受。

乔微试了又试，依依不舍地放下琴弓说：“教授，多少钱，我买了。”

俞教授刚拿着另一个琴盒从房间出来，见乔微试也不试自己手上这把，喜不自禁，忙开口道：“我三年前订的时候是十四万美金，你是朱教授的学生，我也不多收你的，就还是十四万美金吧。”

乔微当场转了账，这交易便算是成功了。

临走时，俞教授又追上来说：“你等一下。”

乔微连忙站定转身。谁知俞教授又赠了一根琴弓给她，说：“这是我订了这把琴之后，专门为它准备的，琴一直没来，都没怎么用上，你试试用不用得惯。”

俞教授准备的琴弓，当然比季圆借给她的八百多元的弓效果好了不止一点，只是乔微不好意思收，想再把琴弓的钱也一并付给他。

教授却拒绝了，说：“既然送你，你拿着就是了。”俞教授还要再说什么，似是觉得有点说不出口，犹豫半晌，还是压低声音问道，“我记得你父亲手上有一把阿玛蒂的小提琴，是赠给谁在用吗，怎么这些年都没有了消息？”

按照国际惯例，这些价值不菲的古琴通常由收藏家或基金会拥有，而为了让小提琴的音色保持活力，又会将琴赠给有实力的演奏家使用。

乔微笑了一下，嘴角泛起一丝苦涩，紧了紧手里的琴弓，低头回答：“是我妈妈在保管。”

其实，她也快记不清父亲那把琴的声音了。

瞒着母亲从G大休了学，乔微借着朱教授的关系，在音大办了旁听证。老师无不爱惜那些天资过人又肯努力的学生，教授尤甚，她甚至每天都抽时间到琴房里指导乔微练习。一来二去，乔微也认识了教授如今在带的学生——林可渝，正是期末会演那天与季圆表演二重奏《加沃特舞曲》的女生。她年纪比乔微大一岁，五官精致秀美，很得教授喜欢。乔微早年不认识她，据说是乔微从音乐附中退学之后，她才从国外转回来的。

同一个老师，两个弟子间免不了被对比。乔微不知道从哪里冒出来，学校里那些“提琴天才”的言论又被传得沸沸扬扬不说，乔微还抢走了朱教授一半的精力，林可渝自然看她不顺眼。好几次朱教授刚一走，林可渝便沉下脸，也不与乔微说话，看她那脾气和做派，应该是哪家的大小姐。

乔微自然用不着看别人的脸色，旁人也干扰不到她，只顾自己闷头练习。

拿到琴没几天，乔微再打开电脑时，忽地瞧见袁律静弟弟的头像右上角多了几条红色的消息通知。她握着鼠标顿时愣住了。消息发出去半个多月，乔微自己身上都发生了这么多事，就在她已经不抱任何希望会得到回复的时候，消息来了。

再三犹豫，她还是打开了对话框。

三条回复，每条都很短，虽是简单的叙述，内容却叫人一个字也不敢信。

“乔微姐，我是律书。我姐在刚才病逝了。”

“卵巢癌，发现的时候已经是晚期。”

“姐姐叫你们别牵挂她。”

他这消息发出的时间是两天前。

他应该早就看到了乔微的消息，却一直陪着袁律静到最后一刻，才将这个消息告诉乔微。乔微反复盯着那三行字看了许多遍，直到指尖无意识地抖动了一下，最终关掉了对话框页面。

风从窗棂里吹进来，桌上的乐谱被吹得散落一地。乔微静坐着，许久没有去捡。似是一块悬在头上许久的大石头，直到这一刻终于砸了下来。她说不清是为袁律静伤心，还是在为自己恐惧。乔微一直给自己催眠，试图忘掉那天医院检查的事情，力求把每一分钟都过得快乐些。然而直到这一刻，惊惧与痛苦还是阴云般将她彻底笼罩了。一切都是悄无声息而又毫无预兆的，与她大学相伴四年的室友因为癌症离开人世了。

这些噩耗到来之前，又仿佛冥冥中早已注定，有迹可循。短短几个月，好友的音容笑貌犹在，而她离开时呢？又会是在哪一天？乔微忽然觉得周身一阵发冷，咬紧牙关也忍不住发颤。她低头看了看自己十指上这些天被琴弦磨出的肿胀的血泡。她的指尖已经麻木了，其实并不感觉疼。那冷，似乎是从骨子里冒出来的寒意，充斥在她身体的每一个角落里，纵使穿上最厚的外套，拼命靠近火炉，得来的暖意还是杯水车薪。

“微微！”季圆下了课便从琴房飞奔过来，想和乔微一块回家，笑意盈盈地推开门，却只瞧见一地的曲谱。

“怎么了？是不是没练好？”季圆急了，慌忙蹲身去捡，“你才刚回来，别着急啊，微微。”

“不是。”乔微缓缓蹲下身去，与她一起捡，“风吹的，你别担心我。”

第六章 谁稀罕跟你

01

收到袁律书消息几天后，乔微去了南方，送袁律静最后一程。知心的朋友对她来说每一个都难能可贵，她和袁律静是那么相似，以至于连最后都做出了一模一样的抉择。她们把所有事情一并放在自己心里，不愿让旁人伤神，不想叫旁人担心，想从从容容、安安静静地离开这世上。

时针正指向晚上七点，堂屋仅剩几盏残烛，火光闪烁不定。灵堂里，前来吊唁的宾客已经散了大半，剩下的多半是亲眷，在收拾客人吃剩的碗筷。嘈杂的声响里，灵前只剩下袁律静的母亲还在低声呜咽，她其实和乔母是差不多的年岁，可她的鬓角已掺杂着许多白发，终年劳作，微褐的皮肤上早早起皱，眼眶发青深陷。这么多天来，她大概流干了一辈子的眼泪。

袁律静是家中长女，她从前与乔微提过，家里为了供她念书，早年欠的许多外债还没还上。

“时间差不多了，咱们走吧。”有人在乔微身侧压低声音提醒，说话的是袁律静的高中同学。

葬礼在乡下举行，天晚车少，外面又在下雨，听说有车来接乔微回市区，他们这才约好了搭她的车到机场。乔微一时没回神应答，尽管裹紧了黑色大衣，寒气还是顺着她的小腿一个劲儿地往上爬，冷得人忍不住哆嗦。

“要不要披会儿我的外套？我瞧你冷得厉害。”那个女同学又与乔微说话。

乔微这次终于有了反应，她轻声拒绝：“不必麻烦的，多谢你了。”

女人的唇色十分浅淡，颔首时，那白皙的下巴微压，直接没入领子里。大衣腰身束紧，整个人看上去纤细得有些过分。五官惊艳，气质和穿着看上去都不像普通人，没想到袁律静G大的这个朋友还真是漂亮啊。那个女同学藏起眼中的艳羡，摆手轻声说：“不用谢的……我就是看你这么瘦，大概真的冷得厉害……”

“不冷的。”乔微摇头应道，转过身背对她，“我上完最后一炷香就走。”

乔微扎起的马尾下便是柔白的天鹅颈，戴了根细细的银质项链，光点细碎，好看得紧。

那个女同学移开视线，把未尽的话咽了下去。其实乔微也不完全是瘦，而是一种说不出来的单薄纤弱。她的皮肤白皙到少有血色，瞧着便让人忍不住要替她担心。

等到供桌边的人散开，乔微才最后上前点香。黑白照片里，挚友嘴角泛开的笑容温柔又真实。她深深一鞠躬，竟是不敢再看，转回身，率先大步跨出了门：“走吧。”

那个女同学心中暗暗松了一口气。瞧先前的架势，她还怕乔微不肯回去了……

袁律静家所在的村子挺偏僻的，饶是来时面包车司机开得飞快，都还在土石路上颠簸了三个多小时，更别说这会儿下雨路滑，回机场需要的时间肯定更长，再不走，可真赶不上飞机了。

明天是周一，她还指望那份朝九晚五的工作过日子。思及此，那个女同学又小跑两步跟在乔微身侧，撑开伞道："我这把伞大，一起撑吧。"

"谢谢。"

见乔微应了，女生这才顺势挽上她的手，亲切地说："谢什么，要谢也是我们谢你才对，要不是蹭你的车，这大雨天还真不知道该怎么赶到机场去。"

那个女同学说着话，面上亲热的笑意却是才出了门便开始发僵。雨下得很大，这会儿乡间的路上是一片泥泞，竟是半点落脚的地方也找不到，她攒了月余工资新买的和时尚博主同款的短靴若是踩进水洼泥潭里滚一遭，那还能要吗？她正犹豫，乔微的步子已经迈出去了，她也只得咬咬牙硬着头皮深一脚浅一脚地跟上。还未走到村口，远远地隔着一段路，司机便撑着大黑伞小跑着上前来，在乔微跟前站定，恭恭敬敬颔首，唤她一声："乔小姐。"

乔微不常来S市，这司机她没怎么见过，也不知他叫什么名字，因此只礼貌地点头回了一个礼，任他接过自己的行李放在后备厢。

"席少听说您还有几位朋友一起，所以让我开了辆宽敞些的车，没想到村里路窄，进不去，让您冒着雨走到村口，是我思虑不周，实在抱歉。"司机弯腰替乔微打开后排的车门。

"有伞，不妨事。"乔微摇头，又问司机，"晕车药带了吗？"

"带了。"

乔微收拢衣摆，低头坐进车子的后排。这辆车比一般的SUV还要宽大些，那个女同学连同几个一起回市区的同学上了车，刚好坐满。车厢内的暖气让乔微冰凉的四肢稍微好受了一点，她朝掌心哈了几口热气，正要吩咐司机起步，忽地在车窗外瞧见了一道影子。

冬天昼短，这会儿天色都暗下来了，又隔着雨雾，仔细辨认半晌，乔微才认出那人，是袁律书。

乔微降下车窗，他已经冒雨跑到车跟前了。男孩还不到二十岁，漆黑的发梢还滴着水，面庞上稚气未脱，英武的剑眉里却已经隐约能窥见几分坚毅，他从口袋里拿出信封说："乔微姐，这信封是你放下的吧？"

"是我放的。"乔微点头。

男孩得到答案便把东西往前一递，说："乔微姐，谢谢你来送我姐最后一程，但这信封我不能收。"

车厢里的几人都微觉诧异，那信封被撑得鼓鼓的，应该装了不少钱。

"还在弹贝斯吗？"乔微没抬手接，忽地问了一个不相干的问题。

男孩愣了片刻："还在弹。"

"我想也是。"乔微点头，视线从他手指头的一排茧子上收回来。

"我没放多少，留着吧，换把好点的贝斯。"乔微推回他的手，"那是你姐姐没来得及送你的，你就当是了却了她这个心愿。"

车窗升起，车起步，被群山环绕的村落离得越来越远，逐渐隐没在朦胧的山雨间。

袁律书站在原地，许久没动，他的头发眉眼全湿了。钱到底没还上。

乔微靠在后座闭眼休息，不料车子开出一段路后，雨点竟越发大了，噼里啪啦地砸在挡风玻璃上，连雨刷也清理不及。视线受阻，路面湿滑易侧翻，任司机技术再好、经验再丰富，这会儿也不得不小心应对，放缓了速度。就这一会儿，颠簸缓了下来。

"小姐，前边有人拦车，好像是车子坏掉了。"见有人拦车，司机报告道。

乔微觉得很困，腹部胀痛，身上也忽冷忽热的，整个人半梦半醒，意识模糊又混沌。闻声，她努力打起精神，眨了两下眼才睁开双目，透过被大雨模糊了的挡风玻璃望出去。

天已经完全黑下来了，前方靠右侧停了辆宝石蓝的越野车，车大灯开了照明，尾厢也敞着，地上乱七八糟散落着零件和修车工具。

"停下吧，听听他们怎么说。"乔微说。

撑伞的男人见拦住车，喜不自胜，低头喊了一句什么，车底便又钻出一个男人。他大概在修车，外套上沾满泥浆，闻言扔下扳手，起身便朝他们这边疾步走过来。

驾驶座的车窗敞开的一瞬，寒意如潮水般涌进。

“师傅，我们的车在前面坏了，您要是出山去，能不能顺路捎我们一程？就三个人……”男人虽然身上狼狈，但眉目干净。

“实在不好意思啊，这车都坐满了。”司机看了一眼后视镜，抱歉地回应他。

“哥们儿，我们又不是坏人，没必要那么紧张，挤着点坐也成，我们只坐到山口。”后面撑伞的年轻人也跟着追上来。他的个子较前者更高一些，眉宇间带了几分天生的痞性，说话倒还算客气。

两人衣着不凡，确实不像坏人的模样。司机还在犹豫。

“师傅，这地方偏僻，暴雨天也没信号，一下午了，就你们一辆车路过，要是还搭不上，这么冷的天气，真得在山里待一宿了……”为首的男人语毕，又低头从钱包里抽出一沓红色钞票递进窗口，恳切地道，“一点心意，您帮帮忙。”

那沓钱粗略看去有二三十张，司机没敢抬手接，为难地转过头，将目光投向乔微：“乔小姐，您看……”

听见这话，男人顷刻间明白过来。难怪呢……车是辆好车，与驾驶员的气质却并不相衬，原来真正能做主的是后排的女士。思及此，他不动声色地把钱重新塞回包里，对着漆黑的座位后排礼貌地点头，笑了笑，静待司机口中的那位乔小姐开口。车上连后备厢都装得满满当当的，娇小些的女孩倒也罢了，三个平均身高一米八以上的大汉是怎么也不可能塞下的。

乔微把视线从远处刚下车的那道身影上收回来，心中下了判断，轻轻摇头：“确实坐不了三个人。”

女声悦耳，带了几分初醒似的低缓沉静。

“听口音，小姐是G市人？”后面那位年轻人闻声笑道，“可真巧了，咱们还是老乡。”

为首的男人也笑，并不见被婉拒的恼怒，再次退步道：“没关系，能捎一个都是好的，只要到了有信号的地段，就能打电话通知外面的人。”

话都说到这份上了，乔微也不是不通情理的人，便点头应下：“那行，谁先走？上车吧。”

男人连忙道谢，这才挥了挥手，扬声朝远处那边的车喊一句：“峭之，好了，过来！”

车前灯照出挡风玻璃外飘洒的雨雾，颀长的影子应声而动。那男人撑着黑伞，迎着雾灯的光束走过来，清晰地撞进所有人的视线中，越来越近。

“这人长得怎么跟漫画角色似的……”乔微听到身侧的女生低声嘀咕。

这可真是巧了，乔微捂着肚子叹气。

在这样偏僻的地方，居然都能遇着这家伙。

02

身上湿淋淋的，车子坏了，暖气也开不了，被困了大半天，又冷又饿，留下来的两位公子哥儿哪里吃过这样的苦头。好在霍峭之搭上了别人的车，到了有信号的地段就能和外界联系，让他们好歹有了点盼头。两人脱了湿衣服，关紧车门躲避风雨。

在车厢里打了一会儿战，严坤忽地开口道：“你说……峭之要知道他爹把他支出来就是为了拆他那宝贝马场，回到G市后他得有多生气啊？”

“有了后娘就有后爹，老祖宗说的话不假，甭管谁家都是这个理儿。”一旁的男人搭腔，叹气，“一旦程序走完，峭之到时候再把天捅出个窟窿，这事儿也没辙了。”说到这儿，他的话头又一转，“不过霍家现在和环海合作的项目要是真弄成了，地皮带来的利润怎么着都值百八十个马场吧，也算拆得值。”

“你不知道，拆什么都行，这马场可是峤之奶奶送他的，老辈儿就传下来的，意义不一样。”严坤也叹气，“到时候咱这边也算知情不报了，峤之会不会找咱俩一块算账……”

“这本来就不关咱们什么事，要是多一嘴，这事儿最后没成……”到时候得罪的可就不只是峤之一个人那么简单了。一旁的人在心里补充道。

“可瞒着峤之，我心里老觉得过不去。”严坤低头，声音很闷。他们是兄弟，然而这一刻，他也只能徒劳地将掌心的手机翻过来翻过去。这个地方没有信号，之前几天不说，现在再怎么难受，也没法后悔了。

和两个朋友的沮丧截然不一样，霍峤之在车厢里看见乔微面孔的那一刻，眼睛猛然瞪大。在这儿的两日来，他终于找到了一点活着的感觉，惊喜到炸裂都不足以形容他此刻的心情。

他撑着车门，嘴角微翘，俯身与乔微身侧的女生商量：“小姐，能换个座儿吗？”

那玩世不恭的笑仿佛是他独有的标志，既有保持距离的矜贵，又不叫人轻视。女生的眼睛都被他那美颜晃得有些花，哪里有不应的道理，慌忙下车给他让开中间的位置。

乔微没来得及出声，霍峤之已经收了伞，长腿踏进车厢，如愿以偿地坐在了她身侧。

“乔微。”他靠近时，头微低，用她能听到的音量唤了一声，眼睛亮极，看上去很开心。

“你怎么会在这儿？”乔微问他。

“来瞧我爷爷。”霍峤之手往外面的大山一指，“喏，就躺在峤山里。”

几天前，他父亲说老头子托梦，要修葺祖坟。上了年纪的人最相信这个，奶奶一听，当即要飞过来。可医生早就交代过，奶奶的身体不适宜再乘坐飞机，霍峤之好劝歹劝，最后答应了自己亲自回来照看，这才把奶奶留在

G 市。

这地方又远又偏，他这两日耐下性子把事情都做完，好不容易能回 G 市了，却又遇到车子出故障，差点得留在山里过夜。

人生果然福祸相依，此刻能在这儿遇见乔微，霍峤之顿时觉得前两日的铺垫都圆满了。乔微顺着他指的地方看去，车窗外朦胧烟雨中，只隐约可见一点漆黑的山脉的曲线起伏。

怎么把人葬在这么远的地方？既不是 B 市，也不是 G 市，而是远离家乡的南方边陲？乔微的指尖抬起来，搭在冰凉的车窗上，似乎在描摹那山的轮廓。

“是老头临终前的决定，他年轻时候和我奶奶同一批下放到这儿，峤山是他们结婚的地方……”霍峤之似是看出了她的疑惑，便替她解惑。

“原来你们认识啊……”边上的女生颇为意外地插了一句。

这些人的气质不一般，看上去就是富贵家庭出身的。她在想，这么偏远的地方，怎么能一晚上连遇到两拨，原来他们都认识。

霍峤之闻声回头，这才有空把注意力分给车厢内的其他人：“你们是？”

“哦。”女生忙答，“我们都是律静的高中同学，今天她出殡，我们是来参加葬礼的……”

霍峤之不认识这个“律静”，但能让乔微生了病还要千里迢迢跑到这地方参加葬礼的朋友，倒是叫他好奇起来。

他觉得自己平日里的话还挺少，可莫名其妙地看见乔微就总有一堆跌身价的话想要说，只能再三提醒自己庄重一点，别又在她那儿吃一肚子瘪。

他接着那女生的话头往下问了两句，终于隐约猜到这个“律静”是乔微的大学同学。

“真的太突然了。”女同学说到这儿，眼泪似乎已经要掉下来，“律静她太懂事了，怕别人担心，什么也不说，直到腹腔都积了水才被家里人发现，让她去医院，她怎么也不肯去，怕人财两空……”

霍峭之才听那个律静得的病症，心里便咯噔一下。那乔微呢？乔微明知道自己生的是什么病，她到底是怀着什么样的心情来参加别人的葬礼的？

他偏头看过去时，乔微的视线已经从窗外收了回来。车厢里只有一点细微暗淡的光线，乔微白玉般的下巴隐没在大衣领子里，眉头不自觉地微蹙，眼皮也疲惫地耷拉着，整个人看上去累极了。

“乔微……”他压低声音唤了一声。

乔微没反应。

他不动声色往她身边挪了一点，又唤。

乔微的脑袋混沌昏沉，她只想安静地睡一会儿，却老听到霍峭之嗡嗡地在耳边唤自己，烦不胜烦。她想转身让他别叫了，话到嘴边才发觉自己的喉咙干哑，完全失声了。周身也像是被罩上了玻璃，她被隔绝在整个世界之外，什么也碰不到，什么也摸不着。她想回头看，可周边已经是一片模糊，就连霍峭之的声音也隔着一层迷雾，渐渐地听不清晰。她前所未有地恐惧起来，踉跄着朝后退了几步，转身飞快地往回跑，拼命想抓住刚刚让她觉得心烦的声音。可这条路竟是越跑越长了。

“乔微！”霍峭之一碰，乔微便软绵绵地歪倒在车窗上。

乔微平日最爱装腔作势了，在哪儿都是坐得笔直，他却直到现在才发现她的不对劲。

司机是席越叫来的，听见喊声，忙要停车，却又被霍峭之喝止了。

“开快点！去医院！”霍峭之喊道。

“我们……我们不去机场了吗？”边上的人大惊失色。

霍峭之打开顶灯，不耐烦地回头看了她一眼，冷声道：“到了市区有车，自己去。”

那女生立刻不敢出声了，瞧着霍峭之的脸色，她又往角落里缩了缩，腾开一些位置。

靠在车窗上太颠簸，霍峭之怕把乔微的脑袋撞出个好歹，只得伸手将她的肩揽过来，让她靠在自己肩膀上。过了一会儿，他又觉得自己的肩膀太硬，她这样坐会不舒服。

霍峭之从来没照顾过病人。车厢昏暗的灯光里，她是这样纤弱细嫩，仿佛一掐就会断了，竟叫他觉得手足无措起来。

03

也不知道 Y 市的冬天哪来那么多雨，下了一整晚也不见停，还有越下越大的趋势。

霍峭之开了窗，好让乔微能呼吸到足够的新鲜空气，车厢内的温度却也因此降下来，她一直在他怀里颤抖。

也许是冷的。霍峭之想，她似乎很怕冷。

南方已经够暖和了，入冬以来，他在 G 市几乎没穿过厚外套。然而他见到乔微的时候，她常常是把自己裹得密不透风的，叫他不禁有种又回到北国冬天的错觉。

没办法，霍峭之只得又将自己的夹克衫脱下来盖在乔微的大衣外面，手背不小心触及她的脸颊时，被热度灼烫了一下。他这才发现，乔微的脸很烫。

“她发烧了？”旁边的女生瞧他一直摸乔微的额头，试探着问道，“是不是因为冻病了？我之前就瞧见她的脸色一直不太好，出来时雨太大，又淋到了一点……”

司机这会儿再也顾不得坡陡路滑了，他额头发汗，握稳方向盘紧盯着前方的路面，想要再开快些。

要是乔微出了什么岔子，他今天说不定也难逃干系。

眼看着时间一分一秒地过去，霍峭之的眉头慢慢皱了起来。车子的减震系统不错，但路况太差，车速也没有比之前快多少，车却越来越颠簸。

昏迷的人不能剧烈摇晃。

下决定只要一瞬间，霍峤之将乔微交给边上的女生照顾，扬声朝司机道：“停车。”

司机踩了刹车，回头问：“怎么了？”

“你下来吧，我来开。”霍峤之似是随口吩咐一句，话里却是不容人辩驳的意味。

司机知道这种语气是他平日里熟悉极了的雇主的口吻，专业技能受到质疑，他涨红了脸，但不知怎的，他还是下意识地依言将车停好，为这年轻人让出了驾驶座。

挂挡起步时，霍峤之顺带将操作系统熟悉了一遍，再踩下油门，车子很快便飞驰起来。

霍峤之十来岁起开始碰车，玩过的车他自己都记不清有多少了。那种飙车的兴致，更多时候是为了追求突破的刺激，享受将一切掌控在手中的欲望和快感。但为了做好人好事一路狂飙，他这还是头一回。他觉得有些好笑，可一想到身后失去意识的乔微，面上的笑意又全消失了。他心里像是提了一面鼓，尽管他也不知道自己为什么要这样紧张。

不到半小时，飞驰的车子驶入市区医院的门口，霍峤之将钥匙扔到司机手里，抱着乔微跑进门挂急诊。

比预估的时间早了一半，所有人都松了一口气。搭车的几位表示感谢后，便忙着去赶飞机了。司机将车子在地下停车场停好后，这才记起来赶紧给席少打个电话。

“昏迷了？”席越霍地从位子上站起来，问道，“什么时候的事？”

瞥见餐桌上众人投来视线，席越这才道了声“抱歉”，匆匆离席，站到门外问：“究竟怎么回事，怎么会突然发烧？”

“这边在下雨，可能是因为淋了雨，现在刚挂了急诊，其他诊断还没有出来。”司机解释。

席越皱眉踱步：“哪家医院？我现在过去。”

回到席上，席越又道了声“抱歉”，从餐椅背后拿起自己的外套，说：“扰了大家的清兴，家里临时出了点急事，今天不能再奉陪了，改日再登门向各位长辈请罪。”

“什么急事？”一个女人忙问，“重要吗？”

“很重要。”席越说道。他再行了一个礼，转身匆匆待要出门时，那女人又追上来，抓住他的小臂问：“席越，要不然我陪你一块去吧？有什么事还能帮帮忙……”

席越顿了一下，转身。

女人的面容娇俏，五官精致，目光恳切。

“林小姐，这件事你可能帮不上什么忙。”他摇头，声音微沉，将她的手从自己的小臂上拿下来，说，“宴席还没结束，你还是先回去吧，也免得长辈担心。”

餐厅门口已经停好了车，席越说罢便大步转身出门去。女人不甘心地咬了咬下唇，兴致索然地转头往回走。

此时，席间众人已经讨论起来。

“女大不中留，年纪一到就自己长脚追着人跑了，你说说，我们这做父母的还没表态，她倒什么都替咱们决定好了……”

“一桩生意倘若能换个佳婿，那也值了。”有人打趣道，“再说环海这项目前景好，参一股倒也无妨，最后赚的不还是你们这做父母的……”

“体温三十七度六，生命体征平稳。”护士看完，收回温度计。

瞧着病床上嘴角都烧得发干的乔微，霍峤之的眉头深深皱起来：“那她怎么就是醒不了？”

医生扫了一遍数据，除了白细胞升高、血沉加快，并不见什么特别的检查结果，抬头问霍峤之：“她以前有过这种低烧浅昏迷的情况吗？”

“不知道。”霍峤之摇头。

“那她发烧前有什么症状？”

“我不知道，她昏迷前还在跟我说话。”

“嘿，你这男朋友怎么当的？一问三不知呀！”医生黑起脸斥责他，“总要有个诱因吧？”

乔微那次生气威胁他的样子仿佛就近在昨天，霍峭之抿紧了唇，垂眸瞧着病床上面色苍白的女人，顿了许久，终于开口：“她有胃癌。”

此话一出，医生的眼睛都瞪大了，在年轻的病人和霍峭之脸上来回看了几遍，说：“你不是在和我开玩笑吧？！”

“我为什么要和你开玩笑？”霍峭之比他还凶。

“这种事情你为什么不早说？”医生也来了气，“都这时候了，怎么还不住院？你们这家属怎么当的？”

“我怎么知道她家属怎么当的？”霍峭之转身愤愤地踹了下柜角，生气地说，“我又不是她家属，我到底为什么要管她？”

护士的眼神活脱脱像在看一个绝世大渣男。医生这下也没了话，轻咳了两声，知道也问不出什么了，便说：“你先跟护士去缴下费，接下来还有些检查要做，要是抗生素没效，也只能用抗癌药物才能退烧了。”

才走出两步，霍峭之又听医生在他身后道：“赶紧通知家属，如果她的发烧真的是癌症引起的，这只是第一步，接下来很可能会出现肿瘤增大，这两天要尽快办好住院手续。”

缴完费，霍峭之摊开腿躺在乔微病床前的椅子上，眼神有些呆。

他的体格好，免疫力强，从小几乎不生病，偶尔患了伤风感冒，蒙头大睡一觉，第二天起来又是生龙活虎的。他活了二十来年，几乎没怎么在医院用过抗生素。甚至小时候他还挺喜欢医院的，一旦有什么磕磕撞撞的，奶奶担心他，非让他在医院观察一晚，第二天他便不用再去上学了。也因此，霍峭之实在想象不到，为什么乔微会怕医院怕成这样。她让他瞒着所有人，可他以为，私底下她应该早就开始接受治疗的。毕竟谁会不想活下去？

留观病房的床位用帘子隔开，床头的帘子一角，不知什么时候被个光头小孩悄悄掀开来，看了半晌，轻轻地叫了他一声：“哥哥。”

霍峰之心烦，不想应，瞥了他一眼，没出声。

“哥哥——”小孩以为他没听见，又唤了一声。

“什么？”

“这个姐姐真好看。”

霍峰之回头看了乔微一眼。

是。

就算是头发纷乱，没有意识地躺在病床上，乔微也是好看的，除了脸颊烧起来的红晕，睫毛、鼻子、嘴巴，哪儿都符合他的审美。

他现在担心她，可能就是因为她长得好看。霍峰之完全忘记了两人第二次见面的时候，他还把人家的名字忘了这回事。

“这个姐姐生了什么病呀？”孩子的声音纯净无邪。

霍峰之的外套还盖在乔微的被子上，他这会儿忽然觉得开始发冷了，只觉得心里有什么东西一直往下沉。

乔微得的是也许会死的病。

霍峰之从来缺乏对孩子的耐性，他把帘子拉起来，不想再说一句话。

那边总算消停了，很快，霍峰之又听见床上传来细微的声响，忙转身，只见乔微颤动了一下，嘴角微动，无意识地在呢喃着什么。

他兴奋得从椅子上跳起来，跑出走廊直唤医生。

“她刚刚动了，还说话了，是不是快退烧了，你再帮她测测？”

小跑着过来的护士看在霍峰之长着一张俊脸的分上，总算没瞪他，缓了一口气，俯身替乔微测体温。

“发烧说胡话也是正常的，三十七度一，烧退了一点点。”

还是烧。霍峰之的眉眼顿时低垂下来，强打起精神又问：“那她怎么总在颤抖？医生不是说癌症病人会觉得身上很热的吗？”

“这……”护士不知道说什么好。

医生总算在这时候赶来，听说烧退下去了一点，俯身又听了听乔微的心跳，翻起她的眼皮查瞳孔，最后叹了口气。

这气叹得霍峭之想打人。

谁料医生紧接着又开口道：“患者现在应该是睡着了。梦里颤动两下也是正常的，人的情绪可能会直接反映在梦里，也许是她这段时间太紧张了。也可能是太累了睡不好，现在才大睡特睡……”

“既然温度降下来了，情况应该没有想象的那么严重，这两天下雨，她的免疫力又差，应该就是一般的病菌感染引起的。”医生安抚道，“不过还是要小心护理，等她睡醒了再叫我。”

霍峭之长长舒了一口气，疲惫地往椅子上一靠，又奇怪起自己干吗这么费心，把乔微送来医院应该已经足够仁至义尽了。他亲爹去年因阑尾炎住院的时候，他也只是到病房转了一圈，尝了个后娘削好的苹果，从医院出来便玩去了。

他才想到这儿，乔微又开始说胡话。

乔微这会儿退了一点烧，但两颊还有些红晕，脸色不至于完全苍白，鸦羽般的睫毛微颤，眉头也不安分地皱着，看上去格外可怜。

霍峭之把椅子凑近了一点点，俯身，想试着听清楚她究竟在说些什么。然而那声音实在太小、太模糊，他的身子只能又往下探了一点，手肘支在病床上。不料，乔微之前捂着腹部的手，似乎是抓住救命稻草般，抱紧了他的小臂。

“爸爸……”

乔微梦见父亲了。

这些年，乔微其实很少梦见他。不管睡前怎么样祈祷，梦到的往往是些无关紧要的东西。父亲伏在桌前给她抄曲谱，窗外有阳光洒进来，满室都是金黄色。和走的时候一样，父亲仍旧是一头乌发，嘴角泛着笑意，他戴了金边眼镜，年轻又儒雅。

“爸爸……”

桌前那人似乎想转过身来，却又被她连忙止住：“爸爸，就这样，别动……”

她想多看他一会儿。

“你是回来给我过生日的吗？”她破涕为笑，慢慢走近，从背后轻轻揽住父亲的腰。

“爸爸记得今天是我的生日，所以才回来了吗？”

“微微，”父亲轻轻拍了拍她的手，“别撒娇，爸爸该去上课了……”

“不，”乔微摇头，用力抱着他不肯放，“爸爸再多待一会儿吧，我生病了，我不舒服，今天是我的生日啊……”

桌前那人终于缓缓转过身来，与记忆中一模一样的眉眼，眼神慈爱，他抬手轻抚她的头发：“我们微微是大人了，已经长这么高了。”

“嗯。”任父亲抚摸着发心，乔微闭眼连点头。

“每天有好好练琴吗？”

“有。”

“好好吃饭了吗？”

“嗯。”

“我们微微真听话。”

任父亲抚摸着发心，乔微闭眼连连点头，眼泪终于一连串地掉下来。

“爸爸……”乔微像个小孩子一样开始呜咽，仿佛要把受的委屈都发泄出来，她紧紧地抓住了霍峋之抚摸她发心的手，“我好难受……”

她清醒的时候，从来不会这样。

她是高傲又冷漠，倔强又坚持的。就像音乐会那一次，即使疼到脱力，她也绝不肯将手给他，借助别人的力气站起来。

“很难受吗？”父亲的手拍着他的背，“不怕，我们微微坚强一点，很快就会好了。”

“好。”

医院的枕头被乔微汹涌的眼泪打湿了，泪水也落在霍峭之手背上。这一秒，像是有千万根绵密的针尖刺到心坎里，他说不上来哪里疼，可就是难受。

04

乔微醒来已经是下半夜。

天花板雪白，留观病房灯火通明。隐约有几声病人的呻吟被绿色的帘布隔开，输液管冰凉的药水流进她的血管。乔微试着动了一下，忽地察觉枕畔有一点未蒸干的水汽。她下意识抬手去擦眼角，出乎意料的是面颊上干干净净。

乔微很长时间没有这样睡好觉了，自从诊断结果出来后，她常常失眠，睁着眼睛平躺大半夜等天明，似乎潜意识里便觉得睡熟的每一分钟都在浪费时间。她扶着床沿缓缓坐起来，这才发现被子外头盖了件飞行员夹克。床头柜上有个一次性纸杯，热水腾起氤氲的雾气。

乔微的目光环视四周一圈，并没有找到人，她不确定那是不是倒给自己的水。

她按亮手机，上面三个未接来电都是席越的。

霍峭之盯着护士换完药水，才有空靠在凳子上眯了一会儿，半梦半醒间，他猛地想起那两个还被困在山里的倒霉蛋，赶紧跳起来，出门拨电话。

霍峭之再次回到病房的时候，发现乔微已经睡醒了。她的黑发微乱，披在肩头，抬手仰头去够悬挂的输液袋。他把手机往口袋里一塞，手从背后越过她，轻巧地便将输液袋取了下来。

“是你啊。”乔微没回头便认出了霍峭之右手虎口处的褐色小痣。此刻已经是凌晨三点，她怎么都没想到是这个公子哥儿在医院陪她到现在。

乔微顿了半晌才转过身，抿了抿嘴角，看着他道了句：“谢谢。”

“甭谢，我难得做回好人好事。”霍峤之的嘴角荡开两个微陷的梨涡，刚要得意，又想起来提醒她道，“医生说你得办住院。”

“知道了。”她点头，想从霍峤之手里把输液袋接过来。

他却不放，又举高了些，问她：“知道什么？你会住院吗？”

乔微实在疲于解释，但又不能和上次一样，说出“这是她自己的事”这样的话。

抬手揉了揉鼻梁骨，她转移话题：“司机呢？”

霍峤之下巴微扬：“喏，外边走廊上睡着呢。”

乔微便趁这工夫，踮脚把输液袋从他高举的右手拿下来：“谢谢。”

“哎——”觉得自己被摆了一道，霍峤之有点生气，问，“你去哪儿？”

没待乔微答，他又追上两步。

“你别跟着来啊。”乔微被他的反应吓得有些错愕。

霍峤之觉得那语气里的嫌弃都要溢出来了，气哼哼地定住脚，皱眉道：“谁稀罕跟着你。”

待到乔微人都出了门，他才又忍不住扬声把她唤住：“医生马上就来了，你去哪儿？”

“洗手间。”乔微的语气里透着无奈，只能把这三个字说出来。

霍峤之张开的嘴顿住，别扭地坐回床头的椅子上。

一秒、两秒、三秒……

听着走廊里那虚浮的脚步轻响声远去，霍峤之心里狠狠地挣扎了一番，踹了柜子一脚。最后他还是安慰自己好人做到底，又捞了床上的夹克穿好，起身追出几步，不远不近地跟上。

她这副风一吹就倒的病恹恹的模样，要是体力不支往哪儿一靠，大概躺到明天都没有人知道。

感觉等了很久，霍峤之松开手瞧了一眼表。

“乔微——”他扬声喊，故意拉长不耐烦的调子。

没人应。

“乔微？”

他又喊一声，还是没人应。

这随便猜猜也能应验？霍峤之吓了一跳，赶紧将身子从半倚的墙上挪开，站正，快步走到女厕门口，这才看见乔微就站在镜子前。

她大概洗过脸了，把自己打理得很整齐。输液袋就挂在墙面高处的钩子上，她正用没输液的那只手艰难地把头发理顺，想要扎起来。

估计是因为嘴巴里咬了根皮筋，所以她刚才没空应他。

你吓死人了！

这句话霍峤之没说，大抵也觉得自己对她的关注有些过头了，站了半晌才闷声道：“医生在病房等你呢，要帮忙吗？”

他手插裤兜站在那儿，头微低，乔微从镜子里看不清他的神情。

她松手，把皮筋拿下来，说：“谢谢。”

……

乔微的头发细软、乌黑，不像时下那些女孩染了颜色。

霍峤之没给人绑过头发，理所当然地认为应该很简单，谁知发丝老是在他绑起来之前就从指尖滑落。

那截雪白的颈子上戴了根细银链，晃得人眼睛有些花，他的喉结不易察觉地动了一下。

转而他又唾弃起自己，想什么呢，这还是位绝症病人。

笨手笨脚地接连扯掉几根头发之后，他终于把她这马尾绑起来，满意地退后欣赏。

不歪不乱，挺好。

只要齐整，乔微也不在意他究竟给自己的头发扎成什么样。

回到病房，医生已经在等着了。

G 市的医疗水平比这儿好上许多，医生听说她已经在 G 市做过病检，便详细问了一番她的检查情况。

乔微一一答了，最后才低声道："医生，我的身体情况，能不能对家属保密？"

对于她今天昏迷的事司机肯定已经往 G 市打过电话，难保席越不会过来。

"为什么？"那医生疑惑极了，"你的身体再不住院治疗，这样下去想瞒也瞒不住啊？"

霍峤之抱着胸站在一侧，也很想问为什么。说话间，护士台那边隐有询问的男声传来，乔微的心急促一跳，把帘子扯开一角回头看，果然是席越！

"医生，拜托了！"乔微几乎是在求他了。

无论选择哪条路，都得是她自己下的决定。倘若席越知道了，肯定会逼她去医院。她不想在所有人的可怜和同情里，被迫惨兮兮地过完剩下的日子。

这些天来，乔微不是没有听主治医生讲过治疗方案。习惯了挺直腰背、昂首体面生活的人，有一天要她把剩下的时间用来蜷缩在病床上，成为一个没用的人，吃喝拉撒要人伺候，头发掉光，牙齿摇晃……这对她来说比世上任何事都要残忍。

她现在不过是想做自己喜欢的事。医生还在继续劝她，眼看那人已经过来，乔微只能朝霍峤之投去目光。

霍峤之摇头。

她的眼睛里有光在闪动，是恳求。

霍峤之别开眼。

就在乔微几乎已经不抱希望的时候，他转身松手，拉着医生从另一面走了出去。不过片刻，身后的帘子被掀开了。席越见她已经清醒过来坐在床上，心才落下去大半。只是瞧清那人病弱纤瘦的样子，他的整颗心又揪起来。

“微微……”他低叹了口气，分明有许多责怪的话，却都没说出口，声音比任何时候都放得更柔，“饿不饿？”

乔微摇摇头。

床头的水已经凉了，席越便帮她重新接了一杯。看着乔微小口饮啜起来，他才坐在床头问：“怎么会突然晕倒了？”

席越穿着西服，往后梳得整齐的头发这会儿也微乱，周身还携着外面的湿气，风尘仆仆，大概是刚接了电话便赶来了，连她母亲都没这样过。

乔微低头，睫毛掀动了一下，瞧着纸杯里的灯影发了半晌呆，终于开口：“就是这几天没睡好，你别担心了。”

“你总是不注意身体。”席越的眉头又皱起来，语气容忍又无奈。他抬手，帮她把额角的碎发别到耳后。

“回到G市再好好检查，让医生帮你看看。”

乔微没说话，低头又喝了一口水。

席越低头，从他随身携带的公文包里拿出了一个精致的礼盒。

“是什么？”乔微的目光里带着疑惑。

“生日礼物。”席越把盒子递到她手里，笑了一下，“可惜迟到了几个小时。”

“打开看看？”

第七章 你真的就一点也不怕吗？

01

礼盒薄窄，沉甸甸的，像是装了一本书。乔微稍微犹豫了一瞬，才将盒子上的绸带解开。看清楚盒内的东西时，她愣住了，里面是一沓纸质合同文件。

“这是什么……”乔微不敢置信，低声轻呼，“你把泛乐买下来了？”

“嗯。”席越解开衬衫的领扣，神情放松，眉眼温和，“从今天开始，它是你的了。”

“你什么时候开始准备收购的？”在此之前，乔微没有听到半点风声。

“去年吧，并购意向书发出去之后，一直在接洽，那边高层直到几个月前才松口了。”席越将收购过程一言带过，声音悦耳低沉，“好在今年终于赶上了你的生日。”

泛乐称得上是G市最早的民营乐团，早年也曾在国内声名大噪，聘有不少外籍乐师，这些年出现财政危机，这才每况愈下、举步维艰。但瘦死的骆驼比马大，无论乐团的资金怎样捉襟见肘，它在业内的名气都是毋庸置疑的。

可席越买它做什么呢？这几年来，就连国外许多著名交响乐团都相继破产，更遑论国内。因为水土不服的运营体制和管理模式，缺钱是许多交响乐团共同的烦恼，企业赞助才是生存的主要途径。买下乐团并不能确保赢利，还极有可能需要不停地往里倒贴资金。

商人该是无利不起早的。

“会赔本的。”她看了许久，合上文件低声道。

“你对我这么没有信心？”席越冲她笑了笑，“以后创新改制，就不会再亏损了。”

乔微还是低着头没说话。

“你不是喜欢这个吗？”

她是喜欢，可明知道母亲打的是什么主意，这份礼物她不能收，席叔叔大抵也不会高兴。

“我不要。”乔微把礼盒塞回席越手上，转身拉上被子，背对着他躺下来。

“微微……”身后是席越无奈的声音。乔微闭上眼睛，没有应。

直到天亮办出院手续的时候，乔微也没再见到霍峋之，他大概是先走了。也不知道他怎么跟医生说的，早晨查房时，医生问了些她的身体情况，但具体病情在席越跟前一个字也没提。

还没来得及跟他说声谢谢。乔微心想。

隔壁床是个光头小男孩，五六岁的样子，大眼睛显得他很是机灵，特别可爱。她输完液收拾东西时，小孩还挂着两瓶点滴躺在床上，小口地吃他妈妈削的苹果。

帘子一掀开，那小孩儿瞧见乔微要走了，连忙喊道：“漂亮姐姐！”

那嫩声嫩气听得乔微笑起来，便回头看他，问：“有事吗？”

“你要出院了吗？”

“嗯。”

小孩有些失落，苹果也不想吃了，撇着小嘴：“要是你能多留几天就好了。”

旁边的年轻女人赶紧轻敲了下他的额头低喝道：“你这笨孩子，姐姐病好了怎么还能留在医院呢，还不快道歉……”

“可我的病也好了呀！”小孩茫然地回头看她，“妈妈，你不是说医院的叔叔阿姨们舍不得我，所以才留我在这儿多住几天吗？”

小孩母亲愣了一刻，眼眶里的泪珠差点掉出来。

也许就在这方窄窄的病房里，每个人都有着对外人难言的苦难。

“没事的。”乔微转回身说。她不常和小孩接触，但还是试着抬手摸了摸他的头，缓缓翘起嘴角。乔微真正笑起来的时候，让人感觉如同清风拂面，很有亲和力。

小孩又开心起来，悄声同她告状：“昨晚那个哥哥好凶哦。”

“他凶你了吗？”

“那倒也没有。”小孩低头想了想，“他就是不给我看姐姐，还把帘子拉起来了。”

“他应该不是故意的，姐姐替他跟你说声对不起。”

乔微道歉之后才说了再见，直到出了病房，席越才问她：“昨晚送你到医院的是你朋友吗？”

司机大概已经和他讲了。乔微没有隐瞒，说：“是霍峤之。”

“是他？”

“路上遇见的。”

席越的眉头这一次彻底皱起来，大概是觉得难以置信。以他这么多年对那位少爷的了解，那个人怎么可能善良到遍地乱管闲事？又想起刚才病房里的一番对话，他跟在乔微身后的脚步顿了一下，迟疑半晌，才开口问：“你和他什么时候变熟了？”

席越话音未落，忽见转角处有人急促地跑过来，同乔微撞了个满怀。那人杯子里的热水往外洒出，饶是乔微闪避得快，还是落了些在鞋尖和裤角。

席越忙蹲身替她查看被烫到的地方，这话题就此搁置下来。

另一边，刚刚在G市落地的霍峭之已经火冒三丈，两个好兄弟只敢远远地跟着，不敢近前。他疾步走出机场大厅，像是想到什么，忽地站定，转过身来定定地打量两人：“这事儿你俩早清楚了，是吧？”

两人都没出声。霍峭之却清楚，如果不是早闻得风声，这两个人何至于心虚地陪他跑到峭山待那么几天，怕留在G市却知情不报到时候惹他怪罪。

“怕得罪我父亲就不怕得罪我，是吗？”

“行啊。”他说话时声音懒洋洋的，辨不出喜怒，甚至还翘起嘴角来笑了一下，“把我当二傻子呢？”他撂下这句话，吝于再分给两人一点关注，头也不回地转身径直朝大厅外去了。

这是真生气了。

“峭之……”

严坤试图上前唤住他，却又被另外一人拉住手：“这是他的家事，峭之有他奶奶，有他妈在那儿摆着，亲生的！人家少爷怎么样都不至于吃亏，倒是你——”

他低声警告：“还真想被波及不成？”霍家树大根深，想给他们家里制造点麻烦易如反掌。

霍峭之出了大厅，车已经停在机场门口等他。开车的人小步跑上前来，低头唤一声：“霍少。”

“霍仲英什么时候来的？”

“两天前。”

“字签了？”

“已经签了。”

“好啊，我前脚才走，他后脚就来。”幽深的颜色酝酿在眸底，霍峭之的眉眼顿时凌厉起来，“父慈子孝，合起伙来耍我，真把我的东西当他自己的了！”

“霍少，我们现在去哪儿？”

“车我自己开。”

霍峭之打开驾驶座车门，回头吩咐：“你回马场，那些拿着我薪水不办事的人，今天就让他们给我收拾东西滚蛋！”

霍峭之直接把车开到了公司楼下，他父亲平日来G市的办公室在这儿，这个时间，霍仲英为了维持他敬业勤勉的风评，极有可能也待在这里。

将钥匙扔给保安，霍峭之面无表情地迈进门。这看在旁人眼里，便是一派气势汹汹的模样。

公司前台等这二世祖走过去了，赶紧往楼上打电话。霍峭之才出了电梯口，霍仲英的秘书便已迎上来，他俯身恭恭敬敬地在霍峭之待会儿要走过的路上行了个礼。

“风声够快啊。”霍峭之连眼角余光都懒得给他。

“二少。”秘书匆忙上前，似是想跟紧他。

霍峭之闻言却顿住脚步，缓缓地转过身来问道：“什么？”

这霍峭之平日不常来公司，仅有的几次碰面，印象最深的也不过是他有一副极好的皮囊。此刻，秘书瞧着霍峭之那漆黑的眼睛，不知怎的竟生出几分寒意。秘书讷讷：“二——”

霍峭之直接扯着他的领口将他拎到跟前，低声又问了一遍：“你叫我什么？”

霍峭之俊美的脸上嘴角微弯，显得人畜无害，却莫名叫人战栗。秘书终于记起来，眼前的纨绔不仅桀骜难驯，还是个不折不扣的小魔头。

霍仲英母子进门那年，圈里曾经有人用他父亲的私生子比他年纪还大这点笑霍峭之，被他赤手空拳打得住了两个多月的医院。就这样，到末了，那人父母还得规规矩矩拎着礼物上门赔罪。

早年还有传闻，说霍峋之在英国上中学的时候，曾持气枪连开几枪，差点将一个入室抢劫的劫匪射杀。十五六岁的年纪他便已经有了那样的胆量，如今还有什么不敢的？

心无畏惧的人才最可怕，倘若霍峋之今天决心要拿他发作，那么这里谁也保不住他。

“霍少。”他垂眸，胆战心惊地重新开口。

霍峋之终于松手，似是掸灰一般拍了拍他的肩膀：“霍仲英呢？”

“总经理不在……”

霍峋之没再听他说什么，直接推门进了办公室。顶楼空荡荡的，果然不见人影，霍峋之在室内转了一圈，站定在那古董花瓶前：“伸头是一刀，缩头也是一刀，你叫他现在就滚出来吧。”

“总经理在忙……”

见那秘书面上为难，霍峋之直接伸手一推，花瓶径直下落，秘书来不及去接，花瓶已经摔裂在地面，瓷片四处飞溅。

“手滑。”霍峋之无辜地摊了手，又将手插回裤兜，缓缓行至另一件瓷器前。

“你说他忙什么呢？”他抬手把玩瓷器细长的颈口，那语气听上去漫不经心，“忙着拆我的东西？”

“霍……”秘书没来得及说话，又一件瓷器在地面报废了。

接下来，霍峋之把整间办公室所有的易碎物品光顾了一遍，躺在办公桌前的牛皮椅子上休息时，霍仲英终于闻讯赶来了。

霍峋之跷腿把椅子转过来。

眼前的人正是而立之年的霍仲英，戴着金边眼镜，西装革履，俨然一副商界精英的模样。他环视了室内半晌，忽地笑起来：“峋之，你这样幼稚，倒当真还是个孩子。”

霍峋之没有笑。

“把协议撕了，我的东西，你没有权利签字。”

“峭之，这你找我就没用了，没有父亲的首肯，我敢做什么？”

霍仲英一个眼神示意，那秘书便将茶端上来，他亲自给霍峭之倒了一杯，推到他跟前：“不然你回 B 市找父亲说说看？”

“你以为你们母子那点小动作瞒得了谁？”霍峭之抬手便泼他一脸茶水，说道，“没有你在其中怂恿，他根本就不会投资环海。”

霍仲英的笑意僵在脸上，拳头握紧，许久，才又松开。秘书慌忙上来替他擦拭脸上的水迹，却被他挥到一边。

“木已成舟，峭之，你现在找我又能怎么样？能改变什么？”

“能啊！”霍峭之终于从那椅子上站起来，松了松十指，一拳砸在他的脸上，“既然说我是个孩子，打你几下应该没人当回事吧？”

霍仲英的脸被甩得朝向一侧，眼镜也飞落到地板上，嘴角鲜血微渗。

“你以为自己的地位很稳固吗？”霍峭之冷冷地看着他。

“别惹我，最后跟你说一次。”

02

东西砸了，人也打了，霍峭之再从公司出来，却并没有感觉心里松快几分。上车前，他靠在车门上点燃了一支烟，雾气缭绕中他沉默了许久，最后翻开手机通讯录。

几年来，他几乎没有主动拨过这个电话。响铃不过两声，那边便接起来了，女人的声音里明显带着意外：“峭之？”

霍峭之一时没出声，那边女声又接着问道：“有事吗？怎么忽然想起来给妈妈打电话？”

“这边新商圈规划，要拆掉西亭的事你有耳闻吧？”

“是，我前两天听说了。”

“如果我没记错的话，规划委现在的那位管事应该是你的老熟人了。”

霍峭之掐灭烟头，缓缓地从倚着的车门上站直，“如果是他，就算现在找个借口要求G市设计院更改规划图纸，应该也不是什么难事。”

“峭之，别闹了。”那边安抚道，“环海的项目已经开始推进，这里边的门道哪里像你说的那么简单。”

“不就是绕开一个马场吗？我知道你能做到。”

整个G市，关系最硬的就要数徐家，徐家大半的人脉资源更是都握在长女手上，父亲远在B市鞭长莫及，只要她肯花工夫打通其中的关节，这件事根本就不难。

那边果然缄默了。许久，她才重新开口：“峭之，这次妈妈帮你了，以后呢？你也应该清楚，只要他们母子还留在霍家，这绝对不会是最后一次。妈妈知道你聪明，收收心，别玩了，很多东西，以后你得自己争取。”

才下飞机，席越的手机便响个不停。见他挂掉电话，乔微偏头瞧了他一眼，开口道：“你有事就先去忙好了，我在前面下车，自己可以过去。”

大概是真的有事，席越犹豫了半晌说道：“等到了公司，我下，车再送你回学校。”

就算司机把她送到G大，乔微还得自己转车，相当于绕了一大圈。只是席越不放心，她也不好再多说什么，颔首应了。

环海的楼又高又大，盘踞在市区主干道的一侧。席越下车后，司机将车子开到路口才掉头，拐过弯等红绿灯的当儿，乔微抬头看向车窗一侧，忽地愣了一下。

席越还没走进环海的正门，就站在绿化带里侧，有个年轻女人伸手去挽他，模样很是亲热。他似乎稍微侧身避了避，很快，两人便说着话，并肩一起走进大楼内。

G市的寒风里，那女人的身形玲珑窈窕，被丝袜包裹的小腿格外纤细修长。乔微转头，收回视线，双手规矩地在腹前交叠。女人的轮廓有些面熟，可一时间，她无论如何也记不起来那人究竟是谁。

过了十二月中旬，音大的学生们大多开始为每学期末的考试做最后的准备，琴房顿时紧张起来。外面的天才蒙蒙亮，虽然是早晨，但为了不影响视线看谱，室内还是开了灯。

“嗯……昨天晚上练的是什么曲子呢？”一侧的朱教授帮她翻着谱。

“练了《西班牙交响曲》。”乔微有些羞赧，“还拉得不太好。”

“那就先听听这个看，有问题我告诉你就是了。”朱教授将谱子在曲谱架上放好。

乔微的小提琴是父亲启蒙的，他是个天才级演奏家，二十来岁的时候便演奏过从古典到现代的几乎所有的小提琴曲目，录制的曲子也无一不成为经典的诠释。

乔微幼时学琴，几乎只能靠理解和悟性，因为天才不会详细地教你怎样调整速度、力度、角度，那些仿佛是他生来自然而然便会的。

朱教授便截然不一样，许多东西是打乔微进入音乐附中后才开始系统地学习，如练习方法、演奏技巧，很多习惯都是朱教授培养而成的，也是朱教授纠正了她不少坏毛病。

《西班牙交响曲》事实上是首协奏曲，技术上对乔微来说并不难，但要求有很强的乐感，得拉出韵味和力度。乔微试图触碰到那西班牙的节奏与旋律中迷人的情调，昨天连续练习了很久，才稍微找到一点感觉，回去一整晚都在回忆琢磨。此刻看着朱教授鼓励的眼神，她的心终于痒起来。给琴弓上完松香，乔微站直身子，下颌抵在腮托上，瞧了眼谱子，便闭上眼睛。

乐曲一开始采用巴哈涅拉舞曲的节奏，乔微的情绪很投入，三连音极具个性，听得朱教授微有些诧异。乔微的性子很沉静，原本想着她拉好这样明朗又奔放的曲子应该需要一段时间，然而真的听她拉出来，真是愉快又新鲜。

乔微的乐感与生俱来，重音揉弦热情，大连弓强弱均匀，快的地方很敢冲，右手对琴弓的控制也到位，起伏的旋律就这样在她手下流动。从柔情似水的吟唱到欢快热烈的狂欢，她悠然自得地在快速与慢速间转换，欢笑与沉吟轮替，悲喜交加。从第一乐章到第五乐章完，乔微松开琴身，知道自己有处快的地方没拉清楚，漏了几个音，她忐忑地侧身去看老师的神情。

不想，朱教授却并没有提到这一点。她合上曲谱，看了乔微许久，轻声唤她："乔微。"

"老师，怎么了？"乔微不解地看她。

"真想给你找个更好的老师。"教授似是在低叹。

没想到听到的会是这样一句话，乔微明显有些错愕："老师已经够好了。"

"不，你不明白，还不够。"朱教授摇头，"还不够。"

她话题一转，问道："你有过去欧洲深造的想法吗？"

乔微没应声，教授又接着道："如果你想去，我会尽力举荐，为你找个更好的老师。"

看着乔微茫然的眼神，朱教授又将她的手拉过来。这双手柔软而干燥，小指纤长，这让她即使是八度、十度的演奏也能轻松应对。这些天，她左手指腹的血泡都已经结茧了，只是指尖还有些微肿。

"你的天赋不仅止于此，过去的那么多年荒废便荒废了，以后真的不能再浪费时间。乔微，你真的该对未来有个规划了。"朱教授语重心长地劝说，"老师不能看着你在这儿蹉跎时光、糟蹋自己的天赋，你现在需要的是一个更高、更广阔的平台去寻求进步。"

一整个下午，乔微的思绪都有些紊乱。实在练不下去，她干脆收拾好谱子，拎着琴盒离开琴房。朱教授说，她该对未来有个规划了。可是，她有未来吗？自医院检查那天之后，乔微便尽力避免去深想这些问题。她胆怯，也恐惧，能活着一天是一天，只要当下是自由的、开心的，她就是这么打算的。

裳杨路上人流熙攘，车水马龙，红绿灯路口，还有小贩怀里抱着白山茶向过往的行人叫卖，尽是人间喧嚣的烟火气。

乔微站在公交站台许久，转身往音大回看。

校园的高墙内，树木再没有了夏天的繁盛葱郁，却有几株蔷薇科的八棱海棠探出白墙，枝条柔软细长，层层叠叠，花瓣粉白，还有顽强的新芽可见，连空气中都飘逸着香甜。

公交车进站，人流从她身侧穿过，风冷冷地拍在她的面颊上。

乔微没有动。这一刻，有什么东西在心室里破土而出，让她忽然生出一点奢望——无论如何也想活在这世上的奢望。从前的她被圈养在一小片天地里，生活单调乏味、周而复始，而现在终于摆脱出来，再没有什么能成为她的桎梏。她还有更高的地方没有去攀登，还有那么多的领域没有去涉足，她还未见过许多东西，未亲口尝过许多味道。如果她死了，将像所有平凡人一样消失在这世界。一年、两年过去，又有谁会记得她？她忽然贪心地想要活下来了。

乔母便是在这时候打来了电话。

月末是席家例行聚餐的日子。算起来乔微近半个月没怎么回去，脱离掌控这样久，她母亲的忍耐大概已经达到极限了。派来接她的车已经在路上，根本不待乔微拒绝，那边已经先行挂断电话。乔微只得又将琴盒放到一边，给谭叔打电话说了自己的地址。

乔微从G大退学的事，除了老谭心中隐有猜测，其他人至今没有听到风声。既然他一开始没往上说，乔微便也不再瞒他，时间来不及，她干脆直接将琴盒放进车子的后备厢。

还没开饭，乔微进门时才发现客厅里多了个女生，同席越一起，挨在他父亲的下首坐着，正认真说话。乔微颔首唤人，再抬头，那女生闻声转过头来，待瞧清她的面容，乔微惊得差点退后两步——林可渝！

她终于想起来，那天在环海楼下看到的身影就是她。她是什么时候和席越认识的？

“微微，过来。”乔母笑起来冲她招手，“你们年纪差不多大，应该能聊到一块去。”那边没有座位，倘若乔微要过去，就只能是席越站起来让她。

乔微还迟疑着没动，席越已经起身了。

“过来吧，微微。”席越笑着唤她。

林可渝瞧见她也是一脸惊疑的模样：“这……”

“这是我女儿。”乔母慈爱地抚了一下她的头发。

“原来是席越的妹妹啊……”她明显一时有些反应不过来，尴尬地开口，“我都不知道席越的妹妹原来是——”

“我是乔微。”不待她说完，乔微开口打断她。

两人这段时间来在学校不大对付，眼下乔微忽然成了席越的妹妹，而且瞧着和席越的关系还不错，她便有些尴尬。虽然后悔，但林可渝一时间也放不下架子和她说更多，打了声招呼便再没什么话。

乔微心下松了口气，只求着晚餐快点吃完。餐厅很快摆好了饭，席间，乔母又问起了林可渝在上什么学校。

“我在上音大。”林可渝放下筷子，落落大方地答了。

“学音乐啊……”乔母笑了笑，随意赞道，“学音乐的女孩有气质，挺好的。”话头一转，她又偏头问起乔微，“微微，年后毕业到环海实习的事你准备得怎么样了？”

闻言，林可渝便顿住了，探究的视线看过来，神情有些错愕：“她……乔微不是学音乐的吗？”

03

桌上的气氛有片刻的僵硬。

乔母很快回过神来，笑道：“原来可渝认识我们微微啊？她现在已经不拉琴了。”

怎么会？昨天她们还一起跟着朱教授上课，今天已经不拉琴了？

林可渝张口欲言，所幸厨房这时候又端上来一道鲫鱼汤，这道专为客人做的菜摆到跟前，乔母亲切地招呼林可渝喝汤，她只能搁下心中疑惑，笑着道谢。

席间，乔微也终于听明白，林可渝大概是哪位资方的千金，环海最近等着钱“下锅”，自然要花些时间跟这些人打好关系，以示亲密。闲聊了几句，席叔叔提了个头，几人又聊起环海新项目下一步的动迁计划。这些生意上的事，林可渝跟她一样不感兴趣，抽出空来，视线便往她身上瞟。

乔微则一直沉默地低头吃饭。

“会展中心的体量估计不小，不好选址……”

“选在上林路？那边最合适，到时候周边就是规划的写字楼和双子星大厦……”乔母接口补充。

这个提议显然很得席父的心，他微一沉吟便点了头。

上林路？乔微闻言抬起头，目光紧盯着乔母，不可置信地开口提醒：“外公的洋楼就在上林路。”

乔母显然对她的打岔很不满意，面上仍旧是带着笑意，但目光已经沉下来：“家里又不缺你外公一套房子住，哪处不比他那幢破楼好？”

“你知道外公不可能同意搬迁的。”

“他也上年纪了，早该换个好些的环境，多请两个人照顾，颐养天年。”乔母慢条斯理地整理着餐巾。

上林路那一片最老旧，许多都是近代留下的老楼，住的人不多，动迁成本也最低。乔微的外公几年前患了阿尔茨海默病，时常连自己也不记得自己是谁，乔母几次想将他送到疗养院，可他就是不愿离开那幢住了一辈子的小洋楼。也只有住在那熟悉的街坊环境里，他的状态才能稳定些。

在座的还有其他人，倘若在平日，乔微说到这里一定便作罢了，她不喜欢当面让人难堪。可是这一次，她忽然不想就这样停下了。

“妈妈。”她抬起头来，定定地看着餐桌对面的女人，“他也是你父亲。”

“微微，你今天怎么了？”乔母将餐巾在桌上放好，眉头深深皱起来，目光里已经暗含警告，“身体不舒服？”

乔母颈上的珍珠项链色泽极好，在微晕的灯光下泛着珠光。她四十过半了，皮肤依旧水润白皙，因她一向很舍得费工夫保养，叫人几乎看不出真实年纪。

这是很长时间以来，乔微第一次认真去打量她。见气氛不对，主座上的男人忙转移话题，说起乔微下学期该先进环海哪个部门实习的事情。

乔母一听，也终于被吸引了注意力，开口道：“我都想好了——”

“我没有打算去环海实习。”乔微这一次利落地开口打断她，“辜负了大家的好意，抱歉。”

乔微放下筷子，缓缓从椅子上起身：“我吃饱了，你们慢用。”

乔微拿起椅背上的外套，疾步走出餐厅。她的母亲似乎能将身边所有一切作为可衡量的筹码，无论是父亲还是女儿，只要利益足够诱人，便能不顾一切地压上去。可是，她万不该觉得可以将一切都掌控在手里。人心是世上最不可捉摸，最难揣测的东西。而她现在，再不愿受她摆布了。

乔微的反应让所有人措手不及。毕竟这么多年来，在大家的印象中，她一直是仪态端庄、聪敏乖巧的大家千金做派，这似乎是她第一次当着众人的面拂了她母亲的面子。瞧着她头也不回地上了楼，乔母面上的笑意终于一点点在面部绷起的纹路里流失。

“我上去看看。”她道了声“抱歉”过后，好歹维持着风度起身，跟着乔微上楼。

匆匆走到卧室，乔微从柜子最底层抽出个旧箱子，那里面是她来席家时带来的东西，大半是她父亲手抄的曲谱，还有两本相册、音乐附中的入学通知书……

她在席家待了七年。偌大的衣帽间全是鲜衣华服，好多甚至一次都没穿过。梳妆台的匣子里不乏珠宝首饰，然而真正开始收拾东西的时候，她发现自己想要带走的东西寥寥无几。

乔母上来之前，乔微已经拎着箱子准备下楼。

“不想进环海，你想去哪儿？”乔母关上卧室门，强压怒气，降低音量，“你知道我有多辛苦才走到今天这个地步吗？我做这么多都是为了谁？”

“如果你真的是为了我，那就应该停下来想想我需要的究竟是什么。”乔微没有避开，深邃漆黑的眼眸沉静地凝视着她。

“我要回音大了。”她的声音很轻松，就像是在说“我要去吃午饭了”那样简单。

“乔微！”乔母的情绪已经到了崩溃边缘，“你疯了！你这个时候跟我说要回去学音乐？”

乔微摇头：“正相反，我觉得自己从前过得浑浑噩噩，现在才清醒过来，做了一直想做的事。”

她俯身拎起箱子，径直从乔母身旁走过。

“你和你那个爹一样！”身后传来乔母的怒斥，“我就不应该花这么多精力和心血在你身上！”

乔微顿了一下，没有回头，背对着她一字一句开口道：“你扪心问问自己，你的精力和心血真的是花在我身上吗？”问完，她又笑了笑，自己回答，“你付出的那些不是给我的，而是给你自己的，你所做的一切从来没有考虑过我的感受。哪怕是一分钟。”

乔微的声音很轻很冷，却像是夹杂着冬天的风雪，一字一字落在乔母心上。她打开卧室门疾步下楼。

乔母追到楼梯口，终于撕下了强装的从容面具，盯着乔微的背影，几乎要破音地喊出声：“今天你要是走出这道门，就永远别再回来！”

乔微脚步顿也没顿，快步往前。餐厅那边大抵是听到了响动，席越最先开门追出来：“微微！”

乔微被席越从后面拉住手腕，只能停下脚步。

“你去哪儿？”

“席越。”乔微唤他一声，抽回手腕，说道，“你回去吧。”

“你要去哪里，至少得跟我说清楚啊！”席越急了，“你这样，我怎么能放心让你从这儿走出去？就只是因为要拆上林路的事吗？”

听闻这一句，乔微终于回头看他。她放下箱子，抬手将颈上的细银链解下来，递还到他手中：“麻烦了这么久，多谢你的照顾。”乔微朝他身后看了一眼，见保姆们都站在门口探头往外看，她垂下眼眸，“以后就不用再管我了。”

这项链是席越在乔微十八岁时候送给她的成年礼物。这么多年，她也只收了他这一份礼物，而现在，她还给他了。

席越很了解乔微，她天性里便带着一股执拗劲，但凡她下定决心的事，便再也没有人能让她做出改变。他打心底清楚，乔微不喜欢这里，可是这么多年都过来了，他不明白她为什么忽然迫切地想要离开这个地方。她的声音是这样冷漠决绝，仿佛下一刻就要和席家、和他都斩断所有牵连。

“微微……”他的心像是被什么东西滞塞起来，难受得要命。

他扶着乔微的肩膀，将她转过身来，尽力放缓声音道：“你听我说，你外公那边我会想办法的，你别这样，好吗？我知道你不想进公司，可你给我一点时间……”他疲惫地闭了闭眼睛，“给我一点时间，到那个时候，我不会再让任何人逼着你做你不喜欢的事。你想回去拉琴就回去拉琴，没有人可以拦住你。”

乔微却缓缓摇了摇头：“你回去吧。”她的目光落在就不远处的席叔叔和林可渝身上，把席越的手一点一点拉下来，轻声道，“谢谢你了，席越。”

这声音很轻，似是宣告，又似是道别，轻飘飘的，像是要把人赤裸的心剖成几块，钝刀子一点一点凌迟，叫人几乎无法喘息。

席越握紧了那根细银链，半晌没有回过神。

谭叔小跑着追上来："小姐要去哪儿？我送——"

"不必送她！"乔母的声音从身后传来，"就让她自己走，没了钱，我倒要看看她的硬骨气能撑多久！"

从宅子到山下还有好长一段路，乔微又拿着东西，她那样纤瘦孱弱，都不知道该怎么走到公交车站。

可是既然雇主都发了话，又有谁敢多动？所有人只能眼睁睁地看着乔微拎着箱子，瘦削挺拔的背影一步步消失在大门外。

乔微走出好长一段路才猛地想起来，她的小提琴还放在谭叔的后备厢里。乔母手上那把，就算是做梦也知道，她现在是不可能会还给她了。好不容易有把拉顺手的琴，可这时又不能折返回去拿，乔微哭笑不得，只得拿出手机，准备给谭叔发短信，让他过两天悄悄拿给她。

还没打开手机通讯录，乔微便听身后传来一声呼唤："小姐。"

乔微惊喜地转回身："谭叔！"

果然，中年男人小跑着过来，手里拿着的正是她的琴盒。乔微把沉甸甸的琴盒接过来，心里总算感觉到了一阵安定和舒心。

"我帮小姐拿到车站吧。"谭叔俯身接过乔微手里的重箱子。

乔微这次没有推辞，又轻声道了句谢。

谭叔叹了一口气，轻声道："虽然不知道夫人和你为什么吵架，可母女之间哪里有隔夜仇呢……"

谭叔大抵是担心她锦衣玉食惯了，忽然出来，日子会不好过，想劝她回去认个错，这事情也就揭过了。乔微没有解释，抵达车站时，又接回了谭叔手里的箱子，放在地上，认真地道了句谢。

"哪有什么好谢的。"老谭连连摆手，"小姐这些年帮我的也不少了。"

乔微摇头，低头看了看表。半山的公交车十五分钟一趟，她干脆往长椅上坐下来休息，等车的当儿，忽地见一辆黑色超跑自山上冲下来。

山上本就风大，那车疾驰而过时带起风刃，更是刺得人一阵颤抖。乔微闭眼缩了缩，却见那跑车开出一段，又缓缓倒了回来，最后定在她跟前。车窗降下，露出霍峤之张扬的眉眼，带着几分顽劣的痞气。

“去哪儿？上车？”他问完，又懒洋洋地挑了挑下巴，“免费司机。”

乔微倒也不犹豫，当下起身打开车门。这年轻男子谭叔还记得，就是上次事故里那群纨绔中为首的那一个，看着便不似好人！

谭叔急得忙唤她：“小姐……”

乔微回头道：“谭叔，你回去吧。”

黑色跑车很快又疾驰而去，席越开车赶到时，就只看到超跑漂亮的弯道甩尾，还有喷人一脸的尾气。

“微微呢？”他降下车窗，问站台上的谭叔。

谭叔指了指远去的车影，说：“小姐刚刚上车走了。”

这一次，席越扶着方向盘没再动，他注视着前方蜿蜒的公路，眸色越来越深。那车他认识，是霍峤之的车。

跑车的内部空间小，乔微只能把箱子和琴盒都挨着放在脚侧。

“离家出走呢？带这么多东西。”霍峤之打着方向盘，斜眼瞧了瞧，却没想到自己歪打正着猜着了真相。

乔微没有正面回答他，手搭在琴盒上，转移话题：“好好开车。”

“还能让你晕车不成。”霍峤之低声说，可他到底记起了上次乔微难受的样子，两只手搭上了方向盘，这才懒洋洋地问，“去哪儿啊？”

去哪儿？乔微一时没想好，也不能总去季圆家麻烦叔叔阿姨，她倒是想在音大附近租间公寓，但公寓也没那么好找，还得先住酒店……可要霍峤之送她到酒店去，乔微又觉得有些不自在。

“过了这个环岛就放我下来吧。”乔微想了想，又开口道，“上次在医院的事谢谢你了。”

霍峭之撇了撇嘴："说谢谢都看不到你的诚意。"

"还要请你吃饭才算有诚意？"乔微看他。

"吃饭倒不用了……"霍峭之的目光落到她的琴盒上，嘴角一翘，两个梨涡又浮现在唇畔，"就给我拉首曲子吧。"

他漆黑的眼睛澄澈纯净，耍起赖来倒像个小孩。

乔微失笑："我去哪儿给你拉？"

"去我的乐队！"

"你要听什么？万一我不会呢？"

看乔微没有推脱的样子，他立刻来了兴致，眨眨眼睛："我想好再告诉你……"

他开始在车流中加速，修长的手指搭在方向盘上轻敲，若有熟悉的人在，从他飞扬的指尖便能瞧出霍少这会儿心情大好。这次时间尚早，他们到酒吧的时候，里头还没开始营业。

乔微背着琴盒跟霍峭之进门，里面都是往来忙碌打扫卫生的服务生，台上的乐队正边休息边调音。

"霍少。"

"霍少今天来这么早？"

……

打完招呼，众人才发现霍峭之身后原来是跟了人的。瞧清乔微的模样，台上的口哨声便此起彼伏地响起来，乔微这下终于知道霍峭之的口哨是跟谁学的了。

悠着点行不行？霍峭之的目光已经暗含警告。

怎么跟八辈子没见过女人一样？丢脸死了！

他气冲冲地把外套扔给迎上来的服务生，吩咐道："门关上，今晚不营业了。"

乔微一惊："这酒吧是你的吗？"

“去年买的。”

她嘴角一僵，只能扯了下他的衣角说：“喂，我拉完曲子就走了，用不着这样吧？”

他却仿佛没听见，环视酒吧一圈，继续吩咐跟前的人：“打扫完就让他们直接回去好了。”

说话间，霍崤之已经撑着舞台边缘，轻松地翻到台上去，转过头纡尊降贵地俯身把手递给她，却不想乔微皱眉疑惑地问：“有路，为什么非要爬？”

说罢，乔微便绕开他的手，缓缓行至台后，踩着楼梯上台来。

“霍少，都不介绍一下吗？”那贝斯手瞧着他僵硬的表情打趣道。

直等乔微走到自己身侧站定，霍崤之的心情才稍好了些，他刚要说话，乔微已经自己开口了：“你们好，我是乔微。上次看了你们乐队的演出，感觉很震撼。”

乔微落落大方地开口，气质神韵都不似一般人，最重要的是，长得漂亮还嘴甜！几人眼睛一亮，行礼的行礼，握手的握手。架子鼓手、键盘手、电吉他手……名字报完一圈，已经有人“微微、微微”地叫上了。

这些人年纪最大的也才刚满三十，也不知霍崤之都是从哪儿认识的，同他们在一起时，他也不摆二代架子了，朝气都比平日蓬勃许多。

被忽视掉的霍崤之瞧着他们这样容易便熟悉起来，打闹到一块去，心里越来越不舒服，连乔微刚刚夸他演出震撼的那句话也抚慰不了他的心了！

乔微一开始可是讨厌他得很呢！他拿起手边的橡木架子鼓鼓槌狠敲了几下，把乔微的注意力吸引过来才罢：“我要听生日快乐歌！”

乔微回头，不知为什么，她从这声音里听出了几分委屈，问：“你过生日？”

“不过。”霍崤之硬邦邦地回答她，“但我就想听这个。”

“随你。”乔微放下琴盒，蹲下身开锁扣。

“微微，原来你会拉小提琴啊？”

有人激动地鼓掌，说：“不然咱们试试来合作一次？咱们乐队就缺个漂亮的提琴手……”

不待他话说完，霍峭之更不高兴了，再次开口道：“彼得·海特里赫的《生日快乐变奏曲》，巴赫版、莫扎特版、贝多芬版、瓦格纳版、维也纳舞曲版、匈牙利查尔达什舞曲探戈版全部来一遍。”

说罢，他得意地冲乔微身后的其他人挑眉道：“会吗？”

众人这下都没了声音，不知道又是哪里叫他不高兴了。在席家瞧他那么嚣张，到这儿又跟个小孩似的捉弄人。

《生日快乐变奏曲》是四重奏，一把小提琴拉，始终太单调。

乔微心里叹气，蹲身给琴弓上松香，调好音后才站起来。

“哇！微微。”她身后另外一位吉他手瞧清楚她的琴，便是一声惊呼，“这琴不错哎！”

“还行。”

乔微低头，下巴抵在琴身上，弓毛划过琴弦，第一变奏便缓缓在台上流淌起来。这样贵重的演奏琴，被她随意拿来给霍峭之拉生日歌听。

那吉他手的神情动了动，叹气，果然是有钱人的世界！

舞台上一盏灯光独照，乔微身姿挺拔，睫毛安静地垂着，长发拂到肩膀一侧，小巧的耳垂白皙柔嫩。她的手腕轻松移动，流畅的音符便倾泻而出，带有复调结构的圣咏的巴赫风格，旋律明亮而庄严。

有时越简单的曲子，其实越能考验演奏者的真功夫。

变奏之间乔微并没有停，但不同风格的切换被她演绎得十分明显，海顿的诙谐轻快，莫扎特的典雅含蓄，贝多芬极具棱角的小调，抒情梦幻的舒曼情调，宽广浩瀚的勃拉姆斯……

难怪是朱教授的得意门生。

霍峭之的手轻轻跟着旋律在座位上打起拍子，直等乔微最后的匈牙利变奏结束，他才睁开眼睛说：“微微，再来一遍吧。”

微微？乔微都不知道他什么时候改的口，哭笑不得地说：“那么多遍你还没听够吗？”

“没有。”霍峤之认真地点头，“没有诚意的道谢我可不接受。”

乔微叹气，只能又重新将提琴搭上锁骨，拉出第一个变奏。然而这一次，霍峤之拿了自己的吉他来，随性地拨了几下，很快便合入她的变奏里，成为第二重奏。

小提琴的古典婉约与吉他细腻多变的音色及丰富的和声完美融合在一起，演奏效果顿时显得多层次立体起来，每个音色都充满了幸福感。

乔微却是心里一惊。因为，这演奏完全是霍峤之在配合她。他只听了一次她演绎的版本，甚至没花时间编排，这几乎是和宋老一脉相承的作曲才华。她想到这儿，干脆故意加快速度，跳开了一小段往下演奏，再抬眸，带着挑衅意味去看他。

霍峤之挑眉，手上加速，立刻又追上来。维也纳风格的波尔卡圆舞曲，每一个音符都像男女舞伴原地打圈，竞相追逐。欢快灵动的节拍跳跃在指尖与琴弦激荡，有趣又愉悦人心。

乔微的嘴角终于翘起来，进入了下一段，这首生日歌最终在欢快热烈的西班牙舞曲风格变奏里结束。拉久了手有些酸，乔微心里却是愉悦的，她松开琴身，低头活动着手指，一整天的郁气仿佛都在刚才的一瞬间远去了。

“喏，可别说我没给你送生日礼物啊。”

乔微抬头，霍峤之就坐在她对面的椅子上，长腿随意地摊开，上身前倾，搭在吉他上，笑着看她。此时的他与他平日里的样子截然不同，飞扬的眉眼，漾开的梨涡，清新干净得像是六月里的清风。

什么？乔微一时没反应过来。

“在医院发烧那天不是你生日吗？”霍峤之不可置信地皱眉道，“这么好的礼物难道你还不喜欢？”

04

“你怎么知道那天是……”乔微偏头不解地问道。

“不是你睡着时一直拉着我的手跟我要生日礼物的吗？”霍峭之挑眉。

真的？乔微试图回想，却无论如何也想不起来那天自己在梦里究竟做了些什么。她的目光落到霍峭之手上片刻，又赶紧收回，还是不能相信那些话居然真是自己拉着他的手说出来的。

酒吧不营业，乐队干脆随性地排了一整晚的新曲子。乔微此前几乎没接触过摇滚乐，只浅显地觉得激烈嘈杂、疯狂嚣张，自上一次看完钟声乐队的演出，切身体会其中的气氛，她对摇滚乐的印象才算有了翻天覆地的变化。

也许无论多么安静平和的人，心里都住着一头猛兽。这样激进的音乐形式，更能带出人心底最真实的痛苦与压抑。可听者并不因这样的负面情绪感到畏缩与恐惧，恰恰相反，他会在音乐里感受到力量与慰藉，寻得共鸣与认同，找到永不停歇、永不妥协的勇气。

霍峭之是乐队的核心，音乐功底也是几人中最深厚的。他很擅长将古典乐改编成摇滚形式，也能将流行、摇滚等许多种音乐元素融进古典乐里。

和自己的中规中矩不一样，乔微发觉，霍峭之大抵天生便成长于古典音乐体系中，厌烦了规制的沉闷枯燥，长大后才时刻想着跨界逃离。他的性子自由反叛，喜欢将各种音乐的界限打破，挑出他喜欢的东西进一步融合。

奇异的是，这样的融合并不使人讨厌，而是像礼物一样每每令人充满惊喜。乔微收起琴，坐在台下认真地看他们平日演出的谱子，忽地听台上霍峭之停下拨弦，笑着冲她喊：“怎么看这么久，被我的才华折服了？”

他身后的双底鼓声音结实厚重，像是与心跳在共鸣。

乔微抬眸看向他。平心而论，霍峭之站在台上的时候确实不可一世、光芒万丈。没得到答案，紧接着，他便从椅子上跳下来，取了吉他，走到台边蹲下来同乔微说话：“要不上来试试？”

他极富磁性的声音微沉，仿佛在吟唱，又好似在引诱人。

乔微合上谱子没出声。

“喂，我可是第一次这么邀请人。”霍峤之不高兴了，又劝道。他额前的碎发垂下来，漆黑的眼睛凝视她时，犹如一潭深水，仿佛乔微不答应他是一种罪过。

“怎么试？”乔微终于开口回应他。

他的眼睛立刻明亮起来：“吉他、贝斯、键盘、鼓……你觉不觉得，这曲子加上弦乐部分，会上升到一个新高度？”

乔微偏头，尝试在脑海中构建，却发现自己无论如何也想象不出那会是什么样子。那感觉，便像是做菜的时候，把酸甜苦辣的味道扔下去，等待产生化学反应。不到起锅尝味的那一刻，你永远不知道自己在做的是什么味道。充满挑战，新鲜又刺激。

“现在就试？”她抿了抿唇，扬起下巴。

霍峤之直接伸手递下台给她。这一次，乔微没再绕开，拎起琴盒，搭上他的掌心跳上台。不知是谁递上了支笔，霍峤之接过来后，便把吉他扔到她手上，直接将纸放在架子鼓鼓面上，埋头开始改谱子。

霍峤之的吉他沉甸甸的，握得乔微的手都有些酸。

轻拨两下，琴弦的震动有条不紊地来回萦绕，延音极好听。她还没来得及把吉他研究完一遍，那边霍峤之便已经将曲谱改编完了，邀功一般递到她眼前。他说：“先拉拉看。”

纸面因为改动被画得乱糟糟的，五线谱上流动的音符就如同他的人一样，飞扬、桀骜难驯，但还在乔微能辨认的范围内。她接过笔，一边认认真真地在另外一张纸上誊抄，一边记下谱子。旋律响起的时候，改编的精妙便显现出来了，乔微试着拉了两遍，觉得极有意思。

他将摇滚名曲*November Rain* 直接编成了小提琴曲，仍然是标准的摇滚乐队配置，只是整首曲子的灵魂落在了小提琴上。小提琴的进入，犹如女高音在吟唱，缥缈空灵，长音引出华彩部分。身后不再是长笛圆号，没有了单簧管和双簧管，吉他和贝斯的伴奏别具一种气势磅礴、荡气回肠的味道。

乔微手腕止住最后一个音时，抬眸去看身侧的霍峭之。他放慢手上的动作，轻轻俯身，在麦克风前清唱。

“Don't you think that you need someone.”

“Everybody needs somebody.”

从乔微的角度看去，明炽的灯光照亮了这一方空间。他的侧脸线条起伏十分精致，漆黑的头发散落在高挺的鼻梁上。他唇齿微动，低沉的声音便像泉水般缓缓流淌出来，经久地萦绕在耳侧。这画面，也印刻在人心难以磨灭的角落。

乔微原本打算拉完曲子便走的，然而真的走出酒吧，再看时间时，却是将近午夜十二点了。城市的夜幕已经完全降临，灯火阑珊。酒吧到停车场有一段距离，霍峭之不紧不慢地跟在她身后一步远的距离。

夜风吹过乔微的脸，刮得她的大衣呼呼作响，奇怪的是，她却一点也不觉得冷。

“谢谢你。”乔微走着走着，忽地停下来，回头冲他笑了一下。

“谢我什么？”

乔微吸了吸鼻子，没有再回答，只是回过身，把两只手插进大衣口袋，舒畅地长长叹了一口。

谢什么呢？城市上空传来飞机穿过云层的声音，乔微的视线放远，头微仰，深蓝色的夜空里缀着扑闪的光点，还有星星。

今天本该是十分黯淡的一天，可是她开心地过完了。就好似一直以来追逐的东西，忽然发现已经抓在手里了。自由的空气像是踩在云端，绵软又畅快。

第八章

我什么时候玩过女人？

01

花了两天时间，乔微最后把公寓租在了音大附近。学区房，空间不算大，但胜在环境清幽，离学校近，而且还附带了间隔音极好的琴房。把东西从酒店搬进公寓这天，季圆特地带着她的“龟儿子”来庆祝，还到超市买了许多菜，打算和乔微在厨房开火。

只可惜两人平日都不大弄这些，有些抓狂。乔微还算好，季圆切菜的时候差点把手指都割破了，她们一下午也没能做出几道像样的菜来，最后只能将就着下肚，吃了一点。

席间，乔微的肚子又开始翻涌，季圆还没来得及说话，便见她已经捂着腹部疾步跑进了洗手间。

“微微……”季圆放下碗筷，真的担心起来。

“你这段时间怎么了，我怎么看你总不舒服？不然咱们去医院好好检查一下吧？”

乔微的手扶在马桶上，一直按着冲水键，才将自己干呕的声音完全掩盖。

好不容易等到气息平复，她终于站起来，从水龙头接了一捧水泼在脸上，整理好自己才假装若无其事地道："检查过了，真有事，我会好好看病的。"

她转身打开洗手间的门，坐回餐桌旁时冲季圆笑了一下，轻声安抚："你就别担心了。"

她的眼睛闪动，两颊微红，牙齿雪白，像是朵清新的山茶花。

季圆嘟嘴推了她一下，这才笑起来："从席家搬出来就真的那么开心吗？"

"开心。"乔微的嘴角一直翘着。

席家再大再好，她过的也是寄人篱下的日子。这些年她拼命克制收敛，不想给人添麻烦，不愿让旁人觉得自己多事，再不开心也装作听话的乖巧状，有时几乎已经忘记了自己原本的性子该是什么样的。

"就是可惜了席越。"季圆哀叹，"这么年轻有为的青年才俊，你居然都舍得不要！"

"别胡说了。"乔微摇头，重新端起碗筷说道，"本来就不是我的。"

"微微，说真的，我真觉得席越喜欢你哎。"季圆不服气，耐心说给她听，"你看，他毕业这几年都没交过女朋友，平时在家也是每次都帮你说话，而且明知道你妈撮合你俩，他也不避嫌，还这么关心你。"

"我们没有可能的。"乔微直截了当地打断她，抬头瞧见季圆委屈的神情，才放缓声音道，"快吃饭吧，吃完我洗碗。"

季圆半晌后才闷闷不乐地低下头，扒了一口饭说道："我就是觉得你一个人太孤独了……"

"不是有你吗？"

"那不一样！"季圆反驳完，却又说不出究竟哪里不一样。

"别关心我了，你好好关心一下自己就行。"乔微转开话题，把菜都推到她跟前，"怎么又跟凌霖吵架了？"

她不说这个还好，一说，季圆又委屈起来："你不知道他有多过分！

人家说七年之痒，他这四年都还没到呢，就老和我回嘴，你说他是不是看我不耐烦了？”

“那要是他唯唯诺诺什么都听你的，你还会喜欢他吗？”乔微叹气。

“他还教社团里的学妹敲架子鼓！”

“你这几天不是也在和学弟练合奏？”

“他、他把我生理期都忘了，这两天都没来找我！”季圆越说越气，抬手推了两下那装乌龟的水缸。

乔微连忙把水缸从她手下抢回来，说道：“大家不是都在紧张期末考试吗？你去找他不就行了。”

一顿饭吃完，季圆的气总算顺下来了，便给男友发了条消息。她的脾气一向来得快，去得也快，乔微洗完碗再从厨房出来的时候，季圆已经趴在沙发上晃着脚和凌霖重新聊得火热了。

乔微给乌龟喂了些切碎的瘦肉。洗手时，口袋里的手机忽地振动起来，她擦干净手才拿出电话。

是席越打来的。

关掉振动，乔微没有接，等到屏幕完全暗下去，才重新把手机按亮，删掉未接来电，再返回桌面，见短信箱里还有两条霍峰之发过来的信息，大约是刚才忙着做饭，她没瞧见。

自短信发出去之后，城市另一端的霍峥之已经拿起手机查看了无数遍。

“阿峥，你干吗呢，从坐下来到现在都在不停地动？”宋老给电视换了个台，问，“这个频道不好看吗？”

“还行。”霍峥之盯着手机没动，心不在焉地回了一句。

孙儿难得陪她看次电视，坐了大半个晚上也不容易。宋老叹了口气，体谅道：“阿峥啊，你有事就去忙吧，坐这儿多浪费时间。”

霍峥之的目光落到外头，这才发觉天已经黑了。他同奶奶告了别，回到车上，又打开手机看。距离他给乔微发消息已经过去了三个多小时，这个女人居然到现在还没回复他！

多少人想跟他的乐队同台都没机会！能邀请她来，难道不是她天大的荣幸吗？还是他说话的语气太没诚意，所以她不耐烦回？

“元旦那天晚上的跨年演出缺个提琴手，来吗？”

霍嵴之盯着自己发的信息念了两遍，也没发现什么不对劲的地方。

想了想，他又在对话框输入：“来不来，给句话。”

可乔微好像吃软不吃硬的……他输入完又一个字一个字删掉重新输入。

“重编了适合你的新谱子，要不要看……”

不不不，太羞耻了，这次还没输入完霍嵴之便又删了个干净。跟舰着脸贴上去有什么区别？他思虑半天，最后中规中矩地输入“收到望回电”五个字。

他还是头一次这么认真地字斟句酌，就为了发条信息，消息发出去后便火急火燎地等起了电话。难道是对方不习惯看短信？他自己信箱里也常有一堆垃圾短信，懒得翻，干脆不看。霍嵴之想到这儿，干脆又把她的电话号码复制到社交平台的添加搜索栏，紧张地盯着屏幕。

好不容易等那小菊花一样的进度条转完几圈后，系统却提示此账号不存在。他挫败地把手机往副驾驶座一扔，愣了半天才启动车，将车从车位上倒出来。

她肯定看见了，就是不想回他！那天的默契配合都是假的吗？女人都是这样拎起琴盒就不认人的家伙？

霍嵴之猛地踩下油门，气哼哼地准备回家，副驾驶座上的手机就在这时终于响起来。闻声，他忙又一脚踩下刹车，脑袋差点撞上挡风玻璃。退了挡，来不及开灯，他俯身便去副驾驶座摸手机。地下车库里黑漆漆的，稍一乱，手机便被碰掉到座位底下。直到铃声停了，他才后悔刚才干吗要把手机扔这么远。

好在手机很快又响了第二次，这一次，霍峤之早已经把手机握在掌心，慢悠悠地接起来：“喂——”

谁料那边传来的却是个男中音：“霍少。”

霍峤之差点把手机重新扔出去，拿远听筒，才发觉这个号码和乔微的号码差了最后两位数。

“干吗？”

“上头果然来人重新在上林路那边测量了，估计设计院修改图纸也就是这几天的事……”

一切在他的预料之内。

霍峤之抬手关了车灯，瞧了前方半晌，才敲着方向盘漫不经心地开口道：“继续盯着吧。”

那对母子估计不会善罢甘休，还得做点什么垂死挣扎一下。挂掉电话不到两秒钟，那边立刻又打过来。

霍峤之等电话都快被烦死了，怒道：“还有什么事？”

乔微皱眉，怀疑自己打错了，放下手机，看了眼通话界面，沉声问他：“这么冷的天……你怎么还这么大火气？”

是乔微！霍峤之差点从驾驶座上跳起来。

“你怎么现在才回电话！”

“刚才在做饭。”

原来她还会做饭……

“你不是要跟我说跨年演出的事？”

“哦。”霍峤之清了清嗓子，说，“你明天有空吗？有空就——”

“没空。”

接下来的话直接被她打断哽在喉咙里，霍峤之眨巴了两下眼睛，半晌才重新开口：“明天是周末，又不上课，你要去医院吗？”

“去看个人。”

“看谁？”霍峫之心中的警铃大作，说道，“马上就是元旦了，再不排来不及演出的，白天没时间……晚上来也行。”

大不了晚上不营业了，他做出让步。

乔微瞧着时间，沉吟半晌，终于点头答应：“行。”

“那我明天顺带过去接你？”

“不用，我自己可以过去。”

“你自己过来找得到路吗？”霍峫之义正词严地拒绝。

“我已经不住席家了，不顺路。”

乔微从席家搬出来了……她真的打算瞒着所有人，一个人独自治疗？他来不及反应，那边的耐性似是已经到了尽头，说了声“谢谢”便要挂断电话。

“你真的就一点也不怕吗？”霍峫之急了。

他没说怕什么，但乔微立刻理解了他的意思。沉默了两秒，她开口：“人生死有命，已经这样了，也没什么好怕的。”

一声“再见”后，乔微终于将电话挂断。直到通话界面暗下来，霍峫之将电话捧在手里许久，才自言自语回了她一声“再见”。

其实，他有时甚至会怀疑是自己那天看错了检查报告单。设身处地想想，倘若他是乔微，知道自己患病，绝对无法像她今天这样泰然自若。她虽然说自己不怕，可她真的不怕吗？不知怎的，他觉得自己的手有些凉，就像那天乔微睡梦中呜咽的眼泪落在了手背上的感觉。他梦游一般将车开回自己的宅子，等待车库门升起来时，才偏头看了一眼隔壁席家的宅子。

那边灯火通明，大抵今晚请了客人，隔着车窗，远远地便听到有笑声传来。白墙上娇艳的蔷薇开了大半个冬天，终于枯了，萎靡的花瓣落了一地。

乔微一大早便到了预约的律师事务所。搬出席家那天之后，不出所料，乔微平日常用的卡都被乔母冻结了。所幸她平日没有乱花钱的习惯，省下来的零用钱还有压岁钱都存在另一张存折里。她手上还有一张卡，是父亲离开时塞在她枕头下边的。

里面也许是父亲大半生的积蓄，当时乔微偷偷查了下金额，不明白父亲为什么要给自己留那么多钱，却又不带走自己。许多年没碰，乔微曾经以为自己一辈子都不会再把它拿出来了。自她知道自己患病的这些天来，她便将自己的财产算了一遍，又花时间将父亲的手稿全部整理出来，打算委托律师经公证处立个遗嘱。

她未婚，没有子女，倘若她死了，便捐出全部遗产。小提琴捐给母校，父亲的手稿留给博物馆，剩下的资产都捐给慈善基金会。帮她复印资料的律师助理还挺年轻，和乔微差不多大，也许是大学毕业在实习。律师助理站在复印机边上，老拿余光偷偷看她，直到律师出了门，才没忍住同她交谈："乔小姐，你大概是我们律所最年轻的立遗嘱的客户了。"

"是吗？"乔微微微笑了笑，又继续低头签字。

她长得清瘦，五官清丽，有种纤弱到极致如同瓷器般的美感。《红楼梦》要是再选角，那这客户的外形条件可真是再合适不过了。

可仔细想想，律师助理又摇了摇头。

这气质不太像。

乔微身上最引人注目的还是那股子气质，她笑起来总有种与常人不一样的味道。她像是攀着墙面拼命向上生长的植物，美丽又倔强。

律师助理定睛看了好一会儿，才强迫自己移开视线，转身拿复印机吐出来的文件。

乔微再从律所出来，特地绕路到一间老旧的烘焙坊买了两盒新出炉的酥脆饼干。

外公的牙不好，他喜欢吃这个。

公交车摇摇晃晃一两个小时，才到了挨着城市边缘的上林路。

这些年，G 市的变化翻天覆地，钢筋水泥建成高楼林立的国际化大都市，发展迅猛。只有上林路，如同被时光遗忘一般，依旧拥有着老旧却又令人难以忘怀的街道。乔微外公的老洋房，只是这一带百来栋洋房中的一座。红砖白墙，院墙外有高大的法国梧桐，枝丫光秃秃朝天空生长着，墙内不声不响地钻出几枝玉兰的新芽来。

叩了两下锁，很快便有人来将门打开。梁妈瞧见乔微便笑起来："这么冷的天，小姐一个人过来的？"

乔微小时候拉够了琴，常过来找外公玩，外公就带她逗逗檐下的鸟儿，喂喂池塘里的锦鲤，得空时，外公还教她作几幅画。再后来，乔微上高中以后，便不大有时间过来了。便是来了，许多时候，外公也不记得她。

老人这会儿正坐在屋檐下，裹了大衣，听着广播里咿咿呀呀的粤剧。乔微把饼干递给梁妈，脱了手套，在楼梯前定住脚，看着不远处的老人，轻声问道："外公这段时间身体好吗？"

"挺好的，胃口也不错。"梁妈说着，笑容里又带了一丝忧色，欲言又止。

"怎么了？"乔微偏头看她。

"这段时间，市里老有规划委的人过来，街坊都说这边要动迁了，也不知道是不是真的……"

乔微扶着楼梯，眼瞧着梁妈的目光渐渐黯淡下来。乔微在出生前，外婆便去世了，这么多年来，外公都是眼前的女人在照顾。倘若房子被拆了，最大的可能就是，外公会被乔母送到疗养院去。

那时候，老人也就不需要眼前的女人了。

02

外公今天的精神大概是真的好，戏曲听罢了，回身看见乔微，还主动开口与她说话："站那风口上，不冷吗？"

他那样子像是在问候一个陌生人。

乔微知道他不记得自己，只笑起来摇头答："不冷。"

“真是个傻孩子。”老人大约是自己觉得冷了，缓缓起身，紧了紧大衣便不再理人，抱着收音机进门，往一侧的圆桌上摆好，半窝在长条木沙发里便昏昏沉合上眼睛。

“先生，饭快好了，这会儿可不能瞌睡。”梁妈叫醒他，“起来走两圈就该吃饭啦。”

“不想动，不吃饭了。”他像个小孩一样耍赖。

“小姐带了你喜欢的饼干。”梁妈俯身，将酥脆饼干递到他手里。

两个小时前从烤箱取出来的饼干，这会儿就只剩下一点余温，他好奇地拆开，问她：“我喜欢吃这个？”

“从前一天能吃大半盒呢。”

“这样啊……”老人点头，拿起一块轻轻抿了一小口，似是真的喜欢，两口咽下肚去，很快又从盒子里拿了一块，抬头问乔微，“是你带过来的啊？”

见乔微应了，老人朝她招招手，示意她可以走近一点：“那边冷。”

乔微这才挪动步子，移到他身旁。

光线从那红窗棂外隔着磨砂的彩色玻璃穿透进来，屋外檐下有鸟儿发出清脆的鸣叫。老人含着饼干，偏头，盯着她漆黑的眉眼看了一阵，嘴唇忽地动了动：“瘦了。”

乔微听他这样嘟囔，心下一跳，抬头，老人眸中似是终于有了几分清明。她忙快步走近，蹲下身，将老人的手握在掌心：“外公。”

老人果然安静地没有挣开，愣愣地出神看着她，覆手轻拍了她两下，唤她的声音是年迈人特有的沙哑。

“微微。功课都还跟得上吗？”

“跟得上。”乔微点头。

“好久都没听你拉琴了……”

“下次就把琴带过来拉给外公听。”

乔微这样应着，心底却又十分清楚，到了下一次，老人还是会把今天发生的事情忘个彻底。

“微微真听话。”他点头表扬，那笑容像是乔微十几岁时候临摹出一幅令他满意的字画一般，和蔼又慈祥。乔微静静地把脑袋搁在老人膝头。只是不过片刻，他好似又全然忘记了刚刚发生的一切，不安地动起来，抬手将乔微推到一边：“你是谁？”他看向她的眼神里重新充满了对陌生人的恐惧，甚至把装饼干的铁盒往旁边挥去，饼干散落一地。

“怎么又犯病了？”梁妈听闻声响，匆匆自厨房跑过来，把乔微从地上扶起来，紧张道，“小姐，没事吧？”

乔微摇摇头，一步步退到门外，站定。院子浅池里的几条锦鲤一动不动，仿佛挨着假山睡着了。梁妈在屋内不停地安抚着什么，外公又过了许久才平静下来，广播里重新传来咿咿呀呀的粤剧的声音。

老人跟着唱了两句便忘了调，又扬声不知冲谁喊道：“我饿了，要吃饭。”

乔微听到这里才走下台阶，往门外走去。

“小姐，不在这儿吃饭了吗？”梁妈追出来几步。

“不了，我改天再来。”

乔微出了门，提着一口气越走越快，直到最后小跑着抵达公交车站，才喘着粗气停下脚步。她小腿酸软，心跳如擂鼓，耳朵边全是风刮过一般呼啦啦的嗡鸣。眼前因缺氧而模糊成一片，她扶着站牌站稳，唯有一个念头在脑海中越来越明晰。

她得活着！

不管是为了自己还是为了别人，都得好好地活着。外公在这儿住了一辈子，这么大年纪，他多不容易才坚持到今天？倘若再受陌生环境的刺激，外公的状态只会越来越差。如果连她都撒手不管，他也许真的会被乔母送到疗养院。

上林路不能拆！

她感觉胸口像是忽然被火折子点燃一簇火苗，越烧越盛，直到热意融进四肢百骸。

她得活着！

至少现在，她想活下来！

……

公交车进站，乔微随着前面的人准备踏上车，身后有人拍了下她的肩膀：“小姐，好像是你的手机在响……”

乔微一直在出神，闻言才猛地收回脚步，匆匆颔首朝人致谢，低头翻开包找手机。公交车关门启动开走，后面跟着的车才缓缓地在她跟前停下来。虽然是辆完全陌生的车，但乔微还是立刻猜出了车主人是谁。

她认识的人里，也只有霍峤之喜欢这样的出场方式。果然，他缓缓地降下车窗，飞扬的眉眼挑起来，摇晃着掌心的电话说：“怎么样，早知道你坐公交，还不如给我打电话更快些。”

“你怎么知道我在这儿？”乔微合上包，抬头问道。

“反正不是跟你来的。”他伏在方向盘上看她，神情颇有点得意，“你要探望的人都看完了？”

“嗯。”

“那上车啊。”

距离约好的排练时间还早，乔微皱眉：“去哪儿？”

见她迟迟不动，他干脆亲自下来替她打开副驾驶座的车门，挤挤眼：“带你去个好玩的地方。”

“我没空。”她摇头拒绝。

“喂！”霍峤之急了，跑到她身侧，说道，“你现在又没有其他事情要做。”

“那也没空玩。”乔微又往后退两步，坐在长椅上，继续等公交车。

从他的角度往下看，她的神情冷清又安静。他心里憋了一口气，干脆也跟着在长椅上坐下来。

“你怎么还不走？”

“一个人忽然又没有去玩的兴致了，我也想在这儿尝尝在冷风中等车是什么滋味。”

又有公交车进站，司机瞧着堵在车道前的车子不停地按喇叭，脑袋从窗户探出来喊道：“嘿，你们两口子怎么把车搁大马路上谈恋爱？太没公德心了吧，哪儿空旷停哪儿不行啊？”

霍峭之在风中岿然不动。

乔微的脸皮始终没他的厚，又坐了两秒钟，起身重重地拍了一下他的头，弯腰坐进副驾驶座，看着他叹气催促道：“愣什么？过来开车。”

他定好的造型就这样被她一巴掌拍散了，额前还散下来些碎发。除去他奶奶，乔微还是第一个敢拍他头的女人。小跑着打开驾驶座的车门，霍峭之抬手摸了摸她刚刚拍过的地方。奇怪，他竟然一点儿也不生气，甚至还隐隐为那一点莫名其妙的亲昵窃喜。

到底为什么被打了还这么开心？难道他有被虐倾向？

才思及此，他连忙摇头不敢再深想，打开车门，一头扎进乔微所在的空间里。她身上大概有种魔力，霍峭之总觉得自己一遇见她，智商就直线往下掉，跟个小学生似的，做什么、玩什么都想跟对方分享。她明明总是一副不领情的模样，偏他还越挫越勇。

西亭马场距上林路并不远，只穿过五六个红灯口便到了，停好车，霍峭之便迫不及待叫人去牵自己的马。他没想到乔微觉得天气冷，怎么也不肯骑。失去了当马术教练的机会，霍峭之也不生气，他一定要把乔微带来这儿玩，当然也是有原因的。

从前每逢马术比赛，台下的少女们都是捧着脸观赛的。今天，乔微一定也会为他在马背上的英姿所倾倒！

叫人领了乔微去休息，霍峭之回更衣室美滋滋地挑了那套在英国定制的、最帅气的骑装，马甲长靴。冷点也没有关系，为了帅气，一切都是值得的。

霍峭之对着镜子才开始系衬衫扣子，马场新换的经理便匆匆赶来，唤道："霍少。"

这人原本是他爷爷的旧部下，霍峭之对他还有几分客气。

"怎么了？"

"您刚刚一走，霍仲英就带着几个朋友过来了。"

"他过来？"霍峭之手上一顿，面上浮起厌烦之色，立刻没了好气，问，"哪儿？"

"这会儿还在休息室。"

乔微坐下喝了半杯水的工夫，忽地听见外头有窸窸窣窣的响动，说话的声音颇有些耳熟。她起身，拉开半掩的门，对面的声音越发清晰起来。

是席越！他的音色是独特的，带着磁性的温和，很好辨。

乔微一怔，自那天从席家出来，她便再也没接过那边打来的电话，没想到在这儿遇到了他。

对面的门同样半掩着，席越不知在和谁说话，大抵在聊些生意上的事情。乔微只隐隐听见"动迁、图纸"这样的词语。

掌心搭在门把手上，她不知道该不该趁这会儿出去。估摸着时间，霍峭之也应该过来了。乔微还在犹豫着，休息室的门忽地被打开。

服务生大抵是没料到有人站在门后，托盘上端着的热饮料洒了一地，大半泼在了乔微的衣服上。乔微试图伸手去抢那玻璃杯，然而还是没来得及，杯子落在木质地板上，发出清脆的声响，四分五裂。

"对不起！对不起……"那服务生慌了神，慌忙解掉围裙，试图擦掉乔微大衣上的污渍。

乔微是霍少亲自带过来的，经理特意叮嘱她现榨一杯热果汁端过来，不想整杯果汁洒在了贵客的大衣上。她急得几乎要哭出来，乔微摆手示意没事，试图把休息室的门关上。

只可惜，又没来得及。

对面那人早已听闻声响，把门打开了。

“微微？”乔微还未抬头，便听见席越惊诧的唤声，“你怎么会在这儿？”

“我……跟朋友一起过来的。”乔微的大衣还滴滴答答往下落着果汁，席越大约察觉不妥，回头要了条毛巾，想亲自帮她擦。

乔微摆手，自己把毛巾接过来：“我自己来。”

“跟峤之来的吗？”席越沉默半晌才开口问她。

“嗯。”乔微埋头擦着，低声应道。

他眼前的人似乎又清瘦了些，樱唇淡白，下巴微压，埋在大衣里，轻垂的眼睫看起来乖巧又安静。其实，乔微真正从家里搬出来没有几天，可他总感觉已经很久很久没与乔微见面了。

那天乔微离家后，他才从林可渝口中了解了乔微在音大上学的事。他细查后才知晓，乔微一个多月前便已经从G大退学了。他疏于对她的关注，什么也不知道。他甚至不知道乔微是什么时候做好的决定，不知道她经历了怎样的挣扎，也不知道她究竟下了多大的决心才一个人做完这些。

乔微不肯接电话，他便到音大去找她，可她似乎打定了主意要避开，不想与他见面。似乎在不知不觉间，他已经被乔微划入另外一个需要对抗的阵营里。他明白他们这段时间关系在日渐疏远、生出隔阂，可偏偏找不出一点行之有效的办法来改善。

“席越，这位是？”

有声音自席越身后传来，乔微抬头，这才发觉席越身后还站了个人。

“我妹妹，乔微。”席越朝那人介绍道。

那人又问：“前几日去你家，怎么没见着？”

“我妹妹在上学。”席越似是已经不太想继续这个话题了，只是含混地答他。

那男人看上去比席越的年纪稍大一些，戴了副金边眼镜，高个，眼阔唇薄，有些面熟。

乔微的视线落了片刻便收回来，颔首，算是打过招呼。那男人却像是来了兴趣，意味深长地打量了她片刻，将手递过来：“你好，乔微。”他的嘴角挑了挑，“我是霍仲英，你哥哥的朋友。”

大衣的面料不防水，果汁没擦完，这会儿黏黏地浸入内衬里，让人格外不舒服。乔微的眉头暗自皱起来，还没伸出手，忽地有人插进来，站定，严严实实地将她挡在身后。

霍峤之不知什么时候过来的，他的右手插在裤兜里，左手懒洋洋地递进男人掌中。

“你好，我是乔微的朋友。”霍峤之语气微嘲，带着调侃。

乔微看着那男人的表情立刻像是吞了只苍蝇，触电般把自己的手缩回去，不知怎的，她忽然想笑。霍峤之往她跟前一站，她也终于想起来，为何对面那男人看起来面熟。

他们有些像，从五官到脸型。只不过那个男人更像个商人，白面清瘦，眼底透着一股子精明气。虽然霍峤之的桃花眼总往上挑，唇畔的梨涡随时在散发荷尔蒙，笑起来时常显得放纵轻浮、顽劣难驯，但说实话，两相比较，乔微还是更愿意和霍峤之这样的人打交道。

长得这样相似，又都姓霍……乔微猛地想起来从前在贵妇圈里听过的几句传闻。

03

那传闻说霍家老大是外头女人生的，也因着这个冒出来的私生子，霍峤之的父母才离了婚。这桩离婚引发的财产分割案当年在B市闹得厉害，最后以女方分走大笔股份胜诉终结。这些年，霍仲英几乎未来过 G 市，亲奶奶对待两个孙子的态度天差地别，更是为传闻添加了几分可信度。

不管怎样，这都是别人的家事，乔微从不关心这些，其中细节自然也不清楚。只是瞧着两人站在一处便剑拔弩张的模样，她心中便已经明了了大半。

“微微。”席越唤她，“我有些话想跟你说。”

乔微松开毛巾，瞧着眼前的气氛，终于颔首。她才动，却被霍峤之抓住了手腕。

“去哪儿呢？”霍峤之偏头懒洋洋地看他，“有什么话就在这儿说不行吗？”

席越的目光落到他抓着乔微的手上定了两秒，才移开视线与他对视：“峤之，我想和微微单独谈谈。”

霍峤之回头看乔微的神色。不承想，乔微直接把手从他掌心抽出来，朝席越道：“走吧。”

喂！霍峤之顿时整个人都不好了，他是在帮谁？这个女人的良心被狗吃了吗？瞧着两人一远一近地转过走廊拐角，消失在视线里，像是一百只蚂蚁在心上乱爬，霍峤之痒得挠心挠肝，恨不得立刻跟上去听听他们究竟要单独说些什么。

“我说你怎么在 G 市乐不思蜀呢，原来是因为佳人在怀啊，峤之。”霍仲英若有所思道。

霍峤之并不接他的话茬，手插进裤兜，回头皱眉道：“你怎么还不走，这儿有谁欢迎你吗？”

“峤之，我今天来找你——”

话音未落，霍峤之偏头，饶有兴趣地打断了他：“怎么着，你觉得现在来找我……能改变什么？”

这是把霍仲英那天的话又原封不动还给了他。霍峤之嘴角微挑，那抹笑意恰似对霍仲英当日的嘲讽。他那时说木已成舟，可霍峭之照样找到他生母，硬生生将就要推进的项目改了图纸。

付出的那么多时间和精力，最后比不上别人轻飘飘的几句话，终成竹篮打水。这口气，要他怎么咽得下？霍仲英的脊背已经绷成一条线，可硬吸一口气后，终究还是扬起一丝笑意来，盯着他缓缓开口道：“峭之，没本事的人才总回家找妈妈。”

“那也要有妈妈可以找，你喜欢也可以去找你妈。”霍峭之无所谓地耸肩，漫不经心地低头瞧了瞧腕上的表。

他这个弟弟最知道怎么拿人要害的，轻飘飘的一句话，让霍仲英用尽了力道才控制住几乎要握成拳的手，眼底凝成一片。他最讨厌的，就是旁人提他的出身！

此时服务生终于将地面收拾干净，起身问道：“霍总还有什么吩咐吗？”

霍峭之心不在焉地抱手努嘴：“喏，送客。”

言罢，他便再不把霍仲英放在眼睛里，转身迈开步子，消失在走廊转角。

时间过去将近二十分钟了。

霍峭之又看表。

他们到底哪来那么多说不完的话？搬家那天，严坤讲的八卦言犹在耳，更何况，男人瞧女人的眼神只有同为男人的他最清楚。猛地一想，霍峭之又记起了第一次见面时候，席越还喂了她一块小蛋糕……他才不相信席越仅是个单纯的好哥哥。乔微可别被他蒙骗了！越想越坐不住，霍峭之起身四下张望，抬手将那路过的服务生招过来，抢了他托盘上的水。

“霍总……这……”

“这杯我征用了，你去重新拿。”

语毕，他便上前直接敲起了门。

“谁？”男人扬声问。

“送水。”

辨出是霍崤之的声音，席越仍没动，收回视线，又朝乔微道：“微微，上林路的事，我会想办法改址，你回音大上课，我也会和阿姨好好说。我只有一个要求，你搬回去住。”

“行吗？”他的目光深沉又恳切，“你一个女孩只身住在外面，家里真的放心不下……”

话音没落，霍崤之已经自己拧开门把手。门开了一条缝，他才又象征性地敲了两下，问道：“我能进来吗？”

乔微：“……”

有谁能拦得住吗？

“进吧。”她轻咳两声。

霍崤之心满意足地端水推门而入：“说半天话，渴了吧？”

两人的视线落到他手上。

两个人，一杯水？席越目瞪口呆。

两人的谈话因为霍崤之的到来而中断，乔微反倒松了一口气，回头认真地看着席越：“我既然搬出来了，就没有想过要回去的。”她轻轻退开一步，说，“对不起，席越。”

她说话的声音挺低，霍崤之没怎么听清楚，只瞧见对面的男人脸色不大好，便心满意足了。

乔微语毕，直接往外面去。

“微微！”

席越试图追上她，却被霍崤之往跟前一站，挡住了。

“阿越，刚才都没来得及与你好好打个招呼。”

霍崤之的嘴角翘了翘，把水往他手中一递，口吻似是叙旧一般，漫不经心地提起：“说起来，我都不知你什么时候同他的关系这么要好了。”

这个他指的是谁，席越自然心知肚明。

“这段时间确实有许多生意上的往来。”席越接过水，退了两步，与他平视。

“就只是生意上的往来？阿越今天到这儿来不是帮他做说客的？”

席越笑了笑：“我倒是没这做说客的本事。”

西亭马场面积大，地理位置也最佳。霍峤之清楚自己改图纸的事无异于在环海规划的新版图上剜掉一大块肉。但有什么办法呢？地是他的，这件事甭管换谁来劝，他都不乐意。

但席越的态度之执着还是出乎了霍峤之的意料。聊过几句，霍峤之俯身戳了块桌上的水果塞到嘴里，摊开腿往沙发上一靠，冲他扬了扬下巴：“坐。”

“据我所知，这一块动迁是乔董负责的吧，你这么不遗余力地促成，对你有什么好处？”

这一次，席越没再出声。在规划的图纸中，除去上林路，只有西亭马场是更合适的选址。若想避开上林路，那就只能拆掉西亭马场。他不愿意乔微再因为这件事与自己、与席家生出嫌隙。

……

霍峤之送了客再出来时，乔微已经在看台上吹一会儿风了。她背对着他靠在栏杆边上，双手插在大衣里，黑发被风拂起，听见脚步声，便抬头瞧了他一眼。

“席越走了吗？”

“走了。”

霍峤之应道，跨开长腿，几步迈到她身侧，张口欲言，又强忍着转回头。

乔微终于侧过头来问他：“你想说什么？”

他忍了大半天，这会儿终于开口道：“你们刚才说了些什么，谈了那么久？”

“和你有什么关系？”

“是没什么关系，我随便问问。”霍峭之若无其事地转开头，不过两秒，又转了回来，问道，“你生病的事也瞒着他吗？”

“他看你的眼神不对劲。”霍峭之垂眸试探地说出来，没听见乔微出声，马上又紧张地道，“但你可千万别被这种道貌岸然的男人迷惑了！”

“……”

“你喜欢他吗？”

听到这一句，乔微终于从靠着的栏杆上起身：“你为什么要关心这个？”

“我——”

霍峭之的眼珠子转了转，还没找到借口，乔微已经皱眉打断了他：“与你无关的事，你可以安静一点。”

他一口气憋在嗓子眼，差点气到窒息！这是在嫌他聒噪吗？他这样多金帅气又有才华的男人，外面的女人排着队都和他说不上话，居然遭人嫌弃。他什么时候关心过别人？她不领情也就算了，还怼他！哼！他也是有脾气的。

霍峭之一言不发，气冲冲地下了看台，接过旁人手中的缰绳，翻身上马。然而才骑上马背，他立刻察觉了爱马今天和平日的状态不同。小白马是受过精心驯养的马中贵族，平日对自己是温顺极了的，今天却从一开始便心情烦躁，仿佛处处在抗拒。霍峭之正要叫人来问，马儿忽然失控般抬起前肢刨地，他才来得及收紧缰绳俯身，它便受惊般失控地飞速冲了出去。

他之前仗着自己马术出众，没叫人放马鞍和马镫。此刻他也只能伏低身子，努力维持着身姿，像一麻袋土豆随着马背起伏。

他又怕在乔微跟前丢脸，只能一边滴汗，一边紧张地朝爱马低喊：“Please baby!Stop!”

然而爱马丝毫不理会他的请求，疯狂地快跑！跳栏！这速度比它比赛时都快许多！

“Stop!Come on!”

霍峥之从毫无准备撑到现在，被颠得浑身都快散架了，场下的人却只瞧见他腿长腰窄，身姿矫健，马儿跨栏干净利落，如行云流水。

西装，长靴，还戴着帅气的骑手帽，男人的身姿高贵又优雅。

“果然是贵族运动，咱们骑怎么都骑不出那个范儿来。”有人低声议论。

“你这不是废话，马就不是一个档次，你和人家能比得着吗？”

“霍少最近来马场的频率不高呀，我怎么觉得他的马术好像又进步了……”

“抬头瞧瞧。”有人抬手指了指上头，说，“女朋友在那儿坐着呢，怎么能不好好骑？”说罢，他又叹一口气：“马是纯血马，女朋友也是真漂亮啊。”

最后一次遇到障碍，马儿直接高空腾起几米，霍峥之的肾上腺素直接飙升，紧伏着身子才没从马背上掉下去。好在这一次落地后，他的马似乎终于找回了神志，耳朵不舒服地耷拉下来，前肢一软，缓缓放慢了速度。霍峥之不敢擦汗，松了一口气，直接翻身下马，牵着它回场边，将饲养员唤过来。

“它今天不舒服？”

“没有呀，霍少，早上还好好的。”

早上确实好好的，遇见乔微之前，霍峥之还骑着它跑了好几圈。此刻它耷拉着耳朵，鼻孔里喘着粗气。霍峥之试图抬手摸摸它的头，却被它打了个响鼻甩开，喷出一堆鼻水混合物，有气无力地趴下来。

马不会无缘无故失控。

“去把兽医叫过来。”霍峥之吩咐着，一个人先进了马房，捡了马槽里它今天吃过的草料凑到鼻间闻了两下，眉头便不易察觉地皱起来。

“霍少。”兽医很快检查完，进来朝他汇报，“它的状态很差，应该是吃坏肚子了。”

他的马吃的是空运过来的新鲜草料，还有那么多人专门照顾，哪里会这么容易生病？

“给我袋子。”

透明的密封袋很快递过来，霍崤之把细碎的草料放进去扔给身边的人。

“拿去化验。”

爱马病了，还差点在乔微面前摔个大跟头，霍崤之难得不再嬉皮笑脸，表情沉得吓人。他来回在马房里踱步，最后缓缓停下来，说：“今天马是谁喂的？”

半晌，人群中有人战战兢兢地跨出一步：“霍少，我每天清扫得很干净，喂的也是新鲜草料，真的不知道为什么会这样……”

霍崤之的眼眸渐沉。

上次因为马场差点被拆的事情，他已经辞掉了一批人，现在看来，还是有漏网之鱼。

04

直到晚上排练前，霍崤之才接到了马场经理打来的调查电话。

“霍少，这两天的监控都查过了。今天早上确实有人偷偷往草料里加了东西，具体是什么还要等化验结果出来，我已经报警了。”

“是谁？”

对方说了一个陌生的名字。

“他在马场工作三年多了，说是不忿好兄弟被无故开除，这才找了个法子想报复一下……”

霍崤之已经不用往下听了。这世上哪有这么蠢的人，说白了，不过是得了旁人的好处给他使绊子罢了。若是今天骑在马上的不是他，轻则坠马摔伤或者残废，重则被踩踏说不定有生命危险。

“好好追查吧，这次再轻饶了他，我就不姓霍。”

霍峤之的语气听上去是一贯的漫不经心，却叫人不知怎的听出一股寒意。

言罢，他便直接挂断了电话。这次？另一端的马场经理愣了愣，半晌才恍悟过来，霍少话里指的大概不仅仅是这个没脑子的饲养员。

霍峤之挂断后，沉默半晌，嘴角缓缓勾起来，又打起了另一个电话。

元旦前夜，G 市难得下了一场小雪，对于南方人来说，看雪几乎是童年最大的梦想之一。这天才到放学的点，季圆便匆匆找来，想邀乔微一块去郊外有雾凇的景区玩，走到楼梯口，正遇上她拎着琴盒，行色匆匆地从琴房出来。

“微微！”她连忙扬声唤。

乔微练琴刻苦，从来不像她一样踩点下课。

“微微，你今天有活动吗？”季圆问道，想了想，又奇怪地说，“说起来，这段时间怎么一放学就不见你的踪影，你跑哪里去了？”

“今晚有个跨年演出，你和凌霖要不要一起去看？”

既然被撞见了，乔微干脆回头邀请。

“不是吧！微微，我们这样的关系你都瞒我！”季圆立刻惊喜地跳起来，抓住她的手，“排了多久？哪个音乐厅？和哪支乐队？我们当然要去！”

乔微被她拽得差点没拿好琴盒，把她扶稳，才笑着解释：“排练有一段时间了，钟声乐队，不在音乐厅，在一家酒吧。”

“在酒吧拉古典乐……你怎么……”季圆嘴巴微张，惊诧地道。

乔微缓缓摇头：“不是古典乐，是摇滚。”

闻言，季圆的眼睛彻底瞪大了，像是第一次认识乔微一般，她的眼球动了动，将乔微从上到下好好打量了一遍，说：“微微，你不是在跟我开玩笑吧……你？玩摇滚？！”

乔微的身姿纤瘦颀长，五官秀美，气质娴静，无论从哪里看，都和那种歇斯底里、疯狂叛逆的音乐沾不上边。

“好了，你慢慢消化吧。”说话间，乔微掏出笔，把地址写在她掌心里，说道，“我这边还要去化妆换演出服，快来不及了，你俩慢慢来，我让他们给你们留位置。”

酒吧后台已经忙碌起来，乔微自己准备的服装被造型师一票否决。

“太淡了，灯光一打就没存在感了。”

说话间，更衣室的门被敲响了，乔微拉好裙子起身开门。

“微微，这是霍少给你准备的，刚才一乱，差点忘了拿过来。”乐队贝斯手拿着个精致的礼盒走进来。

乔微朝他背后望了望，问：“他呢？”

“霍少这会儿应该正忙着呢，快换吧，我们都等着你。”他咧嘴呵呵一笑，把盒子递到乔微手里，转身便走。

转过拐角，霍峭之立刻站直，紧张地道：“她怎么说？有没有感激涕零？是不是觉得那裙子特好看……”

“我不知道啊？你不是让我送完就出来吗？”

“要你有什么用！”霍峭之恨恨地朝墙角一踹，送他一个白眼。

礼盒打开，乔微才发觉霍峭之送来的是演出服。裙子整齐地折叠好，黑色的面料质感极细腻，表面泛着淡淡的光泽，美丽而不张扬。造型师比乔微识货，将裙子拎起来看了一眼，便轻呼一声：“快，先换上试试。”

乔微的腰身纤细，寻常的礼服穿起来大多不合适，这一次却正好。造型师帮她把头发拨到肩头一侧，一边调整腰带，一边道：“手工高级定制……霍少果然大手笔。对了，微微，他知道你的尺寸？”

乔微也两眼茫然，目测都能这么准？不过思忖一会儿她又想通了，像他这样身经百战的人，拥有这种技能大概也不足为奇吧？

乔微换好裙子再回到化妆间，正撞见化妆师给霍峭之拍粉底。他坐在座椅上，抗拒地往后一躲再躲，神色不耐烦地道："到底要扑多少层？这么厚！我又不是烙煎饼。"

"霍少，舞台灯光吃粉你也是知道的，平时也就算了，今晚全程有摄像机在录呢，到时候观众看谁都比你帅。"

乔微"扑哧"笑了一声。霍崤之在化妆镜里瞧见她笑，只得极力耐下性子，又让化妆师的粉扑在他脸上作威作福了一阵。不过片刻，他便再次忍不住控诉："你干吗拿这黑漆漆的笔往我眼睛里戳！"

"霍少，这是内眼线，为了让你的眼睛比平时有神……"

"我的眼睛还不够有神？"霍崤之用一副"你仿佛在逗我"的神情轻嗤，气哼哼地把人挥开，"不化了不化了，丑死了。"

天大地大，雇主最大。我忍。

化妆师无奈地收拾了东西，再回头，却见那少爷兴致勃勃地拿着她的口红盘给乔微挑起了颜色。直男的审美自然是浓烈直接的正红色，乔微瞧见化妆师一脸生无可恋的模样，赶紧伸手把口红盘抢过来，递还给她，笑道："不用管他，你决定吧。"说完，她又回头斥了他一句："你别闹腾了。"

骂狠点！再骂狠点！

化妆师心中默默摇旗呐喊，俯身下手时，特意给她挑了复古红打底，又淡淡刷上葡萄紫红色的唇釉。乔微还是第一次尝试这样的复古暗黑妆容，蛾眉被描粗，勾勒出眉峰的棱角，眼妆有力，眼线与眼影将眼尾挑起，睫毛根根分明，纤长浓密。

随着化妆师手上的刷子一层层覆盖，她感觉镜子里的自己也变得陌生起来，明丽，冷艳。

乔微并不感觉恐慌，体内反而有种跃跃欲试的情绪在涌动。

化妆师瞧着演出时间快到了，这才依依不舍地收了手。她盯着她的脸一看再看，真是哪哪都满意，恨不得给她拍满一百张照片留念。

后台已经隐约能听到前面传来的喧嚣声响，乔微打开琴盒，最后一次给乐器调音。

血液已经悄然开始兴奋地涌动。

这是时隔多年之后，她第一次登台演奏，演绎的是她从前一直觉得离经叛道、难以驾驭的音乐。霍峭之在上台前必经的走廊上站了许久，没先盼到乔微，倒是把严坤等来了。

“霍少爷！”严坤“啧啧”着竖起大拇指，“今儿这真是帅到让人流鼻血！”

“还用你说？”霍峭之得意地挑眉，瞧了瞧他身后才又道：“怎么样，我跟你说的事情都办妥了？”

“妥了。”严坤提到这茬便苦笑一声，“峭之，这次为了替你报仇我可是豁出去了，这下气消了吧？”

“瞧你那出息！”霍峭之瞥他一眼，拍了拍他的肩，“得了，好好看演出吧。”

“峭之，还有一件事。”严坤忽地想起来，凑到他身边，压低声音道，“你和席越那妹妹是怎么认识的？”

“怎么？”

“你没听圈子里怎么说？都说席越就是因为妹妹被你截和了，现在才和你反目成仇的……”

“这谣谁造的？”霍峭之皱眉。

他一想起席越喂乔微的那块小蛋糕……还有他问的那堆她不愿回答就算了还嫌他聒噪的问题就哪里都不舒服！

一口气憋在胸口吞吐不出，霍峭之气冲冲地回道：“你去更正一下，是我和他反目成仇。”

“峭之！”严坤惊诧地睁大眼睛，“你……你可别告诉我你是真的喜欢乔微？”

席越的妹妹漂亮是够漂亮，可在席家待了这么多年，谁还能保证她和席越没点不能说的瓜葛。

霍峭之偏回头看他："几个意思？"

"我是说……"严坤追上前劝道，"峭之，这喜欢一个人，又不是喜欢什么物件，你别这么草率行不行？我知道你爱玩，但玩归玩，就为这事儿和席越闹个势不两立，没必要吧？"

本是一块长大的兄弟，严坤清楚，霍峭之的喜欢一向来得快，去得也快。他从前还喜欢飞机模型、射击、围棋……甭管什么项目和物件，都是玩到一定程度后，便失去了兴趣。喜欢女人虽然是头一回，但道理大同小异，大抵都是那股子没得手的新鲜劲儿作祟。谁知这一次，霍峭之听完，直接抬手往后，给了他重重的一记肘击。

"你这个以己度人的龌龊家伙，我什么时候玩过女人？你以为谁都跟你一样吗？混账！王八蛋！"

哪里不一样？严坤捂着肚子就要反击，抬头顺着他的视线瞧过去，猛地看见有人正站在走廊尽头。

"我来得不是时候？"乔微偏头挑眉。

女人身穿露肩设计的及地黑裙，腰身窈窕纤瘦，雪肤红唇，妆容直接却不浓烈，眼神澄澈，性感魅惑与清纯撩人并存。在这一瞬的震撼前，严坤看直了两眼，忽地觉得自己刚才说的果真都是浑蛋话。就算他是峭之，大抵也逃不开这样的诱惑。不，可能他的抵抗力比峭之还要差一点。

天哪！她听到了多少！

峭之这浑蛋故意不提醒他！愣着的当儿，霍峭之又给了他一下，低声警告："还不走！"

"哦、哦。"严坤被动地往前倾了一下，僵直的步子迈出去，越走越快，直到离开后台。

乔微拎着琴朝前走了两步，又顿住，冲他皱眉："你盯着我看干吗？"

霍峭之的喉结动了动，欲言又止。

乔微这次不想再理他，越过他直接走上舞台去。

“微微！”霍峣之忽然委屈地开口唤。

乔微拎着琴和裙摆回头，发现这大少爷居然泪流满面。

“你哭什么？”乔微惊诧地启唇。

“我眼睛疼。”他说着，抬手去揉，眼睛越揉越红，“好像睫毛掉进去了。”

“你别揉，走近点。”乔微把琴放在一旁的音响上搁好，就站在高出他半个头的台阶上，拉开他的手查看。霍峣之的睫毛极长，也难怪会掉进去。他无意识掉出来的眼泪把化妆师刚才化了一半的眼线晕开，都要上台了，眼周还染得黑乎乎一片。

乔微叹了口气，扒开眼皮，轻轻地帮他吹了两下，又找了块干净帕子，把那晕开的黑色都擦干净。她的指腹柔软，凉凉的，连吹出来的气也是凉凉的，鼻息带着一点淡淡的脂粉香气，夹杂着几分乔微特有的馨香。眼前渐渐被擦干净，乔微的五官也在他的视线中明晰起来。她的五官是极漂亮而又柔和的，眼睛仿佛一潭湖水。

“能看清楚了吗？”乔微轻声问他。

“看不清。”

乔微又吹口气，仔细擦了一下。

“现在呢？”

“看不清。”

他的眼珠子明亮漆黑，盯着她动也不动。乔微这下顿住动作，直接把那帕子扔他到脸上，重重地拍了下他的头：“自己擦！”

霍峣之拿下帕子，见乔微已经拿了琴往台阶上去了。

第九章 那你喜欢我吗？

01

演出终于开始，漫长的漆黑过后，舞台两侧投射出的柱光照亮舞台，更显得轮廓立体。钟声全体成员穿着黑衣，逐渐在观众视线中明晰起来。麦克风前的主唱穿着连帽卫衣外套夹克，额前的碎发散落几缕在眉间，挺直的鼻梁性感得要命。

酒吧立刻爆发出尖叫。

然而灯光再往后，众人却瞧见了一个全然陌生的女人。那女人身形高瘦，头发一丝不落地朝后梳起，露出令人惊艳的轮廓。细颈雪白，缠绕在颈部的窄链更是衬出她精致的锁骨，长裙掐腰及地，裙摆不规则的剪裁在舞台灯的映照下光泽起伏。她的手里只拿了一把小提琴，就立在主唱身侧。

“这是钟声的新成员？”

“之前没见过她登台啊……”

前排的季圆早已经捂着嘴巴惊诧得睁大了眼睛。

“凌霖，凌霖！这是微微，我没看错吧？”

“是微微。”

“微微为什么会这么美！啊啊啊，我控制不住自己啦……”季圆的话音没说完便淹没在那群粉丝的尖叫声里。

此起彼伏的惊叫几乎要震破人的耳膜。一侧徐西卜的吃惊不亚于任何人，他这段时间忙着学校的考试，好不容易抽出时间来看乐队演出，乐队里居然多了个成员？尤其是这女人还十分眼熟，徐西卜在那天事故之后进局子坐了大半夜，现在瞧见这个女人还心有余悸。二哥当时不是还被怼了吗？怎么现在……

“严哥！”徐西卜推了身边的人一把，整个人都不好了，“二哥什么时候和她这么熟了？我求二哥那么久都只肯让我做个预备队员，怎么她一来就直接上去参与跨年演出？”

“你不是上学嘛。”严坤拍拍他的肩安抚道，“我跟你说，你二哥最近被这个女人迷得神魂颠倒的，你可别去触他的霉头。”

“我不信！”少年皱眉，难以置信地道，“我二哥跟你们可不一样，他的兴趣就不在女人身上，他怎么可能是重色轻友的人！”

“话可别说这么满。”小心到时候脸疼。

后面这半句严坤没往外说，慈爱地轻拍了拍他的小脑袋。乔微小提琴的声音便是在这时候响起来的，开场便给人急促的窒息感，没有人想到，小提琴加双底鼓的声音会这样清晰有力、急速明亮。

乔微一开始就用分解和弦展示出她强大的跳弓技术。她的右手运弓，在四根弦上进行琶音的跳弓，其间又不停地使用双音与三和弦技巧。旋律清晰优美，加上急促的鼓点，更是蕴含了前所未有的爆发力与新鲜感。观众的反应，从那一双双紧盯着乔微的眼睛便可窥知一二。他们屏住呼吸，看着乔微的左手在琴弦上切换、舞动，右手的快速抛弓更是极具视觉效果。

外行看热闹，内行看门道。季圆也是第一次听乔微拉这种流行摇滚风格的曲子，她恨不得吼一声让台下所有的杂音停下来，把乔微演奏的所有音符装进耳朵里。谱子写得好，乔微的演绎方式也极其惊艳，一点不流于俗套，华丽的技巧与恢宏的音乐高度统一。小提琴的前奏过后，一连串随性的键盘音符倾泻而出，贝斯与吉他的合奏终于响起来。

霍峭之开嗓演唱。他的声线充满生机，激情，震撼。仿佛一团火在舞台开始彻底地燃烧，音乐的表现力被发挥得淋漓尽致。

持续几个小时的演出，乔微直到快要结束时才下场喝了一杯水。

“微微，你拉琴真的好棒！”化妆师俯身帮她补唇瓣上的唇釉，眼睛里闪着光亮，连她这个平时不大听演出的人今天都被圈粉了。乔微只要挺拔地站在台上，小提琴往锁骨上一搁，架势便全出来了。叫人情不自禁地觉得她无论穿什么衣服、上什么妆容都不过是附属，生出她天生便是该站在那里、万丈光芒的感觉来。

“谢谢。”乔微冲她笑了一下。

刚从台上下来，乔微耳朵里嗡嗡的鸣叫还没散干净。她仰着头靠在椅子上，任凭化妆师在自己脸上动作。乔微的眼睛盯着化妆间天花板上的灯光，直到眼睛酸涩得再也睁不开时才放下眼帘。

“累吗？”化妆师轻声问道。

“不累。”

四肢酸软疲惫，可是她的心跳仍然飞快。

“怦怦怦——”

心脏跳动的一声声提醒着她，周遭的一切是真真切切的。从离开音乐附中那天起，她便再没有想过有一天还会有那么多人在台下议论着她的名字，为她欢呼，为她的演奏鼓掌。

“微微，时间快到了，准备好了吗？”化妆间门口有工作人员探出头来唤她。

“好了。”

乔微最后一次检查过音准，拿琴上台。

下一首曲子，是整晚演出唯一小提琴主奏的一首，也是她最喜欢的一首。霍峤之以帕格尼尼的《D大调小提琴协奏曲》改编此曲，混入其他流行元素。他花了很长的时间去重新编排，乔微也是元旦前两天才拿到了曲谱。然而曲谱拿到手之后，她便再也不觉得等待漫长了。

与霍峤之深交之前，他在她心目中的印象，无非是个生活放纵、随心所欲的二世祖，唯一的优点是精通吃喝玩乐。然而到了今天，她倒是觉得，只要霍峤之能写出这么好的曲子，世人又有什么不能原谅他呢？正如同音乐史上那些声名显赫的音乐家们，出众的才华足以将他们品行上的瑕疵掩盖，无论什么都无法阻挡后世对他们优秀作品的追捧。只可惜，即使拥有这样出众的天赋，霍峤之也从未认真地考虑过要在这条路上走多远。在乔微看来，他的态度更像是在玩票，音乐在他心目中并不占大部分比重。和她以前的可望不可求相比，他这心态实在有些遭人嫉妒。

曲子挺难，乔微只有两天时间练习，练习时，她甚至担心不能把它拉好，上台后会给霍峤之丢人。然而等真正站在台上时，她倒没这个顾虑了。

台下坐着的既没有音乐家，也没有乐评人，大部分听众甚至都没听过帕格尼尼的音乐。没有人挑剔她的技巧与深度，她所需要做的无非是放开自己，拉出点不一样的东西，让自己满意，让观众产生共鸣。乔微平日畏冷，酒吧的温度比外面稍高，但依然是冷的。然而她今天只穿了薄衫，却奇怪地半点也感受不到寒意。

上一曲演奏结束，她也终于回到舞台上。

霍峤之感受到身边的位置被填满，嘴角立刻开心地翘起来。

“微微，你回来了。”

他刚唱完，嘴巴离麦克风不够远，还微喘着，声音微沉，充满磁性，无比性感，像是钩子挠得人心痒得要命。他自以为低声的一唤，立刻传遍了整场，台下的惊呼尖叫顿时此起彼伏。在乐迷眼中，他们的主唱永远是骄傲叛逆、桀骜与雅痞的综合体。这样的男人，怎么可能会有亲昵地喊着别的女人名字的那一天？

连季圆都目不转睛地好好打量了霍峭之一番，说："我们微微什么时候认识了这么酷的男人，我居然不知道！"

凌霖仗着身高，往她跟前挪了挪，挡住她的视线。季圆毫无察觉，还踮脚伸手去拽男友："你让开点，我都看不到了。"

"看谁？是你男朋友还不够好看吗？"

"这不一样！"

"哪里不一样？"凌霖抱起手来纹丝不动，"上回逛街，我就扫了别人一眼，你还威胁要把我眼珠子挖出来。"

"你这个人怎么这么小心眼。"季圆气冲冲地瞪他一眼，终于收手站回来。

"不就是弹个吉他，我也会。"瞧女朋友生气，凌霖又安抚道，"下次弹给你听。"

"得了吧，我又不是没听过，你的弦乐器的天赋有限，人家弹得超帅的好吗！"说到这里，季圆顿了一下，眼前一亮，"对啊，我去学键盘，微微弹吉他，到时候你就敲架子鼓，咱们也能组个摇滚乐队！"

霍峭之抬起右手，全场便安静了。时间接近十二点，接下来将是整晚的最后一首曲子。他往后退了两步，将乔微让到中间。台下是一片寂静的黑，只有一盏蓝色的灯独照在乔微身上。水一般的光随意地倾泻在她的发丝、眼睛、鼻梁和肩膀上。乔微抬手，似是顿了一下，片刻后才将下巴依偎在琴身上，第一个音符终于流动出来。

一个接着一个，一组接着一组，小提琴 D 大调犹如吟唱咏叹调，十六分音符轻快至极，欢欣、跳脱，不受束缚。

跳弓，二重泛音，曲子从开始的热情流畅到随后的奔放激昂，她的力度一点点加强，直至顶端，最后趋于平稳，仿佛与整支乐队对话般舒缓下来。

先是吉他的磅礴活跃迎合，然后是贝斯的低音唱和，键盘清脆的敲击偶尔点缀，自始至终贯穿的鼓点速度时快时慢，恰到好处。

乔微也随着乐曲的推进，先偏头去看霍峤之的眼睛，再看台下。直到最后，她将眼睛闭起来，感受自己手下的音符一个一个游进耳朵里。

灯光渐亮，乐队的伴奏自大调切换成小调，音色也由明亮变得幽暗，独奏小提琴彻底进入华彩演奏。乔微最后一个音符落下时，城市跨年的钟声也终于敲响了。她孤身站在台前，从霍峤之的角度看去，只能瞧见她的背影与四分之一的侧脸。

她将手中的小提琴缓缓放下来，嘴角轻轻扬了一下。她很瘦，五官却无比柔和明媚，那笑容极漂亮，给人一种直抵心灵的冲击感。像是跨年夜空中的烟火，即使一闪而逝，也留给人震撼而永磨不灭的印象。霍峤之松开琴弦，觉得自己脸上很热，心跳也快得有点不正常。他努力想叫自己平静下来，然而怎么都镇定不下来。这是过去二十多年里，对他来说全然陌生的心跳声。

礼服是他送的，曲子也是他为她量身改的，是他费尽心思把乔微拉进乐队来，可直到上台前，严坤问他是不是喜欢乔微的时候，他也没有现在这种惶恐的感觉。他害怕心变成了别人的，怕不受控，怕自己做出那些不够潇洒而且痛苦的决定。他做事从来随心所欲凭着感觉来，也没好好问过自己真的喜欢乔微吗。霍峤之抬头再看她一眼，又仿佛视线被灼伤般，飞快低头收回视线，一个人先下了台。

乔微拎着琴再下台，才到走廊时，便捂着肚子扶墙站了好一阵。其实还在台上演奏时她便隐隐感觉有些不适，只是当时身体太紧绷，什么也顾不上。

“微微，怎么了？”随后下来的贝斯手看乔微在墙根站着不动，远远地便扬声问她。

“没事。”乔微摇头笑了笑。

她额角发汗，脸上的苍白被妆容彻底掩盖，贝斯手看不出端倪，又笑道：“我们乐队的演出时间确实比一般乐队长，是不是累了？今晚回去好好休息一下。哎，霍少去哪儿了，怎么一下台就人影都找不着……”

乔微谢过，瞧着人走远了，才松弛下来，靠在墙上休息。手机的收件箱里躺着几条短信，是几十分钟前发来的，乔微当时在后台休息补妆，没顾上看。这时才瞧清发件人是霍峤之，她便无奈地摇了摇头。

这么大的玩心，他当时还站在台上，当着那么多人的面，都不知道是什么时候抽空编辑的短信。

乔微笑了下，缓缓挨着墙蹲下来，一条条点开看。

“今年邀请你加入我的乐队，如果你明年才回复，我就当你默认了。”

“明年还想跟你一起跨年，不接受反驳。”

02

出来透气的贝斯手才站定，便被花坛角落抽烟的霍峤之吓了一跳。

“霍少，我说怎么一下台就不见你，你跑这儿干吗来了……”

男人恍若未闻，似是有些愣怔。烟头的火光映在年轻英俊的侧脸上闪烁，他眉头紧皱着，像是一团打不开的结。地上已经躺了两个烟头，他掌心的手机屏幕自始至终没有亮起来。霍峤之把手中的烟头碾灭在地板上，叹了口气。

“唉……”

“嗨，再来一支？”

贝斯手递出烟盒，他还从来没见过霍峤之唉声叹气的样子，觉得奇了，跟着蹲下来：“想什么呢？”

霍峤之嘴里咬着烟，借火点燃，一时没应声。

贝斯手便猜道：“我刚才看微微也是一副皱眉不舒服的样子，你俩还挺有默契啊，不会是吵架了……”

他的话音没落，便被霍峤之打断了：“在哪儿？”

“什么？”

他掐了刚刚点燃的烟，站起来又问一遍：“她在哪儿？”

“哦，你说微微啊？”贝斯手这才反应过来，说道，“我刚来的时候她还在后台走廊上呢，现在不知道……”

话音没落，人便已经长腿迈开进了门。留下来的人盯着地上那燃了个尖儿的黄鹤楼半晌，心疼不已。这么浪费，早知道不给他递烟了。

甭管什么阔少爷，果然，一旦陷入爱情的人连喜怒哀乐都不受自己支配了。霍峤之寻到乔微时，她正在走廊上与人说话。一男一女，大抵是认识的人。乔微对那男人扬起嘴角笑着，一点也看不出不舒服的模样。

有时间对别人笑，他的短信就没时间回吗？

霍峤之心酸地想着，把手机插到兜里，拔腿就要过去。忽地又闻见身上一股子烟味，他只能从兜里掏了个口香糖，咬牙切齿地嚼起来，半眯着眼睛，边嚼边盯着不远处的男人打量。

这男人个子没他高，矮冬瓜。他的眉眼立刻得意地微挑。奶油白的皮肤娘里娘气，哪里有他的男子气概。这下他连下巴也不禁扬起来。乳臭未干，看起来还是个学生，没有他成熟多金。哇，完胜！

霍峤之彻底找回了自信，将口香糖往垃圾桶里一吐，拉下头顶的卫衣帽子，阔步迈出去。

“微微——”他特意把尾音上扬一些，营造出一点亲昵的气氛来。

“是你吗？主唱！”

才瞧清人，季圆眼睛一亮，一秒化身迷妹：“你的吉他真的弹得好好！声音也超好听！”

“谢谢。”

霍峤之拿出主唱的尊贵范儿，盯着男人瞧了一眼，装模作样地偏头问乔微：“这位是？”

“我的朋友，季圆，凌霖。”乔微说完，又替两人介绍，“这是我们主唱。”

亲疏立显。

乔微从来没对别人介绍过他是她的朋友，霍峤之心里的嫉妒顿时疯长。

“你好。”凌霖礼貌地伸出手。

霍峤之恍若未见，越过他，直接把手递到了斜对面的季圆手上，嘴角微翘：“你好。”

这下，凌霖也黑了脸。

季圆还沉浸在被新晋偶像翻牌的喜悦里，完全忘了顾及男友的情绪，说：“不用谢不用谢，你在台上真的超帅，我今晚嗓子都喊哑了。早知道地下乐队还能这么玩，我怎么会浪费大学这几年！”

“时候也不早了。”凌霖扯着季圆的帽子，不动声色地将女友拽回跟前，邀请道，“微微，你要跟我们一块回去吗？”

微微？霍峤之心中的警铃大作，完全忘了他的车只有俩座，扬唇笑起来：“我开车来的，也顺路，不如我载大家一起？”

这家伙一看就是个风流成性的公子哥儿，不会是看上季圆了吧？凌霖的面色彻底难看起来：“那倒不必了，我们也有车。”

霍峤之还要说话，乔微扯了一下他的袖子示意他噤声，回头道：“凌霖，你送季圆先回去吧，我还有点事，晚点再回去。”

“反正我们也没什么事，可以等你一起，你一个人回家多孤单。”季圆眨眼。

“没关系的，他送我。”乔微把身侧的男人往跟前一推。

这还是乔微第一次主动要乘他的车！并且是当着她朋友的面！霍峤之心中立刻被一种巨大的幸福感充盈，仿佛肩上已经被女人赋予了神圣的使命。

他点头道：“我会安全把微微送到家，你们放心走就是。”

一高一矮的男女终于消失在走廊拐角处，霍峤之的笑意还没来得消失在唇畔，便听身后传来响动。

他回头一看，只见乔微踉跄了一下，扶着墙角缓缓蹲下来。又是和上次音乐厅外一模一样的状况，这一次，连妆容都掩盖不住她惨白的面色。

霍峤之这时候才后知后觉地发现，乔微鬓角的头发不知道什么时候已经被汗水打湿了。

“微、微……”他试图伸手去碰她，心绞成一团，觉得自己真是蠢极了，刚刚为什么半点都没有发觉她的笑容是装出来的？

乔微便是这样的人，她若是想逞强，必定不会让任何人看出端倪来。

“我送你去医院。”他慌忙想把她扶起来。

乔微没有借着他的力道起来，而是伸手去扶墙，自己咬着下唇站稳，说：“你先去开车，我慢慢走到门口等你。”

确实是乔微的办法更节省时间，霍峤之再不情愿，也只得转身往地下车库快步走去，只是最后转过走廊拐角前，他到底没忍住飞快地回头瞧了一眼。

乔微的头微低着，她的眼睛在微暗的灯光里亮得惊人，唇瓣几乎要被咬出血来。再转过身，他又加快脚下的速度。霍峤之走后，乔微的手机轻轻振动了几下。信息是季圆发过来的，她这会儿刚和凌霖上车，刚坐稳便忙着给乔微发消息。

“微微，你今晚的琴真的拉得超棒，下次还要听！”

“还有，我想来想去，还是觉得你俩有情况，你什么时候主动让男生送过你回家？”

“不过我知道，恋爱这么大的事，你肯定不会瞒着我的！”

“等你的好消息，嘻嘻。”

“最后，早点回家睡觉，我们微微不要太辛苦啦！”

季圆大抵不知道她的信息计条数收费，想到什么便一条接一条地发过来。只是乔微这次没有回她，腹部的翻涌牵动全身，走到门口，已经花光了她全部的力气。从前胃病犯时大多是钝痛，这一次，像是一把刚刚开锋的刀，尖锐地切割着每一寸器官，连心脏都被揪得喘不过气来，叫人恨不得下一秒便昏厥过去。

这是霍峤之第二次为乔微挂急诊了。医生翻着病历越看眉头皱得越深，抬头看着霍峤之："别人是查出来嫌太晚，你们倒是还觉得早，可以拖一拖是吧……"

乔微只能示意霍峤之往身后站一些，摇头解释："不关他的事，医生，是我不愿意来。"

"那现在怎么忽然又想治了，是疼得受不了吗？"医生生气地说，"我最怕看你们这些连自己的身体都不在意的病人，自己不爱惜，神仙也救不了。"

镇痛针打过后，乔微觉得痛感倒是不如一开始那样强烈了。她并没有出言反驳，而是沉默地接受了医生的训斥。也许是乔微面色苍白实在可怜，医生骂过几句后，到底没再训下去，只是交代："好在这段时间肿瘤没见扩大，先准备化疗吧。今晚就住院观察，明早起来要抽血，做检查。"

时间太晚，临时安排的肿瘤科病房只剩三人间。乔微进门时，另外两张床上都已经躺了人，床与床的空隙之间也挤满了陪床的家属。

霍峤之养尊处优惯了，还从未见过这样拥挤的病房，眉头直接冲护士皱起来："这怎么住？"

话音没落，乔微直接伸手拽住他的袖子，示意他闭嘴。

病房里虽然还亮着灯，但其实他们都已经入睡了，乔微赶紧颔首，冲被响动吵醒的人道歉。

事实上，乔微也是第一次住这样的病房。房间里充斥了别人的呼吸声，即使拉上隔帘，她心中还是充满了不安全感。

03

“我给你换一间。”霍峭之说着便低头去翻手机通讯录。

“算了。”乔微唤住他，摇摇头压低声音道，“已经很晚了。”

她不想打扰到别人。而且她生病的事，少一个人知道都是好的。

“那你也不能住这儿啊。”霍峭之把琴放在床头柜上，耐着性子压低声音劝她。

“别人能住，我也能的。”乔微摇摇头，放好枕头，回他，“今天谢谢你了，你快回去睡吧，很晚了。”

霍峭之很沮丧，说不上来为什么，像是小时候付出一腔热情，最后却发现别人永远在小心翼翼待他的那种颓然的感觉。他埋头走出两步，到了门口时，却忽地听到乔微唤他。

“霍峭之。”她的声音轻柔，清风般平和，听起来就像在安抚耳朵，“你的邀请我答应了。”

霍峭之差点以为是自己的错觉，回头才发现乔微是真的冲他笑了一下。

“如果我能活到明年的话……”

她已经看到那条短信了，也答应了他加入乐队和跨年的邀请。她笑起来的样子最动人，似是一朵绽开的白玉兰，眼睛里汪着一泓清水，嘴角的弧度温婉，即使再浓烈的妆容也改不掉她原本的气质。

霍峭之的心仿佛被击中般颤了一下，步子顿住片刻，像是下定决心，他忽地转身，重新回到乔微跟前：“我陪你吧。”

“什么？”乔微有些诧异。

“我说，回去的路太远，反正没什么事要做，我现在很困，在这儿陪你住一晚好了。”

“又不是在玩，这里也不是酒店。”乔微失笑，“你住不了的。”

“你能住的，我也能住。”

他这是把乔微刚才的话又还给了她。

“霍峤之。”乔微无奈地道，“我不需要同情，你已经帮我很多了。”

她还想再说什么，房间另一端有咳嗽着翻身的声音传来，见打扰到了别人，剩下的话，乔微只能咽回肚子里。她冷得有些站不稳，拢了拢大衣，挨着床边坐下了，无声地冲他摇头，希望他能懂她的意思。

霍峤之却恍若未见般也跟着在床尾坐下，低头在手机上点了一阵。再抬头，乔微口袋里随之振动起来。

“我没有同情你。”

乔微看完便收起手机，没回他。

霍峤之急了，紧接着又发了消息过来。

“这世界上需要帮助的人多了，你怎么不见我帮别人？”

这次乔微抬头，好好看了他几秒。手机的光亮照在男生的侧脸上，立体而精致。那眼睛漆黑，眉宇间带着的些许怒气，让他整个人多了几分鲜活，看起来倒像是那些初出茅庐的大学生。

霍峤之年纪比她大不假，但很多时候，乔微都是两人中偏理智和成熟的那一位。她明白，大部分男性天生会对可怜又弱势的异性生出怜悯与同情，和其他情感混杂在一起，许多时候往往连他们自己也辨不明。

她想了想，低下头，一个字一个字输入：“不是同情，那你喜欢我吗？”

她点击发送。

霍峤之才看清屏幕上的几个字，差点把手机扔出去，立刻坐立不安起来。他能感觉自己脸上热得要命，心怦怦直跳，几乎要跳到嗓子眼。

他不敢去看她。好在灯光暗，她应该瞧不清他突变的肤色，但强烈的羞怯还是令他恨不得立刻消失在乔微面前。是的，霍峤之的词典里头一回出现了“羞怯”二字。他像个毛头小子，天底下最困难的事是安静地坐在喜欢的人面前，他的手指慌乱地飞快地在键盘上输入字。

怎么可能、才不是、不是的……他依次输入又删掉，最后停留在“我没有”上纠结不已。

怎么回她？该怎么回她？他才不是这么不坦荡的人！霍峤之意识到自己低头太久了，而乔微正在等着他的回复，他心烦意乱地打算收起手机，然而就在关屏的一瞬间，他的食指不小心落到了最后的发送键上。

“我没有。”

屏幕显示发送成功！

为什么？为什么？为什么就这么发出去了？！他想把自己的手机冲进下水道里！霍峤之大脑一片空白，飞扑过去抢乔微手机的念头一闪而过，还没动身，他就眼睁睁地看着乔微读完了消息。

她葱白般的手指在九键上移动，给他回复，最后按下发送。时间仿佛过了一个世纪那样漫长，这下他的手机振动起来。

他不敢打开消息看。迟钝地愣了好几秒，他终于在乔微的注视下拿起手机，视线僵硬地落到屏幕上。

“好的，我想也应该不会。”

看上去是回应，更似是提醒，毕竟他早就知道她是个胃癌病人。乔微发完这一条消息，倒像是松了一口气，她低头一颗一颗把医生刚才开的药抠出来放在掌心，准备一口气吞掉。

霍峤之忽地起身，怒气冲冲地夺过她手中的杯子，说：“等着。”

住院部长廊的另一端有热水二十四小时供应。

他扔下一句话便大步往外走。只是才出病房门，霍峤之便完全失去了刚才的气势，边踹墙角边恼恨自己。他从来不是优柔寡断的人，可是刚才，被人堵得说不出话来的感觉真是讨厌至极。

他觉得难受又憋屈。被他喜欢真的那么不好吗？她完全不懂得他心路究竟经历了多少纠结，为什么立刻就回“好的”？

为什么这个小鹿乱撞、婆婆妈妈、患得患失的人会是他？他纠结得差点把头发揪秃了，好在热水快接满时，霍峤之终于收到乔微发来的拯救短信。

“住院部一楼有租床的地方，应该不好睡，如果睡不惯，你还是回去吧。谢谢你了。”

总共三十几个字，霍峤之反反复复看了几遍，难受了一路的心在读完最后一个字时终于又飞扬起来。刚才的情绪这会儿又都抛开了，他满脑子想着，乔微同意他住在医院了哎！这是不是代表在她心目中，他也稍微和其他朋友有了一点区别？

他盯着手机看，又傻呵呵地笑起来，完全没意识到手里的水已经满了，滚烫的热水溢过杯子边缘，烫得他差点把杯子扔出去。

医院出租的床确实很不舒服，说是床，其实就是一个铁架子，上面缀了块布料。尤其是霍峤之的个子高，还躺不下，半截小腿都露在床外面，他干脆连鞋也不脱了，直接躺着。虽然腰酸背疼，但他努力克制着自己翻身的冲动。

也许是今天的镇痛针里有安眠成分，也许是因为乔微很累，这一次她入睡得比他更早，才躺下便闭上了眼睛。一起排练了这么长时间，他知道乔微的睡眠少，还很浅，稍微一点响动就能将她惊醒，他不敢翻来覆去冒险。

静谧的月光照进来，洒在病房的地面上。

乔微褪去妆容的睡颜很白，很干净，整个人都好似散发着光晕，像极了他小时候看的童话书上的睡美人。霍峤之轻轻地侧过身，心里给苍白的医院病床周围脑补了一堆蔷薇花，乔微安详地平躺在正中间沉睡着。他真想吻一下。很快，他又深刻地谴责了自己这如同禽兽的想法，移开视线。乔微可是个病人呢。

十八楼肿瘤科的窗外，新年的烟火无声地在城市夜空中绽开。病房里混着些消毒水和其他乱七八糟的味道，霍峤之仰躺着，感觉腰椎快要断了。这大概是他有生以来过得最独特的一个元旦。霍峤之将双手垫在后脑勺下，睁眼想着。

04

乔微是被病房里细碎的起床声音吵醒的，她睁开眼，见隔壁床的柜子上已经摆了热气腾腾的早点，中年男人拧了块帕子给床上他的母亲擦脸。

对方打了个招呼，乔微怔了半晌才颔首回应他。这样仪容不整地面对陌生人，对她来说是种新体验。转回头，霍峭之睡在低处的折叠床上，即使在睡梦中，五官也皱得深，大概是极不舒服。乔微想了想，没有叫醒他。她在枕头上找到发圈，手指梳两下把散开的头发扎成马尾，起身去洗手间洗漱。

“这姑娘是昨晚住进来的？”老人瞧着乔微的背影问儿子。

“嗯，来的时候你都睡下了。”

“这么年轻的姑娘，怎么也来肿瘤科？”老人又咽下一口芝麻糊，叹道，“长得也漂亮，跟明星似的。”

“这病可不挑年龄。”中年男人俯身，替老母亲把嘴角的饭擦干净。

“你快去上班吧，这儿又没什么事，再晚领导该批评你了。”

男人点头应下，出门又把饭盒洗了，这才拎起床头的公文包出门。

霍峭之是被好友打来的电话叫醒的，铃声接连响过两三遍，隔壁床连唤了好几声：“小伙子？小伙子……”

他这才猛地坐起来，想起自己在医院，烦躁地揉了揉头发，半闭着眼睛接通电话。

“什么事？”

他口气不大好。

“刚起啊。”对方了解他的起床气，倒也不生气，不紧不慢道，“严坤说晚上要聚聚，一块过来侨光路吃个饭。”

这家伙，昨天才见过面，有什么好聚的？听清声音是林以深，霍峭之好歹理了理头上的毛，说道：“他怎么不给我打电话？”

对方没直接答，只说：“他说是让你来的时候把女朋友一块带来，大家都想见见。”

哪壶不开提哪壶。

霍峤之想起昨晚的事情，不禁悲从中来，闷头踢了踢床脚，烦闷地道：“我哪来女朋友？”

“我想也是。”林以深点头，“严坤还煞有介事地说你被个女人迷得神魂颠倒……”语毕就要挂断，手中的话筒忽地被人不甘心地抢了过去。

霍峤之听见电话另一端忽有严坤的声音插进来，讨饶道：“峤之！昨晚是我说错话了行不行？就算她听见了，你好歹得给我个赔礼道歉的机会吧？说不定以后还少不得要见面呢……”

“就算我肯给你机会，她也不会来。”霍峤之拿着手机坐正。

“这么难请？”

距离上次霍峤之在马场问他怎么让女孩子开心又过去多久了？乔微都加入他乐队了，难不成峤之到现在还连个备胎都算不上？这世界可真够玄幻啊。严坤谈恋爱一向讲求速战速决，还真不懂这些小清新的脑回路。

“行了，不跟你废话，自己玩去吧。”乔微不知道跑哪儿去了，霍峤之惦记着出门找她，匆匆就要挂电话。

“晚上八点，记得准时啊。”临挂断前，严坤最后吼了一声。

再抬头，霍峤之便瞧见乔微回来了，绑的马尾在身后微晃，手上还拎了袋早点。为了谢他昨晚帮忙，乔微绕路去医院对面的快餐店买了早点。

把早点放在床头的桌子上，她指了指：“你的新毛巾、新牙刷，洗漱完吃了早点就回去吧。”

说完，她往收拾平整的床铺上一坐，拿起枕头下摊开的书，未着地的小腿还微微晃起来。她今天的心情大概不错。

霍峤之好不容易才把视线从她那白皙的脚踝上移开，洗漱完回来又问道：“你不吃吗？”

“等抽血，不能吃。”

那这就是她特意替他准备的了。

霍峭之美滋滋地打开纸袋，将两张热香饼浇了糖浆，涂了黄油。早餐纸袋里头，居然还有个戴墨镜的史努比挂件。

“是快餐店送的吧？”乔微回头看了一眼。

霍峭之才不管这是不是快餐店送的，拿在手上把玩半晌，这才塞进外套口袋里。他平日挑嘴得很，从来不吃快餐，这会儿竟然觉得热香饼的味道真是香甜。

乔微这血一抽就抽了七八管，霍峭之瞧着她脸都白了，眉头皱起来:“非要抽这么多？”

“这才是开始呢。”护士抬头瞧他一眼，“以后就习惯了，每次化疗前都得抽。”

乔微的血管细，又埋得深，抽了一半血出不来，只得又换了只手扎。

“家属来帮忙按着这边的出血点。”

乔微的手又白又嫩，霍峭之犹豫着。

那护士又催促：“快点，磨蹭什么？没看见后面这么多人等着。”

他只得又快步上前，把乔微的手接过来。

“您误会了，他不是家属。”乔微帮他说话，回头又对他说了声“谢谢”。

霍峭之没说话。他个子高，微俯着身子才够着把拇指按在棉签上。乔微的皮肤入手像块玉，摸起来是细腻微凉的。他有点口干舌燥，不自在地移开视线往窗口里看。

还没从突如其来的福利中回神，霍峭之余光瞧见护士的动作，眉毛便不由得竖起来。

“喂喂喂！”他敲玻璃提醒，“你认真点行不行？这扎人呢，又不是扎牲口，还想戳几下——”

他话没来得及说完，乔微赶紧伸手扯着他的袖子用眼神制止他。

护士的眉头已经皱起来：“病人的血管本来就难找，觉得我不行，你可以去旁边几个窗口试试呀！”

这下换霍少爷不乐意了，说：“换就换，你这威胁得了谁，我就不信还找不着能一次扎进去的。”

他说着便低头，单手从外套里拿出手机翻号码。

“霍峤之！”乔微的眉头已经不自觉拧了起来，疾声唤住他，又赶紧对护士道歉。

待到抽完血，在去做心电图的路上，乔微才把单据都要过来，轻声对他道：“你先回去吧。”

霍大少爷大概这辈子没尝过人间疾苦，他的出发点是好的，却总是在帮倒忙。一上午在替她挑剔这个挑剔那个，乔微其实半点都不习惯总平白接受别人的好意。

“你生气了？”霍峤之敏感地察觉到。

“没有。”

“你觉得我哪里做错了？”他不依不饶。

她轻叹了口气，缓声开口：“医生和护士每天看那么多病人，大家都要相互体谅，你不应该那样。”

霍峤之自己还憋了一肚子气，只安静听完，没应声。

乔微暗暗摇了摇头。人怎么处世不是一朝一夕能改掉的，霍峤之这样含着金汤匙出生的大少爷，生来就已经习惯了颐指气使，纵然再坏的脾气，再傲慢的态度，再桀骜古怪的性子，多的是一堆恭恭敬敬跟在屁股后头捧着他的人，叫他知道什么是设身处地，那的确是难。

“剩下的我自己来就行了，今天也谢谢你了。”乔微说完便低头朝前走。

霍峤之伸手扯住她外套的帽子，漆黑的眼睛里充满了不可置信：“你在赶我走？”

他什么时候这样细致地替别人着想过？明明一个电话就能全部解决的检查，为了照顾她的感受，他陪她在这儿排了这么久的队，她不领情也就算了，还赶他走？

“我不是在赶你，你已经帮我很多了……”乔微回头，无奈地说。

今天早上不是还说好吃完早点就回去的吗？怎么一会儿工夫就全然忘了？

“你撒谎。”霍峭之精致的五官沉凝，“你就是在怪我多事，给你添麻烦，对不对？”

乔微头疼，一时也不知道该怎么答他了，怎么都感觉自己是在哄一个大型的熊孩子。

“我知道了。”霍峭之半晌没得到回复，神色彻底冷下来，松手放开她的外套，转身便走。长腿阔步，走出两步，他又回头看了一眼，发现乔微已经不在原地了。

霍峭之心里憋着一团火，越烧越盛，此刻更是燃到了顶端，他伸手把口袋里买早餐附送的墨镜史努比挂件掏出来，往地上狠狠一扔。

不过是别人随意又廉价的感谢，也只有他当成礼物。

“以后再犯傻贴上来，我就不姓霍。”

乔微到底听见声响，再回头，霍峭之的背影已经走远了。她叹了口气，往回几步，又把那地上的墨镜史努比捡了起来。

一早上做完检查，乔微刚吃过饭，便被医生通知下午开始化疗。乔微之前便在网上查过资料了解过流程，医生也与她说清楚了利弊，还有化疗治疗可能带来的副作用。乔微以为自己已经做好准备了，可真的当她躺在床上，看着护士和医生都围上来时，那种令人窒息的恐惧感又一次在周身弥散。

“家属没陪着来吗？”医生皱眉。

乔微摇头。

“医生，”一旁的护士轻轻扯了扯他，低声道，“她之前说过没有家属。”

“放轻松，放松……”护士又拍了拍她的手臂，试图让血管更清晰一些。

早上抽血的地方已经一片乌青，两只手都是如此，更给扎针的护士增加了难度。护士侧开身对着光线埋头半晌，才把针头缓缓插了进去。

“看你这皮肤嫩的，以后埋了 PICC 管就没这么难扎了。”隔壁床的奶奶瞧着她手肘内侧的乌青摇头安抚，“你深呼吸，小姑娘，一会儿就输完了。奶奶这么大年纪，血管弹性差，扎起来比你还费劲呢。”

乔微脸色苍白地冲她笑了笑，点头：“好。”

输液的药一共八组，其中只有两组是化疗。护士第一次调节到每分钟五滴，瞧着乔微的反应没有不适，又逐渐加到十滴、十五滴、二十滴。

乔微的鼻间全是消毒水的味道，她不想再看墙壁、天花板、白大褂交织成的一片惨白，只得闭上眼睛。他没有输液的那只手抓着身下的衣摆，越抓越紧。也许就连她自己都没有察觉，她其实很怕，鼻子也发酸。这一刻，所有人说话的声音都远去了。乔微的神思有些模糊，总有乱七八糟的记忆在脑海中一闪而逝，但那冰凉的液体滴进身体里的触感确实无比分明，像是活力随着时间的推移在一点点流逝。

第十章

是喜欢的朋友

01

严坤电话里听着口风，峤之原本是不打算来的，因此干脆把聚餐改成了 Party，叫了一堆细腰、长腿、前凸后翘的美人助兴，谁知霍少爷中途又打了电话说愿意来。

这少爷一身养尊处优的毛病，吃饭的时候不喜欢吵闹，口味也挑剔……之前的聚餐选址就是特意迁就他，狂欢趴可没那么多讲究，现在要临时换厨子，把女孩儿们遣散也来不及了。

谁知今天霍峤之好像心情不大好，也没了讲究的心思，从头到尾没说几句话，刀叉随意动了两下，不合胃口便直接扔开，热身游泳去了。他高大英俊，腹前的人鱼线起伏，相比那些知名模特也不逊色，一个猛子扎进游泳池时，还引起了岸上一片惊呼。

严坤偏头，发现身边的女人眼睛都看直了。

“严哥，那人是谁呀？”

“怎么，瞧上他了？”

“哪能呢，就是瞧着有点面生……”女人娇笑。

“他你就别想了，这少爷挑着呢。”严坤晃了晃酒杯里剔透的红葡萄酒，跟她讲了几个社交媒体上常出现的名媛，还有女明星。

“严哥跟我说这些名字干吗？”女人不明就里。

“教你们省着点力气，我说的这几个姑娘排着队想投怀送抱，他都看不上呢。”

和那些名媛玩，确实不自在，甩脱的成本也高了点。女人不以为然，血气方刚的年纪，她还真不相信这世上有坐怀不乱的男人。

霍少爷在G市待了有一段时间了，而且这些日子意外地低调。他不出来玩，G市这群常跟在他后头的朋友们还颇为不习惯。加之他整晚泡在泳池，约他过来玩也不理，岸上几个人便悄声讨论起来。

“也不见霍少回B市，今晚一直闷闷不乐的，该不会是被那对母子排挤得在那边待不下去了吧？”

“你可真能想，就凭着峭之这霸道脾气，凭着他亲妈、徐家、他奶奶……谁敢排挤他呀！”接话的人绘声绘色描述，“你是没见过霍大少在他跟前那受气包样……”

……

身后，严坤重重一声咳打断了他们的谈话，递了个眼色。

两人回头一看，霍峭之不知什么时候站在了他们身后不远处。他的肩上搭了条毛巾，面上没有表情，漆黑的眼中也无浪无波，却使被俯视的人心底生出寒意来。

他们在背后对人评头论足被逮了个正着！

两人心下一慌。若是别人也就罢了，可霍峭之这祖宗记仇，而且行事无所畏惧，从不按规矩出牌，得罪了他，很可怕！

他们面上失了颜色，正要说点什么，霍峭之已经打量完，记住了这两张脸，不动声色转身便走，留下的两人只听见尚未走远的说话声传来。

“严坤，你交朋友的眼光还真是越来越不怎么样了。”这口气漫不经心却带着鄙视。

“是是是……”严坤忙应道，递上浴袍和酒杯，只盼着这少爷能赶紧消气。毕竟谁的家事被这样当作谈资，都不会有好心情，峤之今天已经够给他面子了。

霍峤之过了半晌才接了浴袍，系好腰带坐下来，没一会儿又听严坤道：“我刚听说乔微从席家出来了，而且搬出来那天乘的是你的车。”严坤挤挤眼睛，“峤之，这是不是你怂恿的？”

也不知道他哪来那么多琐碎的消息，连霍峤之自己都不清楚这事儿。只是严坤话说到这儿了，他下意识地回忆起了那天下山的时候。当时乔微只拎了个琴盒和旧箱子，还是她司机把她送到了公交车站，又孤独又落寞。那时候他不知道，还开玩笑问她是不是离家出走，现在想想，乔微当时是什么心情？他认识的那些女人，指头上破了个小口子都要娇滴滴地喊半天，输个液恨不得发遍朋友圈叫全世界的人都知道自己病了。

乔微不一样，她是真的很特别。

霍峤之晃了几下脑袋，想强迫自己别再想这些叫人心情低落的事情，偏偏身边的人就是说个不停。

“乔微？”林以深放下刀叉，回过头加入谈话，“这名字挺耳熟的。”

“前段时间峤之的新邻居，席家的继女，我不是提过吗？”严坤回他。

“不是那次。”林以深折起了报纸，思虑了半晌才开口，“她之前是不是在G大念书？”

“是吧……”严坤偏着头想，“听说是实打实考上的。”

G大在国内是响当当的名牌学校。这圈子里的人到了年纪多半便出国镀金去了，学历拎出来清一色都是金光闪闪，但学识究竟有几分真实，大家都心知肚明。也因此，对那些真正学得好的人，他们打心底还是存着几分敬意的。

“她退学了。”林以深说道。

“什么？”严坤诧异地问，“真的假的？她是你学生？”

霍崤之也缓缓坐直了身体，他还是头一次听说这件事。

“是真的，以前还以为是同名，没对上号，你说她从席家出来，我才想起，这么有个性还叫乔微的，这世上大概再没了吧。”

“她跟我说要回去拉琴，临走前还把留给她的实习名额让给朋友了。”

“哇哦！”严坤鼓掌，“那还真有个性，早前我怎么就没好好跟她认识认识。”

话音没落，他便被霍崤之从后面踹了一脚，踢下了泳池。

“喂！”他扑腾了两下，一把擦掉脸上的水站稳，说，“霍少爷，我这又是哪儿招你了？”

“多在池子里凉快会儿你就想起来了。”

夜风哗哗地招呼在裸露在外的皮肤上，霍崤之仰头往后一靠，只觉得乔微的面孔在脑海里越发清晰起来：鼻子的弧度，嘴巴轮廓，清冷的眉眼。今早她还给他买了热香饼呢，粘在指头上的热糖浆很甜。霍崤之还记得乔微前几次见他都是一副冷漠又疏离的样子，其实现在相比从前已经好很多了。他们在一起排练音乐，总有种心灵相通的共鸣。乔微应该不讨厌他。

也许今早真的是他冲动了一点？霍崤之反思许久，觉得他的脾气确实是坏了一点。这件事才想通，他便感觉像是有一万只蚂蚁在心里爬似的，一个念头在心底蠢蠢欲动，越来越痒，越来越难耐。霍崤之忽然有点后悔。乔微一个人做完接下来的检查，一个人住院，那纤瘦的背影可想而知有多孤单。不然回去瞧一眼？就偷偷看看，也不算违背他发的誓吧……这世上哪有人一辈子不去医院的？

霍崤之想到这儿，便再也坐不住了，马上回房间里换了自己的衣服，匆匆告了别便打算出门。

他才到门口，忽地有女人端着酒杯与他撞了满怀。刚换的衣服上面湿了大半，黏腻地紧贴着皮肤，风一吹，更是凉得皮肤起鸡皮疙瘩。

霍峤之的眉头不耐烦地皱起来。

“对不起，对不起……”女人神情慌张，道歉的声音娇柔，试着用帕子替他弄干净。

涂着红甲的细嫩的手在霍峤之胸前轻擦，他连脸都没看清便重重地把人挥开。

“严坤！”

严坤刚从泳池里爬出来换了衣服，听见这少爷的声音里暗含愠怒，立刻小跑着过来：“峤之，又怎么了？”

“你这个主人是死的吗？”

这家伙是真生气了。

严坤提起精神，这才瞧清他胸前的一摊红酒污痕，悄悄倒吸了一口气，佩服了一秒那个女人的胆量，赶紧补救道：“我叫人马上准备新衣服……”

他边说边给那蠢女人使眼色，示意她别待着碍眼。女人仿佛也被霍峤之的反应吓到了，倒退两步，赶紧转身，一刻不停地离开现场。

“今天是我没管好，这个出岔子，那个也出岔子。”严坤告罪，“霍少爷，咱先上楼去把湿衣服换下来，行吧？”

“算了。”霍峤之蹙着的眉头始终没有松开，显然脏衣服让他不舒服极了，却意外地没有再上楼去耽搁时间，扯扯被淋湿紧贴皮肤的部分，直接进了车库。

他倒车，踩油门便要离开。

“喂，峤之，这么忙，到底去哪儿啊？”

留给他的，只剩一屁股跑车尾气。

乔微直到晚上九点多才输完了全部的药。隔壁奶奶的儿子替母亲买饭时，也顺便给她带了一份白菜瘦肉粥。乔微没有食欲，只是不想辜负别人的好意，勉强喝了两勺才放下。

她感觉血肉里的骨头隐隐发疼，总有难言的不适。更多的是心理作用吧。她这样想着，拖着疲惫的身子简单洗漱完，跟着看了一会儿病房里的电视，便上床了。临睡前，她又接到了席越的电话。最外侧的十八号床正收拾东西准备出院，家属说着话，病房里有些吵。

她想了想，干脆披上外套来到走廊上，点了接听键。

“微微，睡了吗？”

“睡了就不会接你电话了。”乔微身上没力气，干脆挨着窗子蹲下来。

“今天怎么了？你的声音听起来怎么这么弱，病了吗？”席越皱眉追问。

“没有，可能今天排练久了，有点累。”乔微说完便移开话题，“这么晚了，有什么事吗？”

“也不是什么大事，就是感觉你一个人在外边住，总有点不安心。”席越低头说道，把手插进裤兜里，从办公椅上站起来，走近落地窗往下看。院子里的蔷薇花不知什么时候凋零了，早上才打扫过，到晚上，叶子和花瓣又落了一地。

“我这么大个人还有什么好担心的。”乔微笑了下，想了想，还是问起了上林路的事。

席越这才仔细说起来，上林路原本是不在规划范围内的，因为市里临时修改了图纸，这才导致会展中心重新选址。

“马场现在拆不了，这些事可能还有些曲折，不过距离拆迁也还有一段时间，你别担心，我会想其他办法的。”

乔微听着，沉默了半晌，试着开口道：“从古迹保护方面入手，给规划部门施压，这个办法可行吗？”

这毕竟是环海的项目，是他自己家的生意，乔微对此其实没有把握，心里想席越是否会真的跟自己站在同一战线上。

席越沉吟半晌，点头："把你的想法说来听听。"

"我这些天都在了解这方面的书和资料，上林路的房子大多是近百年的老建筑，如果能重新修缮盘活，它不仅兼具历史和文化底蕴，也是道新的城市景观。这在其他城市也是有先例可参考的，只要有人肯牵头做这件事情……"

她挂掉电话，再回病房，十七号床已经清空了。护士进来换了新的床单被套，中年男子在弯腰倒洗漱的热水，老太太见她进门，从戏曲频道换了个年轻人喜欢看的频道。

瞧见乔微病床那边墙角的折叠床，老太太便随口问了一句："小乔，昨晚给你陪床的那个小伙子，今天去哪儿了？"

那是霍峭之昨晚租来的，也不知他租了几天，还没还。

乔微怔了怔，答："他以后都不来了。"

老太太闻言，这才意识到自己说错了话，目光又落到床头柜那碗没怎么动过的粥上，语重心长地劝道："你得多吃点才有力气，往后的日子可还长着呢。"

"哎。"乔微铺开被褥，轻声应道。

02

霍峭之再回到医院时，时间太晚，病房里已经熄了灯，门半掩着，她也已经睡下了。白炽灯微暗，走廊里有家属裹着棉被躺在折叠床上，只偶尔有换药的护士路过。他闷闷不乐地来回走了两圈，不敢弄出响动，只能轻轻推开门缝，借着光朝里面瞧了一眼。

乔微对着窗户那边睡，背对他，霍峭之微微能瞧清十九号床上白色被子的起伏。

"唉！"他瞧了半晌，叹了口气。衣服湿淋淋贴在腹前，又冷又黏腻，一阵风吹过来，冷得他直哆嗦。再转回头，瞧着走廊里睡熟的家属们，霍峭之忽然怀念起病房里面那张让他睡得极不舒服的折叠床。

到底没再进门，他走远些，拨通了一个电话。

“峭之？几百年不给叔叔打一次电话，这么晚了，有什么事吗？”电话那边诧异地笑道。

“我想求您帮忙准备间单人病房。”

“怎么了，你病了？”

“不是，是我朋友……”霍峭之解释完，又道，“您平时留点神帮我多关照一下，还有，这事儿千万别让她知道。”

“行。”对方爽快地答应，又好奇地问道，“是什么样的朋友啊，难得见你这么上心。”

这次霍峭之抿了抿唇，沉默了半晌才说话。

“是喜欢的朋友。”

乔微睡得很浅，凌晨便醒过来，老太太的儿子还在另一侧蒙头睡。病房门不知什么时候敞开了，外面零星的灯光透进来。她摸索着从枕头下拿出手机，时间刚过五点钟。老年人的睡眠少，乔微擦干净眼睛坐起来，偏头一看，这才发现老太太不知在床头坐多久了。

“志国打鼾吵到你了吧？”老人问道。

志国是她儿子。

乔微摇头：“不会，我平时也起得早。”

老太太似是坐僵了身子，活动了下，才叹气道：“志国的工作忙，孙子才刚上三年级，他白天要上班，下班要来医院照顾我，连孩子也顾不上。连轴转太累了，他从前不打鼾的……”

“都怪我得了这个病……”老太太的声音很哑。

乔微能听出来，她心里充满了对儿孙的内疚。这种负罪感大概已经压在心底许久了，这才会忍不住与一个认识没两天的陌生人倾诉。

“您别这么说。”乔微轻声道，也不知道该安慰她些什么，隔了许久才问，“您的儿媳呢？”

老太太怔了半晌，轻轻摇头：“她工作也忙，顾不过来这么多。”

天亮的时候，乔微买完早点回来，也顺带给隔壁床捎了一份。中年男子替母亲再三谢过后，这才拿了公文包出门上班，西服微皱，背影佝偻。

这是个孝子呢。

乔微收回视线。

病房的电视开着，在播早间新闻。

“分局发布通报……接警后进行调查……下一步，霍某可能因涉嫌强奸罪被刑事拘留……”

乔微模糊地才听几句，猛地抬头看去，正瞧见嫌疑人进警局的画面。媒体记者中间围着的人虽戴上了口罩，但前段时间刚见过面，乔微还是一眼将人认了出来，是霍仲英。

画面很快切到下一条新闻，乔微忙又拿起遥控器，换了B市新闻台。

“据悉，自丑闻曝光到今日凌晨，霍氏公司股价已经掉落两个百分点。”女主持侧身，把屏幕切换到霍仲英平日出席活动的大幅照上，说道，“霍仲英身陷性侵丑闻，这样的负面舆情究竟会给霍氏公司股价带来多大冲击呢？让我们继续关注……”

霍仲英涉嫌性侵？

乔微想到那日霍峤之替她挡住的手，不自觉打了个冷战。以那天相见一面留下的印象，乔微倒是愿意相信这是真的。但事实上，以霍氏强大的公关团队，昨天夜里警局才发布的通告，舆论不应该发酵得这样迅猛。

她拿出 iPad 一看，网上已经全是相关话题的讨论。这事儿其实有些蹊跷，乔微关了电视，若有所思。

城市另一端，也有人难得起了个大早。

严坤瞧着新闻便露出喜色来：“我得赶紧给峤之打个电话，让他也起来看看。”

“不用打了。”林以深止住他，“让他多睡会儿，早知道和晚知道都一样。”

严坤失望地收起手机，转而又笑起来：“对，等到正式拘留时再通知他不是更好？”

“我平日还以为峤之不关注这些，谁知他一出就出个狠招。”严坤笑道，“你不知道，把这个女人找出来去报案花了我多少力气，还要打通这些媒体关节，我为了帮他出气，这次可连老本儿都豁出去了……”他得意忘形地炫耀着，忽地意识到身边的人一直没回应，这才想起什么似的，赶紧噤了声。

严坤差点忘了，林以深大学时候的女朋友，也跟新闻里这个可怜的女人一样遭了霍仲英的毒手。

那女孩无权无势，以深那年拼了命想要为女友讨回公道，然而林家二老不愿得罪霍家，同样拼了命想从这件事中择干净，把事情压了下来。那个女人不堪受辱后还要忍受舆论折磨，男友又不作为，绝望之下，她自己了结了性命。

严坤那时与林以深交情还不算太深，这事情只隐约在他脑中有个印象，对于内情不甚清楚，后来这些年也没敢问。但若非如此，以深怎么会心灰意冷地抛开长子的身份离家做个教书匠，在 G 市一待就是这么多年呢？

林以深盯着电视的目光十分平静，若不是看到他那紧握的拳头，严坤压根看不出他心中的波动。

严坤叹气。

平日的温文尔雅都是给别人看的，其实林以深骨子里是个固执又深沉的人。他能预料的是，此时 B 市的霍家已经炸开了锅。

霍峭之的父亲一早去了公司开会，剩下于蔓在家，客厅的地上已经摔得一片狼藉。保姆俯身收拾，又被一个飞来的茶杯砸在脑门上，发间缓缓渗出血来。

男人瞧着，赶紧拉出于蔓，又吩咐边上的人帮保姆下去处理，劝道："姐，你消消气。"

"仲英到警局了吗？"

"说是已经到了。"

"律师呢？"

"跟着呢。"男人拍拍她的背。

"你别担心，时间都过去大半年了，对方拿不出证据来，仲英的律师是B市数一数二的大律师，他不会有事的。"

"这个不要脸的臭女人想钱想疯了，往我儿子身上泼脏水对她有什么好处？当时给她那笔钱还不够？"

"姐，我倒觉得这事儿没那么简单，说不定是有人故意想找仲英麻烦呢。"

"那你说是谁？谁和我们母子过不去？"

男人一时说不出个子丑寅卯，女人彻底变得歇斯底里起来。

"这女人活在世上还有什么意思，干脆去死得了！他父亲好不容易放点权在仲英手里，出了这事，仲英还有什么指望？"于蔓越说越气，恨恨地一挥手，清空了整个茶几。

这次再没人敢上来收拾。

"一个个都是死的吗？还不收拾干净？我请你们来是干什么的？"女人的眼神尖利如刃，边上剩下的两人只得战战兢兢上前，俯身捡茶具碎片。

"走，我们去警局！"于蔓许久才平静下来，最后出声。她的高跟鞋细跟嗒嗒敲击着地面，面不改色地从那蹲着的保姆的手背上碾了过去。

早饭时间才过，病房里又来了新的病人。乔微正坐在床头对着窗户看书，忽地听闻小孩一声欢欣呼唤："漂亮姐姐！"

才抬头，乔微便把人认出来了，是在Y市留观病房里遇见过的那个光头小男孩！男孩的母亲明显也吃了一惊："这么巧啊……小姐。"

"乔，"乔微合上书，笑了笑，"我姓乔。"

这么大的世界，隔了个省份再重逢，也真能算是难得的缘分了。乔微与那母亲聊了几句，稍微熟悉时，才问起来："孩子怎么转院了？"

"这边的肿瘤科名气更大些，Y市的医生建议转院，看看孩子的病情会不会有起色。"

G市这家医院的肿瘤科确实是国内数一数二的，乔微点头。

小孩活泼，已经趴在她床头的柜子上，小心翼翼地观察起她的琴盒。

"阿生，不能乱碰，快回来。"孩子母亲唤人，"怎么能不讲规矩？"

孩子委屈地低头就要回去，乔微赶紧摇头道："不妨事的。"

她抬手，轻轻碰了下他发亮的小光头。再放下来，她伸手在枕头下找了一会儿，掏出那个墨镜史努比递给他："喏，送给你了。"

小孩拿着挂件，回头看了看他母亲。

"就是个小玩具。"乔微解释。

小孩儿这才收了，拿在手里，立刻又高兴起来，大眼睛眨了眨："姐姐，你也会拉小提琴吗？"

"你也会？"

那孩子摇摇头："不是哦，我看的动画片里面有人会，拉得可好听了。"

小孩子说话时总是手舞足蹈，稚嫩可爱的声气叫乔微笑起来。

"他们拉的什么曲子？"她抬手，将柜上的琴盒拿下来，笑道，"你说来听听，说不定姐姐也会。"

03

化疗的反应第二天就出现了。

乔微有种深入骨髓的疲乏感，浑身无力，她单手去拿琴，平日拎过千百次的重量，今天没注意，差点把琴盒摔在地上。她忙用另一只手去扶住，这才拿稳了。

“姐姐？”小孩懵懂的眼睛眨了眨。

乔微从愣怔中回神，强打起精神，给他拉了首《小星星变奏曲》，是小孩都喜欢的活泼曲子。小孩搬了张凳子，到窗前的太阳光底下舒服地坐着，跟着旋律哼哼。

许是曲子太简单，乔微身处病房，神思却不知到了哪个地方，有种身处梦中的感觉，无论何处都隔了一层雾。唯有一阵阵涌上胸口的不适在提醒她，周身的一切都是真实的。强忍着拉完最后一个音，她再也忍不住，放下琴便捂着嘴巴快步跑进了盥洗室，扶着洗手间的隔间木板，俯身干呕，恶心潮水般一阵阵涌来。她只觉得绿色的胆汁都已经吐出来了，浑身上下没有一点力气。她的膝盖很软，甚至站不稳，只有凭借最后一点意志力强撑着不要蹲下去。

十指指甲扎进掌心里，乔微意识到自己该停下来，这样的状态对她没有好处，然而最终还是败给了那激烈的中枢反应。咳起来的时候，仿佛身体也已经不是自己的，完全由另一个人接手操控。不知过了多久，她才忽地感觉背上被人轻拍着安抚。干呕缓缓停下来，耳边嗡嗡发鸣，乔微听不清声音，眼里也全是因咳嗽而涌出来的泪水。

她花了点时间将神志找回来，用帕子擦干净嘴角，转头。

是阿生的妈妈。

“阿生说你一直在咳嗽，叫我进来看看。”她递过一瓶水拧开盖子，说道，“给你漱漱口。”

乔微想说谢谢，可声带仿佛失声般，一时发不出音节来。

“化疗一开始都是这样，没关系，反应会越来越小的。”阿生妈妈安慰道，“我们阿生也是这样。”

年轻母亲没说出口的是，这同时也是一个循环往复的过程，等到不舒服的状态消失得差不多的时候，又到了下一次化疗时间。区别就是，病人会慢慢习惯起来。乔微在洗手台拍了把脸提神，脸上的红潮没有消散，入口的矿泉水仿佛是咸的，带着一点腥涩，有海水的味道。她尽量忽略这种感觉，直接吞咽下去，也许是冰凉的液体安抚了喉咙，总算能说话了。

乔微道完谢，再出门，看到小孩正眼巴巴地蹲在洗手间门口。

“姐姐！”他小跑追上来，轻声分享，“我妈妈上次买小番茄给我吃，吃了就不恶心啦。”

“好，我会试试的。”乔微缓下步子点点头。

“其实我每次打完针也很难受。”小孩将手放进她的掌心，似是在安慰她。

回头看妈妈还在护士站拿药，小生这才像说秘密一般，悄悄附耳告诉她：“可是我一说难受，妈妈就会悄悄哭，所以我现在就不说了。”

乔微左手拿着剩下的半瓶水，右手握紧了他的小手。

阿生被妈妈教得很好。

乔微已经记不清她在这个年纪每天做些什么，可无论如何，她是比阿生幸运的。别的孩子都还需要家长追在后头喂饭的时候，他已经要承受病痛带来的苦难，每天与病床为伴，并且习以为常。这个五彩斑斓的世界只来得及对他露出冰山一角的美妙，便将他的余生框定在医院的一方天地里。

回到病房，隔壁床的老太太调低电视音量提醒她：“小乔，你的手机刚才在响。”

乔微从枕头下摸出手机，发现是季圆打来的。

“微微，你这几天都去哪儿了，公寓没人，我去酒吧看乐队演出，他们也说你不在。”

学校放假，元旦那晚分别之后，乔微已经连续几天没来得及跟好友联系了。

乔微发了条消息给她，那边的回复立刻过来了。

“天哪，你再不回我消息，我都要去警局报人口失踪案了。”

噼里啪啦输入完这行字，季圆惊诧地又想到另一种可能。

“微微，你该不会是和主唱过二人世界去了吧！”

乔微对教授还能找个由头请假，对季圆却不大可能，毕竟一起长大，她太了解她了。不论找什么借口，看上去都好似有些破绽。况且像这样的忽然入院，以后可能还不止一次，好友就算看她的精神状态，也早晚会知道真相。下学期好友就该从音大毕业了。凌霖打算出国，季圆也想去，她从前段时间起就因为择校的事一直忙得焦头烂额。面临这样关键的人生转折，乔微实在不愿意把病情告诉季圆，叫她分心。再者，她晚一天知道，也就少伤心一天。

乔微凝神想了好一会儿，斟酌了一番遣词造句，确定无遗漏后才将短信发了出去。她告诉季圆自己去其他城市散心，过几天就回来。言语间隐隐透露出有人同行的意思，故意没有提霍峣之。这种情况，季圆应该会猜测，她承认两人是一起去了。

乔微吃了药，本还想翻会儿书，谁知刚坐下来一会儿，便感觉电视的声音在耳边越来越远，眼皮疲倦地垂下来。小生看完一集动画片，再回头，发现乔微已经睡着了。

这也是化疗的副作用之一，困倦。他关掉电视，小心翼翼地从乔微的床尾滑下来，正要去拿自己的玩具，忽地在门口又看见了个熟悉的面孔。又在这个地方看见认识的人，他心里还是挺兴奋，仰头叫了一声：“黑脸哥哥！”

霍峣之的面色顿时更沉了。

小生母亲没见过霍峣之，只听见自己孩子给人乱取外号，赶紧把人捞回来挡在自己身后，认真地道歉。

“请问，您找谁？”

“妈妈，他是乔姐姐的朋友。”小生抢答。

乔微睡眠浅，这样的音量换作平日她早醒了，今天却到现在还悄无声息地睡在靠窗那边的阳光底下，一动不动。霍峭之观察了半晌，这才轻手轻脚地走到床前，替她把被子拉开盖好。乔微很瘦，医院的病号服在她身上显得太宽松，她皮肤素白，在阳光下甚至能看清脸上细小的绒毛。乔微的眉头不安地皱着，她的身体似乎很不舒服，但即使在梦中也在默默忍受。

霍峭之五官生得好，个子也高，气质看上去倒和乔微很般配。小生妈妈觉得他也许是乔微的男友，便多了一句嘴：“我看她今早难受得厉害，刚做过化疗，食欲应该很差，你要是有时间，就带她出去走走，吃点好的。”

“化疗？什么时候？”霍峭之回头，眉头蹙起，似是十分惊诧。

意识到自己可能猜错了，小生妈妈错愕地看了看乔微那边。中间十八号床的老太太之前见过霍峭之，插了一句：“就是昨晚做的，输液到晚上九点才完。”

霍峭之的心跳快了一拍，昨晚九点多的时候，他还在严坤的宴会上玩。

化疗，只是听这个名词就已经觉得可怕了。乔微一个人做了化疗，霍峭之只要想到这个，瞬间觉得身心都被内疚击中了。他笨拙地帮乔微掖了掖被角，搬了凳子，挨着她的床头坐下来，帮她挡掉照在脸上的光线，好让她睡得更舒服些。

乔微的呼吸很轻浅，需要俯身才能听得清。严坤接连打来几个电话，振动太吵，霍峭之干脆按掉关机。

这时候，连霍仲英倒霉的事都不能让他开心起来。那种感觉，像是全世界只剩最后一个战壕，战壕里只剩乔微和他两个士兵。他不忍看乔微负隅顽抗，可倘若连他也逃走，那乔微真的只剩自己了。

护士中间来了几趟，按照医嘱给乔微补充水分、电解质，通过静脉埋的针头输液。乔微居然也毫无知觉般，并没有醒来。盯着换到第三袋药水时，霍峭之终于沮丧地摊开腿，仰头往椅背上一靠。午饭时间已经到了，可他今天丝毫没有进食的欲望，乔微不知道什么时候才能睡醒。触目可及的都是白色，尽管十八楼开了窗，鼻息里也还是挥之不去的药水味儿。感觉难受得厉害，他干脆出门抽点了支烟，再回来，发现病房里又多了个人。

她是那老太太的儿媳妇，老太太的儿子今天加班，只能让她过来送餐。

这老太太的儿媳是个话多的。

“山山这孩子最近的成绩越来越差，他一个人在家，还等着我回去教他写作业呢。”女人说着，神色里的不耐烦溢于言表，催促老太太吃快些。癌症病人做完化疗大多食欲不佳，强行进食，或吃快了，恶心呕吐反应会更剧烈。这儿媳体型微胖，看面相是个淳厚老实的，谁知却是这样的人。

小生妈妈在一旁看不下去，出声帮腔道：“我一会儿也要去洗饭盒，就帮老太太一块洗了，您忙的话就先走好了。”

女人瞥过来一眼，冷哼一声：“饭盒我要拿回去，明天还要用。”

“饭吃快了不好，得细嚼慢咽。”小生妈妈从饭盒里收回视线，耐心回她，“而且病人不能吃熏肉，这些医生应该叮嘱过的。”

“你这话说的，好像我故意苛待她一样！”女人被言中般怒起来，“关你什么事？你知不知道，家里为了给他妈治病，锅都要揭不开了，我为了挣钱，孩子都顾不上了，哪来的时间去菜市场买鲜肉？哦，我们吃得，她就吃不得！”女人越说越气，像是积怨已久，抢过老人手中的饭盒来就往地上重重一砸。

“我以后还就不做这吃力不讨好的事了，省得做牛做马还处处招人指点。”她的声音尖厉，铁质的饭盒落地便是“哐当”一声清脆的响，弹开又在地面蹦了几下。小生吓得去抱妈妈的手，连睡着的乔微都被惊得下意识地颤了一下。

乔微这一颤，手上也跟着动，连静脉留置针头都差点被扯出来，药水微渗，纤细的手腕短短一分钟时间就起了个触目惊心的鼓包。

04

“给老子闭嘴！”霍峭之这下终于被激怒了，脸上的烦躁缓缓沉下来。到底是B市闻名的魔头，他生起气来的架势叫人不寒而栗，中年女人立刻识趣地噤声。

下一秒，男人关了点滴。按铃后大约等不及人过来，他又直接出门去叫护士。乔微是被手上突如其来的疼痛唤醒的，还觉得自己梦境中好像隐约听见了霍峭之的声音。睁开眼，她却只见病房里有陌生女人在骂骂咧咧，地上狼藉一片。她眉头皱起来，反应了几秒才意识到，那女人便是老太太口中的儿媳妇。

老太太说她工作忙，乔微当时信以为真。

“能不能好好说话？”乔微疲惫地抬手抚着跳疼的太阳穴。早上咳了好久，她的声音很哑，此刻咽了咽口腔里的水分，才接着说道，“你很吵。”

女人的眉眼显得清冷不耐烦，这一点，恰恰与刚刚出门的那个年轻男人的神情重合起来。

“嫌人吵，你有本事去住单人病房啊！”中年女人刚才便被吓了一次，这次不肯示弱，还要再说话，霍峭之已经带人回来了。

护士忙上前帮乔微拔针头，保安随后进来，礼貌地将吵闹的中年女人请了出去。

乔微瞧着霍峭之的脸，启口，咽喉动了动。半晌，她才低声问道：“你怎么又回来了？”

毕竟那天的豪言壮语还言犹在耳，大少爷的神色一时也有些尴尬，他哪有这么不自在的时候。手装模作样地插在裤兜里，移开视线，霍峭之轻咳了两声，拿出昨天想好的借口。

“最近每天要排练。毕竟你现在已经是我乐队的成员了，我要对你负责，看看你什么时候才能出院。”说完，他大概是觉得说服力不够，又补充一句，“大家都很想你……赶紧回去拉琴。”

“对！”他说完，强调般拍掌。

其实这些天的排练他一次也没去过，霍少爷做事一向无拘无束、随心所欲，邀请乔微进乐队之前，十天里的演出他能去三天，其他人都要谢天谢地了。听完他的解释，乔微也不作声，点点头便垂下眼眸，看着护士给自己重新扎针。她的长发快要及腰了，很黑很柔，因为刚刚睡醒，微乱地别在耳后，披在肩上。那耳朵格外嫩白，看得人想摸一摸。先前那枚留置针头是不能用了，护士换了右手重新扎。乔微习惯用右手，接下来几天做什么可能都会不大方便。

护士一边扎针，一边告诉她：“今天有人出院，先前你们问的单人病房空出来了，还要不要换？”

作为知名的大医院，G大附属医院的病房一向紧张。

霍峤之的眼神动了一下，好在乔微并没有存疑，偏头想了一下，便答应了。一来，她不并缺钱；二来，乔微觉得自己第一次做完化疗的反应好像比别人都剧烈些，接下来也许还有的熬。

性格使然，乔微不愿打扰别人，也不愿让别人看到自己狼狈的样子。倒是小生，才听说乔微要搬走，便从床那边跑过来。

“护士姐姐，乔姐姐要搬去哪里？”

“就在楼上。”小孩儿很可爱，护士笑着答他。

虽然就在楼上，可始终不是一间病房了。乔微是他在这陌生的环境里认识的为数不多的人之一，结果才刚刚相处一天，她就要搬上楼去了。

那距离对小生来说太远，已经是一场长途跋涉，他不能经常去找姐姐玩了。小孩儿的个头才刚比床沿高，瞧着护士把针头扎进乔微的血管里，眼睛眨了两下，长睫毛上便挂了泪珠。

“喂，你哭什么？”霍峤之隔床瞅他，好奇地问道。

"我喜欢姐姐。"他抬手擦眼泪，"姐姐今天早上还给我拉《小星星》听了。"

稚言稚语，连护士听了都忍不住笑开了。

霍峭之的视线落到小孩拇指勾着的挂件上，眼神动了动，没有笑。

他发现是那个墨镜史努比。快餐店赠送的挂件那么多款，霍峭之可不相信小孩儿刚好买了热香饼，对方又刚好送了他这个造型的挂件。

"那东西是捡来的？"他抱起手问。

"什么？"小生仰头，一脸懵懂。

"喏，"霍峭之挑了挑下巴，"就你手上那个小挂件。"

"不是捡的，是乔姐姐送给我的！"小孩说罢，还炫耀般抬起手来晃了晃。

挂件的底部还有条细裂痕，霍峭之看了整个人顿时都不好了。他现在完全肯定，那是他走后，乔微又折返捡起来的。而且，他那天说了什么丢脸的话，她也全部听清楚了！

霍峭之马上看向乔微，她却恍若没事人一般。感受到他的视线，她还抬头冲他笑了一下。

不能跟个小孩儿抢东西。霍峭之一遍遍告诉自己，眼尖地瞄见小孩出门上厕所，却还是忍不住跟上去了。它虽然是个破挂件，但好歹是乔微送给他的第一件礼物，有那么一点点纪念价值。

小孩的妈妈就在厕所门外，霍峭之直接压低声音跟他商量："小孩，你兜里的那个挂件给我，行不行？"

小孩儿赶紧捂住兜看着他："不行，这是乔姐姐送给我的。"

放屁，那是先送给他的。

"我拿东西跟你换，好吗？变形金刚？遥控车？遥控飞机？"

小生这次迟疑了一下，还是摇头："不换。"

乔姐姐明天就搬上楼了。

霍峤之没什么跟小孩打交道的经验，交流两句见行不通，眉头越皱越深。小生刚刚方便完，仰头便瞧见大哥哥黑着脸朝自己走来，以为他打算强抢，裤子都顾不上扣，如临大敌般捂着兜跑出厕所，边跑边叫：“妈妈！妈妈！”

等霍峤之再回病房，果然遭乔微皱眉质问：“你干吗欺负个小孩子？”

他无辜地指了指自己的鼻子：“我？”

“小生被你吓坏了，跑回来的路上还摔了一跤。”

小孩已经做完了两个疗程的化疗，白细胞低，血小板少，任何不经意的伤口都很有可能给他带来生命危险。

“我欺负你了吗？”霍峤之倒了杯水，眼神危险地朝小孩那边看过去。

“没有。”小生缩了一下，果然乖巧地摇头，他又补充道，“你别生气了，哥哥。姐姐送的史努比不能给你，不过我还有一套拼图，不知道你喜不喜欢。”

乔微疑惑地回头看霍峤之，他脸上一红，脚下踉跄，只恨自己刚刚没来得及捂住小孩的嘴。

乔微在十八楼最后住了一夜，第二天早上才搬到了新病房。临走前，她把许多买来没拆的东西都送给了隔壁床的老太太，又给她留了个号码。也不知道那女人回去怎么闹的，老太太的儿子当晚没来守夜，直到第二天乔微把东西都搬完了，也没再见到他。

十九楼的护士比楼下更多些，病房里带了洗手间和浴室，白瓷砖、单人床，墙角还放了两棵绿植净化空气。只是换到新环境里，乔微化疗后的副作用也没有减轻多少，中枢性镇吐药物的作用有限，恶心和呕吐整整折磨了她几天，她嗓子都哑得快不能说话之后才稍微好受了。

有一次霍峤之和朋友聚过后再来医院，乔微闻见烟味，一整天吐得没吃下东西，整天输生理盐水把手都输肿了，才终于缓过来。

乔微觉得刚刚能喘息的时候，第二次化疗又要开始了。她现在明白了世人为什么闻化疗而色变，几天里，她已经深深领教了这种治疗带来的痛苦。那不仅是生理的难受，也是心理的折磨。曾经愉悦的进食变成令人恐惧的机械程序，任何香甜的食物到了嘴里都会成为咸腥味，而且极可能引发下一次呕吐，恐怕任何人都受不了。袋装的药水再一次放在眼皮底下，乔微几乎是下意识地打了个冷战，再也找不到第一次的平静了。

“别怕，就跟上次一样。”见她裸露在外的手臂皮肤起了小疙瘩，感觉她身体在抖，护士轻声叮咛。

霍峭之瞧得不忍，干脆拉了张椅子在床头旁坐下来，双手将她的左手握紧在掌心。

她的手像块坚冰，他的掌心却永远是炙热的。乔微此时已经顾不上想那么多，神思混乱，就如同抓住救命稻草一般抓紧了他的手。

“还冷吗？”霍峭之弯下腰来问她。

乔微闭着眼睛摇头，紧绷的情绪渐渐松弛，松开牙关，停下了微颤。像是天地间漂游的生物终于找到了栖息之处，暖意包裹着乔微混沌的识海。护士调好药水的流速，再抬头，才发现乔微已经抱着男友的手睡着了。

男人的身子微倾着，坐姿应该很不舒服，然而怕吵醒病人，他的下巴搭在床边的护栏上，手臂自始至终动也没动。

其实这些天来，她们十九楼的护士也曾偷偷讨论过这位病人的身份。乔微生得很美，秋水一般的眼睛好像会说话。她们替她扎针，瞧见她蹙起的眉头，内心都会情不自禁地生出负罪感来。她的身材和气质都很好，也有礼貌，即使自己已经难受得不行，每次还是会记得向她们道谢。她每天定时到住院部楼下的花园散步、练琴。乔微应该也是有钱人家的孩子，可是很奇怪的是，这么多天来，除了这个疑似男友身份的男人来看她之外，再没有其他人来过。

第十一章 你能不能别靠这么近

01

终于结束第一个疗程，乔微出院这天，新闻里报道许多地方都下了大雪。G 市沿海，虽然湿冷，但温度倒比其他地方高一点。

“回家去一定要注意保暖，按时吃药，有什么异常要立刻回医院。”医生把霍峤之当家属，反复叮咛，“病人免疫力差，更容易患感冒，尤其是治疗期间，每一次感冒都有可能导致身体系统感染，引出并发症……”

霍峤之点头记下，再回到病房时，乔微已经从楼下回来了，正在收拾出院的东西。她把头发随意地扎起来，靠窗低着头，睫毛鸦羽般微垂，一颗一颗数着把每天要吃的药放在小盒子里装好，再扔掉包装盒。

因为这几日冷得厉害，她穿了羽绒服，身形看上去比平日微丰，倒也没瘦得那么吓人了。床单、被褥皆折得平整，连病号服都整整齐齐叠好放在床头。

乔微做事总是很认真。

霍峤之在门口看了会儿，才出声唤她：“微微，走了。”

乔微点点头，收起盒子，拎起行李。霍峪之迈上前两步，俯身接过。

“不是很重。”乔微摇头，但还是被他坚持着接了过去，只留了琴盒给她。

“你就拎那个好了。”

大楼下边只剩修剪整齐的冬青树还在深冬坚挺着，风大，夹着小冰粒呼啦啦刮在脸上。

医院外都是步履匆匆的行人。霍峪之腿长，在前边走得快，想赶紧回到车里给乔微开暖气，走了几步，忽地听她在身后喊了一声。

“霍峪之。”

“嗯？”他茫然回头。

大概是终于从医院出来，她这会儿眼角眉梢都是笑意，抬手指指他的头提醒。

“你的头发是翘的。”

这少爷活得精致，平日很会打理他的头发，这段时间大概都没修剪打理过，长了些，今天不知怎的，还翘起来一小簇。他的气质向来是不羁又痞气的公子哥儿型，头发一翘，立马显得整个人都傻乎乎的。

霍峪之一边抬手摸头，一边警告她：“不准笑。”

他今天早上洗过头后没打理，七点钟就起床来了医院，乔微一整个早上没说，到了现在才告诉他。但头发已经干了，哪那么容易按下去，语落半天，乔微面上的笑意半点没有收敛。

霍峪之把行李往地上一放，终于恼了。

“你过来，我帮你。”乔微强忍住笑意，冲他招了招手。

霍峪之个子太高，乔微抬手踮了脚才够到，拿湿纸巾擦了几下，又用手指理顺。她怕冷，戴了顶白色的羊绒线帽保暖，露出的五官秀美，柔和又好看。

“好了。”乔微放下脚后跟，收起纸巾，猝不及防被霍峪之把整顶帽子拉下来，遮住了眼睛。

“你干吗？”眼前什么也看不清，乔微抬手的瞬间，忽然感觉唇上有什么东西落下来碰了一下。蜻蜓点水的零点几秒，很柔软，让人险些怀疑是错觉。乔微怔了怔，再把帽子拉开，霍峤之已经拎着行李走出好远了。

公寓近半个月不住人，已经落了灰。叫来钟点工打扫完，乔微摆放好东西，下午第一件事便是去上林路看了外公。他站在廊前逗檐下挂着的画眉，那鸟儿褐色的羽毛微亮，叫声婉转活泼又清脆。上了年纪的人怕冷，但老人家不爱窝在屋子里，乔微每次来，他大多时候是坐在院子外面，大抵是已经成为习惯。梁妈简单说了老人这几日的身体状况，说话间，又仔细打量了一番乔微的脸。乔微化了淡妆，气色还算好，但妇人眼尖，总觉眼前的女孩有几分说不上的病容。

“是换季感冒了吗？”她担忧地道，“我灶上炖了萝卜姜枣茶，小姐一会儿带些回去吧。”

乔微这段时间食欲不振，姜味大，带回去大抵也喝不下，怕白白浪费了别人一番好意，因此婉言拒绝了。

“先生前几日清醒的时候，总是‘微微’‘微微’地喊你的名字，我想着，他总是放心不下你的。”梁妈说到这儿，悄无声息地叹了口气，“上林路要拆了，我也不知道还能照顾先生多久……你平日里忙归忙，但也还得多注意保养身体才好。”

乔微点头谢过，忽地听外公在外头喊起来要喝水，她倒了一杯热茶出门递过去，老人的目光狐疑地打量她，却是不肯接。

“这是微微。”妇人赶紧上前，把茶接过来递上，凑近些大声说，“你前几日还总念她呢。”

老人这才把水接过来，喝水时呛了一口，妇人赶紧拍背安抚。

老人把水喝完，才又把刚刚那名字放在嘴巴里回味了两遍：“微微，微微……”

可老人看她的目光仍是陌生的。

乔微笑了一下，缓缓退开几步，在远处坐下来，若有所思。

梁妈的年纪其实只比外公小八九岁，丈夫早逝。从外公生病之初算起来，她照顾外公有十来年了。刚开始那几年，外公忘性大，神志还是清醒的，到现在大多时候，却只认识梁妈了。由此可见，她护理得极周到。这么多年，外公没生过一次褥疮，比起疗养院里那些病人，不知好过了多少。到了今天，责任心是一方面，情谊必然也是有的。乔微不愿把两个人分开，但乔母的想法与她可不一样。乔母总觉得世上所有的人都有图谋，若是察觉这些，说不定还会越发坚定要把外公送到疗养院的想法。

乔微从老房子出来，上了公交车，又打开 iPad 检查了一遍邮箱。

没有新消息。

她出院前，把这些天草拟的关于上林路的改造和发展的提议计划书，详细发了一份到席越的邮箱。她打算等席越看过没有问题之后，再以信件方式发到有关部门去。乔微很清楚这件事没有那么简单，其中关节很多，少了一环计划都可能会落空。环海在这个项目里投入了那么多，必然不会让她轻易如愿。可是没有办法，只要有一点希望，她都得努力。

她没有等到席越的邮件回复，倒是先等来了霍峤之的短信。

“地址给我，接你吃饭。”

她还没来得及回他，朱教授的电话也打过来了，说学校最近有几个保送国外顶级音乐学院的名额。恰好教职工们私底下聚会庆祝，几个教授评委坐一桌，宋老和她孙子都在，离开席还早，还空着位子，霍峤之顺口提了一句，她便想着，干脆把两个学生也叫上。一方面，年轻人在一块有话说，另一方面，也让两个学生在评委中间混个脸熟。

教授还没有放弃叫她出国深造的想法。乔微正不知该怎么拒绝朱教授的好意，偏偏霍峤之已经在过来的路上了。

教授们吃饭的地方是以前霍峭之母亲的产业，这两年扔给他了。霍峭之最挑嘴，请的都是好厨子，今天的每道菜都花了些工夫，想着叫乔微过来，她说不定能多吃点。

瞧着朱教授才挂电话，宋老的孙子便匆匆离席，忙不迭地去接乔微了，两个小年轻，怎么瞧都有点猫腻。宋老嫁的人是什么背景，他们都是清楚的。几个教授一乐，当即讨论起来。

“峭之和朱教授的学生认识？”

02

任几人讨论着，宋老瞧着孙子下楼，隔了半晌，才微侧过身，压低声音问起朱教授：“微微这段时间已经回音大拉琴了吗？”

“嗯，回来有段时间了。”

“那改天我也去听听。”

“行，有您指导是她的荣幸呢。”朱教授笑着点头，“不过这几天她家里事情多，跟我请了假，等她一回来上课，我就给您打电话。”

“请了多久？”

“快半个月了。”

“知道是什么事吗？”

“这我就不清楚了。”朱教授摇头，心底有点诧异宋老会对乔微的事刨根问底。

宋老再坐直身子时心中已经有了数，她的手收拢搭在腹部，心底却沉沉叹了口气。

家里的保健医生是她的远房侄媳，前些天到家里来的时候，提了一句峭之给他表叔打电话的事，说峭之这朋友的病还挺棘手，女孩子年纪轻轻的，真是可惜了。自家孙子的脾气她知道，能叫他费心神托人照顾的女孩，她想来想去，还真找不出几个名字。

人生难测。

乔微是沉逸那孩子的女儿，天赋好，人也漂亮乖巧，难得合她眼缘。之前几次见面，明明瞧着精气神都还好好的，真是无论如何都想象不出会生那样的病。

上林路有些远，乔微到的时候刚开席不久，林可渝已经挨着朱教授坐下了，同是朱教授的学生，她冲众位教授行礼后，在林可渝下首落座。

今天一天的运动量，抵得过她在医院的几天，乔微落座时气还没喘匀。

林可渝妆容精致，倒没有匆匆赶来的模样。或许是沾了席越的光，她这次还主动冲乔微点了点头。只是目光再落到她身后跟着的霍峤之身上时，林可渝神情明显有些惊诧，甚至主动起身唤了一句："峤之哥。"

霍峤之垂眸，心不在焉地压了压下巴，算是打过招呼。乔微想了片刻，才记起来林可渝也是B市人，两人大概从前就认识。

包房里的灯光微暖，一侧有溪水潺潺流过的水声，空气清新。乔微一边认真吃饭，一边听着众位教授说话，偶尔问到自己时，才乖巧地答上几句。乔微化了淡妆，又有灯光映衬，脸上气色不错，谁也看不出来异样，更不知就在前几天，她还是个在病床上连翻身都没力气的病人。

席间，林可渝偏头时不防瞧见乔微的碗，当即诧异地道："你减肥？"

乔微手里端的还是进门时服务生盛给她的半碗米饭，那速度，倒像是一粒一粒米在嚼。

乔微没答，瞧着别处在笑，似是没听见她说话。

林可渝一直觉得乔微很瘦，从前只以为是体质问题，没想到她对自己这么严苛，难不成是厌食症？她又想起席越平日在自己面前左一声微微，右一声微微，按说他该对这个妹妹很了解了，这事却从未听他提起过。好像乔微在他心目中就是十全十美，一点缺点也没有似的。想到这儿，她放下筷子，一时又觉得心里不舒服起来。那天在席家吃饭时，她便觉得不对劲，回来这些天也陆陆续续从G市的圈子里听说了一些事。

乔微是母亲带着嫁进席家的。也就是说，乔董是席越的继母，乔微和席越并没有血缘关系。可谁家继兄会和继妹的关系这么好？反正林可渝自己是没见过。更何况，乔微能考上G大，说明智商肯定在线，姿色也不平庸。这事儿只要一细想，总有几分说不上来的感觉。还未来得及收起思绪，她的余光忽地瞥见霍嵴之抬手将自己跟前的菜换到乔微眼皮子底下，方便她动筷。他又侧身压低声音与乔微说了什么，黑发落到眉前，神情竟格外舒展。如果刚才见到霍嵴之进门是意外，那这次林可渝确确实实是被震惊了，心中警铃大作。

乔微的段数很高啊……

这霍嵴之在B市名气大得很，脾气也古怪，浑起来谁都不敢惹他，连霍叔叔许多时候都拿他无可奈何，有谁见过他这样在人前做小伏低的样子？

饭毕，服务生端了鲜榨柠檬汁上来，最后一杯正要倒给乔微，却又被霍嵴之挡住了。

瞧着众人惊讶的眼神，他才开口解释："乔微不能喝这个。"

"那倒杯白水吧。"朱教授举杯笑起来，"从前都没听乔微提过，你们俩挺要好啊，她胃不好，这你都知道。"

好歹将一顿饭吃完，乔微已经精疲力竭。林可渝被家里的司机接走了，朱教授去地下停车场开车，乔微也打算在路边拦辆车回去，走出几步，却被宋老唤住了。

"微微。"

乔微往围巾里缩了缩，回头，不明白老人为什么会忽然唤住自己。

"让阿嵴送你回去吧，我搭你老师的车就行。"

"不用的，教授。"乔微赶紧摇头，"这时候出租车还挺多，不碍事。"

霍嵴之还站在饭店大厅里，正被经理叫住说话，目光不时朝门外看过来。

宋老没再继续这个话题，转而笑起来问道："你在阿嵴的乐队拉琴开心吗？"

乔微没料到这事儿宋老也知道，不好意思地笑了笑：“挺有意思的，摇滚乐和古典乐很不一样。”

在音大有的老教授眼里，她这样浪费天赋不好好练琴，反而去玩地下摇滚的做法，大抵是有些离经叛道的。

“怎么个有意思法？”宋老饶有兴趣地追问。

乔微偏头，沉吟半晌才开口：“像是一道窗户被推开了，外面就是新世界。虽然不一样，但截然不同的东西融合在一起又很有意思。”

“嗯，”宋老点头，“贝多芬和巴赫都是很有摇滚气质的古典音乐家。”

乔微闻言吃了一惊，偏头看向宋老：“您也会听霍峭之录的曲子吗？”

“偶尔吧。”老人的笑容和煦得像暖风，她抬手，感慨般轻拍了拍乔微的肩膀，“我们家阿峭倒是找了个志同道合的朋友。”

宋老最后还是搭了朱教授的车，留下霍峭之送她回去。

“奶奶刚才跟你聊什么？”霍峭之启动车子，问道。

“聊了些关于你乐队的事情。”

“她怎么说？”

“说你很有想法，很有才气。”

“真的？”

“嗯。”乔微应着，轻轻打了个哈欠。

霍峭之颇为意外，奶奶平日总觉得他玩乐队不务正业，没想到还有主动提起来夸他的一天。他消化了一会儿，嘴角得意地翘起来，又问乔微：“你也这么觉得吗？”

半晌没得到回答，偏头一看，他才发觉乔微已经睡着了。她的脸大半躲在围巾里，鬓角稀疏落了些碎发，挡在眉眼上，睡得认真又安静，直到他把车停在乔微家公寓楼下，她也没醒过来。霍峭之也不忍叫醒她，看了一会儿，忽地想起什么，抬手打开车灯，帮她理了理鬓角的头发，别到耳后，认认真真给乔微拍了一张照片。

即使灯光昏暗，也一点不影响她的好看：巴掌脸，睫毛弯弯，耳垂白嫩，像个娃娃。他越看越觉得自己拍得好看，放在相册里实在可惜，干脆打开手机设成了乔微的来电头像，又在姓名栏里编辑，把微微两个字后面加了个可爱的小波浪号。

看了半晌，他觉得好像还不够，打开系统设置，再次改了桌面和屏保。将手机在掌心转了几圈，霍峭之想了想，又觉得不太安全，可能会被乔微看见。一思忖，他最后把屏保换成系统默认，然后加了道开屏锁。

现在就只有他能看见桌面了，霍峭之终于心满意足地将手机收起来。车厢里静下来之后，便只听得见乔微清浅的呼吸声，空气里的味道仿佛都是香甜的。他抑制了许久，这次实在忍不住了，抬起手来，小心翼翼地移动，最后指腹轻轻地碰了一下她小巧的鼻头。他喉结动了动，把口腔的水分往下咽，想起了早上柔软的触感，心中蠢蠢欲动，反正她睡着了，再亲一下……

他越靠越近，乔微的脸庞触手可及。

还未来得及付诸行动，霍峭之驾驶座的车窗忽地人被敲响了。

“咚咚咚——”

那声音又快又急促，他闪电般坐直，把自己的手收回来。下一秒，乔微果然被声音吵醒，睁开眼睛。

“到了吗？”她轻声问。

“嗯。”霍峭之的心还在怦怦地跳，敷衍地应了一声，听上去心情不大好。

敲窗的是小区的保安，才瞧见霍峭之欲求不满的神情，他赶紧识趣地弯腰笑道：“先生，打扰了，我们这儿停车超过十五分钟要收费。”

霍峭之只想给他那心领神会的笑脸上送一拳！

就因为五元钱！

“我付吧，有零钱。”乔微低头打开包。

直到把保安送走，霍峭之再也没露出笑脸来。乔微不知他因为什么生气了，只得开门下车。想了想，她最后还是又弯腰道了一句：“谢谢你送我回来。”

03

乔微刷卡进大楼前，目光忽地扫过台阶下另一侧停着的宝蓝色宾利，脚步顿了一下。她租的学区公寓算不上高档，这样的车型平日里并不多见。退回来几步，乔微好好看了一眼车牌。

果然是她的车。

硬着头皮跨进电梯，楼层缓慢上升，想到乔母此刻就在门前等她，乔微更是无精打采。电梯再敞开，站在走廊封闭阳台前的那人扶着栏杆，缓缓转过身来。乔母大概刚从哪个宴会上赶来，披了件素净的皮草，还戴着长手套。

她低头瞧了一眼手套指腹沾上的厚重灰尘，抬眼看着女儿：“你就住这个地方？”

“有事吗？”乔微站在电梯口，转移话题没应她。

走廊上的灯光发白，乔微的妆容已经半褪，唇瓣发白，脸色很不好，气息也微弱。

“我以为你至少有点底气才敢从家里出来，结果你过的就是这种日子。”乔母冷着脸，一步一步走到她跟前站定，冷声道，“有意思吗？”

“如果这就是你今天来的目的，那你可以满意地走了。”乔微实在没有力气再应付她，低头翻钥匙。

“病了？”

乔微别开视线，干燥的唇瓣动了动：“没有。”

好在乔母并没有再往下追问，再开口已经换了话题。

“你必须回G大上学，就只差一步了，我不能看着你这么毁掉自己。”

乔母见她无动于衷，干脆伸手夺过她的钥匙说：“跟我回家，之前的事情我可以当作没发生过。”

“我已经退学了。”

“那就写复学申请！”

乔母攥紧手中的钥匙和皮包带，一句句质问：“拉琴有什么好？能带给你锦衣玉食吗？这天底下音乐学院的学生那么多，有几个成名的？就算成名了，像你爸爸那样，有用吗？现在有多少人还会记得他？”

乔微站了半晌才转过身来，看着她：“那像你这样利欲熏心地活着，日子就开心了吗？”

“你太年轻了，微微。”乔母缓缓摇头，“这社会远比你想象的更残酷，想要受人尊重，就必须得往高处走。你现在凭着喜好生活，以后的日子还多的是苦头。”

“人各有志。”乔微也摇头，“我不会干涉你，你也别勉强我。”

“我喜欢拉琴，就算没人记得，我也愿意像爸爸一样活着。”

“你爸爸，你爸爸！你就知道念着你爸爸！”乔母像是被这最后一句话彻底激怒了，直接把那钥匙掷到地上。

“我至少给你吃，给你穿，把你养大到今天！帮你筹谋未来！他呢！他撒手就走了，他管过你什么？”

乔微绷紧下唇，拳头不自觉地握紧。她知道，爸爸一定是有不得已的苦衷。然而这一次，她嘴角动了动，到底没有发出声。

“叮——”电梯就在这时候响了。

乔微正对电梯口，门才开，便瞧见霍峤之从里面迈步出来。

“巧啊，乔董也在。”他懒洋洋地随意招呼了一声，视线又转向乔微，晃了晃手机，说道，“你房间灯没开，手机也打不通，我就上来看看。”

乔微的手机在聚餐前开了静音，还没关闭。霍峤之的出现，好歹算打破了僵局。

乔微蹲身捡钥匙，站起来时还差点踉跄了一步。还是霍峤之眼明手快地跨了一步，上前扶稳她，才没叫乔母看出端倪。她其实早就体力不支，头脑发晕，再说下去，恐怕连站着的力气都没有了。

乔母从霍峤之出现在这儿的震惊中回神，问道："你送她回来的？"

"是啊。"霍峤之点头，抬手搂住乔微的肩，"她刚刚还不肯让我送她上来。"

"……"

乔母快要搞不清楚眼前的状况了，她总觉得自己似乎忽略了什么。对，上一次霍峤之到家里来吃饭，也是他主动送乔微到市区的。可以乔微的性子，怎么可能会和霍峤之这种性格的人混到一处？霍家确实家大业大，但霍峤之浑不吝的名声远扬……席越父亲几次将他请到家里来，他都是一副油盐不进、不理正事的模样。

"微微。"她偏头看女儿，似乎想从她眼睛里得到答案。

然而乔微眼睛微垂，辨不清情绪。她借着霍峤之的力道才勉强站稳，转身开门。

"我觉得自己过得很好，你回去吧。"

乔微同母亲的关系不好，霍峤之不是才知道。电梯四面都是光洁可鉴的镜面，妇人的衣着与妆容雍容精致，看上去与乔微便不是一类人。

电梯缓慢下沉，乔母拎着包，忽地开口了："你和微微是在交往吗？"

"没有。"霍峤之漫不经心地转了转手里的车钥匙。

"没有？"乔母的眉头皱起来。

"还在追。"霍峤之挑眉。

"啊……"乔母沉吟半晌，似是在思量该怎么措辞，"霍少，老实说，微微的性格……和你不太合适。"

"未必吧？"霍峤之闻言，当即抱起手来，挑眉道，"还是您觉得，只有席越才合适？"

"您这么想，要是让林家知道，怕是更不合适吧？"年轻人拉长的尾音似是赤裸裸的挑衅。

林家的投资确实是靠着席越谈来的。

乔母没料到这小子说话这么直接，倒是愣住了。提示灯跳到一楼，霍峭之率先迈开腿出了电梯门，走出几步，还是耿耿于怀，转过身来。

“我倒觉得，是您缺乏对乔微性格的基本了解。合不合适，得她说了算。”

霍峭之从乔微那里回来，也没回家，直接开车去了酒吧。

台上，乐队还在演出。他不在的时候，贝斯手是主唱，徐西卜那小子也在台上。酒吧里灯红酒绿，霍峭之一个人坐在沙发里看了会儿，便有认识的凑过来给他递了支烟。

霍峭之瞧了一眼，是个眼熟的，兴许是严坤那帮朋友中的一个。

他嗓子发干，但还是抬手说：“最近不抽了。”

“霍少戒烟呢？”那人笑着，也掐了烟头，把烟盒扔到一边，说，“行，那我也不抽了，请霍少喝一杯吧。”

聊了几句，来人提起了霍仲英被拘留调查的事，瞧着他的脸色笑道：“现在网上骂得厉害，连我那个刚上小学的侄儿都知道。”

举世皆知，霍峭之和他那个大哥不对付，对方越倒霉，他当然越开心了。

霍峭之没笑，他晃了晃红酒杯，坐起来，笑道：“那他几小时前被保释的事你知不知道？”

“这……”

乐队在这时候表演完一曲，中场休息。

霍峭之把红酒杯放回桌上，笑着拍拍他的肩：“你的酒，谢了。”

老头子确实舍得，这次把霍仲英保释出来，也不知道花了多少时间和精力。只是可惜了，人能保出来，案子能销掉，名气却是回不去了。

04

徐西卜眼尖，最先瞧见霍峭之，兴奋地从台上跳下来：“二哥，琴今天也借我玩会儿呗。”

“离我远点，热。”霍峭之喝了酒，把他往边上推了推，“作业写了吗，就跑这儿来？”

徐西卜面上顿时失了笑意，不情愿地道：“二哥，你怎么老提这个，我看你大学时候也没写过作业啊！”

霍峭之瞥他一眼，手插进裤兜，说：“等你能跟我比的时候再说吧。”

徐西卜闭了口。他的亲妈是母老虎，亲爹则棍棒不离手，自然不能和二哥比。

霍峭之抱手瞧着台上，任凭徐西卜在耳边叽叽喳喳，不再说话。似乎所有人想当然地觉得他这个二世祖的日子从来是这样自在舒畅，但他们大概都忘了，他以前在国外念的是全英贵族后代们视为梦魇的寄宿学校。

从十二三岁入校起，他一举一动受学校管制，需要学习和完成的课程任务远比想象中多得多，每年只有暑假和圣诞能有与亲人相见的机会。叫那些人失望的是：再严苛的规则与制度，到最后也没能将他的性子磨平。霍峭之脱离那个体系后，反而越发肆无忌惮地反叛起来。

“对了，二哥，你那个拉提琴的姐姐，这段时间怎么不见来了？”

“什么姐姐，我大。”霍峭之驳斥他，又答，“她明天就来。”

徐西卜憋了半天，还是忍不住好奇地问：“严哥还说你喜欢她，这事儿是不是真的啊？”

“嗯，喜欢。”他回答得言简意赅。

徐西卜被哽了一句，顿了半晌才又不甘心地说：“我比她来得还勤，咱们乐队就不能加个吉他手吗？我弹得不算差了吧……”

“也不算好。”

“二哥，你这是色迷心窍！提琴手都能加，怎么就……”

“再聒噪把你扔出去。”霍峭之抬眸警告。

身边终于清静下来，霍峭之瞧着台上抱起手来，越听眉皱得越深。

霍峤之有些日子没来酒吧了，台上唱的还是他写的曲子，旋律也是一样的旋律。但他总觉得，台上那几人自看见他来了之后，便似梦游般心神不宁起来。

“这两天酒吧出什么事了吗？”

“没事啊。”徐西卜毫无察觉，想了会儿又道，“就是他们老聚一块说话不让我听，这也太贼了。就算是什么了不得的大活动，二哥说不让我参与，我还能死皮赖脸跟着去不成？真是的……”

徐西卜这么一说，霍峤之干脆走到一边，招手唤来经理。

“大的情况倒也没有，都是些小道消息，我也不知道真假……”经理小心观察着霍峤之的神色。

“说来听听。”他微扬下巴。

“员工们底下传，说是元旦跨年那晚上，您走了之后，有经纪人到后台找了他们……”经理搓着手说，“霍少您也知道，之前也不是没有人过来想要签下钟声乐队，不过这一次的经纪人据说来头很大。”

话说到这儿，霍峤之心中已经有了数。乐队是霍峤之毕业回国一时兴起组的，国内的摇滚氛围不如欧美，他当初纯粹是觉得一个人玩不过瘾，建支地下乐队自娱自乐。可后来，钟声的发展也确实超乎他的预料。他安于现状，不代表所有人跟他一样，对名利没有欲望。大好的前程就在眼前，他犯不着，也懒得做那挡道的恶人。霍峤之没什么舍不得，这几年也差不多玩够了。放在从前，他大可挥挥手潇洒地送走几个朋友，可现在不行了，他好不容易把乔微请进乐队来，乐队却忽然解散了，那叫什么事儿？

乔微对音乐的追求远胜过他，她现在喜欢，而且需要这样一个精神寄托，乐队现在还不能解散！

霍峤之坐下来，晃了晃杯底的酒，仰头喝干净。他瞧了眼表，偏头打发徐西卜：“回去，十点钟我给你妈打电话。”

“嘿！二哥你又来这招！”

“不爽？”

直待徐西卜噤声，含泪走了，霍峤之才挥手示意经理打烊。霍峤之待在G市的日子虽然不算多，但乐队是他一手组建的，歌大半是他写的，场地也由这位少爷免费提供，在国内摇滚市场这样不景气的时候，还能保证每位成员每月拿到大笔分红，不说感恩戴德，众人对他绝对是尊重的。

也因此，几人商量过下定决心后，却犹豫着不知该怎么和霍峤之提。毕竟这样做怎么说都有些不厚道。

霍峤之是乐队的灵魂，从前的经纪人一听霍峤之不肯签约，便对剩下的成员失去了兴趣。这次却不一样，对方是极有诚意的大公司，愿意为他们找到合适的主音吉他手，发行唱片。

“霍少。”最后还是那吉他手硬着头皮先开口，“这事儿是我牵的头，大家玩到现在，年纪都不小了，都想做出点成绩来。”

安来是贝斯手，他猛吸了口烟，接过话茬：“我十五六岁时就憋着一股劲儿，想着哪天我也能灌张唱片，就算是死也值了。到现在都当爸爸了，才有人找来。”

“霍少，兄弟们也很清楚，少了你，我们能走多远还说不定，但还是想放手拼一把。”

“对不住了，霍少。”

他们和霍峤之不同，霍峤之做音乐是玩票，始终要回归他的圈子去。他生来就含着金汤匙，有资本对这地下乐队梦寐以求的机会嗤之以鼻，他们却没办法拒绝这样的诱惑。

烟雾缭绕中，霍峤之的指节在沙发上叩了半晌，抬头缓缓扫视一圈，抬手撩了一把前额的头发，说：“把烟掐了吧，微微病了，最近闻不得烟味。”

他起身开了窗，这才继续道：“看来大家都商量好了，其实我也不愿耽误你们，只是……”

“霍少你说。”

霍峤之在沙发一角坐下来，松了松领口，敞开腿，半是阴影，半是灯光，衬得他的侧脸神情不明。

“乔微来的时候，你们得在这儿。”

时隔半个月，乔微终于重新踏进酒吧。她提前到，酒吧还没开始营业，有服务生在吧台前擦拭酒杯，纷纷笑着朝她打招呼。

乔微绕了一圈，没见到霍峤之，倒是那位化妆师拉着她好好打量了一番：“微微，怎么几天不见，你又瘦了？”

她在医院时吃不下饭，倒是出院后胃口还好了些。

乔微摘了帽子，把琴放好，笑道：“霍峤之还没来吗？”

“怎么，今天有新曲子排吗？”

“嗯。”

她在医院的时候一个人练了很久，还没合过，不知道效果怎么样。

“今晚吉他手好像不在呢。”

“怎么会？”乔微诧异，约好今晚到齐的。

“家里有事儿吧，谁知道呢。”化妆师给她倒了杯水。

主音吉他手上次排练时和乔微说好了，等元旦演出后教她弹吉他。乔微难得出院，失望地低下头翻了一遍谱子，*Patience* 需要三把吉他。

“叹什么气，我教你弹不比他教得好吗？”霍峤之大步走进来。

“你教？”乔微想笑。

她早听乐队其他人说过，霍峤之教人是最没耐性的。他那个蠢弟弟才开始玩吉他的时候，天天缠着要二哥教，后来真教他，直接被霍峤之的冷脸吓得不敢弹，回家苦练了好久才稍微找回点自信。

霍峤之说教，还真就手把手教她了。乔微其实算不上一个太笨的学生，再加上她之前便有些古典吉他的功底。帕格尼尼的作品中，有一系列便是将吉他的指轮技巧和小提琴的拨弦技巧融合在一处。吉他和小提琴都是弦乐器，共通之处还是有的。

只是当霍峤之从身后覆上来，指尖搭在她指尖时，乔微还是觉得不自在极了。男人年轻新鲜的荷尔蒙味道近在咫尺，她抬眸便能看到他下巴精致的轮廓，莹白的手十指修长，右手虎口处的褐色小痣格外性感。

你能不能别靠这么近？她想这么开口说，还没出口便被霍峤之敲了头警告："你认真点！"

她从前敲的几下，这会儿全被他双倍敲回来了。这少爷确实在一本正经地教她，乔微噤声，努力忽略掉那点不自在，认真听他讲话。

"这里，右手食指中指用力敲在低把位音符上，勾弹，左手指在对应的音品勾击弦，音符就会想瀑布一样倾泻下来，你试试。"

她心里绷着根弦，小心翼翼地先试了一遍，又被霍峤之抓住手。

"你放松点，别紧张，再来一次。"

仿佛平日的角色被调换了，乔微深吸一口气，静下心，试过几次后，好好再来了一遍。

"行，这次挺好。"霍峤之满意地点点头，剥了颗糖要吃，想了想，还是塞进乔微嘴巴里，奖励她，自己又剥了一颗。

乔微还在巩固刚刚的知识点，猝不及防，嘴巴里被塞了颗气泡糖在舌尖滋滋响，是甜甜的青苹果味。乔微发现了，霍峤之喜欢吃甜的。上次买的热香饼，他连指头上的糖浆都舔干净了。不过他大概觉得这个爱好不大男子汉，平日在别人面前是不肯轻易显露的。

练了大半晚，乔微跟着乐队和了几次音，效果居然还不错，连安来都特意过来夸她："微微，你这学得够快的啊，早学几年，都没别人什么事了。"

乔微哪里敢当，连连摆手，又问起了乐队那位主音吉他手。平日霍峤之主唱，都是他负责 SOLO，今天忽然不在，乔微还有些不习惯。

霍峤之刚刚下台去喝水了，此刻听乔微问起来，几人目光相对，想了想，贝斯手还是坐下来。

“微微，按说你最近在生病，我们这点事不该麻烦你……”他似是有些为难。

“怎么了？”乔微诧异。

“昨天他一时想不开，和霍少吵了几句，霍少在气头上，我们都不敢劝，想来想去，也只能找你帮忙了。”

签约之后，他们就得离开G市到B市去，等唱片公司为他们安排活动。霍少喜欢乔微他们当然知道，昨晚的要求，大概是因为乔微第一次接触摇滚乐，正在兴头上，他们忽然离开，一时找不到合适的人选组建新乐队。

霍少这些年待大家不薄，尽管唱片公司那边拖上几个月签约会有风险，但大家还是同意了。只有吉他手，他老婆孩子都在B市，之前说好了回去，谁知又要耽搁几个月，一时想不通就争论了几句……

霍少本就是B市人，他家里什么背景大家都清楚，若是他真生了气，断了一个人的前程比捏死只蚂蚁都容易。更何况这件事本就是他们做得不厚道在先。

第十二章 我可能爱上她了

01

乔微心中觉得奇怪，平日可是只有霍少爷找别人麻烦的份儿。她正要说话，忽地一皱眉，侧过身咳了好几一阵才平缓下呼吸，回头又才问起："无缘无故的，他怎么会和霍峥之争起来呢？"

众人只以为乔微生的病是寻常的发烧感冒，关切地问了两句后，便七嘴八舌向乔微道出原委。毕竟霍少是为她才把大家多留这几个月，说不定乔微一感动，霍少就会看在她的分上把这事儿揭过不提了呢。

"我们大家都同意暂缓去B市，昨晚是他想老婆孩子想疯了，是他不对，等霍少消了气，我们立马通知他回来赔罪。"

……

乔微从他们的言语中隐隐猜到什么，试探着问："是因为我加入了乐队，所以你们现在才走不了吗？"

"也不能这么说。"安来赶紧摆手，"霍少这么些年待大家不薄，我们都挺愧对他的，走前他就这么点小要求，我们都是自愿的。"

“我知道了。”乔微收起琴点点头，说道，“我会好好跟他说的。”

舞台下的白炽灯光里，她的目光缓缓移动，环视四周。乔微还记得她第一次来到这里的样子，短短一个多月，没了初时的陌生，她对一切已经熟悉起来。酒吧许多时候是嘈杂喧嚷的，台上的站位也随她喜欢，和严肃正经的音乐大厅氛围截然不同，但总能让她得到一种尽情宣泄的满足。

那些快乐都是真实存在的，霍峤之感受到了。她大抵明白了他为什么想让大家留下来陪她继续玩，可能是喜欢，也可能是同情……抑或是想给她这个癌症病人最后一点慰藉。无论是哪一种，或是是许多种的糅杂，她只是个病人，注定什么都没办法回报给他。

“微微，你可真是人美心也善！”

贝斯手闻言感动地握紧她的手说：“你学不学贝斯，我从现在开始，一定倾囊相授。”

“轮得到你教？”霍峤之端了水才过来，便看到乔微被握紧的手。

手上几乎要被视线灼出洞，安来讪讪地放开：“也是，霍少也会。”

直到当晚排练结束，霍峤之送她回家时，乔微才提起这事。

她唤住他：“谢谢你。”

“谢我什么？”

霍峤之按弦般轻松敲打着方向盘，没有忙着启动车子。

“谢你这段时间帮我。”

霍峤之嘴角刚翘起来，便听到乔微下一句话：“但是不需要的。”

他的笑意僵在嘴角。

“我也知道你是好意，但没有必要因为我一个人的喜好勉强大家留在这儿。”

昏暗的地下车库里，他看不清乔微脸上的神情，只瞧见她身子坐得笔直说道：“不用为我做这些，我也不需要旁人怜悯。”

乔微的声音不大，但吐字清晰。霍峤之放进耳朵里体会一番，只觉得每一个字都像是冷冷地拍在脸上。他适才觉得他们的距离近了些，这一瞬间又被打回原形。

“谁跟你说的？”他蹙眉道。

乔微没直接回应，只低声劝道：“让他们去B市吧。”

霍峭之心里憋着一股气，偏偏不答。乔微低声叹了口气，最后道：“很晚了，你到音大那边不顺路，我自己打车回去就好了。”

“你慢点开。”她语落便开门下车。

霍峭之还没来得及开口，人已经背着琴越走越远了。他只觉得一颗心都要凉下来。这个女人的心肠是石头做的吗？他这是为了谁！不就是想让她开心点！霍峭之越想越气，猛地捶了一把方向盘，尖锐的喇叭声没把乔微唤回头，回音倒是挺大，把整片声控灯震亮了。

他眼睁睁地看着乔微的背影逐渐消失在车库入口。

过分！

霍峭之仰头一口气喝了大半瓶水也没把火气降下来。

凭什么不讲道理直接将他拒之千里！

生气！

难受！

霍峭之扔开瓶子，开了顶灯再拿水，俯身才发现她的手机落在副驾驶座上。在智能机盛行的当下，乔微的手机实在扎眼得厉害。它不能上网，没有相册，连游戏都只有推箱子和俄罗斯方块这两个老古董，也只有她当宝贝一样爱惜着。

霍峭之的心情终于好了一点。

等一会儿乔微发现手机不见了，再回来，他就要让她好好跟自己道歉！手机拿起来两秒，霍峭之就坐不住了。万一她没发现手机不在了，直接回家了呢？万一她明天才来拿，那他不得一整晚憋着气？

思及此，霍峭之终于找到理由，利落地拿了车钥匙开门下车。然而，脚刚落地的一瞬间，声控灯忽然暗下来，他几乎立马感受到一阵来自身后的寒意。

走了几步，他回头看看，身后空荡荡的，一丝声音也无。无一丝风，地下阴冷寂静，叫人浑身发寒。

霍峭之握着手机，再走两步，又一次停下来。

不对。

耳边很静，有似幻觉般的细微的脚步声响起，他的身体几乎下意识地紧绷，心中生出戒备来。地下两层的车库黑漆漆一片，没有人，也不见监控。倘若就在这里悄无声息地了结了他，恐怕尸体也得到明早才有人发现。

他让自己放松下来，低头按亮乔微的手机，假装看屏幕，若无其事地继续朝前移动步子。霍峭之相信自己的本能反应，他曾经就是靠着这样的直觉，免于客死异乡，捡回了一条命。

大学秋季入学那年，奶奶准备将名下的财产转到他名下去，霍峭之当时接着电话回到他伦敦一区的公寓，进门时，便是这样的寒意袭上头来。

那次他运气好，最后用自己放在门口鞋柜里的气枪将人打发走了。这一次，却再没有那样幸运了，四下空旷，他甚至找不到一样趁手的武器。低头走出几步，也许是他的专注确实叫人放松了警惕，那脚步声逼近，越来越轻。

耳边有疾风袭来，就在这千钧一发的时刻，霍峭之的指头微动，掌中的手机忽然铃声大作。他侧身回踢，地下车库的声控灯终于应声亮起来。

这一击力道极大，迅捷又突然，然而对方的速度显然比他更快，在最后一刻闪身避开。霍峭之只踢到了他的衣角。这一次，他终于看清了眼前的人。这人黑衣长裤，长着平凡无奇的一张脸，扔到人群中便再也找不出。

霍峭之确定自己没有见过他。

“谁派你来的？”他冷声问。

对方显然没有回答的打算。昏暗的灯光下，那人手上有寒光闪过，又一次敏捷地欺身逼近，次次冲着他的要害袭来。

这绝对不是一般的身手。霍峭之现在倒是暗暗庆幸，还好乔微已经走掉了。匕首几次险险从他身侧划过，连背刃都极其锋利，他甚至能瞧清那寒光下的血槽。

霍峤之学的那点东西应付流氓混混尚可，应对这样有备而来的职业杀手，明显很吃力。精神高度集中时，体力消耗得更快，他的小臂不防被划拉了几下，很快有血顺着外套浸出来。

冷冷的，但并不感觉到疼。

霍峤之已经穷于应对，对方却明显游刃有余。也不知究竟交手了几个回合，他只能紧盯着那刀尖尽力闪避，勉力坚持。不能再这样下去了，倘若继续僵持，他的处境只会越来越被动。周边越来越安静，这一刻，霍峤之只能听见自己的心跳，那颗心几乎要从干燥的嗓子眼里蹦出来。他舔了舔自己干干的嘴角，有汗水从额头掉落眼眶里。

地下车库里的声控灯重新暗下来。

黑暗中，霍峤之猛地跃起，凭着记忆踢开男人握匕首的右手，将人扑倒在地。他左手用尽力气控制住男人握匕首的右手，一拳砸上他的太阳穴。只听到一声闷哼，男人抱着霍峤之就地翻滚几周后，猛喝一声，灯光重新亮起来。

男人阴沉的眼中是毫不掩饰的杀意在燃烧！霍峤之重新处于被动，只能用尽力气扳着男人的手，僵持着，不让那匕首落下来。

乔微便是在这时候回来的。

她不确定霍峤之是不是已经走了。刚刚在马路上拦到出租车，她摸摸身上才发现手机不见了。找了许久，她才想到，手机也许是落在了霍峤之的副驾驶座上。

那是父亲从前用的手机，乔微想来想去，还是决定折返回来看一看，才走近地下二层的车库入口处，便听闻一声男人的怒喝。

灯光应声亮起来。

乔微抬头，霍峤之的车还停在原地。不远处，便是在地上的血迹中翻滚的两个男人。乔微的心跳得飞快，她从来没遇到过这样的阵仗，下意识地要跑到门口去唤保安，踉跄着退了两步才发觉，那搏斗的男人当中，有一个像极了霍峤之的身形！

灯光昏暗，乔微辨出来，连衣服都是刚刚分别时他穿的颜色，臂上的衣袖已经被血染透了。她心下一惊，却见霍峭之此刻已经被那人压在身下，咬紧牙关才极力抵挡着对方的双手，不让匕首落下来。

来不及了！

乔微几乎是立刻在心中下了决定，环视四周，却并没有发现可用的工具，只能拎紧了手中的琴盒。

就是现在，不能耽搁！

她冲着那人背后走过去，放轻步子，越走越快，缓缓抡起了手中的琴盒。霍峭之眼前渐渐被血和汗模糊得看不清了，他的神经已经紧绷到了极致，隐约瞧见男人背后有道纤细的身影覆盖上来。

乔微！乔微回来干吗？！

男人意识到身后来人时，已经来不及了，霍峭之随时会反扑，他的双手也被锁紧。

不成功，便成仁！

乔微此时几乎用尽了全部的力气。

“砰——”

下一秒，男人的头被狠狠击中。

乔微的琴盒材质是实木，比寻常的盒子还要重上几分，顶端有翘起来的金属锁扣，打得男人头脑发昏，额角很快有血流顺着眉峰淌下来。

霍峭之终于得以喘息，滚身飞快爬起来，狠狠踩中男人的手，将那匕首夺了过来。

眼见霍峭之赢得上风，乔微紧绷的心弦终于放松，拎着琴盒的十指却是再也忍不住颤抖起来。

02

霍峭之抽下卫衣的系带，一鼓作气将男人翻过来绑住手。男人不安地翻腾，被霍峭之重重地踩住背，匕首抵上他的脖颈。

“霍——”乔微急忙唤他，才吐出半个字，又戛然而止。她闭上嘴巴，缓缓退了两步，靠在身后的承重柱上站稳。

眼前的情况并不简单，她不想给霍峤之添乱。

霍峤之喘着粗气，又紧了紧匕首，锋刃下贴着的便是大动脉，他压低声音问：“谁派你来的？”

“电话联系的，定金到账就动手，我没有见过人。”那男人的声音撕裂般沙哑，回答倒是很坦诚。

“多少钱买我的命，说来听听？”

“一百万？”霍峤之脚下力道愈重。

那人缓缓吐出后两个字：“美金。”

“这么小气。”霍峤之听完便冷笑，“我给你双倍，干不干？”

男人还未作答，乔微惊得眼睛都瞪大了，轻声提醒他：“霍峤之……”

霍峤之抬起头来，用手擦干净眼睛里的血汗，嬉皮笑脸地偏头道：“我开玩笑呢。”

那眼睛漆黑，只有露出的白牙是干净的。

乔微终于松了一口气，却又听霍峤之唤她：“微微，帮我把手机捡过来。”

“哦。”

她四下搜寻，在减速带附近找到两部手机，她的那一部已经摔成了两半。

没有心思多想，乔微将零件都收好放进包里，站起来把他的手机递还给他。霍峤之的手机屏幕虽然也坏了，但还勉强能用。他低头拨了个号码，很快便有几个身形高大的陌生男子赶过来将男人带上车去。

车子已经被动过手脚，打不着火，霍峤之只能通知 4S 店将车拖走检查。

“不报警吗？”

“报，等他们处理完就扔他进警局。”霍峤之应着，把匕首封在袋子里，终于腾出手来打理自己。

霍峤之爱干净，这会儿在地上滚得全身是灰尘，想把外套脱掉，这才发现外套上的血大半已经干涸，伤口和衣服粘连在一处，黑发也乱糟糟的，他心烦意乱地把头发往后撩。抬头瞧见乔微还拎着琴站在一旁等他，他心情才好了些，咬牙把袖子撩起来推上去。

衣服一扯，伤口又开始流血，乔微吓了一跳：“去医院吧。”

“小伤。”霍峤之摇头道，“上点药就好了。”

他眼巴巴看着她，意有所指。

乔微住的小区比医院近，小区外就有二十四小时营业药店。乔微的手不再颤抖了，她叹了口气，放下琴盒，走了几步到他跟前站定。她叫霍峤之抬手，将那就要掉到伤口上、胡乱折起的袖子一道一道卷好。

这一回，霍峤之终于如愿以偿地跟着乔微踏进了公寓内部。米白墙，橡木地板，家具简单，到处一尘不染，和乔微的人一模一样。窗边摆了两盆绿植，茶几上一本书半合着，靠阳台的曲谱架上有乐谱摊开着。

霍峤之身上到处是灰，实在难忍，只能先用保鲜膜把伤口裹起来，到浴室冲了个澡。

新衣服是乔微花了几百元随意在小区对面的商场买的，宽松款式，料子并不精细。霍峤之套上衣服，也不嫌弃，对着镜子臭美，摆弄来摆弄去，才擦着头发从里面出来。

乔微正坐在茶几前，低着头修她的旧手机。手机已经被她组装好，除了外部几道擦痕，样子和从前无异，只是开不了机。虽然不知道她为什么对这旧手机这么在意，但霍峤之想了想，开口道：“是我摔坏的，给我吧，修好还给你。”

乔微摇了摇头：“不用了。”

“怎么了？”

“不修了。”乔微拉开茶几抽屉，将手机放了进去，招手示意他过来。

霍峤之疾走几步，坐到她身边，皱眉道：“为什么？”

乔微已经低头轻轻揭起了他小臂上的保鲜膜，吃痛的伤口很快吸引了霍峤之全部的注意力。伤口几经折腾，又因为霍峤之忍不了要洗澡，这会儿已经有些肿了。乔微怕伤口发炎感染，一遍又一遍清洗得很仔细。

为了在乔微面前体现出男子汉气概，霍峤之咬着牙，不肯让一点声音从嘴巴里溢出来。

倒是也有缓解疼痛的办法。

乔微眉眼低垂的样子很认真，细颈修长，白皙的锁骨线条优美，他越看眼睛越痒。她抬手，肩头的黑发便落了一缕下来。霍峤之忍不住伸出手去接，却被乔微余光瞥见，狠狠地往他手背上拍了一下。

“别乱动！”

“嘶——疼疼疼！”

乔微赶紧收手，紧张地道：“这只也受伤了吗？”

霍峤之眉头紧蹙，闭着的眼睛忽地睁开一只，瞥见她的神情，才调皮地笑起来。

“没有！”

骗子。乔微松了一口气，若不是看他受伤了，真想再给他两下。

直到血污都洗干净了，乔微缠纱布的时候才问道：“你知道那人是谁派来的吗？”

“知道啊。”霍峤之吃着苹果，语气平淡，遇到这样的事，他却并不大惊小怪，“我父亲外面生的儿子，你见过的。”

“哦……”他说到这里，像是想起什么似的，冷笑道，“这次的人应该是他舅舅雇的，只有那个铁公鸡才这么小气。”

他又咬了一口苹果，说道：“毕竟还在六七年前，他母亲出的就已经是这个价码了。”

人生百态，世上每一个家庭背后，大抵都有着难对外人言的痛苦与秘密。许多时候，光鲜亮丽都是给别人看的。

乔微最后把纱布打结系起来，沉思了许久，直到收拾完小药箱的时候，才缓缓开口：“今晚摔坏的手机是我爸爸留下来的。”

霍峤之怔住，偏头看她，这是他第一次听乔微在清醒的时候主动提起自己的父亲。

传闻中，黎沉逸在退出乐坛后便隐退了，他扔掉果核认真起来，问：“他现在哪儿？”

“我不知道。”乔微摇头，“自他们离婚之后，我就没见过他了。”

从霍峤之的角度，只能看到她低垂的眉眼，睫毛微动。

“我爸爸从前手把手教我拉琴。他走后，我其实一直盼着他能来看看我。等了好久，他一次也没回来过。直到今晚，我忽然觉得，这也许就是上天想告诉我，执念结束了。一切顺其自然，不必强求。”

她终于抬起头来，面上的神情很淡，淡得已经像是在叙说别人的事。眼前的景象，不知怎的，又与乔微在医院，梦中抱着他的手痛哭那一夜重合起来。若不是那天的记忆还清清楚楚，霍峤之几乎要相信了她的话。她并非不再想了，而是已经习惯下意识地将所有的情绪都隐藏起来，强迫自己一个人消化。

霍峤之扯开嘴角，笑道：“女侠，我忽然想起来你刚刚抡起琴盒砸人的时候了。”

乔微被他一提醒，才猛地想起来，转身打开琴盒，检查她的小提琴。她就剩这么一把趁手的琴，可不能再坏了。

木质的琴盒上有了些许刮痕，里面虽然有减震的垫子，但琴码还是被震塌了，几根弦没了支撑四下散开，可想而知，她当时用了多大的力气。

“别笑了。”乔微瞪他一眼，低头定弦。

霍峤之敛起笑意，把脑袋凑到她身边说：“你现在是我的救命恩人了，有什么要求尽管提，我都满足你。”

从那松垮的卫衣领子一眼望进去，直接能望到他起伏的人鱼线。

乔微推开他：“你坐远点，休息好了就回家，我没什么要求。”

霍峤之不可置信地低头又看了一眼自己的身材，不干了，凑过来抱着乔微的小臂：“我不回家，刚刚经历过那么危险的事，你就不怕吗？”

“我不怕啊。”乔微摇头，抬手推他。

“那我怕！”霍峭之又抓住她的手，信誓旦旦道，“救命之恩，当以身相许，你放心，我会保护你的。”

乔微嘴唇微张，抬手摸了摸他的额头，真的有点烫。

“你是不是发烧了？”

霍峭之盘腿坐在地毯上，也跟着抬手摸了摸头，认真地道：“我不知道。”

他微干的头发翘起来，样子有点呆。

乔微干脆爬起来找了体温计，再回来时，霍峭之已经坐得离她远远的了。她纳闷道：“你坐那么远干吗？过来量体温啊？”

“你放在桌上，我自己拿。”

“为什么？”

“医生说，你不能发烧感冒，我会传染给你的。”

他的两颊飘红，漆黑的眼睛有些迷蒙，却又有着说不出来的认真。几乎是下意识地，乔微的鼻子酸了一下。不知哪里像是被棉絮包裹起来，软得人喘不过气。她仓皇地别开眼睛，将体温计在茶几上放好。他大概烧得确实有些狠，吃过药，抱了乔微的枕头，安静地躺了会儿，又忍不住开始动。

“怎么了？”

“我饿了。”

乔微扔了个苹果给他。

他不舒服地皱起眉：“我今天已经吃了一个苹果，不想再吃苹果了。”

乔微发愣，回头看时钟。她不大会做饭，现在叫外卖大抵也来不及了。

“你想吃什么？”

“什么都想吃。牛排、黑布丁、甜甜圈、苹果吐司……”

“厨房只有面条。”

“要加荷包蛋。”霍峭之的要求降低得极快。

守着等水烧开时，霍峭之已经等不及，抱着枕头站在厨房门口。乔微是真的不太有厨艺上的天赋，食物做出来总是干巴巴的味道。厨房不常开火，所幸冰箱里还有一盒没动过的鸡蛋。

乔微将平底锅放上油，煎了两个蛋，手指还不小心被溅起来的油星烫了个小水泡。金黄色的鸡蛋卧在面条上，她还怕不好吃，却只瞧见他低着头，风卷残云就连面汤水都喝完了。

霍峭之活得精细，平日稍微有一点不喜欢就撂筷子，是最挑嘴的。这次他却吃得心满意足，即使乔微做的面条清汤寡水，只有两个荷包蛋。

03

B 市新年的第一场雪姗姗来迟，一夜间，整座城市银装素裹，被大雪覆盖。霍家前院里高大的落叶乔木被厚雪压弯了枝丫，有风刮过时簌簌抖落，纷纷扬扬积到地砖上，等待清扫。

厨房已经做好了早餐，保姆在边上摆着碗筷。主座的男人入座时，瞧见右手边空着的位子，动作微顿，这才猛地想起来，小儿子已经许久没有回来了。

于蔓眼神微动，把亲自切好的蛋皮吐司推到男人跟前，递上叉子，笑道："雪下了一夜，路上怕是正堵着呢。你平时这么忙，好不容易偷空休息会儿，慢慢吃完再去公司也无妨的。"

霍父接了面包叉，回头问起助理："峭之呢？这么多天就连一个电话都没打回来过？"

助理低头道："二少人在 G 市，大概忙起来没顾得上。"

"他能忙什么，忙着吃喝玩乐？这浑小子怕是还在为上回要拆他马场的事跟我置气。"霍父皱眉道。

"再给他打电话，通知他马上回来。再过几年就三十岁的人了，不立业，不成家，成日游手好闲的成什么体统？"

霍仲英听到这儿，放下刀叉，劝道："二弟这会儿怕是不乐意回来。"

"家在这儿，他有什么不乐意的？"

"我上次去 G 市的时候，听外面人传得难听，说他看上了席家那姑娘，天天围在人家屁股后头打转。”

“仲英……”于蔓低声制止他。

“讲——”霍父抬手。

“那姑娘是乔董前头生的女儿，原本打算配给席越当媳妇儿，二弟半路杀出来，就为这事儿，还和席越翻脸了……”

霍父沉思片刻，冷哼：“有家不归，由得他乐不乐意！”

早餐快结束时，于蔓瞧着霍父平息了怒气，才又小心提起来：“我瞧仲英这些天闲得发慌，不如叫他今天去公司给你打打下手，恰好外面风头也平息了……”

“是啊，爸。”霍仲英连忙表态，“我待在家里有些日子了，今天和您一起去公司吧。”

“风头过了？”霍父说到这里便来了气，咽下早餐，扔开刀叉冷冷地道，“股价低迷至今，整个公司上上下下哪个不在讨论你的事，脸都被你丢尽了。我怎么会有你这样的儿子！”

“这事儿冤枉仲英了……”于蔓插进来委屈地说，“他莫名其妙去警局受了那么多天罪，要说罚，也罚够了。”

“是不是冤枉你，你自己心里清楚。”霍父折起餐巾擦拭嘴巴，对霍仲英冷声道，“我没给你机会吗？这样也做不好，那样也学不来，成事不足，败事有余。以后要是再这样，还不如学峭之什么也不做，倒叫我省点心。”

峭之！峭之！霍仲英心中冷笑。老爷子忘了，从前他觉得最不省心的就是霍峭之。那个败家子不管做错什么都能被原谅，唯独他，稍微有一点错处便被捏着不放，还要时时拎出来提醒！这样和一个下人有什么区别？！好像只有霍峭之是他的亲儿子。

于蔓听着霍父似乎松了口，赶紧顺水推舟道：“仲英这次确实是交友不慎被人算计了，这次长了教训，以后不会再犯的。是不是，仲英？”

“是。”霍仲英垂眉低头，拳头紧紧地握起来。

“还不快去叫司机准备着！”于蔓又提醒他。

“是。”霍仲英起身点头，扔下没动过几口的早餐，消失在餐厅。

然而，霍仲英刚进车库没几分钟，又匆匆忙忙折返回来，神色难掩慌乱，叫来于蔓，压低声音急道：“妈！爸呢？”

“在楼上换衣服，怎么了？”

“霍峤之那个疯子！他把小舅找的人绑着扔在家里的地下车库，我刚刚才发现……”

楼上已经传来下楼的脚步声。

“人和血迹需要时间处理，你千万要把爸拖住，要是那人在爸面前一开口，这事儿就瞒不住了！”

那男人被粗绳五花大绑，约莫是被打了一顿扔过来的，身上带着许多皮肉伤，血迹可怖，被扔在霍父平日出行的车子的引擎盖上。大概是昨晚被扔进来的，在车库里躺了大半夜，霍仲英赶到的时候，中年男子还蜷缩着直哆嗦。

他话音落下片刻，霍父已经到了楼下。于蔓瞧着儿子的背影心跳飞快，赶紧转身朝霍父迎上去，借口他身上的西服开了线，重新替他上楼找了一件换好。

“你是怎么了？慌慌张张的。”霍父皱眉。

于蔓只能笑着，胡乱找了个借口岔开。

直到霍父进车库前，霍仲英才勉强把车和人处理好，为封住司机的口，又花了一番力气。

事情虽然勉强遮掩过去了，却叫他一整天都心惊肉跳。如果霍峤之是想敲打羞辱他，那他的目的已经达到了。这个疯子根本不知道什么叫分寸！霍仲英恨得牙根都痒，他敢肯定，他声名扫地绝对是拜霍峤之所赐！可是有什么办法？霍峤之有根基深厚的母家，有亲奶奶，他除了一个无权无势的妈，什么也没有！所有的苦他都只能往肚子里咽。而且霍峤之现在有了戒备，他是再没办法轻易出手了。

算他命硬，又逃过一劫！

大清早，霍峤之睡眼惺忪便接到老头子助手的电话。

“回 B 市？”他烦得很，直接拒绝，“我不回去。”

“霍少，霍董事长今早大发雷霆，您还是回来一趟的好……”

奶奶平日不重口腹之欲，厨子都是随便请的，早餐口味并不好，尝了两口，霍峤之便推开餐盘。

“不吃了。”他唤人来收走，又朝电话那边道，“你通知到就行了，我会解决的。”

他挂了电话，宋老才看过来：“你爸催你回 B 市了？”

霍峤之朝后往椅背上一靠，叹气：“我要多陪陪奶奶，不想回去。”

“行了。”宋老笑起来，“你想陪的恐怕不是我吧。”

“这您也知道。”霍峤之拖着椅子坐到老人身边，撒娇道，“奶奶，你帮帮我，我不想回去。”

“都快过年了，你在这儿也陪奶奶好几个月了……”

“奶奶！我现在真的不能走。”霍峤之急了，“我的马场没人管，乐队也快解散了……”

“都不是理由，你没这么在意这些的。”宋老叹了一口气，抬手摸摸他的头，“奶奶知道你在想什么。阿峤，你这样下去，会伤心的。”

霍峤之愣住了，对上他奶奶的眼睛。

“我也很喜欢微微那孩子。”宋老放下餐具，声音微哑，眼神沉下来，“可我守寡三十年，比任何人都更清楚和一个深爱的人天人永隔是什么滋味。你会痛苦、心碎，余生抱着一股执念，守着回忆度日，觉得世上再也没有比那更好的人。每天仍旧在做事，但会活得像行尸走肉，对很多事情失去兴趣，再也没有办法找到纯粹的快乐。奶奶不想你这样。”

老人的眼底已隐隐有泪光浮上来：“趁现在还来得及，阿峤，听话。”

那样切身的感受，一个字比一个字更深切沉重，坠到霍峤之的心坎里。

乔微的病可能治不好了。他其实从未真正去深想过这个，或许是潜意识里便觉得那可能太沉重，太难叫人坦然面对了，所以不敢想。可是无论思考得再怎么清楚，他现在又怎能放手呢？

放不了了。他是心甘情愿想要让她依靠，想抚平她心中所有的不快，保护她。至于未来会是什么样，会有多痛苦，他不愿去想。他现在只想陪着她，看着她不要再受病痛折磨，看着她快点好起来。

于是他摇摇头，放轻声音，一字一句地回道：“来不及了，奶奶。我可能……爱上她了。”

全部身心被一个人的情绪所左右是什么感觉？她一笑，他便也开心。她皱眉难受，他便恨不得替她难受。做很多傻事只为了让她心软，看她在乎自己的样子。她稍微给一点甜头，他便觉得身心都飞起来了，全然不受控制，像个傻子。他尝试过很多新鲜的东西，登珠峰、徒手攀岩、海上冲浪……在过去的二十多年里，只有情爱二字是霍峤之从未尝过的。那喜欢就像是一场来势汹汹的流感，而他没有打过疫苗。

乔微再返校的时候，期末考试已经结束了。今年有许多学生留校，都在为争取保送名额做准备。乔微没报名，即使朱教授再三劝她，告诉她可以把她的名字临时加上选拔名单，乔微也没有答应。她的身体其实已经不适合继续待在学校了。

凌霖大三时便已经有企业资助，准备好公费留学，季圆要追随男友，这次的名额就是最好的机会。她平时爱玩，这回也不敢再玩了，成日待在琴房苦练。

“微微，初试时你来帮我拉伴奏部分吧！贝多芬《G大调钢琴与小提琴奏鸣曲》。”季圆翻着乐谱着急地道，“我准备独奏的那首，中间一段总练不好。”

“来得及吗？”乔微也替她紧张，摇头道，“我没准备，拉坏了怎么办……”

“时间紧，你都练不好的话，别人就更不可能了。”季圆放下乐谱，坐在钢琴凳上转身抱紧她的腰，说道，“微微，你忘了，当年我们的合奏大杀四方，教授都说我们是世上最默契的搭档！”

乔微最后还是把那谱子接了过来。距第二次化疗还有一个多星期，事关季圆出国的大事，再怎么难，她也只能硬着头皮试试。乔微领悟力强，记性也比别人好几分，一上午学会自己的部分，下午便开始和季圆合奏。开头便是G大调的奏鸣曲式，钢琴率先阐述，急促热烈。季圆弹得很投入，触键果断，但一点不生硬，确实已经练到游刃有余，难怪她宁愿冒着风险也要换这首。

季圆弹着，尾指翘起来，乔微心领神会，下巴抵在腮托上，闭眼开始拉。小提琴的声部仿佛是应答，进入得毫不突兀。这曲子对钢琴的要求很高，因为乐器是完全不同的音型，二者必须保持音量的平衡，这时候，配合便更显得尤为重要，默契的重要性也便在这时候显现出来了。

04

选拔赛在考试后的第一个周五举行。这天，乔微早起，又和季圆在琴房合了一遍，这才拎着琴盒抵达音乐礼堂。

对方是世界一流的音乐学院，这次选拔学校尤其重视，通过台下在座的领导阵容便可见一斑。乔微粗略看去，竟还在其中看到了霍崤之的奶奶，对上视线，乔微连忙颔首行礼。

走进后台，季圆摸着胸口，心跳得飞快，说：“那么多人，微微……怎么办怎么办……我腿抖，谱子也全忘了。”

毕竟是关乎前程命运的选拔，她怎么会不紧张？乔微正在上松香，闻言，把琴放到一边，将她的手握进手里，安抚道：“季圆，上台就什么也别想了，我就在你身后，别怕。”说着，她替季圆撩了撩额前的刘海，放下手，忽地看着她笑起来，“你还记不记得你初二时，元旦演出那次——”

“啊！别提了别提了，我知道……”季圆赶紧开口打断，想了想自己当年闹的大乌龙，也被逗笑了。

季圆疯狂崇拜的钢琴家喜欢在演奏时配上夸张的肢体动作，看过许多视频后，季圆心痒难耐，也跟着学了几招。那次元旦演出，她欢快地结束最后一个音符时，激情地抬手身体后仰，谁料重心不稳，跟着钢琴凳一起四脚朝天摔倒在台上。台下的人笑疯了，照片被人拍下来，还登上了当月的校刊，堪称季圆人生最不愿回首的丢脸画面之一。

“丢脸死了，台下还坐着我当时暗恋的男生。”到现在季圆提起来都还羞愧不已，“谁知道那钢琴凳那么不靠谱……”

“可我真想回到那个时候。”乔微嘴角噙着笑。

那大概是她这么多年来最无忧无虑的时光了，一面抱怨着练琴辛苦，一面又把最多的时间花在琴房里。若是哪天偷了懒，负罪感都可以把自己淹没。

“我才不想。”季圆拿出随身带的小镜子，又补了一遍口红，说，“回到那时候，凌霖还不知道在哪个角落勾搭小学妹呢。”

乔微抬手戳了一下她的后脑勺，说：“虽然没有凌霖，但我每天都陪着你啊。”

“你现在不是也在吗？”季圆说着，拉着她的手，将脑袋枕在她胳膊上，深吸一口她身上的馨香，“微微，你能回来真好。”

乔微没回答，嘴角的笑意还在，目光却是暗了下来。

上一场演奏就要结束的时候，季圆拎着裙摆，扒开红幕一角偷看，兴奋地道：“微微，我看见凌霖坐在第一排，这个地方视角特别好哎！”

刚刚乔微和她说了一堆话，季圆现在已经不大紧张了，就等着评委念到自己的号。乔微甩了甩头，站在音响旁边，觉得脑袋有些木，没听清季圆的话。野蜂飞舞般急促的旋律在耳边连成嗡鸣一片，她咽了咽干燥的喉咙，觉得眼前天旋地转，想伸手扶住点什么，可脑袋发蒙，眼前一片黑。这一次，乔微什么也没抓住，便完全失去意识，往后栽去。

“微微，走吧。”评委念号，帷幕缓缓拉开，季圆又唤一声，“微微？”

见迟迟没有回应，她转回头看，脸色顷刻间变得煞白，台下也哗然一片。

乔微不知什么时候倒在了地上，妆容都遮不住她毫无血色的脸，已经不省人事。

这几天里，乔微抽出许多时间陪季圆练琴，万万没想到的是，她的帮忙到头来反给季圆添了乱。

事情突如其来，老师只能将季圆的比赛往后推了几位，换了后面的同学先上台。

“救护车马上就来了，季圆，你快回后台去！”凌霖急忙劝她。

“我不回去！我要和微微一起去医院！”季圆哭着摇头，“她刚刚还在和我说话，一回头就怎么都叫不醒了，我现在怎么可能还有心情比赛。”

“你冷静点，季圆，你现在什么忙也帮不上。”凌霖扶着她的肩膀将她转过来，劝道，“听我说，比赛只有一次，错过就没机会了，我会好好把乔微送到医院，等一下台就打电话把她的情况告诉你。”

“我……我现在弹不出来。”季圆终于崩溃了，脸上的妆被泪水晕成一片，抽抽搭搭道，“微微她前段时间就不舒服，她还说会去医院检查，她到底怎么了……我弹不出来的，我不弹了，我要等微微醒过来……”

“乔微是个善解人意的姑娘，她现在如果醒着，肯定不想你放弃比赛。”身后有老人的声音传来，季圆擦掉眼泪回头。是宋教授，她不知什么时候从大厅里出来了，说道，“回去好好弹，别让她心存愧疚。”

接到电话之前，霍峤之正在乐器店里挑订吉他。乐队虽然解散了，但乔微刚刚学吉他上瘾，他想送她一把合适趁手的，挑来挑去，觉得哪把也不好。

两盏茶下肚，严坤都陪得不耐烦了，跷着二郎腿靠在椅子上说：“霍少爷，不是我说你，送女孩礼物哪有送吉他的，活该你没谈过恋爱。”

“滚一边去！”霍峤之皱眉，“乔微跟你那些女朋友能一样吗？”

“是是是，当我白说，行了吧。你厉害，到现在还一垒都没攻破。”

谁说的。就算偷亲，那也算接吻。忆起碰及她那一刻的触感，像是糖，有她绵软的香气，霍峤之抿唇，又觉得意犹未尽起来。没有人知道，他那时候假装镇定，转身朝前走，像是踩在云端里，好不容易才没打绊。但这种感觉他要自己好好珍藏，才不屑于和旁人分享。

说到这儿，严坤又想起来什么，问道：“你猜我昨天见着谁了？”

霍峤之一点也不想满足他的倾诉欲，手下又换了把吉他弹拨。严坤已经自顾自讲起来："是席越！你别说，他这种道貌岸然的类型还真招小姑娘喜欢，我昨天见他的时候，以深的妹妹那一颗心怕是都扑到他身上去了，再这样下去，席林两家应该会结亲……"

严坤绘声绘色说得兴奋，霍峤之则是左耳朵进，右耳朵出。席越要是结了婚，对他来说倒勉强算个好消息。他如此想着，思绪又蔓延开，今早气温骤降，也不知道乔微有没有多穿点，医生说她不能感冒的。

霍峤之皱眉，音大的礼堂到底舍不舍得开暖气啊？

"嘿，我说话，你发什么呆呢？"严坤拍他。

"想起来一件急事，自己玩吧。"霍峤之总觉得不安心，拿着最后一把吉他刷卡付钱，抓上车钥匙就要出门。

奶奶的电话便在这时候打来了。

乔微上台前晕倒了。

出院前医生千叮咛万嘱咐，乔微不能感冒发烧，那可能会加快癌细胞转移。但这几日气温走低，医院里流感病人扎堆，更别提乔微的身体虚弱，免疫力低下，更容易中招。霍峤之将油门踩得狠，甚至比救护车更先抵达医院。车门打开，先下来的是乔微那个叫凌霖的朋友。霍峤之看见了，这次却没空理人，简单和医生交代完乔微的情况。话说完，他便觉得身体僵直，一颗心都被病床上的人攥紧了。

她戴了氧气罩，闻不见气息，面容惨白。

刚刚挑了好半天的吉他还在车上没来得及送，他梦游一般跟着人群进医院、上电梯，穿过走廊，直到一扇门将他挡在外面。他甚至不敢多看她一眼，怕自己喘不过气来。

害怕。他的身体就是被这种情绪充满了。

霍峤之犹记得自己刚开始学骑马的时候，奶奶送了他一匹设特兰小马多蒙。霍峤之喜欢，亲自给它刷毛、喂食。他渐渐熟悉了它每次磨牙、打响鼻、转圈的小动作是什么含义，把它当作朋友、伙伴，建立信任与默契。

马的寿命本该很长，但那匹马在霍峭之远赴英国的第二年便患病死了。负责饲养的人说，它临死前几天不肯喝水，也不肯吃草，卧在马厩不动，盯着门外，大抵是盼着他的主人出现。

霍峭之念的是封闭寄宿学校，最后也没能赶回来。但从那时之后，他便不再对这些动物付出感情了，现在养的那匹白马，他甚至没给它取个像样的名字。因为害怕失去。

人生来被赋予感情的本能，总要面对生老病死、悲欢离合这样的自然规律。但如果那是一个注定悲伤的结局，他宁愿没有开始。霍峭之从前就是这么想的。年少时的想法总是很天真，心里立了许多条条框框，待他真正喜欢一个人的时候才发现，感情一旦开始投入根本不受自己控制。

两个男人静坐在医院走廊的长椅上等待，还是凌霖迟疑着先开口了："你……知道乔微得的是什么病吗？"

凌霖起初以为也许就是普通的贫血、低血糖，毕竟他从来没听说过乔微的身体有哪里不好。可跟着她入院以来，看到护士的紧张、医生们的如临大敌，他才发现，这晕倒似乎并没有自己想象的那么简单。

霍峭之没答，反问他："她晕倒之前在做什么？"

"准备上台。"

"所以她就是为了上台伴奏才穿那么薄的礼服？"

"是。"

霍峭之翻涌的情绪在这一刻似终于找到了倾泻点，狠狠地揪着男人的衣领将他带起来，给了他一拳。

"你们凭什么叫她做这样的牺牲，你知不知道她不能感冒！不能感冒！"

上一次医院治疗效果很好，乔微出院之后状态一直很稳定，明明还有三天就能开始下一期的化疗，可现在出现了这么个意外。

凌霖平白挨了一拳，闷哼一声，推开他，直起腰来，没有还手，又问："乔微得的什么病？"

乔微什么都为朋友着想，真正自己有难处时，却从来不肯叫他们担心。

霍峤之的怒气更甚，将凌霖推到墙上，又举拳欲打。病房里忽然传来一阵忙碌的声响，有护士低喊着什么，霍峤之听不清，只是缓缓松开凌霖的领子，放下拳头，又重新守到病房前。

他确实在迁怒于人，礼堂有暖气，乔微未必就是受了寒才晕倒的。他不知道自己还能做什么，可他只有做点什么的时候，才能转移注意力，心里才会没有那么恐惧。

他现在只盼着乔微快点醒过来。

第十三章 // 你要不然和他试试呗

01

像晕倒来得毫无预兆一样，乔微醒来的时候只觉得自己浅浅睡了一觉，睁开眼睛时才发觉耳边都是仪器的声响。

“醒了吗？”医生的手在她眼前晃了几下。

医生挥手的虚影渐渐在她眼前清晰起来，乔微微微点头。

“有没有感觉哪里不舒服？”

背脊也许是因为躺久了，有点僵，肚子也有些胀。但她没有说，摇摇头，想要坐起来。护士忙上前扶她，摇起床，帮她往腰后垫了个枕头。

“我想打个电话。”乔微声音微哑，从墙上的挂钟上收回视线。

“什么事这么要紧，一醒过来就忙着打电话？”护士笑她，但还是把手机抽出来，笑道，“你都不问问自己身体怎么样吗？”

“我身体怎么样？”乔微小心地接过手机，依言问了一句。

“没发热，是个好消息，只是化疗时间得往后推几天了。”易医生笑道，“要好好养身体。”

乔微点头，笑着冲医生道谢。

易医生忙摆手，在心里暗自嘀咕，这姑娘瞧着像林黛玉，心倒挺大的。

待到易医生走了，护士小姐替她调好点滴流速，头朝门外探了探，又收回来，才悄声问道："你男朋友是什么来头啊，今天你昏迷的时候，院长大清早来科里，把科里的主任都召集来会诊，连呼吸科的都请来了，好大阵仗的……"

乔微在十九楼住了一段日子，也渐渐和几个护士熟悉起来，说话的这个叫田恬，有着一对小酒窝。她口里说的男朋友应该是霍峤之，但他不是她男朋友，乔微想了想，又不知该怎么解释，到底没再说话。

"他在哪儿？"

"在会议室呢，主任们还没讨论完，这会儿易医生过去，知道你醒了，他应该就回来了。"

话音未落，病房门果然便被推开。霍峤之的身形高大颀长，站在门口看着她，愣着没进来。

"怎么了？"乔微偏头看他，脸上的笑容还没消散，被他盯得不解。

霍峤之没应她。

护士在一旁眼巴巴等着手机，乔微干脆把拨了一半的季圆的号码清空，手机还给她，道了谢之后，又伸手朝霍峤之借。

她伸出的手纤细又干瘦，显得病号服空荡荡的，脸白得像张纸。

这个没心没肺的女人。霍峤之的鼻翼动了动，心中的委屈顷刻间全涌上来。他在病房外面担惊受怕，她醒来最先想起的却是她的朋友。别开视线，两步迈近，霍峤之在她的床沿坐下，愤愤地抬手将她的掌心拍落。

"不给。"他气道，"你担心你自己就行了。"

"我没事的。"乔微被他的动作逗笑了，"我每年这个时候都感冒，医生说没发烧就好了，你怎么跟个小孩似的啊？"

她的声音还很弱，面上半点血色也无，只有眼睛是漆黑发亮的。霍峤之看着那嘴唇一张一合，再想到她面色惨白躺在床上的样子，只觉得再也无法控制情绪，俯身将她拥进怀里。

乔微的声音戛然而止。

霍峪之的力道极大，像是一松开她便会从十九楼掉下去一般，勒得人喘不过气来。掺杂着消毒水的空气渐远，乔微的鼻息间都充斥着他身上的味道。下巴抵在男人的肩膀上，她甚至能清晰地听到他的心音，短促有力。

乔微试着推了两下，没有将人推开，她便也不再动。顿了半晌，她才安抚般拍了两下他的背，开口道："好了，给你三秒钟，再不放就是要流氓了啊。"

"我数到三。"乔微开始读秒，"一、二、三——"

然而最后一个音节未尽，乔微的声音便淹没在霍峪之突如其来的亲吻里。他非但没有松开她，反而更抱紧了些，俯身吻在她的唇瓣上。他掌心捧着她的后脑，乔微躲无可躲，惊愕地睁大眼睛，伸手再去推他。惊慌失措间，她甚至瞧见刚走到门口的护士踉跄了一下。

乔微刚醒来，力道自然不如霍峪之大，手上那点软绵绵的力气倒像欲拒还迎。她试图与他沟通："霍……唔……"

她一张口，那气息更是抓紧机会长驱直入，侵略进来，暴躁又热烈，像是急于抓住些什么。她被堵得说不出话，只能狠狠地咬了他的舌尖。口腔里咸腥的血味泛开，霍峪之终于松手，起身，小心翼翼地去看乔微的神情。

"霍峪之。"她用手背擦拭嘴角，似乎是真正生气了，脸上再没了笑意，"你玩闹也得有个度。"

来不及辩驳，季圆便是在这个时候急匆匆赶来了。她站在门口，大衣没扣好，围巾也胡乱搭着，掉下来大半，才见到乔微，眼泪便吧嗒吧嗒掉出来："微微……"

"别哭，我现在还好好的呢。"

季圆哭得更凶了。

乔微觉得头疼，她叹了口气，示意身后的凌霖将人带进来坐在床头。

霍峪之彻底失去存在感，被挤到一边。

好友从小哭起来便像水龙头，打开开关就谁也关不住了。乔微只能看她一边哭，一边给她递抽纸，轻声劝道："没事儿了，坚强点。"

"微微……"季圆扔开抽纸，埋怨道，"你……你怎么能不告诉我？"

"不是怕你像现在一样哭吗？我还没什么事呢，先被你哭慌了。"乔微笑道。

"再怎么样，这么大的事，你怎么可以一个人瞒这么久？"

乔微轻声细语哄半天也没哄好，反倒是霍峭之听着耳边哭哭啼啼的声音有些心烦，拉下脸来喝她，季圆才被吓住般，"嗝"的一声停了哭泣。

早上的选拔考试中，最后季圆还是弹了那首没准备好的独奏。奇怪的是，她在台上时，平日怎么也弹不好的地方，那时候顺畅地弹出来了，没有出错，没有颤抖。

乔微说她会站在她身后，叫她别害怕。她一心只想着比赛快些结束，好到医院来。

当天晚上，霍峭之放在床头的那张小折叠床便被人霸占了。季圆像是离了乔微便生活不能自理似的，一连两天紧紧地跟她黏在一处。失去独处的机会，霍峭之甚至憋屈得连一两句话也再没跟乔微说上。心急如焚，他差点就把人拎起来扔出去了。

"微微，这段时间都是主唱在照顾你啊？"季圆坐在床头削水果，趁霍峭之不在偷偷问道。

挺大的苹果被她削瘦了一圈，她递过来，乔微摆摆手："自己吃吧，我一会儿得喝药。"

乔微这回入院后开始喝中药了，每天忍着恶心把那一袋又一袋的中药咽下去，滋味确实不好，不仅口腔，就连五脏六腑都是一股子药味。为了保证药效，乔微的忌食单上又多了一连串食物。她食欲越来越差，能吃的东西却越来越少。

"虽然有点招蜂引蝶，但主唱还真是个靠谱的男人。"季圆咬了一口苹果，靠上床和乔微并排躺着，凑到她耳边，低声道，“微微，你要不然和他试试呗。我跟你说，昨天我路过护士站，还听见她们议论，整层楼的未婚小护士都对他虎视眈眈呢。”

乔微翻书的手顿了一下，摇摇头：“不试，以后别再提这个了。”

“为什么？主唱哪里不好了？”

没有哪里不好。

生病的人总是更需要、更依赖来自身边人的温暖、帮助。乔微也在努力抑制着自私的本能，但她不希望因为自己一时的贪婪，给人留下无尽的痛苦。

乔微不答，季圆隔一会儿便忘了这话茬，又兴致勃勃地说：“微微，要不然咱们组个乐队呗，就像之前钟声乐队那样的，我觉得超酷哎！”

“主唱还来当主唱，你拉你的琴，我做键盘手，凌霖就在我旁边敲鼓，完美！”

季圆自上回看完乐队元旦演出后，便起了学键盘的念头。她是音大钢琴系最出挑的学生之一，学起键盘来，比其他人更有天然优势。季圆花钱一向冲动，在学校社团借学妹的乐器体验了几天后，就花光了奖学金，自己也去买了一台，因为这件事还被季阿姨一顿好骂。她妈倒不是骂她乱花钱，而是怕她不务正业，弹多了半配重的键盘，再回去弹全配重的钢琴，容易误触，甚至演奏技巧退步。

“现在组了乐队，你还跟不跟凌霖去留学啊？”

“不去了。”季圆将脑袋搭在她肩膀上，说道，“我这两天好好想了想，我技术本来就不过硬，这次名额肯定轮不到我。就算走运，我也不可能拿到国外的全额奖学金。如果拿不到奖学金，每年这么贵的学费怎么办，我不想让爹妈为我卖房。”

“阿姨同意吗？”

“我一说你也在乐队，她就同意，还让我好好跟着你学呢。她说你从小想做的事就没有做不成的，没准这次跟着你，咱们乐队就一举出名了。”季圆不满地撇嘴，“也不知道谁是她的亲女儿。”

还有一部分话季圆没说。她妈昨天自知道乔微生病的消息之后，哭得比她还厉害，边哭边去市场买了鸡熬汤，生怕乔微今天喝不上。

“凌霖呢？”

“哎呀，你哪来这么多顾虑！”季圆拍她，“我既然敢说，肯定是都商量好了，跟我来。”

医生还不让出院，乔微换了厚的外套保暖，长袖挡住住院手环。她又把头发放下来，戴上帽子口罩，才跟着季圆偷溜出去。

出租车最后在酒吧门前停了下来。这地方的地价寸土寸金，整条街都是五光十色的灯光闪烁，夜生活刚刚开始，只有这个酒吧闭了门，和它的主人一样任性，总有乱七八糟的理由不营业。

还不知道来这里干吗，季圆已经率先上前推门。酒吧里头黑漆漆一片，一点光亮也看不见，乔微疑道：“里面有人吗？”

话音未落，门便被轻轻地推开了。

“来啊。”季圆站在门口招呼她。乔微迟疑着没动。

霍峭之是个性格固执的，轻易不会改变主意。不想那天晚上之后，他还是依乔微的话让众人离开了。钟声乐队解散之后，乔微还以为自己不会再来这个地方了。

02

外面的风挺大，才进酒吧，乔微便察觉了里面的温度比平日还要暖和些。

新装了暖气？她心里想着，沿着熟悉的路一步步摸黑朝里走，不知道该在哪儿开灯。她低声喊道：“季圆？”

没人应她，唯有眼前一排璀璨的小彩灯应声亮起来，在半空中闪烁着，犹如夜空中点缀的繁星，梦幻至极。乔微惊讶地取下围巾把它搭在手上，冰凉的手碰了碰那微暖的小灯，才借着微弱的灯光继续往下走。每走一步，便有一盏玻璃罐里的暖光灯亮起来，照亮接下来的路。直到她确定自己已经抵达酒吧中心时，偌大的酒吧骤然亮起来。

“Surprise!”她听见众人的欢呼。

待到她适应了骤然亮起的灯光，眼前一切才逐渐明晰起来。一段时间没来，酒吧内部已经改得天差地别，乔微差点以为自己踏错门了。

后台与大厅打通，舞台大了许多，观众席也更宽敞了。酒吧大厅四壁上缀着清新的绿植与鲜花，有片天幕上是整片的热带鱼缸，抬头便能瞧见鱼儿在游动，仿佛置身雨林中，空气清新，让人感觉很舒服。

台上，霍嵴之、凌霖、季圆都在，身后便是乐器，甚至还有那个中二期的小弟弟徐西卜，手上抱着吉他。

“你们怎么都在啊？”乔微惊诧。

“过来。”霍嵴之蹲到舞台边缘，偏头朝她递出手，“过来啊……”

乔微还记着前几天的事，有些别扭。

见她迟疑，霍嵴之干脆从台上跳下来。他接了她的大衣和围巾，去牵她的手，掌心相触，随即问道：“你是从冰箱里出来的吗？”

乔微被他往台上带，不高兴地甩开手说：“我是从医院出来的。”

霍嵴之瞧着乔微皱起眉头，恶从胆边生，双手放在她的脸颊上揪了一下，将她嘴角扯出笑容来：“开心点，等你一整晚了。”

乔微拍他的手还没抬起来，霍嵴之早有预料似的率先放开，灵巧地闪身上了台。

没拍到！

他回头闭上眼睛朝她做了个鬼脸，看得徐西卜直乐：“二哥，我今天才发现你居然这么可爱！”

他笑声没落，便被霍嵴之揪着领子往后拎：“往后站，这是主唱的位置。”

台上等待乔微的是一把崭新的吉他，琴弦上面还夹了张纸片。

乔微环视众人一圈，指了指自己，问道：“这是给我的吗？”

“这里还有其他人吗？”

乔微也觉得自己问得有些蠢。她笑了笑，掩饰住紧张，蹲身抱起吉他，这才小心地将那纸片抽出来看。这是张手写的邀请卡，瞧字迹便知道是霍峤之的手笔，纵横挥洒、锋芒毕露。

乔微女士：

诚邀您加入我们的组合，此致敬礼！

台上全体

二十四日晚十九点

落款时间是新鲜的二十四日晚十九点，她进门前的十五分钟。

乔微低头瞧着邀请卡没出声。就那么几个字，她应该早看完了。霍峤之心中忐忑，乔微不会觉得他弄这卡片有些蠢吧？他心中后悔至极，都怪季圆说一定要有点仪式感，女人的主意果然靠不住，早知道不该信她了……

乔微许久才将那纸片工工整整折起来放进口袋里，抬头道："你们真的都想好了吗……组乐队？"乔微到现在还觉得难以置信，众人居然瞒着她商量完了。

季圆率先走上前来拥抱她："键盘手季圆，音大四年级学生，以后请多关照啦！"

"主音吉他，徐西卜。"乔微的掌心被这小孩伸出双手激动地握紧，上下抖动，激动之前溢言于表，"微微姐，我会加油弹的！"

光是能加入二哥的组合就已经够叫人兴奋了，更别提二哥这次居然慷慨解囊，将他一直觊觎的私人珍藏送给了他。徐西卜爱重地又轻摸了几下身上的吉他，怎么都舍不得取下来，希望二哥再大方些。

"鼓手，凌霖。"凌霖话音刚落下，未来得及握手，便被霍峤之横插进中间。他仗着个子高，将身后的人挡了个严实，抓紧时机俯身将乔微抱了个满怀，在她耳畔得意地低喃："主唱，还是我。"

乔微这次没有手软，趁着距离近，仰头抬手便捏紧他两颊的软肉往上扯。霍峤之被揪了个措手不及，面上惊愕的神情被淹没在变形的五官里。

乔微这才松手，也皱起鼻子朝他做了个鬼脸，拿着自己的吉他转身，微微一笑：“扯平了。”

瞧得季圆眼珠子差点掉出来。

“对了，咱们乐队没有贝斯手吗？”她走出两步又回头道。

乐队少了贝斯的低音，那就是民谣。

霍峭之这些天也不是没有对外招过贝斯手，但学贝斯的人少，能学好的更是寥寥无几。节奏是摇滚乐队的灵魂，他找来找去，总没有看得上的。

“没找着合适的。”

“乐队名取了吗？”

“没想着合适的。”

被她一问，什么都没准备，霍峭之这下也觉得有些尴尬。

乔微倒是没在意。

贝斯手……她想着，便有个身影在脑海中影影绰绰打晃，低头沉吟半晌才道：“我倒有个认识的，可以叫他来试试吗？”

众人当然答应。

乔微认识的人里，大概要数袁律书贝斯弹得最好。但袁律静去世才几个月，乔微其实也不知道对方愿不愿意答应她这个姐姐的同学，远赴G市。

病人需要保持高质量的睡眠，乔微平日通常会在十点前入睡，这天晚上却在酒吧待到近十点，抱着吉他练了许久的新曲子，才乘霍峭之的车回到医院。

乐队的基础比她一开始想的要好得多。霍峭之不用说，他无疑是乔微见过的最有天赋的吉他手兼主唱，凌霖是打击乐器科班出身，敲起鼓来节奏控制得极稳，季圆的性子活泼，和声弹得好，即兴演奏也一气呵成。徐西卜年纪最小，虽然霍峭之这个师傅总嫌弃他，但就乔微看来，他的SOLO也十分亮眼。

这支乐队欠缺的，无非就是一点默契配合。

徐西卜年纪小，话也多。回医院的路上，他凑过头，一直趴在前排副驾驶座椅背上与乔微说话。直到霍峭之出言警告，他才不情愿地道：“二哥，我又没说你坏话，你怎么管这么宽呢？”

“在我车上叽叽歪歪，我会忍不住想把你扔下去。”霍峤之面无表情踩下油门加速。

待徐西卜噤了声，霍峤之还不解气，接着道：“你身上没长骨头吗？老趴在别人椅背上。”

他老在乔微跟前训他，徐西卜小少男的自尊心快要受不了了，霍地坐直，气冲冲地回他：“这还不是跟你学的吗？”

一言不合就翻脸，乔微不大懂这是不是他们平常的相处模式。

霍峤之向来没坐相，往哪儿都是懒洋洋一靠，他爹虽然看不顺眼，家里却也没人管得了他。这会儿被人点出来，他还挑眉反问：“我会坐成你这样？”

听到这么不要脸的话，连乔微也忍不住问他：“不会吗？”

霍峤之帮她把吉他拎回病房，看着她吃过药，才转身折返，去送徐西卜回家。

腊八的天气冷得几乎要冻掉人下巴，空气中好似夹着冰粒。温度与出去时候并无二致，但乔微这会儿并不感觉冷，心头好像有热血在翻腾，燃着一团火。关了窗，十九楼已经完全安静下来。但乔微觉得指尖总好似在动，一闭上眼睛，便是整晚练习的旋律回响在耳边。

护士夜间查房时，她干脆又开了床头灯坐起来。

“把你吵醒了吗？”护士知道她睡得早。

乔微摇头：“没关系，今天还没睡。”

她又从外套里掏出那折起来的字条，逐字认真看了许久，才将它抚平夹进书页里。

田恬的目光落到她床头柜子的新吉他盒上，又好奇地问：“吉他你也会弹吗？”

“还在学。”

“真好。”田恬艳羡道，“我大学时候就想学吉他，结果工作这么多年，还是没抽出时间，每天下班回去累得只想倒头睡觉。”

“心里有追求挺好的。”乔微想了想，抬头问，“你要弹下试试吗？”

“还是不要了。”田恬微一犹豫，拒绝道，“你的吉他看起来好贵的，要是被我弹坏了……”

乔微直接将琴盒从柜子上取下来，打开，递给她。

“会不会影响隔壁休息？”她问道。

“不插电声音很小的。”

吉他入门其实并不难，乔微睡不着，干脆坐在床边教她弹了一会儿。电吉他的声音很低，乔微的头发垂在肩头一侧，给她弹了首 I am alright。

田恬的眼睛越来越亮，待她弹完了，终于下定决心：“我回去就买一把来学。”

乔微垂眸拨弦的样子真是太好看啦！说到这儿，田恬才又想起来什么，问道：“微微，你男朋友今晚不在吗？”

她话音没落，床头柜上的手机闪烁了一下。

有信息进来了。

手机是乔微入院后，霍峤之给她的。古董手机用久了，她还不太习惯智能机的操作系统，霍峤之的号码也没来得及存。

“微微。”霍峤之明白，平时这个点乔微肯定是睡了的。只是他现在想到什么话都恨不得立刻与乔微说，大半夜翻来覆去睡不着觉，干脆又摸出手机翻身发短信，想要在等待里入睡。

他又接连发来几条。

“微微。”

“微微。”

“微微。”

乔微被一条接一条进来的信息闪得头晕，回给他：“你招魂呢？”

猝不及防的回复惊得他猛地坐起来，喜上眉梢，噼里啪啦按键，给乔微发信息：“乐队名我想好了。”

“Bells Roses.”

“钟声与蔷薇。”

钟声是乐队前身，他们签约时选择放弃队名，留给霍峥之，算是报答知遇之恩。

蔷薇，乔微。

这个乐队本来就是因为乔微而重组的，霍峥之觉得再没有比这更贴切的队名了，谁知消息发出去，期待了许久，乔微才缓缓回他。

“会不会……不够酷？”

03

乐队名字定下来的当天凌晨，霍峥之便被一通电话唤醒，急召他赶回B市——老爷子病重住院了。

霍氏公司的股价近来本就不大好，这消息一出肯定是雪上加霜，电话中，特助语气焦急，说是暂时对外封锁住了消息。纵然再有天大的事情放不下，这时候，霍峥之也不得不回一趟B市了。毕竟霍氏公司股价下跌这事儿，说到底，还真的有他的推波助澜。

时间太早，乔微还没起床，他甚至没来得及与她打声招呼。助理亦步亦趋地跟在他身后登机。起飞的嗡鸣消失在耳边，少了颠簸，霍峥之闭着眼睛仰头躺了一会儿，忽然觉得不大对劲。

老爷子身体好好的，定期检查，怎么会突然病重？真要是病重了，那对母子又不是省油的灯，巴不得他在G市回不去呢，怎么可能派人盯着他上飞机？

睡意顿时去了大半，霍峥之扯掉眼罩，打开iPad把各大新闻网站上的头条和财经版都浏览了一遍，也没瞧出任何端倪来。

骗子。

霍峥之扔开iPad，皱着眉若有所思。

既然已经登机，飞机是没办法掉头了。商人无利不起早，就是不知道父亲这次大动干戈把他骗回B市打算做什么。

飞机一落地，霍峭之的通信工具便被人拿走了。

“还给我。”霍峭之神情冷然。

身形高大的黑衣男人弯腰，替他打开后车门，说：“对不住了，霍少，您别让我们为难。”

“谁叫你来接的？”

“董事长在家等您吃早饭。”

千里迢迢回B市吃他一顿早饭？去他的早饭。

霍峭之将车门狠狠地踢上，抱手背过身靠着不动。

“霍少，您别让我们为难。”

“行啊，手机给我。”

“那不行，董事长说过……”

“发完信息就给你。”霍峭之伸出手，“你不说有谁知道？”

他手机到底拿到了，却并不像身旁人所想的是给友人发求救信号。也不知道乔微有没有睡醒，有没有吃药。霍峭之的指尖在键盘上停顿半晌，最终还是只言简意赅地输入一行字：“我回B市几天，有事找西卜，叫他通知我。”

霍家的宅子坐落在B市西山，紧邻从前的皇家园林，一草一木都是不可再造的自然景观，车子径直开入鎏金的手工铁艺大门。

时隔数月，霍峭之再踏上这片土地。没了G市的随性散漫，他一回到这环境中，戾气都要比平日重几分。下人不敢瞧他的脸色，只小心低头做事，替他布置碗筷。

凌晨时电话中已经病危的人，正好好坐在主座上，手拿银勺慢条斯理地喝着碗里的燕窝羹。

“峭之，好不容易回来一趟，大清早这么大火气，又是谁招你了？”霍仲英就坐在霍峭之对面，张口便是一副瞧好戏的模样。

霍峭之在飞机上便憋了一肚子的不快，正愁没地方发作。他手中的调羹敲了几下杯沿，视线盯着霍仲英，张口便来：“有人出一百万美金买我的命，你说我怎么高兴得起来？”

霍仲英心下一跳，又想到霍峭之手上毫无证据，就算他乱说，他也有把握自证清白，这才强自镇定下来。

霍仲英故作惊诧地皱眉道：“买你的命？峭之知道这个人是谁？”

“我不知道啊，我怎么知道？”霍峭之耸肩，将调羹放进碗里搅拌几圈，说道，“就是觉得他真是衣冠禽兽、穷凶极恶、心肠歹毒……”

“怎么回事？”霍父闻言，这才放下汤勺问他。

霍峭之将那天地下车库发生的事省略细节三两句话带过，视线盯着对面冷嘲：“可真是小看我了，以为什么人来都能要了我的命！”

“以后多带两个人跟着。”霍父蹙眉道，“你平日胡混也倒罢了，交的都是些什么不三不四的朋友？你又不办公事，以后G市你少去了。”

说到底，又怪到了他那帮朋友身上。

霍峭之冷笑：“那真不成，我亲奶奶还在那儿呢。”

“少拿你奶奶打掩护，你这么大年纪，也到了该成家立业收心的时候了。”霍父说罢，目光扫过于蔓。

于蔓笑着开口：“峭之，你父亲托人替你相看亲事，人家介绍了德林的大女儿，她的飞机今晚就到B市，我替你约了明天见面，你们一块吃顿便饭……”

这便是老头装病把他叫回来的目的了，霍峭之这一刻终于明了。

碗碟相击，他神情漠然地放下餐具，眼皮垂着，懒懒地开口：“德林的大女儿？谁？”

“见过就知道了，她也在欧洲留学，你们应该会有很多共同话题……”于蔓继续劝道。

“哦，那谁约的人谁去吧，我不去。”霍峭之拉开椅子起身，偏头，嘴角勾起来，笑得意味深长，“这种场合，大哥应该会很喜欢。”

“大哥”这两个字，他咬得格外重。

“霍峤之！”

他刚走出两步，便被老头唤住：“你既然不去，那就待在家里，哪儿都别想去。”

又是这一招，以为收走他的手机、身份证便能将他拦在这里？事实上，霍峤之至少有一百种不带重样的方式反抗，他继续朝前走。

“峤之，这些年爸为你费了多少心，你不去也就算了，怎么能这样伤爸的心……”霍仲英抓紧机会煽风点火，添油加醋。只不过走出两步，霍峤之闻言，又改变了主意，转过身来。

“地址。”

母子俩没料到他的忽然转变，目光浮动，猜不透他的真实意图。霍峤之是个不服人管束的，从下飞机憋到现在，原本想着他该闹开了。

“地址——”霍峤之又重复一遍，于蔓赶紧将地址报上。

霍峤之慢条斯理地整理好袖口，逐字听完，抬头盯着霍仲英：“我会去的。”

站在霍父身后，他的嘴动了动，很慢，肆无忌惮。冷冽的眉眼笑起来，有种骇人的感觉。霍仲英瞧得清清楚楚，他说的是：别惹我。

霍峤之有的是办法让他不痛快。他刚走，霍仲英便接到了舅舅的电话。老爷子在座，他不动声色地关了铃声，直到饭毕，才找了个没人的地方回拨。听筒里的声音惊慌失措：“仲英，这次你可一定要帮舅舅……”

与环海合作的项目，霍父起先交给了霍仲英负责，指望着历练他一番，不想中途出了那件事，人好不容易才保释出来，项目自然已经移手他人。但他先前带进组的舅舅倒是留了下来，手下负责着一些工程，却不想恰恰成了霍峤之报复的对象。霍仲英这个舅舅吝啬又贪财，工程偷工减料，账面上乱七八糟，税收也有问题。霍仲英早就提醒过他收敛些，他偏不以为然，等稽查科与公安部门如今找着了他的问题，要提交检方时，他才开始着急想要打通关节。可现在还有什么用？

G市就是霍峤之的大本营，徐家关系网遍布，他想整谁，有谁敢唱反调？

买凶暴露后，除了恐吓，霍峤之再没别的动作，万万没想到，他的好弟弟居然在这儿等着他。他就知道他不会善罢甘休。

霍仲英不似他母亲，与这个舅舅并没有多少感情，事到如今，只庆幸自己抽身得早，没有再染得一身腥。他的势头刚刚好转，是绝对不可能去蹚这浑水的。

霍仲英在电话中安慰着远在G市的舅舅，心中已经下了自断臂膀的决定。

G市，腊八过后，温度愈寒。

乔微采完血，快要吃饭时，收到了来自袁律书的电话。她原本是抱着试试看的态度，谁料律静弟弟甚至没有细问便答应了她远赴G市的邀请。

“你不需要时间好好考虑一下吗？”

“不了，我也想看看……”电话那端沉吟了半晌，才继续道，“我姐姐待过的城市。”

挂掉电话，乔微才发现了霍峤之早上自B市发来的短信。

短短一句话，她读了两遍，没有回复。昨晚他还在给她发信息，毫无预兆，怎么突然回B市了？乔微瞧着窗外，发了好一会儿愣才想到，霍峤之本来就是B市人。她从前便听说霍峤之只有长假才偶尔来G市小住，瞧他奶奶，这次其实已经停留得够久了。

小生上楼来找她说话，小家伙拿着玩具飞机在模拟飞行，一个人也玩得兴致勃勃。见她打完电话，他才回头出声道：“姐姐，那个升白针，打完可疼了，你不要打。”

大概是医生查房时说的话让他记住了。感冒过后，乔微的白细胞值太低，需要打升白针，等白细胞升到正常值才能进行第二次化疗。

“你打过吗？”乔微问他。

“没有。”小孩儿摇头，“不过隔壁床的奶奶打了升白针，每天睡不着觉，直哼哼，还撞墙。”

“奶奶现在还好吗？”

“不好。”小生摇摇头，凑到她耳侧，悄声道，“那个阿姨可坏了，每次来都在病房里和叔叔吵架，说要让奶奶出院。”

乔微拍拍他的小脑袋，低声道：“小孩子别想这么多。”

“我才不是小孩了呢，我要是警察，就把坏阿姨抓起来。”小生拿着飞机踩在凳子上，话音未落，脚下踉跄，差点跌下来，乔微赶紧伸手扶住。小孩儿比想象中更重，差点没接稳，乔微力虚体弱，连自己也往后退了几步，后腰重重地撞在病床边缘。

瞧着乔微吃痛地蹙眉，小生愧疚极了，想帮她揉揉撞到的地方，又不敢伸手，怯怯地从口袋里掏出了两颗糖递给她。

糖果裹着绿色的包装纸，倒和上次霍峤之猝不及防塞到她嘴巴里的那颗一模一样。乔微记得那硬糖的滋味，入口微酸，渐渐变成苹果味的甘甜，在味蕾上跳跃，直到融化在唇齿间。

她患的是胃癌，其实不能吃糖，但还是从小生手里把那两颗糖接了过来。

“谢谢。”她扯开嘴角笑了笑。

医生当天下午便开了升白针的药水，护士田恬替她推注。

“很难受就按铃，我给你拿两片曲马多。”田恬叮嘱她。

乔微起先还不能理解小生说的疼得撞墙是什么感觉。下午注射后，后腰便一直隐隐酸疼，她自己也分不清是撞的，还是升白针的效果，直到凌晨时，她从疼痛中醒过来。那是深入脊髓的疼痛，细胞在极短的时间分裂、再生，胃里也火辣辣的被灼烧一般，疼得她直想在床上打滚。

04

霍峤之起得迟，晚了半个多小时才到达约好的地方，随便穿了件宽松的外套便踏进法国餐厅。女人不知在对面坐了多久，面上果然已经有了不耐烦的神情。侍者替他拉开桌椅，霍峤之入座，微笑道：“不好意思，堵车。”

这是句场面话，谁心里都清楚。

女人收起情绪，勉强压下心中不悦，礼貌地回以笑意：“没关系，我也刚来不久。”

松散的领结和处处精致的礼裙套装没有半点匹配之处，他的漫不经心足以表明他对这场相亲的不重视，巧的是，她也是同样的态度。

对方坐下来便低头看手机，出于礼貌，她开口报上自己的名字。

“我是林欣澜。”

“霍峭之。”

男人的视线在屏幕上的短信页面上，并没有看她。大约等短信编辑完发出去了，侍者拿来菜单，他才抬头，下巴冲对面抬了抬：“给她吧。”

“这家餐厅你来过？”女人瞧他的模样挺熟的。

“来过。”

“有什么推荐的吗？”

“龙虾鱼子酱，小母鸡黑松露。”

她照着男人的话点完，又加了几样，瞧他面前只有一杯开水，又道：“你不点餐吗？”

“抱歉，昨天早上吃的东西还没消化。”他漫不经心地说完，往椅子上一靠。

“你看着我一个人吃会很不自在。”

“那好办。”霍峭之笑起来。

“为了不打扰你就餐，我先走一步好了，这一餐我埋单。”他坐直，抬手唤侍者。

等待结账的时候，他终于第一次抬眸与她对视：“坦白说可能不大礼貌，但我认为我们不大合适，而且我已经有了喜欢的人。抱歉。”

霍峭之嘴角虽带着礼貌的笑，但那眉眼漆黑漠然，天生便带着懒洋洋的随性散漫。嘴上说着抱歉，也不见他脸上有半点歉意。

霍峭之结完账便收回钱包，拿了搭在座位上的衣服起身：“再见。”

他推门而去，背影干脆决绝。

林欣澜移回视线，看着面前一杯失去温度的水，嘴角动了动：“会再见的。”

坦白说，如果今天对面的人没有一张精致的脸，这杯水的结局可能是淋在他脑袋上。自有记忆以来，还是头一回有人这么不买她的账。两家长辈的面子，他居然也能说不顾便不顾。圈子里传言说他桀骜难驯，今天她总算领教了。不过，大抵也只是霍峤之那样的出身才给了他这种无畏的底气。

女人端起杯子，轻轻抿了一口。

霍峤之出了西餐厅便接到徐西卜的电话：“二哥，你什么时候回来？你快回来！微微姐找的弹贝斯的那家伙来了。”

“大惊小怪，又怎么了？”

继飙车这个爱好被自家母亲剥夺后，徐西卜便只剩下乐队这一个能让他提起兴趣的地方了。假期没有学校的束缚，他便整日泡在乐队那里练习。

季圆和凌霖早上练了一会儿便溜出去约会，他们前脚刚走，贝斯手后脚便寻着地址找来了。那人年纪看起来比他大不了多少，技巧却已经炉火纯青，最重要的是，剑眉星目，长得比他帅！

关于乐队里最后空缺的位置，徐西卜的理想型是三十岁左右的中年男人，长相可以沧桑些，给他的颜值垫底，顺便拉高一下乐队的平均年龄，谁料来了这么一个人。刚才他还想炫技刁难一下对方，结果被打脸了，不仅自尊心受挫，还败得一塌糊涂。

可想而知，技术不如人，长相也不如人，同年龄层的粉丝全部喊着另外一个人的名字，他这个主音吉他手在乐队还有什么存在感！

“那家伙长得可标致了，又年轻，现在都流行姐弟恋，要是微微姐喜欢他，你就等着哭吧……”

徐西卜躲在厕所，不遗余力地勾起自家二哥的危机感，希望在大家正确认识到贝斯手的水平之前就把他赶出乐队，他才不要做垫底！

话音没落，厕所门便被人敲响了。

“你好。”

徐西卜一个激灵，手机差点掉进马桶，轻咳了两声站直，强作镇定：“有什么事吗？”

“你进来很久了，我想问问什么时候可以开始练习，还有……”少年顿了一下，又道，“我什么时候可以见到乔微姐？”

听没听见？听没听见？

徐西卜恨不得把听筒贴在他嘴巴上让二哥听听。这口气，听起来便有猫腻。徐西卜把手机揣回兜里，这才把门打开，慢条斯理地道：“主唱出差了，微微姐生病在住院，人要聚齐得等几天，不过别担心，住的地方会安排，即使没有演出，工资也会照发。”

袁律书并不多关心工资的事，反倒问起乔微来：“乔微姐生病了？”

“嗯。”

“生的什么病？严重吗？”

徐西卜也不知道，皱眉低囔道：“你是十万个为什么宝宝吗，怎么这么多问题？”

知道问不出什么，袁律书沉默下来。他孤身来G市，身无长物，只带了那把新贝斯。

那是用乔微临走前留下的钱买的。

乔微在床上躺到第三天，终于感觉升白针的药力消退了些，起来走走，身上没那么难受了。

早上，护士来采血，易医生例行查房。

“昨晚睡得好吗？”

“挺好的。”

“不错。”易医生仔仔细细又看了两遍各项指标和病历，笑着告诉她，“就保持现在的心态，准备一下，明天咱们就可以开始第二个疗程了。”

临出门，护士长又叮嘱：“对了，爱干净的话，今天就得洗个澡，明早就做植入手术了。”

长期频繁的浅静脉注射化疗药物很容易发生渗漏，静脉炎还可能引起并发病症，像乔微这样的患者，一般都会做穿刺置管，导管顺着血管的方向穿到上腔静脉，方便输液。但她不行，她的病瞒着别人，不想留段管子在锁骨上被人发现。而上肢 PICC 置管后又不能提重物，她还得拉琴，因此只能做 PORT 植入。

洗澡时，乔微不敢用梳子，只敢用手稍微理顺头发。梳齿太密，她怕稍微一用力，便掉下来许多头发。

她擦了擦浴室镜子上的水汽，镜中的人面颊上是淋浴后的绯红，眼神清明，稍微有了些精神气。放开一切之后，乔微有时甚至会觉得，现在的精神状态比治疗前那段时间还要好一些。虽然身体吃了不少苦头，可是生活内容是丰富充足的。

她仍然对化疗后的副作用心有余悸，却不再畏惧了。她有了新的乐队，一群真心的朋友，还有她想要为之努力的事，她抱着万分迫切的理想，希望自己能够快点好起来。

思及此，乔微又想起了霍峣之。他走时只说回 B 市两天，如今已是第三天了。她正犹豫着要不要给他打个电话，号码拨了个开头，席越的电话便打进来了。

环海最近遇到了点麻烦，先是霍氏公司那边派的人出了问题，项目停滞不说，又被稽查局盯上，这几天都在进行查账，全公司上下心中绷着一根弦，大气不敢出。

上林路的事情，倒是稍微有了些进展，审批已经走了大半程序的地，上头原本是不愿大费周章再生波折的，但乔微那封信写得好，条条入理，情真意切，给出的建议也很有可行性。

领导们不愿出尔反尔，私底下便有人悄悄建议，这事儿需要一位德高望重的人牵头来做。定居在 G 市的那位建筑大师就是最好的人选。上了年纪的人总是怀旧的，更何况那位院士本身也是建筑历史学家，早年曾主持过几项重大的城市设计方案，说话很有分量。倘若能够得到他的支持，上林路的拆迁一定会迎来转机。

这事儿说起来话长，席越约她详谈，乔微不能离医院太远，便把地方定在了两条街外的一家茶餐厅。

解掉病人腕带，换了外套就要出门时，乔微想了想，还是又折回来化了个淡妆，口红涂得比平日要浓一些。席越聪明，她带着病容见他很容易叫他看出端倪。此刻，乔微倒是有些庆幸植入手术不是今天进行。

寒风冷冽，乔微披着黑长发，戴了针织帽，裹着厚厚的围巾步行两条街，像是走了两个世纪一般漫长。她才迈进茶餐厅，席越便已经站起来迎她。

“微微。”

环海最近太忙，乔微又从家里搬出来，同在一座城市，两人见面的次数竟是越来越少了。此刻瞧见她出现在面前，席越连心情都轻快了几分。

待到乔微坐下来，席越才抑住内心的欣喜，抬手隔着帽子摸摸她的头：“怎么还是这么瘦？一个人住没有好好吃饭吗？”

乔微摇头。

天地可鉴，这段时间，她的饮食绝对是一生中最规律的时候了。即便再没食欲，吃完就吐，乔微也想留些东西在肚子里，好让病快点好起来。

席越大概先点了菜，乔微落座后菜便陆续开始上。这家茶餐厅有些名气，小碟精致，菜品色味俱佳，都是她喜欢的。乔微扫了一眼便知道，许多菜她现在不能吃，实在可惜。

上林路的事情只聊了二十来分钟，其间乔微的手机响了几遍，因着在说话，都按掉了。

倒是席越，瞧见她的新手机还奇怪，笑道：“从前怎么说你都不肯换，现在怎么又换了？”

“摔坏了，修不好了。”乔微简单带过。

饭后，席越拿出个细长的礼盒递到她手里。乔微打开来看，是那条银色细链。她之前戴了许久，是在离开席家那天才还给席越的。

“怎么又拿来了？”乔微问。

“这既然已经送你了，它便是你的东西，你戴也好，扔掉也好，都不要还给我。”席越叹了口气，隔着桌子握上她又冰又凉的手，眼神认真，瞧着她的眉眼道，“微微，不管你离不离开席家，对我来说，你都一样是你，不要总是急着同我划清界限，好吗？”

这么多年相处的情分，就算是养只猫狗，都生出感情了，更何况是人。乔微对席越的态度，其实更多是有些惭愧的，她不知道该怎么感激他。这些年，她母亲作为后妈当得并不好，席越却并没有因此哪怕是一次迁怒于她，总在帮忙，关照她，费心帮她解决事情。即使她再不愿意领情，也不得不把这份关怀记在心上。

“好。”乔微点头，轻轻抽回手。

想让乔母的愿望落空，她唯有离他远一些。临别时，乔微低头垂眸，把银链放进盒子装好。合上包，她忽然感觉一片阴影投下来，才抬头，便被席越俯身吻在额头上。

触感凉凉的，蜻蜓点水的一下。

乔微没来得及从错愕中回神，目光越过席越身后，落在了门口的霍峁之身上。霍峁之不知什么时候从 B 市回来了，大约是刚进餐厅门，身上还夹带着外面的冷风，巧的是，偏偏这最后一幕让他瞧了个正着。他凌厉精致的五官几乎要结出冰块，漆黑的眼睛气势汹汹燃着一团火。这一刻，叫乔微不知怎的忽然生出一种偷情被抓的负罪感来。

尾声

“我今天真开心，微微。”席越直起身来，那眼睛里盛着零碎的笑意，如同星光坠落，温柔至极。

“你……”乔微下意识摸了下额头，再无暇分神追究。因为就在席越身后五十米的地方，霍峤之已经气势汹汹地走过来了。

席越循着她的视线回头，惊讶地说：“峤之，这么巧，你也来这儿吃饭？”

“不巧。”霍峤之已经走到跟前，嘴角皮笑肉不笑地抽动了一下，手插裤兜，站到乔微身侧，“我过来找微微的。”

席越愣了一下，很快又笑起来：“我打算送微微回去了，你要一道吗？”

“不必，你慢走就好，微微我会送的。”霍峤之眼皮半垂，语调听似漫不经心，实则挑衅意味十足。

乔微小声打断：“我自己——”

“我既然把微微约出来，自然也得由我把她送回去。”席越并不让步，视线移向她，“微微。过来。”

乔微几乎可见实质的火花在两人间迸射。长这么大，她还是头一次遇到这种状况。拎着包起身，才移开凳子，她便瞧见霍峤之的目光以肉眼可见的速度沉下来。她想动，却被他探过来的手悄悄抓住了大衣一角。

乔微抬头，霍峤之与席越对视的目光仍然镇定自若、胜券在握，仿佛桌底下攥紧人衣摆的不是他一般。她本来便打算自己回去的，医院这么近，没有必要坐车。此刻见他攥得这么紧，只得轻叹一口气，朝席越道：“我和霍峭之一道吧，顺路。”

席越先前是不肯相信外面那些话的，乔微是什么性子，自己远比外人清楚。霍峭之身上散漫的纨绔做派，她决计瞧不上。可是此刻，在她决定跟着霍峭之一道走之后，他忽然动摇了。

“微微……”他嘴角微动。

“今天，谢谢你的下午茶了。”乔微讲完这句后便不知该说什么，点头道别。

霍峭之追着乔微迈出几步，擦肩而过时，又折回来拍了拍席越的肩膀：“偷亲别人女朋友，实在不是君子所为。”

霍峭之很生气，肺都要爆炸了。他才把事情处理完便马不停蹄地从B市赶回来，却不想才下飞机，乔微就送给他这么一个大“惊喜”。

她赴约时甚至还化了淡妆，嫣红的唇瓣几乎要把他的五脏六腑都烧出内伤来。疾步出了餐厅，他故意沉默着，跟着走了好长一段，乔微却始终没有要解释的意思。憋了半晌，霍峭之才置气般沉声吐出一句：“他亲你了。”

“嗯，额头。”

“你没躲开！”

“没反应过来。”

“你喜欢他？”这是霍峭之第二次问这话了，像是颗酸柠檬在心里发酵，气味几乎要溢出来。他讨厌极了这样的自己。

乔微终于止步，缓缓转过身，扯了扯下巴处的围巾，叹气：“你想说什么？”

天冷，话一出口便是氤氲的白雾。街边的一排景观树只剩光秃秃的枝丫，马路上往来的汽车偶尔带起一阵冷风袭过。霍峭之的嘴角抿成一条线，漆黑的眼睛里蕴含着怒气，出来半天也不见消散。他忽然抬手，捧住了她的脸，温热的拇指印在她额头，把那席越吻过的地方擦了又擦，擦了又擦。

霍峭之身体好，体温四季都像是小太阳，这点和她完全不一样。感觉额头上的皮肤都快要被摩擦点燃了，乔微无奈地抬手把他的手挥开：“霍峭之——”

“我就是不想看见别人亲你！”他积压的怒气终于开始发作，“不想看见你注视别人！不想看见你对别人也这么笑！”

他最气闷的是他明明看见了，却拿不出名正言顺的理由去生气、去阻止，因为他什么也不是。霍峭之本就是少爷脾气，长这么大还没有人能让他受气，能把一番话忍到现在实属不易。

他试着平静下来，却越发语无伦次：“我也不知道自己想说什么，也不知道自己是怎么了。”他双手扶紧她的肩，“我的眼睛里就是只能看到你，耳朵里只听得到你的声音，闭上眼睛睡觉你也一直在我梦里。”

那眼睛里的怒气渐渐变成燃起来的火光，热情无比。乔微被他的一番话惊得眼睛瞪大，愣在原地。“这些话，我会当作没听见的，你以后不要再说了。”她移开视线，低头，许久才找回自己微哑的声音。

乔微语毕便仓促转身，然而才动，她的手腕又被人紧紧捉住了。男人拉着她转过身来，直面他的眼睛：“明明听见了，为什么要装作不知道？”

“你太冲动了，霍峭之。”乔微摇头，“这世界上不是每件事都能如你所愿发展的，反正不可能有结果，保持缄默对大家来说是最好的方式。”

“为什么不可能有结果？”他的手挥不开，摇不动，禁锢得她关节都开始发疼。

乔微也来了气，怒问：“为什么要明知故问？”

“你看过我的诊断书，知道我的病情，我是个病人，过了今天还不知道明天在哪里，就这样，你还觉得会有什么结果？”

这一次，霍峭之不待她说完，俯身堵住了她的嘴。他的掌心禁锢着她的后脑，让她无处可避，退无可退。她鼻息间全是他的味道，那吻横冲直撞，毫无技巧，几乎要让她喘不了气，大脑缺氧，一片空白的时候，奇异地犹如安抚般叫她镇定下来。几乎是脚底开始虚浮的时候，他才察觉乔微体力不支，缓缓将她松开。

“拒绝的话，我一个字都不会听的。”霍峭之的嘴巴上印上了乔微嘴上的口红，稍一擦便晕开，声音既硬又执拗。

乔微胸前微微起伏，半晌才将呼吸调匀，转身朝前走。

“乔微！”

乔微不应，越走越快，连围巾一侧都滑落下来。

“不和我说话，我就当你默认接受了。”

“我们认识了多久，会有多深刻的喜欢？”乔微继续走，并不回头，“现在的冲动都是新鲜好奇在作祟，别再执迷不悟了，你早晚会后悔的……”

十字路口的红灯刚刚闪过，换成绿灯，乔微埋头走却并没有注意。直到霍崤之猛地将她拉回来搂在胸口，一辆车险险地从她的大衣角擦过时，她的心跳才飞快加速，一颗心几乎要从胸腔中蹦出来，怔忡地出神。

“我的心没有谁会比我更清楚，是不是冲动也不是你说了算，我不想再做对你来说无足轻重的人。”

他拉着乔微的手，将她的掌心覆在自己胸口。隔着毛衣与衬衫，乔微仍然能清晰地感受到那里温热滚烫，他的心在狂跳。

“二〇一六年十月九号，晚上九点，你绊倒我，趴在我身上的那时候，我觉得你很漂亮，很想抬手摸你的脸。”

“二〇一六年十一月十八号，Y 市的冬天，下着雨，我在崤山遇见你了。你躺在医院床上难受的那时候，我觉得心很软，很想抱抱你。”

“二〇一七年一月一号，跨年钟声敲响的时候，我偷偷看你了，觉得你拉的琴好听，眼睛也好看，我知道我在喜欢你。”

“如果你想知道这样的喜欢会有多深刻，那我告诉你。”霍崤之将她散下来的围巾围好，看着她的眼睛一字一句道，“我想吻你，想同你承受一切，想等你的病好起来。你要永远记住我现在的心跳，因为这是爱上你的频率。”

也是直到这一刻，乔微才记起来，原来他们已经有了这么多共同的回忆。他的目光太赤诚、太干净，仿佛将整颗心都坦坦荡荡摆在面前，交由她处置裁决。

这是她一辈子都不可能有的勇气……

魅丽文化 花火工作室

小蔷薇 下

小红杏 著

江苏凤凰文艺出版社
JIANGSU PHOENIX LITERATURE AND ART PUBLISHING, LTD

CONTENTS

目录

C O N T E N T S

目录

第一章 // 我要去找我女朋友了

01

霍峭之听医生说，静脉输液港植入手术只需要切开一个小切口，是一个简单的小手术，乔微却进去半天也不见出来。大清早，他在门口等得烦躁，干脆站起来，心里数着数，双手插在裤兜里，低头绕着长廊走了两圈。

田恬换了药再回护士站，一眼便瞧见了走廊里的男人。他很高，身形颀长，睫毛半垂着，嘴唇紧紧地抿成一条线。他穿了件藏蓝色的外套，不打眼，质地却很好，是她曾经在杂志上看过的明星同款。

田恬知道，他是乔微的男友。护士站的小护士们曾私底下讨论过，这个人与她们并不处于同一阶层。

田恬试着安抚他两句："我们医院的埋管手术很成熟，这次还是他们科主任亲自过来做的，你不用担心的。"

男人抬头看她，嘴角动了一下，说："谢谢。"

"前几天没见你来医院，是因为家里有事吗？"田恬顿了顿，继续道，"乔微刚好在打升白针，她反应很大，疼得起不来床。以后白细胞再降低，可能还得打……”

田恬在肿瘤科工作，明明已经见惯了这样的事情，可有时候看着乔微她还是会忍不住觉得心疼，上天怎么会把疾病降临在这样玲珑剔透的人身上。

乔微似乎没有亲人，只有几个朋友。田恬鼓起勇气与霍峭之搭话，是想告诉他，以后不要再随意离开，几天都不见人影，乔微一个人在病床上的时候很无助。

买饭端水的事情确实可以花钱请护工做，然而心灵上的需求，绝不是护工能够给予的。

霍峭之听完，又道了一声“谢谢”，这一声真心实意了许多。

乔微从手术室出来时麻药药效还没消散，她半天没回过神。体内忽地多了样东西，以后即使是治疗间歇期，也必须得每四周维护一次。她忽然切切实实地感觉到，自己已经是个离不开医院的病人了。

埋完静脉输液港后还得拍个胸片，乔微瞧着医院雪白的墙壁，浑浑噩噩地朝前走，手却忽地被从身后走近的人握在掌心里。

“疼吗？”霍峭之把外套搭在她空荡荡的病号服外头，轻声问她。

02

胸片确定静脉输液港的位置正确之后，当天晚上就能开始化疗了。如果人生也有进度条的话，那乔微希望化疗这一段能以二十倍速度快进。

身体大概有记忆的本能，治疗安排在下午，可记起第一次化疗的反应，乔微早饭还没吃便开始条件反射般干呕，她整个人也像被掏空一般虚弱无力。

“微微，吃药了。”霍峭之倒了水，在她身后提醒。

那是止吐药，是神经递质的阻滞剂，吃了之后会头晕、视力模糊，乔微不想吃。但霍峭之把药片递到她唇边，她只能闭着眼睛咽了下去。

“你怎么整天都待在这儿，不闷吗？”乔微的声音有些虚，她扶着床沿坐起来。他扶着她的背，接着递上倒好的温开水。

“不闷。”

“撒谎。”

“嗯，我撒谎了。”霍峭之脸不红心不跳，仰头喝完杯子里剩下的半杯水，一笑，“你亲我一下就一点也不闷了。”

乔微都被他的无耻逗呆了，愣了半晌才偏开头：“不要脸。”她白皙的耳垂似乎有一点晕红。

为了照顾乔微，病房里的空调温度开得很高，不管是不是热的，反正霍峭之很开心。他做事情随心所欲，通常不会用教条约束自己，当即便凑过来啄了一下她的耳朵。

乔微的耳朵很敏感，那吻落下来烫烫的，像是把肌肤点燃一般，大片大片地开始灼烧。她难以置信地回头，气得想打人，才抬手却被霍峭之捉进掌心里。右手被锢住，她又换左手，这次还离得远，又被霍峭之低头亲了一下手背。她的左手停在半空，愣是半晌没反应过来。他看她抬得累，右手握着她的手，轻轻按下来，虎口那颗褐色的小痣仿佛也在嘲笑她。

“你看，不去想不就不可怕了吗？”

他的声音一本正经，仿佛刚才的动作真的只是为了让她打起精神。这个人是接吻狂魔吗？怎么半点都不知道害羞？

“霍峭之，你不能这样。”

乔微生来脸皮薄，扶着床坐正了，打算跟霍峭之好好谈谈。但他并不打算听她说教，直接开口哄道：“我知道，得先征求你的意见，是吧？”

这番话，乔微觉得对，又觉得哪里不对，才要点头，又听他说：“不过我也有个条件。”

乔微又想堵住耳朵了，这个人怎么整天就知道嬉皮笑脸地讨价还价。

霍峭之指了指旁边摆了许久的保温盒说：“喏，你吃一点，我就答应你了。”

盒里的餐点做得精致丰盛，乔微忍住生理反应慢慢咀嚼，细长的秋波眉蹙起，明明该让人欢愉的进食却变成煎熬，看得人心里难受。

霍峭之和她说了一会儿话，发觉并不见好转，干脆把 iPad 拿过来，在键盘上点了一阵。

“季圆说想让你帮她看看练习进度，要看吗？”

虽是征询乔微的意见，但霍峭之话音才落便把连通视频的 iPad 放在她面前。这边没有开摄像头，他们见不到她，她也不习惯把自己憔悴的样子给旁人看。

镜头一阵晃动后被安置好，正对酒吧舞台，徐西卜背着吉他退后两步，从镜头外拉进一个人。

“微微姐，你劝劝这家伙吧，整天不好好练习，老问你在哪儿住院。”

袁律书比峭山初见时更坚毅稳沉了一些，他与徐西卜同龄，分明还是个孩子，眉眼间却已经有了大人的沉稳。

意识到乔微在屏幕对面看他，男孩的手脚别扭得不知道放哪儿。贝斯被指尖无意识地拨到，发出一阵低鸣，他连忙又伸手按住，这才想起来喊一声“微微姐”。

这声是跟着徐西卜喊的。这样喊，听起来确实更亲近些。姐姐回老家养病的最后时光，卧在床上陆陆续续与他讲了许多从前在 G 市的事。

乔微是姐姐最好的朋友，在姐姐的讲述中，乔微哪里都是好的，人很和善，也很温柔。虽然那时素未谋面，可意识里，他早就已经与乔微熟悉起来。

乔微想回他一句，一张嘴才发觉视频那边并不能听清自己的声音。霍峭之趁机夹了一筷蔬菜到她嘴边，她下意识地咽下去，再抬头，见季圆对着镜头亲了一口。

“微微！”她的声音透着欢欣，“我们最近练得特别好，昨天晚上登台还有人邀请乐队商演，等你出院我们就一起去。”

几人退开，准备开始演奏时，乔微又听徐西卜大喊一声：“袁律书！你怎么傻乎乎地看着屏幕，不知道开始了吗？你快点站好。”接着，他粗鲁地把人拉到对应的位子上。

近墨者黑，徐西卜小霸王的性子其实是与霍峭之有几分相似的。好在袁律书早熟寡言，并不与他计较。

瞧着屏幕里的人打打闹闹，乔微不自觉地勾着嘴角笑起来。她原先还担心他们年纪不一样，性子相差甚远，会合不来，如今看来在她不在的时候，几个人已经相熟起来。

看着别人活力充沛，她觉得自己的经脉仿佛也被疏通了。当所有声音消失时，电子键盘的前奏随之响起。这次的主唱是徐西卜，他的唱功其实和霍峤之还有些差距，但胜在年轻，热情和力量都足够。

乔微听了片刻，心下隐隐确认了曲名，偏头问霍峤之："这是《赞美诗》？"

"嗯。"

乔微十分惊讶："你怎么会想到把《赞美诗》改成这样的形式？"

"不是我，是奶奶。"霍峤之告诉她，"是奶奶主动要帮忙改这首曲子的。"

虽然知道是沾霍峤之的光，但乔微还是受宠若惊。宋老做了一辈子的古典音乐，有了这样的资历，随便写出的曲子拿出去都能引起轰动，更别提她这一次特意为几个小辈改编曲子。倘若这曲子有一天能出现在电视屏幕上，大家看见作曲那一栏的名字，恐怕得把下巴惊掉了。

《赞美诗》加上流行摇滚元素，摇滚乐器明朗的节奏给曲子带来极大的力量，加之原有的音乐诗一般的优雅、细致，宋老的手笔叫人半点都找不到违和与突兀，仿佛这曲子天生便该是这样。

徐西卜轻拂拨片，闭上眼睛低唱："Hold me closely, to his side."

"With love and strength.For each new day."

摇滚音乐的旋律中蕴含着喜悦与满足，当人置身于乐曲中，一幅充满生命力的画徐徐展开：晨间升起的第一束光芒照耀在葱郁的林间，光影斑驳，神圣又柔和。神赐予人爱与能力，比起歌颂，它更像是一种对听者的心灵抚慰。

"He will make a way, he will make a way."

乔微闭眼聆听，心情仿佛都舒畅许多，她回味许久，才偏头问霍峤之："宋老她知道我生病的事了？"

霍峤之点头，这首曲子真是奶奶为乔微改的。

她愣了半晌才感叹："霍峤之，你奶奶真的很好。"

“嗯，”霍峋之并不谦虚，还趁机说，“也是你奶奶。”

当天晚上的化疗药物中，医生替乔微兑入了更多的生理盐水稀释药水，所以药水虽然增加了，痛感却比上次低了一点。霍峋之如愿以偿地躺回了他租来的那张小折叠床上，时时侧身看她。

药水已经输了两个小时，乔微额头上冒着些虚汗，手攥紧被角浅眠，大概还是隐隐作痛，她的眉头一直不安分地皱着，唇瓣微干。药物预计要持续输到大半夜，他不敢叫醒她喝水，也不敢用棉签帮她润唇，因为怕她被吵醒后会更难受。

手机就在这时候亮起来，屏幕上显示是来自B市的电话。

霍峋之轻手轻脚地起身。

“霍少，您上次托我查的事情有眉目了……”

霍峋之停留在B市的几天里，特意托人查了乔微的父亲的下落。她生病了，她很想念她的父亲。霍峋之虽然不能切身体会这样的思念之情，却也想在她这么难受的时候满足她的愿望，让她高兴些。

按当年流传最广的说法，黎沉逸离婚隐退后就出国了。毕竟这些搞艺术的人天生便放荡不羁、崇尚自由。至于他究竟去了哪里，没有多少人深究过。霍峋之心里是有些奇怪的，就算是出国了，这么多年来，他总不可能从不归国。若是自己有乔微这么好看的女儿，巴不得天天带着，走到哪儿就带到哪儿。

况且，按乔微对父亲这么深的感情，霍峋之怎么想都觉得对方不大可能是个心硬的人。那边是业务水平一流的调查机构，霍峋之仅回G市两天，便查到了结果。他出门，走到走廊上，这才示意电话另一端的人继续讲下去：“怎么说？”

对方絮絮叨叨地讲了很久，霍峋之越听，眉头皱得越紧。电话挂断后，他呆愣在原地，扶着门框往回看。

瘦弱的乔微躺在病床上，呼吸细弱，仔细瞧才能看清她胸膛有细微的起伏。

化疗结束，激素的药力慢慢消退，乔微又回到了上一次的状态——血细胞减少，头脑昏昏沉沉，四肢乏力，每一分钟都痛苦难熬。

这天早晨采血后，季圆的妈妈送鸡汤过来。能生出季圆这样的“人形水龙头”，季阿姨也不是个简单的，瞧着乔微一口一口艰难地喝汤，她的鼻子又开始发酸，只能背过身擦眼泪。嘴巴里的汤，味道和平日天差地别，又腥又咸，乔微当然明白这是药物影响了自己的味觉。

“阿姨，我没事的。”她叹了口气，把纸巾盒递了过去，笑起来打趣道，“您怎么跟季圆一样，哭起来跟拧开的水龙头似的，关都关不上呀。”

“真的不跟你妈妈说吗？这么大的事情，你怎么能一个人扛着呢……”

乔微愣了下，放下调羹说道：“您又不是不知道，我妈……她总是很忙，这事说了其实也没什么用。”

按照乔母独断专行的脾气，她大概会把乔微转到她认为最好的医院，请护工，却依旧抽不出多少时间来看乔微。这么多年，乔母其实从未在物质上亏待过乔微一星半点，但她给的，恰恰都不是乔微想要的。她宁愿就处在当下几乎断掉联系的状态里，不给人添麻烦，旁人也不必怜悯她，大家心里都舒坦自在。

“你这孩子，怎么这么倔，跟你爸爸一个样……”季圆妈妈声音哽咽，极力忍住眼泪，递上切好的苹果。

苹果在盘子里被切成小块，乔微胃里翻滚，没有急着吃。

她想了许久，才小心地试探着问：“阿姨，我爸爸他……他这些年真的没跟你们联系过吗？”

“没有的。”女人慌张地擦干净眼泪，拿起保温盒起身去清洗。

医院里的日子乏味又枯燥。电视、手机看久了会头疼，她吃了药也不大能瞧清上面的小字，能解闷的就只有房间里的乐器了。

季圆会把大家每天练习的曲目录下来，发到乔微的邮箱里，好让她熟悉乐队里每一个人的进展。小提琴的音色亮一些，容易打扰到别人，乔微不能出门的时候，就只能抱着那把不插电的吉他练练指法，霍峤之则从旁指导。

乔微身上难受，随便弹了一会儿，瞧着外面阴沉的天，下巴搭在双手上，拄着吉他，轻叹：“冬天也太长了。”

可不是嘛，乔微第一次住进来的时候，医院楼下的叶子便已经落得差不多了，到如今，还是一点没见新芽冒头的迹象。

天空仿佛蒙着一层雾，几只飞鸟斜斜地从天边掠过。乔微上回感冒带来的连锁效应着实吓了医生一跳，医生怕她着凉和感染，因此反复叮嘱她尽量只在医院附近走动，不让她去人多的地方，也不允许她跑远了挨冻。

可这样憋得郁郁寡欢，也不是办法。

“微微，我带你出去玩吧。”霍峤之忽然起了兴致，回头一看，才发觉乔微趴在他送给她的吉他上睡着了。

昨天夜里，她因胃疼没睡好，也不知道她究竟有多困，头一点一点的，愣是没有醒过来。霍峤之的心像化成了齑粉，被水泡得稀软。他动手帮她整理了一下散乱在脸颊上的发丝，指尖才碰到，那长长的头发便掉了几根。

霍峤之松开手，又有几根发丝落下来。他顿住，心脏急促地一跳，像是做了什么错事。他立刻弯腰，将落到地上的头发都捡起来。

乔微的头发又黑又长，柔顺滑亮，发质可以说是他见过的人里最好的。捡完还不算，他又把床单和地面都仔细搜寻了一遍，确定没了头发，这才起身。

乔微的手机铃声就在这时候响起。她忽地被吵醒，手下意识地伸到枕头下去摸手机。霍峤之怕被看见，做贼一般把头发悄悄塞进兜里。好在乔微并没有注意到他的小动作，半闭着眼睛接通了电话。霍峤之本打算偷偷出门，听到席越的名字，他停下脚步，慢慢折了回来。

“小年那天，家里有宴会，就回来吃个饭，吃完饭我送你回市里，行吗？”席越轻声询问。

乔微揉揉困倦的眼睛，翻开日历。医院里没什么喜庆的气氛，也是听席越提到小年，她才猛地意识到原来快要过年了。她犹豫了一下，还未来得及应答，有护士推门进来说：“乔微，采指血了哦。”

护士的声音本来不大，可在空旷的病房里，立刻变得清晰起来。

“微微，你在医院？”

乔微不习惯撒谎，眼下又不知该如何应答，只敷衍地应了一声。

“生什么病了？”席越的一颗心都提起来，追问道。

乔微从小就是什么事都往自己肚子里咽的性子，上次在Y市，倘若没有司机通知他，他同样不可能知道。

“在哪家医院？我现在过去。”席越说着，当即便拿了外套起身。

听见凳子移动的响声，乔微忙道：“我没什么事的……”

话音没落，乔微的电话便被身侧的男人抢了过去。

霍峭之直接告诉席越：“我在这儿，你就不用过来了。”

霍峭之的声音带着痞气，天生有股懒洋洋的味道，有时候简直气死人不偿命。席越沉默了两秒，平息了一下心中的愠怒，才郑重地告诉霍峭之：“峭之，微微是我妹妹，我有知道她情况的权利，你们在哪家医院，我现在过去。”

“只是这样吗？”霍峭之看似随意的一句反问，细想起来，却又多了许多重意思。

真的只是妹妹？他只是想知道她的情况？

席越没回应，他已经失去了耐性，不想再跟霍峭之玩这样的揣测游戏。乔微身体一直不大好，现在细细想起来，那天在茶餐厅见面的时候，她的面色便不对劲。

席越的声音加重了些：“你只需要把地址——”

席越的话没说完，霍峭之已经干脆地挂了电话。

“你越是这样，他越不会罢休的。”乔微低头叹了口气。

霍峭之干脆按下关机键，抓着手机得意地晃了晃：“这样呢？”

席越许多年没被人这样气到过，一口气堵在胸口，闷得慌。他坐下来，呼一口气，抬手松了松衬衫领结。在同一个屋檐下生活那么多年，乔微对他来说已经是父亲一般重要的亲人。可他竟不知道什么时候起，霍峭之对于她来说已经比他更亲近。甚至连生病住院，她也不打算告诉他一声。

林可渝放下刀叉，静默地打量了一遍席越的眉眼。他眉眼坚毅，眼窝深，即使放在 B 市，也是圈子里数一数二的俊朗男人。

菜才刚上，还冒着热气，可她已经没有了吃饭的心思。从刚刚听到的只言片语中，她已经把事情捋得非常清楚——面前的男人正在为了乔微和另一个男人吵架。他们俩本是没有血缘关系的兄妹，关于乔微和席越的传闻，自她来 G 市后，她已经不是一天两天听说了。在席越心里，乔微那个妹妹，一定比她更重要，这是显而易见的。就算是在和她面对面吃饭的时候，他思索的也不是怎么讨自己开心，而是怎么让他那个病恹恹的妹妹小年夜回家吃饭。

人人都说席越温文尔雅、风度翩翩，可她今天就看见他生气了。认识这么久，她觉得自己几乎从未触摸到过他的真心。他那些周到的礼节，迷人的风度，对每一个人都一样，她从来不是特别的那一个。有那么一瞬间，她甚至想要找他问个清楚，外面那些传言到底是真是假，可是话到了口边，竟都问不出口。

她不敢问。她怕问了之后，反而给了他破釜沉舟的勇气。人是她自己选择的，父母以及圈子里的那些姐妹，没有人不夸她的眼光，她不能自己终结这一切。

她压住心里的不适，勉强挤出一副体贴的笑容来，问道："出什么事了吗？"

席越没有听到她的问题，此时正看着落地窗外发呆。他想到乔微怕冷，从前每年的冬天，乔微都会发烧，大病一场。

"乔微出什么事了吗？"

也许是听到令他敏感的字眼，席越这会儿终于抬头，说："大概是发烧了。"

"发烧啊……"她还以为是多么大不了的病，她在心中冷笑，"乔微也太不爱惜自己的身体了。"

03

直到小年的前一天，乔微才接到出院通知，她当即便办了出院手续。

“下次见面就是年后了。”田恬帮她拿来门诊病历，笑道，“提前祝你过个好年啦，微微。”

乔微笑着道谢。

乔微今天出院，倒不是要忙着回席家吃饭，而是乐队接到了有史以来的第一次商演。演出地点在G市最大的中心广场，他们要在小年夜正式登台，今晚彩排。她化疗刚结束不久，只能缺席演出，不过能在台下给大家加油也是好的。

商演虽然只演奏两首曲子，但到时候中心广场人山人海，也算是个露脸的好机会。季圆几天前便已兴奋得不行，这是她学了这么多年音乐之后，用自己的专业技能挣到的第一桶金。

虽然是彩排，但天才微暗，近两百平方米的后台便已经进入忙碌状态。到处是穿着演出服、化好妆的陌生面孔穿行其中，像乔微这样素颜还戴个口罩的挺引人注目的。

化妆师是资方请的，化妆时很快，季圆上完妆，摸着脸苦恼地跟乔微吐槽：“他们化妆跟流水线作业似的，也太敷衍了，我本来还指望着舞台妆拯救我的圆脸呢，眉毛这么粗，跟蜡笔小新似的……”

话音还没落，她的目光再次移到化妆师那边，只差咬牙切齿地拍着桌子跳起来。

“这些颜控真是太过分了！”

乔微回头一看，立刻明白了她的怒气从何而来。

这会儿坐在梳妆台前的是凌霖，面对这位音大校草，女化妆师完全没了刚才的速度，弯腰一笔一笔地帮他描眉。

“嘴巴都要亲到他鼻子上了……”季圆的眼睛紧紧盯着，指关节捏得咔咔作响。

乔微笑着说：“这么在意，你过去看着不就行了。”

女朋友在边上，对方总会收敛些。

“才不要。”季圆闻言，别扭地撇开脸，“反正我都习惯了。”

乔微低头叹了口气，在化妆台上找了根棉签，低头帮季圆将那眉毛擦细，修得精致些。她与季圆打小认识，自然也明白季圆自踏入这段关系后的不自信与患得患失。

平心而论，季圆并没有她自己想的那么差。她生得一副邻家女孩的面孔，可爱且极有亲和力，在高手云集的钢琴系里也算是佼佼者，可大抵爱情总是叫人无限卑微起来。

当局者迷，旁观者清。可惜的是，一段感情里，外人是插不上手的。再抬头时，凌霖大抵与对方说了什么，那化妆师腰身挺直，匆匆帮他定了妆，便放他回来了。

季圆轻哼一声，总算平息了胸中一口气。

……

候场时，几人聚在一起给乐器调音。乐队每个人的性格差异，这会儿便明显地表现出来了。

季圆第一次以键盘手的身份在酒吧外登台，喝了两杯水，才勉强觉得镇定些。凌霖倒是想逗她说话，可惜经过刚才的插曲，说什么她都有些恹恹的。

徐西卜其实也紧张，不过小男生爱面子，怕让人看出来，干脆拿着手机低头玩游戏。相比之下，袁律书倒是很稳沉，抱着自己的贝斯一根弦一根弦地校正音色，老成得不像个少年。

“律书。”

少年诧异，没料到乔微会唤他。

“你从前在 Y 市也常登台吗？”

“嗯，”他这会儿倒羞怯起来，“我在那边没有固定的乐队，接的都是救场的活。”

家里困难，袁律书高中没上完便主动退了学。贝斯是他在第一家酒吧上班时，跟那酒吧乐队的贝斯手学的，没学两个月，对方便辞了职，临走前，把自己淘汰的旧乐器送给了他。

酒吧一时招不到合适的贝斯手，便直接让袁律书上台了，开的工资只有原来贝斯手的一半。为了多挣些钱，袁律书练到手上的茧子不知道磨掉多少次，可酒吧最后还是倒闭了。万幸的是，这时候他已经稍微有了些名气，也有人想去找他演出，只可惜一瞧身份证，知他是个没成年的半大小子，便都没了长期合作的意向。

这么听下来，徐西卜终于为自己的紧张找到了借口。他就说嘛……像自己这样初出茅庐的小菜鸟，哪能和袁律书这种老油条比登台经验？

几人之中，最散漫的要数霍峭之了。他不让化妆师碰他的脸，跟平日在自己家酒吧一般随性，仿佛从头到尾没把上台当回事，甚至还抬手扫弦，对着乔微即兴哼唱了两句英文情歌。他声音低沉，让人听着心情舒畅，巴萨诺瓦的节奏强弱分明，急速的击弦打板在徐西卜看来更像是炫技。

徐西卜看得不忿，干脆凑到乔微身边来，小声与她道："微微姐，你知道我二哥前段时间回 B 市那几天都干吗去了吗？"

"干吗？"乔微听着歌，一时没反应过来。

"相亲！"徐西卜从来不克制自己的嫉妒心，这个黑状告得掷地有声，"我二哥还请人家吃饭来着。"

"听说是德林家的女儿，我之前见过，长得很漂亮……不，还是没有微微姐你漂亮……"

"别在我跟前凑这么近咬耳朵。"

吉他声停下来，徐西卜偏头，一眼撞进他二哥充满警告意味的眼神里。

"你在说什么？"

"没……没什么。"

"你，过来。"霍峭之冲他招手。

徐西卜立刻怂了，耳朵耷拉下来，不情愿地移开两步，直接被他二哥揽着脖子勒进怀里。

"也说来我听听。"

"我说，虽然你很帅，但是主办方今天准备的皮衣真的很丑……"

没等他说完，霍峭之抬起膝盖给了他的腰一下，疼得徐西卜嗷嗷叫。

“不是这句。”

乔微看他的表情不对，那表情是诧异中带着一点难以置信。

“我错了，我错了，二哥。”徐西卜哭丧着脸，“我说了你去相亲的事……”

完蛋了！

霍峭之抬头瞧乔微的神情，心里恨不得把这臭小子的舌头割了爆炒当下酒菜，于是抬手便揍他。

还是乔微不忍，出言劝道：“你把他放开吧，都要上台了……”

霍峭之再不情愿，这会儿也只能松手，在徐西卜起来前，又不解气地踹了他两下才算完。霍峭之小心地抱着吉他，刚想坐到乔微身侧，前台却来人通知准备上台。

一腔解释的话憋在肚子里，霍峭之只能一步三回头地往台上去了。

……

即使乔微每天能在邮箱里看到大家的练习进度，但摇滚乐队的演奏，永远是现场比唱片来得更震撼。

季圆的进步极快，与凌霖的鼓点配合得好得不消说，他们俩的配合是远超其他几位的。徐西卜的技巧稍弱些，但有霍峭之带着，这块短板也并不明显。有着三百六十度的环绕立体音效，即使是彩排，也听得底下的人热血沸腾。

吉他的音色不尖厉，但即使在很强的 overdrive 之下也掩盖不住。贝斯的低声嗡鸣深沉隐忍却又极具震撼力，键盘将所有的音乐织体整合联结为一体，填充着音乐中松散的部分。

乔微站在台下的人群中，忽然觉得眼眶有点儿发酸。音符自她耳朵钻进身体里，仿佛从神经末梢到四肢百骸都有股力量在反复回冲，使人躁动。

这支乐队是乔微看着成立的，也是由她看着在短时间内成长起来的。她与乐队经历了从陌生到默契的过程，所以这支乐队远比从前的钟声更让她有归属感。

新乐队成员的平均年龄比钟声的小了许多，他们的水平技巧尚不能与钟声的成员相提并论，却多了原来钟声没有的少年热血感。

憧憬梦想，谈论未来，从不放弃前行，从不失去斗志，永远拥有一往无前的勇气。

乔微忽然意识到，只要乐队一直保持这样的状态，很可能会成为一支了不起的摇滚乐队。不，不是可能，是一定！

两首曲子结束得很快，倒是在收尾的时候出现了一个小插曲。

徐西卜大概是怕下台后二哥继续收拾他，不愿下台。之前明明讲好了速度与节奏，简单的八小节 blues，两遍主旋律，键盘手两遍即兴，主音吉他手两遍即兴，季圆最后再来两遍即兴接着主旋律收尾。谁知他临时改了节奏，冲过了头，季圆急得冒汗，好不容易才踩着拍子接上了。

不等霍峤之发话，季圆下来先骂了他一顿。

自尊心爆棚的小公子哥儿这会儿成了全乐队的“食物链底端”，难受得只能找袁律书发泄，谁料又被季圆拧着耳朵教训了。

“你这家伙怎么这么没出息，就只会找律书麻烦，你要是有他的本事，我骂你干吗？”

……

霍峤之下台后的第一件事便是换下主办方的皮衣，到台前去寻乔微解释。广场上的人流量大，周边太吵，电话也打不通，他气还未喘匀，便四下张望。

有姑娘才瞧见他便呼朋引伴地惊呼着拥上来，问道：“主唱！你是刚刚的主唱吗？”

“啊啊啊！比台上还帅！”

“能帮我签个名吗？就签外套上！”

霍峤之忙着找人，视线刚刚搜到一抹背影，耳边一炸，再抬头便不见了。

胸头堵着一口气，他冷着脸将人推开：“对不起，我要去找我女朋友了。”

女孩们没有生气，反倒觉得他这样冷着脸更显得荷尔蒙爆棚，叽叽喳喳地跟在他身侧帮他出主意：

“你女朋友长什么样？我们帮你找吧。”

“我们刚才一直站在台下，说不定见过呢。”

乔微没承想，到商场里上个洗手间的工夫，居然就和林可渝碰上了。她出来时，林可渝正对着镜子补妆，林可渝涂的是草莓般鲜红的口红，唇瓣在明亮的镜子里折射出迷人的光泽来。

除了她们是同一个老师带的，她和林可渝的关系并不熟，自住院后，乔微便几乎没再与她碰过面了。对方在镜子里盯着她，她也不能装作没瞧见，只能微一颔首，算是打过招呼。

林可渝没有理她。

乔微讨了个没趣，也不在意，双手放到水龙头下洗净，再放到烘干机下烘干，正要离开洗手间，却忽地被后面传来的声音唤住。

“乔微。”

她回头，神色诧异：“有事吗？”

“我现在是席越的女朋友，你知道吗？”

这点乔微还真不知道，她正奇怪对方怎么会冒出这个问题来，林可渝已经接着往下问她：“你和席越是什么关系？”

04

乔微有些明白她刚刚的敌意从何而来了。大抵也是和席越的上一任女朋友一般，听了圈子里传的那些话，心里不舒服罢了。

天地可鉴，乔微觉得自己已经在极力避免这样的事情出现，却还是被人找了麻烦。

“他是我兄长。”

“你这种话，也就能骗骗三岁小孩，亲兄妹都未必有他这样对妹妹关怀备至吧。”

林可渝嗤笑一声，收起口红，说道：“他买下泛乐，写的是你的名字，上林路的事为了帮你，不惜跟他父亲吵架。你说，有哪个继兄会为没有血缘关系的妹妹做到这个地步？”

不仅如此，席越床头相框里是与乔微的合照，即使和自己吃饭，也从不耽搁给乔微打电话，还听不得旁人说一句乔微的不是。

“那你想听到什么答案呢？”乔微转过身，心里叹了口气，道，“你知道的，我从席家搬出来了，倘若真如外面所猜测的，我不至于这样。”

“当然，还没到那个地步，我知道。”林可渝最后涂了一遍晶亮的釉质口红，站直身子，转过身来。她面上的妆容精致，踩着十寸高的细跟鞋，居高临下地俯视乔微，“我只是想告诉你，离他远一点，越远越好。”

林可渝一步步逼近乔微，眼神暗含警告。

“现在是席家需要我们林家，只要你不来招惹他，席家就能好好的，否则……”

林可渝的话音刚落，没等乔微回答，便拎着包径直出门。高跟鞋在大理石地面发出撞击的轻响，错身时，林可渝的右臂不知是有意还是无意，将乔微撞到一边。

乔微此时刚出院，四肢无力，脚下虚浮，又一时不察，纵然林可渝的力道并不算大，却还是将她撞到了洗手间的门框上。

鼻梁骨撞击在木质门框上，她闷哼一声，鼻尖一热，抬手一摸，便瞧见鼻血迅速滴落到指尖。她忙从口袋里抽出帕子擦，帕子却很快被血染透，血怎么也止不住，手帕、围巾，连雪白的羽绒服上也沾染了零星血迹。

林可渝闻声转过身来，嘴角讥讽地扬起。她见过体弱的，真没见过乔微这样一碰就出血的，忙从包里翻出纸巾不耐烦地正要扔过去，一道震怒的声音从身后传来。

“你在做什么？！”

林可渝回头，霍峤之已经大步流星地走过来了。他的剑眉气冲冲地上挑，漆黑的眼睛里闪着无法遏制的怒火，像是一头被激怒的狮子。

林可渝心中咯噔一下，随即又不服气地道：“不就是流个鼻血，有什么大不了的。”

“你给我等着。”霍峤之厉声道。

若是旁人流鼻血，当然没什么大不了，像霍峤之这般体质，让他流一百次血也情愿，可乔微不能流血！医生早交代过，治疗药物多有骨髓毒性，化疗后会出现红细胞和血小板下降。乔微上回刷牙时没注意，口腔出血不止，打了止血针才好不容易止住的。她这次流这么多血，又要回医院输血小板了。

霍峤之咬牙忍下怒气，将那纸巾抢过来，把乔微带进卫生间。用凉水冲洗后，他拿手堵紧她的鼻腔，又将她身上未干的血迹都擦了一遍，鲜红的血色刺得他眼睛疼。

霍峤之将那纸巾揉作一团，终于忍不住出门找林可渝算账。

事情没完，霍峤之既然没发话，林可渝当然不能走。她抱着手臂靠在洗手间边上靠了半天，只觉得乔微不知道给这些男人灌了什么迷魂汤，连霍峤之这个混世魔王都处处维护她。流个鼻血至于这样吗，他老子生病时他有这么紧张吗？

“是你弄的？”

“撞了一下。”

霍峤之从不为难女人，此刻面色却彻底沉下来，咬紧后槽牙道：“你是不是有病？走路不知道看路？”

“我就是轻轻碰了她一下，谁知道她这么不经撞。”

“你跟你哥哥还真是没有半点相似的地方，好的没学，坏的倒是跟那大家子学了十成。”

“你怎么知道她流鼻血不是因为上火？关我什么事！”提到她哥哥，林可渝也怒了，“你咽不下这口气，有本事也把我撞出鼻血来……”

林可渝就一个亲哥哥，他当年因为一个女人，放着大好的家产不肯继承，与家里决裂跑来G市，沦为圈内的笑柄。林可渝最讨厌别人在她面前提哥哥。

她的豪言壮语没说完，霍峤之当即抬手。

天哪，这个变态还真敢动手！林可渝的心猛地一跳，眼睛下意识地紧闭。

“等一下——”乔微刚从洗手间出来便瞧见这一幕，忙出声阻止。

林可渝再睁开眼，却见霍峤之的手被身后伸来的手挡在半空中，心下总算松了一口气。

还好，席越找来了。

“松开。”

霍峭之眯起眼睛瞧席越，危险意味十足。

“林小姐是和我一块儿出来的，你总不能无缘无故打人。”

“无缘无故？”霍峭之冷哼一声，“你怎么不问问，她刚刚做了什么！”

满腔的怒气无处宣泄，不待席越问清楚，霍峭之又似笑非笑地道：“行啊，既然是你带出来的，我不打她，我打你。”

霍峭之横惯了，拳头快，说打便打，在乔微反应过来之前，抓紧时间狠狠地给了对方腹部几拳。旁人只听见骨肉相撞的闷响，席越吃痛正要回击，便听乔微声音微弱地劝阻。

“霍峭之，你别打人——”

乔微开口，霍峭之立刻抬起双手以示清白，这下，连带着席越便也不能还手了，只能吃下这亏，白挨了那几拳。

林可渝着急地走上来扶住他，问他：“你有没有事？”

席越摇头，将她的手拿下来，眼睛却朝乔微望去，问：“微微，你怎么了？”

席越总觉得乔微的声音似是比平日还要弱一些，面色苍白如纸，没有一点儿血色，白色羽绒服上沾染着触目惊心的血迹。

乔微没答，仅颔首了下算是打过招呼。她刚刚流了许多血，有点儿头晕，便伸手去拉霍峭之，借着他的力道才勉强站稳，低声道：“我们回去吧。”

“好。”霍峭之终于收起了乖张，沉声应了。

乔微刚刚碰过凉水，手上水迹未干，很冰。霍峭之将她的十指握在掌中，两人朝商场外走去。

他们相携的背影看起来恍若一对璧人，登对至极。席越却不知怎的，觉得呼吸像是被扼住一般难受，他下意识地跟上前几步，忽又被身后的女人唤住。

“席越！”

林可渝眸底有泪光闪过，心中的不忿几乎要将她整个人淹没了。她上有父母疼爱，下有追求者的追捧恭维，几乎从未受过这样的委屈，更不愿承认比起席越那个妹妹来，自己在他心目中居然无足轻重。

席越顿了顿，回头与她道："林小姐，抱歉了。今天你自己回去吧，我妹妹看上去不太舒服，我不放心。"

直到上了车，由于车内开足了暖气，乔微的身体才停止颤抖。不知是因为失血过多，还是因为刚刚情绪激动，她的头有些晕，还感到恶心，整个人难受得喘不过气来。

"我们去医院？"霍峭之问。

乔微半闭着眼睛点头默认。

车厢里，乔微的呼吸有些重，每一下都像是敲打在霍峭之心口上。

下次不会再把她盯丢了。他在心里暗暗发誓。

"霍峭之。"他刚刚启动车子，她忽地转过头来，睁开眼睛轻声唤他，"你是怎么找到我的？"

人山人海的，中心广场和商场之间有些距离，他不可能来得这么快。乔微的双眸在车灯光晕的映照下，干净澄澈得像是泸沽湖的水，专注看着一个人的时候，让人心脏几乎要停止跳动。

他没出声，乔微又接着道："上次也是，你一下飞机就找到了我在哪家餐厅。"

霍峭之移开视线，支支吾吾半晌才道："我赔给你的手机里开了定位。"

"你不喜欢可以关掉。"霍峭之难得有做错事被发现的窘态，说，"我就是担心，你上回救了我，会被人盯上。知道你的位置，我才安心一点。"

他偷偷瞥了乔微一眼，看她没有生气的样子，也没把手机拿出来，心里才松了一口气，又想起来之前要解释的事。

"我回 B 市……不是去相亲的。"

乔微摇头，她想说你不用跟我解释这些，可瞧着霍峭之小心翼翼的模样，又不想开口了。在这个圈子里，她当然也很明白这个圈子的规则，再顽劣的那个人，也须得有自己的价值，履行家族的使命。

早上出院时，田恬才和乔微说年后见，没料到当晚两人便又在医院里碰了面。医生看乔微的脸色实在惨白，站稳也难，便建议她输血。只要停止化疗，癌细胞便有可能转移或扩散，而下一次化疗，又得等她完全恢复正常之后了，而且需再减少剂量。

田恬小心地将乔微的鼻腔清理干净，又在病房角落启动空气加湿器。

“刚刚楼下的小孩还上来找你呢，我告诉他你出院了，他又闷闷不乐地回去了。”

小生前段时间跟着母亲出院回了Y市，乔微还不知道什么时候他居然又住进来了。

乔微想了想，轻声道：“小生是第十四次化疗了吧。”

“应该是吧。”田恬叹了口气。

有时痛苦忍受久了，是会习惯的。像小生，在别的孩子还不懂事的年纪，他便已经知道不叫疼了。

小生长得可爱，楼上楼下的护士都喜欢逗逗他，这会儿看乔微的样子，田恬干脆说：“不然我去把他领上来玩会儿？他在下面也怪闷的……”

话音没落，霍峭之先不乐意了。他还在为上回那小孩抢了他史努比的事耿耿于怀，又怕小孩打扰到乔微休息，正想开口拒绝，便被乔微训了：“你怎么老跟个小孩计较。”

田恬听着便捂嘴笑起来，出门下楼去了。

席越跟着霍峭之的车一路进了医院的停车场，抬头才发现，眼前的大楼是肿瘤科住院部。他怀疑自己跟错车了，可往前走了几步，瞧见门口停着的车，知那确实是霍峭之的车不假。

他车停的地方，怎么会是肿瘤科呢？

第二章 // 你老实一点

01

已经接近深夜，住院部窗口依然有等待的家属，大厅灯火通明，等候的长椅上，人们的神情沉重又麻木。

席越不是一个盲目乐观的人，就刚才的情况看，需要住进肿瘤科的，明显不是霍峭之。

他在大厅四下环视一番，捏紧了掌心的手套，茫然不知该去哪儿。看着眼前的情况，他又想起乔微疼痛皱眉的样子，一种无名的恐惧隐隐缠绕上心头。

“这药医保不报销，反正没多大效果，还不如停了呢，非要等到倾家荡产你才心甘情愿啊？”

“你闭嘴！躺在床上的人不是你爸，你当然不急……”

“急能当饭吃吗？你数数你儿子还有多少要用钱的地方……”

不知站了多久，席越只听到语速极快的女声操着 G 市方言与丈夫争辩，人群汹涌而来，他昏昏沉沉地被人挤着进了电梯。

电梯一层层停下，刚刚还很拥挤的空间很快又变得冷清，有护士牵着小孩走进来。见席越没按楼层按键，护士愣了一下，问他：“你到几楼？”

见他没应答，田恬干脆直接按下十九楼。

“护士姐姐，你之前不是说微微姐姐回去过年了吗，她怎么又回来了？”小孩把口罩揪下来，他在病房里待了一整天，这会儿被妈妈批准出来玩，脸上掩不住兴奋之情。

她低头帮小孩把口罩戴好，说：“姐姐不小心流鼻血了，回来打针呢，小生以后出院也要小心，流血的话就又得回来扎针了哦。”

席越听到“微微”两个字，缓缓抬头。

田恬只觉得这人好奇怪，看着高大英俊，怎么就会傻傻地盯着人看？待电梯到了十九楼，她迫不及待地牵着小生出电梯，那人却紧跟上来。

转过几个拐角，那人仍跟在他们身后。

这人该不会是个变态吧？

“护士姐姐，我追不上你了。”

田恬干脆将小生抱起来，继续走，谁知小生趴在她肩头朝后望，冷不丁来了一句：“叔叔，你是跟踪狂魔吗？”

男人终于顿住脚步，嗓音很沙哑地问：“微微，她在哪儿？”

席越进门时，乔微背对着门口坐床上低头玩游戏，霍峭之坐在低处，捧着下巴看她玩，偶尔教她该往哪儿跑位。

小生才落地便欢呼一声，朝乔微的病床跑过来。乔微笑着回头，嘴角的弧度渐渐僵住。

她万万没料到，除了小生，田恬居然还把席越也带来了。他能这么快找到这儿，很明显是刚才跟车过来的。

“微微。”席越的声音像许久没有说过话一般，又沉又低。

乔微知道，可能就在来的路上，他已经将自己的病情打听清楚了。

霍峭之的眉头跳了两下，他刚才的火气还没完全下去，这会儿又要升起来了。

他站起来冷声问道："你来做什么？"

这是三角恋现场？劈腿的渣男又回来找前女友？田恬拉着小生悄悄往后退了两步，有些傻眼。她领路过来原是好意，没想到办了坏事。

"你们别动手。"眼看两人又要重新扭打在一起，乔微把 iPad 放到一边，开口制止。她身体虚弱，说话有气无力，讲大声些很不容易。

怕乔微再费神，霍峤之终于不情不愿地收回拳头，眼神却半点不肯让步。她扶着床坐直，身上已经新换了医院的病服，被褥下的身形单薄，唇色惨白。

这一瞬间，席越终于想通乔微为什么忽然从家里搬出来了，甚至在将要毕业时从 G 大出来，转学音乐，做出在所有人眼中看来近乎疯狂的事。

她生了这么重的病，却不肯告诉家里的任何人，因为她打一开始便没有对他们抱过期待。席越像是残忍地撕开了一直以来他不愿深想的事实，这事实又像是尖锐的匕首直直扎进他的心脏里来回搅动。

胃癌。

席越从来没有一刻如现在这般责怪过自己，为什么竟粗心到这个地步，为什么要疏于对乔微的照顾？他不敢想象，在他不知道的时候，乔微独自承受了多少痛苦！

"什么时候发现的？"席越努力放轻声音，僵直的身体一步步靠近床榻，蹲下来，小心翼翼地去触乔微的手。

"学校毕业体检时候。"乔微想了想，又道，"席越，你别跟我妈说。"

"好。"他不知用了多少力气才忍住将要溢出口的酸楚，说道，"我答应你。"

乔微刚来席家的时候，身高只到席越的胸膛处，黑头发，大眼睛，像个洋娃娃。当天晚餐，父亲听说她是音乐附中的，便打趣说以后想听她拉琴。那时乔微的泪水当即溢出来，她擦掉眼泪，扔下碗筷上楼去了。席越后来才知道，那天搬家之前，乔母把她父亲留给她的琴砸了，而且不肯让她继续学琴。

乔母说乔微没规矩，处处纠正她、克制她，她再也没做过那样失礼的事。

偏头、咬唇……她渐渐收敛起所有调皮的小动作，人越来越沉静，也和他越来越像了。可席越十分怀念她初来时站在屋檐下冲他瞪眼的模样，至少那时候的她是赤裸裸地宣告了自己的喜恶。

他喜欢乔微放学后在车上等他，唤他哥哥；喜欢她在台灯下埋头学习，皱眉、咬笔头，做不出题时会回头问他。

席越不知道自己为什么会这样清晰地记得所有关于乔微的记忆，回首过去，他的青春里似乎只有她是彩色的，柔嫩娇艳。

乔微以为他讨厌她，可她一定不知道，他关注她，远比她肯与他说话的时候更早。早在那年夏天，庭院里的栏栅里长出一株野蔷薇，园丁要动手铲除之前。

小年当天，十九楼的护士站八卦的内容里多了一项谈资——乔微的前男友疑似回来了，两个大帅哥在病房里相看两厌，一出门就搞肢体碰撞，奇怪的是，回到房间里又一团和气。

“我还是喜欢原来那个温柔深情型的……”

“走开，真的温柔深情还能是前男友吗？”

“唉……”有人叹气，“我要是有这么帅、还多金的两个男人为我争风吃醋，还当什么护士？”

“去你的，让你患癌症，你愿意吗？”

那护士拿着采血管沉吟半晌，讪讪地笑了笑：“那还是算了吧。”

病人有多痛苦，她们这些肿瘤科的护士比谁都清楚。

小年夜，席父在家中宴请宾客。乔微可以躲开，席越却不能不去。继霍氏的负责人被拘之后，环海的项目也总出岔子，处处不顺。做生意的人最忌讳差错不断，年关将近，席父才想着借此机会疏通关系。林家也在邀请之列。

座位是早就排好的，席越匆匆自医院赶回来，系好领带进入大厅时，才发现身侧坐的是林可渝。好在她冷着一张脸，看上去并没有与他说话的打算。

席越这才拉开椅子坐下来。

席间，桌上的长辈们又打趣起席越与林可渝的婚事，他松了松领带，抬起头来，嘴角勾出一点笑意。

“众位叔叔阿姨说笑了，我和可渝就是普通朋友。”

这是没看上的意思？几人面面相觑。

林可渝长得漂亮，还是个学音乐的，唯一的哥哥不成器跑去当了大学老师，谁要是娶了她，那林家的家产还不是唾手可得了。她除了脾气骄纵些，他们实在想不通席越对这个对象哪点不满意。圈子里的女孩儿不都这样吗？

不待众人多想，席越已经举杯站起来：“我敬各位长辈一杯……”

话音没落下，林可渝霍地起身，嘴唇勉强动了一下，说：“我身体不太舒服，失陪了。”

深夜宴毕，席越陪同父亲出门送客时，手腕被人拉住拽到一边暗处，来人“啪”地给了他一巴掌。

“席越，你耍我是不是？”

林可渝怒气冲冲，刚才的羞辱已经使她愤怒到了极点。昨夜满广场都是人，席越走后，她的鞋跟几乎都走断了，才从只允许步行的中心广场绕到马路上来，又站在冷风中干等了一个多小时，才等来了家里的车。

她发誓，她一生中都没有受过这样的怠慢。乔微只不过是流了个鼻血，又不是病危马上要死，他就这样不把她当一回事？！

“对不起。”

林可渝刚觉得心中怒气微平，席越缓缓偏回头，从她掌心抽回自己的手。

“耽误了你这段时间，我会和林伯父、林伯母说清楚的。”言罢，他转身就走。

林可渝胸腔中的怒火腾地燃烧起来，攥紧拳头冲着他的背影喊道：“你就是喜欢你那个便宜妹妹，是不是？”

席越没动，身体僵住半晌才应她：“是。”

“你跟从前的女朋友分手也是因为她，是不是？”她踩着高跟鞋疾步走到席越跟前，与他对视。

这一次，席越迟疑了很久，才启口说道："也许吧。"

林可渝只觉得一颗心越来越往下沉，道："好啊，你喜欢你妹妹，你喜欢她，可你把我当什么了？"

"是我没想明白，对不起！"席越再次道歉，大步越过她朝前走去。

"她是霍峤之的女朋友，她不喜欢你，你们永远不可能有结果！"

这次席越没有停，反而越走越快。

"你会后悔的！"

林可渝声嘶力竭地喊完，却不明白为什么会有冰凉的水珠自眼角掉落。这和她最开始想的不一样，她明明只想找个为人称道的丈夫替她们林家打理家业的。

这个看似温文尔雅的男人，实际上比任何人都更冷漠无情，可她偏偏不受控地喜欢上了他。

一个人掩藏久了，有时甚至会连自己也看不清自己。此刻，席越就像是拨开云雾，终于窥探到自己的内心一般，他觉得自己终于踩在了实地上，从前的种种不受控也都有了缘由。

他喜欢乔微，比任何人都早。

送完所有客人，席越转身折返，忽地在厅外的阳台上隐隐听到乔母的声音传来。

她大概在打电话，语气严厉，不知与谁争吵。慢下脚步，他便听清了"上林路""梁嫂"这样的字眼。席越心中立刻明了，她这通电话是打给乔微的。

02

母亲铁了心要把外公送到疗养院去，如果不是梁妈打电话过来，乔微这会儿还被蒙在鼓里。

"那边有私人医生和更专业的护工照顾他的身体，你不用再多说了……"

“完全陌生的环境只会让他受到刺激，状态越来越差，外公需要的不是更优越的条件，是温情，你为什么就不明白？”

“你是指那个女佣吗？”乔母嘴角冷冷一勾。

乔微愣住，头疼地抚上额头，她果然还是知道了。

“她已经被我解雇了。”

梁妈照顾了外公十几年，乔微简直无法形容这一刻的惊愕：“为什么？”

“她太逾矩了，除了贪图利益，还有什么能解释她对一个吃喝拉撒都要人照顾、话都说不清楚的老人这么上心。”

“他也是你父亲！”

“正因为我清楚这一点，才不能容忍他身边留着别有用心的人。”

指望乔母这样的人理解什么是温情，简直难如登天。

“我终于明白父亲当年为什么要离开你了。”乔微最终挫败地摇头，她压住快要失控的声音，一字一句道，“你心中有权衡、有算计，唯独没有感情。”

“人我会自己请回来，不管怎么样，我不会让你拆了上林路。”

那声音狠厉又决绝，乔母把手机从耳边移开时，才发现手机显示屏已经暗下来了。

不远处，她的继子驻足不前。

“席越，你不去帮你父亲送客人，在这儿做什么？”

“人已经走光了。”席越遥遥走过来，站在距她两三步远的地方。

“我第一次觉得微微从家里搬出去没有错。”席越开口道。

记忆中，这个继子是头一次这样认真地站在她面前与她对视。

“如果你继续把世上所有的感情当作筹码去计量，你会后悔的。”

他说完便走。

连席越都可以来嘲笑她这个母亲做得多么失败了吗？

热闹过后，大厅里依旧灯火通明，只剩用人们在收拾打扫。她握紧手机站直了身子，看着阳台落地窗里映出的自己，僵硬地动了动嘴角，不过瞬间便自然而然地笑起来。

这么多年过去了，无论何时何地，无论她心中想的是什么，笑容已经成了一副面具。她只有乔微一个女儿，她所做的都只是为了乔微，但乔微似乎从不理解她的苦心。

乔微放完狠话，第二天换衣服出院，将自己打理好，到定居G市的那位建筑大师门上拜访。

只要他出面，上头肯定要重新考虑上林路拆迁的事。谁知她第一次上门便扑了个空，用人告诉她，先生出门访友十来天了，具体去了哪里、去几日、联系方式等却是半点也不知道。

乔微焦躁地将写着地址的纸条揉成一团，扔进路边的垃圾箱。

想来也是，贸然上门，哪有那么容易见到人家的？好不容易从医院里出来一趟，天冷得要命，乔微的指尖僵硬得连手机屏幕也点不动了。

好在刚出小区不久，霍峭之的车便停在跟前。

“到底是多重要的事情，叫你这么冷的天还跑出来。”霍峭之有点不高兴，他一大早带了早餐，到医院却不见乔微的踪影。

乔微便跟他说了环海要拆上林路的事：“我外公在那儿住了一辈子，要他搬走，几乎等于要他的命。”

他听了一会儿，偏头往后面的小区瞧了一眼，忽地敲着方向盘问道：“你要找的那位建筑师叫什么名字？”

乔微答了他，霍峭之便打了方向盘靠边停下来，抿唇笑起来：“这还不简单，手机给我。”

乔微惊愕地瞧着他用手机按下一连串的号码，然后递到她耳边：“喏，有什么话就和他说吧。”

席越辗转几番才打听来的住址，不想在霍峭之这儿，连电话号码也得来全不费工夫。

“你怎么会有电话号码？”乔微惊愕得睁大眼睛。

“他和我奶奶是老朋友了，你又不早点和我说。”霍峭之讲到这儿有些愤愤不平，还有点委屈，“宁愿去找席越，也不先来问我。”

谁知道你连这人都认识？

那边响着铃声，乔微把手机捧在手里又紧张起来：“你突然打过去，我还没想好怎么说……”

霍峭之趁机伸手，把她的手握在掌心里：“怕什么，不是有我吗？”

乔微的手摸起来虽然有些凉，不过他体热，不怕。他刚刚把眼睛闭起来感受，被她重重地拍了一下，又不甘心地缩回来。

电话在漫长的嘟声之后终于通了，乔微首先表明身份，说了来意，把之前准备好的一番话重新组织措辞，最后小心翼翼地请求对方给个机会上门详谈。

那边上了年纪的声音沉默许久，乔微的一颗心忐忑得落不到实处，许久后才听对方道：“小姑娘，你怎么会知道我的私人电话？”

“是霍峭之告诉我的。”乔微迟疑片刻，很快坦白。

“那你下次来的时候把峭之一块儿带来吧，我也很久没见他了。”

不敢相信幸福来得这样突然，乔微咬住下唇才抑制住兴奋的情绪。和建筑师约好时间，直到那边将电话挂了，她才把手机从耳边拿下来。

“谢谢你，霍峭之。”乔微的眼睛发亮，闪烁着熠熠的光泽。这几乎是她这段时间以来听到的最好的消息了。

“只是谢谢，没有奖励吗？”

他这个人的性子吊儿郎当，最喜欢讨价还价，乔微不等他自己要求，先提出来：“我请你吃饭？”

霍峭之没有立刻答应，手搭在方向盘上，想了一会儿，抬起手腕看表，说道：“现在是十点整，把你接下来的一整天时间交给我，我们去玩吧。”

他漆黑的眼睛里闪烁着兴奋的光芒，像个小孩子。乔微在医院里闷了很长时间，她几乎没怎么想便答应了。

霍峭之刚要发动车子，他的电话又响了。

霍峭之看了一眼屏幕，掐断了电话，没过两秒钟，电话又响起来了。

“怎么不接？”乔微有些奇怪。

霍峭之原本打算关机的手顿住，说道："等我两分钟，马上就好。"

他说罢便下车了。

跑车的隔音系统极好，乔微只能看见霍峭之的唇瓣开开合合，精致的眉眼中满是不耐烦，漆黑的眸子也没了刚才的光泽，表情烦躁。

"她来G市关我屁事！"霍峭之的手插在裤兜里，神色冷漠，"我不接，这种献殷勤的事应该更适合霍仲英，你让他去。"

"霍峭之！"霍父冷声呵斥他，"别以为我不知道你待在G市做什么，你在外边怎么玩我都可以不管，但娶回来的媳妇必须得我点头答应。"

"管不管得了，你试试不就得了。"他语毕便挂断电话。

是他上回拒绝得还不够清楚？那个女人非但没离他远些，反倒来了G市，不管什么理由，还真是让人不胜其烦。

霍峭之深吸两口气，平息了怒气才回到车上。

霍峭之带乔微去的地方是马场，这是她第二次来这儿了。

这天难得没刮风，乔微上回来时没有心情好好观察，这会儿倒是觉得马场上风景开阔，草坪打理得很好，道路平坦，空气清新。

霍峭之的马又高又大，被洗刷得很干净，两只大眼睛上的长睫毛扑扇着，倒似通人性一般。乔微轻轻摸了两下它的头，那马儿也好奇地打量她。

"看来它喜欢你，一般人碰它，它会甩开的。"

"它叫什么名字？"乔微来了兴致。

它是没有名字的，可在开口前电光石火的一瞬间，霍峭之忽然改了主意，想给它一个名字。

就算生老病死已经由天定下，那就应该马虎地活着吗？

不是的。

"它叫元旦。"

以此纪念他和乔微的第一个跨年演出，也等待着将来的每一个元旦。

"元旦……"乔微把这个名字在舌尖过了一遍，觉得格外喜欢。

纯种小白马体格高大，四肢强健，俊美和速度兼备，它周岁那年，霍峤之把它从拍卖会上带了回来。懵懂的它此刻还不知道自己已经被取了名，今后的赛场上也都将顶着这个不威风的名字去征战。元旦兴奋地嘶鸣了一声，又把脑袋往乔微掌心拱了拱。

难得乔微今天精神好，适量的运动有利于她恢复健康，霍峤之扬起嘴角来问她："要骑着元旦跑两圈吗？我控着马，不会让它跑得很快。"

霍峤之假装淡定地问，其实心里已经疯狂叫嚣起来：不要拒绝！快答应！他大概有"肌肤饥渴症"，不知餍足，总想碰碰她，原本是不抱希望的，没料到这一次乔微居然点头了。

乔微十来岁时是学过骑马的，她身子轻巧，霍峤之伸手来扶她时，她已经踩了马镫，翻身上去了。

哎，怎么和他想象中不一样？他瞧着乔微轻拍马腹，小碎步跑出去，傻了眼。

这马平时不是傲娇得很吗？见谁都是屁股一甩，打个不屑又响亮的响鼻。

乔微穿了身新骑装，戴了白手套和头盔，英姿飒爽，微冷的风迎面吹来，她竟不觉得冷。

她回头瞧了一眼，差点没笑出声，难得能见到霍峤之吃瘪的样子。她看够了，也不逗他了，掉头又驾着马回来。

"你不是要上来吗？"她偏头微笑着问他，左手抓着缰绳，向他伸出了右手。

正是隆冬天气，接近中午时，太阳终于露脸了。阳光照在乔微身上，她的长发束成低马尾垂在身后，皮肤白皙，眼角眉梢都是柔和的笑意。清冷惯了的人，一旦流露出温暖的神情，简直让人疯狂。

霍峤之想快些递出手，身子却怎么也不受控。幸福来得太突然了，他仰头怔怔地望着她，只觉得心扑通扑通地加速跳，快得几乎要从胸膛里蹦出来。

乔微的协调和平衡能力都很好，霍峤之上马了，却还是由她控制着缰绳。他的鼻息间只能闻到她身上的馨香，随着马儿上下颠簸，她颈上雪白的肌肤几乎要晃花人眼睛，让人想要舔一口。

只是这念头太不绅士了，冒出来的一瞬间，便被霍峤之压了下去。他俯身朝前，贪婪地抱紧她的腰。

“你老实一点。”乔微提醒他。

“我不！”霍峤之摇头，完全没有一个骑手的尊严，理直气壮地道，“我害怕掉下去。”

03

霍峤之的手搂在她平坦的小腹上，猎猎的风声从耳畔刮过，凛冽的寒意被男人宽阔的臂膀隔绝在外。隔着骑装，乔微也能感受到周身绵延而持续的温度。

马儿越跑越快，他顺势接过缰绳，乔微失去控制权，索性闭上眼睛，感受扑面而来的清新湿润的空气。她能感觉自己脸上很冰，或许鼻尖已经发红，可是这样纵情驰骋的快意实在让人觉得自由。

“微微。”霍峤之忽然出声轻唤她。

乔微下意识地回头，谁知就是这一秒，马儿飞驰而起，朝那障碍栏跨去，失重的感觉自四肢袭来。

“闭眼。”霍峤之出声提醒，抓紧缰绳俯身，将乔微紧紧环在怀中，微硬的鼻梁撞上她的鼻尖，下一秒，温润柔软的唇瓣与她的唇贴合。

乔微猛地睁开眼睛。

此刻，霍峤之精致的眉眼近在咫尺，漆黑专注的眸中只剩下她一个人的身影，仿佛他的世界里只有她一般。

乔微的心脏跳得飞快。她甚至不清楚这是因为马腾空跃起自己被吓到了，还是她本来便那么紧张。那唇间柔软的触感，像是在平静的湖面投下了一粒石子，涟漪一层一层荡漾开来。

乔微不喜欢这样不受控的感觉，甚至想抬手按住自己的心，想让它别跳这么快，可她最终只仓促地别过脸去，坐正。

“微微，我……”霍峤之开口才发现他的声音好似许久没喝水一般干哑，他极力抓紧缰绳才抑制住自己的冲动。

他一用力，元旦便也缓缓停下来。没有马蹄高抬起再落地的声音，也没有呼啸的风声，耳边只剩下彼此的喘息声，一粗一细，暧昧气息就在呼吸中蔓延开来。

元旦刚刚活动开便被缰绳勒住慢步走，走出一小段便不耐烦地乱踏地面，扬起尘土。他们其实已经跑出挺远了，乔微努力让自己平静，接过他的话说："我们回去吧。"

霍峤之一回来便去了更衣室，乔微换完衣服许久也不见他。陪她说话的经理被人唤走，她干脆捧着一杯热水低头在大厅坐下来。

杯子里冒着氤氲的热气，乔微冰冷僵硬的手终于能感受到一点热度，万千思绪爬上她的心头。

乔微知道刚刚自己对霍峤之的亲吻没有反感，甚至是默许的，她清楚极了——她在纵容别人，也在纵容自己。

她不敢去回想刚才的情景，也不敢深究自己内心的那点异样因何而起，因为人总是趋利避害的，她只要一想到未来，便总有恐慌漫上心头来。

她是有些后悔的。

乔微没有爱过一个人，不知道爱该是什么样子，或许年少时对别人曾有过朦胧的崇拜与好感，可那些都是虚无缥缈的连她自己都没抓住过的东西。

倘若真的有，那爱就应该是克制和隐忍，不给对方带来麻烦和伤害。乔微端起杯子一饮而尽，杯壁上的余温很快冷却。服务生还没有回来，她干脆又站起身走到大厅尽头的茶水间。

水接到一半，乔微忽地听身后有女声问她："能麻烦您给我一杯热水吗？"

乔微站在刚刚服务生的位置，她大抵把乔微当作在这儿工作的人。乔微待到自己的水接完，乔微偏头瞧了她一眼，才从柜子里拿了个新杯子，顺手也帮她倒了一杯。

直到对方把水摆在自己跟前，林欣澜才发觉自己好似认错了人，眼前的女人虽然衣着款式简单，但举手投足显然是受过极好的教育的，并不像一个服务生。

她皮肤素白，看上去孱弱，但是极漂亮，下巴微尖，唇瓣白得只有一抹淡粉，是让人移不开眼睛的那一种美。

“抱歉。”林欣澜很快回神，把水杯端起来，为自己的失礼道歉。

对方颔首，显然并不把这样的事情放在心上。女人端了自己的杯子从柜台后绕出来，很快走出门去，林欣澜这才发现这个女人的背影很瘦。

她身上的大衣衣袂微扬，像是摇在人心坎上。直到有人走到自己跟前挡住视野，林欣澜才收回目光。

“霍大哥。”她扬起嘴角，微微笑了笑，唤了来人一声，“霍少被什么事绊住了吗？怎么来了半天也不见他？”

“别担心。”男人微笑着推了推鼻梁上的眼镜，说道，“我已经和他通过电话了，你刚下飞机，先休息一会儿。”

“不必的，我不累。”

“我带你转转。”霍仲英目光落到她手上，说道，“这些事叫服务生做就好了。”

他五官长得不错，斯文气十足，极有风度地虚揽着林欣澜，将她带往休息室。她也微笑着，不着痕迹地避开那只手，直到走到他看不见的地方，脸上才露出两分嫌恶。

她来G市前，于阿姨告诉她霍峤之会前往接机，到时候一块儿吃个饭，谁料等飞机落了地，瞧见的却是霍仲英。

这个圈子里的人消息极灵通，她当然不会蠢到相信新闻上那些辟谣和起诉的申明。要不是顾及两家的面子，像霍仲英这样的淫魔，与他说话她都嫌脏了自己的嘴巴。

乔微喝完第二杯水，霍峤之终于出来了，只是这一次，他平静的面容下藏了几分微不可察的愠怒。

他在刻意掩饰自己的情绪，不想让她发现，可她偏偏察觉到了。她心中奇怪，一会儿的工夫他怎么就生了气。

“微微，我叫人先送你回去，我下午就来医院。”

“发生什么事了？”乔微站起来看他。

今早才说过要玩一整天，此刻霍峤之的言语间却带了几分着急，隐约是想要快些将她送走的意思。

“算了。”他出口的瞬间又改了主意，疾步迈到她跟前，帮她裹上围巾，握住她的手，“我先把你送回去，剩下的半天先存档，我们改天再出去……”

“这还能存档？”乔微哭笑不得。

“当然。”怕乔微耍赖，他眼珠子转了转，紧紧地抓住了她的手。

她没从他口中问出他反常的原因，不过很快她便知道是怎么回事。

霍峤之拉着她穿过回廊和大厅，下楼的时候碰见了一男一女。男的是霍仲英，女的是乔微刚刚在茶水间碰到过的女人，对方瞧见两人紧握的手，神情明显有些惊愕。

“峤之，林小姐好不容易来G市做客，你这是……”男人的视线在几人中间来回看，面上露出几分难色。

霍峤之心里一震，首先偏头去看乔微的神色。上次她就知道了相亲的事，这次他想先让她回去，就是怕她见到林欣澜，他解释不清楚。他的感情好不容易才有了一点进展，绝不允许被任何意外破坏。

此刻霍仲英眉宇间有几分嘚瑟，显然在看好戏。不用猜都知道，他带着人四处乱转就是为了撞见霍峤之。

乔微没搞清楚状况，还是对面的女人先冲她笑了一下：“又见面了。”

“你们见过？”霍仲英插话。

“嗯，刚刚在茶水间。”女人一边答道，一边伸出手，“我是林欣澜。”

“乔微。”

略微迟疑，乔微便要抽出右手与对方交握，谁知霍峤之却握着她的手不肯放。对方伸出来的是右手，她当然不可能伸左手去与人交握。

“霍峭之——”

这样显然很没有礼貌，乔微只能压低声音唤他放开，谁料他固执地越发握紧了，紧得她不能动弹。林欣澜垂眸收回手，神情瞧不出喜怒，视线落在两人交缠的十指上，又想起来他那天的话。

他说他有喜欢的人，看来所言非虚。

霍家不可能不知道，可既然依旧安排了两个人相亲，说明霍叔叔对他选择的这个对象并不满意。很显然，霍家不是什么人都能进的。

这么想着，她的嘴角又勉强弯起来一些，出言道：“久闻你的马场的大名，霍少，不尽尽地主之谊，带我四处转转吗？”

西亭马场历史悠久，场地开阔，每年常有赛事举行，是马术爱好者心中的圣地。

林欣澜的话已经说到这一步，但很显然，霍峭之是个不识风情而且极没有风度的男人。他抬起和乔微交握的手，在她跟前晃了晃：“我得送我女朋友回去了，不好意思，方经理会招待你们。”

霍峭之直接招手唤来了马场经理，又走到一边，低声与那经理交代了什么。

霍峭之越放飞自己，霍仲英越高兴，他巴不得这个好弟弟赶紧把婚事搞砸了。他面上低声安抚着林欣澜，眼睛却若有若无地打量乔微。

还别说，他这个弟弟确实是个会玩的。

即使裹着厚重的外套，但还是藏不住乔微那不盈一握的腰肢。再加上女孩那秋波眉、湖水一般清澈的眼睛，虽然看上去病恹恹的，但有一种病态的美感，越发使人生出爱怜之情。

他玩过的女人不少了，想也知道，若是能将那样的美人压在身下，看她梨花带雨地喘息，该有多爽。

他不知道，此刻霍峭之恶狠狠地对经理叮嘱的是：“告诉前厅，以后霍仲英再来这儿，直接叫保安把他扔出去。”

霍峭之叮嘱完便没有说更多的话，漫不经心地与人颔首，算是道过别，拉着乔微直接下了楼。

他怕人冷，出门前还帮那女人整理围巾，眼角眉梢全是温柔的模样，与林欣澜见过的、听过的仿佛不是同一个人。

一对璧人的背影渐远。

到了这一刻，林欣澜哪里还不明了，于阿姨说霍崤之来接机，怕是自始至终都是诓她的，当事人根本没同意。只是她没想到他这样放荡不羁的性格，喜欢的居然是乔微这种娇柔且小鸟依人的类型。

林欣澜心中有几分说不上来的憋闷，不过在这个世界上，不论是哪个女人发现自己的魅力全然被人免疫，怕是都舒服不起来。她向来对自己的容貌很有自信，即使在留学时，也从来不缺追求者，不想却在霍崤之这儿碰了个硬钉子。

思及此，她忽地忆起乔微那双柔和的眼睛。也对，温柔乡，这世上大抵不管什么男人怕是都逃不开吧。

04

离开那两人的视线之后，乔微将自己的手挣脱出来，直到上了车，霍崤之还一直在忐忑不安地偷看她。

在微暗的车库里待了半晌，霍崤之静静地坐在驾驶座上，没有启动车子，乔微问他："怎么不开车？"

"你没什么要问我的吗？"

其实不必问，乔微稍微一想就知道刚刚碰见的那个女人和霍崤之是什么关系。她大抵就是徐西卜口中"二哥回 B 市那几天的相亲对象"。那个女人年纪应该与他相当，漂亮娇艳，家世好，看得出来是霍家费心挑选的。

乔微沉默半晌，轻声道："送我去乐队吧。"

乐队距离马场更近些，方便霍崤之快点回马场。季圆他们也都在乐队，第二次化疗之后，乔微很长时间没跟大家一块儿练习了。

霍崤之偏不动，他又重复一遍："你没什么要问我的吗？"

他的侧脸在半明半暗中让人看不清神色，唇紧绷成一线，修长的手指抓紧了方向盘。

乔微叹了一口气，无奈地问出来：“刚刚那个人是你的朋友吗？”

“不是，上次回B市，是我第一次见她。”他显然因为乔微的敷衍十分不悦。

言罢，他又硬邦邦地补充一句：“我不喜欢她。”

乔微当然明白，她垂眸，抓在安全带上的指尖动了动。霍峭之在她认识的所有人中算是最特别的，他从不被世上的条条框框束缚，看似吊儿郎当、桀骜难驯，可实际上他才是最率性的人，爱憎分明，难得拥有一颗赤子之心。

他值得一个更好的人来爱。

直到车子在酒吧的地下停车场停下来，霍峭之没再说过话。只是乔微还是能从他的眼神中察觉，他的心情并没有因为刚刚的解释而变好。

乔微打开车门，道：“你回去吧，我就在这儿下了。”

霍峭之没有听她的话，也跟着下了车。车门摔得有些狠，闷响一声，在安静的地下停车场格外刺耳。

“不回去了。”他锁上车门，大步迈开跟上乔微的步子。

“别闹了，你怎么跟个小孩似的，一会儿一个主意。”乔微折身叹气，“你不是还有客人吗？”

“我说过，我不喜欢她。”

“你其实不用跟我解释这些的。”

他深色的眸子盯着她，期待从她那眼睛里看出他想要的东西来，可是没有，一点也没有。那眸底恰似深潭，情绪扔进去便不见了踪影，滴水不漏。不该是这样的，今早他明明还感觉到了她的波动，可就在此刻，她又将给予他的那些东西原封不动地收了回去。

这种感觉让他无法喘息，暴躁又无力。眼见乔微又要进电梯，他烦闷地伸手抓了一把头发，快步上前抓住她的手腕，将人拉了回来。

上一次，乔微就是在这个地方救了他的命。她打人后拿着琴盒颤抖的小臂，让他至今不敢忘。

她不可能全然不在乎他的，否则以她的性格，一定是先报警，再上去叫保安更稳妥。

“你喜欢我吗？”他的喘息有些粗重。

乔微猝不及防地被他按到墙上，冰凉的墙面隔着外套紧贴背部，她的双手被他钳住，一抬头，看见他那眼神炙热得几乎要将人灼伤。

不。

这个字含在舌尖，她却怎么都难以脱口而出。

乔微移开眼睛，缓缓摇头。

“你撒谎。”霍峭之俯身便吻在她垂下的眼睛上。

凉凉的一下，却像是触电般烧起来。

“你还要我吻你吗？”

“不要。”乔微的声音有些哑，她试图伸手推开他。

“那你就是喜欢我。”霍峭之顺势把她伸过来的手拉进怀里，环在自己的身后，抱紧了她。

霍峭之的鼻尖贴近乔微的发丝，贪婪地嗅着她的味道，抚摸她的头发，攥紧她腰后的衣服。

“你是我的，我也是你的，不是别人的。”

极力压制住喷涌的情绪，他的声音沉极了，一字一句顺着她的耳郭往里爬。

“我求你，在乎我一点，再多在乎我一点。”

霍峭之语气认真恳切，甚至似是哀求，卑微的话从他这样散漫傲气的人嘴里说出来，杀伤力更是到了极致。

乔微望着那双眸子，大脑一片混沌，心也跳得飞快，耳边只剩他的声音与自己急促的呼吸声。

乔微明白，此刻应该干脆果决地斩断这情丝，可她贪恋这一刻，心像是太阳底下的巧克力，慢慢地变得柔软，直至融化。

她准备的那些未出口的话，无论怎么说对人都是一种伤害。

乔微怔了许久，才艰难地开口应他：“你让我……想一想。”

乐队又接到了新的演出邀请，乔微每日准点抵达，泡在酒吧里和大家一起磨合新曲子。

大抵是第一次见面结下的仇怨，霍峭之和凌霖两人总互相看不顺眼。霍峭之这好战分子不必说，这边还对乔微笑着，转头面对鼓手便没了好脸色。

作为音大的风云人物，凌霖虽然脾气好，但也不是没脾气。圈内有句话叫作“不想当主唱的鼓手不是好吉他手”。他虽然学的是打击乐器，可也是学弦乐器出身的，况且他嗓音条件也不错。对霍峭之这个恃才傲物的家伙，他有几分不服气。

有时曲子演奏到一半，节奏快了或慢了，两人当场便能扔开乐器争起来。乔微头大得不行，每次只能和季圆上前把两人拉开，然后劝几句，过一会儿又接着来。

这样的生活虽然喧嚣吵闹，却比待在医院好了一百倍不止。至少在这个时候，乔微感觉自己是真实而自在的。

练琴的时光与在医院治病截然不同，每一天都过得飞快。等乔微回过神来，大街小巷的商店、超市都已经张灯结彩，做好了过年的准备。

日子临近除夕，乔微这天回家，忽地接到了一通G市文化博物馆的电话，对方由朱教授牵线找到了她。他们想举办一场她父亲的作品展览活动，重新解读这位曾经横空出世的天才小提琴家与作曲家。

市文化博物馆虽然珍藏了黎沉逸的一部分音乐作品手稿，又拜访了他从前的友人、同事，但凑集的东西还是不足以举办作品展，需要乔微提供他用过的东西，比如老照片和手稿之类的。

乔微猜测，对方大抵是奔着那把琴来的，可惜琴在乔母手中，连她也没办法拿到。她只能说了声“抱歉”，谁料对方虽然觉得惋惜，但并没有放弃举办作品展的想法。

挂掉电话当晚，乔微便从保险柜里将离开席家时拿的那个箱子拎出来，认真地整理了一遍。

除了大量的手写曲谱，还有些文稿、信件、日记。父亲确实给她留下了很多东西，可她不确定父亲到底愿不愿意将这些隐私的东西展览给世人看。

乔微拿着曲谱在地上坐了许久，直到小腿酸麻，才扶着保险柜站起来。回想起博物馆负责人的那通电话，她觉得有些奇怪，听他的口吻，仿佛父亲已经去世了，要开纪念展览一般。

乔微的思绪很快便被打断了，因为厨房里传来噼里啪啦一阵响声，她再继续想下去，厨房恐怕要被点燃了。

她匆匆把东西收起来，又放回箱子里。

天冷，乐队几人本来打算在外边聚餐吃火锅，但怕乔微吃了外面的东西胃难受，于是霍峭之这个十指不沾阳春水的公子哥儿便非要买菜回来自己做。

他能做什么呢？他连洗个菜都能把菜揉得七零八落。但霍少爷还偏不信这个邪，铆足了劲儿照着菜谱做清汤火锅，结果手背上又被炖高汤的高压锅烫起个大泡。

徐西卜不必说，和他二哥一个德行，季圆和凌霖是学音乐的，为了保护手，家里基本不让他们做家务活。

整个厨房乱成一片，乔微赶到时，只能叹了口气，卷起袖子收拾地上七零八落的锅碗瓢盆。

“微微！你快放着，我来，小心划了手。”季圆说什么都不肯让乔微这个病人插手。

“没事的。”

知道季圆是因为紧张自己，但乔微并不需要这样的过度保护。霍峭之大抵自知理亏，拿了双手套递给她，默不作声地跟在她身边帮她一起收拾。

“不然咱们还是出去吃吧？”季圆提议。

化疗的治疗效果随着时间的推移渐减，这个疗程结束，乔微胃口差了很长一段时间，现在好不容易有了想吃的东西。

“时间又太晚了……”

白忙活一场，几个人都有些讪讪的，最后还是角落里的袁律书开口：“我来试试吧。”

“袁律书，你会做火锅怎么不早说？”徐西卜气冲冲地从背后拍他，“偷懒！看我们瞎忙活半天，你是不是觉得特好笑。”

这话说得不公平，袁律书分到了任务，刚刚一直在旁边择菜。

袁律书摇头："我没做过火锅，不过在老家的时候都是我做饭。"

说着他便打开火，把锅架起来，看起来有模有样。

总算没掉链子，霍峤之长舒一口气，悄悄擦汗。

霍峤之一直觉得自己天赋异禀，学什么都不在话下。问厨师要菜谱的时候，扫一眼还觉得太没挑战性了，谁知世界上居然还有厨房这种让人手忙脚乱的地方，他现在后悔没直接把厨师带来了。

乔微将厨房地面打扫干净才站起来，临出门，低头瞥了他一眼，低声道："跟我来。"

发现乔微走向自己的卧室，霍峤之越走越觉得心跳加速，激动得难以自持。马上就能见到她的闺房了？今天果然没来错，她可不就是被感动了嘛！

乔微的卧室比起琴房来要小一些，简单干净。她在床头柜前蹲下来，翻找着什么。屋子里只开了一盏床头灯。柔和的灯光下，居家服勾勒出乔微的曲线，长发柔顺地垂到一边，搭在肩头，显得那细白的脖颈更细，耳垂嫩得像块玉豆腐。

门虽半掩着，但公寓是音大的学区房，隔音极好，将所有人的声音挡在外头。霍峤之悄悄背手，推了一把身后的门。

锁扣轻弹的声音让乔微回头看了一眼，霍峤之抬手摸了一把鼻子。好在她并没有在意，低头又翻找起来。

"微微，我——"

"奇怪，我明明记得有烫伤药的……"乔微抬手把垂下来的头发别在耳后，喃喃道。

霍峤之瞧着那张浅色的柔软的大床，又瞧了瞧自己手上的水泡，喉咙咽了咽口水，忽然有点结结巴巴说不出话来了。

第三章

一个羞耻又甜蜜的任务

01

室内幽暗静谧，只有乔微翻动床头柜发出的轻微声响，霍峭之觉得被烫起来的大水泡不怎么疼，反而全部心神都被跪在床头柜前的乔微那窈窕的曲线吸引了，生出几分遐思来。

他是个年轻力壮、血气方刚的大男人，从前没动过这方面的心思还好，一旦生出点零星的念头，便如星火燎原，不可控制地在胸口燃着，烧得他喉咙干渴。

“微微……”

他用沙哑的声音唤她，可一出声他就后悔了。他怕乔微转过头来，瞧出他身体的异样，还有那点儿令人不齿的心思。

可她偏转过头来了，还无所察觉地招手冲他唤道：“过来。”

霍峭之站在门口的黑暗中迟疑着没动，走过去，他就彻底暴露在灯光下了。

“愣着干吗？”乔微疑惑地皱眉道，“我给你涂药。”

霍峭之咬牙凝神，终于动了。

乔微将药一一在床头柜上放好，指着床叮嘱他："坐这儿。"

霍峭之哪里敢坐床上，她要是蹲着处理伤口，那他腹下那点动静不就全被发现了吗？那样的话乔微会生气地把他赶出去吧？

"不坐了。"霍峭之连连摇头，"怕把你的床弄脏。"

霍峭之这么一说，乔微倒是诧异地皱眉看向他。他是精致公子哥儿的做派，平日衣服脏了一点马上就换，旁人吃过的东西半点儿也不肯碰，这时候居然会担心自己身上不够干净。

不待乔微多言，他便在她身边蹲下来，眨着眼睛把右手递给她，叫唤："疼死了。"

一瞧霍峭之的手，便知道他是个养尊处优的人，十指修长，平日除了指腹弹吉他的一点薄茧，简直完美无缺，连虎口的小痣都格外好看。此刻，霍峭之手背上却被蒸汽烫起一个大水泡，周围还有两个小的，周边皮肤的红肿还没消退，触目惊心。

乔微既心疼又埋怨，拿着药膏下不了手，食指抬起来重重地戳了他的额头一下："怎么这么蠢，没碰过就不知道躲远些吗？"

霍少爷平日连跑远一点的地方吃顿饭都觉得麻烦，什么时候肯花心思做这些，若是旁人敢多言半句，他必定当即就翻脸了。可这是乔微啊，是他放在心尖尖上都觉得还不够，想要对她好的人。

碰在他额心的指尖微凉，即使是责备，他心里也觉得像吃了蜜一样甜："我怕你饿了，想看看汤好没好。"

他认真时的眼睛是那样黑亮迷人，大抵天底下的女人都难以抗拒。

水泡太大，又在手背上，乔微怕他碰破皮感染，换了酒精，先给他被烫的皮肤表层消毒。

"有打火机吗？"

乔微想用打火机把针尖烧一烧，消好毒后再把水泡戳开，问出口才想到好久没在霍峭之身上闻过烟味了。

“你戒烟了？”

“你不是不喜欢闻那个味道吗……”霍峭之咂嘴，声音有点低。

乔微在化疗的时候，一闻到烟味就忍不住干呕，止都止不住。她猛地想起来，霍峭之常在外套口袋里放糖，她知道他爱吃甜食，却不知道那袋糖是为戒烟准备的。

霍峭之抽烟的日子不短了，猛地一断，还挺难受，含漱口水、喝咖啡没用，他干脆买了一大袋糖，抓一把揣兜里，烟瘾上来了就含一颗。起初他含的是酸甜的水果硬糖，日子久了，就换成了更有效的薄荷糖。

虽说糖吃多了会牙疼，可总比近都近不了乔微的身好。那伤口里的积液流出来，很快弄湿了纱布，乔微仔细擦干，又换了新纱布小心地帮他包好。

乔微自始至终抿着唇，灯下看不出神情，只有她自己知道，她现在既心软又难受。

灯下看美人，乔微的皮肤就像块上好的羊脂玉，连抿起来的粉唇也充满诱惑。霍峭之瞧着她垂眸认真帮他包扎的样子，只觉得自己又有点蠢蠢欲动了。他看着乔微身后的床，距离他们很近，几乎毫不费力，他就能把她压倒在床上。

他心跳如擂鼓，就只顾忌着乔微会生气。或许是纱布包紧了，乔微听到他闷哼一声，忙又问：“疼吗？”

霍峭之点头。

乔微忙又松开重包，瞧见那红肿的伤口，低头帮他吹了一下。这一下凉凉的，又轻又痒，像是撩在了男人的心坎上。

不管了，是乔微先动手的。霍峭之再也忍不住，抽回手捧着她的脸俯身便开始吻起来。

“伤口会发炎……”乔微猝不及防地被偷袭，又怕刚刚消过毒的伤口沾上细菌，偏偏嘴巴被堵得说不出话来，只能发出几声闷哼。

“管他什么发炎。”霍峭之不以为意，“你吹一下就不疼了。”

霍峭之将那碍事的纱布从手上扯开，抱着乔微的肩站起来。还没站稳，他便压下去。突如其来的重量让乔微始料不及，身子陷进柔软的床垫里，她胡乱地挣扎了几下，忽地察觉有什么东西抵在身上，霎时不敢乱动了。

他舔舐着她的嘴唇，掠夺着她的气息，像是要将她整个人吞噬。

那吻悠长、深入又热烈，连手都不安分地从衣角滑上来。他的手掌滚烫，所到的地方像是火烧一般，烧得她浑身起了一层细密的鸡皮疙瘩。他肆意地触碰她那些从未被人碰过的地方。

乔微的脸颊都烧起来，凭着仅存的理智伸手按住他的手，摇头："霍峤之，不可以的……"

"微微……"他的眼神迷乱。

连乔微自己都没想到，进来擦个药的工夫，两人怎么就成了这副模样？

"外面有人。"

她握住他的大手，想要将它从自己身上移开，使了半天劲儿，那手却分毫不动。

"我好难受，就让我蹭蹭，好不好？"

他那眼睛里是浓重的情欲之火，额头上都憋出汗了，额前的黑发垂落，委屈又沙哑的声音像是小孩在讨要糖果。

乔微的手顿住了。

她知道，此刻自己若是动摇，以后大概都很难再对霍峤之硬起心肠了。可是，那手仿佛被人禁锢着一般，怎么也动不了。

"好不好？"他反复低喃。

男人在这方面简直天生无师自通。乔微愣神间，已经束不住他，他的手顺着肌肤往上，又凉又滑，好不容易抵达那柔软的地方，却又碰到了阻碍。

那儿还有一件衣服，即使是柔软的棉质内衣，也始终隔着一层。他一边吻，一边憋足了劲儿摸索着想要把它解开，却始终不得要领。

卧室门就在这时候"咔"的一声被打开了，传来徐西卜的声音："二哥，火锅好了，叫你们吃饭呢，客厅里都喊好几声了……"

乔微最先听到动静，抬手推人，霍峤之被推到一侧，大半个身子却还是压在她身上。

徐西卜的声音戛然而止，下一秒，一个枕头朝他砸来，他来不及躲，枕头重重地砸到他脸上。

“你不知道敲门吗？” 霍峤之怒道。

徐西卜抱着枕头就差跪地了：“我忘了，不知道，不知道，对不起，对不起……”

话音没落，剩下的一个枕头也被扔了过来。

“滚！”

霍峤之声音狠厉，仿佛饱含着天大的怨气。

徐西卜关上门，从卧室小跑着回到客厅，心有余悸地拍拍自己的胸脯，喃喃自语：“人家还是个宝宝呢。”转念他又怕起来，今天的事，二哥腾出手来不会掐死他吧。这个纨绔子守身如玉这么久，好不容易箭在弦上……徐西卜想想便觉得脊背发寒。

“小卜，你怎么了？脸怎么这么红？”季圆觉得奇怪，追问道。

少年抬手，“啪啪啪”地拍了几下脸：“我最近在瘦脸，多拍拍有好处。”

言罢，他又不满地朝凌霖一睨：“你能不能管管你女朋友，我这么大个男人，叫什么小卜。”

“……”

乔微这会儿彻底清醒了，默不作声地从床上起身，重新扎好自己的头发，整理好衣服。霍峤之还是忍得难受，他站起来，打算去浴室洗个冷水脸。她大抵看出了他的意图，又将人拉了回来。

“你的手背不能沾水，等一下。”

她呼出一口气，脸上的绯红散了个干净，又重新帮他用酒精消毒，速度比刚刚快上许多。裹完纱布，她便收起东西放回床头的柜子里，起身疾步出了卧室，给他腾出空间。

人一走，霍峤之便进了洗手间。他待了很久，待到身体都平息了，才回来帮她拉平整床单被褥，径直出门。

临近门口，大衣带起的风将一页轻飘飘的纸吹起，刚好落到霍峭之脚下。

他停下脚步。

这是一页手写曲谱，纸页发黄陈旧，可见已经有些年头了。霍峭之抬头便瞧见一个眼熟的箱子在不远处的保险柜上头敞开着。他的记忆力好，略一回忆便记起来，这箱子是乔微离开席家那天带的，她只拿了这个箱子和琴盒。

他将这一页纸放回了曲谱的最上端，又在一侧瞧见了一沓老照片，是乔微小时候的。这些照片中有她练琴的照片，也有她和父亲的合照，还有他们一家三口的合照。

霍峭之第一次在照片中瞧见乔微的父亲，照片里的他微蹲着，把手搭在女儿肩头，五官俊朗。乔微的眉眼里，隐约便带着几分他的影子。

和女儿在一起时，他的神情比书上印刷的那些图片又多了几分柔和，半点看不出传闻中天才提琴家的孤傲来。而乔微的妈妈，笑起来也不似现在这般虚伪。他们那时候，仿佛真的是幸福的一家三口。

霍峭之把照片一张张往下翻，心想，原来乔微小时候是这样子的。她喜欢穿红裙子，头发也不似现在这般长，眉梢飞扬，大眼睛乌黑灵动，嘴角张扬的笑意那么明朗，一副无忧无虑的样子。

霍峭之忽然觉得，自己似乎有点理解这个男人了。这男人愿意为她撑起天、撑起地，唯独不想让她受到半点伤害。

换作是他，一定也不忍心把自己不久于人世的消息告诉女儿，那对一个孩子来说太残忍了。只有远远地离开她，给她留下希望，无论是思念还是怨恨，至少在她的心目中，自己是活着的，在她看不见的地方，成为她向上的动力。

02

G 市的地下乐队不少，名气大的却扳着指头都数得过来。自钟声乐队大半成员被 B 市来的经纪公司挖走，只剩一个主唱后，乐迷们便鲜少有地方看演出了。

本想着乐队恢复元气怎么也要一段时间，谁料，新乐队在中心广场那一晚的亮相着实惊呆了众人。谁也没想到，霍峤之这么快便组齐了新乐队。

钟与蔷薇，新乐队的名字听上去就年轻得要命，最小的成员徐西卜甚至还没高中毕业。虽然年轻，但队员们倒个个实力不俗。新乐队经验和深度确实比老牌乐队欠缺一些，可是摇滚本就没有那么多复杂的条条框框，听众听出共鸣、听得爽快才最重要。

更遑论乐队如今颜值猛涨，他们往台上一站，底下那些看脸的女粉丝就开始尖叫。小年夜之后，大家很快迎来了第二次登台，这一回，乔微总算参与其中。节目单除了两首固定曲目，大部分是新歌，第一首便是霍峤之奶奶亲自写的曲子。

舞台的大屏幕一亮，有少部分人还是注意到作曲人名字那一行，登时都愣住了。

宋常惠。

片头一闪而过，有人甚至怀疑自己眼睛花了，这个如雷贯耳的名字怎么可能出现在这儿呢？还没来得及议论，听众很快被舞台轮转的灯光吸引住了。当灯光终于定下，站在最前面的分明是他们许久未见的小提琴手——乔微。

乔微闭上眼睛，拉弓，抬手，天籁一般的小提琴 solo 曲缓缓奏起，琴弓与琴弦交织，如同晨起时，东方升起的第一缕光线，纯净、柔软、圣洁。

灯光渐亮，观众们也终于瞧清她的模样——长发随意地编成辫子搭在一侧肩膀上，皮夹克、铅笔裤、机车靴。她的个子高挑，人极瘦，腿很长，妆容偏淡，却更有种天然的冷艳。

这曲子是写给乔微的，旋律感极强，既有摇滚的大气，也有《赞美诗》的优雅、细腻。她不止一次思考过，该用什么样的心情去诠释它，才能拉出它的惊艳感来。

可她渐渐地发现，无论抱着怎样的目的都显得刻意，反而是放开思绪，只要把提琴放在肩胛上，拉响第一声，心便会自然而然地静下来。

场上的喧嚣渐渐淡了，霍峤之等到乔微演奏的第一小节结束后才开嗓。他的声音极有辨识度，与上一次徐西卜的版本相比，他的气息更稳，力度更足。有音乐本真的温暖，又充满了生命的顽强力度，乔微切实地感觉到，他进步了许多。

确实，霍嶒之从前玩音乐并不在意这些，他更追求技巧上的突破和新鲜感。可与乔微在一处久了之后，他忽然觉得一味地炫技很没意思，和乔微的内敛比起来，显得肤浅又浮躁。

他的女粉丝们可不管这些，好不容易听到霍嶒之唱歌，大家只顾着心花怒放。那嗓音极好听，即使隔着麦克风，一开口便仿佛在往耳边吹气，撩得人心神荡漾。

一回生，二回熟。有了第一次登台经验，第二回大家便放轻松了。季圆的即兴曲如今弹得如行云流水，凌霖的鼓棒在他指尖翻转，他动作率性，节奏极稳。

徐西卜大概是几人中最享受观众掌声的临场型选手，呼声越强烈，他发挥得越好。

比起第一次，这一回台下的观众更多。霍嶒之找的赞助商够大牌，音响设备、灯光质量都有明显提升，舞台效果自然更好了。

偌大的广场，愣是被这几人开出了专场演唱会的味道，让先下台的几支乐队感觉心里很不是滋味。

“几个毛都没长齐的小子，也就是脸能看，台底下叫这么大声，这些肤浅的家伙……”有人对此嗤之以鼻。

“好看的也不只是脸。”旁边那人摇头，“刚刚那大屏上的作曲人名字，你看到了吗？是宋常惠。”

“宋常惠？！”男人闻言难以置信，“不可能吧，人家是古典乐泰斗，怎么可能写摇滚曲子？是同名吧！”

“圈子里能写出这种曲子的音乐人有几个？要是同名，我们会不知道？”

这一句话出口，那不服气的人也沉默了。他忽地想起了从前听过的几句传闻，说钟声乐队的主唱是个超级富二代。从前他不信，心想：这人家里有几个钱倒是有可能，超级富二代实在太夸张了，哪个超级富二代有时间这么玩音乐？现在看来，能请动宋常惠写曲子的，怕还真是个了不得的公子哥儿。

“你抛开成见仔细听听，其实他们有的很多东西是我们欠缺的。”

比如蓬勃的朝气，比如一往无前的气概。说话的人神情略微有些凝重，眼角皱起细细的纹路。他的乐队是七八年前和几个业余的朋友一块儿组的，跌跌撞撞走到今天，他忽然意识到，原来自己真的老了。

台上的这支乐队，大抵都是科班出身，节奏极稳，乐理扎实，最难能可贵的是——这是一支创作型乐队。

“既然都有这么好的资源了，干吗不出 EP……”男人把视线从舞台上移开，话里还是有点儿酸意。

“只要他们愿意，那肯定是早晚的事。”

此刻台上已经唱到了一首新的旋律激昂的曲子，台下震天的呼声中，掺杂了一声微不可察的轻叹。

……

当晚的听众们热情高涨得过分，不让乐队下台，他们只能在原定曲目之外又多唱了几首，演出结束时，已经接近十二点了。怕乔微感冒，一下台，霍峋之便把自己的大衣披在她身上。

“唉，我真羡慕人家有男朋友的外套披呢，谁让我男朋友是块大木头呢。”季圆余光注意到动静，开口打趣道。

“季圆！”乔微瞪她。

季圆顿住脚步，负手“哼”了一声。不过，这一声她可不是哼给乔微听的。待到走在前面的凌霖折身，准备脱外套时，她的脸上才露出笑意来，小跑着上前挽住他的手。

乔微自住院以来，鲜少有这么晚还没上床休息的时候，一下台，她便有些精神不济，昏昏欲睡，可脸上带着妆，到底还不能睡。

反正要在休息室等着工作人员搬运乐器，她干脆先到洗手间卸妆洗脸，也算提下神。

乔微才出去一刻的工夫，霍峋之也坐不住了，颠颠儿地跟上去。季圆一副意料之中的模样，搂着徐西卜叹气："小卜，你得跟你二哥说说，我们家微微不喜欢痴汉，叫他收敛点，他这小尾巴真是一分钟都甩不开啊。"

徐西卜虽然总是腹诽二哥的"暴政"，但谁要是看不起他二哥，他第一个就不愿意。听了季圆的话，他气鼓鼓地把肩上的手拍下来，道："我二哥才不是痴汉，B 市想嫁给他的女人能从城东排到城西。再说了，谁说微微姐不喜欢我二哥，我那天还看见——"

"看见什么？"

徐西卜脊背一寒，别开头："哼！偏不告诉你。"

季圆没听到后半句，心痒难耐，却见徐西卜已经坐到袁律书那端，低头刷起了手机。到底还是个半大孩子，徐西卜自从做了乐队的主音吉他手，终于扬眉吐气，认证了个小黄 V，每天闲来没事干，就发发排练图片，秀一小段音频，刷刷粉丝们的信仰值。

今晚演出才结束，他的微博新涨粉丝的提示音就一直响个不停。

这也没办法，他是整个乐队唯一一个在社交平台认证过的人，大家想要关注乐队的动态，就只能关注他这小孩儿。

埋头玩了一会儿，徐西卜又匆匆从袁律书那边跑回来，神情兴奋地说："季圆姐，有主办方邀请我们乐队参加新年音乐节！"

从前也不是没有粉丝录过乐队的演出视频上传，可摇滚到底很小众，钟声乐队虽然有了些名气，可转发量一直并不大。

但这一次又有些不同了，因为震撼人心的音乐没有界限。这次的曲子是古典音乐界泰斗宋老亲手所作，到了这个年纪，她的作品本身便具备了很多深刻的东西，不再流于表面，旋律性强，让这支曲子又不至于曲高和寡。再者，新乐队本身也充满话题度，俊男美女总会让人想多看几眼。还有那个超越常规的小提琴手配置，开头一段的 solo 简直是神来之笔，人间天籁。

和休息室里兴奋的众人不同，乔微此刻有点心烦。洗手间里没有热水，她不常化舞台妆，用平日的化妆水卸了大半天的妆，也没能把眼睛上的假睫毛扯下来。而且她的小腹隐隐作痛，和平日的那种疼不大一样。

化疗后，乔微的生理期便不太规律了，这一次是提前来了。纵然裹着霍峤之的外套，但手和脸被水冲得冰凉，她还是冷得直哆嗦。

乔微完全没准备，试着给季圆打了个电话，那边却还是上台前的关机状态。她有点儿急了，又怕把霍峤之的外套弄脏，干脆用了蛮力扯，想快些把脸洗干净。

就在这时候，身边有人向她递来一壶热水和毛巾。

乔微抬头，见是个穿着制服的工作人员。

看她不解，那女生笑着解释："是主唱叫我拿进来的，让你用热水洗，别感冒。"

"他在外边儿？"

"嗯，这里是女洗手间，他没法进来。"见乔微戴的假睫毛撕不掉，女生又主动开口说要帮忙。

见乔微答应了，她才抬手，动作小心翼翼的，似乎生怕弄疼了乔微。假睫毛被剪成好几簇，待一一清理干净，她看着乔微的脸，羡慕地说："你好白哦，卸了妆更好看。"

乔微睁开眼睛回她："你也挺好看的。"

被那漂亮的眼眸盯着，女生不禁脸红了。

"你们乐队真的好厉害，我从前不听摇滚的，今天都被圈粉了，尤其主唱……还有你，你的小提琴拉得真好！"

虽然听惯了称赞声，但听得这么一顿猛夸，乔微还是有点不习惯。她道了谢，俯身打开水龙头，冲干净脸上的泡沫。

乔微擦干净脸上的水，对着镜子呼出一口气。

季圆的电话打不通，霍峤之就在外面，她实在怕把衣服弄脏，想来想去，只能硬着头皮给他发了短信。

一墙之隔的霍峤之倚墙靠着，负手等了半天没见人，一收到乔微的短信，猛地站直身子。若不是他脸皮足够厚，恐怕脸都要红到耳朵根了，收起手机，嘴角到底扬起喜滋滋的笑来。

买卫生棉。

这可真是一个让人羞耻又甜蜜的任务。

男朋友专属的折磨。

乔微又谢过女生送热水和毛巾，女生要离开时，又折返悄声好奇地问她："你喜欢主唱吗？"

乔微沉吟片刻，抬头反问："你觉得呢？"

"我觉得喜欢吧……主唱肯定喜欢你，对你这么贴心。"

人不可貌相，瞧主唱放荡的外表，还真是一点儿也看不出来。

"喜欢吧。"乔微回应她，又像是在回答自己。

03

霍崤之腿长，一口气跑到距离最近的二十四小时便利店，瞧着货架上花花绿绿的包装傻了眼。

他本打算拍个照片发给乔微，让她自己选，结果他手机刚举起来，结账处的大妈瞧人半天不动，特意绕过来，隔着货架，目光疑惑地盯着他看。

霍崤之若无其事地将手插进裤兜，背过身假装在看对面货架上的纸巾。

"小伙子，你女朋友要什么牌子的？"大妈单刀直入。

霍崤之耳朵一红，咳了两声，既然窗户纸都被捅破了，干脆也不装模作样了。他转过身来说道："她没跟我说要什么牌子，您瞧着什么好用给我拿什么就成。"

"那要什么尺寸？什么面料？"

还有不同尺寸、不同面料……霍崤之踌躇着踱了两步。

"要带香味儿的？还是不带香味的？"

还有带香味儿的？仿佛打开了新世界的大门，霍崤之皱起眉头，实在是不知道乔微喜欢什么样的。

"我们店在做新春活动，现在买满两百六十八，就送个公仔……"

霍峭之顺着大妈手指的方向看过去，落地窗边赫然摆了一堆公仔。他一眼就看见了混杂其中的几只史努比。

“可以随便挑？”

“当然。”

迈开腿，公子哥儿一脸嫌弃地从公仔堆里捞出那只戴墨镜的，巧极了，和当初乔微送他的那只造型一模一样。

将戴墨镜的史努比公仔拎起来转着看了一番，男人嘴角一弯，对这小玩意满意得简直不能再满意。回到货架边上，大妈拿着购物篮，霍峭之看中哪袋就往里扔，集齐了不同种类还有五颜六色的包装袋，他终于大手一挥，说：“结账。”

乔微看见装满两个大黑色袋子的卫生棉，眼睛瞬间瞪大。

“你把人家的货架搬空了？”

“我本来打算问你要什么样的，但收银员说，钱买够送这个。”

他献宝一样，把那戴墨镜的史努比公仔从背后拿到她跟前。

“你是不是傻？买这么多得用到什么时候。”乔微哭笑不得。

之前的挂件霍峭之要了几次，小屁孩儿都不肯还他，从那时起，他就对这东西有了执念。

男人因委屈抿成一线的嘴角，和傲慢的史努比公仔奇异地重合在一处，神情如出一辙。

乔微只得放缓了声音说：“这么多钱，够你买多少只公仔了，有钱你也不能乱花啊。”

“我知道了。”

霍少爷从来吃软不吃硬，乔微温声这么一说，再大的委屈也烟消云散了，往她边上一凑，露出一副虚心受教的模样。

“我有了这次的经验，下次就不会买错了，你下次要买还叫我，不要叫别人买就行。”

他的黑发看起来极软，眼睛漆黑，乔微忍住抬手摸一下他的冲动，从袋里随便拿了一包卫生棉，转身要走，又被他唤住。

“微微——”他指了指乔微手里那包卫生巾。

“那个是我挑的柑橘香味。”他羞涩地眨眨眼睛。

霍峤之把乔微还有两大袋卫生棉一并送回公寓，磨磨蹭蹭坐了好一会儿，才下楼回到车里。

小区的保安又来收停车费，霍峤之这次干脆交钱办了张停车卡，却没急着走。他靠在座位上，沿着公寓一层层数上去，仰头看了好一会儿乔微卧室的灯光。

瞧着灯熄灭了，他这才拿出手机。

过来的路上，手机一直在振动，密闭的车厢里光线发暗，手机上未接来电的白色页面照亮了他的面孔。

电话全是 B 市打来的。

霍峤之有点心烦，他想点支烟，车上倒是有一盒从前抽剩下的，隔着烟盒都能闻见味道，可咬了半晌烟头，他终究没点燃，开门下车。

冷风呼呼地吹在脸上，霍峤之裹了裹外套，上面还留有乔微的味道。他给自己剥了颗糖，感受到薄荷的凉气直达肺腑，他深吸了一口气。手机铃声又响了，这一次他终于点了接听。

老头大概对他把千里迢迢跑来 G 市的林欣澜晾在一边的做法很不满意，连着下了几道命，要他回 B 市过年。

不用说，让他回去过年是假，老头的目的和上次大同小异。

这事儿自然谈不拢，父子俩都怒气冲冲的。挂了电话没多久，霍峤之又接通另一个号码，电话那边的助理小声转告：“董事长说，既然德林的千金你不喜欢，那就再换几家，总能找到你喜欢的……”

霍峤之一一听完，只见那端又劝道：“霍少，您还是先回来吧，就算您暂时不想结婚，也还有不那么激进的办法。别总和董事长作对，把人往那对母子那边推，他始终是偏爱你的。”

偏爱？ 霍峭之听见这两个字，嘴角露出一抹冷笑。倘若真的偏爱他，又岂会做那么多年的瞎子、聋子！回去吗？偏不！

霍峭之将掌心的烟折断，扔到脚底下碾碎。

医生叮嘱过不能停药，直到过年前一天，乔微才发觉冰箱里的药吃完了，静脉输液港也到了护理时间。找齐了病历、手机、钱包，她拿起遥控器准备关电视出门的时候，瞧见刚播报的新闻，手下顿住了。

屏幕上播放的是G市本地新闻台节目，媒体请来几位专家开研讨会，一一列出了作为G市新商圈开发商的几大失责之处，先是事故频出，又是工期拖延……将环海批评得体无完肤。镜头还插播了几个民众挂横幅群起抗议的场面，显然事态已经极严重了。

乔微之前便隐隐有些预感，这块蛋糕太大，一家吞不下，只要稍微生出点意外，后果都是极严重的。但后来环海拉来众多企业投资，势头瞧着挺好，她搬出了席家，也就没再关注。直到如今瞧见新闻才知道，原来环海已经命悬一线、岌岌可危了。乔微清楚，媒体若是继续对此“狂轰滥炸”，上头最后若是顶不住压力更换开发商，环海前期倾尽全力的投入，很有可能会血本无归。

身处旋涡中心，席越现在肯定已经焦头烂额，在她面前却没有显露分毫。她出院之前，他甚至还每晚定时过来看她。她如此想着，一时心情复杂。

她有心想打个电话问问怎么回事，号码拨到一半，又叹了口气把手机收起来。即使问了，她也什么忙都帮不上，安安静静的别给他们添麻烦才是最好的选择。

年假期间，医院的病人大多回去过年了，住院部的大楼冷清了许多。乔微接受化疗的时候，只觉得身上没有哪个地方是不软、不疼的，休养了一段时间，身子却又硬朗起来。

她从前不注意这些，自从住院之后，倒是知道多锻炼身体了。上楼、下楼、排队，待到缴完费之后，大冬天的，她还出了一身薄汗。

肿瘤科住院部与门诊楼隔了一片小花园，乔微拿着缴费单穿过花园，过去拿药，走出几步，忽地停下了。她发现，不远处水池边上坐轮椅的人是从前在十八楼与她住同一间病房的老太太。大冷的天，老太太孤身待在那边，外套上落了一层霜露，显然，老太太已经坐在那里许久了。乔微住十八楼的时候受到了老太太颇多照顾，她脚步微顿，折身朝老太太走过去。

“奶奶。”

老太太愣了半晌才反应过来，抬头辨出眼前的人喊道：“小乔？”

老太太说话的声音微哑，有气无力，才张口就咳了几声，显然身子比那时又差了不少。

“明天就是大年三十，你怎么又回医院了呢？”

“回来拿药。”乔微晃了晃手里的单子，蹲下身子道，“天冷，外面不能坐久了，我推您回去吧。”

老太太摇头：“外边空气好，坐一会儿没事。”

乔微想了想，在老太太身侧挨着的水池边缘坐下，问：“叔叔今天没来吗？”

“志国呀……”老太太低头叹气，呼出口便是一片氤氲的白雾，说道，“他这两天忙着加班挣钱呢。”

大概是许久没人陪她说过话了，老太太的目光飘得有些远，低声絮絮叨叨地说起了孙儿的琐事。

“他妈妈想给他报个兴趣班，结果钱又被志国拿来交了医药费，都怪我这病，拖累了一家子。”

乔微没应，转移话题：“您孙儿一定很聪明。”

老太太笑着点头，眼神中露出不舍：“嗯，聪明，志国说他这次期末考每门功课都是满分。”

乔微一直认真地听着，直到老太太说够了，才起身推着她回十八楼。

进了电梯，老人忽然出声唤她：“小乔。”

“嗯？”

“你是个好姑娘。”

乔微笑起来。

“奶奶活了一辈子，有的时候就常问自己，活着到底是为了什么？有一天，我忽然想明白了，不是为了吃饭，不是为了赚钱。一辈子太短了，人来到世上走一遭不容易，开心最重要。别拘着自己，不能因为顾虑太多，便辜负了自己，也辜负了别人的真情实意。”

电梯停了，乔微推着老太太出电梯。忽然，她意识到老太太这席话其实是说给她听的，老太太把什么都看在眼里。

直到把人送回病床上，乔微才拿着缴费单退出来，走出两步，又转回身，真心实意地唤了老太太一声：“谢谢您，奶奶。”

“你不嫌我啰唆就好了。”老太太摆手笑道，“去吧，别给自己留一堆遗憾。”

乔微拿着缴费单下楼时，霍峤之已经自己找到住院部来了。他瞧见她就脱下手套，伸手过来牵她。

“手又是冷冰冰的。”

乔微笑了笑，没甩开，任他牵着走。

见她没反对，霍峤之的嘴角满意地扬起，问：“药拿了吗？”

“还没有。”

“我早说送你过来，你偏不让。”他不满地皱眉，到底把她手里的单据都抽过来，帮人把围巾裹好，车钥匙也扔给她。

“外边冷，你回车上避风，我帮你去拿。”

“不冷。”乔微摇头。

霍峤之瞧着她被风吹红的鼻尖和脸颊，抬手轻轻捏了一下。

乔微抬头，他便摊手，一本正经地说：“你瞧，脸也是冰的。”

门诊部倒是比住院楼热闹许多，冬天感冒的病患多。乔微戴了口罩，被远远安置在人群之外。倒是霍崤之，随着拿药的队伍一点一点地往前移。

其实霍少爷打个电话就行了，哪里还需要排队，不过为了让女朋友含情脉脉的目光多注视一会儿，他就勉强纡尊降贵好了。

才站了十来分钟，乔微视线里忽地出现了一抹熟悉的身影。她瞧见对方的时候，对方也正抬头看过来，两人目光交汇。

是林可渝。

04

乔微很敏感，她很快便察觉到林可渝与她对视的目光中多了一点别的什么东西。

是厌恨。

若说从前林可渝只是单纯不喜欢她，可顾忌着席越还留有几分礼貌，那么现在，心里便是毫不掩饰的讨厌了。

两人都没有与对方打招呼，林可渝转身往外走，乔微移开视线。她不打算深究林可渝的恨意从何而来，喜欢或者讨厌一个人都是再简单不过的事，人生已经那么艰难了，没道理再被别人的喜恶影响心情。

林可渝才出门诊大厅，司机便小跑着跟上来问道："小姐，药拿好了，现在回去吗？"

"先不回去。"

高跟鞋踩地的声音缓缓停下来，林可渝折身瞧了一眼背后，把男人招上前几步，压低声音说："你去瞧瞧，药房三号窗口，那个头最高的男人，看看他拿的什么药，药名记下来告诉我。"

想也知道，能让霍少爷心甘情愿在那儿规规矩矩排队，也只有乔微有这个本事。这司机她刚换没多久，是个生面孔，那边排队的窗口拥挤，要看清霍崤之拿的什么药，并不是难事。

她倒要看看，乔微得的到底是什么病，让这些男人一个两个魔怔了似的护着她。令人失望的是，司机再回来，一连说了两个药名，都是镇痛类药物。

“就只拿了镇痛药，没有其他的药吗？”

“还有几个名字，太复杂了，我没能记住。”司机低头，很是抱歉。

林可渝面无表情地上车，就要关门时，司机忽然一拍脑袋，灵光一闪道：“对了，我还听到护士核对药单的时候说什么 RH2 胶囊……”

林可渝原本已经不抱什么希望，一转念，还是把手机拿出来，往搜索栏里输入关键词。

反复浏览了几遍，网页显示的结果让林可渝瞪大了眼睛。

护命素……治肿瘤的？

除夕这天，乔微清晨五六点便翻滚着醒过来，额头满是薄汗，胃好像被人攥着往下坠，疼得要命。

乔微摸索着打开灯，在床头柜找到药，抠了四五片止疼药往下吞。她端起杯子，昨夜倒的水已经凉了，犹豫片刻，到底没喝。她裹着睡衣起身，接满一壶水放到火上，蹲在厨房等水开。

她体寒，睡了一夜，刚从被窝里出来没一会儿，手脚便冰凉下来。不知哪里传来落地的水声，断断续续，越听她越觉得冷。

这几日天亮得晚了，客厅的窗帘半掩着，外面还是黑乎乎一片，隐约能听到远处传来的鞭炮声。

春节是一年里最具仪式感的节日，平日怎么过不要紧，这时候还是孤身一人，到底是带了几分寂寥的。

倒了一满杯热水，乔微小口喝完，痛感总算舒缓了些。她本打算坐一会儿便开始拉琴，谁知刚坐下，门铃便响起来。

这么早的时间，乔微听见门铃声时还被吓了一跳，直到手机也开始响，瞧见来电显示是霍峤之，她才匆匆趿拉着拖鞋去开门。

门外的风扑面而来，下一秒，乔微便被搂进了来人的怀抱里。他的怀抱裹挟着外面凛冽的寒意。她的脸贴在他胸前冰凉的大衣面料上，有些愣神，半晌才轻声问他：“怎么了？”

霍峭之闭着眼睛没有回答，只是手下收得更紧了。

他该怎么说？说他半夜做了个梦，梦见自己和乔微牵手走在街头，被人群冲散了，他到处找她、喊她，却怎么都没人应他。场景一换，就是乔微缩在冰凉的手术台上，无影灯一照，她满脸是泪，哭着喊他：“峭之，峭之……”几乎要把他的心都喊碎了。那种可怕又绝望的恐惧感侵入肺腑，他猛地睁眼才知道是梦，可直到现在还心有余悸。

霍峭之将下巴紧抵在乔微额头，仿佛只有真真切切将人拥在怀里，感受到温度的时候，他的一颗心才能勉强安定下来。

“峭之？”乔微觉得他有些反常，诧异地唤他。

霍峭之听见这一声，只觉得浑身一震。

“你今早怎么了？”

霍峭之摇头。

“你再叫叫我。”他小声道，像孩子在撒娇。

“峭之。”

“我还想听。”

“峭之、峭之、峭之。”乔微足足念了三遍，“有没有听够啊？”

男人把头埋在她肩膀上，声音发闷，絮絮低语萦绕在乔微耳畔。

“我这两天太高兴了，总感觉自己好像踩在云端上做梦……醒过来你就不在。”

霍峭之从前混惯了，从未想到有一天他也会这么喜欢一个人，恨不得将一腔热忱与爱意全部交付到她手上，盼着她收下，希望她明白。

“我能去哪儿。”乔微无奈又好笑，抬手拍拍他的背说，“外面很冷，我要冻僵了。”

乔微之前一直在住院，没来得及采购，冰箱里除了药还是药，想煮个早餐也难。

霍峭之倒也不挑食，倚在厨房门口说：“就吃上次的面条，还加荷包蛋。”

乔微架了锅热油，在厨房站一会儿，只觉得那断断续续的水声越来越大，低头一看，脚下已经聚了一小摊水迹。

哪里漏水了？

乔微找了半晌，才在橱柜的管道里找到漏水的源头，也不知是管道老化还是被冻的，水漏得还挺厉害，继续漏下去，厨房怕是都没落脚的地方了。她拨了物业的电话，谁料对方竟告诉她物业已经休假了，又给了她一个附近修管道的师傅的电话号码，她拨过去，师傅也回老家过年了。

屋漏偏逢连夜雨。

乔微发愁，蹲下来碰了碰那热水器的三角阀，谁知才一碰便直接掉了，水猛地喷出来，好在她躲得快，才没喷到身上。

霍峭之听见声音，忙把她从厨房拉出来，费尽力气找东西堵上那管道时，已经被喷了一身，湿漉漉的衬衫紧贴在身上。

大冬天的，他黑发上的水仿佛要结冰似的，乔微瞧着都觉得冷，忙去洗手间给他拿毛巾。他没忙着擦，到屋外找了一圈，关掉了水管总阀门，这才进门来帮她修三角阀。

“你还会修这个？”乔微有些惊奇。

“我在外国念书的时候一个人住，修过一次就会了。”他把生料带垫在螺纹上，拧紧三角阀，下巴微挑，眉眼飞扬，一副求表扬的模样。

乔微失笑，只能夸两句，让他如愿以偿。

“真厉害。”

“要三个荷包蛋。”他得意地扬起脸，黑亮的发梢在滴水。

“好。”乔微重新打火热油，说道，“上次的衣服我洗干净了，在衣柜最底层，你自己找出来换。”

那衣服是霍峭之上回受伤时候换下来的，当时滚了一地灰，他以为乔微早扔掉了，没想到她居然留着，还洗干净了，真贤惠。

霍峭之熟门熟路地摸进乔微的卧室，找出衣服，美滋滋地埋头闻了一下，是和乔微同款洗衣液香味，好香啊。

担心刚刚拧上的三角阀撑不了多久，吃过早餐，霍峭之便同乔微一道出门，打算去五金店买个新的，顺便采购些其他物品。

公寓对门那户人家已经贴上了春联和“福”字，乔微瞧了几眼，偏头问道：“你不回B市了吗？”

“算了吧。”霍峭之嗤笑，“我回去，他们这个春节更难过。”

“宋老呢？”

“我和奶奶说好了，没事儿。”电梯下落，霍峭之抬手去玩她的马尾，说，“你别总想着赶走我，我偏不走，就要在这儿。”

电梯门打开，有人走进来，乔微把他的手拍落。进来的那男生站了几秒，推了推眼镜，忽地瞪大眼睛，视线灼热地在他和乔微间来回游移。

霍峭之不悦地把乔微往身后一拉，挡个严实，道：“看什么？”

话音没落，男生已经惊喜地喊出声：“你们是钟声与蔷薇的主唱和小提琴手吧？我看过你们的视频，你们的乐队超酷！就那首《赞美诗》，我这几天循环听了几十遍。”

乔微不着痕迹地拉了一下霍峭之的衣摆，他这才收起凶相，负手轻哼了一声。

“你们也住在这栋楼吗？”

乔微笑了笑没答，男生更兴奋了：“真是太有缘了，我能不能跟你们要个签名。”

“签哪儿？”霍峭之因为他的聒噪有点不耐烦了。

男生掏了半天，才从口袋里翻出一小截秃头的铅笔，上下瞧了一圈，指了指白色羽绒外套背后，道：“签这儿，就签这儿。”

小铅笔头还没有霍峭之的掌心大，他顿了两秒才落笔，龙飞凤舞地签完。笔这时候本该递给乔微了，可他偏不，欺负人家背对着看不见，一口气模仿乔微的笔迹，把她的名字也签完。

“好了。”

春节的城市街道比想象中还要冷清，大部分的商铺关了门，想是外地人回老家过年了，只剩下商场还在营业，很是热闹。

他们在超市买了大包小包的东西，又逛了好几条街，却始终不见有开门的五金店。

乔微疼了大半夜，止疼片吃下才好受了些，越走越累，呼吸也越来越重。又过了一个红绿灯路口，霍峭之忽地朝前走几步，蹲在她跟前。

“微微，上来，我背你。”

乔微忙左右看看，耳朵根都红了，低声说道：“都拎那么多东西了，你快点起来。”

“你比这些东西还轻，我不累。”男人蹲着不动，耍赖道，“你不上来，我就不起来了。”

乔微还要再说话，霍峭之嫌她磨叽，干脆退了两步，直接将人背起来。

“是不是舒服多了？”

霍峭之的背脊宽广，肩膀上都是均匀的肌肉覆盖，充满了力量感，乔微不必担心会掉下去。怕她趴得不舒服，他干脆又把人往上耸了耸。

长长的人行道上，风很大，吹得路旁的枝丫左摇右摆，行人皆捂紧大衣，步履匆匆，没有多余的目光注视他们。

乔微能感受他滚烫的身体，也能清晰地听到自己的心跳声，那叫人震颤的暖流汇聚，流遍四肢百骸。

乔微的目光掠过枝头新生的绿芽，也是这一瞬间，她忽然察觉有什么东西破土而出了。仿佛飞了很久很久的鸟，终于找到了一处可以栖息的陆地，安稳且舒适。她从未想过，这样的感觉是由霍峭之带给她的。

第四章 // 这个幼稚鬼

01

乔微出门时多瞧了一眼对面的春联，霍峤之便不甘落后也买了红底“福”字。天刚暗下来，席越打来电话，说过来接她回家吃饭，想了想，她终是拒绝了。霍峤之没回 B 市留下来陪她，没道理她自己倒是回家去了。

她在柜子里找了半天才找到宽胶带，给霍峤之送出去，“福”字贴在门上，总算也有了一点过年的气息。她退开两步打量，忽地听见身后的电梯门响，一回头，居然瞧见乐队众人从电梯里出来。

“你们怎么来了？”乔微又惊又喜。

Y 市太远，为了准备年后的第一场演出，袁律书没有买回家的车票。凌霖的父母都到老人那儿过年了，他就没跟着回去；季圆则是被叔叔阿姨赶出门的，他们怕乔微一个人太孤单。徐西卜就是纯粹凑热闹了，好不容易能借二哥的名头在外面自由潇洒，他肯定不愿意放过机会。

“新年快乐，恭喜发财，微微姐！”徐西卜伸出手来讨红包。乔微羞赧，她根本没准备。他话音没落，递到乔微跟前的手便被霍峤之一掌拍了下去。

他的亲二哥龇起一口白牙："我给你，要不要？"

"开玩笑，开玩笑……"徐西卜讪讪地收回手。

众人一进屋子，满室的清冷顿时没了踪影，乔微总算知道大家过年为什么都喜欢热闹了，这种感觉确实让人心里熨帖。

几人来得正好，餐厅正中煮着汤的锅刚沸腾。这是霍峭之平日常去的餐厅送来的锅子，有了上回的经验，他干脆让人把肉片好，蔬菜都洗净，再一并送来。

锅里的白色小泡翻滚着，上头漂了些香菇豆芽，浓汤香味四溢，让人食指大动。几人欢快地拿了碗碟和筷子，下了肉片便眼巴巴地在锅边等着，只有霍峭之看谁都不大顺眼。

他计划好的二人世界，又被这帮浑小子搅了局。

"冰箱里有饮料。"饮料是早上出去的时候买的，乔微想起来，放下筷子要去给大家拿，很快被袁律书叫住。他说："我去拿吧，微微姐。"说着，他便起身走进厨房。

厨房地板上的水迹还未干，房间早被收拾得干干净净，他怕踩脏了地板，又在门口的垫子上踩了几下才进门。

冰箱里开着灯，他按着人数拿了牛奶和罐装饮料，拿着拿着，手却顿下来。中间一层的透明抽屉里，放的都是煎好的袋装中药，最顶端那层也都是药，有的盒子他甚至还见过。

乔微身体不好，常住院，袁律书从前从未听姐姐提过，是在来G市之后才知道这一点。然而乔微具体得的什么病，徐西卜不知道，季圆姐和她男友也闭口不提。因为乔微每次出现在他们面前的时候，精神似乎都不错，几乎看不出病态，他也一直没往坏处想，可是现在……

他怔怔地放下饮料，拿起盒子逐一看过药名。乔微的药确实比姐姐用的那些更贵更全，但他还是认出了大半，这些药的用途他再清楚不过。

"拿个饮料也磨蹭这么久，老子都要被辣死啦……"身后的人低嚷着进门。

“你发什么愣呢？”徐西卜抢了一罐饮料拉开，探过头来，“哇，微微姐的冰箱里居然这么多药！”

“不止。”

少年的声音沙哑，抱起饮料合上冰箱门，说道：“你知道这些药是治什么的吗？”

袁律书那表情着实吓到了徐西卜，转而他又笑起来重重地拍了袁律书几下：“你愁眉苦脸做什么？微微姐这么精神，总不可能是绝症吧。”

见袁律书依旧沉默不语，徐西卜脸上的笑意才渐渐僵住了，他把袁律书挤到一边拉开冰箱门，问：“治什么的？”

“肿瘤、癌症。”

袁律书攥紧了手中冰冷的易拉罐，眼眶却不知怎的开始发烫。

姐姐举行葬礼那天，乔微留下的钱，他买完贝斯还剩下许多。也许那笔钱对乔微来说不值一提，却着实解了他家里的燃眉之急。

他要还清这笔钱，报答乔微的恩情。所以当接到乔微的电话时，他几乎是毫不犹豫地辞掉工作，第一次踏上这个只存在于电视里、还有姐姐口中的城市。

他和乔微真正相处的日子并不长，更多的时间，她其实是活在他的印象之中。和猜想的一样，她是个善良温和的人。

来到G市这段日子，是自姐姐去世后，袁律书最放松、最快乐的一段时间。但老天仿佛总爱给那些出众和聪颖的人更多的磨难，距离姐姐走后还不到半年，她最好的朋友也得了这样的病。不，或许还更早。袁律书忽然想起那天在姐姐灵前，乔微漆黑悲伤的眼眸。

还是徐西卜先从沉默中回过神来，他静静地关上冰箱门，故作轻松地低声道：“他们既然不想让我们知道，我们就装作不知道好了。”

“反正不管什么病，微微姐一定会好的。”像是在肯定自己的想法，徐西卜又继续道，“对，我二哥不可能让微微姐有事。”

……

年夜饭吃到十点钟才散，公寓不够大，乔微只能一一把大家送走。

将肩头霍峤之搂着她的手扯下来，乔微疑惑地说：“你怎么还不回去？”

“我刚刚喝了啤酒，酒后不能驾车。”

“什么时候？”乔微惊诧地瞪大眼睛。

“吃饭的时候，西卜带来的。”霍峤之得意地双臂环抱起来。

“那我帮你叫辆车。”

“哎哎哎……”乔微刚动，又被霍峤之拉回来，说道，“今晚这个时候，哪里还有车？”

“再说了，就算有，”霍峤之抬起手腕点着手表，一格一格数给她看，“从这儿回郊外最快也得一个半小时，凌晨才能到家，你忍心吗？”

她还要再说什么，霍峤之干脆俯身，整个人挂在她手臂上摇晃：“我好像喝多了，头晕，困，快，快扶我回去躺会儿。”

乔微：“……”

指针指向十二点，春晚倒计时到了尽头，烟火在远处腾空绽开，万家灯火里隐约有鞭炮声传来。

一年又过去了。

从前的时间太紧迫，乔微总在逼着自己朝前走，忙来忙去不敢停。不知道别人生病时是什么样子，她躺在病床上的时候开始花许多时间去思考，想一些之前从未想过的东西，比如，生命的价值、她存在的意义。

茶几上的杯子冒着氤氲的热气，霍峤之坐在她身侧，仰头靠着沙发，一晃一晃地睡着了。

乔微把电视机的声音调小，打算起身吃药的时候，忽觉肩膀上一沉。霍峤之往她这边倒下，鼻子动了动，眼睛依然闭着，显然没有醒。

霍峤之睡觉的时候很不安分，乔微僵硬地又坐了一会儿，亲眼看着他的头从她的肩膀滑到大腿上枕着，然后在沙发上横躺着，睡得很香。

他睡着的时候倒是没了平日的嚣张，安静精致的眉眼舒展，睫毛很长，像童话书里的小王子。若是旁人看见了，定不敢将他和那纨绔模样联系起来。

乔微屏住呼吸，轻轻抬手碰了碰他的睫毛，睫毛扫在指腹有些痒。她还未来得及多做点什么，他忽地睁开眼睛，眨了两下，看着她放肆地扬起嘴角，露出雪白的牙齿。

“微微，你是不是想偷亲我。”

乔微脸一红：“腿麻了，你赶紧起来。”

其实霍崤之倒下来的时候就醒了，只是温香软玉，他舍不得起身。若不是乔微的手扫在脸上舒服得叫人想打喷嚏，他是绝对不想睁开眼睛的。

他没动，伸手从包里掏了一会儿，掏出一个红包来。

“微微，新年快乐。”

乔微抿唇笑起来，正要开口说声“谢谢”，霍崤之忽地坐起来，吻在她唇上。室内灯光昏黄，背景音是电视机里传出的欢快笑声。这一吻温柔又绵长，直到她呼吸困难，他才恋恋不舍地放开她，将下巴抵在她的肩头。

她压根没料到自己今年居然还能收到红包，接过来，入手沉甸甸的。

“既然都准备好了，刚刚你怎么没发给他们？”

“我就准备了一个，是送给女朋友的。”

霍崤之的呼吸近在耳畔，烧得乔微耳朵像触电一般酥麻，那喘息带着热气，他诱哄一般轻声道：“微微，让我做你男朋友吧，嗯？”

“原来你今天都计划好了，就等现在啊……”乔微沉吟道，若有所思。

饶是霍崤之脸皮厚，心里还是有点打鼓，七上八下的。

“你快点答应吧。”他直接捉着乔微的手捂在自己胸口，说道，“你摸摸，心跳这么快，都要蹦出来了。”

他刻意将胸前的两块肌肉绷紧，摸上去滚烫发硬，雄性荷尔蒙爆棚。

乔微还是个黄花大闺女，见了脸不由得一红，她手被桎梏着，连扯带躲都没挣脱开，慌忙道：“好了好了，你赶紧放开。”

“那你答应了？”

“我答应了。”

“成交，概不退换！”

一锤定音。

乔微发怔，有点后悔了。霍峭之的眼睛闪烁着狡猾的光芒，倒像那些以次充好高价把商品卖出去的黑心商人。不知道她的心理活动，他这个新晋男友仿佛踩在云端，简直要飘起来了。

“客房在这边！”乔微喊他。

“哦。”他愣愣地应了一声，大脑被狂喜填满，肢体和思维不同步，傻乎乎地撞上客厅的门框。他揉了揉发蒙的脑袋，才转过身朝乔微的方向走过去。

他梦游一样洗脸刷牙，梦游一样上了床。

乔微帮他铺好被子才出门，见身后的灯又被打开了，霍峭之霍地从床上坐起来：“我想来想去，觉得口说无凭，我们立个字据，省得明天你又后悔了。”

他说动便动，下床趿拉着拖鞋找来纸笔，借着台灯下微弱的光线，一字一句往下写。

霍峭之上大学时兼修律法，写张字据简直手到擒来，只不过今天这一张，他写得格外认真，从他龙飞凤舞的行书变成工整的瘦金体便可窥知一二。

男方：霍峭之，女方：乔微。

男女双方心心相印、情投意合，本着互敬互爱、公平自愿的原则立此为据。

写完的字条递到乔微手上，她用手指着，轻声逐字念出来。

“无论任何时间、任何处境，任何一方不得主动提出分手，违者，罚男方亲女方额头一百下。”

乔微：“……”

接着，她的目光直接跳到自己的义务那栏。

“女方须得向广大亲朋介绍清楚男方的男友身份，介绍时，要深情握紧男方的手。”

“女方和异性朋友、亲人吃饭，须得向男方报备或携带男方出席。”

“亲人”那两个字落笔特别重，不用说是为席越而设的条款。

“女方可以客观看待其他优秀的异性，但应主观地认为，男方是最好的。”

“女方要知悉，男方有时候的耍赖是撒娇而不是撒野。”

……

条款暂为以上部分，男方有权无时间限制添加完善，女方有权提出异议。

本合同自双方签字起生效。

乔微直到念完，还是有些哭笑不得：“你今年几岁了？”

“反正是可以领结婚证的年龄。”霍峭之把笔递到她手上，漆黑的眼睛饱含期待看着她，“签吧，签吧。”

“这么幼稚的字据，你还是留着自己玩吧。”乔微把笔还给他。

“哎！哪里不满意我们可以协商修改——”霍峭之可怜巴巴地拉着她的手说道。

“都这个点了，你既然睡不着，不如去刷刷浴缸、泡个澡？”

乔微思量着提议，她这次出院没请钟点工，家里的浴缸落了一层灰还没刷洗。

“好，我把浴缸刷干净，你要记得签字。”

乔微打了个哈欠，没接话，扭头往外走。

“下次演出，我还求奶奶写新曲子！”

乔微的脚步顿了顿。

“明天我就带你去奶奶的朋友那儿拜访。”

他这说的是那位德高望重的建筑大师。罢了，乔微想，陪他玩，签个字又不会少块肉。于是她当即转身，执笔在字条上签下了自己的名字，一式两份。

次日，霍峭之果然依言带着乔微登门拜访建筑大师。

来开门的用人热情之至，显然与他是极为熟稔的，与她上回只身前来时的态度截然不同。

霍峭之的性子不讨父辈喜欢，老人家们却待他格外宠溺亲厚。

他们才进门，那位建筑大师和夫人已经亲自迎下楼。

“秦爷爷。”

霍峭之叫得亲热，乔微却不能跟着叫，心里想了好几个称呼，最后还是规规矩矩唤了声：“秦老。”

老人瞧着两人并在一处的肩膀，诧异地打量她一眼：“你是峭之的女朋友？”

“我……”乔微说着想往一侧站开些，却被霍峭之捉住手，指腹在她掌心画了一条线。她立刻意识到，他是在提醒自己昨晚的字据中女方义务栏第一条，于是只能任凭他将自己的手握紧，在半空虚晃两下。

这个幼稚鬼……

“我女朋友，乔微。”霍峭之不待她说完便打岔，介绍完又轻声叹气，“哎，她就是害羞。”

乔微颔首行礼。

从之前电话里的朋友升级为女友，听完介绍，老人看着他俩，笑起来：“你跟着峭之叫我就行。”

礼物递给用人，霍峭之那边已经同老人攀谈起来。见两人聊得欢畅，乔微干脆进了厨房给准备早饭的秦夫人帮忙打下手。

秦夫人一头微微蓬松的银发，慈眉善目，极有亲和力，见她进门便夸道：“现在的年轻人进厨房的不多，峭之倒是眼睛亮得很。”

乔微忙谦虚一番，两人又聊过几句，择菜时，秦夫人便与她讲起了霍峭之小时候的事。

“峭之小时候多聪明，跟着他奶奶学了一手好钢琴，才六七岁就拿了一堆奖杯，要不是因为他家那样环境，做个钢琴家再好不过了。”

没想到霍峭之居然差点走上这样的人生轨道，乔微诧异极了，问道：“那他后来怎么又不学了呢？”

“后来他爸妈闹离婚，两边都不想让他继续学琴了，就把他送到英国念寄宿学校，说是什么精英贵族中学。可一个半大孩子，只身远渡重洋求学，身边都是金发碧眼的外国人，还没有亲人照顾，累了，受委屈了，也没个地方倾诉，哪会好受啊。”

英国的全封闭寄宿学校是什么模式，乔微当然有所耳闻。那是连父母探望都极为困难的地方，只怕他从进校那天起，便仿佛成为家庭的弃儿一般。

她忽然有些理解霍峤之为什么会是这样放纵暴戾的性子了。天性不拘小节，崇尚自由的人，要用教条将他框住、约束起来，只怕是天底下最大的惩罚了。而这样的折磨，他忍受了几年。

“峤之可孝顺了，小时候做什么都想着奶奶，好吃的都要留给奶奶吃。你得用心待他，我是看着他长大的，最清楚不过了，他是个赤诚的孩子，没有那些坏男人的花花肠子……”

乔微剥玉米的手忽然顿住了。

“我记住了。”她轻声答。

吃过饭，乔微总算有机会跟进书房同秦老说上林路的事，霍峤之就在门外等候。书房里静悄悄的，她只能听到自己的心跳声，像是面对一场极为重要的答辩，她心中再三斟酌，终于启口。

上林路很有历史意义、纪念价值，不能拆。这一番话乔微不知道打过多少遍腹稿，如今终于有机会说出来。初时还有几分紧张，后面她便越说越快。说到最后，她上前几步，将准备好的图纸和资料一并放在秦老跟前。

站在书桌前等待的时间里，乔微心跳如擂鼓，七上八下的，就是从前考试时，她也从未这么紧张过。

秦老认真地看了半晌，才似笑非笑地抬头看她：“你想让我来主持这件事？”

乔微没敢这么想，在她之前看来，秦老能出面多说几句，便已经是天大的恩惠了。可是秦老这样笑着问她，又让她不由自主地生出几分希望来。

“你准备这些东西，看得出来，确实下功夫了。”秦老点头肯定，“我致力古建筑研究和保护一辈子了，但说实话，到了我这个岁数，做点什么都力不从心……”

乔微听了心咯噔一下，惶惶往下落。谁知书桌对面的秦老顿了一下，话忽然又有了转折："不过，既然你都已经把这些递到我跟前了，我也不能装作不知道。"

"东西我收下了。"秦老把文件竖起来在桌上理了理，塞进右手边的抽屉里，说道，"这件事情，就算看在峤之的分上，我也会尽力而为的。"

绝地逢生，柳暗花明。短短十来分钟像是过了一个世纪，乔微简直找不到更多的词语来形容自己此刻的心情，既兴奋又激动。

乔微心里很清楚，只要秦老开了口，这事便有极大的概率能成。她甚至可以开始准备去疗养院把外公接回来了，外公这段时间在那儿待得闷闷不乐，她一直挂念着。

对，还有梁嫂！乔微出了秦家便低头翻梁嫂的号码，直到收起了手机，才抬头真心实意地冲霍峤之道了声"谢谢"。

这次她又沾了他的光。

霍峤之没忙着启动车子，而是拉起她的手来，在她的指尖啄了一下，懒洋洋地道："谢什么，让女朋友开心不是男朋友应尽的义务吗？"

乔微又想起字据上那些乱七八糟的条款里，好像还真有这么一条。

钟与蔷薇那次演出的视频在网上火得令人猝不及防，乔微是走在街上被人频频要签名的时候才意识到这一点的。她的舞台妆与平日有些差异，穿衣风格也不尽相同，路人仍能认出来她，确实叫她大吃一惊。

季圆三岁便爬钢琴凳，弹了近二十年的钢琴，万万没想到，自己最后居然是以键盘手的身份火的。连凌霖音大校草的身份都被网友们深挖出来，一朝曝光，好几个娱乐公司朝他伸出了"橄榄枝"。

袁律书深居简出不必说，徐西卜的社交账号快要被学校的学姐学妹们加爆了。托他们的福，音乐节的门票刚开卖便被抢购一空，主办方乐得合不拢嘴。

只有霍峤之不一样，别人梦寐以求的热度与名气，到他这儿便成了负担。当年的钢琴家之路都能被拦腰截断，不必说，他父母现在更不可能支持他玩音乐。

霍父的电话才挂，霍母那边也来凑热闹。

“峤之，从前小打小闹当个消遣，我不说你，你现在已经成年了，那对母子霸占着属于你的东西，你就半点不着急？如果你再继续这样不思进取下去，我真的要对你失望透顶了……”霍母的电话没说完，那边便传来声音，有人奶声奶气地叫“妈妈”，她便匆匆挂断了电话。

那孩子是他母亲再婚后生的，中年得子，那小孩说是得到了万千宠爱也不为过，比起他这个妈不管爹不教的，真是一个天上一个地下。

这么多年来，这对离婚夫妻倒是头一次达成了共识。

乔微察觉到他的心情不大好，转身轻声道：“快要上台了，开心点儿。”

这次音乐节主办方没有提供化妆师，乔微的妆容是从前酒吧那位化妆师亲自设计的，唇红齿白，眼神魅惑，瞧一眼便觉得身心都被攥紧了。

霍峤之抱着她的腰，揽在自己怀里，总算觉得心情舒畅了些。他从前对音乐其实没有多大的执念，那么多年的坚持，大约也是因为家里的反对，让人越发生出叛逆的心思。

可是现在，他是真的希望能做出令人惊艳的音乐，让每一次演出都成功。因为他想要乔微高兴些，再高兴些。

同样有个音乐家的长辈，但比起他来，乔微才是真的喜欢这些。她可以几十年如一日地坚持练琴，愿意为了更高的技艺不眠不休，对音乐的追求已经成为她的本能，渗入她的骨血。倘若没有生病，乔微做什么不能成功？她有天赋，又勤奋，就算荒废多年，只要有些机遇，同样能成为她父亲那样举世闻名的音乐家。霍峤之忘不掉初见她的时候，她的眼眸里是两洼没有波动的水，直到后来才渐渐变得鲜活。是的，她原本不打算治病的，是对音乐的执念点燃了那簇火，也支撑她走到现在。

02

这次音乐节不仅邀请了众多国内乐队，主办方甚至砸重金跨洋邀请了海外知名乐队。

他们的舞台只是音乐节许多舞台中的一个，算不上最大，但演出没开始，下面已经挤满了人，甚至有人还定做了应援灯。

天还没完全黑，大片乌云压下来，舞台底下一闪一闪的，大多是霍峤之的名字。

徐西卜羡慕不已，在背后酸酸地道："二哥怎么这么高的人气……你知不知道一个团体，成员的人气落差太大，对乐队的发展很不利。"

要不是快要上台，霍峤之就该踢他了，他懒洋洋地瞥了他一眼后，说："我倒是没看出来，原来你的理想不是当乐手，是做偶像。"

乔微最后一次试音，调完弦抬起头，忽地在前排瞥见一抹熟悉的身影，仔细一瞧，惊得她瞬间瞪大眼睛："霍峤之……你奶奶来了。"

季圆闻声瞬间激动起来，忙站起来朝前看，道："哪儿呢，宋教授在哪儿呢？"像她这样科班出身、学过近代音乐史的人，听到这个名字就不可能不兴奋。

乔微指给季圆看，她立刻捂着心脏紧张地道："微微，你快掐我一下，我不是在做梦吧？宋老这么大年纪了，还专程来听我演奏，我觉得我今晚会发挥失常……"

"是专程来听她的宝贝亲孙、我二哥的演奏。"徐西卜强调。

"反正顺带都听了。"季圆把人挥到一边，说道，"怎么办……我彩排的时候还有没有哪里弹得不好？后边的节奏是不是不太稳？"

凌霖干脆抬手把她的眼睛蒙上："别想那些乱七八糟的，深呼吸。"

"凌霖！赶紧把你的手拿开！我的眼妆花了的话我就打死你……"

这一招对付紧张果然有效。

钟与蔷薇接受邀请比其他乐队晚，这意味着他们准备和排练的时间很短。年后，乔微一连几天都和大家泡在酒吧排演、练习新的曲目。

在医院时的静心思考并非毫无意义。乔微很快就发觉，就算是同一首曲子，在人生不同的阶段，感悟也不尽相同，拉出来也是完全不一样的感受。

她记得自己十来岁时被音乐附中推荐参加国际赛事，拉了近一个月的《流浪者之歌》，刻苦到梦中也能哼出那旋律，可最后还是惜败，只夺得少年组的第二名。

那时国内有位知名的评论家说，论速度和轻巧，乔微确实比第一名的韩国选手更厉害，但她过于注重艰难深奥的技巧交织所得的绚烂效果，整体听来确实荡气回肠，细节部分的伤感、忧郁色彩却并没有处理到位。

十来岁的乔微年轻气盛，虽然记下了这番话，心底却始终不服气。朱教授就曾夸过，乔微的细节处理是她教过的所有学生中最为细腻的。

可是二十来岁再去拉这首曲子的时候，她忽然明白了那位评论家的话。那时的她在家庭的呵护中长大，几乎没受过挫折，没有经历过别离，无从体会漂泊与流浪，对感情的理解实在过于浅薄，就算倾尽全力去完成，也始终有未达之处。

这一次的新曲目，便是霍峤之改编后的《流浪者之歌》。键盘和电吉他作为基底的摇滚曲风，弦乐与鼓点交织成一张密不透风的网，在音乐跌宕起伏之际，贝斯的低声嗡鸣也与之呼应，简直就是一场听觉盛宴。

重新拿起小提琴，这首曲子对乔微来说，意义始终是特别的。她想努力拉好它，给听众呈现最质朴、最完美的演奏，也给多年前的自己一个最好的交代。

天已经完全暗下来，远方隐隐有雷声滚动。舞台灯光亮起，感受到面颊上那刺眼的光束，乔微干脆闭上眼睛，屏蔽所有的干扰。

同一支曲子不论拉多少遍，没有两遍是完全一样的，因为每次演奏总有一些稍纵即逝的灵感会新加入。琴弓落下，右手颤动，那强劲有力的开头便如同一团燃烧的火焰冲天而上。

只有打动人心，能将人感染的音乐才是好的音乐。比起十来岁时，乔微的琴音里更多了一份倔强与刚毅。

……

坐惯了宽广明亮的音乐大厅，耳边粉丝们的喧嚣初时还让宋老有些不适，可音乐响起的时候，她便打着拍子沉浸到台上所奏响的乐声中。

宋常惠不止一次听朱教授和自己孙子在耳边提过乔微这个孩子，若说她从前仅把乔微当一个有天赋的孩子看待，那在得知她的病症后，这层欣赏中便蒙上了一点其他的东西，太惋惜了。

若是旁人这样年轻的时候，知道自己身患癌症，治愈的希望微乎其微，会是什么感受？十之八九的人大概做不到乔微这地步。至少从她那节奏旋律强烈、酣畅淋漓的乐声中，她听不出半点虚弱、病态。她想，她也许可以再写首新曲子。希望这群年轻人能够保持这种在激流中勇进的活力，永远不要消退。

G 市的天气实在任性，开场前乌云压顶，霍峤之几番查看天气预报，却不想这儿刚演出个开头，天空就飘起小雨来。雨淋湿了乔微那把名贵的小提琴事小，让她再生一场病可是大事。细雨淅淅沥沥地落在乔微的头发、肩膀上，然而她始终不为所动，闭眼拉琴，全然沉浸在音乐里。

乔微这个主子不急，倒是搞得他又慌又乱。

主办方的工作人员小跑着上前替霍峤之打伞，却见霍峤之下巴往前面的乔微那儿一挑，示意他赶紧过去。

待乔微整个人都被伞笼罩，霍峤之才收起三心二意，低头拨弦。他的心中憋着一团火，倒也弹得酣畅淋漓。这主办方连天气预报都不知道看一下，早知道室外演出还下雨，他便不来了。

弓起手落，直到最后一个音符消散在弓弦之间，乔微才从忘情的演奏中回神，察觉有水从下巴滴落，衣服也尽是湿漉漉的触感。然而她的身体是火热的，她的指尖甚至在不受控地微颤。

度过了漫长的寒冬，G 市终于迎来新年的第一场春雨。

下面的观众本可随意离场，寻常的明星演唱会若是遇上雨天，不到结束便要走掉十之三四。可令人惊奇的是，整晚乐队的演出过程中，直到最后，台下也满是尖叫呼喊的人，而且声音越来越热烈，几乎要突破天际。

来G市前，林欣澜还真没听说过霍峭之竟然会玩乐队。她在网上瞧见了乐队的演出视频，顺手一翻，把钟声乐队从前的视频也都看了一遍。

她从前在国外念书时，也常飞来飞去看喜欢的乐队演出，反正在G市闲得发慌，林欣澜干脆订了音乐节的票。今晚一说要来，叔婶怕招待不周，非要堂妹作陪， 她只得无奈地带上个阴阳怪气的尾巴。

她这个堂妹，自上回相亲失败后，到现在还没缓过劲儿来，说什么话都夹枪带棒的，倒有些像她正处更年期的婶婶。

平心而论，霍峭之生得高大英俊，会写曲子，嗓音好听，弹得一手好吉他，往台上一站，实在是很有魅惑力。他就算没有家世背景支撑，也肯定受极了女孩们的欢迎，也是林欣澜会喜欢的那一款。放在平时，霍峭之越不理睬她，她只会越享受征服的过程，只可惜，这个人偏偏有了女朋友。她瞧着台上，颇为惋惜地撇了撇嘴。

“也不晓得霍峭之这种身份，站在上面到底是什么心态，跟那些戏子有什么区别……”林可渝低声骂道，从台上移开视线。

自席越承认他对乔微这个继妹的感情后，林可渝看见乔微便下意识地不舒服，只是一想到那天无意间窥破的秘密，心里又生出几分怪异。

身边粉丝的喊声震天响，林可渝本以为堂姐应当听不清，谁知林欣澜回头看她一眼，竟开口问道：“你不也是学小提琴，在台上演出的？”

这怎么能一样？林可渝下意识地要辩驳，可嘴巴一张，具体哪里不一样却又说不出来，只得恨恨地说：“姐，霍峭之有女朋友还跟你相亲，你不骂他也就算了，怎么还处处护着他？”

“他是被家里逼的，第一次见面就和我说清楚了，比起他哥哥，也算有担当。如果非要我挑个霍家的人嫁，我宁愿选他，至少不会让我觉得恶心。”

“那也得看他愿不愿意让你选。”林可渝讽刺道，“他对那个乔微，捧在手上怕摔了，含在嘴里怕化了，现在整个G市的圈子里还有谁不知道。”

“乔微，拉得倒是挺好的。”林欣澜的目光移到雨幕中拉小提琴的女人身上，问道，“她是什么来路？”

“席越的继妹。”林可渝几乎是咬牙切齿、一个字一个字地说出来的。

“席越？”林欣澜反应半晌才意识到，问，“席越不是你那个相亲对象吗？”

“哼。”她冷哼一声，对自己的狼狈闭口不愿多谈，只是隔了半晌，还是忍不住说，“我劝你不要掉以轻心，乔微这个女人不简单，这些男的护她跟着魔了一样。

“你在国外念书，不知道霍峥之从前有多浑，这会儿都被这女人驯得跟只兔子似的。就算你真嫁给他，到头来估计得一辈子活在她的阴影里，男人对这种‘朱砂痣’最念念不忘了。”

林可渝说得夸张，林欣澜却并不以为意，她这辈子还没在谁的阴影底下活过，说：“你怎么肯定她能当一辈子的‘朱砂痣’？”

“我既然敢说，当然是肯定的。”

林欣澜皱眉回头看林可渝。

林可渝顿了半晌，最终双臂环抱，冷声道：“乔微得了癌症，我问过医院认识的医生，她的病治愈率很低。”

林欣澜的眉头并未舒展，似是一副不相信的模样，林可渝干脆接着道：“不信你就走着瞧，这场演出结束，她怕是就要重新回医院去了。”

林可渝没猜错，演出结束，乔微在后台换了干净衣服，当晚便直接去了医院。

倒不是发烧感冒真的来得这么快。雨其实不大，乔微也没淋多久，后面演出时一直有人为她撑伞，可癌症病人免疫力低，霍峥之很紧张，非要她回医院，让所有人盯着才安心。

对乔微来说，反正下一疗程的化疗就要开始了，提前一晚回医院似乎也没什么差别。

洗了个热水澡，被逼着灌了一大碗预防感冒的热汤药下肚，乔微疲惫地上床，眼睛半闭，刚躺下又被霍峥之抱到床边。

“我帮你把头发吹干后再睡。”

03

经历几次化疗之后，乔微的头发掉了许多，发色也从深黑色变成浅棕色，跟染了色似的，摸上去更软了。

霍峤之从没干过这种伺候人的活，他怕弄疼了乔微，也怕更多的头发掉下来，动作很轻柔，像是对待一件瓷器。

热风在发间游走，又吹在耳边，嗡嗡的低鸣声里，乔微垂着头，昏昏欲睡。

霍峤之悄悄将掉落的头发捏在掌中，不动声色地装进口袋里。

春日的夜晚，月色朦胧，如薄雾笼罩，住院楼下白玉兰的枝条终于抽出嫩芽，气氛平静。

年后，博物馆那边仍旧几次打来电话，言语真诚恳切，乔微思来想去，还是决定将手稿出借展览。那些东西放在不见天日的箱子里，到底是浪费了。

医院开始在化疗期间对乔微实施穿插放疗，这一疗程刚刚结束，乔微好几天四肢乏力，行走艰难。霍峤之原打算替她跑一趟，却还是拗不过她，最后开车载她亲自回到公寓。

第一次通话时，馆方的语气始终让乔微心存疑虑。她虽然不知道父亲的下落，可总有人知道。不管是不是自己多想了，她都觉得很有必要试着问一问。在和馆方约定的时间到来之前，她把书桌上将要借出的东西又整理了一遍。

乔微低着头，眼睫半垂，头发柔顺地披在背后，面色苍白，唇瓣也不见血色，像是一件精美易碎的瓷器。化疗的后遗症让她很困，她恨不得下一秒就趴在书桌上睡一会儿，可东西没整理完，她还是强行撑着收拾，只是动作越来越慢。

霍峤之看着乔微认真的样子，只觉得心里酸涩难受。她将她父亲留下的一切视作最为珍视的东西，期盼着他回来，可她不知道，这个期望终其一生都无法实现了。

博物馆的人很快来了，他们戴着白色橡胶手套，将乔微借出的稿件一件一件封存记录。其中一位工作人员一边清点，一边抚着手中的曲谱，认真地对乔微建议道："乔小姐，这些东西很珍贵，墨水都淡了，您以后可以真空过塑保存的……"

乔微怔了怔，点头应下。

那些文件中，除了乔微父亲自己作曲的部分，还有厚厚的一本是他借来的其他大师的原谱，是他手抄封订后给女儿练习使用的，挑的都是每个阶段适合她的曲子。

乔微从幼时起练到十来岁，曲谱天蓝色的封皮已经变得陈旧，保存得再好，边角也不可避免地被磨损了。

封皮角落还手写着一行瘦劲清俊的小楷：封订赠微微用，望勤勉。一字一句，皆寄寓了一位父亲对女儿的爱与期望。

乔微其实早已不再需要这些曲谱了，因为上面的每一首曲子、每一句批注和过去那十来年的记忆都已经清清楚楚地刻在她脑海里。

瞧着那行墨水变淡的字迹，乔微最后递出封订过的本子，忽地觉得鼻子一酸，眼睛几乎睁不开。

这么多年，乔微以为自己早习惯了在人前不动声色地掩饰自己的情绪。她甚至不知道自己此刻为什么会失态，只是觉得心脏像被人攥紧了一般难受得厉害。

怕在人前掉眼泪，她顾不上客人在旁，起身疾步进了洗手间，打开水龙头，掌心捂着眼睛，泪水终于从指缝间溢出。

乔微甚至不敢放声大哭，她怕控制不住自己，要将这些年的委屈都哭出来。直到腰被人从背后搂住，霍峤之将头埋在她发间，低声哄她："别哭了，微微……你一哭，我就难受。"

乔微的呼吸起伏得厉害，霍峤之只能空出一只手轻拍她的背脊安抚。直到那抽噎有一下没一下地停住，他才缓缓放下手。

洗手间的玻璃镜里，乔微的眼睛通红，面颊上泪痕未干。霍峤之抬手用拇指帮她拭干，偏头吻了一下她的耳朵，说："外面还有人在等，我们出去吧，好吗？"

"峤之。"她声音微哑，忽然开口。

“我在。”

“我忽然觉得，”她艰难而悲凉地开口说道，“也许我父亲已经不在人世了。”

父亲临走时给她留下的那些财产，馆方对曲谱的珍视，季阿姨的欲言又止，还有从前的那些蛛丝马迹，隐隐串成一条线……她从前也有过揣测，却从不愿深想，一直欺骗自己。直到今天，她忽然想明白了。在这个世界上，又有什么理由可以让一位深爱女儿的父亲杳无音信离开那么久？

霍峤之心中大震，他知道瞒着不是办法，可他更不敢说。以乔微现在的身体状况，连一场严重的感冒都可能要了她的命。

直到将馆方的工作人员送到电梯口，他还一直在犹豫，几番欲言又止。

乔微午饭仍是吃下去多少吐出来多少，不是她不努力，而是她已经根本无力抑制身体的反应。

这次乔微关着洗手间的门，不肯让霍峤之进去，直到吐干净了，洗完脸刷了牙，将自己整理好后才出门来。

她就着开水吃了药，靠坐在阳台边上，喘息细微，闭着眼睛感受着一天最后的光景。

霍峤之最终还是决定冒险一次。

乔微父亲的事已经成了她的心病。在外科，伤口发炎只敷药捂下去，只会加速溃烂，只有先把脓液清理干净，才能治愈伤口。

乔微的父亲，人生的最后三个月是在距离G市千里之遥的一个景区小旅馆里度过的。离开G市之前，他已经被确诊肺癌晚期，治疗无效。

在女儿的心目中，他的形象应该是高大伟岸、无所不能的。他不想在生命最后，留给乔微的尽是在医院暗无天日、痛苦至极的记忆，不想她想起父亲来便是他伛偻在病床上奄奄一息的样子。

这位横空出世的天才音乐家，最终选择悄无声息地离开人世。不举行哀悼会，不竖立墓碑，他委托昔日的同事将他的骨灰纷纷扬扬地撒进G市的一片海里，永远注视着他留在世上的女儿。

……

乔微在他说第一句话的时候坐直了身子，睁大眼睛，待到霍峭之讲完，却又慢慢地闭上眼睛。

“我早该知道的。”她的声音几乎低得听不清，低垂着头让人看不清她脸上的表情。

霍峭之心中忐忑，着急地抓紧她的手，宣誓一般说道：“我在的，微微。”

“我在的。”

乔微回握他，这次她没有哭。夕阳就要落下最后一缕余晖，她干脆拉上窗帘，扶着墙站立起来，微微冲他笑了一下：“我又饿了，我们去吃饭吧。”

乔微重返医院的时候，从季阿姨那里拿到了一封父亲留下来的信，信封已经泛黄。

“你父亲说要等你大些再给你看，可我一直不忍心。这次知道你生病之后，原想着要再替你保存一段时间的……”

直到夜幕降临，探望的人都走了，乔微才小心翼翼地撕开信封，展开信纸。

我的微微：

开始写这封信的时候，你正在和校乐团合练《命运交响曲》。贝多芬的这首曲子你还拉得不太好，爸爸与你说过几次，第一乐章气势不大够，第二乐章的抒情又不足以令人在震颤中舒缓下来……不过我知你是个聪明的姑娘，这些待你长大了，都会一一学会的。

离开G市时，我从箱子底带走了你降生时穿的第一件衣服。小小的一套衣服，只比爸爸的巴掌大一些。

时间过得真快啊，才十五岁，你就已经长到我的肩头这样高，我却永远忘不掉从护士手里接过你的那一刻，感恩与激动将我整个人笼罩。

……

微微，只望你展信之时，已经心志坚毅，足以坦然面对生死和别离。

我的微微，愿你是个幸运的姑娘，倘非如此，也要在不幸中学会坚强。

落款很短，内容却整整写了三大页信纸，字迹工整，没有一处错漏，必是誊抄过不止一次。

乔微将信纸翻来覆去地看，一字一字地读，直到抱着信封睡着了。

第二天，乔微起了个大早，穿上厚外套到外面锻炼，回来时，还给赶来医院的霍峭之带了早餐。那家馄饨铺子的老板娘手抖，辣椒放多了，偏偏他是怕辣的 B 市人，吃得满头大汗。

乔微看得发笑，她最近笑起来一点也不矜持了，洁白的牙齿整整齐齐的一排，晃人眼睛。旁人不敢这样笑霍峭之，她这样放肆，他却并不恼，埋头继续吃，假装不知道她刚叫护士换掉了昨夜泪水濡湿的枕头。

秦老的办事效率很高，乔微回到医院不久，便频频在新闻上瞧见关于他重新出山，要改造 G 市民国旧街区的报道。

那街区始终是一代人的记忆，报道一出，许多人也终于记起被遗忘的上林路来。民心所向，在位者决策时必定要再三权衡，如此一来，乔母的规划算是彻底打了水漂。

乔母很快便想到这是乔微的手笔，在家里狂饮下两大杯水后，电话打过去时仍是怒气未消："我还真是小看你了，你就非得这么跟你亲妈对着干？"

"你知道我并不是要跟你对着干。"乔微抚额，她不想吵架，却又实在不知道该跟她解释，只好说道，"我只是想力所能及地让外公在最后的日子里开心点，如果这么理解让你觉得好受些，那你就这么想吧。"

"你在哪儿？我现在过去找你。"

乔微环视病房一圈，说道："有什么话就在电话里说吧。"

乔母霍地站起来说道："你现在连我的面也不肯见了！环海现在风雨飘摇，我不求你理解我，就别给我添乱了，行不行？你外公只是好吃好喝去住疗养院，席越他父亲可是要蹲牢房的。"

乔母从不说大话，能让她这么着急，只有一个可能，那是环海真的危险了。乔微沉默着没吭声，电话那端深吸一口气，又呼出来。

“你知道的，席越喜欢你，他对你好不好，你应该比我更清楚。他父亲现在交代，一旦他进去了，席越就得和林家的女儿结婚，联手林家，挽救环海的颓势，你忍心吗？”

04

挂掉电话，乔微还没有回过神。环海已经举步维艰，可席越从来没跟她提过这些，前段时间甚至还一直在帮她解决上林路的事，她是真以为改址对他影响不大。

还有……席越喜欢她，席越喜欢她……

想到乔母的话，乔微越发觉得头疼。天底下最难欠的便是人情债，她处处在欠，却从未帮他做过一点事。犹豫再三，她低头拨通电话，那边过了许久才接通：“微微？”

席越的声音听不出任何异样，没有不耐烦，没有疲惫。如果不是刚才那通电话，乔微都不知道他连除夕都忙得没时间回家。

“你还在公司？”

“嗯。”席越揉揉额心，单手拿过日程表，说道，“这两天忙晕了，都没到医院看你，今天好点儿了吗？有没有吃饭？”

“我很好，不用看，你忙你的吧，有时间就多休息。”乔微赶紧拒绝，又小心地问，“公司还好吗？”

乔微难得主动打电话过来，听见这句，席越总算知道她打电话来的原因。

“别担心，好着呢。”男人笑起来，“只要你的病赶快好起来，我就安心了。”

席越没有说实话。乔微挂掉电话，心情并没有好上几分，像是沉甸甸背上了什么东西。

午饭后，霍峤之拉着她到楼下散步晒太阳。

G 市气温升得快，阳光好，门诊楼那边多了好些穿裙子的漂亮姑娘。乔微怕冷，又不能感冒，依然穿高领羊毛衫，裹着保暖的大衣，戴着口罩。

明媚的光线从花园的秋千架上随意倾泻，穿过枝叶的间隙，影子斑驳，落在皮肤上的热度像是浸在温水里，暖洋洋的，让人觉得舒服。

乔微靠在秋千上，闭着眼睛感受。

在病房待了一整个冬天，她的皮肤白得吓人，此刻被阳光一照，长睫尾端泛着光泽，整个人都多了几分生气。

霍峤之在乔微旁边坐下来，托着下巴看她："有这么舒服吗？"

"嗯，活着真好。G 市好久没出太阳了。"

"想不想荡起来试试？"

"嗯？"

"抓紧了。"

乔微睁开眼睛还没回神，霍峤之已经轻轻推了一把，秋千荡起来。她低呼一声，身体僵硬，有些无措，手下意识地收紧，道："我又不是小孩子，荡什么秋千……"

"你不会没坐过秋千吧？"

乔微小时候玩滑梯把头摔破过一次，流了许多血。乔母怕她再受伤，从那时起就不再让她玩这些游戏，她确实早记不清坐秋千是什么感觉了。

"微微你往高处看。"霍峤之的声音里有笑意，"放轻松点，摔下来我会接着你。"

秋千荡到最高点时受重力加速向下运动，有种肾上腺素分泌的刺激与兴奋感。

高处视野开阔，乔微荡了两圈觉得还挺好玩，她的头发扎得散，发圈掉落下来，黑发便随着秋千起落飘飞，有风声从耳边掠过。

每每落下来，霍峤之又重新将乔微送上去，她终于放松下来，却听他似是不经意般随口问她："你今天在想什么？不开心吗？"

乔微被霍峤之的敏锐吓了一跳，她觉得自己并没有表露出来，他却还是察觉到了。

"嗯。"脚尖踩地，乔微起身说道，"有一件事，我没做好，没有顾虑到其他人的感受。"

"世上哪有万全的事，你顾着自己，我顾着你就好了。"霍峤之捡起发圈，把她的头发重新拢好扎起来。

他总没个正形，偏说得一本正经的样子，乔微哭笑不得。往花园外面走的路上，她将上林路的事跟他说了一遍。

医院的小路已经走到尽头，前面花坛那地方坐了个乞丐，蓬头垢面，衣衫褴褛，面上的污浊模糊了他的五官。

乔微把两个口袋摸了一遍，才想起来出门时随便套上的大衣口袋里没装钱。她视线朝他投过去，霍峤之干脆把钱包都交给了她，里面除了卡就是崭新的百元钞，连张毛票都没有。

“我也没零钱。”霍峤之无辜地眨眼，压低声音道，“你要给他？”

“嗯。”乔微抽出一张百元大钞，在附近的小摊上买了根水煮玉米，把钱换开。

霍峤之双臂环抱在胸前，问道：“你不怕他是职业乞丐吗？”

“不会，他不是。”乔微摇头，“他的指甲很黑，拇指还裂开了，职业乞丐能装得邋遢，但头发不会像他那么油腻打结……”

乔微很耐心地教他辨别，最后把找来的零钱连同水煮玉米递给了地上的人。那人乞讨了一上午，碗里还是空空的，她一下子给这么多钱，对方千恩万谢，眼泪都差点掉出来。

眼见那人要碰上乔微的衣角，霍峤之赶紧把人拉回来，说：“不用谢了，你赶紧吃吧。”

乔微回头瞧他，无奈地笑起来，走出半晌才道：“不用那么紧张的，又不会感染。”

“别人我不紧张，我就紧张你。”霍峤之抬手，帮她把拿下来的口罩重新戴上，说道，“把所有的病菌都隔离掉，一点感染的机会都不能有。”

“你就是太好了。” 霍峤之无奈地说。

“我不好。”乔微摇头轻笑，“我也是自私的，想要行善积德，多活几天。”

她这么说，霍峤之便知道她又想起刚才的话茬了。

“你非要自责，还不如怪我，我坏了席家两回好事。”霍峤之将手插在裤兜里，漫不经心地踢动路边的石子，说道，“他们一开始打算拆我的西亭马场，后来被我改了图纸才又选了上林路。”

乔微还不知道其中的曲折，霍峭之此刻说了她才明白。

霍峭之将手伸过来握紧她的手，回头朝那乞丐的方向瞧了一眼：“好坏你心里不是都有定论？”

“就算没有你我，席家这次也要经些波折，因为你身处其中，就要把责任揽在自己身上，这是什么道理？”

话是这么说，但乔微那秋波眉紧紧蹙着，始终舒展不开。

开弓没有回头箭，秦老已经决定主持改造上林路，乔微心知自己现在不忍心也没什么用，事情也不是她说开始就开始，说停下就停下。只是她到底觉得自己亏欠了席越，心里过意不去。

霍峭之看得不舒服，直接抬手把人揽在怀里，将她的眉心揉开，说道：“医生说你要保持心情舒畅。”

霍峭之其实乐得看席越那小子赶紧结婚，但乔微心里不舒服，他便也高兴不起来，安慰道：“你别不高兴了，大不了我帮你解决掉。”

乔微面皮薄，人行道上那么多人，猝不及防被霍峭之揽在怀里，她赶紧把他的手拉下来，意识到他说的什么，才又惊诧地问道：“你怎么解决？”

“帮他一把有什么难的。”霍峭之别开眼睛。

霍峭之的办法就是拆掉马场。他其实不大舍得，动身前还专门去了一趟奶奶那里，商量马场搬迁的事。霍峭之前些日子有闲钱的时候买了另一块地，当时还开玩笑说养老用。那儿比现在的马场还宽阔些，离城里远，山清水秀。忽略掉情怀，其实那片地建起来也不见得比现在的马场差。

宋老凝神听了好一会儿，才点头：“阿峭，你自己做主吧。现在更新换代那么快，生意上的事情我不懂，马场既然给你了，你自己决定就行。”

霍峭之做事果断，至此，这计划里唯一能左右他意见的人也同意了。

……

从奶奶那儿出来，霍峤之便直接去了自家的餐厅，他和席越约好了碰头。

被动拆和自己拆是截然不同的两个概念，现在的主动权握在霍峤之手里。他坐下后便把文件袋往桌上一扔，直截了当地开出条件。

“借着这次机会把霍家踢出局，这地就算我入股，利润我要分一份。”

席越转了转手里的杯子。

现在G市的地价多贵，没有人不知道，霍峤之这要求虽然过分，他却没办法拒绝。他很清楚，霍峤之能拿出来的不仅仅是块地那么简单。

他们席家现在之所以举步维艰，处处受制被打压，无非是缺了人脉，出了事无人帮衬。可他们缺的，恰恰是霍峤之所拥有的。谁都知道，霍峤之母亲的娘家船舶徐家是一棵大树，地底下是盘根错节的关系网。何况席父早对霍家颇有怨言，若不是霍仲英那个舅舅引来检方，环海也不会被媒体盯上，从那时起接二连三地出错，才落到了今天这步。若是能借此把霍家踢出去，也不算一桩坏事。

对霍峤之来说，这事成了，除了赚钱，也不是全无好处。参与G市的商圈开发案是霍仲英一力促成的，霍家一旦被踢出去，竹篮打水一场空，B市董事局那边的压力会重新落到霍仲英头上。这事儿可大可小，偏偏霍仲英生出事端不是一回两回了，先是被曝丑闻引发霍氏股价下跌，接着是他那个贪财吝啬蹲牢房的舅舅惹事，再后来这次……

霍峤之若不愿善了，借这机会一次性把人按下去，到那时，他这个哥哥恐怕很难再有出头之日。

这么一算，霍峤之不亏。

双方各怀心思，一拍即合，最后席越率先站起来，伸手道：“希望我们合作愉快。”

霍峤之嘴角一弯：“当然。”

第五章

就只有你一个

01

三月尾端，连春风也带着别样的亲切，温暖宜人，又到了乔微出院的时间。

“出院了，你们家属也要多陪她，保持心情舒畅，多吃新鲜果蔬，一旦出现发热得马上回来……”田恬叮嘱着，弯腰填好单子递到霍峭之手中。

他点头接过，又见田恬从抽屉里抽出一张明信片，左右看一眼，悄声道：“主唱，你也给我签个名呗，喏，就签在微微下边儿。”

那明信片是乐迷们自己私底下制作发行的，霍峭之拿起来一看，正面图片里，乔微站在舞台正中，闭着眼睛扬起琴弓，聚光灯照在她纤细的手腕上，样子格外迷人。

背面，乔微的名字已经写好了，不知什么时候帮她签的，字迹俊秀，很好看。

行，签吧，霍峭之打开笔盖，把自己的名字一笔一画地写在乔微旁边。

“谢谢你啦！”田恬的话音没落，远远地瞥见护士长过来，慌忙把明信片往后一扯，盖上单据，压低声音笑道，“祝你和微微相亲相爱，情比金坚！”

霍峭之正签到最后一笔，明信片被一扯，划出一道长印子，不过一听祝福的话，他皱起的眉头又重新舒展，嘴角扬起来：“谢谢。”

“田恬，去给二十三床量个血压。”护士长吩咐。

“哎。”她脆生生应了，小心地把明信片夹在书里锁进抽屉，拿起血压计喜滋滋地跑出护士站。这签名她可得好好收藏着，等以后他们混成了更厉害的乐队，她想去看怕是连门票都买不起了。

乐队的粉丝现在就很狂热，网上那群乐评人的评价也普遍极高。原因无他，钟与蔷薇大部分成员是正统的音乐科班出身，他们是创作型乐队，曲子不仅有摇滚的磅礴气势，也兼具古典乐的优美典雅。加上国内古典乐泰斗、钢琴大师宋常惠的作曲，如果没有好评简直是天理难容。

前段时间在网上瞧见乐队视频的时候，田恬着实大吃一惊，反复看了几遍，又联想到乔微病房里时常放着的小提琴才确定，走红的真是微微和她男朋友。

网友可比她们这群小护士八卦得多，连乔微从前念的是G大金融系、大学成绩排名、小时候得过的小提琴奖项这些事都给一干二净地扒出来。

想到这儿，她又不由得叹息，聪明的人真是做什么都不费劲儿。

G大那么高的分数线，乔微轻松考上不算，居然还退学回去拉小提琴，而且那么快就成名了！这些都不说，最重要的是她还长得好看，又找到这么帅、这么深情的男朋友，老天爷的宠儿也莫过于此了吧。

她羡慕半晌，忽地想起乔微的病，神情又落寞了。

老天爷果然太公平了，如果别把这病放在乔微身上，她得是个多幸福的人。

几个疗程的化疗结束之后，乔微胃里的病灶终于稍微得到控制。历经数次会诊讨论，医生们的意见也分成了两派，一边是计划进行手术，一边是继续综合疗法，保守治疗。

乔微体虚，手术的风险很大，肿瘤完全切除的概率也很低，非常有可能复发转移，手术治标不治本，还不如不动这一刀。

不过这些忧虑都是乔微再回医院之后的事了，现在她满心沉浸在病灶缩小要出院了的喜悦里。

音乐节过后，有唱片公司邀约乐队录EP，季圆连续几天待在酒吧没回家。

“我妈这两天逢人就讲啊，哎呀，我家季圆要出CD了呢，到时候给你也送一张……”电话里，季圆捏着嗓子把她妈的话学得惟妙惟肖。

“我跟她说是EP，不是CD，她偏记不住，夸得我脸都红了……”

听到这话，乔微笑起来：“那不是好事吗，从前你跟我抱怨，你妈总夸别人家的孩子，现在夸你呢，你还不乐意。”

医院电梯下到十八楼，乔微走出电梯，打算在出院前去看看老太太和小生。临进门前她挂掉电话，病房里，她从前待过的床位已经换上了陌生的面孔，小生正跪在床上玩蜘蛛侠。而中间那床，边上的仪器不见踪迹，床单换了新的，被褥叠得整整齐齐，柜子已经清空了。

“小生。”乔微出声将小生唤过来，小生瞧见她便兴奋地跑到她身边。

“微微姐姐，你下来找我玩啦！”

“你妈妈呢？”

“她去给我买药啦。”

“这床的奶奶呢？”她指指隔壁床。

小生的眉头皱起来，疑惑地道：“我今早醒过来就没看见奶奶了，妈妈说她出院了。”

他瞧见乔微也穿上了常服，又问：“微微姐姐也要出院了吗？”

“嗯。”

小生闻言，立刻露出失望的神情，扔开玩具撇着嘴说：“我也想出院了，我好想姥爷和姥姥。”

乔微拍着小生的头，安抚了好一阵，直到小生妈妈回来了，才和他道了别。

“乔小姐！”

乔微才走出病房几步，小生妈妈便追出来，说：“谢谢你来陪阿生玩。”

这是个温和的女人，她手上还拎着外边买回来的药，胸口不断起伏：“我们阿生，很喜欢你。”

她吸了吸鼻子，又笑道：“你送给他的玩具，他都压在枕头底下枕着睡。来 G 市的这段日子，他真的很开心。”

乔微心情沉重，笑着转身颔首：“我也很喜欢他，他很乖，是个好孩子。”

“嗯。”女人的眼眶有泪水微渗，她点头，飞快地拭去，说道，“对了，阿生说你刚刚问了老太太，她……”

乔微的一颗心紧张地提起来，只听女人沉声道：“她昨天在监护室拔了呼吸机，没有抢救过来。”

乔微的心剧跳不已，嘴巴微张，瞪大了眼睛不知该作何反应。

人生永远不知道明天和意外哪个先来。其实刚才听到小生说老太太出院的时候，她心里很清楚，老太太可能已经去了。可老太太与她说话的样子还恍若在眼前，就这样，一条生命毫无预兆地从自己生命中消逝，她心里一时还是无法接受。

乔微从前听查房的医生说过，老太太的身体没有基础病，做手术很有希望。早前如果及时手术，也许不至于走到今天这一步……一切都只是如果，乔微更清楚，这都是老太太自己的决定，因为她的内心一直充满了歉疚，怕拖累家人，尤其怕拖累孙儿的未来。

乔微越走越快，在电梯门关上前挤进去。拥挤狭窄的空间里熙熙攘攘，尽是说话声，让她终于找到了一丝生气和安定的感觉。

冰凉的手在大衣口袋里握紧，她终于记起来，霍崤之已经在楼下等了许久了。

走出住院部大楼的时候，乔微回头看了一眼。就在这幢大楼里，每个人都有自己的故事和烦忧，比起大部分人来，她其实幸运了不知多少。至少她从未体验到赚钱的艰辛与不易，不需要为治疗费用发愁，有想要做的事情，想要活下去的念头，还有一群始终关心她的朋友。

乐队开始录EP时，关于环海的舆论风向也终于迎来转机，公司股价开始重新稳步上涨。录音的间歇，乔微休息时看到了手机推送消息，还觉得有些不可思议，诧异地抬头问身侧的霍峭之："你怎么做到的？"

怕是天底下任何男人都抗拒不了心爱的女人投来的崇拜的目光，霍峭之几乎要飘飘然起来。他故作镇定地低头看手里的歌词，轻咳两声，嚼碎润喉糖，说道："都是小事儿，简单。"

乐队是第一次进录音棚，一上午的时间学习调整，又花了好几天反复打磨。霍峭之的嗓子都开始哑了，才将第一张EP录完，好在成果大家都挺满意，剩下的便是后期的工作了。

晚上，霍峭之将乔微送回公寓。离开时，乔微站在门口忽地唤了一声："峭之，你等一下。"

男人心中一喜，还以为乔微要留他，兴奋地折回来，谁知她却进了厨房。

中医开药时给她拿了一袋干罗汉果，她的药多得喝不完，现在倒是派上了用场，可以给霍峭之润润喉。

乔微用刀背拍裂干罗汉果，放进保温杯里，灌了满满一壶热水。褐色的干果随着热水冲泡浮上来，淡淡的药香味弥散开。乔微赶紧把盖子拧紧，递给他，叮嘱："明天嗓子该哑了，拿回去要喝完，记住了吗？"

乔微这话像是叮嘱小孩子一样，霍峭之伸出双手把杯子接过来，答："记住了。"

留宿的愿望落空了，霍峭之却一点也不失望，他像是被喂了口蜜饯，从心底甜到嗓子眼，直到进了电梯整个人还是轻飘飘的。

乔微关心他。

这个认识让他傻乎乎地一直笑，直到余光瞥见电梯角落的摄像头时，才轻咳几下停止了傻笑。

霍峭之离开乔微的公寓也没回家，他接到严坤的电话，干脆直接去了约好的地方。包厢里大多都是生面孔，瞧见他到了，严坤赶紧挥挥手清开场子，给他倒了小半杯酒。

“酒醒了半天，特意留着你来一起喝的。”

霍峤之摆手拒绝了，指指喉咙，说：“录了一天，没法儿喝。”

听声音确实哑了点儿，严坤惋惜地收回酒杯，说：“怎么着，霍少您还真打算进军音乐圈儿呀？”

“乔微喜欢，我得陪她。”

乔微的病严坤是知道的，他瞪大眼睛，上上下下仔仔细细地打量了霍峤之两遍，笑起来：“我有时候真怀疑你被什么东西附身了，从前可怎么都想不着你也有今天。”

霍峤之有些困了，窝在沙发里，眼睛半眯着打了个哈欠。

“我发觉你交了这个女朋友之后，还真是和以深越来越像了，老年人似的，约你十次不出来一次，从前不到一点你不上床吧？现在——”严坤不可思议地看看表，接着说道，“不到十一点，你就开始打哈欠。”

红酒杯与保温杯碰了一下。

严坤一口干了，霍峤之抿了一小口，氤氲的热气扑在脸上，入口还有回甘，甜甜的，让喉咙的微灼感舒缓下来。

“服了服了，那么多女人你都没看上，最后居然是在乔微这儿打翻了小帆船，能看不能碰，你说你喜欢她哪点？”严坤打趣道。

庸俗。

霍峤之踹他。

喜欢乔微哪点？

霍峤之重新靠下来，想了会儿，只觉得哪里都喜欢。可这么说显得太肉麻了，他说不出口。

“除了漂亮，喜欢哪里呢？”严坤又问。

“善良，”霍峤之点头，“但是有底线。温和，但是不骄矜。最重要的是，我看着她的眼睛，会有灵魂被击中的感觉。”

他渴望离她更近，渴望触碰，怕她哭，怕她痛，想要保护她，给她安定。

这所有的感觉，都是他遇到她之前从未有过的。

02

上林路改造的事情尘埃落定那天，乔微接了梁嫂一同去疗养院带外公回家。知道房子不会被拆时，两鬓斑白的妇人背过身拭去眼泪，当天晚上将荒置了一段时间的洋房打扫得干干净净，临出门前，才把灶上快炖干的那锅母鸡汤关了火。

G 市的雨季三月底就来了，屋檐下淅淅沥沥的水花在青石板上绽开，细雨落在院里的假山上、鱼塘里，玉兰树、芭蕉叶苍翠欲滴。

乔微外公的精神萎靡了好一阵，他的忘性越来越大，再回到这座院子，他瞧所有人的目光都恐惧畏缩，陌生至极。梁嫂花了好一会儿工夫，才喂他喝了点鸡汤。他喜欢这个味道，汤下肚，终于提起点精神，缓缓地打量了老房子一圈，又探头朝窗外看景致，最后呼了一口气，笑起来："真舒服。"

乔微递上刚买的酥脆饼干，包裹饼干的纸都还透着热乎劲儿。乔微外公咬了一口饼干，自己找到了桌子底下的收音机，摸索着想听，可惜没电了，索性递给身侧的人，示意她帮他打开。

"我来的路上买了电池。"梁嫂赶紧从兜里摸出来递给她。

乔微不会捣鼓这个，调了半天也没声。

"我来吧。"霍峤之把收音机接过来。

收音机里咿咿呀呀重新唱起粤剧。天暗，屋子里开了灯，光线映在窗户的彩色磨砂玻璃上，让人感觉格外舒服。雨下个不停，他们干脆留下来吃了饭。

乔微现在有许多东西忌食，也穿得厚重，她比她外公的身体状况还差些。

梁嫂不知道情况，看她这么瘦，又不爱吃肉，便给她舀西红柿鸡蛋汤。

开始化疗之后，乔微一尝到西红柿就觉得难受，眼看着汤就要落到她碗里，霍峤之抬手接了过去。

"谢谢您，微微她吃不惯西红柿。"

霍峤之也不喜欢西红柿的味道，但汤要是落乔微碗里，这碗饭她就再也吃不下去了。

梁嫂在洋房里住了这么多年，只见席越陪乔微来过几次，霍峤之是第一个她带着登门的异性朋友。

梁嫂知道乔微生母的脾气，这男孩瞧起来也是富贵人家的孩子，她还担心霍峤之会对乔微不好。这些富家出身的孩子，内心多半傲气，生长环境注定了他们会比别人受到更多的诱惑，对感情一心一意，实在少之又少，再加之他生得英俊……

可两人待了一下午，梁嫂也算看出来他对乔微是真好。他给乔微夹白菜最嫩的菜心，怕她不肯吃肉，连吃鱼腹还要特地挑了刺，记得她的喜好，挡掉她不喜欢的汤。这分明是对她喜欢极了。

梁嫂心下一动，眉眼舒展开。乔微是个多惹人心疼的孩子，只要和她接触过的，就会知道。

饭后，乔微带着霍峤之在老宅子转了一圈，这幢小楼其实承载了许多她儿时的记忆。

房子的地砖很漂亮，壁灯也是旧时的样式，水泥的楼梯扶手，红木雕花家具摆放有序。梁嫂从前会每天从上到下打扫一遍，打理得极好。三楼的顶间是乔微母亲出嫁前住的地方，后来又收拾了给乔微住。房间不大，却是乔微快乐的小天地。从前乔母不让她看小人书，不给她吃零食……她便把东西都藏到这儿再回家。假期是她最快乐的日子，每天听着画眉清脆婉转的叫声，在雪白的纱帐里醒过来，没人管束，自由自在。

霍峤之甚至在房间的墙壁上瞧见了乔微写的大字，还有画儿，它们都被人细心地裱起来挨着挂在一起。

“别看了，都是小时候胡乱画的。”乔微觉得有些不好意思，身一侧，挡过他的视线。

乔微不知道，她害羞的时候，耳朵和两颊有淡淡的粉色蔓延开，面庞像是三月里初绽的花儿。

屋檐外绵绵不绝的雨声好似更大了，霍峤之几乎能清晰地听到雨打芭蕉的声音。乔微转过身，低头在看抽屉里自己小时候收藏的诗集。室内壁灯的光线映在彩色的磨砂玻璃罩上，木床的白纱半掩着，鼻息间有些檀木的香气。乔微的侧颜安静又柔美，霍峤之的心像是被挠了一样，越抓越痒。

“微微……”

他心念一动，便上前从后面揽住乔微的腰，低头在她白玉一般的细颈上亲了一下，又沿着往上吻，手越收越紧，直吻到她的耳垂。

乔微手里的诗集几乎拿不稳，推了他一下说：“别闹了，这儿不行。”

“那我们回家。”他咬着那白嫩的耳垂，吐字含糊不清，呼出的热气钻进乔微的耳朵里，酥麻发痒。她没料到他会抓住自己话里的把柄，于是转过身来嗔怒道：“峤之——”

她红唇轻启，这对霍峤之来说简直是无声的邀请，热血瞬间喷涌至大脑之中，他的目光中只余下乔微似水般含情的眼睛。他俯身，吻在那唇瓣上，速度和节奏与屋外的雨声一般，舌尖相交，耳鬓厮磨。他浑身像过了电，连呼吸都变得急促。

乔微节节败退，霍峤之却越战越勇，直到搂着她腰的手抵在身后的桌子上，她再也没地方闪躲了。

霍峤之的手滑上乔微的脸颊、肩膀，然后褪下她的外套。她只知道任凭他动作，半推半就，手足无措。她的情绪很微妙，连她自己都不能说清楚，不知是对未知的恐惧，还是其他什么东西。她脑子里乱糟糟一片，只天马行空地想着，他们在三楼，下头应该听不见动静，梁嫂如果上来，进门前应该会先敲门。

半掩的窗有风偷偷溜进来，落在桌上的诗集翻过一页，正好是秦观的那一篇《八六子》。

夜月一帘幽梦，春风十里柔情。

乔微不常来，可梁嫂还是时常换洗房间的被褥，枕头上都是柔顺剂的香味，很淡。

因为害怕自己会压到她，霍峤之将她的头发都拢到一边。他的指腹有练吉他留下的薄茧，乔微感觉到被他的手指轻抚、摩挲后的每一寸肌肤都发红滚烫。

霍峤之不是个有耐心的人，可这一次的动作极尽温柔，都是为了取悦她。

乔微的眼神渐渐迷离起来，头顶是小时候每天睁开眼便能看见的雪白色纱帐，松松垂坠到床檐，被风拂起。

这个童年的自由之地仿佛也给了此刻的她放肆的勇气。她的耳边尽是绵密的雨声，她感觉仿佛承了一叶小舟在狂风肆虐的江上，摇摇欲坠，又仿佛在沙漠暴晒下行走的人，唇瓣干裂，极度渴望水分。

就在乔微越陷越深时，一道惊雷忽地响起，她喘息着将人推开。

“没有套。”

兴头正盛时被打断，这对天底下所有男人来说简直是最残酷的刑罚。霍峤之的额头、鼻尖都是憋出的汗，他大口喘着粗气，翻过身躺在乔微身侧。

还好她把他推开了，他甚至隐隐开始庆幸、后怕，要知道，她如今的身体状况不适宜怀孕。

乔微偏头看他侧脸的轮廓、起伏的胸膛，忽然觉得心中格外不忍。

“你从前……”她顿了顿，接着道，“交过几个女朋友？”

霍峤之听到这个问题，心骤然一跳，继而是狂喜。乔微问这个问题，是不是代表她也开始在乎他的过去了？他漆黑的眼睛一亮，心底的小人叉着腰狂笑两声，忽地又反应过来——

像他这样声名在外的纨绔子，说他也是第一次，怕是鬼都不信。

“我……我……”他不知该怎么说，心跳越来越快，舌头打了结，又僵又直。

“很多吗？”乔微转过头正视着他的眼睛。

“我没有。”这一声终于吐出来，他又重新吻上她，“我没有，就只有你一个，喜欢你，就只有你一个……”

他喋喋不休地重复，表达方式像是退化到两三岁的孩童一般，语言含混不清，笨拙直白。他急促的呼吸声仿佛也和乔微的心跳同步了。

她很开心。

像是G市最热的夏天里含了一口冰可乐，感受着气泡在唇齿间迸溅，又有些像高中时看了三天三夜的书，终于完成了考试倒头闭上眼睛一样的安心妥帖。

于是，她伸手搂上他的脖颈，附在他耳边，轻声道："我帮你吧。"

乔微第一次帮人解决，不大熟练，弄疼他好几次。那触感很柔软，又很刺激，他俊朗的脸颊布满绯红，那漆黑的眼睛几乎要滴出水来，一眨不眨看着她。

乔微被看着不自在，手下一松，咬着下唇移开眼睛。下一秒，她的手又被人拉了回来。

他移近些抱紧她，在她耳边一遍又一遍呢喃："微微，微微……"

像是踩在轻飘飘的云端上，这样的感觉太过美好了，他怕闭上眼睛便错过了一切。如果温柔可以将人溺死，那他一定会死在这里，而且心甘情愿。

钟与蔷薇第一张EP开始发行的时候，环海也终于度过了漫长的寒冬，迎来转机，股价终于有了较大的增幅，不再是缓缓回升。许多中小股东纷纷停止抛售，原因无他，霍峤之的马场开始拆了。

倘若寻常人还不明白霍峤之的加入意味着什么，那些股东可是一清二楚。霍家再厉害也山高地远，鞭长莫及，更何况负责G市这边的霍家大少屡屡出岔子，先是工程质检不达标，再是他那个舅舅造假账被检方盯上入狱，众人心中早就憋着一口怨气，眼下情况好转，干脆齐心协力将霍家客气地请出了项目。

商人逐利，资本家会精准地计算每一份利益，这投资一开始便状况百出，霍氏企业在几经权衡之后，最终决定及时止损，收回成本。只是竹篮打水，内里到底有多心痛，就只有他们自己知晓了。

03

乔微还是在医院走廊看到电视底下滚动的字幕时，才知道西亭马场被拆的消息。那马场有些历史了，骤然被拆，G 市本地台来回报道了几遍。

乔微起初还以为是自己眼花看错了，反反复复确认几遍，才怔住了。她很清楚，依着霍峤之那乖张的性子，不可能被人拆了他的宝贝马场还不声不响。

“乔微！”护理室的护士探头扬声喊她名字，瞧见人站起来才招呼，“快进来吧，到你了。”

冰凉的酒精在锁骨前打旋消毒，气味刺鼻。

乔微今天是来做静脉输液港维护的，维护门诊的护士认识她，一边撕开换药包，一边问她：“男朋友这次没陪你来吗？”

“嗯，”乔微心里想着事，随意地点头应道，“我不用陪的。”

“也是，我瞧你最近状态挺好的。”护士弯着眼睛笑，回头唤同事，“快，再帮我拿个七号头皮针过来。”

护士扬起脸的一瞬间，乔微忽地想起来了什么。

那天霍峤之在医院外边，似乎也是这般下巴微挑，骄傲地同她说：“帮他一把有什么难的。”

乔微当时万万没料到，他的帮忙竟然是以这样的方式。她向来是宁愿自己吃亏，也从不亏欠别人，这么多年她都做到了。因为她心里清楚，在这世界上，任何东西都能等价偿还，只有人情不能。

只有霍峤之的情不能。

世上怎么会有这么傻的人呢？

乔微闭上眼睛，静默地感受着护士冲管，生理盐水在体内的管子中湍急流动，仿佛血流的速度也跟着急促起来。她欠下他许许多多东西，却找不到更珍贵的去偿还，也许直到她死的那一天也还不清了。

乐队第一张试水的 EP 大深受喜爱，发行不到两个小时便被抢得一干二净。连唱片公司都被乐迷们惊人的购买力吓了一跳，急匆匆又打来电话，商量把录大碟的事提上日程。

乐队的发展其实远远超过了乔微最开始的预期。她最开始踏入这个圈子的时候，更多的是为了自己开心，就算台下只有一个人，她也能拉得心满意足。

可是乔微渐渐发现，一场精彩绝伦的演出，听众从音乐中得到感悟和快乐，而演奏者则从听众那里汲取自信和力量。

欢呼和沸腾的气氛使人雀跃，听众在音乐中沉浸，或享受音乐带来的震撼，是对台上的演奏者最大的尊重。

五月，乐队接到了第二场来自 B 市的音乐节邀约。

B 市音乐节的影响力，当然与 G 市这一场不可同日而语。B 市每年有数万狂热的乐迷从各地蜂拥而至，国内外百余家知名媒体竞相跟踪报道，数不清的乐队愿意自费演出。

这本是绝好的机会，可这一次，霍峤之面上并没有喜色。酒吧外已经暗下来了，演出大厅就开了一盏灯。

“我不去。”霍峤之直接拒绝。

“二哥！”徐西卜难以置信，第一个不同意，“多好的机会啊，为什么不去？”他才见到邀请函时，那兴奋劲儿就差环城跑一圈儿庆祝了。此刻霍峤之的态度就像一盆凉水浇下来，直接把他打回了冬天。

“没有为什么，我不去。” 霍峤之直截了当地将邀请函推回桌上，让众人自己选择。

霍峤之是主唱，又是队里最好的吉他手，他不去，乐队的实力会大打折扣。

众人还没从震惊中回过神来，角落的袁律书也出声道：“我也不去了。”

徐西卜重重拍他的后背：“你滚开，瞎起什么哄呢！”

袁律书没有躲，只是沉声道：“微微姐现在不能坐飞机，她去不了。”

“微微去不了？”季圆惊诧地道。

他这么一说，众人才反应过来，似乎律书的姐姐患的也是癌症。

“你都知道了……”

“我和徐西卜在微微姐的冰箱里看到了药。”

徐西卜的气势也弱下来，讪讪地松开手，问他：“微微姐为什么不能坐飞机？”

“她还在放化疗间歇期，贫血严重，没办法上飞机，G 市到 B 市这么远，改乘其他交通工具长途颠簸，会更累。”

此话一出，众人都沉默了。

半晌，徐西卜才低声道：“那我也不去了。”

季圆看向凌霖，他松开鼓槌说：“我无所谓的。”

她得到答案便倾身去够邀请函，说：“那我干脆把邀请函藏起来吧，我们谁都别跟微微说——”

信封刚拿到手里，大厅门忽然被推开了。

“别跟我说什么？”

乔微刚刚吃了药在后台睡着了，醒来想着再练会儿，刚走到门口，听见的便是这一句。季圆不会撒谎，她一紧张，霍地把邀请函往背后一藏，这个动作反而引起了乔微的注意。

“是音乐节的邀请函吗？”见谁都没出声，乔微干脆拎着琴盒走过去，找了个凳子坐下来，“上次演出的时候，我在后台遇到了音乐节的总监，他提了几句，我前几天还想着，如没有意外的话，邀请函应该寄到了。”

“你们干吗都这副表情呢？”乔微不解，“这不是好消息吗？”

“微微，我们不打算去了。”

“因为我吗？”

不待人回答，乔微先摇头道：“不要，我想去。”

“微微——”季圆忙道，“不用赶这次的，以后一定还有更好的机会。”

“不，我想去。”乔微很少这样强硬地拒绝人，她说，“你们也都想去，不是吗？”

“乐队建起来这么久，好像我一直都在拖累大家。你们在这儿辛苦练习，只有我躺在医院里。”她笑起来，“我也想跟你们一起努力一次。”

“微微……”季圆的眼泪几乎要掉下来，她别过脸慌忙擦掉，说道，“反正我们资历也不够，与其去了当陪衬，还不如明年准备好再去呢。”

“人生哪里有这么多时间让人准备呢，有机会当然要抓紧。”乔微打开琴盒，率先把琴拿出来，回头道，“排练新曲子吧，嗯？”

谁也没动，最后还是霍峤之先抱起吉他。

乔微下巴微压，悦耳动听的旋律便自琴弦上飞扬起来，霍峤之扫弦应和，音乐层层叠叠缓缓而起，仿佛呈现出一幅美妙的画面：小提琴和吉他声如水般自巴洛克式大教堂边涌动流淌下来，贝斯低沉抒情的声音如教堂的钟声低鸣，夕阳泛起红色的光芒，最后照耀在教堂顶端的塔尖上。

乔微其实不只想去B市，她还想去父亲临终前最后住的地方看一看。从B市出发，两个小时便能抵达北河，也许在那里，她能感受到一个父亲最后的心情。

乔微贫血，血红蛋白达不到最低的登机标准，于是凌晨时分，众人一起坐上了抵达B市的高铁。

临出发前吃了药，乔微一落座，便昏昏欲睡起来。天气热，车厢里开了空调，这温度对别人来说舒适，对她而言，再热的天，四肢也总是冷冰冰的。

霍峤之干脆拉下窗帘，脱了外套替乔微盖上，托着下巴看她睡着的样子。由于起得太早，没睡好，她的脸色都有些泛白。她就这样一觉睡到B市也好，他在心里叹了口气。

在G市待了这么久，这是霍峤之第二次回B市。其实他一点儿也不愿意带着乔微回去，尤其在这风口浪尖上。

环海的工程建设步入正轨，霍仲英最近被董事会打压得抬不起头，被逼辞掉最后的职务，在家赋闲，对霍峤之的仇怨更深了。霍父和母亲看不惯他玩音乐，要是知道他回B市在音乐节上演出，估计要大发雷霆。他一个人倒不怕这些，就是怕乔微受委屈。

走廊对面有个小孩在玩游戏，声音越来越大。霍峤之皱眉，又怕把乔微吵醒，只能压低声音唤他一声。

“小孩儿，你把耳机戴上。”

那男孩大抵是玩得太入迷，没听见，霍峤之直接瞪起眼睛道：“喂！”

小男孩被霍峤之吓了一跳，手上的 iPad 滑掉到地上，正要发脾气，一看男人凶巴巴的样子，又讪讪地捡起来，道：“我没有耳机。”

原来听见了。

“那你别玩了。”

小男孩还不服气，可看着霍峤之的眼睛又瞪起来，只能低声不情愿地“哦”了一声，关掉游戏。

乔微身体不舒服，隐约听到声响，迷迷糊糊地睁开眼睛，问：“怎么了？”

霍峤之赶紧回过身，将人搂在怀里，轻拍了两下，低声道：“没事儿，你好好睡吧。”

再抬头，他便见对面的小孩又打开了视频，声音开得更大了，似乎是觉得抓到了他不敢大声说话的软肋，得意地偏头瞥他一眼。

霍峤之对小孩儿向来没什么耐性，直接起身拎着小孩的后衣领，把他带到了车厢连接处。

也许整个车厢的乘客都对小孩外放的声音忍耐已久，一路上竟然也没人出来阻拦。

小孩的腿在空中乱踢，吓得哇哇乱叫：“坏蛋，你要干吗？！”

霍峤之这次把人放下来，吼一声：“站好！”

小男孩终于开始害怕，眼泪都掉出来：“我要告诉我爸爸，你这个坏蛋！”

“你爸爸在哪儿呢？你快把他叫来，问问他是你坏还是我坏。”霍峤之抄起手来，冷笑一声。

瞧见那瘆人的笑意，小男孩终于“哇”的一声大哭起来。

“不准哭！”

霍峤之横眉冷对的样子很有几分威势，一声呼喝，那震天的哭声立马变成了小声的抽噎。

“车厢里就坐着你一个人吗？凭什么打扰别人休息？还开视频，你在朝谁示威？我吗？”

小男孩不答，继续沉浸在自己悲伤的情绪里。霍峤之干脆踹了一下他身后的洗手间门，小男孩吓得一躲，意识到这个牛高马大的人踢的不是他，小腿一软，吓得差点坐到地上。

他一边擦眼泪，一边哭道：“我再也不敢了，我不敢了……”

洗手间里传出水声，门“咔嚓”一下开了。出来的男人不明所以，看着眼前的局面傻了眼。小男孩抱着他的腿就哭起来，边哭边喊：“爸爸，他欺负我！”

男人赶紧喝止小孩，让他擦干眼泪，再把因通话而发烫的手机塞回包里，低头恭恭敬敬地唤了一声“霍少”。

这人正是霍仲英的助理，霍峤之之前把他吓破了胆，这次再也不敢随便叫霍峤之“二少”了。霍峤之心道晦气，还没踏入 B 市，这消息便瞒不住了。

不过这父子俩欺软怕硬的性子还真是如出一辙。霍峤之抄起手来冷哼一声，低头冲那小男孩强调：“记住你刚刚说的话。”

04

果然，下榻主办方安排酒店当晚，霍家便打来电话。他们坐了一天高铁，刚刚准备去吃饭，但乔微提不起食欲，霍峤之也心情烦躁。想也知道霍父口中都是那些老调重弹的话，他干脆直接挂了电话。

城市另一端，被霍峤之挂了电话的霍父直接扔了筷子。

“这个浑小子，现在就管不住他，将来我老了，还不知道无法无天成什么样！”

于蔓忙站起来安抚，重新拿了双新筷。

下首的霍仲英盯着某处，忽地笑起来：“爸，我听说和峤之一起来 B 市的还有他那帮玩音乐的朋友，这回应该是来演出的。”

“演出？”霍父的脸彻底黑下来。

在老辈人眼里，玩摇滚的都不是正经人。霍峭之远远地待在 G 市碍不着他的眼也就罢了，现在还敢直接上 B 市来，简直是想气死他。

于蔓问："峭之喜欢的那女孩儿，席越的妹妹，就是乐队里那个小提琴手吧？"

瞧霍仲英点头，她才又缓声朝霍父道："峭之之前不也玩乐队，但还是有分寸的啊，我瞧就是给人带坏了，才会这样。"

"别说了，"霍父摆手，"就他，我还不知道吗？他不把别人带坏就是好的。"说着，他直接招手唤来身后的助理交代："你，你快给我去把他叫回来，我还丢不起那个人！"

霍仲英嘴角露出冷笑，夹了一口菜放进嘴里咀嚼，心想：这个老头从来就是一副口是心非的模样，天天说被霍峭之气得半死，到头来还是只把他当亲儿子。

还有公司那群老家伙，就没一个人把他当人看。明明是他们自己瞻前顾后才造成今天的局面，偏偏后果都要他来承担，凭什么？

在知道霍峭之和席越联手踢霍家出局的时候，他第一个便把消息告诉了霍父，结果霍父非但没发怒，反而叫他不要管了。霍父那样子分明是要袒护霍峭之，让他担下骂名。

霍父的意思是，只要霍峭之肯接触生意，怎么都是好的。那他呢，活该做霍峭之的垫脚石被赶出公司吗？！

院子里蝉在聒噪，霍仲英镜片下的眼睛里蓄起了风暴。他觉得自己已经压抑到极致，再难忍下去了。

在 B 市等待音乐节开场的几天里，大家一直待在酒店排练。B 市的夏天比 G 市干爽得多，风沙大，空气干燥，乔微这两天起床时老流鼻血，两天连输了三袋新鲜血小板才缓过来。

几人住的本来是套房，到第三天，怕乔微再流血不止，霍峭之干脆卷了被子直接搬来她房间的沙发上睡。

徐西卜早起时，还被从乔微房间走出来的霍峭之吓了一跳。

“二哥，你也太不是人了，微微姐身体都这样了，你还——”

没等他嚷嚷完，霍峭之便连人带牙刷把他按进了刚放满水的洗脸池里。

“快洗洗脑子。”

“二哥！”徐西卜挣扎出来，脸上滴水，对着镜子大口喘粗气，“什么啊，我是想说……你还跟她挤一间房！”

霍峭之的朋友挺多，好友听说他回B市的消息，几天里电话一直响个不停。有的干脆直接上门来约他出去玩，不过大半都被他三两句话推拒了。他从前做什么都觉得没意思，只能漫无目的玩着打发时间，现在不一样了，他想做点正事。首先，要达成乔微的心愿。

老头一心想把他押去相亲，霍母也不大愿见自己儿子的新闻出现在音乐娱乐板块上，肯定要想方设法出招。前有豺狼，后有虎豹，霍峭之现在就盼着音乐节赶紧完事儿，然后带着乔微回G市去。

只是这天下午来的朋友还挺特别，霍峭之留了人在酒店吃饭。乔微在饭点下楼，才瞧见来人，便惊讶得瞪大眼，她怎么也没料到会在这儿碰见林教授。

霍峭之吊儿郎当地直接把手搭在教授肩膀上，笑道：“微微，给你介绍一下，林以深，我朋友。”

乔微的视线在两人之间来回游移，结果还是没能把身份转换过来，最后，她规矩地颔首唤了一声：“林教授。”

乔微一喊，显得霍峭之的辈分也矮了一截，他觉得哪里不对，道：“微微，你现在不是他的学生了，咱们平辈。”

“对，也不是在学校，直叫我的名字就行。”林以深笑起来。

这还是自乔微离开G大后，两人的第一次见面。

B市的五月，大街小巷都是换短裙短裤的时候，乔微还穿着白色针织衫，外头套了件灰蓝色的双排扣羊绒大衣。这样厚重的打扮在乔微身上并不显臃肿，反而越发衬得她纤细瘦弱。她没上妆，脸色比离开G大时更苍白了，嘴唇的粉色也很淡，像是在不见天日的地方待了许久，眉宇间透着一抹倦怠和病态。

“好久不见了，乔微。”林以深颇为感叹地低声道一句，隔着桌子伸出手。

乔微倾身回握。

触手冰凉。

乔微从 G 大退学说自己要回去拉琴的时候，林以深怎么也没想到，这女孩洒脱的背后竟有着这样的隐情。她的病情他也知道几分，此刻除了为她的身体忧虑以外，他其实更担心自己的好友。

霍峤之分明是一副已经陷入热恋的模样，一言一行都被乔微所影响。就如严坤所说，他变了许多。从来不沾情爱的人，一旦深坠其中，便越发难以自拔。他自己就是这样走过来的，万不想有一天，自己的挚友也陷入这样的深渊里。

“我回 B 市后听到些消息，霍仲英这一次可能被逼急了。”

霍峤之眉梢一挑：“我会怕他？”

“不管怎么说，你要小心。”

“知道了。”

本来开了一瓶酒，可霍峤之马上要登台唱歌，只能以茶代酒敬了他一杯。

乔微安静地吃饭，听不见两人在那边的低语。林以深是性子稳沉的大学教授，霍峤之是贪玩的二世祖，直到两人的酒杯碰在一处，乔微也还是没想通两人是怎么玩到一块去的。

B 市的第一场雨后，风沙落下，天空澄碧，音乐节也终于在万众瞩目中开幕了。

不过乐队出发前还是遇到了一点意外，主办方派来的车已经停在酒店门口，霍峤之却迟迟不见踪影。

“刚刚明明一起出来的，怎么回头人就不见了？”季圆奇怪地道。

打电话，霍峤之不接，乔微干脆把手机收起来，下了车，说道：“我回去找他吧。”

这两天来找霍峭之的人里，有几个总让乔微觉得有些怪。那些人西装革履的样子不像他的朋友，倒像是保镖，她还曾听到领头的那人苦口婆心地劝他回家。

可过后她问起来，霍峭之又顾左右而言他，不愿详说。乔微大抵知道些他家里的境况，他不说，是怕她担心。

找了一圈，见酒店房间里没有人，乔微本要乘电梯下楼，想了想，又改成朝楼道那边走。

“滚开！”

推开楼道消防门的瞬间，霍峭之暴躁的声音传入耳中，乔微扶着楼梯匆忙往下跑了两步，果然在楼梯的拐角处看到一堆人。

众人听见声响，纷纷抬头朝楼梯上看来，乔微大吃一惊，想再退回去已经来不及了。

就在楼梯正下方，人群中为首的那中年男人头发整齐地往后梳着，相貌端正，眼睛明亮，饱含怒意，从眼尾的纹路中能看出来，他已经上了年纪。最重要的是，那男人的眉眼与霍峭之十分相似，乔微也不止一次在报纸和新闻里见到过他的面孔。他是霍峭之的父亲。

第六章 你后悔加入乐队吗？

01

男人的眉微微拧起，目光落在乔微脸上，似是在辨认，半晌，终于出声。

“席家的女儿？”

他的目光给人一种压迫感，声音不紧不慢，似洪钟般，余震敲在人身上，听似试探，实则是肯定的语气。

乔微只能颔首：“您好，我是乔微。”

霍崤之不知道乔微怎么找到这儿来的，顾不上身后的一干人，三步并作两步跑到她身边，拉起她的手便要走。

“站住。”

身后的男人又一次开口。

“我说让你走了吗！”

“我劝您省省力气，这样做有什么意思？”

霍崤之回头，站在楼梯上，居高临下道：“您哪次能拦得住我！”

“你这个不肖子，你还反了你！”男人怒目圆睁，朝身后的人发号施令，

“去，把这混账给我拎下来带回去。”

乔微被骤然拔高的音调吓了一跳，霍峭之却是一副习以为常的模样，把人拉到身后，摸出手机开始打电话。

“你还想干什么？”男人怒道。

“不干什么，”霍峭之摊手，把手机扔给他，道，“我奶奶叫您接电话。”

手机正好落到男人掌心，屏幕上显示电话已经接通了，他犹豫片刻，只能把电话接起来。

“妈——”

“别叫我妈，你什么时候把我当过妈！”老太太痛心疾首道，“阿峭是造了什么孽，才遇到你这样不负责任的父亲，你就知道压制他、强迫他。当年你们把他送到英国念书，我拦不住你们，现在好不容易做出点成就，你又来给他添堵！”

“妈，他玩那些东西能有什么成就，我——”

“我玩的也是那些东西！”

“那不一样——”

“哪里不一样！”

老太太脾气上来，骂得霍父节节败退，只能暂时答应了，才把电话给挂掉。

霍峭之懒洋洋地摊手要手机。霍父瞧他得意的样子，差点气得心梗发作，还是助理赶紧拿了手机递给霍峭之。

霍峭之收了手机，握紧乔微的手往外走。

乔微只来得及匆匆行了一礼，便被带出了楼梯间。

其他人正在化妆间做演出造型，季圆的头发被辫成了细密的小脏辫，长长地搭在肩膀上，极有异域风情。乔微也喜欢这种发型，可惜她的头发本就容易掉，造型师不敢编辫子，不敢吹造型，连染色都不敢，只能高高地替她扎了个利落帅气的马尾。

乔微的秋波眉太过柔和，化妆师干脆拿了细眉笔，一根根描深，然后沿着眉骨的弧度上挑。

乔微的眼睛若冬日的湖水般清冷，腮红打得比较浅，一张脸干净得很，唯有口红是扎眼的哑光复古砖红色。

时间才正午，前台的演出下午四点钟开始，工作人员和志愿者们在后台汗流浃背，发烫的聚光灯底下哄乱拥挤，人来人往。季圆一个劲地给自己扇风，又见乔微穿着长袖长裤，还一副清凉无汗的样子，干脆来抱着她降温。

“微微，”季圆打量了镜子半晌道，“其实我一直觉得你的外表太有迷惑性了，还是这个造型比较适合你。”

“我从前是什么样子？”乔微觉得好笑。

“好像所有的情绪都能收放自如，太乖了。可一上台我就能感受到，你不是那样循规蹈矩的人。”她叹道，“化妆师手可真巧，把你的内心世界都描出来了。”

冷艳无瑕，孤傲决绝。

乔微真正的模样，本该是这样。

候场近两个小时，终于轮到他们上台。在前往舞台的通道上，众人遇到了上刚结束演出的金属乐队。这是国内首屈一指的大牌乐队，人已经下了台，前台的呼声还是震耳欲聋，这对任何一支即将上场的乐队来说，都是极大的压力。

徐西卜激动地与各位前辈打招呼，擦身而过时，为首那蓄胡子、戴墨镜的主唱拍拍他的肩，他瞬间沉浸在幸福中不可自拔。

直到真正踏上舞台，徐西卜被呼声震得往后退了两步，才真正明白了刚才那意味深长的鼓励从何而来。

几万人的现场，台下全是密密麻麻的人脸，高喊着上一支乐队主唱和各位成员的名字，想要他们返场演出。

这些狂热的乐迷，可不是网上那些看脸的可爱网友，谁能拿出令他们兴奋的音乐，他们才会为谁欢呼疯狂。

徐西卜羡慕极了前辈们一呼百应的影响力。

“你踩着我的脚了，快点走。”袁律书在徐西卜身后面无表情地提醒他，见人顿住，又问道，“你不会是紧张了吧？”

徐西卜平日横行，哪里肯在袁律书面前露怯，回头一看袁律书的脸，当即挺起胸膛道：“开什么玩笑，尽管喊吧，底下人越多，我越开心。”

其实袁律书也紧张，他到底是个不满二十岁的孩子，手心都冒汗，不过一瞧徐西卜色厉内荏的模样，他便觉得自己被安慰到了。

音乐节是一道坎儿，很多小乐队迈不过去，更何况他们所在的舞台是音乐节的主要部分。舞台太宽，离观众很远，空旷的露天场地意味着他们必须要有比室内更为激情饱满的演出，挥舞的动作更大，极其消耗体力。

有的乐队真实的水平在音乐节舞台上发挥不到三分之一，再加上台下那些喝倒彩的乐迷，这将暴露出他们是否有足够的演出经验，是否有高超的表演技巧。

灯光变换，大屏幕上出现主唱霍峤之的图像，台下炸锅般的喝倒彩声终于低了些，人群中也有人摇起了印有钟与玫瑰乐队名字的旗子。

钟与玫瑰比这次受邀的四十多支乐队都要年轻，成员现场演出经验与其他乐队相比自然是不足的。但优势也有，他们是一支创作型乐队，乐曲的储备量足够。他们年轻，不需要嘶吼的唱法，乐队成立的时间短，意味着可塑造性强，可以不断尝试。

从第一次排练到现在，他们一直不断地在探索。他们调整后的歌单，开场的歌曲是霍峤之奶奶亲自作曲的《赞美诗》。

自拿到曲谱后，乔微已经将这曲子拉了不下百次，也在网上看到了其他人演绎的版本。最初登台时，她每次想的都是如何将这曲子在技术和音乐表现上做到完美，可每次下了台，心中总还是觉得有不足之处。

当局者迷，当她看到其他人的版本时，终于明白：一首曲子的生命力，可能会有十年、百年，甚至更久，在那么多演绎的版本中，能让人记住的永远不是最完美无缺的，而是最独特的那一版。而这种独特，往往需要演奏者将自己的情感、思维与曲子融合，随意发挥，产生奇妙的化学反应。

此刻，她沉下心，将外界所有的声音隔绝，下巴微压，抬手，琴弓触上琴弦。

乔微的手极漂亮，恍若一件玉制的艺术品，手腕一动，声音便被录入音响设备，完美的音质传入每一个人耳朵里。

她的动作越来越快，乐队的配合也极其默契。既不繁杂，也不空洞，曲子的对位技巧极高深，旋律连绵起伏。

霍峤之在乐声中开嗓，他的嗓音条件在乐手中简直得天独厚，那声音充满力量与感染力，气势磅礴。

他从大学时期开始，在国外玩半职业乐队，临场发挥一向是最稳定的。像是一根定海神针，找到熟悉的节奏，所有人这一刻终于都镇定下来。

天渐渐暗了，舞台上的灯光越来越亮。

他们这次演出一共准备了八首歌，唱到一半时，起先冲上一支乐队来的观众们竟也开始为他们喝彩，呼声越来越大。

乔微拉琴的间隙，抬头看到被灯光映亮的天空里，竟有乐迷放起了大气球。

他们放纵自己跟着音乐的旋律手舞足蹈，打拍子，抛开压抑，一起甩头疯狂释放，陌生人之间的隔阂消失得无影无踪。

这是最后一首曲子，结尾部分颠覆开头的轻松，霍峤之将沉重与伤感淋漓尽致地表达出来，感染了现场每一个人。

B 市的暴雨刚过，场地上的泥浆和水迹还未干，他们却毫不在乎，一边跟着唱，一边哭，有笑也有闹，肩搭着肩一起开起了火车绕圈，踩在泥地里一起挥手，大合唱响彻云霄。

真实而纯粹，热血而躁动。

没有人能否认，这是一次震撼人心的现场演出，这支新兴的乐队，用他们的一切震撼和感染着每一个人。乔微从前曾听人说，摇滚并不只是燃烧的荷尔蒙，它也是坚持，是包容，是团聚，是永远热泪盈眶。

许多时候，她觉得自己已经成长了许多，可每每到这一刻，又觉得还不够。

再下台时，霍峤之的嗓子已经哑得有点说不出来话了，底下的合唱声太高，他只能即兴重复唱了好几遍最后一段，那一段全是声嘶力竭的高音。

一伙人自台上下来，还处于兴奋到仿佛梦游的状态，在后台叽叽喳喳讨论个不停。

乔微把琴递给霍峭之，拿了早前准备的杯子，打算先回休息室给他倒杯水喝。音乐节的后勤服务工作大多由招聘的志愿者负责，刚走近休息室，她便见送水的志愿者从里面出来。

乔微想问他哪里有开水，还没开口，便被来人撞了一下，对方也没道歉，便匆匆走了。休息室的桌上，已经按座位摆好了水。

02

那是赞助方提供的品牌矿泉水，乔微从前没喝过这个牌子的水，只觉得瓶子还挺好看。

她倒了热水再回休息室，却只有霍峭之回来了，半倚在沙发上看网友刚刚上传的视频。

“他们呢？”

“去前面看演出了。”

乔微不能去人多的地方，怕感染，霍峭之怕她一个人在后台等太孤单，干脆也不去看了。他瞧她进来，便放下手机，伸手揽住她的腰搂着她，在她的眼睛上亲了一口。似是觉得意犹未尽，他又啄了下脸颊、鼻尖、嘴巴。

乔微赶紧抬手挡住说：“妆还没卸呢。”

霍峭之这才停了，把头深埋在她的颈窝里，吸了一口气，道:“你是我的。”

“你刚刚看的什么？”乔微去拿他扔到一边的手机。

她还没碰到，霍峭之便慌忙拿起来退出网页返回桌面。乔微被他迅疾的动作吓了一跳，他反应过来，哼了两句，解释道：“这帮人上网，一个个都不把眼睛带身上，他们才瞎，没眼光的家伙……”

“峭之。”乔微被他逗笑了，惊讶地道，“每个人的审美都不一样，就算人家不喜欢我们的演出，你也不用这样吧？”

两人说的压根不是同一件事儿，不过霍峭之没有打算辩解，干脆任由她误会了。

想到刚才评论区底下的风向，他始终觉得一把火烧在胸口。

评论区点赞最多的一条回复，居然说乔微和鼓手最搭，年龄相当，男帅女靓，主唱太狂太酷了，不适合任何人，只能留给粉丝。

他们怎么能把凌霖和乔微配成一对？凌霖那个小白脸，和乔微哪里配了？一根头发丝都搭不上边好吗？

他当即注册了账号上去反驳：对不起，主唱和提琴手是天造地设的一对！

结果居然有个兔崽子回复他：呵呵，瞎了吗？

到底谁瞎了！

把反驳的话一条一条回复了个遍，霍嵴之气得想打人，打算拧开瓶盖狂灌一口水消消气，刚抬手，乔微便把倒好热水的保温杯递过来。

"喝这个吧，对嗓子好。"

有了女朋友就是不一样。霍嵴之心中生出暗爽，早晚要让这帮人知道谁才是乔微的男朋友！他将那寒酸的矿泉水扔一边，端起保温杯幸福地小口小口抿。

夜色渐深，准备回酒店时，几人也终于从台前回来，徐西卜浑身是泥，眼睛晶亮。他刚刚去看朋克乐队演出，和人在泥地里 Pogo，摔得一身泥，兴冲冲地说着那支乐队极端新奇的演出方式。

乔微听着觉得还挺有意思，徐西卜干脆凑近些对她说。

霍嵴之实在怕极了徐西卜那身泥蹭在乔微身上，马上抬脚将他踹远些，道："你身上没骨头吗？站远点儿。"

乔微觉得好笑，回头便瞧见凌霖拿起桌子上霍嵴之刚刚拧到一半的水仰头往下灌，天气太热，又去人群里挤了一遭，他身上全是汗。

她本想出言提醒，又想到那瓶水霍嵴之也没喝过，便没出声。

"这牌子的矿泉水，味道怎么怪怪的？"凌霖瞧着剩下的半瓶水，拿在手里晃了晃。

"什么味道？"季圆很好奇，也拿起自己那瓶，瓶盖太紧，凌霖干脆接过来帮她拧开。

"是啊，味儿挺怪的，亏他们还卖这么贵……"

休息室的门就在这时候被敲响了，主办方准备接他们回酒店的车已经停在楼下，还派了两名志愿者帮她们搬运乐器。

“老师，我来拿就好了。”

徐西卜刚拎起箱子便被人接过去，生平第一次被人唤老师，尤其是两个志愿者的年龄都比他大，他的神情一下复杂起来，既害羞又满足。

然而，他们还没走到门口，便听外面有骚乱声传来。那志愿者匆匆跑出去，再回来时便惊慌地道：“老师们，可能还需要再等会儿才能走，外面有好多警察，把出入口都封锁了。”

“得等到什么时候啊？”徐西卜嘟囔着抱怨，“我一身泥，还想早点回去洗澡换衣服呢。”

“出了什么事？” 乔微问。

“突击检查，说是咱们这儿有人在后台聚众吸毒……”

他话音没落，休息室的门瞬间被打开了，两名荷枪实弹的警察冲进来。

众人哪里见过这种阵仗，老老实实按要求上交了手机，在边上站好等待排查。为首的那一个牵着的缉毒犬叫个不停，连季圆都被叫慌了，小声和乔微道：“微微，我怎么心慌啊？”

“不准交头接耳！”

那边大声警告，吓得季圆瞬间噤声，收回视线，偏头一看，忽地发觉身边的凌霖有些不对劲。

他似是站不稳了，瞳孔散开，头上渗着汗，身体摇晃发颤，季圆还没来得及出声唤他，一米八几的大个子男人整个倒进了她怀里。

“凌霖！凌霖你怎么了？”他的身体烫得惊人，季圆慌了神，手在他面前晃了好几下，几乎要哭出来，“你可别吓唬我！”

边上的警察立刻上前查看，就在这时，前面那警察从缉毒犬朝着狂吠的琴盒托底夹层里，搜出几小袋片状药片与胶囊。

蹲在地上的警察直接把凌霖放在地上，朝着对讲机里唤道：“季队，派个队医过来，这边有人吸毒过量。”

“怎么可能？！”季圆瞪大眼睛，“你是不是搞错了？！怎么可能！”

徐西卜也是一脸的难以置信，道："那琴盒是我的！我从来不往夹层里放东西的！"

警方不听他们辩解这些，将所有的物品封存列单，门外又进来几名警察，拿着工作包对他们进行现场尿检。

霍嵴之终于察觉不对劲了。

他握紧乔微冰凉的手，目光落到桌上那几瓶散落的矿泉水上盯了半晌，又移回来。缉毒犬还在叫，他干脆举手，朝桌边指了指："那些水，一起带走吧，我怀疑那些水也有问题。"

为首的警察瞥他一眼，唤人将几瓶水收起来带走。

验尿的速度很快，除了凌霖和季圆的矿泉水，其他人的瓶子都没有被打开过，也只有他们俩被尿检了结果是阳性。

季圆连状况都没搞清楚，便和凌霖一起被警方的束缚带捆起来。徐西卜因为琴盒夹层里有东西，同样不能幸免，被一并带走调查。

出后台的通道上布满了媒体记者的长枪短炮，连警戒线都拦不住，直到三人被送上警方的押运车。

到了明天，不，或许不需要到明天，所有人都会在电视新闻里瞧见他们的脸，几个小时前，他们还在台上风光无限，现在却一片惨淡。

袁律书被这骤然的变故惊得回不了神。乔微脸色苍白，倒退几步，撞到霍嵴之身上，她忽地明白过来了。

太巧了。

这一连串的事件，连同外面那些媒体，根本就是一个早已经设好的局。他们被人陷害了，一旦背上涉毒的丑闻，那意味着乐队也走到了尽头。

霍嵴之驾车沿路跟到警局，一路上，乔微的手控制不住地颤抖。

这个圈子不干净，世俗界本身便对这群乐手充满偏见。季叔叔、季阿姨相信她，才把季圆交给她，跟着她玩乐队，今天却出了这样的事，她脑子里一片空白，完全不知道该怎么跟他们交代。

季圆从小就是一帆风顺的小公主，这番变故怕是要在她记忆中留一辈子阴影。还有凌霖，他的身体不知道怎么样了……

霍峤之一只手握着方向盘，另一只手抽空握紧她的手，安慰道："你别担心，微微，不会有事的。"

车在地下车库停好，他深吸一口气，埋头拿着警方发还的手机按下几个号码，低声与那边讲了半天。

电话才挂，乔微紧张地问道："怎么样了？"

"初次吸食，情节很轻，季圆和凌霖最多处五天以下拘留。只是西卜琴盒里的东西，数量太多，如果找不到切实的证据，就麻烦了。"

霍峤之抬起头来，看向乔微，表情凝重，一字一句道："这次，又是针对我来的。"

霍峤之和徐西卜用的是同一款琴盒，那把吉他，是他收藏的吉他里最贵重的一把，乐队组建之初，他送给了徐西卜。徐西卜觊觎这把吉他已久，拿到那天高兴得不得了，平时舍不得弹，这回来B市才专程带着来的。

乔微总觉得自己忽略了什么重要的线索，她深吸一口气，想了许久，脑子里终于有什么一闪而逝，那个志愿者搞鬼了！

"我最先回到后台的时候，撞到了从休息室出来的志愿者，就是他送的水！"乔微道。

霍峤之猛地坐直了身子，急忙问道："他长什么样？"

"个子比我高半个头，近一米八，穿着墨色的纪念衫……"乔微努力回想，可当时那个人始终低着头，她根本没看清他的脸，也自始至终未曾听到过他的声音。

他到底是不是真正的志愿者另说，就算他是，后台没有监控，总共有几百名志愿者，想把这个人找出来，又谈何容易。

如果没有那些跟来的媒体，事情或许还有回旋的余地，可是现在，连霍峤之都觉得棘手，他也只能尽量控制消息的扩散。

一连打了好几个电话，霍峤之才稍微定下心，他正准备再拨，却有电话打进来了。他接通了电话，才发现来电显示的是林欣澜。此刻再挂也来不及了，他整个人烦躁至极，接起电话，问："有事吗？"

"还真是不客气呢，"女人压低声音，故意叹气，"我知道你遇到麻烦了。"

"你要说什么？"霍峭之皱眉，"问候的话就不必了，我很忙——"

"通稿还没发，你不好奇我是怎么知道的吗？"林欣澜打断他。

"告诉你个消息，我是刚从我大学同学那儿听来的，她是今晚过去现场的媒体人之一。"林欣澜顿了一下，继续道，"她说，警方这次的行动是因为接到举报。这些记者能这么快蜂拥上去，也是因为事先听到了风声。"

霍峭之猛地想起来，这个女人在美国上大学学的是传媒专业。

"不过这些，我相信你也都猜到了。"女人又笑起来，"有什么需要帮忙的，可以随时给我打电话。"

霍峭之挂断电话。

停车场很安静，声控灯完全暗下来，车厢里谁也没说话。乔微隐约听见了电话那端的声音，一切像是有一只无形的手在操控着一切。

未知是最令人惶恐的东西。

"峭之，"乔微轻声道，"你知道是谁吗？"

霍峭之从漆黑的窗外收回视线，沉声回道："大概知道了。"

03

霍峭之几乎能看见、能猜到，当霍仲英最后一点权力也被夺走后，他此刻是多么慌不择路。

在决定和环海合作之前，霍峭之便知道霍仲英不会善罢甘休，做好了提防，只是他万万没料到，霍仲英居然选择这么愚蠢的方式。

这局设得简单粗暴，拙劣且显而易见。出了这样的事，可以预见霍父会有多么震怒，他不惜一切代价也要把霍峭之从丑闻里拎回来。

老头子向来只注重结果，不谈论过程，就像霍仲英被踢出公司这一次，即使他知道是小儿子的手笔，也只会因此觉得是大儿子没用，被人摆弄。

这个矛盾注定无法调和，父子俩都是极固执的人，霍父不可能改变想法，霍峰之不可能因为丑闻放弃乐队，霍仲英正是抓住这一点，想要他们彻底反目。

凌霖又在警局吐过几次，当晚便直接被送到了医院，好在治疗过后，情况很快稳定下来。

霍峰之第一时间为他们请好律师。头发、血液检验结果都能证明，季圆和凌霖并非持续定量吸食的涉毒人员，量很小，没有前科，没有复杂的人际关系，在走出音大之前，他们就是两个再普通不过的学生。

加上那几瓶来历不明的矿泉水，几乎能确定这是一场有预谋的刻意陷害。

徐西卜却不同，他涉嫌非法持有毒品，被警方重点调查。他从前总跟那群不三不四的朋友厮混，尽管未成年，但已经有过不良记录，就在去年还曾因为飙车被拘留了好几天。警方对待涉毒的案件一向从严处理，袋子上确实没有他的指纹，检验结果为阴性，但仅凭这些，并不足以证明他的清白。

警方还没有公布调查结果，天亮时，网上的谩骂便已经被铺天盖地。摇滚圈子本身就鱼龙混杂，加上外界的有色眼镜，许多人有时候张嘴也说不清。这便也是霍仲英的目的了。

律师给徐西卜带了换洗的衣服，总算把他那身行头换下来。

“他精神状态挺好的，就是一直念叨着要洗澡。”律师说，初见时，连他都被这心大的公子哥儿震住了。

“我怎么会生了你这么个小浑蛋。”霍峰之的姨妈连夜从 G 市赶到 B 市，此刻一颗心终于稍微着地，偏开头低声骂。

她一向是干练利落的女强人做派，此刻妆也没心思化，眼下浮起淡青色，为这没出息的儿子操了一夜的心。

徐西卜自跟着他表哥进了乐队后，已经许久没有惹事了，刚让她省心两天，又出了这幺蛾子。他顽劣不假，可骂归骂，自己的儿子一直在眼皮子底下，她不相信来一趟 B 市，就忽然沾上了这东西。

“峰之，你怎么想的？”她回头问道。

那天晚上的大规模排查中，除了乐队，也摸出了几条小鱼小虾。这案件疑点重重，警方也曾调查过举报人，是主办方在后台的工作人员，与乐队毫无利益牵连，没有半点证据表明他是针对几人而来。

“姨妈。”霍峤之沉默许久，才缓声开口，“我会给您一个满意的交代。”

霍峤之既然这么说，便是已经有头绪了。

“又是你爸那个私生子？”

霍峤之不说话便是默认了，女人这下彻底怒了：“峤之，你也看见了，你不想争，别人反而越发欺辱你，就算你有能力保全自己，也难保他不找你身边的人下手。那么大家业，难不成要便宜了那个私生子不成？”

霍峤之并非天生顽劣，他小时候是整个霍家最受宠爱的孩子，生得好，聪明，什么都一点就通。

越聪明的人往往也越是心思缜密、细腻敏感。变故是从他父母离婚那年开始的，那离婚的案子拖了很久，闹得满城风雨，一对夫妻成了怨偶，几乎能找遍天底下最恶毒的话相互指责、攻击。

他们通常不会在霍峤之面前争吵，但作为两人婚姻的结晶，无来由的迁怒与责备又无时无刻不笼罩在他头上。

离婚的案子最后以霍峤之的母亲胜诉终结，她分走大笔财产，令霍氏差点分崩离析，霍父几乎是报复示威一般，立刻将外面那女人领进家门。

十二三岁的霍峤之遇上心机百出的后妈，赢的时候少，吃亏的时候多。用人们最会看人下菜，霍仲英生出优越感，欺负起霍峤之越发肆无忌惮起来。

有理说不清，暴力是霍峤之学会的第一种宣泄方法。在一次霍父携于蔓出门后，他直接把霍仲英从房间拖出来。尽管身量还不如对方大，但他骨子里有一股疯狂劲儿，将霍仲英从楼上揍到楼下，没有用人敢出来阻拦。等二人接到电话再匆匆折返时，霍仲英已经被打得眼球裂伤，部分晶体脱落，眼球至今还是植入的人工晶体。再之后，霍峤之便直接被送到英国的寄宿学校去了。

霍父、霍母各自有了新的生活，他们放过了彼此，却没有人放过霍峤之。童年的阴影通常会在人的一生都如影随形，很长一段时间里，他的脾气变得越来越古怪，易暴怒，时好时坏。

倘若问他那全封闭学校、孤儿式的生活究竟给他带来了什么，那应该是打磨。他淡忘了从前的记忆，渐渐对一切兴致缺缺、漠不关心。

霍峭之降生时便得到爷爷的全部遗产馈赠，加之父母离婚时转在他名下的大笔股份，即使什么也不做，每年的分红也足够他几辈子衣食无忧。他没有想要的东西，没有远大的追求，也不愿为了一点利益委屈自己与憎恨的人虚与委蛇。他不放在眼里的东西，却有人舍了命也要争夺。

事态朝更坏的方向发展，霍父暴跳如雷，霍峭之没有立刻反击，而是先联系了霍仲英一直带在身边的助理。

在G市见面时，他便知道，这助理是个欺软怕硬的。霍峭之看人看得明白，霍仲英为人阴晴不定，跟久他的人都深知这一点。那助理贪财且惜命，他跟着霍仲英做的事儿不少，自然会给自己留点保命的东西。

人不怕有弱点，有弱点的人反而最好控制。早先霍峭之找人曝光霍仲英，把人送进局子，差点判刑那一次，便是这助理提供的证人地址。

霍仲英报复的手段——买凶杀人，也同样在他的意料之内。在察觉到有人跟踪，扔掉手机之前，霍峭之已经按下了号码通知人赶来援助，只是过程惊险了一些，那天在地下车库，就算乔微没有回头，他同样不会有性命之忧。

事态如意料中发展起来，整件事情里，最令人震惊的当数霍峭之被媒体曝光的新身份——霍氏二公子，名副其实的超级富二代，母家是船舶徐氏，宋老是他亲奶奶。这样的人涉毒，与一个小小的摇滚乐队主唱涉毒完全不是一个量级。

就是在这个时候，凌霖和季圆被警方释放了。因为他们属于被害者，并没有留下吸毒案底。警方公布了最新的调查结果，怀疑的声音四起，加之霍峭之不凡的身世，似乎更为警方的欺公罔法提供了几分可信度。

管你事情的真相如何，天底下总有人相信“苍蝇不叮无缝的蛋”，正所谓“无风不起浪”。牵连着霍仲英的旧闻也被翻出来，一堆网民坚信，大的是色魔，小的也不是什么好东西。

摇滚本来就小众，却因为霍嵴之，关注这件事的人数翻了几倍，那一点点支持的声音瞬间被淹没在批判的浪潮里。

乔微大清早去警局接人，季圆把头埋在她怀里，头发有点油乱。季圆没有哭，倒是乔微差点哭出来。

“好想洗个头哇！”季圆长舒一口气，笑着捏了捏乔微的脸，忽然问，“我妈她没哭吧？”

怎么可能不哭呢？乔微几乎要被内心的歉疚淹没了，花了好大力气才劝住季叔叔、季阿姨，让她们别担心，不用来B市。

去医院的路上，季圆先往家里打了个报平安的电话，才在后排与乔微小声说道：“凌霖他爸妈本就不同意他玩摇滚，这下决心怕是更坚定了。”

凌霖的父亲在出事的第二天便赶来了B市，这会儿陪着凌霖住在医院。其实凌霖的身体已经没什么大碍了，只是霍嵴之说让他多住几天。

“你……后悔加入乐队吗？”乔微想了许久，轻声问她，“如果没有玩摇滚，也就不会经历这场无妄之灾。”

“你在说什么呢，微微？”季圆不可思议地反问，“这两者有什么关系，难不成我不玩键盘，就一辈子遇不到坏事了？世界上哪里有不经历波折便成功的事情，我们早晚要成为一支伟大的乐队！”

这么听来，似乎也对。不管这话是不是安慰她，乔微的内心终于好过了一点。

霍嵴之这几天很忙，只有吃饭的时候会准时出现，盯着乔微吃饭。北方的食物与G市口味相差甚远，季圆他们不在的这几天，她没有心情，几乎吃不下什么东西。霍嵴之恨不得亲自拿个勺子喂她，就差举着手保证季圆他们不会有事。

“等这件事结束，我们就回G市吧。”乔微端着碗轻声道。

“你不是还想去叔叔住过的地方看看吗？”

霍嵴之见她沉默了，倾身把她搂进怀里，抚慰道：“会安然过去的，很快。微微，我保证。”

乔微的身体经不起折腾，等事情结束了，他就陪着她走遍所有她想去的地方，做一切她想做的事，能让她开心的事情。

04

就在音乐节结束后的第三天，骂声被推到顶峰之际，又有媒体曝出了乐队涉毒案的惊天转折。

乔微晨起时打开电视看新闻，便瞧见B市本地台报道，霍家大公子的特助实名揭发检举了他的雇主。上一次的强奸案由于证据不足，B市检察院最终未提起公诉，事情发生不过半年，这一回为警方补充证据的却是霍仲英自己的心腹。

这个助理拿出了手上大量的音频与证件资料。除了强奸罪外，霍仲英还被指控多项罪名，就连他还在狱中的舅舅也被以故意杀人罪指控。

霍仲英从前做过的事，一项项被抖搂出来：在G市的工程呈交虚假测试报告，以强力水泥砖代替水泥样本，向高级技术员行贿，大额偷漏税，还有买凶谋杀自己的亲弟弟。

霍仲英万万没有想到，最后背叛他的竟是他身边最忠心的一条狗。他自认为平日待他不薄，直到凌晨被批捕时他还没回过神，不明白是哪个环节出了差错。

另一边，季圆和凌霖一同对音乐节那天的举报人提起刑事自诉，追究对方的诬告陷害罪，找不到换水的志愿者，他便是具有最大嫌疑的人，被警方拘留重点盘问调查。

这人之前一直死死不肯开口，直到警方立案开始调查时，才慌了神交代了。如果他再不坦白，诬告陷害的罪名就极有可能落到他头上，他分明什么也没做，不过是收了笔钱，应人要求帮忙举报而已。顺着他提供的电话号码往下查，警方果然又找出许多线索，顺藤摸瓜，背后的人也终于浮出水面。

这人是霍仲英大学时期的跟班，这些年跟着他做了不少见不得人的事情，也得了不少好处。听到霍仲英被批捕的消息时，他立刻收拾行李携家出国逃亡，却在机场被蹲点的警方逮了个正着。

至此，徐西卜的“非法持有毒品罪”也终于洗清了。

警方公布调查结果那天，网上的舆论来了个一百八十度大转弯。对于吃瓜群众而言，他们不过是围观了一场惊天的豪门内斗，只有涉事者才能明白其中的苦涩。

“不喜欢的时候骂人家吸毒犯，喜欢的时候又叫人家小甜甜，这些网友还真是……”季圆翻着新闻下的评论吐槽。

凌霖剥了个橘子，一瓣一瓣递给她，道：“不喜欢看就别看了，干吗给自己找不自在。”

“不！”她抓着凌霖的手，狠狠地咬了一口，橘子的汁水在口腔中四溅，她说道，“我偏要看，‘天将降大任于斯人也，必先苦其心志’，这都是必经的。”

凌霖把剩下的橘子放到一边，沉默半晌才试探着问：“你真打算一直留在乐队吗？”

其实他们彼此都很清楚，乔微的身体像是一颗定时炸弹，霍峭之这阔少爷早晚要回去继承家业，徐西卜还有大学要上……谁也不知道这支乐队能走多远。

“秋季入学马上就开始了。”他轻声补充一句。

这件事只有他们两个知道，季圆甚至连家里人也没说。

学院那天组织的选拔活动，因为乔微忽然入院，所有人都已经不抱希望。但其实季圆后来还是收到了她梦寐以求的深造offer，和凌霖就在同一座城市里。

她闻言放下手机，烦躁地站起来走了两圈说道：“这个时候，你就别说这些了，行不行？”

“我不说，不代表事情不存在，你早晚要做一个选择的。”

“我能怎么做？”她定住脚，眼泪忽地掉出来，“乔微是我最好的朋友，是我这辈子最好的朋友！你不知道她从前活得有多辛苦，我不可能让她到了今天还因为这些难受。”

“我不去了，你自己去吧。”她声音哽咽得厉害，眼泪怎么也擦不完似的往下掉，“我不去了。”

霍峭之走到门口便顿住脚步，没有推门进去。掌心的手机在振动，他折身回到走廊尽头，接通了电话。从事发到现在，霍峭之早知道会有这通电话，只是他没想到父亲这么晚才打来。

“你回来一趟。”

那边的声音不复往日的剑拔弩张，听上去竟有种日薄西山的苍凉。霍仲英一出事，又牵出好几位霍氏高层，上次的一波未平，这次一波又起，霍氏元气大伤。

B 市虽然是霍峭之的故乡，但他其实对这座城市没有多少美好的感情与记忆。没带司机，他借着导航在市区绕了不少路才到家。不出意料，于蔓在沙发上哭哭啼啼，见霍峭之进门，才止了哭声，往老头身边一靠，看模样，是要为霍仲英说情了。

霍峭之不紧不慢地落座，垂眸，腿跷起来，身子往后一靠，语气显得漫不经心：“说吧，找我回来什么事。”

“那个助理，你是怎么说动他的？”

“还用得着我说动吗？霍仲英早该有这样的觉悟。”霍峭之轻嗤，“睡了人家老婆，还要人戴着绿帽子勤勤恳恳地替他办事不成？”

那助理心中积怨已久，从前是不敢，现在既得利益，又有反水报仇的机会，怎会不肯干？林以深的人同他一接触，他稍稍犹豫便答应下来。最重要的一点是，林以深劝说的方法实在很容易令人放松警惕。这林公子同霍仲英的仇才是不共戴天，他大概觉得两人颇有几分同病相怜的意思。也是直到下了水，他才晓得二少原来也在这艘船上。卷入两兄弟的内斗，他再想抽身已经来不及了。

霍父提起的一口气差点没喘过来，他早知大儿子难当大任，却怎么也没想到他竟然不成器到这个地步，一再因为同样的错误翻船。

“峭之，你哥哥蠢笨，他怎么可能做得出那些事，肯定是被人怂恿的。”于蔓拍着霍父的脊背，急道，“他斗不过你，你是知道的，你就放过他这次吧……”

“我可没有想要我命的哥哥。”霍峭之扬起下巴，盯着她的眼睛说道，“是不是被怂恿的，你不是最清楚吗？”

“峤之，”霍父打断他的话，开口道，“我知道你心里有气，但你把仲英踢出董事局，又低价收购了他名下那几个小公司，他现在什么也没有了，做到这一步，也已经够了。咱们霍家一荣俱荣，一损俱损，你应当明白这个道理，收手吧。”

霍峤之直起身，事实上，这一刻他心中毫无波动，甚至觉得可笑。他很早就明白，谁对谁错于父亲而言并不重要，在老头眼里，家族的利益大于一切。

“这句话，你该早些对霍仲英说的，现在已经晚了。”霍峤之起身，拿起身后的外套，毫不留恋地大步朝外迈去。

不管霍家怎么从中斡旋，这案件证据确凿，加之媒体的持续关注，时间进入六月时，检方终于受理警方移送审查起诉的霍仲英一案，正式提起公诉。

于蔓为儿子请的律师也从一开始坚持无罪辩护，变成了做轻罪辩护。霍仲英也算尝到了自己种下的恶果，倘若不是他一开始推波助澜，将早前的涉毒案炒热，他自己的案子根本不会出现这样万众瞩目的局面。有好事的网友还将多年前那场闹得满城风雨的离婚案翻了出来，挖出霍仲英非婚生子的身份，他最在意的出身终究还是被众人知晓了。

乐队经此事情，越发声名大噪，一举将音乐节年度最佳乐队奖、年度最佳歌曲奖收入囊中。风波过后，那些起先不敢说话的乐评人也一致发出称赞声。毫不夸张地说，钟与蔷薇几乎是近些年来最具潜力与价值的摇滚乐队。他们的音乐不喧嚣，没有无病呻吟，每一句都言之有物，还有着最出色的作曲与旋律，这对于年轻的乐队非常难得。主唱嗓音高亢有感染力，非常规配置的小提琴手在舞台上的演奏效果出乎意料地扣人心弦，乐队每位成员都有着深厚的音乐功底，无论是吉他演奏，还是率性独特的键盘即兴、饱满热血的鼓声，无一不让乐迷们疯狂。

最重要的是，他们颜值高，气质独特，且身份独具话题性，商业价值也一样惊人。这点由在唱片市场每况愈下的今天，他们新发行的音乐作品一到市场上便被抢购一空便可得知。

这样的成就，足够任何一支年轻的乐队飘起来，只是经历一场波折，大家似乎又都不约而同地学到了点什么。连徐西卜都稳沉不少，把突飞猛涨到几百万粉丝的社交账号给注销了。

“拿到它可真不容易啊。我还是回G市练习吧，准备录新专辑。”他兴致勃勃地摆弄着新拿到手的奖杯，说道，“不说假话，G市连拘留所的饭菜都比B市好吃很多，我进去一场，都饿瘦两斤了。”

几个人中，徐西卜是在里面待的时间最久的，季圆心疼地摸摸他的脑袋说：“回去我让我妈给你熬鸡汤喝。”

“要加蘑菇的那种！”

“行。”季圆答应得爽快。

季圆妈妈常在乐队排练之余送些好吃的来，鸡汤本来是专门送给乔微的，可她总喝不完，也就便宜了乐队的两个小朋友。一来二去，就喝出感情来了。

几个人商量着回G市时，霍嶒之和乔微已经踏上了去北河的高铁。

经过几个小时的车程，到站的时候，夜幕刚降下。

天宽地阔，海风清新。这里夏无酷暑，冬无严寒，蜿蜒的海岸线与天际连成一线，沙软潮平。他们在海边的一家小旅馆入住，吃饭的时候，还能听到外边海浪拍岸的声音。乔微是海边长大的孩子，她忽然理解父亲为什么选择在这里度过生命最后的时光了，因为这个地方实在像极了G市。

小旅馆的餐厅不大，但是充满了迷人的风情。里侧墙壁上是曾经往来的客人们留下的旅行卡片，点上一盏复古的小铜灯，微亮的光线将厅内染成昏黄的颜色。

乔微拿起相机来，打算对着卡片墙拍一张，刚动，便瞧见霍嶒之凑过来。快门声响过，照片里，她猝不及防地被吻了个正着。

“怎么就不能正经拍一张……”

第七章 // 反正你怎么都好看

01

“别删啊，拍得挺好看的。”霍峭之赶紧把相机抢过去。

照片里的乔微惊得嘴巴微张，瞪着眼睛往边上躲。她低声嗔怪道：“哪里好看了？”

“我不管，反正你怎么都好看。”

小两口低声打情骂俏，正遇上旅馆的老板娘从楼上下来。这是个三十来岁的女人，穿着长裙子，头发盘在脑后。她站在楼梯后边出声解释：“靠海这面只剩下两间房了，有间窗户坏了还没修好，夜里风大，会很冷……”

“那就开一间。”霍峭之马上接过话茬道。

“大床房行吗？”老板娘问道。

“行。”霍峭之一口应下来。

乔微还没来得及捶他，他赶紧附在她耳边道：“我可以睡地板，这么多人呢，给我点面子。”

这次跟来北河的还有几个保镖，霍仲英刚进去，难保留在外边的人不会绝地反扑，霍峭之自己倒是无所谓，但是乔微也在，便不能不处处小心了。

老板娘开单的时候，抬头瞧了乔微好几眼。这地方是景区，往来的人多，有几个长得漂亮的不新鲜。但小两口模样好，气质出众，最引人注意的还是后头跟着的几个大高个，跟拍电影一般。

乔微拿了单子，低头签名时，才听老板娘道："姑娘，我觉得你挺面熟的。"

"是吗？"乔微倒是不常听人同她说面熟。

乔微是南方口音，笑起来的时候，一对秋波眉微微舒展，病态般苍白的两颊上也有了些淡粉晕开，加上牙齿整齐雪白，整个人格外好看。就是这副模样，勾起了老板娘更久远的记忆，又想到乔微刚来时拎在手上的小提琴盒，老板娘顿了顿，道："你等一下。"

她说着，越过柜台，踮脚在一面墙上取下顶端的两张照片，折回身。

"你瞧，是不是挺像的？"老板娘把照片拿给乔微看。

乔微看清那照片，激动得连手都开始颤抖——是她父亲拉琴的照片。照片中，几年之前的卡片墙的装修与布置不一样，唯有那昏黄的光线与此刻并无二致。

"这样的照片还有吗？"乔微连忙问道。

老板娘摇头："没了，他后来就被人接走了。"

那男人给人留下的印象很深刻，他的小提琴拉得极好，有几次在大厅里拉，当天的客人都要比平时多一些。人住久了，她便也和他搭上了几句话。众人起床的时候，他往往已经从海边练琴回来了。在这样的天与地之间，男人的琴声与自然水乳交融，令人震撼。她那时候便想，她也许能忘得掉他的模样，却忘不掉那琴声，既磅礴大气，又美妙动人。

男人的身体不大好，半夜隔着墙也总能听到他在咳嗽。被人接走的那天晚上，他已经孱弱到神志都不大清楚了。

"这两张照片我能带走吗？"乔微问道。

"你是他的亲属？"老板娘有些诧异地问。

"我是他女儿。"乔微说得鼻酸，却又无比骄傲。

那个男人的模样与眼前的女孩重叠在一处，几乎不会有任何人怀疑他们的血缘关系。

老板娘点头说："当然可以，原件给你们带走，明天我去照相馆再洗两份留下来，只是……"

"什么？"乔微问。

"他走的时候，还在抽屉里落了另一样东西，我猜你会想要的。"

老板娘踩着楼梯匆匆上楼，再下来时手上拿了一个密封的文件袋。她也是后来在网上偶然看到了男人的照片，才得知了男人的身份，也无比庆幸自己当时将残留在柜子里的手稿保存下来。

这是一首没有写完的曲子，她会弹吉他，稍微能看得懂五线谱，知道音符在段落中间戛然而止。

手稿字秀苍劲，英文的花体字写得非常漂亮，只看乐谱都能想象出，那执笔者必定是一个温文尔雅、彬彬有礼的男人。蓝笔的批注写明了这首曲子的名字——*Song for Roses*，献给蔷薇的歌。

如果今天他们两个人没来，这曲子可能会永久地放在她床头的柜子里，不见天日。

乔微拿着乐谱瞧了很久，如果不是因为小提琴在楼上，她几乎克制不住自己立刻打开琴盒开始拉的冲动。

"缺了个尾声。"乔微翻到最后一页时，抬起头来看着霍峤之小声道。她含着泪光的眼睛仿佛映出外面碧蓝色的大海，清澈深沉。

"我看看。"霍峤之把手稿自她手中接过来。

这位天才小提琴家留在世上的最后一部作品，是写给女儿的。

整部作品分为四个乐章，与他从前所有的作品风格都不太一样，他几乎完全自工整严密的曲式结构中跳出来，不再追求旋律与节奏的均衡对称，大量地采用全音阶和五声音阶，赋予了作品饱满的色彩。

第一乐章的开场是奏鸣曲式的欢快活泼的快板，接着钢琴奏起，小提琴在音符休止的时候刻意模仿了克莱采尔的双音换弦。

乔微记得，她六七岁的时候，有一回被克莱采尔练习曲第三十三课绕口令一般的双音折磨得没了耐性，曲子刻板又枯燥，练习起来痛苦至极。曲子将她那时厌烦的情绪淋漓尽致地表现出来，恰似一位父亲的无可奈何。

钢琴再奏到休止符时，便又到了乔微开始拉帕格尼尼的时候。几乎每个主题，都是一段记忆，只是没人会想到，这些小事情居然如此深刻地记在了这位父亲的脑海里。

钢琴推动着小提琴的旋律前进，那音乐的展现像是一幅长卷，记录了一位少女的成长，忽而欢快，忽而平和，看似松散凌乱，却又紧密而充实地组合到一处。

到了第三乐章，更多的是对她未来的期许与盼望，美妙的和声悦耳又神秘，钢琴与小提琴音仿佛在竞相追逐，冲向高潮。

任何一个听到这曲子的人也许都会感叹。上帝对每个人都是公平的，它给了乔微的父亲世人可望而不可即的天赋，又让他在短短的生命里忍受疾病的折磨与痛苦。

饶是霍峭之才华横溢，自负之至，竟也不知道该给这样一首生命绝响接上个什么样的尾声，才不至于辱没了这伟大的父爱。

当天晚上，乔微和霍峭之是相拥在一张床上睡的。他收拢手，声音落在她耳边，带着一点热气。

“我开始有点嫉妒了。”

“嫉妒什么？”

“爸爸。”

“是我爸爸。”乔微反驳。

“反正是咱爸，”霍峭之低声嘟囔，也懒得纠正，“嫉妒他能给你这样令人感动的爱。”

乔微没有应答。

霍峭之的呼吸声渐渐变得绵长均匀，只有她还清醒着。窗外就是海浪拍击海岸礁石的声音，天地苍茫广阔，给人荡气回肠的感觉。朦胧的月光落在他精致的眉眼上，他的睡颜像个小孩，天真又乖巧，让人无限心软下来。

乔微小心翼翼地伸手，抚上那眉骨、眼睛、鼻尖，用心描摹他的轮廓。

其实，他不用嫉妒。

无论世人能不能记住，霍峭之给予她的这些，她是会铭记的。她十五六岁的时候，每天都睡不够，只觉得白天的日子实在太长。到现在，就算她常常在凌晨从睡梦中疼醒，却再也不觉得日子长。

她觉得自己越来越贪心，希望时间过得慢些、再慢些。她感觉胸膛里像是塞了一团棉絮，有感伤，也有忧愁。她想尽可能地陪他走远些，又隐约明白天长地久实在太难。

“阿峭。”

耳边只传来清浅的呼吸声，枕下就是他臂上传来的炙热温度，她蜷缩肢体，轻声呢喃。这名字仿佛只是念着，便有糖浆在唇齿间流淌，甜到心里，温暖又舒畅。

北河的太阳升起得特别早，乔微起床，正看见东方的天际泛起鱼肚白。橘红色的晨光从柔和变得越来越耀眼，好似被水墨渲染过后的金黄，被光亮追逐着的黑暗一点一点消退。潮水也退了许多。

时间还早，小镇上的生活节奏慢，开门的店铺不多，路上行人稀少，只有早点铺子飘着白烟和香气。

他们本来还有其他行程，却临时改成了去镇上的图书馆。老板娘昨天告诉他们，镇上的图书馆有钢琴，他们迫不及待地想试着合奏一次。

他们赶到时，图书馆已经开门了，管理员头埋在柜台里昏昏欲睡。

霍峭之上前，轻敲几下，指指一楼大厅角落的钢琴，问：“那个能弹吗？”

“放在那儿不就是给人弹的……”管理员迷糊迷糊地抱怨，心想：哪个二愣子这么大清早跑图书馆来弹钢琴？可他睁开眼睛便吓了一跳。

他昨晚睡前最后看的视频就是钟与蔷薇在音乐节上的演出片段！他看视频的时候还暗暗觉得霍峭之那家伙五官生得太贵气，肯定是个女人投胎变的，这会儿真人往眼前一站，居然比视频上爷们儿一百倍。

往霍峤之身后看，是个极漂亮的女人，他仔细辨认一番，才发现她居然是乐队的小提琴手！

他做梦也没想到，在他梦里循环演唱了一百遍的歌曲，原唱乐队成员此刻居然就在眼前。管理员拎起手里的旧抹布，结结巴巴道："只是……只是好久……好久没人弹了，你们要弹的话，我给你们擦擦灰！"

"不必了。"霍峤之抬手拒绝。

那钢琴确实许久没人动过了，落灰不说，还有些走音。霍峤之脱了外套扔给身后的人，吩咐了几句，挽起袖子，蹲下来开始调音。

管理员不久便回来了，用沾了清水的细软布把琴键都擦拭干净。音都校准了，霍峤之才把昨晚誊抄的乐谱摆好，坐回钢琴凳上，先弹了段练习曲活动一下手指。

霍峤之也很久没碰过钢琴了，他一抬头，乔微的琴弓刚刚扬起来，两人目光交汇，心灵在这一瞬间相通。他垂眸，修长的十指便开始跳动，流畅的音符倾泻而出。

钢琴声部欢快，和声新颖，小提琴的独奏变幻丰富，两者竞相追逐，一唱一和。时而灵活跳跃，时而延绵舒展，弦乐与钢琴交织出的旋律令人沉醉。

02

管理员再没了睡意，他目瞪口呆地听两人合奏了好一会儿，才手忙脚乱地把手机拿出来，躲在柜台后悄悄开始录视频。

他在小镇上当了那么多年的图书管理员，还是头一次见明星，怎么能不想传上网留个纪念？更何况，他一直以为钟与蔷薇是支摇滚乐队，没想到合奏起古典音乐居然也这么好听。

直到图书馆的人越来越多，都站在边上围观，再也弹不下去的时候，霍峤之才合上钢琴盖，一只手帮乔微拎琴盒，另一只手拉着她出了图书馆。

小镇的风穿堂而过，带着潮湿和淡淡的海腥味，拂过人的头发、面颊、眉眼。街边都是卖吃食的小摊，五颜六色的很好看。走到尽头时，发现看摊子的是个小女孩，乔微干脆掏出口袋里的零钱，买了一串糖葫芦，她拿在手上时又才记起来自己不能吃糖，干脆转身递给了霍峭之。一般人绝对猜不到，这霍少居然是个不折不扣的甜食爱好者。

他并不伸手接，而是俯下身来，就着乔微的手咬掉了糖葫芦外面那层糖衣，把山楂给她吃。

糖葫芦酸味中带一点清香。

乔微看着刚刚随手在图书馆柜台拿的一张旅游攻略，霍峭之帮她撩起耳边的鬓发，忽地说道："微微，咱们去游乐园吧？"

乔微没应声，低头又翻了一页攻略。

"咱们去游乐园吧！"

"小孩才总吵着去游乐园。"

霍峭之其实就是想享受一下乔微抱着他尖叫、依赖他的感觉。上次玩秋千她不也很开心吗？

谁知乔微这次不上钩，他落后两步，抄起手失望地移开眼睛。小镇的街道走到尽头时终于出现了岔路，霍峭之朝回旅店的方向才走两步，又被乔微唤回来。

"游乐场往这边走。"

图书管理员站在门口，瞧着一对情侣越行越远，再也瞧不见，这才折回电脑前，五指飞快地在键盘上敲打——

北河偶遇钟与蔷薇主唱，有图有真相，这对才是真情侣！

视频上传进度条跳到百分之百，他再刷新进入界面时，居然已经有了几个转发。

尽管是偷拍视角，但他录的这一段音效挺好，清晨的阳光从二楼阶梯拐角的窗户投射下来，深咖色的楼梯，复古的木钢琴，乔微挺立的身姿，霍峭之微垂的眉眼，像是一部浪漫的文艺片。自己不去做导演真是可惜了，管理员摸着下巴想。

视频底下的评论越来越多，每次刷新又多出来一堆，简直令人受宠若惊。

开花懒懒：啊啊啊！我老公居然会弹钢琴，还弹得这么好听，跪地舔屏。

西瓜别害怕：楼上怕不是忘了主唱的奶奶是谁，会弹钢琴很正常，好吗？

九斤的鱼：旁边的小姐姐是谁？微微吗？她居然不是鼓手的女朋友！天啊，微微和舞台上的风格差距好大，卸了妆也好漂亮！

十七十七：博主为什么不录完？音乐生表示这合奏太牛了。

困觉：乐队的功底果然不一般，是谁作的曲子，求曲名，求曲谱！

弥渡生：暴风哭泣，主唱和小提琴手居然才是一对，我老公只剩鼓手了！

乐队近来风头正劲，视频没过多久便被各大博主转发完一轮。两人还不知道有人偷录的内容已经在网上掀起新一轮风波，他们把游乐园绕了一圈，来到乘过山车的入口。

“怎么看着都不太安全……”霍峭之瞧那近乎垂直的角度，悄悄缩了缩脖子，提议道，“不然咱们还是回去玩碰碰车吧，我技术很好，保证不让你被撞到！”说完他举手发誓。

“你害怕玩这个？”

“怎么可能？”霍峭之哈哈笑起来，“我连赛车冲浪都不怕，怎么会怕这个？”

乔微信以为真，直到上了过山车才系上防护扣，霍峭之便闭着眼睛紧抓住她的手时，她才明白，他刚才的豪言壮语都是假的。

过山车缓缓加速，猎猎的风声从耳边掠过，她抽出手拍拍他，安抚道：“没关系，怕就喊出来吧！”

话音没落，下一秒，才抽出来的手又被霍峭之狠狠抓紧。

霍峭之的愿望落空了，乔微没抱着他尖叫，倒是他抓着她差点叫出来。好在惦记着自己的硬汉形象，他愣是咬紧牙关，没跟众人一起叫喊。奇怪的是，尽管过山车惊险连连，但当在众人的尖叫声里他的肾上腺素飙高时，他的手却始终与恋人十指相扣，那种被温暖与安全感包裹的幸福感，实在无法用言语形容。

下了过山车，霍峭之强烈要求再坐一次。乔微诧异地看他，刚刚闭着眼睛不敢看的人不知道是谁，难道乘过山车还会上瘾不成？她无可奈何地陪着这个二十多岁的小朋友又坐一遍，直到下来半晌，他还牵着她的手不肯放。

“真想待在这儿不回去了。”他心满意足地说。

毫无计划的旅行的好处就在于能随时随地更改行程，而这份不确定里又往往生出许多令人难忘的惊喜或惊吓。

他们沿着沙滩随意朝前走，乔微走不动了，霍峤之便把她背起来，任由白色的浪花拍打脚背，看远处的飞鸟斜斜掠过天际。

北河的阳光晒在身上让人觉得暖暖的，非常舒适。他们穿过五花八门的小摊，在青松翠柏与亭台阁榭前逗留，进不知名的路边小店吃饭。

尽管饭菜的味道不怎么样，可霍峤之全然没了从前的挑剔，坐在与他身形极不相称的小凳子上擦干净筷子便开吃。

直至暮色四合，一轮红日彻底沉没在西方的海平面下，他们也没有忙着回旅店。霍峤之拉着乔微匆匆买了两张票，登上游乐园的摩天轮。

身处密闭的空间越升越高，一抬头便能看到远处五光十色的码头和蜿蜒曲折的海岸线。夜晚的大海涨潮了，月光映在海面上，烟波浩渺，波光粼粼。

乔微长这么大，还是第一次与异性朋友远行，也是第一次在这样静谧的月光下坐摩天轮。

霍峤之的呼吸声近在耳畔，温暖的掌心与她贴合，所有感官都被无限放大，仿佛连心跳都清晰缓慢起来。

“真漂亮。”她趴在玻璃窗上往外看，轻声感叹。

“你更好看。”

乔微笑起来回头看他，霍峤之撒娇地搂着她的腰，轻声邀请：“我们接吻吧，微微。”

霍峤之掐准了表，就等着到最高处。分针指向整点，他便迫不及待俯身吻下去。

他吻得深沉热烈，乔微猝不及防，背脊被压着贴紧身后的玻璃窗，被动地接受着。

摩天轮的每个舱都有大片的透明玻璃，闭上眼睛之前，乔微甚至瞧见了对面小孩的妈妈捂住小孩的眼睛，听见不知哪里传来一声响亮的口哨声。

正像古罗马诗人所说，亲吻是夏季开满鲜花的草场。唇齿相接的感觉非常美妙，它令人血流加速，几乎无法思考。

乔微的手搭上霍峭之的脖颈，踮起脚，笨拙地学着迎合。又不知过了多久，摩天轮才终于回到地面。回旅店的路上，昏黄的灯影将两人相交的影子拉得很长。

“累吗？我背你。” 霍峭之说。

“不累。”乔微笑着回应。

“我想背你。”说着他便蹲下来。

“微微。”他又轻声唤她。

“嗯？”她伏在他背上，呼吸还未调匀。

“有句话我怕你忘了，想再说一次。”他小心翼翼地说。

“什么？”她问。

他顿了半晌才开口：“我爱你，比喜欢我自己还多。”

路边高大的灌木丛里，有蝉在轻唱，电线上有排排栖息的鸟儿，晚香玉和白茉莉的气味浓郁，交织出令人永生难忘的味道。

乔微的头抵在他肩膀上，没有说话，只是手悄悄地环紧了他。这句话像是一段咒语，脱口而出的瞬间，让人感觉四肢百骸都被暖流冲刷填满，游走在每个毛孔，堵得人半句话也答不上来。

治疗间歇期结束，再回到G市，乔微又住回了医院十九层。专家们几次会诊、讨论之后，还是决定再观望一段时间。她的化疗效果不错，病灶已经得到控制，再来几个疗程，说不定那时候再手术效果更佳。

只是因化疗的次数多了，乔微的头发也越掉越多。前段时间她喜欢吃的东西，这会儿全都成了咸腥的味道，放在嘴里她总觉得像嚼蜡。

身体稍微好一点，她便又跑到录音棚，和大家一起录新专辑。她觉得，就算再累再难受，只要还有想做的事情，四肢便又重新被信念给予的力量灌满了。

乐队的邀约和演出越来越多，霍峭之却不再接了，一来是怕乔微身体太累受不了，二来是他想用更多的时间来打磨这张专辑。他打算把乔微的父亲写给她的歌放进他们的专辑的，也用这首曲子的名字作为专辑名。

作品并不完整，还需要补上一个尾声。霍峤之写作品从来都是一气呵成，然而这一次，几番犹豫，竟一直都找不到头绪。宁缺毋滥，眼看没灵感，他干脆先搁置了。再回到G市，除了写不出尾声让他烦闷，更让他不爽的要数每天按时来医院报到的席越了。

这家伙起得比鸡还早，上班前先到医院晃一圈献殷勤，霍峤之这下觉也睡不着了，每天准点起来盯着席越的动静。席越倒水，他就立刻去抢杯子，席越带水果来，他抬手便拿起水果刀帮乔微削皮。

“说真的，这儿不缺你这点儿东西，你下次别带了，不，你下次别来了。”霍峤之道。

大苹果被削成小苹果，霍峤之跷着二郎腿，把被乔微拒绝的果子拿回来咬一口，落在席越身上的目光充满威胁。

席越发现，霍峤之在乔微面前总喜欢把情绪外露，直言快语，毫不掩饰，显得自己可爱蠢笨些。偏偏乔微就吃这一套。她怎么也不想，能令一众二世祖闻风丧胆、规规矩矩喊“哥哥”的家伙，怎么会没有点心计和城府？

席越心中微叹，替乔微拿了个软枕垫在腰间，扶她坐稳，说了一会儿话，临走时又道：“明天下午，我来接你。”

去哪儿？

霍峤之才听见这句，立马竖直耳朵，心中警铃大作。然后，他听到乔微低声答应道：“好。”

03

乔微答应了回席家吃晚饭。

乔微自搬出来后，许久没有回去过了。乔微想：不管母亲会是怎样的反应，她有权知道父亲已经去世的消息。父亲离开G市的时候，两人虽然已经离了婚，可他生病的事，她也是被瞒在鼓里的。她心中其实一直有怨气，甚至改了乔微的姓，砸了乔微的那把琴。

乔母年轻的时候并不是现在的模样，当年这对夫妻郎才女貌，简直天作之合，是众人眼中艳羡的对象。她因为乔父的才华嫁给了乔父，又在他陷入创作瓶颈的时候离开了他。因为他每天只知道围着那把破琴转，对周边的一切毫不关注。年龄渐长，乔母追求事业上的进益，这段婚姻非但没有办法给她帮助，两人反而总是因为一些鸡毛蒜皮的琐事争吵。她这才提出离婚，乔父居然立刻便答应了，而且在收拾行李之后很快离开了 G 市，毫不留恋。那么多年的婚姻，除了一个十五岁的女儿，他什么也没给她留下。

上回乐队起了风波，乔微还在 B 市的时候，乔母打过好几个电话要乔微和乐队撇清关系，赶紧从 B 市回来。

乔微自然没有答应。知道改变不了乔微的想法，乔母现在大抵已经默认了乔微的选择，电话里再不提乔微拉琴的事了。席越那天说出那番话之后，她其实想了很久。她只有乔微一个女儿，乔微越长越大，心也和她离得越来越远，这其实不是她的初衷。知道乔微要回来吃饭，她转身又吩咐厨房多做了两道菜。但她没想到，临开饭时，乔微把霍峤之也一块儿接了来。

倒不是乔微自己想带，而是霍峤之厚着脸皮要跟来。他也不知道怎么想的，居然把上次签的合同随身装在口袋里，她不答应，他便一个字一个字念给她听——“女方和异性朋友、亲人吃饭，须得向男方报备或携带男方出席”。

霍峤之再来席家，态度不能跟从前一般了，身份变了。到底是乔微的生母，他太端着架子不行，老实地跟在乔微身后入了席。

乔母一直不喜欢霍峤之这样的纨绔子弟，也想不明白乔微是怎么和他走到一块去的。到最后，她只能用他们在同一支乐队，兴趣相投来解释。和她当年的选择如出一辙。

餐桌上已经摆好了饭菜，比平日早一些，席父有应酬，晚上并不回来用餐。G 市的夏天来得早，一场暴雨刚过，地面的水分又马上被烈日蒸发，由于天气热，饭厅里开了空调。

奇怪的是，这么热的天，乔微自进来便没脱过身上的大衣。

“不热吗？”乔母发问。

“不热。”乔微答道。

乔母看着乔微，总觉得眼前的女儿陌生了很多。她对乔微的身材要求一直很严苛，可也从未想过要她瘦到这个地步。她大衣袖口露出的手腕极细，即使化了淡妆，脸色也显得苍白，从前保养得乌黑浓密的头发，这会儿也泛着浅棕色。只是她从前都未曾开口关心过这些，现在突然说这些到底显得不自然，于是直到最后也没有开口询问。她将目光移向霍峤之，出声道：“霍少，饭菜还合你胃口吗？”

“挺好的。”

“不知道你要来，我没让厨房准备。”

“客气了，不用准备。”

乔母对待霍峤之的态度自始至终很客气，或者说疏远，这几乎能表明她的态度。他当然也能察觉得到。

“微微吃什么，我吃什么。”他笑起来，一口白牙闪得乔母眼睛疼。

乔母一直觉得自己把乔微的餐桌礼仪教得很好，可霍峤之这家伙在边上，不是给乔微夹两筷子菜，就是剥个虾给她，甚至还小声与她说话。

乔母看不惯，一顿饭毕，什么也没吃下去。正好乔微有话要跟她说，她干脆放下碗筷直接起身。

餐厅的声音渐远了，乔母转回身来，开口道：“乔微，我劝你还是再慎重考虑一下。像霍峤之这样的纨绔子弟，我怕你招架不住。别的不说，你就看看他父亲、他大哥，哪个是好人？”

“他们是他们，他是他。”乔微摇头。

“你怎么就不懂？等你后悔的时候已经来不及了。”

“你后悔吗？”

“你在说什么？”

“结婚，生下我，你后悔吗？”

乔母愣住没答，乔微已经接着往下说：“我父亲说他不后悔。”

“我找到他了。”

乔母的面上显出一种难言的情绪，似是惊讶，又似是其他更深沉更复杂的东西。乔微看不懂，许久才听她哑着声音问道：“他在哪儿？”

“他没留下墓碑，骨灰撒进了大海。”

“他死了？”

乔母顿了两秒才反应过来，质问的声音近乎尖厉。她踉跄着倒退两步，扶着客厅的墙方才站稳。

乔微继续说：“他走之前已经被确诊为癌症晚期，离婚后第三个月，他就在北河的医院去世了。”

已经没有人知道，乔微的父亲当年如此爽快离婚，到底是因为这段婚姻真的走到了尽头，还是因为他宁愿被怨恨，也不想令妻儿伤心。

乔微说完那番话，像是完成了一项使命，再从席家出来，连步履都轻快了许多。

院子里的蔷薇花爬得满墙都是，淡粉和浅白色，密密匝匝，层层叠叠。暴雨过后，晶莹的露水还在太阳下闪着光亮，地上也落了一地的花瓣。

出门正遇上谭叔迎面过来，他许久没见乔微了，眼角都带上喜色：“乔小姐，您回来了。”

在他的理解当中，乔微肯回来，便是母女关系破冰了。她是个好孩子，他不希望因为倔强，让她错过很多东西。

顺着乔微的视线望去，他解释道：“今年夏天雨水多，花开得好，枝叶太多，都是席少爷自己修剪的。”他又不禁惋惜地道，“天气预报说，过几天可能有台风登陆，要是台风真来了，估计等风刮完，花瓣就该掉光了。”

这座宅子里的人，全和席越一个鼻孔出气。霍崤之听出谭叔的言外之意，加快两步，挽着乔微的手插话：“以后我们宅子的花园里也种满四面墙。”

乔微无奈地拽开他的手，又笑着与谭叔说话。

谭叔一直把他们送上车，替她开后车门时，忽地开口：“对了，小姐。”

乔微抬头，只见谭叔笑道：“你的琴拉得真好，我儿子也很喜欢你们的乐队。”

乔微晨起时打开电视，正好看到气象台发布台风预警，她在沿海城市长大，自然明白七八月台风的威力。

她打开 iPad 看行程，乐队的专辑只剩下一小部分便能全部录完了。窗外的天阴沉沉的，像是即刻要压下来，云彩却是十分鲜艳的血红色，对比鲜明。

她正遇上田恬来采血，小护士听着新闻唉声叹气："我们科室发了通知，这几天轮休呢，我去年几乎没有假期，今年轮休名单上居然又没我。"

看到楼下的花坛里已经有绿化公司在做防风加固，乔微轻声安慰了她几句。

"和你说会儿话真好，微微。"她拔针，把采完血的管子插好，说道，"算了，反正我都忙习惯了，在宿舍待两天，也没什么大不了的。"

她端着治疗盘准备往外走，忽地想起什么，又折回来，压低声音道："微微，你病房外边儿怎么忽然来了这么多保镖，是怕粉丝找到这儿来吗？"

"也对，多跟几个人有保障。"她问完又自言自语。

不接触还不知道，田恬自从看过音乐节的直播，才发现那些摇滚乐迷到底有多疯狂。

"不至于的。"乔微笑起来。

她回到 G 市这段时间，外出都戴口罩，怕被病人认出来。医生、护士们也都知道她的身份，好在医院保密工作做得好，并没有风声传出去。不是防粉丝，难道是防坏人？田恬已经从网友无所不及的八卦中得知了霍峤之的身份，想到这里，她已经脑补了一出电视连续剧里的豪门倾轧片段。

田恬出去之后，乔微便接到了霍峤之打来的电话，他的车已经到了楼下。台风一来就不能出门了，她只能一连几天闷在医院里，他怕她闷坏了，想趁台风来之前先带她去一趟郊外的马场。

之前因为他让出马场配合改建，乔微一直心存愧疚，好在如今新建的马场也已经落成。一望无垠的绿茵场上，元旦一出马厩就撒欢奔跑。

乔微穿上大衣，戴了帽子，临出门前，想了想，又折回身，打开抽屉。

她昨夜打了一夜的点滴，神情憔悴，看上去就有几分恹恹的病态。她打开水龙头洗了把脸，对着镜子拍了层淡淡的腮红，把眉毛理顺，擦上淡粉色的口红，这样看上去气色总算好了几分。

出门时，几个穿黑衣的大高个照例跟上来。霍峪之大概在医院门前等久了，又打来电话，乔微接通电话，站在楼道里等电梯。

台风到来前的最后两天，医院意外拥挤。好不容易等到电梯，狭窄的电梯里已经挤满了人，她一头扎进拥挤的人群，再想退出去时已经来不及了，只能眼睁睁地瞧着电梯门合上。

巧的是，霍峪之出门前也在衣柜挑了好半天，选了身低调又帅气的外套。停好车，他接通手机，一边与乔微说话，一边从地下车库往住院部的二号门走，临到要进医院时，余光又在入口处瞧见了个乞丐。与上回已经不是同一个人，他头发微蓬，裤管里膝盖以下的部分空荡荡的，看上去怪可怜。

霍峪之手插裤兜，走出两步，似是想到什么，挂掉电话后，又折回来，从包里抽出几张钞票放进他碗里，说："台风马上要来了，知道吗？"

那人哪里遇到过这么大方的人，千恩万谢地点头作揖，霍峪之这才收起钱包，叮嘱他："这两天就别出来了。"

他活了二十来年，从未有过这样的意识，可如果几张钞票真的能帮到一个人，他希望，他行的善，积的德，全部都回报在乔微身上，让她可以长寿一点、再长寿一点。

04

电梯的空间太小，人挨着人，隔着口罩也能闻见消毒水的味道，乔微尽量往边上避让，低头看手机。

电梯往下降，落到第十层时，身后的人出去，身边顿时变得安静下来，乔微一回头，才发现电梯里只剩自己一个人了。她伸手去按关门键，厚重的金属门缓缓闭合，外面忽地有手伸进来，是一双十分粗糙的男人的大掌。怕夹到人，她忙又按开门键，一个身形高大健硕的医生走进来。

“到几楼？”乔微就站在按键旁边，顺口问了一句。

“六楼。”

乔微按下楼层键，眼角余光只瞥见那白大褂，还没等她抬头看清男人的脸，忽地被他缚住双臂，有帕子飞快地捂上她的脸，刺激又带着微甜的味道钻进鼻腔里。

糟了！乔微心中一惊，屏住呼吸，下意识地想张开嘴巴喊，然而帕子上的味道却越发浓烈起来。

那是一种让人根本无法挣扎的力道，男人控制她的力道越来越大，她的身子越来越软，不过几个呼吸间，便四肢绵软，瘫倒在地，只听手机落地的一声脆响，她便完全没了力气。

电梯在六楼停下来，叮的一声，门开了。

“车备好了？”架着乔微的男人迈步出来。

“二号门。”另一人推出早就备好的轮椅，替昏迷的乔微扣上一顶帽子，拉低帽檐，低声回道。

来医院的病人不知凡几，乔微的模样并不打眼，人来人往的大厅中，谁也没有在意推着轮椅匆匆离去的那几个男人。

霍峭之等了许久，没有先等来乔微，倒是保镖们先下来了，他从兜里伸出手，朝后看，疑道：“乔微呢？”

刚刚电梯挤不下，一群人要跟上前时，门已经关了，他们走楼梯都已经抵达大厅，乔微却到现在还迟迟没下来。

霍峭之低头拨号码，乔微的电话却是处于无应答状态。他再次拨打时，那头已经被陌生人接起来：“喂，您朋友的手机好像掉在医院电梯里了，我捡到的时候屏幕已经碎了……”

一群保镖神色立刻凝重起来，做他们这行，最重要的便是敏锐，他们意识到，情况很不对劲。倘若真的出了什么意外，现在是最要紧的时间，人一定还没走远。不等霍峭之吩咐，他们转身四下飞快散开，分成几组寻人。

霍峭之没料到，他千防万防，还是被人钻了空子，手机上原本有定位系统，却被对方扔在电梯里。大厅内，大厅外……他疾步走着，左右张望，不敢看漏一处，就怕错过了乔微的身影。

乔微浑浑噩噩地坐在轮椅上跟着人出了医院，她头脑中隐约有些意识，但偏偏没力气睁开眼睛。

一行人巧妙地避开所有摄像头，沿着医院的路朝外走。

夏天草木盛，林可渝这段时间花粉过敏，身上长了好些疹子，马上要演出了，却接连几天还不见好，身体一直发痒，燥热的天气更让她心中烦躁。她已经事先预约过医生，戴了副黑框大墨镜，宽帽檐拉得极低，下车便带着司机匆匆进医院。

她怕晒，走的是人不多的石子小路，这里树高，阴凉。迎面与一群男人擦肩而过，她走出几步，忽地停下来，将墨镜拉下，瞧着几人远去的方向皱眉。

“小姐，怎么了？”

她总觉得刚刚轮椅上盖毯子的那个女人似乎曾在哪里见过，就连从毯子里露出的那只手也有几分熟悉。想到手，她终于有了头绪，她们拉琴的人，对别人的手形和指形都很敏感。她和乔微一起上了挺长时间的课，那双手恰恰是她细心观察过的。

一行人走得很快，林可渝一晃神的时间，他们已经走到路尽头，就要转出二号门了。

不对啊……

乔微才从B市的音乐节回来，身体怎么着也不至于差到三伏天还坐轮椅上盖毯子，要人推着走吧？

“跟上去看看。”

她踩着高跟鞋在石子路上疾步跑出一小段，远远看着那行人收起轮椅，把乔微带上车，黑漆漆的车门一关，便疾驰远去。

乔微却像是没有意识一般任人摆弄，她到底怎么了？林可渝皱眉，彻底摘下眼镜，心中隐隐有了猜测。她刚要出声喊人，才发觉自己没看清车牌，四下张望，二号门外行人稀少，压根没人注意刚刚的动静。

“走吧。”她压下心中所有的想法，转回身朝医院内走，步伐越来越快。

“小姐，又没事了吗？”

“废什么话，让你走，你跟着走就是了。”反正她从来也不是什么好人。

前段时间就是因为霍峭之帮忙，才让环海从危机里起死回生，若不是因为乔微，他怎么可能吃饱了撑的去管席家的闲事儿。

一连打了好几个电话，霍峭之才找到医院安保部调出电梯监控，他急匆匆直奔屏幕前看回放。监控显示，十来分钟前，乔微被一个穿白大褂的男人使用医用纱布捂了脸，陷入昏迷。

整个过程非常短暂，连监控室的保安也未曾注意。

那男人戴了口罩，医用无菌帽拉得很低，看不清五官，只知道身形健硕。他们在六楼出了电梯，而之后的走廊是监控盲点，如今人不知道到了哪里。

“继续查，把所有出入口的监控都翻出来。”霍峭之沉着一张脸，看上去十分冷静。

安保部的工作人员埋头排查。

只有霍峭之自己知道，他的心像是被放在火上烤，慌乱难安，他右手紧握着的是刚刚找回来的乔微的手机。

上一次摔碎了乔微的老年机之后，霍峭之买了新的还给她。她很爱惜东西，用了许久还和新的一样。可如今，触摸屏碎得如蛛网般，他拿着手机看才发觉自己的手一直在发抖。乔微不能出事的，普通人能承受的苦头，于她而言都是致命的，她半点闪失也不能有。

这一刻，他无比痛恨自己，明明已经有了防范，做事为什么不能更周全一些？他就这么让人在他眼皮子底下把人带走了！

医院的人流量大，车又多，监控却有限，难以排查到每个角落。

“通知警方吧，这样下去也不是办法，霍少。”身侧的人低声劝道。

霍峤之沉默不语。

霍仲英从前花了大力气结党营私，一旦判决下来，他入狱，务必会拖着不少人下水。

对方是穷途末路的狂徒，霍峤之很清楚，他们费尽心机绑走乔微，一定是别有所求。一旦被对方察觉他报了警，恼羞成怒，就不只是把人绑走跟他提要求那么简单了。

霍峤之头疼欲裂，却只能握紧拳头，强迫自己镇定，一遍一遍地梳理所有的线索。他在等，他知道，对方一定会打电话来。

无论对方提什么要求，他都会答应，他得让乔微完好无缺地回来。

林可渝当晚治疗完回到家中，脸上的疹子还是不见消退。她敷上厚厚一层冰凉的药物，拿起枕边的书看了半晌，却一个字也没看进去。她的眼前总是一遍又一遍地浮现白天的场景——乔微不见了。

尽管并没有消息传出来，但她进医院后不久，大厅出现的那群黑衣保镖，还有出入口戒严排查的保安，无一不证实了她的猜想。

奇怪的是，她心中却生不出几分快意，翻身把书扔开，瞧着天花板躺下来。

就算不知道车牌，但她看清了对方的车型，只要调出医院附近各个路口的监控，一一排查，也算一条线索。毕竟时间就是生命，这办法能极快地提高警方的工作效率。

翻来覆去无法入眠，她干脆坐起来，拿起电话拨通了堂姐的号码。这个秘密堵在心底实在太难受，她忍不住想找个人一起分担这份罪恶的情绪。

林欣澜就是最好的人选。

尽管林欣澜死要面子不肯承认，但林可渝知道，堂姐就是喜欢霍峤之。上回乐队出事，她还巴巴地凑上前去帮忙，她这个堂姐一直以来都很矜持，什么时候这样主动过。

可当听到电话那端的回复时，她这才明白自己走了一招臭棋。

“可渝，我原本以为你就是任性一点，没想到你连这么重要的事都能闭口不吭声，我现在就打电话告诉霍峭之。”

嗬，这话听起来多么正气凛然。

林可渝冷笑一声：“霍峭之要是把她娶回家，还有你什么事？”

“她人都已经这样了，我有什么好担心的？”林欣澜反问，“他们车牌号是多少，上的什么车？”

“不知道，没注意。”林可渝气冲冲地挂了电话。

是她犯蠢了，林欣澜借着这件事情去与霍峭之接触，岂不是更能拉近距离？

另一边，霍峭之等了大半夜，却先等来了林欣澜的电话。

“……情况就是这样，具体车牌号多少，什么车型，我妹妹不肯说，你也知道，席越把她惹毛了……”

“谢谢，我会让她开口的。”

不论如何，这总归是一条线索，霍峭之不敢放弃任何一丝希望。他挂断电话，直接打给了林可渝的亲哥哥——林以深，由她哥哥出面来问，最有希望。

他再挂断电话，已经是凌晨时分。

一整天没吃饭、没休息，霍峭之脑袋突突地跳着疼，他却丝毫没有睡意。他不知道乔微有没有吃饭，有没有睡觉，身体舒不舒服，待的环境好不好……不论做什么，他脑子里总是这些念头在萦绕。

城市的天际泛起鱼肚白，有一丝血红。电台都已经开始播报气象台发布的台风红色预警，他惶然听着消息，越来越急。这场台风无论是规模还是威力，都是近几年来之最，今晚八点之前再没消息，台风就来了，到时候已经没有人敢出门。可落在他们手里的时间越长，乔微就越受罪。

他眼睁睁地看着那一轮太阳彻底升起来，夹在黑压压的云彩里。

放在手边的电话终于响了，他看了一眼，是个本地的陌生号码。

霍峭之心头一跳，接起来之前，先看了一眼那追踪地址的技术人员，瞧见对方确定的手势，他才微颤着手按下接听键。

第八章

他不能有事

01

“人在我手上。”对方经过处理的声音雌雄难辨，显得格外阴沉。

“你想要什么？”

“22号庭审，我要证人当庭推翻证词，承认伪造证据，对媒体澄清，承担做伪证的责任。”

霍仲英的案件一开庭，那个助理的证词便是证据链最关键的一环。倘若这次因为证人推翻证词，判延期审理，等下一次再开庭，那帮人有了时间做手脚，许多罪名很有可能不了了之。

“可以。”

二十二号，那是一个星期以后。

要等到那一天，意味着乔微还要在他们手上多待一个星期。可霍峭之觉得自己一分钟都等不了了，每一秒钟于他而言都是煎熬。

“你先让我听听她的声音。”

一阵混乱的声响后，霍峭之听到了一段录音。那边在剧烈咳嗽，确实是乔微的声音，她时常在凌晨的时候被胃疼折磨醒，要吃药、喝温水。

霍峭之听着那声音，心像是被人攥作一团，紧紧跟着她的咳嗽起伏。

“她得吃药了。”

“只要你照要求办到，庭审之后，人自然会原封不动地还给你。”

“好，原封不动。”霍峭之强调，桌子下的手收紧握成拳，青筋毕露，他接着道，“她刚做完化疗，要定时吃饭、喝水、吃药，热了冷了都有可能病倒。我要的是完完整整的人，如果她出了什么意外，我保证你们什么也得不到。”

他压低的嗓音，如同隆冬化不开的冰雪，凛冽骇人。

挂掉电话，对面那人冲霍峭之无奈地摇了摇头，道：“是二环附近的一个公用电话亭，没有其他线索。”

谁也不能保证，二十二号之后对方就真的会放人，霍峭之不可能傻傻地等到那一天。乔微等不起，她的身体也等不起。

“霍少，林教授给您的电话。”助理小跑着拿着座机过来。

“我问过可渝了，她说只看见乔微被人带上了一辆商务车，从二号门离开的……”

“颜色和车牌呢？”

“她说没注意。”

“没注意？”

事实上，这点信息，也是林以深好不容易问出来的。

人命关天，他甚至打了妹妹一巴掌。

林以深离家早，就是在他看不见的时候，小时候抱着他的腿撒娇的妹妹已经越来越像父母，成了他最讨厌的那类人——自私自利，为达目的不择手段。他失望之极，却又无可奈何，他不知道怎么才能改变她的想法，让她变好。

“峭之，对不起。”林以深的声音里充满歉意。

他的年纪较霍峭之要年长些，相交多年，从前总觉得他还是小孩子心性，随心所欲，漂浮不定，永远是副吊儿郎当的模样，能让他放在心上的事情少之又少。

自乔微出现后，霍峤之开始变了，做了许多他从前没做过的事，走上一条他们从前根本意想不到的路。他知道好友此刻该有多着急，但也明白这点线索能提供的帮助也是微乎其微。

乔微是在一片漆黑中醒来的，她适应了好一会儿，才想起失去意识前的最后一幕。大概是那帕子上的味道太浓烈，她喉咙干渴得厉害，仿佛被火灼过，她依稀还记得自己在梦中咳了很久。

床很硬，不知道是谁在她身上胡乱扔了床被子，她觉得冷，想把被子拉上来些，这才发现自己的一只手被铐在床头。

房间是漆黑的，窗帘把光线遮得严严实实，辨不清外面是白天还是黑夜。空气安静至极，只能听到外面呜呜的风声，好似隐隐夹杂着海浪声。

她侧耳去听，这声音并不陌生。她母亲名下有幢海景别墅，从前每年过去住几天，乔微都是听着这样的声音入睡，就是前不久去北河旅行的时候，她每天也是在海浪拍岸的声音中醒来。

这房子大概是套海景房。乔微猜测。

她不知道这些人绑架她究竟想做什么，说不害怕是假的。惶惶不安地提着一颗心，她又想起医院楼下等着她的霍峤之。天气闷热，她在被子里捂了一身汗，刚动了动，门便响了，有光线落在她脸上，她赶紧重新闭上眼睛。

“哥，人还没醒呢，咱们的药放得重，不会出什么事吧？”

“不管了，再不走就来不及了，你就把吃的和水都放床头，等她醒了自己会吃。”

她听这像是B市口音。

身侧的脚步声放大，又渐渐远去，门“咔嚓”一声重新合上了。乔微这才松开全然僵硬绷紧的神经，撑着床缓缓地坐起来。

太久没有进食，胃里有些难受，但乔微没有多少食欲。她的活动范围不过是床头周围，黑暗中，她努力睁大眼睛，瞧清了手铐的模样，试着挣了一下。

乔微的骨架小，她本来就生得瘦，生病以后更瘦了，加上衣服穿得厚，对方大概没料到有人的手腕能比床头的铁杆还细，手铐没有卡到最紧，留下了一点活动空间。

她拉开几层衣袖，收缩掌心，皮肤火辣辣地被刮了一下，手竟顺利地从手铐里脱了出来。

乔微难以置信地抬起手又看一次，这才确认，这副手铐是真的没锁住她。也许知道她是个手无缚鸡之力的病秧子，跑一百米都喘气，这帮人根本没把她放在心上。

门外那对兄弟说了一会儿话，由于隔得太远，乔微听了半晌，只隐约听到一些。

“咱们先走吧，不就是场台风，吃的也留够了，总不至于把她饿死。”

“谁这时候会来这儿……”

后面便听不到了，她悄无声息地将耳朵贴在门板上，等待半晌，终于听清楚最后一句。

反应过来的瞬间，她顿时震惊得不能动弹。

“出事又怎么样？得了吧，你还真以为这事结束后她就能活下来。省省心，顾好你自己才是要紧的。”

直到楼底下传来一阵远去的车响，乔微才缓缓扶着门板站直身子，试着开了开门，毫不意外，拧不动，卧室的门被反锁了。

她又跑到床边，掀开窗帘。长期不见光的眼睛适应了一阵视力才恢复过来，眼前逐渐清晰。

这确实是一套海景房。

眼前的房间有落地的大玻璃窗，正对大海，能见度很低，周边几乎没有建筑物，海滩上空无一人，只余一道远去的车影。

远处的天又灰又暗，还有白色羽毛状的卷层云，刮着大风，自然的咆哮令人恐惧，让人几乎生不出反抗之心。

台风要来了。难怪他们敢这样胆大，也不看着她，这是个再安全不过的地方了。怕是谁也料不到，绑匪会在这时候把她藏在海边。乔微没地方呼救，纵使有机会，也不敢逃，因为台风来的时候，只有躲在屋子里还有一线生机。好在那帮人暂时应该不会再回来了。

她沮丧地叹了口气，回到床头坐下来。手背上因刚刚挣脱手铐而擦破了一点皮，现在渗着小血珠。怕再流血不止，她只能撕了块床单裹上止血。

整间卧室只有一个没通水的洗手间，一张床，一个床头柜。床头柜上摆着半箱矿泉水和一些塑封袋装着的面包，这是留给她活命的，除此之外别无他物。

窗外的风越刮越猛，越刮越骇人，连落地窗都开始哐哐作响。乔微不是第一次经历台风，可这样一个人在海边，看沙和石子直接被席卷着砸在玻璃上，确实还是第一次，此情此景，更可怖，也更残酷。

人类在大自然面前渺小至极，那嘶吼着的风声令人浑身发颤。她听得害怕，干脆把垫被、棉被都卷成一团，拖进卫生间摊好，狭窄的空间总算让她生出一丝安全感。

另一边，霍峭之已经焦头烂额，他就差把整个G市掘地三尺了，但也没有得到关于乔微的丝毫消息。

席越当天照例来医院，却始终不见乔微的踪影，他瞧着护士慌乱的表情不对劲，最后才从医院负责人的口中得知她被人绑走的事，当即便恨不得与霍峭之打一架。

“你凭什么连累她？”席越解开领扣，扔掉外套快步走过来，揪着霍峭之的衣领就要给他来一拳。席越情绪激动，全然没有了平日温和有礼的样子。

“为什么不是你被绑走？”

“哎哎哎，有话好好说，你别激动啊，席越，又不是峭之想这样的——”严坤忙着上前将两人分开，话到一半却又被霍峭之打断。

“行了。”霍峭之的眼睛发红，一夜没睡，下巴上是新长出的青色胡子楂，形容憔悴颓废。

他的神色自始至终很冷峻，看着眼前的席越半晌，最后推开了席越的手，一字一句道："用不着你来问我，我比任何人都希望那帮人绑的是我。"

霍峭之说罢，转身大步朝外走。那声音里不知道含着多少情绪，严坤竟都听得心酸。

霍峭之向来骄傲，不管是过去、现在，他都从未向任何人低过头。严坤相信，就算是要他拿所拥有的一切去换乔微平安健康，他也一定会毫不犹豫地奉上。

席越看着那背影远去，深吸一口气，让自己平静下来，最后警告他："微微要是有什么三长两短，我这辈子都和你势不两立。"

霍峭之脚步顿了一下，没有回头。

02

田恬忙活了一上午，路过乔微的病房很多次，每每一看见那紧关着的病房门，便觉得鼻子发酸。乔微的男朋友在里面待了一上午没出来，他昨天跟着技术人员看了一夜监控视频，不吃也不喝。她觉得自己就是乌鸦嘴，说什么来什么，明明昨天早上她还给乔微采血，一转眼人就不见了，也不知道乔微会不会有危险。乔微身体不好，又刚做完化疗，离院风险很大，出点事根本无法控制。

田恬如此想着，眼睛便红了，她端着治疗盘加快脚步，正与迎面过来的一个护士撞上，那人压低声音与她八卦。

"田恬，我听说人说，乔小姐在医院被人绑走了要赎金，这事儿是不是真的啊？"

"你听谁说的？"

"昨天安保部忙成一团，我表弟刚好在监控中心那边上班，问了半天，他才告诉我的。这么大的事，霍家没报警吗？"

"你别往外瞎传了……"

"哪里用得着我瞎传啊，昨天那么多霍家的保镖在医院上上下下找，别人不起疑才怪呢。”

肿瘤科的人几乎都认识乔微，她生得好看，又是明星，一举一动都被人关注，要不是碍着保密条例不能把消息往外传，她生病的事情早就瞒不住了。

那些乐迷大概谁也料不到，舞台上爆发力极强、感染力惊人的天才小提琴手乔微，居然会是个病情不轻的癌症患者。

“乔微这么漂亮，哎……”同事叹气，“怎么坏事总落在她头上呢。”

那人还在说着，田恬的眼泪都要掉出来了，再也听不下去，匆匆和人告别，回到护士站。

乔微是她遇到的最好的病人了。化疗做久了，肿瘤科的许多病人脾气都会变大，因为那样的痛苦确实不是一般人能承受的。田恬实习期结束就来了肿瘤科工作，这么些年都已经习惯了。乔微自己再难受也不会迁怒别人一丁点儿，她愿意为自己所爱的东西付出全部，乐观坚强得让人敬佩。

每次化疗结束，为了能赶紧出院登台、录专辑，她即使每天吐几次，也要逼着自己吃下去些东西，补充体力。再疼再苦她也从来不喊，就自己闭紧眼睛承受。

直到下午，乐队的人一同来了医院，霍峭之才打开病房门。

下午风越刮越大，高楼的门窗被吹得乱响，街道上的树木几乎被吹弯了腰。每个人都收到了台风红色预警的短信，路上几乎没有行人了。

“二哥，你吃点东西吧，你这样下去，没等微微姐回来，自己先垮了。”徐西卜担忧道。

霍峭之没动，背对着他们待在窗边的黑暗中，静默着，看不清他的神色。他手上还握着乔微那个摔坏的手机，此刻已经没电自动关机了。她换下来的病号服，还搭在床头，仿佛她真的只是出去了一趟。

“峭之心里有数，既然他这样好受点，你就别劝他了。”严坤说道。

病房不大，挤满了人，却安静得只听得见彼此的呼吸声。季圆已经哭了好几场，眼睛都肿了，每个人脸上的表情都凝重至极。

严坤开了灯，室内亮起来，又探到窗边往下看，问：“派出去找的人这会儿已经都收队回来了吧？”

答案不言而喻。

没有人敢在台风天肆无忌惮地在户外活动。严坤有心想说点话打破此刻沉默压抑的气氛，转移大家的注意力。他口无遮拦惯了，此刻想来想去，却感觉说这个也不合适，说那个也不合适，只能没话找话。

“刮这么大的风，估计只有要饭的最敬业了，我刚刚进医院的时候，居然还在门外头瞧见一个——”

严坤万万没料到，就是这一句话让霍峭之猛地抬起头，打断他：“几号门？”

“什么？”

“我说，你说的那个人在医院的几号门？”霍峭之从原地站起来。

霍峭之许久没开口说话，声音又哑又沉，严坤被他吓了一跳，结结巴巴道：“就……就是二号门啊。”

霍峭之听罢，开门拔腿便往楼下跑。

“哎，哎！峭之，你去哪儿？”严坤跟在后面猛喊，追上去。

霍峭之记起来了，他昨天便是把车停在外面的地下车库，从二号门步行进来的。进来之前，他还随手给路边的乞丐扔了几张钱。

二号门背对主干道和街市，路窄，加之医院的车位有限，鲜少有车辆进出，因此那里并没有安装监控设备。

那儿平日都有许多小吃商贩沿路摆摊，按道理不该没人看见，可昨天因为气象台发布了台风预警，整条街都安静萧条下来。霍峭之派人去找时，什么信息也没有得到。

他从二号门进入医院，到乔微被绑，前后不过十来分钟时间。是了，那个乞丐说不定也和林可渝一样是目击者，也许当时的情景他都看见了！

霍峭之不再想那么多，此刻，哪怕有万分之一的希望，他都要去试试。

……

狂风刮得人眼睛几乎睁不开，霍峭之迎风朝前走，离门越近，速度越慢，直到看清二号门外一片空旷时，心才顿时凉下来。

人已经走了。

说不定，他昨天看见的和严坤所说的根本不是同一个人，要知道昨天他已经告诫过那乞丐今天会有台风的。

风沙吹进眼睛里，霍峭之伫立了许久才抬手去揉，朝前走的步履无比沉重。

“峭之！”严坤也在这时候气喘吁吁地跑着跟上来，“你做什么？快跟我回去！”

“你回去吧，别跟来了。”霍峭之不为所动。

“别找了，人都走了，这么大的风，你继续在街上晃悠有什么用？”

严坤强硬地伸手去拽霍峭之，霍峭之却在这时候忽地加快速度，疾步朝远处的 ATM 室跑去。

他瞧见里面有人影！

附近就只有 ATM 室那一个避风的地方，既然严坤来医院的时候他都还在，说不定此刻就躲在那儿。

霍峭之的嗓子被风沙刺激得发痒发疼，眼睛却只盯着不远处，心跳如擂鼓。近到只有六七米时，他终于瞧清了，那里面靠墙半躺着的，确实是个乞丐。

严坤辨着身形，说道：“我刚刚看见的好像就是他。”

玻璃门一开，那乞丐闻声转头，才瞧见前面的人，他便紧张局促地站起来。他还记得，昨天就是霍峭之给了他钱，那些钱抵得上他好久的收入了。

风这么大，他本来答应了今天不再来的。

谁料男人并没有问他为什么又来，只是低头从口袋里翻出一张照片，举着问他：“这个人，你见过吗？”

那是一个年轻女人，照片中的人五官精致，看上去很恬静，十分漂亮，过眼便不会忘。

他一时想不起来，只得摇摇头。

霍峭之又问："你再仔细想想，昨天我走之后，二号门口，有没有见过这个人？"

医院门口每天来往的人不少，观察往来形形色色的人，是他每天都会做的事。他话说不清楚，记性却很好，要是真的留意了，不至于一点儿印象也没有。

不过他实在很希望能帮上忙，努力回忆着。

那乞丐面上一片茫然，严坤实在不忍心他再询问，劝道："走吧，峭之……"

ATM室不大，只有三台存取款机，男人的被子就直接铺在脏兮兮的瓷砖地面上，枕头是一只破败的大编织袋，四下散落着东西。霍峭之就是这时候注意到了编织袋旁边的小包。

那女包是橘红色皮革材质，上面勾出朵向日葵，一模一样的包，乔微也有一个！

"那包，那个包你是从哪儿得来的？"

怕霍峭之误会自己，他连连摆手，声音含混不清："垃圾桶，桶外边捡的，在医院门口……"

为了证明清白，他慌忙越过被褥，伸手够到那只小包，献宝一般交给霍峭之。

"东西，东西都没动……"

他当时亲眼看着车上的人隔着窗子把这只包扔向垃圾桶，那扔东西的人长得一副凶神恶煞的样子，只是失了准头，东西撞上桶边，又弹出来。

他原本以为包会是空的，可以拿来装东西，可等打开时才发现，东西都还在。里面许多张百元钞票、银行卡，还有一支唇膏。

面对天上掉馅饼，他心中却没有喜悦，只是搞不懂那些人为什么要将它扔掉。

包里面的钱他不敢花，回去犹豫了许久，今天才决定把包带来看看，要是有人回来找，他就把包还回去。

“你看清是什么样的车了吗？”霍峋之才看清包里的东西，直接急得去扶他的肩膀。连严坤都被吓一跳，这少爷平时爱干净，餐桌脏一点他都吃不下饭，今天却直接去抓那乞丐满是污垢的衣裳。

“我……我记得车的号码。”他怯怯地小声说道。他看见那个人扔包时，怕被回来找麻烦，下意识地便记下了车牌号。

记得车牌号！

这下，连严坤心中都是一阵狂喜，不敢相信转机来得这么突然。那人说着，从编织袋里翻出一张皱巴巴的废纸，接过严坤递过来的钢笔，歪歪扭扭地把几个数字一笔一笔画出来。

他不认识第一个字，也不认识英文字母，但他提供的这点信息，对霍峋之来说已经足够了。

他大概还觉得不够，又作了一幅简笔画，连车的模样都描画得清清楚楚，霍峋之一眼便将车型认了出来。

霍峋之当即便给还在排查的技术人员打电话。昨晚的排查无异于大海捞针，可现在，他甚至连车型、车牌号都知道了。

果然，不过半小时，那边便传来了消息。

“霍少，车牌号相符的黑色威霆追踪到了。昨天上午从医院附近的入口上了二环，凌晨四点钟时候，又停入了荔海一家地下停车场，到现在没动过，也许人就在附近。”

那个地方高楼林立，都是住宅区，找起人来难度很大。霍峋之沉默半晌，觉得人应该不在荔海。一来，人多眼杂，把人安置在那里风险很大；二来，绑匪的电话便是停车不久后从那里附近的公用电话亭打来的，那帮人不至于蠢到这个地步，不施半点障眼法。

“你再看看他进停车场后的出入口监控录像，留心有没有其他可疑的车辆开走。”

那边键盘噼里啪啦响了一阵，很快得出答案。

“凌晨时分车少，两个小时里开出去的车只有几辆，贴单向透视膜的有两辆，一辆白色雪佛兰，一辆红色奥迪，到了上班高峰就比较多了，我再往后看看。”

“先把这两辆查查看，你们在停车场等我，我现在马上过去。”

霍峤之低头看表，此刻已经是正午十二点。他抬头对严坤道：“你把人带回去安顿好，我出去一趟。”

严坤急了，三步并作两步，紧紧地抱住他的腰不松手：“你是不是疯了，台风要来了，这时候出去，你不要命了！”

严坤使出吃奶的力气抱着他，霍峤之拉了两下，竟都没把他扯开，怒道：“乔微要是出了什么事，比来台风更可怕，严坤你给我滚开！”

“你冷静点，峤之！他们还指望着你拖延庭审，暂时不会对她做什么的——”

“我知道，用不着你说，我知道！”霍峤之累积到现在的情绪终于爆发，手上青筋突起，一把将人推开。那力道太大，严坤没招架住，竟一连退了好几步。

“我很冷静，我知道现在什么情况，但我就是没由来地觉得要出事，觉得她需要我！” 霍峤之严肃地说道。

严坤踉跄着站稳：“峤之……”

霍峤之抬手，指着自己的心脏，闭了闭眼睛，终于放低声音道：“这里，我的心慌得要跳出来了，一分钟都没办法等下去，我现在就想看见她。”

霍峤之眼睛通红，居高临下地看着他，目光充满了威慑力，气势上似乎完全变成了一个陌生人，再不见往日那吊儿郎当的模样，冷酷、凶狠又可怜。

霍峤之说罢转身便走，这次，严坤没有再拦。他扶着墙缓缓站直身子，久久不能回神，他仿佛重新认识了自己这个朋友。

03

那车进入停车场后便换了另一副牌照，荔海的停车场有好几千个车位，因为台风来袭，到处停得满当当，其中同色同款的黑色威霆有好几辆。他们花了一番精力，才找到那辆载过乔微的套牌车。

车停靠在最外围的车位上，霍峭之观察了半晌，见车里没有动静，判定里面没人。车厢内，众人蠢蠢欲动，却又被他制止住。

“先盯着。”

地下车场分外静谧，在一片漆黑中，霍峭之终于等来电话，收到那边的追踪结果。凌晨时从地下停车场出去的红色奥迪又去了市中心的写字楼，车主就是个普通上班族；白色雪佛兰是外地牌照，直接出了城，去往的方向是海惠高速。

大家都往房子里躲，这时候驾车去海边，除非他不知道台风快来了。这点有些反常。

霍峭之还在沉思，忽地又听电话那边的鼠标声停下来，那人说道：“等一下，霍少，十来分钟前，那辆白色雪佛兰又回来了。”

“回来了？”

“是，监控显示他已经进了停车场，你们没有遇上吗？车牌号是××××……”

遇上了。

霍峭之心里咯噔一下，忽地想起刚刚与他们在转角处狭路相逢的那辆白色雪佛兰。

一瞬间，他无比庆幸自己刚刚阻止了众人下车的举动，没有打草惊蛇。

此刻，那辆白色雪佛兰就停在与他们相距不远的地方，与黑色威霆相对，位置很巧妙，视野宽阔，能观察到整片区域的动向。

两边都迟迟不见人下车。

他们在观察对方，对方说不定也在观察他们。那伙人很警觉，周边环境稍有异样便能直接开车跑路。

霍峭之偏头，指着司机和副驾驶座上的两人道：“你们两个下车，从那边电梯上楼去，放轻松，别让他们起疑。”

两人应声下车，拍亮声控灯，装模作样地在后备厢找了会儿东西，这才关上车门，说着话进了电梯。

锁门的车灯闪过，电梯红色上升指示灯暗下来之后，那边似乎放下心来，有了动静。车上下来两个人，为首的一个锁上车门，另一个则顺手将前后车牌揭下来，露出另一副本地牌照。

又是一辆混淆视线的套牌车！那雪佛兰是卖爆的大众款，若非亲眼所见，想要凭着车型找到原车，肯定又要花费一番力气。

看样子，他们打算把雪佛兰停在车库，换另一辆开走。

霍嶒之手势一下，身边几人迅速推门下车。他花大价钱请的人，个个都身手过人、训练有素。对方反应更快，突兀的车门声响起来的一瞬间，两人折身拔腿便跑。好在霍嶒之这边人更多，费了好一番力气，终将两人制服，押 t 着人走到霍嶒之跟前来。

“人在哪儿？”

跪在地上的两人自然不肯承认，不服气地嚷嚷：“你们干什么？我们兄弟俩没钱，你这是犯法的，我要告你！”

“我都不认识你们，凭什么绑我！”

“哐”的一声，是金属落地的清脆声响，声控灯应声亮起来。霍嶒之扔出来的军刺泛着冰凉的光泽，这凶器，还是上一个要他命的人留给他的“纪念物”。

“我没心情跟你们废话。”霍嶒之的声音寒冷彻骨，“两个选择，把你们千刀万剐扔海里喂鱼，或者，告诉我她在哪儿。”

明明像是一句吓唬小孩的话，由霍嶒之说出口，却没有人怀疑他在开玩笑。他不是什么善男信女，关于他的许多风传他们先前便有耳闻，谁也没想到，这张脸明明精致得人畜无害，这公子哥儿却真能心狠手辣，疯狂到这个地步。

也难怪那霍大少会败下阵来了。

为首的那人啐了一口，还在挣扎，霍嶒之不再犹豫，直接朝边上人吩咐：“你去，把他的嘴巴割下来。”

他的目光不含一丝情感，语气轻描淡写，仿佛吩咐的只是“你去给那片面包涂上果酱”一样简单。

地上的军刺被人捡起来，越靠越近。那利刃闪着光，用来切割人的皮肤，简单得就像切豆腐一样。

“霍少，你不是真要割吧？他真不说怎么办？”有人压低声音急道，“你可别害我，你真动手了，我回去怎么交代。”

“赶紧把人叫回来，我现在就打电话叫人给他们的手机定位，也能查出来地址……”

席越还是报警了，他有个发小在机关工作，否则霍峤之请的黑客技术再高超，也不可能有这么快的速度调到那么多录像和个人信息。只是害怕走漏风声，警方这次配合得很隐秘，但配合归配合，犯法的事情还是不能干的。他话音没落，跪在后面的人瑟缩了一下，终于怕了。

“我说！你们别动他！我说！”

“牙子！”为首那人暴喝。

“哥，我不能眼睁睁看着他们动手，咱俩不能为钱把命赔了！”

霍峤之听着他一字一句说完地址，最后抬头朝那司机道：“钥匙给我。”

“霍少，这次市防发布的是红色预警，那儿是海边，现在很危险，我们不如等台风过去……”

霍峤之动手将钥匙抢过来，跳上驾驶座。

台风威力巨大，乔微才更危险。

整座城市都在防台风，学校、企业都已经停课、停工，可见台风威力之大。换个地方，也许霍峤之还能告诉自己，忍到台风结束。可乔微就在海边的海景房内，往年的小风小浪都能把渔民的屋顶掀飞，更别提这一次。她被铐在床上，动不了，跑不得，真出了什么事，他根本没地方后悔。他不愿去想，乔微一个人会有多害怕。

毕竟在台风天出行危险，霍峤之不愿勉强别人陪自己一起去，可临上车前，两个特警还是一咬牙，跟着跳上后座。

霍峤之踩下油门，抽空瞥了一眼后视镜，微怔后冷声道：“就算跟来，我也不会给你们发工资的。”

“有警必接，有难必帮，有险必救，有求必应，我们人民警察才不稀罕拿你那点破工资。”

先前与霍峭之说话那人怼了他一句。再者，乔微是席越的妹妹，谁都不愿看她出事，他帮霍峭之，等于是帮自己的兄弟，也是帮自己。

其实念书时候，他也偷偷喜欢过席越的妹妹。乔微长得好看，性格又好，文文静静的，远远看着就令人心跳加速。席越疼她疼得不得了，是个不折不扣的“妹控”。从前和席越一起出门的时候，每回吃到好吃的，席越会惦记着给乔微单独带一份；看见小女生的饰品，他会惦记着穿戴在她身上是什么样子，认真挑了买回家；费尽心思去搜集那些进口的气泡糖果和水果糖，因为她喜欢。

那时候追席越的女孩儿前仆后继，可他谁也看不上。直到有一天，乔微等他放学的时候，撞见了来给他送东西的女生。

人走了之后，大伙便打趣了一句，问乔微觉得那女生漂不漂亮，做她嫂子怎么样。乔微思量半晌，说挺好的。

然后，席越才交了他人生中第一个女朋友。

可女朋友的位置，也永远排在妹妹之后。席越不记得要给女朋友过生日，却会帮乔微精心挑选围巾、手套这样的小物件；不记得女朋友喜欢吃什么、喝什么，却永远记得在点菜的时候避开所有乔微不喜欢的东西。

席越还会帮乔微隔绝掉所有的狂蜂浪蝶，让她安心学习，都是以“哥哥”的名义。当年知道他的心思之后，席越和他打了一架，两人差点绝交，他这才放弃了那想法。

毕业很多年后，他偶然间才从别人口中得知，乔微原来不是席越的亲妹妹。知道这件事的时候，从前的一切，他忽然都可以理解了。席越喜欢乔微，在他的思维还没认识到这一点的时候，他已经凭着本能做出了行动。

风越刮越大，连指路的铁牌也摇摇欲坠，沿路还能瞧见有工人抢在最后的时间拆除路上容易被风吹倒的搭建物。高速公路上没了平日的车来车往，几乎不见车辆，霍峭之把油门踩到底，车开得飞快。

平日打车从海惠高速到海边通常要一个小时，霍峭之这次二十来分钟便开到了。坐在车后座的两人都胆战心惊，道：“霍少爷，就你这速度，回去以后不会被吊销驾照吧？”

霍峭之没应。他不是G市人，下了高速之后的路便不熟了，好在车上还坐了两个本地人，不至于耽误事儿。

离海越来越近，他们已经能看到回港避风整齐停好的船舶。天空下起小雨来，海天相接的地方阴云密布，灰沉沉一片，天暗得要命，隔着玻璃车窗也能感受到咆哮的风声震得脑袋嗡嗡作响。

据刚刚那个人所说，绑匪之间并不相识，但他们分工明确，每个人只负责自己的任务。负责把乔微从医院带到这儿的，一共有六个人。其中，那对兄弟从B市来，生平第一次踏入G市便遇上了这难得一遇的特大台风，仅是台风过境前，门窗便已经被刮得摇摇欲坠。

毕竟雇主提供的那海景别墅常年受海风、海水侵蚀，看上去已经十分老旧，靠海的一面为了美观，装的是全景落地窗，谁都不敢想象它能在这次台风里撑多久。

两兄弟一商量，还是觉得保命为上，把乔微留在那房子里，自己回城避灾，没事当然更好，等台风过了他们再回来。

剩下的四个人先前还与他们争吵，可随着风越刮越猛烈，又陆续有人松口了。两人走得早，大家各走各的，并不知道别墅里具体还有几个人在看守。

霍峭之他们已经能瞧见矗立在海边的别墅，怕被屋里的人察觉，三人离得远远的便把车停下来，从别墅的看守盲点慢慢接近。

房子四周没有什么建筑物，倘若在平日，是个绝佳的看守场所。好在如今外面风沙咆哮，能见度很低，恰恰为几人悄无声息地接近做了掩护。

别墅的大门不出意料地紧闭着，靠海一面窗户是全封闭的落地窗，背面有金属防盗栏。

三人只能选择爬到别墅顶端敞开的露台上，从那里打开门下去，才可以最大可能避免将里面的匪徒惊动。

他们绕房半周观察地形，转过拐角，为首的特警瞧见可以攀爬的下水管道，心中一喜，腿才迈出去半步，立刻被霍峤之拽着胳膊扯了回来。

监控！

他嘴巴微动，那人瞧清他的口型，心有余悸地拍拍胸口：“谢了。”

霍峤之摇头，抬手往上指了指，问道：“从车库上去，行吗？”

那人退后两步打量一眼，丈量了下高度，点头道：“可以。”

他回头看霍峤之一眼，诧异地笑道：“没想到你还挺有做咱们这行的天赋。”

乔微在屋子里听了一上午风声，她从来不知道，风还能刮到震得人耳朵发疼、脑袋嗡嗡作响的地步。

自从听到外面的门又响过之后，乔微便不敢试着用暴力开门了，怕被人听见。海上的波涛越发汹涌，屋子里闷热的空气也让人心烦意乱，她从昨天上午到现在都没进食，只喝了小半瓶矿泉水。

因为出了许多汗，她身上极度缺乏水分。

离开的人重新折返回来，乔微把耳朵贴在墙壁上，还能听到客厅有人走动的声音，若有若无，比外面糟糕到极点的天气更令人觉得没有安全感。

一个人独处的时间无限漫长起来，她只知道时间在流逝，却不知究竟已经过了多久。就在她重新开始昏昏欲睡时，忽地听到有人敲击落地窗的声音。

这声音轻轻的，一阵一阵，很有规律。

外面的风声和海浪声太大，乔微起先还以为是自己的错觉，直到隐隐察觉有人在唤自己的名字的时候，她终于从被褥上猛地坐起来。

确实是有人在叫她，而且像是霍峤之的声音。她飞快地跳起来，跑到窗边拉开窗帘。她的手碰到玻璃上，眼泪就差点掉出来。

隔着透明的落地玻璃窗，霍峤之就站在乔微眼前。这不是梦境，也不是幻想，他真真切切地就在她眼前。她不知道他是怎么找到这里来的，费了多少精力和时间，也不知道他是怎么爬上来的。

风很大，霍峭之只能抓紧墙沿才能站稳。他平日整洁干净的衣裳被钩坏了几处，袖子随意地撸起来，脏兮兮的。他面容十分憔悴狼狈，只有那漆黑的眼睛在看到她的瞬间立刻放出光彩来。

“微微——”

他无声地唤她，嘴角弯起来，牙齿雪白，安抚般冲她笑了笑。

乔微这才发现，其实他喊的声音自己并不能听见，只是刚才的一瞬间，似是心灵相通般，冥冥之中忽然有了感应。

“你快下去！”乔微忍住眼泪，冲他摇头，指指下面，小声地说，“峭之，你快点下去，风大，这儿太危险了。”

04

霍峭之没有下去。露台的门有人把守，进不去，他来只是确认一下乔微被关在哪间房，一会儿好见机行动。

此刻乔微平平安安地出现在他眼前，霍峭之压抑许久的心瞬间舒畅了。他扶着墙沿来到落地窗边上，纵身一跃，抱住了空调外机，在空中晃荡了几下才抓稳，踩着空调外机站起来，去够排水管，继续往上爬，去支援楼上的两位人民警察。

乔微的心被紧紧地揪着，极怕霍峭之会掉下去。就在她看不见的地方，房顶的敞开式露台上，几人已经厮打起来。

露台上的铁门防盗功能不错，他们开门的动静不大，但对方很警觉，门还没打开便被发现了。

比想象中好一些的是，对方只有三个人，算是公平的三比三；比想象中更坏的是，他们的身手都很对得起雇主开出来的价钱。

天气条件恶劣，警察不敢开枪。因为风暴裹挟着海滩的沙尘，就算面对面肉搏，也不一定能看清对方的情况和动作，能不能打中不说，关键是极有可能误伤己方。

地上到处是玻璃碎片，霍峤之和交手的那人在地上滚了两圈，便是一身血痕。对方难缠至极，出手便是杀招，拳拳到肉，他完全是凭着一股不顾一切的冲劲儿，才能勉强与之对抗。

打到最后，双方都已经筋疲力尽，那人掐紧霍峤之的脖子，妄图让霍峤之窒息，却被霍峤之用膝盖从后方狠狠反击。求生的欲望让他这一击用尽了生平所有的力气，他甚至清晰地听见对方的背脊发出一声裂响，也许是骨折了。

这一次，这匪徒终于彻底失去了反抗能力。霍峤之大口大口地喘着气，将人从身上推开，起身去帮同伴。

另一个匪徒手指上戴着尖锐的钢质连戒，出拳时拳头连带钢刺一起。落在身上简直是暴击，特警身上都被他打得血淋淋的，直到霍峤之加入战局，那匪徒才开始左支右绌起来。

双拳难敌四手，地上的那个匪徒失去行动能力之后，剩下的两个再厉害，也逐渐败下阵。

天空和大海都是灰蒙蒙的一片，港湾里停靠的船只几乎要被风掀翻，海滩边插着的度假遮阳伞盖，花坛里连根拔起的花草，都被台风裹挟得满天都是。

霍峤之觉得身体已经被吹得好似不是自己的，他不算瘦，可现在已经到了需要抓紧点什么才勉强能在屋顶上不被吹走的地步。

所有人都能感觉到，台风越来越近了。

又有一个人被手铐铐住，三人来不及松一口气，一转身，却见最后剩下的那名匪徒顺着霍峤之刚刚爬上来的地方一路滑了下去。

“那家伙跑了！”首先发现这个情况的警察大喊。

前头的警察才要动，却又被身后的同事唤住：“别去追，让他跑，台风要到了，我们得先把露台的门砸开，进去避风才行，不然咱们谁也活不了！”

霍峤之直接抄起楼顶那张桌面碎裂的玻璃桌的金属桌角，使劲儿往锁上砸。这一招很有效，他力气大，没几下锁便已经摇摇欲坠，然而砸到一半，他忽地想到了什么。

他顿了两秒，把桌子扔给身边的人，便飞快地朝楼边跑去。

这附近都没有可以避风的建筑物，如果那个人不是傻子，就应该明白，躲在这座房子里束手就擒才是最安全的办法。

可是他没有！

设身处地地想想，倘若霍峭之自己是匪徒，此刻他既不想死，又不愿失去自由，那么此刻只有一个办法——挟持乔微！

顺着那下水管道往下滑便正对着乔微的落地窗。他手上还戴着那东西，只要用点巧力，打碎落地窗根本不费劲！

“你去哪儿？”接着桌子的警察大声喊他。

“别管我，你们先进去！”霍峭之拽着楼房的边缘，才没被风从楼顶刮下去。他低头往下一看，果然，那匪徒从落地窗的角落开始击打，双层夹胶的玻璃墙这会儿已经全是裂纹，摇摇欲坠。

来不及多想，霍峭之直接翻身往下滑。然而现在想爬上落地窗边缘，难度又与刚刚不是一个等级了。

且不说这么大的风，他能不能准确地跳到他想落的地方都是未知数，便是那个匪徒，也不可能让他轻易如愿。

霍峭之第一次尝试跳过去，差点被那个匪徒从二楼推落，好在他身手敏捷，又立刻抓住了下面的空调外机架子，伺机再爬上去。

那匪徒屡屡被干扰，不胜其烦。落地窗外没什么可以供人抓紧的东西，不想被风吹落，他便只能一只手勉强扶着墙壁，可指尖都已经抓出血来，他快要支撑不住了，击向玻璃窗的力道越发大起来。只要扯开最后的胶质夹层，双面玻璃便会彻底碎开。

落地窗上都是裂纹，乔微大概明白了那人的意图，她知道自己这时候躲进洗手间去不给霍峭之添麻烦是最好的做法，可她就是没办法移动脚步。

她眼睁睁地看霍峭之一遍遍试着从那边过来，额头上全是撞出的大块青紫，浑身上下布满了擦伤和血痕，可他飞扑过来的身形却自始至终没有犹豫过一次。

乔微的眼泪噼里啪啦地往下掉，怎么都止不住。她宁愿霍峤之别再管自己，安安静静去找个地方躲起来。

最后一秒，玻璃碎裂的瞬间，霍峤之最后一次飞身过来。那匪徒完全没料到霍峤之竟然用这种自杀式的撞法，猝不及防之下差点被他从二楼挤下去。

霍峤之抓着碎裂的玻璃边缘，满手是血，勉强稳住身形。

匪徒怒不可遏，从口袋里掏出最后一支针筒，拔掉盖子直接往霍峤之身上扎。那原本是怕乔微醒来吵闹，特意为她准备的镇静剂。人愤怒的时候很容易漏洞百出，那匪徒的针筒没来得及推完，霍峤之抓住机会，一脚把他从二楼踹了下去。匪徒往后踩空之前下意识地拉了霍峤之的脚踝一把，便直接往下坠去。

"峤之！"乔微急道。

霍峤之被他带得重心不稳，晃荡了两下，还是没稳住，往下掉。乔微双目圆睁，一颗心几乎要从嗓子眼里蹦出来，赶紧飞扑过去抓紧了霍峤之的手。

乔微从来不知道自己还有这么大的力气，居然能在台风中抓紧一个体重超她近两倍的人。

霍峤之的身形在空中晃荡，乔微的手腕也在地面被磨破，她的皮肉嫩，碎裂的玻璃扎得她身上都是小小的血窟窿，手上却无论如何也不肯松开。

风越来越大，空气中的水汽越来越密集，霍峤之的身形也晃得越来越厉害，他现在张口都能尝到海水的咸腥味。

"微微，你别哭，你听我说。"霍峤之喘着粗气道。

霍峤之体力透支得严重，已经精疲力竭，连根手指都快动弹不了了，用最后一点力气抬头凝望她，认真地说："你赶紧放开我的手，去洗手间躲起来，不然我们只能一起死了。"

台风会把他们从这里一起卷出去。

"我不放！"乔微拼命摇头，双眼完全被泪水模糊了。她已经看不清霍峤之的眉眼，只隐约能看清他的轮廓，她脑子里只有一个信念——她要把霍峤之拉上来，他不能有事，她也不想死。

这个念头一旦生出，便开始生根发芽，好似有力量从四肢百骸里涌出来，她一只手紧紧地抓着他，另一只手沿着墙壁一点点往后挪。

“微微——”

霍峤之张口便被灌了一口咸水，屋内已经有风带进来的水在地面开始聚集，蓄起薄薄一层，乔微身下一片几乎都被晕开的血色染红了。

如果霍峤之没有被扎那支镇静剂，他就算断了手、断了腿，也绝不可能这样浑身软绵绵的，动弹不得，只能靠乔微透支自己的力气拉他上去。

霍峤之的目光已经近乎哀求，对她道：“来不及了，你听话，这只是二楼，我掉下去也不会有事的。”

乔微不是两三岁的小孩子了，这样的话不可能骗得到她。霍峤之没有三头六臂，从二楼摔下去，怎么可能没有事。

她咬紧牙关蓄积力气，一点一点地往后挪，不再开口说话。

第九章 // 她舍不得离开他

01

乔微想，自己也许一辈子都不会忘记这一刻。肆虐的风像刀子一般，吹打在脸上、手上，两个人像是砧板上的肉，命悬一线。

人类在自然面前再渺小不过，可奇怪的是，她心中全然没有恐惧。脑子里那些乱七八糟的念头都消散了，思绪因此清晰得很。

乔微想起自己被医院确诊的那一天了。那时的她是个不折不扣的悲观主义者，拿到复诊结果时，她觉得自己的整个世界都已经坍塌，时间长短对于她而言已经毫无区别。她震惊、诧异、难以置信，可唯独没想过要与命运抗衡。生活对她而言黯淡无光，仿佛一眼就能看到头。等她彻底接受了这个噩耗，唯一能做的就是数着日子等人生结束。

如今回忆起来，乔微简直想给那时的自己一记耳光。现在她想活下去，不管会遇到多大的困难，要忍受多少痛苦，她都想要活下去。

手底下越来越沉，在雨水的作用下，手上开始打滑，她就用双手去抓。她咬牙使出所有的力气，时间一长，她觉得自己就像是闭住呼吸潜入海底的人。她只能听到自己的心跳，每一分钟、每一秒都变得无比漫长。

乔微不知道自己撑了多久，直到房门被人砸开，她回头瞧见两张惊慌的面孔，一颗心终于落下。

得救了。

两个男人合力将霍峤之拉到二楼的地板上，乔微喘着粗气翻过身，躺下，过了很久，才撑着地面爬起来。

刚刚起身那一刻，她觉得眼前一黑，微微踉跄两步，又赶紧摇了摇脑袋，让自己清醒些。

乔微的两只手已经麻木，没有感觉，她扶着墙往回走。雨水打湿了她的衣裳，低头时，她才发现自己身上都是血。

也不知道是什么时候，她的身体被割开了好些口子，更不知道这些血是从哪个口子渗透出来的。

"微微。"霍峤之气息奄奄，强睁着眼睛看她，直到乔微走近，把她的手死死地握在手里，他才疲惫地闭上眼睛说，"你……你要离我近一点。"

他们回到客厅最里面的书房避风，两个男人想把霍峤之的手掰开处理伤口，奈何怎么也掰不开。

"他不是被打了镇静剂吗，怎么力气还这么大？"动手的那男人小声嘀咕，最后只能退一步，就着半湿的衣服，用撕碎的床单给霍峤之简单包扎了一下。

乔微身上的就不好弄了。她毕竟是个女孩子，两个人都不知道她的病，只瞧着，觉得她身上都是小伤口，应该不严重。

不知道台风还要多久才会结束，伤口被湿漉漉的衣服捂着，就算是小伤口也怕发炎。车的后备厢里倒是有一个医药包，可现在这种情况下，出去拿怕是活腻了的表现。

乔微瞧出两人的为难，善解人意地说："都是小伤口，我自己来吧。"

她嘴角泛白，身体冷得瑟瑟发抖，脸上却还挂着笑，对两人道了谢。

屋外水汽太重，也不敢开空调取暖，好在他们在厨房找到一个电暖器，便干脆留给她烤衣服用。

插上电后，两人便让出书房，带上门去客厅看守嫌犯了。有了电暖器，乔微僵硬的身体终于有了知觉，她单手解开衣服的纽扣，擦掉自己身上的血迹，又把霍峤之的衣服撑着放到电暖器旁边烤干。

乔微除了小臂上被蹭出的伤口较为严重，其他都是细长的小口子，霍峤之身上比她更严重的伤口都已经结出血痂，而她由于凝血功能差，血还在渗个不停，擦掉又冒出来，总也擦不干净。她本来就贫血，直到伤口被绷带缠紧，脑袋里还是一阵一阵发晕。

书房没有窗户，钢筋水泥结构的墙壁把大半风声隔绝在外，只有房门那儿能瞧见外面的水迹渗进来。看来两位警察把最好的避风位置留给了他们。

乔微疲惫地靠在书柜上，头昏昏沉沉的，只有身上细碎的疼痛让她的神志保持清醒，膝上是霍峤之身体传来的暖意。

他睡熟了，闭着眼睛的样子很安宁。乔微伸出手将那脸上的污渍和血迹擦拭干净，露出他清秀的脸庞。

如果没有霍峤之出现，她的人生大抵是另一番模样吧。她懦弱又胆怯，若她不玩摇滚，就不会认识那帮朋友，也不会加入乐队，她便永远找不到真正适合自己的东西……是霍峤之，使得她脑海中那根绷紧的弦慢慢地舒展开。倘若日子的意义用长短来衡量，那么他与她一定在很久很久以前便已经相识。

乔微将烤干的衣服穿好，她的脸颊被电暖气的光照得发红，她身上发热，恍惚间，仿佛周身都被温暖包围起来，非常舒服。

乔微体力透支的后遗症终于发作，四肢无力到连一根手指都抬不起来。她清晰地感觉到生机一点点从四肢百骸中消散，意识也渐渐模糊。但她还是拼命地撑着眼皮，想多看一眼他的样子。

“真好啊！”乔微轻叹。即使到了这个时候，他们也是在一起的。她自私地想着，如果人生真的走到了不可避免的尽头，她想被人目送着远行。因为被一个人全心全意地爱着的感觉，真的太好了，她期望在最后那一刻也能够感受得到。

她舍不得离开他，一点也舍不得。

乔微内敛，总是羞于表达自己内心的喜欢。小时候，乔父带她出去玩，问她喜欢什么给她买，她永远只会摇摇头，在离开之后，又忍不住回头偷看。其实霍峭之每次说喜欢她，每次牵她、吻她，在乔微心里头，都像是开出一朵花来。她表面推拒，骂他胡闹，心底却是欢喜的。她知道，霍峭之每次帮她吹头发，都偷偷把她掉落的那些头发藏起来。他所有的心机和小动作，她其实都清楚，只是舍不得点破。

“我也爱你。”她凝望着他的脸，唇瓣动了动，言语像堵在喉咙眼里，只能艰难地发出沙哑的声音。那是只有乔微自己能够听见的声音，像是完成了什么重要的仪式，话音落下不久，她的眼皮垂落合拢，然而那弯着的嘴角透露出的笑意似三月里迎面拂来的春风，温暖和煦，又让人觉得心满意足。

待到风力稍弱，时间已经过去六七个小时了，外面的天色完全暗下来，天空和漆黑的海面连在一处，被风吹得“砰砰”响的玻璃窗也终于消停了。

整座房子几乎找不到干燥的地方，暴雨还在下个不停，外面的人端着热腾腾的食物进门，这发现书房里的两个人都已经睡着了。

立在门口的男人叹了口气，把食物放在书桌上。

他怎么也没想到，席越到最后也没成功，乔微还是和别人在一起了。

霍峭之此刻就依偎在乔微身上，相扣的手始终未松开。纵然他们衣衫都脏乱不堪，可郎才女貌，那股子般配劲儿，却是怎么也掩盖不住。

“还是叫醒他们吃点儿东西吧，这风估计得到明早才会停呢。”男人喃喃道。

大概是火烤久了，乔微脸上泛着不正常的潮红。男人犹豫了一会儿，还是伸手去碰了碰她的额头，低声道：“这，可别发烧啊……”

“乔微，乔微！”他轻轻推了她两下，人没醒，倒是右手软绵绵地滑落下来。

乔微和霍峭之是在清晨时分被人顶着台风的余威送入医院的。

众人在医院守了一夜，终于等到人回来，可两人没有一个是清醒的。被暴雨笼罩的 G 市，白天与夜晚并无区别，天空是连绵一片的漆黑。

这是 G 市多年来最大的一场台风登陆，它的威力远远超出了人们的想象。刚刚经历了灾害，医院还未修整，住院部大楼外的许多空调外机被刮得不见踪影，垃圾桶东倒西歪，花坛里的树木折了大半，有的甚至已经被连根拔起。

霍峭之身上都是些皮外伤，在处理过伤口后，便被转入了留观病房。让跟来的两个警察未料到的是，乔微一下车便直接被推进了重症监护室。

药水和血袋被源源不断地送进病房，医生和护士个个如临大敌。

“医生是不是搞错了，不就是发个烧嘛……”监护室门外，男人错愕地嘀咕。

对其他人来说，这只是一场普通的发烧，对乔微来说，却几乎是到鬼门关走一遭。她做完化疗才一个星期，白细胞低，加之失血过多，伤口都没处理好，已经感染了，所以她又开始发烧。她的免疫力低下，之前受控的癌细胞没了制衡，会迅速分裂和突变。如果乔微迟迟不能醒来，这一次就真的危险了。

监护室外的长椅上，一排人坐着干等，所有人的心都绷得紧紧的。

席越的同学把那海景别墅里发生的事都描述了一遍，季圆只是听着，心便已经揪成一团，眼泪流个不停，喉咙里发出含糊的哽咽：“微微她怎么就这么笨呢……”

警察收回视线，目光又落在席越的背影上。他就立在玻璃窗前，盯着病床旁那起伏的心电图，一动不动。乔微脸上罩了呼吸机，脸色苍白得不见血色，身旁是忙前忙后的医生。

他走近，轻轻拍了拍老同学的肩膀安抚道：“席越，会没事的。”

席越的背脊僵硬，一言不发。

他其实大概猜得到席越此刻的心情，少不了担忧、恐惧，也许还有心酸。

席越保护在掌心那么多年的女孩，却因救另一个人躺在了这个地方。

02

霍峤之是听着耳边窸窸窣窣的声音醒过来的，眼皮太过沉重，他艰难地睁开眼，猛地想起乔微。

“微微呢？”霍峤之噌地起身，眼前从模糊逐渐变得清晰。他突然坐起来，还把众人吓了一跳。他的目光越过围上来的医生和护士，在病床尾端瞧见了严坤。

“峤之，你觉得怎么样？”

“我睡多久了？”

“一天了，现在已经是中午了，要吃点东西吗？”

“微微呢？”

“峤之，你妈来过电话了，说现在飞机没办法飞G市，让我先照顾你。”

“我不想听你那堆废话，微微在哪儿？”

窗外阴云密布，暴雨肆虐，千万个雨点拍打在透明的玻璃窗上，一道闪电划破天空，紧接着是一声惊雷响彻云霄。

严坤欲言又止，神色为难。

“她在哪儿？”霍峤之眉心锁紧，嘴唇紧抿，这是他发怒的前兆。

“重症监护室。”

“她现在怎么样？”

“伤口感染，高烧不退。”

霍峤之掀开被子，连滚带爬地下床。

“哎！点滴还没打完呢，回血了！”护士惊呼。

霍峤之恍若未闻，三两下拔了针头趿拉着鞋往病房外跑。严坤知道拦不住他，只能抱了外套跟上。重症病房的走廊上，一群人都还在焦急地等待。他一口气跑到这儿，竟是不敢再往前走。

霍峤之攥紧拳头，他害怕了，太害怕了！只要不往前走，他就不会看到乔微是怎样脸色苍白、毫无意识地躺在床上。

从乔微被确诊的那天起他就一直陪着她，在场的所有人里，除了医生，没有人比他更清楚她的状况。她的身体像是一艘千疮百孔、破败不堪的船，靠着一次次精心的修补和养护勉力维持运行，一旦遭遇风浪，所有的问题就会暴露出来。她的身体每受一次伤，病情便恶化一次，所有的伤害都不可逆，到达临界点之后，一切便无法挽回了。

霍峤之身体好，打小没进过几次医院，连药都极少吃。是认识了乔微之后，他才知道优福定每天吃三次，康宁口服药对身体的副作用较轻……

他们相处的时间里，有大半都是在病房里度过的。有朋友甚至调侃他跑医院比跑家里还勤，可是只要乔微能好好的，他甚至愿意把医院当成家。

霍峤之想尽了一切办法维持现状，到今天，这样的平衡还是被打破了。他一步一步朝前走，腿上像灌了铅，每走一步都艰难又沉重。

“二哥？”还是徐西卜先发现了他，“你醒啦！”

众人的目光朝他移过来，纷纷起身。

大家都是第一次见到霍峤之这个样子，半点不见从前那不可一世的模样。他的额上敷了药，包了纱布，眼睑下发青，拔针的地方渗出了血，十分狼狈。

他的眼睛只往病房的方向移了一下便收回来，不敢多看，缓缓对大家道：“你们先回去休息，我在这儿等她。”

大家都担心乔微，坐在外头守了一夜，可这个时候，又都不能违了霍峤之的意思。也许她也想跟他单独待会儿？

其他人走了，最后只剩下席越没动。

“我真恨你，峤之。”

“我知道。”

“不，你不知道。”席越望向他的眼神深沉复杂。

霍峤之永远不会知道，他夺走了席越最珍爱的人。席越有时候甚至后悔，如果那时候没有介绍乔微给霍峤之认识就好了。席越稳沉惯了，一下子竟不敢相信自己会有这样幼稚的想法。比起内心的想法，他当然更清楚，这圈子何其小，即使他们绕过自己，也许终究还是会相遇。乔微是个很难讨好的人，如果她不是真的爱着霍峭之，也不会为他做到这一步。席越恨他，嫉妒他，可是也感激他。席越感激他在乔微这样难熬的时候，陪着她走到了今天，给了她一段温暖而难忘的日子。

两个男人并排坐在走廊的长椅上，这是很长一段时间以来，他们之间最平和的时候，谁都没有心情争吵。

乔微像是一个人在黑暗中走了很久，那地方一会儿冷，一会儿热，折磨得她精疲力竭。一开始，她急迫地寻找着光亮和出口，可随着时间的推移，她越走越远，竟慢慢懈怠下来。她很难受，胃里像是被火灼烧，一直烧到喉咙里，连带着五脏六腑都开始痉挛，想要唤人，却始终喊不出声。床头的药呢？她伸手去够，却怎么也够不着。赶紧睡着吧！她想，睡着就不会疼了。脑海中才生出这样的念头，四肢便开始瘫软无力，她疲惫至极，干脆往后一躺。这一放松，像是被人扼住了喉咙，她忽然喘不过气来。

监护室里乱作一团，仪器鸣声大作，医生急忙抢救，院方立刻下了病危通知。霍峭之没想到，人生头一次看到的病危通知书不是亲属的，而是女朋友的。

“目前病人的病情趋于恶化，随时可能危及生命，尽管如此，我们仍会采取有效措施积极救治。”

白纸黑字，清晰的楷体四号字。

每个字霍峭之都认识，可组合在一起，竟怎么也读不出它的意思，脑子里一团乱，嗡嗡作响。

“什么意思，你在和我开玩笑吗？！”霍峭之扔开那张轻飘飘的纸。他晃了晃混乱的脑袋，揪住医生的领口，眼睛里全是难以置信的伤痛，“这是什么意思？”

“霍峭之！”席越震怒，拉开他，“你冷静点！”

“冷静个屁冷静！”霍峭之一把将席越甩开，手臂上的青筋暴起，抬手指着重症监护室。

“他们竟然敢给乔微下病危通知？！”他的眼睛血红，一字一句像是从喉咙里逼出来的，“上星期，他们还说她的身体情况有所好转，近期可以准备手术，今天就要我在病危通知书上签字，翻书也不带翻这么快的啊！”

“对不住！”医生无奈地道，“我们只尽到告知义务，如果您不是病人家属，我们会上报医务处备案。”

“我是乔微的哥哥，我签。”席越捡起病危通知书，拿起桌上的笔，刚打算签字，霍峭之便将通知书夺过，撕了个粉碎。

直到这通知书被撕得碎得不能再碎，霍峭之才把这碎纸片揉成一团，紧紧地攥在手心里。

霍峭之的粗气还未喘匀，他又用低沉而又沙哑的声音说：“除了乔微自己，谁也没有资格断她的生死。她前几天还跟我说过，觉得自己身体好多了，就是一场发烧，从前再难的关，她都挺过来了，这次也一样，不需要你多事。”

说罢，他转身离开，越走越快，似乎要逃离这里。

“给您添麻烦了。”席越头疼得厉害，用手指揉了揉眉心，低声叹气。

事实上，他的心情比霍峭之好不到哪里去，监护室外的气氛沉闷、压抑，他快要站不稳了。

“在肿瘤科，这种事儿我见多了。”医生摇头，瞧着霍峭之远去的背影叹气。

面对这种情况，大多数时候，心里备受折磨的并不是病人自己，而是守护病人的家属、朋友。

待到乔微的生命体征趋于平稳，撤掉急救仪器的时候，一整晚又过去了。即便渡过了最难的那关，可人没醒，谁也不知道她能不能挺过来。

即使在昏迷中，乔微的身体也痉挛得厉害，护士注射了强效镇痛药之后，她才慢慢缓过来。

霍峭之消了几遍毒，穿着隔离服，终于进到乔微的病房内，走到了她的面前。

像是面对一件失而复得的珍宝，霍峤之连大气都不敢喘，小心翼翼地在床头坐下来，生怕破坏了这一切。

几天下来，她更瘦了，头发在枕头上散开，双眼像是随时可能睁开来，对着他笑。那眼波一定是湖水一样清澈平静，仿佛在温柔地告诉他：“我好多了，不用担心。”

霍峤之这几天来七上八下、惶惶不可终日的心，此刻终于找到了地方停靠。

她的手和往日一般冷冰冰的，很瘦，似乎摸不着肉，手腕上蹭破的地方已经结了痂，很大一块。

他将乔微的手紧紧攥住，像是攥着自己的心。倘若上帝要带走她，那便是带走他的命。时至今日，他终于理解了奶奶当初对他说的那一番话，他再不会这样爱上一个人，想要把自己的健康分给她，想要代她承受所有的痛苦与磨难。

“微微……”霍峤之开口，觉得鼻子发酸，紧接着他又急促地喊了一声，“微微。”

“微微。”

一声接着一声，他不厌其烦地一边喊着，一边低头亲吻她的手指。就是这时候，霍峤之感觉乔微的掌心颤了一下，他起先以为是自己的错觉，直起身来，才发现确实是她在动。她似乎极力想睁开眼睛，却又被什么压得动弹不得。霍峤之欣喜若狂，什么也不顾了，一只手按了床头的铃，另一只手还是紧紧地抓着她的手，口里继续唤她的名字。直到医生和护士跑进来，他也不肯松开。

“病人家属请配合一下……”护士伸手朝门外赶了他几次，霍峤之依旧厚着脸皮不肯动。他想让乔微醒来第一眼就能看到他。他想到这里，才猛地回神，一抬头，在对面玻璃镜面里看到了自己的样子。

由于没有时间打理自己，他的下巴上已经冒出青色的胡茬儿，眼眶青黑，像个流浪汉。

03

霍峭之花了两分钟时间在洗手间用冷水飞快地洗了脸，再跑回去时，远远地便看见田恬站在走廊尽头兴奋地冲他招手。

“醒了？”霍峭之惊道。

“醒了，正问你呢！” 田恬笑道。

乔微醒过来了！谢天谢地！霍峭之腿一软，幸福得几乎想喜极而泣。

“哎哎哎，你别把病菌带进去……”田恬忙叫他。

霍峭之只觉得自己整个人都是轻飘飘的，消毒的时候，笑得嘴巴几乎要咧到耳后根。他穿上隔离服便迫不及待地冲进房间里。

“都让开些，呼吸机可以拿下来了，再观察一晚，明天应该就能转回普通病房了。”

医生吩咐着，让护士把乔微的床摇起来。

乔微睡了长长的一觉，只觉得腰酸背疼，半边身子都是麻的，动弹不得。活动了半晌，她抬头，便瞧见了护士身后傻傻站着的人。

“傻了吗？发什么愣呢！”

乔微偏头，缓慢地扬起嘴角，像是在对他说久等了。奇怪的是，她的脸颊明明白到不见血色，一旦笑起来，却恍若明珠生晕，看得人整颗心都被点亮了。

诗人歌颂的北方和江南，霍峭之都曾见过，可没有哪里比得上乔微冲他笑的样子。她的笑像是玉兰初绽，与她眼波交汇的瞬间，他几乎要战栗起来。美得像是一场梦境。

霍峭之手足无措，半晌才喊出她的名字：“微微……”

“我睡着的时候，你是不是就这么叫我的？”

霍峭之连连点头，他喊得嗓子都哑了。他连忙抓紧她的手，现在想来还觉得不敢相信，问道：“真能听见吗？”

“嗯。”乔微点头，“能听见。”

“我就想，这个人怎么不能安静会儿，让我好好睡一觉，吵死了……”

乔微说着，自己先笑了。

霍峤之却无论如何也笑不出来。

乔微说得轻松，却真真是从生死线上走了一遭。中间但凡稍有差池，他们今天都不能再像这样说话了。

霍峤之不接话，沉默地低下头，拉过乔微受伤的手，帮她吹了吹结痂的地方，问道："还疼吗？"

乔微答道："只要不留疤就不疼了。"

霍峤之找出医生开的药膏，一点一点地给她涂上。

乔微皮肉嫩，手腕白，要是留疤，不知道会有多难看。大抵是药膏的药性比较温和，抹在手上不疼，她甚至迟钝得连霍峤之摸她都不怎么能感觉得到，她猜也许是打了止疼针的缘故。再回神，她才发觉他的动作已经停下来了。

霍峤之垂着眼，乔微看不清他的神色，也不知道他在想什么。

"怎么了？"她不解地问道。

她却忽地听他低声骂了一句："坏女人。"

乔微还是生平第一次听到人把这个词套在自己身上，她哭笑不得，问道："我哪儿坏了？"

"你不负责！" 霍峤之终于抬起头来看她，乌溜溜的眼睛一动不动地盯着她，"你在睡觉的时候，就没想过我还在等着你吗？"他说着，手上拧瓶盖的动作都变得狠起来，愤愤不平地道："让我喜欢上你，然后又想丢下我一个人。"

他守在这里的每一分钟，每一秒钟，都在疯狂地祈盼着她醒过来。在医生下病危通知的时候，绝望都快要把他淹没了，那样痛苦的感觉，他此生不想再体验第二次。

他的目光炽烈又决绝，似乎要把人灼伤，瞧着他那样子便让人不自觉地难过起来，乔微偏过脸道："你别看这样着我，我现在不好看。"

在病床上昏迷了几天的人，能是什么样子呢？乔微闭着眼睛都能想象得到自己现在的样子：披头散发，姿容憔悴，一定丑得要命。

半晌，她都没听到动静，正犹豫着是不是回头看一眼时，她的手却被霍峤之重新抓紧了。

“不，好看，我要多看一会儿。”他强忍着伤感的情绪，放慢语速，一字一句郑重地说，“你也要看着我。如果这辈子太短，我要把你的眉眼记清楚，下辈子才能一眼在人群中找到你。你要也记住我的样子，那时候要把我认出来。”

怕大家担心，乔微从清醒过来后便极力想表现得开心些，装出若无其事的样子。直到这一刻，她脑子里才轰的一声炸响，失去的五感忽然全都回来了。其实她比任何人都怕，可所有人都不清楚，只有霍峤之看穿了她拙劣的表演。

乔微心里发慌，鼻子也酸得要命，她不想掉眼泪，也不想让人看见，只能抬手捂着口鼻，泪水还是夺眶而出。眼泪落进嘴巴里，那滋味比药水还要苦涩。

“人哪里有下辈子。” 乔微哽咽道。

“我说有就有。”霍峤之握紧她的手，仿佛要把全部的信念传递给她，仿佛这样能让所有的一切成真。

乔微很怕疼，从前胃疼的时候，她便一个劲儿地吃药，现在反而不这样做了。每次打升白针，做化疗、做放疗的时候，她全程都一声不吭，她会想起和霍峤之并肩站在舞台上的样子。即便是痛苦，生命同样赋予它存在的意义——使她铭记最难忘的时刻，让她奋力坚持下去。

霍峤之不再开口，将她揽进怀里，轻轻地抚摸她的背脊和头发。

病房外的田恬背过身，擦了擦眼泪。

台风走后，连续下了一个星期的暴雨终于停歇，雨后初霁，医院上方的天空十分明净。

整座城市由于台风来袭遭受到重创，街道上的水渍未干，地上布满碎玻璃和变形的招牌，花坛里到处都是被刮倒的树木。被削掉树冠的乔木上，有鸟儿开始唱着婉转的调子，谁也不知道它们是怎样在这场风暴中存活下来的。

另一边，季圆和凌霖刚接到乔微醒过来的消息，才走到医院门口便被一拥而上的记者们堵了个正着。

季圆忙着进医院见好友，手上还拎着季母给乔微炖的汤，推搡中，汤差点被打翻。

网上不知是谁把乐队表演时候拍摄的所有照片做了个合辑，很快有网友瞧出端倪——乔微每次登台，不管是冬天还是夏天，不是穿长裙就是穿长裤，总会把身体遮得严严实实。起初大家还以为是乔微身上有刺青，毕竟摇滚圈子里满身刺青的乐手并不少见。可风波还未平息，不知哪家音乐节的工作人员出来爆料，说她身体不好，见过她登台前面无血色的样子。这言论一出，引来一众网友附和。

肉橙子：我以为乔微身体不好大家早知道了，跟久了乐队的乐迷都知道，她登台的次数比在校上课的徐西卜还要少，一直都在养病。没想到还有这么多人跟着瞎猜，她穿长袖不是为遮刺青，是怕冷，望周知。

动感立方程式：什么病这么严重？音乐节的时候，B 市的气温得将近四十摄氏度了吧，一般人穿这么多早就中暑了吧。

浅糖：我是 G 市的，主唱的酒吧不对外开放，之前我常去，见过乔微，化了妆还看不出来，平时见真的很白很瘦，很不健康的样子。

猜测终归是猜测，真正投下重磅炸弹的是有病人家属上传了在医院拍到的霍峤之的背影，站着的、蹲着的，还有坐在医院走廊的长椅上等待的。那样的主唱和舞台上骄傲得不可一世、光芒四射的模样全然不同。那个人冰冷又颓废，若不是照片把人的五官和身形都拍得清清楚楚，没人敢相信这会是同一个人。

照片被曝光，照片里的背景也很快被人认出来——国内顶尖的医院，肿瘤科。联想到乐队近段时间的销声匿迹，还有原本该上架的专辑延期发售，结果已经不难猜测了。

记者是娱乐世界中的王者，他们若想打听清楚一件事，便有千百种手段挖出真相。

不多时，乔微的病情便再也瞒不住了。

乐队风头正劲，又爆出一个这么出乎人们意料的消息，绝对能掀起新一轮的话题。记者们三番五次想混进医院，都被保安拦住了，此刻季圆一出现，便成了众人围堵的对象。

季圆厌烦至极，却还是只能耐着性子推开人群朝里走，无奈地对众人道："我的朋友身体很好，就不劳各位记者朋友费心了！"

凌霖护着她，好不容易才挤进医院大门，记者被隔绝在保安身后，忽地有人高声问道："专辑延期的事情，乐队有什么解释吗？现在乔微的身体状况是不是没办法参与录制？"

季圆听见这一句，终于回头看了一眼。其实乐队不缺原创曲目，不过大家都想一鸣惊人，把准备放进专辑里的曲子挑了又挑，进录音棚录制的时候也追求精益求精，便耽搁了许多时间。

如今，只剩下最后一首曲子——*Song for Roses*。

那是乔微父亲写给乔微的曲子，也是他们全票通过的一首，曲子名称也是他们第一张专辑的名字。

从北河回来，霍峤之填完最后一节乐章，再加入摇滚元素重新编曲。他们好不容易准备好，只等录制的时候，乔微便出事了。

唱片公司的人急得团团转，可谁也不愿就这样草草将专辑发行。

这张专辑属于他们每一个人，更属于乔微。她暂时醒不过来，大家便一直等她。

季圆折回两步，好让那个人能听清她的话，一字不漏地写上去。

"这张专辑，每首曲子都有乔微的心血，她是灵魂，你说呢？"

04

作为国际大企业，环海内部的管理保持一贯的严格，初入职场的菜鸟对楼上的工作环境充满向往，憋足了劲想往楼上去。

坐在顶楼办公室里的乔董，堪称所有人眼中人生赢家的典范。她漂亮、优雅、手腕强硬，虽为普通知识分子家庭出生，却一路都在向上爬。她的第一次婚姻，丈夫是一位天才小提琴家，英俊潇洒，风仪过人。可她大概是觉得这样的人生太过平淡，毫无波澜起伏，最后选择与他离婚。之后，她又嫁了自己的上司，一跃入豪门。她第二任丈夫同样温和儒雅，风度翩翩。从管理层到手握重权的董事，她只用了短短的十来年，她既得到了惊人的财富，又得到了世人的尊重与艳羡。

临近午饭时间，紧闭的会议室大门终于打开，人陆续走出，秘书一眼便在人群中找到了自己的雇主。

青春不再，可乔董仿佛独得时光恩宠，白皙的面庞依旧紧致饱满，美艳动人。

秘书小跑两步，抱着文件夹追上女人，向她汇报了刚刚接的几个电话："徐总说不必给他回电，明天早上他会亲自到办公室来找您详谈。慧园那边的施工方也谈妥了，他们同意缩短工期……"

等秘书把话讲完，她们也走到了办公室，女人看了看表，随意地说："你先下班吧，今天辛苦了。"

秘书点头，却并没有急着离开，她犹豫再三，欲言又止。

"还有什么要说的？"

"乔董，我刚刚了解到一件事，觉得您应该知道……"她犹豫着，最后还是把自己的平板电脑打开，调到新闻界面，递到乔董面前。

她刚到环海工作的时候，乔董的女儿还在念高中，去老宅送文件的时候，偶尔也会见到那女孩。她记得乔微白肤乌发，教养极好，温和漂亮。有段时间，公司里风传乔微要来实习，众人纷纷揣测这位小公主会去哪个部门，可最后不知出了什么意外，乔微竟从家里搬出去了。再听到关于乔微的消息时，乐队已经出名了。

基因实在是种强大的东西，乔微老老实实地念了四年金融专业，最后竟还是和她爸爸一样跨入了音乐界。她继承了父亲的天赋，一上台，就像是鱼儿回到了水里，自得其乐，游刃有余。

乔董对乔微的改造终究以失败告终。

但凡见过乔微从前的样子的人，都很难将从前的她与舞台上的她联系在一起，现在的她有着年轻人的鲜活，肆意又张扬。秘书前段时间还抽空看了乐队在 B 市的演出视频，打心眼里怀疑报道的真实性。

首先，她作为秘书常伴乔董左右，按理说不可能对这事没有半点听闻，而乔董对于自己女儿生了病的事，也是一副根本不知情的样子，可看媒体对乔微生病这件事言之凿凿的样子，又不像是空穴来风。

犹豫再三，她还是把新闻呈到了乔董跟前，又怕乔董生气，补充道："我会尽快联系这些无良媒体删除的……"

乔董没有说话，而是接过了她手里的平板电脑，一言不发地拿着平板电脑一行行往下浏览。

秘书这时才后悔起自己的莽撞来，喊道："乔董——"

秘书话音未落，乔董拿着平板电脑转身进了办公室，门"砰"的一声合上。

乔母开始给女儿打电话，她不知道乔微的手机摔坏了，总在关机状态的提示音令她焦虑不安。心里像是火烧火燎的，她一面觉得这些报道不可能是真的，一面又忍不住暗暗地问自己："如果真的，该怎么办？"

她根本不敢多想。

从和乔微的父亲离婚那时起，乔微的内心其实一直是怨恨她这个母亲。即使她们之间有着天底下最亲密的血缘关系，即使乔微是她十月怀胎生下来的骨肉，她们也并没有那么亲密，她每天和乔微说的话，远没有和秘书说的一半多。

乔母有她的顾虑，乔微有自己的主张，她们的想法几乎没有相同的地方。她抓得越紧，乔微便越是抗拒，直到矛盾大到没办法调和的时候，她终于彻底放弃对乔微的调教。

从前与乔微相处的画面像放电影一样在她的脑海中一帧帧闪过，她想起了最近几次与女儿见面的场景。乔微身形瘦削，尽管化了妆，面色还是很苍白，现在想来，那几分憔悴应该是病态。

乔微遗传了她的身形样貌，骨架小，看上去更显瘦弱。从前她再怎么控制乔微的形体，乔微也从未瘦到前几次见面那样的地步。

乔微一直胃不好，在家时还有家庭医生给她定期检查，厨师精心烹调食物给她吃。乔母不知道，乔微搬出去那么短的时间，是怎么把自己折腾成那个样子的。

乔母扔开那总拨不通的手机，急促地走了两步，拿了抽屉里的车钥匙，出门前又折回去抓起座机话筒。

“给我接席越。”

她忽地记起了上回宴席散毕，席越那番略带警告的别有深意的话。对，席越！如果乔微真的出了什么事，那小子肯定知道。

医院外面再吵闹，乔微的病房里还是一片宁静。经历了一场凶险的发热后，她变得虚弱起来，走几步便要停下来歇歇。她进食困难，稍微一活动便体力不支。这些她都可以忍，可唯有一样是她忍不了的。

对小提琴手而言，保证每天两三个小时以上的练习是必不可少的，现在，她却连长时间举着琴身也艰难，想强行再练下去，便觉手臂酸软，连琴弓都拉不稳。

“你一动不动地躺了好几天，任谁都没这么快恢复的，别着急。”季圆说着，戳了戳她的手臂，笑道，“你看，肌肉不都没退化吗？肯定会好的。”

会好吗？乔微心中充满疑虑。

癌症像是一头不受控的猛兽，不知道什么时候会扑上来撕咬，许多患者病情的恶化只在一瞬间。经受多次化疗，身体逐渐抵达承受的临界点之后，看上去再健康的人，经过这一番折磨，状态也不比从前了。就像从前住十八楼时隔壁床的奶奶，乔微亲眼见证她从入院时的行走自如到后来依靠坐轮椅前行都困难至极。

医院大概是这世上最令人肝肠寸断的地方，短短半年，她看了多少生离死别。

她很清楚，厄运到来之前，是不会跟人打招呼的。她觉得自己最近睡觉的时间越来越多了。早上吃饭时，她才起床拿起餐具便哈欠连天，差点没把头埋在汤碗里睡着。走路时犯起困来，她恨不得席地躺下睡一觉。乔微觉得时时刻刻都有倦意袭来，明知道这是药物的作用，但她还是对这样不受控的感觉充满畏惧。好比此刻，上一秒她还在认真思考着季圆说的话，下一秒便有股困倦之意催人闭眼。她本还想再问问专辑录得怎么样了，可这会儿脑子已经全然没有思考能力，像是一团糨糊堵着，她索性将脑袋埋进枕头闭上了眼睛。

季圆帮乔微揉完僵硬的肌肉，一抬头，才发觉她居然又睡着了。

“就你心大。”季圆不满地戳了戳她的脸颊。

打开的琴盒还没有合上，季母炖的汤她也只稍稍抿了两口，保温杯里还冒着氤氲的热气。季母不知道乔微的食欲比从前还差，只记得乔微上次夸她做的汤好喝，便花了好几个小时来炖，季圆不想浪费了母亲这番心意。

“霍少爷，要不要喝点？分完我好把保温杯带回去。”

“没胃口。”

“一个两个的，怎么都没胃口……”

季圆的眉眼流露出疲惫的神态，叹一口气。这是一个不太常出现在她脸上的表情，她是个藏不住心事的人。

霍崤之看了她一眼，便已心里有数，问道：“凌霖决定去留学了？”

“这你都知道？”惊讶过后，季圆的眼睛看向一边，故作洒脱道，“古人诚不我欺，道不同不相为谋。如果他真这时候去了，我们俩的关系也就走到头了。”

女人一向是口是心非的生物。霍崤之又看了季圆一眼，整理了一下膝盖上的手稿，起身时递到她手中。

“不管他什么时候走，明天开始，我们得抓紧时间把最后一首曲子录完。”

“可微微不出院，咱们——”

季圆的声音戛然而止，目光扫到曲谱第一张末尾，瞪大眼睛，不敢相信地道：“你居然又重改了一个版本？”

第十章 // 她是我的女朋友

01

乔微刚回 G 市的时候，一直在练习她父亲留下的曲子，在录音棚录过几遍。歌曲小样和曲谱手稿的扫描件一起送给了教授。只不过那时候改编的版本还没出，尾声也没写完，录的不是完整版。

霍峤之把曲谱修改了许多遍，才将定稿的曲谱拿出来。他觉得不怎样，唱片公司的人听了，觉得妙不可言，便直接拍板定下了，可刚准备开始录制，乔微就出了事。

这些天于霍峤之而言，漫长得像一个世纪，短短几日，他便经历了人生的大起大落，悲喜交加。站在人群之后看着她醒来的时候，他忽然对乔微的父亲的遗作有了不一样的感悟。

旋律和情感之间是有转换率的。霍峤之爱乔微，这爱一个人的心意深切得足以激发他写下这让人心灵震撼的曲谱。他大概就是在那一瞬间顿悟了。如果一首曲子里仅有高超华丽的作曲技巧，曲子必然充满匠气，抛开那些复杂的曲式与严密的条理，用真实饱满的情绪谱曲，才能谱写出真正打动人的旋律。也许，这也是乔微的父亲在人生最后一个阶段所感悟到的。

这一次，霍峭之沿用乔父奏鸣曲里活泼的快板作为开头，接着是一段小提琴独奏，那鲜活的音色、紧凑的节奏仿佛一幅画卷铺展开。其他乐器直到第二乐章才加入，他将乔父的原曲拆开来，以复调的形式精妙地融入其中，乐器之间的配合将曲子填充饱满，也将乐曲中丰沛的情感发挥到极致。到了第三乐章，小提琴更是采用巴赫式一弓一音接一弓连奏三音的方式连续演奏了几个小节，将不均衡的四个音的张力与冲突演绎得跌宕起伏。在他如织网般的复调之中，小提琴是主旋律，其他每个声部横向旋律皆是独立的个体，声部之外，又是纵向对位。整体节奏变化与弦乐的律动浑然天成，本该凌乱不堪的局面，却被他以巧妙的形式将所有线条整理清晰，韵律动听，奇妙而又优雅无比地融合在一处。

和古典乐不一样，摇滚乐中复调的运用极少，也很难将不同的音色统一协调。若非季圆亲眼所见，放在从前任何人想要尝试这种方法，她都会认为对方异想天开、画蛇添足。她觉得乔父的原曲已经足够优秀，无法超越。而如今，在霍峭之的版本里，所有声部有条不紊地各自运作，和谐共鸣。主旋律停在了倒数第二小节，乔微的父亲的原曲戛然而止的地方。悠长的 E 音表达出缠绵悱恻的结局，渐弱的吉他 riff 与深沉的贝斯留下隽永的遐思与情绪。

霍峭之洋洋洒洒写了好几张纸，地狱级的编曲难度，这些竟然是在医院这样喧嚷的环境里仅用了一个上午便完成的。

季圆抓紧谱子，不知怎样形容自己内心的震撼，愣怔良久，才连连惊叹："你没学作曲专业真是太可惜了！"

对于这样的盛赞，霍峭之并不以为意，他把剩下的稿子也扔给她，道："叫凌霖快点准备。"

他刚站起身，活动了一下肩膀，抬头便瞧见了站在走廊尽头的女人。

季圆沿着他的视线看去，也愣在原地。她心性宽厚，很少会讨厌一个人，但坦白说，她不喜欢乔母。事实上，乔微从来没在她面前说过自己母亲一句坏话，但越是这样，她才更为乔微感到不平。天底下有什么样的母亲，会迟钝到连自己女儿病了大半年都还毫无察觉呢？乔母穿着职业套装，脸上的妆容微花，平日里冷然的眉眼，今天却带着几分呆滞。

乔母是从医生办公室过来的，十分钟前，她看完了乔微的病历。在来医院的路上，她也曾安慰过自己，病房里躺着的也许是一个与她女儿同名同姓的可怜人。乔微怎么会生这样的病呢？她从小锦衣玉食，是厨子做的饭菜不够好吃，还是家庭医生不够负责任？短短的几步路，她走了好久，当走到走廊尽头的时候，她知道自己的期望破灭了。

霍峤之在，季圆也在。

工作劳累了一天，乔母忽然觉得自己腿脚实在太酸软，一个踉跄差点摔倒，路过的护士赶紧伸手扶了她一把。

“女士，你没事吧？”

“我没事。”

乔母漠然地抽回自己的手，咬着牙站直腰身，加快脚步往前走，高跟鞋敲击在瓷砖地面，发出清脆的声响。她只有一个女儿，可她怎么也想不到有一天女儿生了病，她居然要从别人口中得知，而且是最后一个得知的。

“阿姨。”瞧着人走近，季圆终于唤了一声，问道，“您怎么来了？”

“我不能来吗？”乔母冷冷地说。

季圆静默，嘴唇动了动，道：“微微今天已经睡下了。”潜台词就是：不要打扰她。

若是平常，季圆是不敢这样对乔母说话的。乔母长期身居高位，自带威严气场，与她说话总是“未开口，先惧三分”。可是现在，季圆并不畏惧她。

季圆平日在家对父母总有诸多抱怨，但和好友比起来，她觉得自己的父母是天底下最好的父母。他们会支持她的想法与追求，鼓励她、安慰她、关心她。而这些，乔微都没有享受到。倘若乔母平日肯抽一点时间关心下乔微的身体，事情可能也不会发展到今天的地步。

乔母没再说话，也没有坚持要闯进去。她就隔着玻璃窗子，认真静默地看了很久。

乔微抱着被角睡着了，露出半边脸蛋，唇瓣没什么血色，脸颊在微暗的灯光下也显得十分苍白，从被子的轮廓起伏能看出她下半身弯曲着，整个人瘦得仿佛一触即碎。

这么多年来，乔母从没这么认真地看过自己的女儿，乔微在她的印象中总还是个孩子，处处要她管束着，才不至于行差走偏。可乔微是寻常的孩子吗？寻常的孩子磕破一点皮，都会哭哭啼啼地找妈妈撒娇抱怨，乔微却从不，她从不向母亲吐露自己内心的想法，她对母亲的感情克制又疏远。她和她的父亲生的是一样的病，也做出了相同的选择。

乔母抓紧门栏，直到指节处开始泛白，她忽然觉得灰心极了。像是努力奔跑了许多年，却发现自己一开始便选错了方向，这种绝望的感觉令她倍感疲惫，只想坐下来歇歇。

这样汲汲营营的日子，活得开心吗？

当初，乔微就是这样问她的。

乔母在医院的长廊上等了很久，直到天色完全暗下来。霍峥之进出医院几趟，最后一次经过她身边时终于忍不住开口道："乔微这段时间睡得多，你要是真想看她，明天再来。"

乔母一动不动地坐了整整一个下午，身子发麻，她用手撑着背后的墙才勉强站起身。

"微微生病的事，你是什么时候知道的？"

"刚认识不久的时候。"霍峥之松开门把手，转身打量她，似乎想弄清她的用意。

乔母深吸一口充斥着消毒水气味的空气，又缓缓地吐了出去，拂了拂鬓角的乱发，说道："谢谢你对乔微的照顾。"

"用不着谢，她是我的女朋友。"

"所以你已经知道这些，还喜欢她。"

"不。"他否认。

他看着乔母皱起的眉头，缓缓地吐出三个字："我爱她。"

说这话的时候，他没有半点迟疑和犹豫，掷地有声。爱一个人的时候，眼神不会撒谎。乔母一动不动地盯着霍峭之的眼睛，发现他的眼睛漆黑纯粹，坦坦荡荡。

霍峭之在G市的名气很大，是个典型的二世祖，身份足够他在G市霸道横行，顽劣、放荡，吃喝玩乐，从不问正事。仅有的几次见面，他给乔母留下的印象也确实是这样她还一度担心女儿会被他带坏。可这双眼睛，与霍峭之的气质不大相符，也许乔微就是被这样的他打动的。

霍峭之对乔微付出这么多，这么久以来一直守在病床前。也许在乔微的眼里，他的地位也远比自己这个母亲还重要。

此刻，她并不怀疑他话里的真实性，可人生就是这样，再大的热情也会消退，最炽烈的爱情也终归会趋于平淡。乔微如今躺在病床上，这样的爱又能坚持多久。

“你能保证你的家庭会接受她？” 乔母问道。

“没人能干涉我的选择。” 霍峭之说得果断。

“好！你要记住你说过的话。”

乔母终于不再开口，久久凝视他一眼，转身疾步往医院的廊外走去。高跟鞋像来时一样敲击地面，在光洁的地面发出声响。她走得那样急，怕多留一秒，便再也控制不住自己。

今天下午是乔母许多年来过得最安静的一个下午，她就坐在医院走廊的长椅上，看形形色色的人从自己跟前走过，看着与她无关的人忙忙碌碌。那些纷扰的念头，在脑子里沉沉浮浮许久，最终被抛开，她努力想要放空自己。可所有隐忍的情绪，最终还是在她合上自己房门的那一刻不可抑制地喷发了。

乔母脱力般背靠房门坐在地上，眼泪不受控般一串一串往下掉，她一生都没有这样哭过。

她忽然记起了从医生手里接过襁褓里的乔微的那一刻。那时候，初为人母的喜悦将身心填满，那感觉现在她怎么也没办法找到了。

她记起了每一个阶段乔微的样子，从牙牙学语的婴儿到跌跌撞撞学步的幼童，再到上了高中，上了大学，变成沉静温和的姑娘。

她努力回想，当初站在岔路口的时候，她为什么会做那样的选择？乔微又是什么时候与她渐行渐远的呢？女儿不再与她诉说学校里的琐事，不敢在她面前拉琴，对她的安排越来越闪躲、越来越抗拒，最后勉强维系的一点点感情羁绊也被她亲手斩断了——她砸了乔微的琴。

那时候她已经确定了婚期，乔微却找各种借口不愿配合，也不肯跟她去席家，整天躲在她父亲留下的琴房里哭，哭累了又起来拉琴。乔微天真地以为，只要她把琴拉得足够好，足够努力刻苦，她父亲终有一天会回来。

最后一次，她干脆夺过乔微手上的琴，当着乔微的面砸了。乔微就是从那时候起，再也没在她面前拉过琴。她那时只觉得自己宣泄了一口恶气，终于摆脱了前夫的阴影。如今再回想起来，乔微那双惊恐又难以置信的眼睛让她开始后悔了。早知道有今天，当初她为什么要那样做呢？！人的一辈子那么短，就让乔微开开心心的，顺自己的心意活着，又有什么不可以呢？

她只有这一个女儿，可是乔微病了。病历如今白纸黑字放在她的包里，上面是整个肿瘤领域最权威的专家的诊断，谁都不敢冒着风险为乔微进行手术。

她能轻而易举办到许多人一辈子也办不到的事，能赚到许多人一辈子也赚不到的钱，可是她就是没办法让乔微的生命延长，没办法让乔微康复。这大概是只有上帝才能做到的事。

她曾经以为自己的情绪管控已经修炼得足够好了，可直到这一刻，她才发觉，真正的悲喜根本不是人为能够控制的。

席上放了一桌子菜，大厅里一干人等了许久，最终只等到张妈下楼来。

“夫人今天怎么了，饭也不吃就上楼？”众人问。

“把饭菜都收起来吧。” 张妈摇摇头，“夫人今天可能不吃了。”

乔董嫁进来这么多年，这是张妈第一次见她如此失态的样子，眼泪从一进门便忍不住地往下掉。想到刚才隔着门听到她声嘶力竭的哭声，张妈直摇头，无声地叹了一口气。

02

早上采血的时候，田恬同乔微讲起了她昏迷时候发生的事情，顺便告了霍嵴之一状。

“主唱那天在办公室可凶了，揪着我们主任的衣领，吓我一跳，平时都看不出来他居然还有医闹潜质……”

“真揪了？”

“可不，咱们十九楼都传遍了，你哥哥要在病危通知书上签字，却被他抢过来撕了呢。”

“那我得好好管管他，告诉他下次不能这样了。”

听到满意的答案，田恬终于笑起来，只是又一想，忙摆手道：“可别有下次了，一次都够吓人的了。”

田恬希望乔微再也不用收到病危通知书。她刚拔针，回头便瞧见刚买了早点回来的霍嵴之，吓得她拍了拍胸脯，暗道：还好他没听见。

乔微吃早点的时候，霍嵴之拿起梳子帮她梳头发。

她放下勺子，顺带提起来，问：“嵴之，你打医生了？”

霍嵴之皱眉：“谁这么大嘴巴？”

乔微一副“果然如此”的模样，叹气道：“医院都尽人皆知了。”

“没打。”霍嵴之这才不情愿地解释道，“就轻轻地揪了一下那医生的衣领。”

“那性质不还是一样的吗，嵴之？”乔微放轻声音，语重心长地道。

“我没想为难他，我当时就是控制不住自己……”

“你得改改你的脾气，医生也是凡人，你为难他也是没用的。把自己的情绪强加在别人身上，那样多失败。”

可不，他不就是个失败者吗？病危通知单下来的时候，他觉得自己一辈子也没有那么失败过，他没有任何办法，只能听天由命。

“以后别再这样了，答应我，好吗？” 乔微小心翼翼地说道。

过了良久，霍嵴之才点头答应，他站在乔微侧后方，等反应过来乔微并不能看到他的动作，他又“嗯”了一声，开始提条件：“那你以后也别让我担心。”

“你可真会为难我。”乔微深叹一口气，笑着回头看他。

她一回头，正好看到身后的霍峤之偷偷藏她掉落的头发。他的手僵在原地，气氛一时静默。做了化疗，发质变细之后，她的头发便总打结，再怎么小心翼翼，每次梳头还是会掉下来一大把。他觉得自己已经把力度放到最轻，梳子所过的地方，头发却还是一缕一缕往下落。

“粥再不喝就要凉了。”霍峤之半天才从喉咙里挤出一句话。

乔微听话地端起碗，一口气喝得干干净净。霍峤之还没来得及松口气，忽地听她擦干净嘴巴道：“峤之，我想把头发剪了。”

头发总这样掉，确实很影响一个人的心情，总让乔微觉得自己的头皮像过了道滚烫的开水。有时早上醒来都看到满枕头的头发，惊悚得像是看恐怖电影。

她说得轻描淡写，霍峤之却听得心惊肉跳，忙问道：“怎么忽然想剪了？”说着，他捧起她柔软的长发，一只手便能将其全部握在掌心，说道：“已经这么长了，剪了多可惜。”

“可惜吗？”乔微摇头，“也省得总是浪费时间梳，季圆说新长出来的发质会变好。”

霍峤之每次偷偷藏头发，乔微不是没有察觉，她只是觉得，与其让他这么辛苦，还不如自己痛快地剪掉，一劳永逸。事实上，只要她同意，他愿意把大把大把的时间浪费在她身上，可她已经下定了决心，季圆没一会儿便把买好的剃刀和假发送了过来。

头发一缕缕落地，乔微的脑袋上渐渐凉起来，蓄了许多年的长发，这感觉对她来说陌生至极。

“现在的假发做得比真头发还真呢？”季圆嘟囔着，一顶一顶拿在头上比画，“你知道吗，我在那家店里挑选的时候，真想每个发型都买一顶，每天换着戴，星期一洋娃娃小卷，星期二知性中长发，星期三水波纹大卷……还有，我上初中时就想剪短发，可惜到今天也没勇气尝试。”

她一边说着，一边研究假发里的暗扣，拿了顶娜塔莉·波特曼在《这个杀手不太冷》里面扮演的角色的那种短发，乔微头发才剃光，她便迫不及待地把它往乔微脑袋上套。

乔微躲着不肯戴，忙说："我脸上的碎头发还没擦干净呢，再说，你总得先找个镜子让我看看……"

乔微从来没见过自己光头的样子，心生好奇。

"电视剧里的美貌小尼姑是什么样你总见过吧？你皮相生得好，剃了也比她们好看。"季圆打趣道。

"季圆，我发觉你哄我的时候，怎么总是油嘴滑舌的。"

两个人正玩闹说笑的时候，门突然被推开了。乔微一抬头，便见乔母站在门口。两人脸上的笑容随即收了起来。

乔母昨晚来过的事，乔微是在今晨醒来时才听霍崤之说起的。她生病的消息网上传得沸沸扬扬，想瞒也瞒不住，她早有了心理准备。只是免不了猜想，乔母是以怎样的心情接受这个消息的。

乔母今天没穿往日精致昂贵的套装，看上去不像是从公司过来的。她眼下敷了淡淡的一层粉脂，不过还是没把青色的眼圈遮住，乔微没睡好的时候也常这样。

"今天好点了吗？"乔母把包放在床头的柜子上。

乔微点点头，道："好点了。"

这似乎是探病时千篇一律的对话。

季圆识趣地起身，悄无声息地出了门，把空间留给这对许久没说过话的母女。

"身体会疼吗？"

"不疼。"

"有没有想吃的东西，我叫厨房做——"

"吃过了。"

乔母干巴巴地问乔微，乔微干巴巴地答。她们太久没有好好说过话，实在不知道该说些什么才能缓解彼此之间的尴尬。不过令乔微意外的是，即使如此，乔母还是硬着头皮在房间里待了整整一上午。她还帮乔微把满床的假发都用细网裹好，整齐地挂起来。

乔母突然的转变，倒让乔微很是不自在，犹豫再三，她小声道："你这样我很不习惯。"

乔母背着身，喉头被堵住般说不出话。

"席越说你这段时间很忙，你还是去工作吧，有那么多人照顾我，我挺好的。"

乔母很久才回头，眼睛发红，鼻翼动了两下，终于开口，那声音带着极力抑制的鼻音："乔微，我是你妈。出了这么大的事，你为什么连半句也不肯提？"

乔微攥紧被角，说道："你知道了，又会送我去哪个国家治病吧？如果剩下的时间不够多，我只想把时间花在有意义的事情上。"

乔微觉得自己比世上任何一个人都更了解母亲。

乔母果然没有辩驳，她在房间里默默地找事情做，把桌子上散开的东西一样一样地整好，最后连抹布都叠得方方正正。

房间里多了一个人，总觉不习惯，乔微看了一会儿书，然后开了电视看了一会儿又关掉。她觉得时间无比漫长的时候，余光忽然瞥见茶几上有点滴水迹。桌上没有水杯，乔母也没去过洗手间，乔微忽然意识到那水迹是泪水。乔母来了半天都在背对她，这一次，她盯着母亲的背影仔细看时，终于发觉母亲的肩膀在微微地耸动。

乔微从来没见过母亲哭。就算当年她和父亲提出离婚的时候，就算是外公被确诊患有阿尔茨海默病，再无治愈可能的时候，乔微也没见她掉过眼泪。

乔母生得漂亮，人也聪明、圆滑，且手腕高明，好像在人生任何阶段，她都有能力让自己从困境中爬起来，甚至过得比从前更好。

可是现在，她因为自己生病哭了。乔微心里有几分说不上来的滋味，觉得很难过。

乔微觉得十分不自在。另一边的霍崤之却也好不到哪里去，暴雨停后，时隔一个星期，G 市的机场终于开放，二十分钟前，他从机场接到了他母亲。

他母亲现在有美满婚姻滋润，与离婚时一脸怨气的样子截然不同，此刻容光焕发，连走路都带着一阵风。

他母亲将行李交给司机，抬手查看霍峒之额角的伤口，他没来得及躲，纱布猛地被她扯下来。

她一看，倒吸一口凉气，惊呼："这么大一道口子，会留疤吧？"

"男人怕什么留疤。"

"身在福中不知福，等你破了相，变成一副凶神恶煞的样子，小姑娘都躲着你走的时候，你就知道什么叫可怕了。"

霍峒之浑然不在意。反正他这疤不是普通的疤，是为了救心爱之人留下的勋章。乔微不是肤浅的人，她才不会在意这些呢。

"怎么弄的？"

"撞的。"

"撞的？"他母亲冷冷地讽刺道，"知道是台风天，你还跑出门送人头！乔敏的女儿是不是给你下了什么迷魂药，让你这么惦记她？"

G 市就这么大，霍峒之的母亲当年念本科时，是乔敏的父亲的学生，她向来看不惯乔敏的做派。待她远嫁没两年，便听闻乔敏嫁给了红极一时的天才青年小提琴家，成为众人羡慕的对象。才听到这消息时，霍峒之的母亲便对此嗤之以鼻，她的家庭教会她看人的眼光毒辣，乔敏和她父亲截然不同。乔敏那会会确实嫁得心甘情愿，将来却不一定，这样的生活未必承载得了乔敏的野心。果不其然，她半点没猜错。乔敏离婚又再婚，终究是嫁进了这个圈子来。也因此，听闻儿子的恋爱对象是乔敏的女儿，她便生出一些想法。

从乔敏的长相可猜测她女儿的长相必然也是花容月貌；从乔敏的手段，可推知她女儿的手段也会十分厉害……总之，一定是霍峒之年轻幼稚，被漂亮姑娘蛊惑了。

"她本来就是被我连累，什么叫她给我灌了迷魂汤？"

"得了吧，你小时候天天连累西卜被他妈打得嗷嗷叫，我也没见你有过一点愧疚。对了，她现在住医院了？"

“是。”

“也是，生了那么重的病呢。”

司机驾车从机场回市里，霍母玩了一会儿手机，忽然状似不经意地对霍峭之说：“对了，峭之，你郭阿姨说要替你介绍个对象，长得特漂亮，我推了好几遍没推掉，实在不忍心拒绝她的好意。郭阿姨你记得吧？小时候她抱过你的。你就当帮妈一个忙，加下人家女孩子的微信号？人家女孩子脸皮薄，不会骚扰你的。”

“不记得，不想帮，你也用不着编这么低级的谎话来骗我。”霍峭之的耐性已经快到尽头了。

从一开始，他便听出了母亲话里对乔微那几分若有若无的轻视。她不喜欢乔微，但很显然，她也并没把乔微放在心上。原因有很多，也许她觉得自己浪荡惯了，只是玩一玩，也许她觉得乔微的病好不了，用不了她出手，他们也会分开。无论是哪一种，都让他觉得不舒服到了极点。

“你自己给司机打电话，到了市区我就放你下车，我还有事，没空送你了。”

“霍峭之，你受伤了，你妈千里迢迢从 B 市来探望你，你就是这种态度？！”霍母不乐意了。

“两个小时的飞机，您觉得远，大可不必来的。”

霍峭之不觉得她来单纯是为了探病，瞧着后备厢那几大个行李箱便知道，她在 G 市要住一段日子。

“你想去干吗？又想去医院是不是？”

“是。”

“你来 G 市才多久？”霍母目瞪口呆，“别告诉我你现在已经爱她爱得不能自拔了，你到底喜欢她哪一点？”

“是啊。感情不需要时间衡量，你要问我喜欢她哪一点，我还真说不上来，反正我就是喜欢她。”

她看过他们乐队演出的视频，那个姑娘琴确实拉得好，可其他的，她还真是半点没看出有什么特别之处。尤其是乔微还生了这样的病，霍峤之义无反顾地扑进去，到头来终究会是一场空。

霍母冷冷地道："我不想跟你吵架，不过我得提醒你，你爸那么顽固的人，你就算把霍仲英按下去了，霍家也不是没你不行。你得想清楚，到底是谈谈恋爱就作罢，还是真要不撞南墙不回头——"

她话音没落，忽地听霍峤之开口道："你说得对，我改主意了。"

喜色还没来得及冒上眉梢，霍母就听见霍峤之朝司机道："前面路口靠边停车，把我母亲放下来，我们掉个头，从三环开去医院更快一点。"

台风后难得出现好天气，医生说乔微可以开始下地走走了，霍峤之要趁着太阳暖，把她带去录音棚转一转。

高烧过一场，打多了止痛药，乔微这段日子总觉得自己变得迟钝，浑身软绵绵的，提不起力气，大家都开始练习，只有她焦躁得很。那是她父亲写的曲子，将来就算面世，她也得比任何人都拉得更好才行。心情不好，不适合养病，霍峤之瞧出这一点，才想把她带去录音棚看看进度，让她心安。

医院门口蹲守的记者都还没散，霍峤之把自己的大衣给乔微裹上，口罩墨镜，全副武装，不远不近地跟着她。

乔微一向长发示人惯了，捂紧的大衣更模糊了她的身形，记者们一时竟都没注意，以为她还气息奄奄地躺在床上，任她大大方方地出了医院。

比起她，霍峤之个子太出挑，反倒差点被人认出来，他们花费了一番力气才脱身，上车便吩咐司机快开。

阳光自车窗一侧照进来，乔微往那边挪了挪。再次沐浴在阳光底下，呼吸着新鲜空气，她有种恍若隔世的不真实感。

03

乔微还不知道霍峤之改了新谱子的事，到了录音棚才听到几人合奏的全新版本，她完全被惊呆了。

“这……这不是我拿到的版本啊？”她诧异道。

工作人员赶紧重新递了一份新的曲谱给她。

霍峭之对她惊诧的表情很满意，嘚瑟道：“我重写的，怎么样，是不是比从前那版更好一点？”

乔微没答，双手扶着耳机认真地听了两遍，直到乐声在拉长的E弦中结束，回旋的律动一遍遍减弱，她才回过神。

事实上，不是更好一点，而是整首曲子都不一样了。若说从前他一直在琢磨要如何写才配得上乔父的前部分作曲，那么这一版，则是彻底从别人所创造的格局中脱离出来。霍峭之个人的作曲风格显露无遗，他已经开始锋芒毕露。

“你是怎么想到把复调写进去的？”乔微很好奇。

霍峭之没答，其实完全是一瞬间的灵感乍现。乔微那时候迟迟没醒，他只能疯狂地祈祷，在那时候想起了巴赫的《B小调弥撒》。

这部伟大的作品在作曲家逝世多年后，才由歌唱协会演唱成功，只因为曲子太过庞大复杂，比起在教堂演奏，它更适合由音乐家在音乐会场上演出。

虔诚地求主赐怜悯，垂赐平安。

巴赫的复调堪称古典乐的最高典范，旋律线条的走向，乐句舒展的把握，任何人听来都是一种享受。

在乔微终于醒来的时候，他摊开稿纸，试着在那首曲子中加入复调改编。像是在等待的许多天里已经想好一般，他落笔之后，几乎不费力气地将整首曲子完整地写了下来。

乔微仔细擦干净琴身，细细上了松香，虔诚地把琴身架在肩上，拉响第一个音符。

乐声响起的这一刻，作曲者与演奏者的灵魂是相通的。每一段热情活泼的快板，每一次张弛有度的间奏，每一次十六分音符的跳跃，无不是两者之间的心神交流。直到乐曲渐趋平缓，一幕幕闪过的画卷终于翻到尽头，连绵起伏的主旋律戛然而止，繁华盛大背后被伤感填满，所有的声部都越来越轻，越来越淡，唯有无尽的哀思将人带入绵延的远方，悄然展望。

乔微拉完这一曲的时候，才发现自己的眼睛竟然湿了。她完全能体会到这首曲子中丰沛的情感和生命力，就算不出专辑，单独拿出来，它也是一首将要备受赞誉的作品。

乔微拉到三分之二，大臂和小臂已经开始发颤，像是回到了幼年学琴的时候，肌肉酸疼，不过她并没有露出分毫破绽，强撑着将曲子拉完。

一曲终了，工作人员使劲儿鼓掌。

外行听不出问题，乔微自己却羞愧难当，琴声永远是最直观的，她拉到后面时体力不支便越拉越急。

“你当年参加比赛，最后一个确定曲目，最后开始练习，还不是都拿第一名。”季圆拍拍她的肩劝道，“已经很好了，你就是对自己要求太高。”

乔微点点头，又将琴拿起来练习，当晚回医院的时候，她已经练到双手连抬也抬不起来了。

临近十二点，霍峤之把乔微送回医院，出人意料的是，乔母居然还待在病房里。

乔母像是等了很久，看见乔微便噌地站起来，目光落在她手上的琴盒上，又抬头看她的脸。乔母几次欲言又止，最终还是问道：“医生不是说你需要保证睡眠时间，怎么会回来这么晚？”

“平常不会，今天耽搁了。”乔微说话间，在窗边落座打开琴盒，把弦调松，又用毛巾将琴身上的松香认真地清理掉，打发时间。

乔微习惯了从前与母亲冷冰冰的相处模式，乔母这样无微不至的关心令她很不自在，她怎么也适应不了，只好给自己找点事情做。前前后后擦了好几遍，乔母还是没有要走的样子，她才停手。碍于角落里的霍峤之不停地朝她示意，她只得硬着头皮开口问道：“已经很晚了，你不回去休息吗？”

“我昨天已经与家里商量过，在你这次出院之前，晚上我都留在医院陪你。”乔母答她。

此话一出，霍嶂之的脸色顿时不好了。单人病房里只有一张陪护的小折叠床，乔母睡了，他便没地方去了。怎么一个个都惦记着他的床！季圆三天两头来抢也就罢了，这下又多出来一个，问过他的意见了吗？

乔微万万没料到乔母会说出这样一番话来，再仔细一看，房间里有些地方已经摆上了乔母的东西。

收回视线，乔微摇头："你不必这样，我现在很好，不需要的。"

乔母没答，目光落在乔微手中的小提琴上。乔微的手下意识地一紧，将琴重新塞回琴盒，低声道："我叫谭叔来接你吧。"

乔母锦衣玉食的生活过惯了，大概不知道陪床的人每夜要起几次，她就算想做也不见得能做好。

乔微拿出手机，号码还没有拨完，便听乔母道："我昨天把你父亲留给你的琴找出来了。"

乔微听了一愣，猛地抬头看她，像是在探询她这句话的真实性。这么多年，乔微从未想过乔母居然还会有主动提起那把琴的一天。

乔微惊愕的眸子里带着水光，里面流露出的全是期冀。乔母别开头，她不知道自己到底应不应该戳破乔微的希望，道："我找了很多人试着做修复，但是他们都没有办法。"

乔微僵在原地，喉头动了动，小声问："修不好了？"

"我还没有找到能保证修复好它的人。"

也许永远都找不到。

小提琴本来就是一种极其脆弱的乐器，环境细微的变化，修复时的调动，都会影响它的音色。像乔微那把博物馆古董一般珍贵的小提琴，一般的小提琴修复师根本没有动手的勇气，它当年被砸成那样，音柱上都有了裂纹，修补的难度极大，若是修补不当，还有可能再也找不回从前的音色。

"琴呢？"

"你想看，我叫人明天给你送过来。"

乔母还是留下来了。

乔微自从知道琴修不好之后，便神情恍惚，没了精神，洗漱后匆匆上了床，也没有心情管乔母。

乔微怎么都没想到，支撑自己在席家待了那么多年的，居然是一把支离破碎的琴。

霍峥之也不愿意走。最近乔微一离开他的视线，他便觉得没有安全感，他干脆合衣躺在沙发上，打算在这里将就一夜。

当天夜里，乔微的胃痛发作，是霍峥之最先听到了细碎的翻动声。

从前霍峥之的一干朋友从来不敢在清晨给他打电话，因为他的起床气大得惊人，谁都不想惹毛这个二世祖。而如今，他每夜被频繁吵醒，有时一个小时两三次，他却半点脾气也没了。

他只觉得心疼。

乔微做化疗的时候，夜里总觉难受，但她不爱麻烦人，大多时候都忍着不愿说。霍峥之就每隔一两个小时定闹钟把自己叫醒一次，或者听到她夜起的声音也会醒，渐渐地便形成了条件反射。

大多数时候他是开灯看看，倒水、拿药，拧热毛巾给她擦汗。大概是白天练琴练久了，晚上睡前又被小提琴修不好的事影响了心情，乔微被噩梦惊醒后便感觉胃里开始火烧火燎地疼。

一开始是断断续续的疼，乔微还能忍，到后来痉挛一般地撕扯着疼，她已经没有力气抬手去拿床头的药了。

霍峥之才开灯，便看见她头上布满了细汗。他俯身在床头的抽屉里找了药，扶她起来，喂她吃了药后，又跑出门去叫值班的医生。

此时已经是凌晨三点，乔母是灯开了后才醒过来的。乔微吃了药也不见好，攥紧了被子，身体蜷成一团，医生只能再给她开一剂止痛针。

乔微的下唇被咬出了血，连说话都已经含混不清，即便是这样，听到要打止痛针时，她却怎么也不愿意。

霍峥之知道她在想什么。

乔微总觉得自己打了止痛针之后反应迟钝，大脑和手指的灵活度都跟不上。最后一首曲子已经开始录制，她极艰难才能维持在现在的水平，一针打下去，她估计又要睡到明天半夜。

乔微很固执，她不想被人劝着打止痛针，硬是咬着牙忍着，直到身体里的疼痛完全平复。

护士进来给乔微换了新的床单被套，她被抱下床，浑身无力，任由霍峤之给她擦脸。

乔母自醒来后便再也没睡着，心像是被油煎、被火烤。她眼睁睁地看着自己的女儿蜷缩在病床上咬牙坚持，每一分钟都是煎熬。

“微微常这样疼吗？”

“是。”霍峤之回答得冷漠又平淡。

乔微从前疼得没有这样严重，吃药还是能勉强压制的，是在上次发烧之后，才频繁地开始疼，疼痛的根源就是胃里发展壮大的癌细胞和肿瘤，这只有一个解释——乔微的病情在恶化。可偏偏她现在身体虚弱，不适合再做化疗，其他的治疗手段对她来说又毫无用处。

霍峤之心急如焚，可这个时候，他也毫无办法。

医院当天又就乔微的病情展开了会诊。

乔母出手，几乎把她所有的关系都动用了，想把好医生都请来，可还是无济于事。因为同样的事情，霍峤之早早地便做过一次了。

到了下午，乔微的精神已经好些了，能勉强靠着枕头坐起来，喝些流质的食物。

胃疼过一场，乔微就像是和人狠狠地打了一场架，每一根手指都无力。除了打止痛针，乔微在配合治疗方面一向不需要人操心，她没有半点食欲，但为了保存体力打起精神，还是硬着头皮咽下了半碗粥。

霍峤之喂她喝完最后一口，放下勺子，犹豫半晌，对她说：“专辑还能再等，微微，我们别录了，你不能每次都这样强忍着。”

04

乔微摇头："季圆他们入学的最后期限快到了，对吗？"

霍峤之身体一僵，他完全不知道乔微是什么时候知道这件事情的。

乔微把头往他怀抱里靠，道："我给老师寄录音带的时候，她告诉我了。"

季圆为了和凌霖一起留学，不知道付出了多少努力，这些乔微都看在眼里。好不容易通过选拔，拿到保送名额，季圆却半点没跟她提过。

霍峤之忙否认："你别多想，季圆放弃进修了，她现在更想留在国内。"

"她撒谎。"乔微闭眼，有气无力地说，"如果她真的一点儿都不想去，一定不怕告诉我。"

正因为害怕乔微知道后会自责、内疚，所以她才一点风声也不露。

"大家为我付出的已经够多了，我没办法装作不知道，继续随意改变他们的人生轨迹。"

"快没有时间了，峤之，你不要和他们一样拦着我，我心里有数的。"

乔微不想耽误大家入学，所以得在他们走前赶紧让自己的身体恢复，把专辑录完。至于更远的事，她不敢想，她怕自己等不到那时候了。

乔微花在睡觉上的时间一天比一天长，像是发条快转到尽头的钟表，乔微能感觉自己的动作和思维一天比一天迟钝。没有人比乔微更清楚，活力从体内一点点消失是什么样的感觉。之前只要是她开口的事，霍峤之从来没有不答应的。可这一刻，他竟不知开口说出这一个"好"字是如此艰难，费尽了力气想说出口，喉咙却还是无比干涩。

不要和大家一样拦着她。

"峤之……"乔微的声音很轻，脸颊白得像纸，只有眼周有些许红晕，漆黑的眼眸里全是哀求。

"我答应你。"说完这一句，霍峤之像是身体被抽去了所有的力气，他扶乔微躺下，接着说，"我去洗碗。"

他怕多待一秒，便再也控制不住自己的情绪。

早上会诊的结果一遍遍回响在他的耳边，像是绕不开的魔咒。

“肿瘤在持续恶化，如果还是不能拿出有效的控制方案，照这样的速度继续扩散，一旦出现转移，病人很有可能撑不过一年。”

那些医生的话，像是紧箍咒萦绕在他耳畔、心头，一字一句，令他痛苦不堪。他只要想到这些话有百分之一的可能成为现实，便手脚发凉、力气全无。

“峭之。”临出门前，乔微又喊了他一声，“辛苦你了。”

霍峭之的嗓子仿佛哑了一般，再也说不出话。他的步履仓促又凌乱，把手中的碗抓得更紧了，慌乱地推门而出。

很多话，其实不用开口，他们彼此都已经心照不宣。

洗手池的水哗啦啦流个不停，霍峭之把碗洗了一遍又一遍。

直到手机来了一条新消息，他瞧见屏幕上用乔微照片做的壁纸，手上的动作终于停下来。这张照片是在乔微经过第一次化疗后出院时拍摄的，她戴着白色的绒线帽，闭着眼睛，坐在他的车的副驾驶位，睡得安详又恬静。

那时候的她不像现在这般瘦，嘴唇还带着一点粉色。

那时他把她的白色帽子拉下来遮住她的眼睛，吻了上去，他依稀还记得那味道和感觉，又甜又软，他心里有着几分紧张、几分甜蜜。

他放下碗，用手捂着心脏，扶着墙，缓缓地蹲下来。

他总觉得认识乔微之后的时间过得很快，可事实上，他们一起尝试了很多的事，十指相扣去过很多地方，他们之间留下的回忆也足够他回味一辈子了。他觉得自己再也不会这样爱上一个人，恨不得把生命分给她，恨不得用自己拥有的一切去换她平安健康地活下来。

他们此刻就像是在和时间赛跑，谁也不知道乔微能不能撑到找到新药的那一天，谁也不知道她什么时候就会没有力气了。

思及此，他的心脏突然一阵抽痛，痛得直让他倒抽一口凉气。

手背上落了水珠，霍峭之起初以为是刚刚洗碗时留下的水没干，直到摸到脸上也是冰凉一片时，他才发觉自己是在掉眼泪。

这陌生到极点的感觉。

霍峭之自记事起便再没哭过，这对他来说是极其羞耻的发泄方式。他抬手捂着眼睛，却不想那液体越流越多，泪水从他的指缝间穿过，落在地面。他清晰地听见自己喉咙里发出一声抽泣，很快，这声音又被哗哗的流水声所掩盖。

时隔半月，等乔微终于把歌曲中自己那部分录完的时候，秋天已经来了。专辑中的最后一首曲子，制作人听了一遍又一遍，虽然这首歌还未经过精修和处理，但他几乎可以想象，等它面市后，乐队会在音乐界掀起多大的风浪。

这张专辑在对内容的诠释上，对旋律的把握上，甚至在演绎技巧的展示上，全部都无可挑剔，像精心打磨过后的钻石，完美无缺，璀璨逼人。

尤其是最后一首，在黎沉逸大师的原曲基础上，由霍峭之另辟蹊径加以改编，加上乐队完美的演绎，与其说这是一首曲子，不如说它是一段畅快淋漓的情感宣泄，无论快乐还是感怀，全都成熟饱满、浑然天成。

小提琴的轻与复调的重巧妙结合，完美的乐声仿佛只匆匆掠过尘世，浮生若梦般留下令人永生难忘的震撼。即使称它为时下当之无愧的摇滚乐巅峰之曲，恐怕也不为过。

不用怀疑，钟与蔷薇会成为国内摇滚界最好的乐队，制作人根本不必为这张专辑的成绩担心。直到霍峭之牵着乔微从录音棚出来时，他才从激动中惊醒。

将小提琴放下的瞬间，乔微的精气神仿佛抽丝般被抽走，只有倚着霍峭之，她才勉强有了力气站立。

这可不就是浮生若梦吗？谁也不知道这支乐队还能走多远，小提琴手还能活多久。

制作人匆匆摘下耳机追上他们，轻声问道：“还好吗？”

“没事，让您担心了。”乔微偏头回答，弯起嘴角笑了笑。

霍峭之一只手帮乔微拎着琴，一只手扶着乔微，两人一同走出唱片公司的大楼。她瞧着大楼外道路旁高大的梧桐树和散落一地的黄叶，收拢衣摆，只觉得恍如隔世。

去年这个时候，她刚从G大退学，短短一年，她的人生已经发生了天翻地覆的改变。

停车的地方离唱片公司有一段距离，霍峰之原本打算先过去把车开过来再接乔微，刚走出两步，落单的乔微便被人认了出来，一群人将她团团围住，向她索要签名。

唱片公司外常有蹲守明星的粉丝，霍峰之怕他们没个轻重，飞快地冲进人群，替乔微戴上口罩，把人都隔开。

大概是媒体的报道太过详细，人群中有几个人似乎知道乔微的身体状况，赶紧帮着维持秩序，怕挤到她。他们又见霍峰之一副生气的模样，赶紧叫众人都退开几步，只跟在他身边追问。

“主唱，你们的专辑快上市了吗？”

“微微的身体已经好了吗？”

“G 市的西柚音乐节马上就开始了，乐队会不会参加？”

摇滚在国内并非主流音乐，但令人意外的是，他们乐队的成名速度远超众人的想象。

首先，他们虽然是一支非常年轻的乐队，却有好几首曲子传唱度极高；其次，乐队成员从长相到气质都各具特点，很符合市场的需求，之前在音乐节上闹出的风波更是让乐队的名声达到顶峰。霍峰之现在一出门，时常会被人认出来，和从前相比，这确实给他的生活添了许多不便。

他们快速地穿过一个红绿灯路口，好不容易才摆脱那群人。霍峰之察觉到乔微似乎走不动了，干脆蹲下，将她背起来。

初秋的风抚过面颊，耳旁仿佛还有秋虫的低鸣。路上行人熙熙攘攘，沿路是一排卖五花八门吃食的热闹小店，充满了人间烟火气。

在这人群中，有两颗心，隔着羊绒大衣紧紧地贴合在一处。

他们路过公交车站台时，看见宣传海报上挂着附近剧院交响乐团公演的信息，乔微心血来潮，把头探到霍峰之耳侧，悄声道：“咱们今天别这么快回医院，多玩会儿吧。”说罢，她指了指海报，朝他眨眨眼。

乔微难得会这样主动提要求，热气喷洒在霍峭之的耳垂处，他整个耳朵都开始发烫，当即点头答应。

他们在星海剧院门口买了票，踩着音乐会现场传出来的开场前奏入了场。

巧的是，这一次音乐会开场奏的也是柴可夫斯基的胡桃夹子组曲，和他们刚认识那会儿听的芝加哥交响乐团那场一样。

竖琴柔和地分解和弦，音乐如潮水般涌入耳畔，重奏部分几支圆号有条不紊地奏出主题，又与单簧管呼应，轻灵而壮美。

黑暗中，霍峭之摸索着抓到了乔微的手，附耳悄声问："你觉得和上一次相较怎么样？"

"我上回没听。"乔微瞧周围坐的人不多，便也跟着压低声音回他。

没听？霍峭之明明记得她当时正襟危坐，看上去认真极了。

"那是在发呆。"乔微修正他的回忆。

那一次，乔微左边坐着刚刚结下梁子的霍峭之，右边坐着的是心怀鬼胎的乔母，即便是难得一看的演出，她也如坐针毡，哪有心情欣赏，只能硬着头皮坐在位子上罢了。

末了，她顺口问道："你觉得呢？"

"其实上回我也没听。"

"你当时不是还闭眼跟着打拍子吗？"

"那是因为我知道你在偷看我。"

那时候，霍峭之尚且未意识到乔微对他来说有多么与众不同，只是下意识地关注她，在乎她的反应。真要追溯起来，这份关注其实还比他回忆中的场景发生得更早一点。

第十一章

有一天也会轮到我的

01

音乐会在临近晚上十点钟时终于散场。他们才走出屏蔽信号的剧院，霍峤之手机上便收到一连串的未接来电和短信，手机提示音响个不停。

霍峤之回电话的时候，乔微干脆在路边的长椅上坐下来等。

晚风吹来，空气里挟裹着桂花的香气，晚上的风有点凉，但她披着他的外套，并不冷。这条街无论什么时候都一样热闹，路灯下，牵手往来的情侣甚至比白天还要多一些。

乔微靠在椅背上，专注地看了好一会儿，再回头，发现霍峤之那边的电话还是没有打完。从她的角度望去，只能瞧见霍峤之一张一合的嘴，还有紧皱的眉心。

大概是察觉到乔微的视线投向他，他干脆手插在裤兜背过身去说话，只留给她一个颀长的背影。

霍峤之这段时间总是很忙，眼眶泛青。

乔微还不知道，在她醒后的这段时间里，警察获得了几个受雇于霍仲英的匪徒的证词，这也给霍仲英的案子增添了新的证据。

在霍峤之的干涉下，于蔓花高价给儿子聘请的大律师在开庭前以委托方隐瞒事实为由辞去代理职务，临时更换辩护律师。霍仲英的一审不出意外地败诉，他被法官依法重判。

于蔓和儿子自然不服判决，霍仲英又提出上诉。

豪门兄弟的争斗中，大家长最先考虑的永远不是谁对谁错，而是维护家族利益，保全家族颜面。

他们私底下怎么斗没人管，可抬到明面上来，便是犯了家族忌讳。

霍家的意思是让霍峤之睁只眼闭只眼，放他哥哥一马。然而霍峤之这次动了真格，根本不听劝，任凭霍父大发雷霆，他铁了心要追究到底，他这样自然就站到了家族的对立面上。

霍峤之投了个金贵的胎，自出生那天起，奶奶疼他，亲人宠他，朋友恭维他、畏惧他，他还不曾尝过被人避之唯恐不及的滋味。

霍母倒是愿意出手帮他，但前提是儿子得听她的，去和她看中的女孩相亲。

本来霍峤之的年纪就不大，又生得一副好皮相，哪里会缺好媳妇，根本用不着霍母着急。可来G市的这段时间，霍母看见儿子没日没夜地一心扑在医院里，她渐渐意识到，她这儿子这次是动真格的了。

别看霍峤之平日一副吊儿郎当、凡事都不上心的模样，真固执起来，谁都拿他没办法。这个主意算是下下策，可只要有效果，谁在乎呢？

不答应，他就得眼睁睁地看着害他的人逃脱法律制裁。

霍峤之在英国学的是商科，却向来不关心生意上的事，他无欲无求散漫惯了，直到这一刻才尝到没有话语权的滋味。

一个人的成长，有时只在顷刻之间。

在医院的这些天，霍峤之忽然觉得自己从前的想法实在幼稚至极，他不愿往那大染缸里掺和，却有人拼了命也要把他拖下去。被人胁迫的感觉令他厌恶至极，然而他心中也很清楚，若是不愿妥协，唯有和那些人站在同样的高度上。

在乔微养病、准备专辑的这段日子里，霍嵴之找了律师开始盘点自己名下的资产。

霍父、霍母当年闹离婚的时候，为分割财产打了大半年的离婚官司。双方的律师团队咬得紧，都不愿便宜对方，最后干脆想了个折中的法子，将夫妻的共同财产全部转入霍嵴之名下，在他未成年以前由霍父代为管理。

霍嵴之一个人坐拥企业百分之八的股份，加上奶奶手里的那些，足够召开临时股东大会。若能再拉拢些中小股东，鼓着劲儿和霍父对着干，即使不能翻盘，也足以令他心生忌惮。

和西方投资者强调现金分红不同，国内的投资者更倾向于通过资本公积金转增股本，霍氏便是个典型。在霍父的掌舵下，企业持续多年盈利但并不分红，中小股东的利益长期被忽视，他们对此早已经怨声载道。

他既然已经想到了以此作为对抗霍父的方法，便马上从这一点入手开始准备。

万事开头难，霍嵴之年轻，向来是一副纨绔子弟的模样，纵然有利可图，那些中小股东也不敢贸然站队。

正好霍仲英被拘后，霍嵴之接手了他手上的两个子公司，那些在商场沉浮多年的老狐狸对此既不拒绝也不答应，打算观望一番，想瞧瞧霍嵴之到底几斤几两，有没有真本事。

霍嵴之初入商场，举步维艰，一面要照顾乔微，一面又要打理生意上的事。每晚只有等乔微睡下了，他才能抱着电脑到走廊上去开视频会议、处理公事。他每天的睡眠时间还不足四个小时，然而就是在这样高强度的运转下，他的头脑反而越发清醒。他没有哪一刻比现在更清楚地认识到自己所肩负的责任，不想被动地被人牵着鼻子走，就只能把主动权握在手上。他得好好做，他要比任何人都更出色，成为乔微坚强的后盾。

乔微数着过往的车数了大半个小时，终于见霍嵴之挂了电话走过来。他的眉头依旧皱着，眉心有几分挥之不去的倦色。

乔微问："怎么了？"

霍嵴之摆摆手道："底下的工厂质检出了些问题，不是什么大事。"

乔微心里难受，她今天本意是想让霍峭之放松休息一会儿，没想到反而耽误了他的正事。她把人往前面推了推，道：“峭之，你去忙你的吧，我自己打车回去。”

霍峭之不放心让乔微一个人回去，他笑起来捧住她的脸，用拇指将她皱起的眉头抚平，又揉揉她的脸，道：“皱起来不好看了。”

“油嘴滑舌。”

病了这么久，乔微瘦得像纸片，每次照镜子都被自己吓一跳，只是这会儿到底被霍峭之逗笑了。就在她放松之际，整个人猝不及防地被他抱了起来。

“谁油嘴滑舌，你睁大眼睛找找，这条街上有谁比我的女朋友好看。”

“喂——”

大概是觉得这样还不够，霍峭之又抱着乔微转了一圈。她脚下悬空，伸手就去按住假发，生怕它掉了，可还来不及惊呼，嘴便被他的吻封住了。

路边，桂花树的枝叶被风吹得簌簌轻响，有细小的花瓣带着香气落在发间和大衣上。

时间仿佛静止了。

霍峭之漆黑的眼睛里仿佛藏着星光，专注又迷离，乔微好似在那里头瞧见了自己的影子。然后，她感觉到自己的心跳突然加速。

峭之。

峭之！

她在心底默念这个令她心潮澎湃的名字，只觉得眼睛很涩，鼻子也酸。

路边的行人匆匆而过，然而乔微不再在意旁人的眼光。她不想再过以前那种日子了，若是上帝真能听到她的祈求，她只愿神垂怜，把她的人生永远定格在这一刻。

乔微喘息着在地面站稳，苍白的面颊上终于显出绯色。她又觉得假发不稳，下意识地抬手去摸。

霍峭之在心中叹了口气，帮她把耳边凌乱的几缕发丝理顺，又轻声抱怨：“以后不准赶我走了，哪里差你这几分钟。”

回到医院，两人和住院部大楼外的乔母碰了个正着。霜露重，她只随便裹了条披肩，在风口一站便是半个多小时。

乔母从公司来，在病房不见女儿，手机也打不通，听护士说是霍嵴之把人带出去了，她在病房坐立不安，等了许久后，干脆到楼下来。此刻见乔微回来，她的一颗心才缓缓落地。

目光落到年轻男女十指相扣的手上，她问："出去玩了？"

乔微小时候是不太被允许出去玩的，因为乔母总觉得贪玩的人没出息。乔微犹豫片刻，才低应了一声："嗯。"

时间有些晚了，乔微的精气神看上去却比平日还要好一些，她披着宽大的男士外套，眼睛发亮，两颊带着淡粉色，有着少女的羞涩。

乔母抓紧披肩一角，抑制住抬手去摸一摸她脸颊的冲动，侧身让到一边，柔声说："外面风大，先上去吧。"

电梯缓缓上升，乔母突然想到了什么，说："下午你不在的时候，楼下有个女人到病房里找你，三十来岁。"

小生的妈妈？

乔微立刻反应过来，问道："她说了什么？"

"就只问了你在不在。"

小生唇红齿白的笑脸在脑海中一闪而过，乔微心头一跳，只觉得有不好的预感浮上心头。

她伸手把十八楼的键按亮。

霍嵴之诧异道："微微，时间很晚了，人可能都睡下了。"

"我就在病房外面看看。"乔微道。

乔微在十八楼的病房里住过一阵子，人多就得彼此迁就，灯也熄得早。

到了十八楼，如霍嵴之所说，病房里静悄悄的，大概大家都已经休息了。

乔微松了口气，绕开走廊里睡熟的家属，正打算回楼上，刚迈出两步，又停下来，深吸一口气。她心想，再确认一次。

她打开手机电筒，折身推开病房门。

里面没有人。

小生床位上的被褥折叠得很整齐，枕头一侧放了架飞机模型，柜子上的透明饭盒装着冷掉的饭菜，筷子落在地上，饭菜显然半点没动过。乔微连忙找护士问了情况。

“十七号床啊。”护士挂掉电话，开口道，“下午的时候，他昏迷了，被送到抢救室，还没回来。”

乔微惊得踉跄着倒退了一步，还是霍峭之眼明手快地将她扶稳。

前段时间，医生说小生的身体对正在服用的靶向药开始产生耐药性，小生上楼来找乔微玩的次数越来越少。

乔微以为自己早就有了心理准备，可真听到这个消息，却还是觉得绝望如潮水一般涌来。

02

抢救室外，众人都在焦急地等候。

医生推门而出，摇头摘下口罩，沉声叹息：“对不起，我们已经尽力了。请节哀。”

才听清这句，小生的母亲脚下不稳，尽管扶着墙，却还是滑坐在地上。

“阿生……阿生……你快睁开眼睛看看妈妈！”小生母亲扑向医生身后的推车，这个平日里安静又斯文的女人，这一刻趴在白布上，撕心裂肺地哭喊。

乔微觉得眼睛生疼，心口也难受，小生的妈妈每哭一声，她的心便颤一下。她不敢再看，转身攥紧衣摆。

她记得第一次和小生见面，他拨开帘布，用一双好奇的双眼看她。她时常没吃晚饭便睡了，他会在她睡醒时将几颗小番茄捧在手心递过来给她。他还会附在她耳边悄悄地告诉她，因为怕妈妈哭，所以他从来不说疼。

她无法控制自己去猜想，是不是在未来的某一天，医生也会以同样的惋惜的语气宣布自己的死讯。

直到霍峭之握紧乔微的手，她的身体还微微颤抖。

“微微，我在。”霍峭之把她拥进怀里，轻拍她的背，一声一声地重复道，“别害怕，别怕……”

乔微咬紧牙关，握紧他的手，直到手指的关节有了痛感，她才从恍惚中回神，从喉咙里发出沙哑的声音。

“峭之……”

“我在。”

“有一天也会轮到我的吧。”

“你在说什么胡话。”

霍峭之想把人推开，却被乔微更用力地抱紧。

“到了那个时候，你一定不要哭，不要为我伤心，把我彻底忘掉，让我安心。”乔微把头埋进他怀里，忍住眼泪道，“求你了。”

“好……”霍峭之的拳头深深握紧，咬着牙关答应她。

再见到小生母亲的时候，她已经办完手续，将东西都收拾好了，以体面整洁的模样来跟乔微告别。乔微一时手足无措，实在不知该怎样出言抚慰，才能令这位痛失爱子的母亲感觉好受些。

两人沉默了半晌，最终乔微伸出手，握紧小生母亲的手，才打破此刻沉静的场面。

“我没事。”小生母亲吸了吸鼻子，冲乔微摇摇头。

小生病得够久了，器官都开始衰竭，每个人都清楚，依靠呼吸机、营养液活下去，只能增添他的痛苦。

“这段日子谢谢你了，乔小姐。阿生说你是他在G市最好的朋友，他留了件礼物给你。”小生母亲低头打开包，翻出了一张卷起来的画。画是小生用彩色蜡笔涂的，从画面的线条看得出，他画得极认真，一笔一画，画的是乔微和霍峭之在Y市医院时候的场景。

她穿着病号服打针，霍峭之坐在床头椅子上皱眉头。

右下角的小字笔迹稚嫩——给漂亮姐姐和坏脾气叔叔。

“还有一样东西。”小生母亲伸出手，递给霍峭之一个戴墨镜史努比，那挂件憨态可掬，只有底部被摔裂了一道缝。

那裂缝还是霍峤之发脾气时候摔的。

“他叫我一定要记得还给你。”

霍峤之万万没想到，他当时想尽了办法也没抢到的东西，兜兜转转，最后却还是回到了他手上。

小生的爸爸不是一个称职的父亲，在小生还没出生时，就在外面找了别的女人，跟小生的妈妈离了婚。

小生不知道这些，小时候天天念着要找爸爸。来了 G 市之后，尽管霍峤之总凶他，他却还是喜欢这个坏脾气叔叔。

“臭小子。”霍峤之低声骂道，将挂件接过来攥紧。

专辑正式面市前，乔微在霍峤之车上的收音机里听到了唱片公司热推的主打歌。

官网上已经放出了推广视频，不出制作人所料，他们放出的单曲播放率极高，*Song for Roses* 的关注度高得出乎意料，一路便冲到了当周的单曲榜单冠军位置。

这首曲子对乐迷们来说，不单单是一首曲子，更是小提琴大师黎沉逸留给女儿的惊世遗作，一个故事的载体，一段感人至深的父爱。

如果小提琴手的病没有好转，这恐怕也会是这支乐队最后一张专辑。

由于唱片公司不遗余力地安排宣传，专辑在万众注目中正式上架，很快售罄，第二轮预售紧接着又开始。

“微微，刚刚又卖出去两千张。”

“微微，刚刚蔡老师夸了咱们的专辑质量高！”

季圆每天不厌其烦地在网上查看专辑的播放率和销量情况，浏览乐评人对专辑的评价，隔几分钟就一脸兴奋地冲进来向她汇报。

连十九楼那些忙得没时间听音乐的小护士也来凑热闹，专辑人手一张，拿来找他们签名。

……

“天哪，天哪……微微，咱们上北美 Billboard TOP 100 了！那可是 Billboard 榜啊！”说完，季圆一口气喝完一大杯水，兴奋地在病房里踱步，若不是顾及乔微，她早就跳上床翻跟头了。

徐西卜拿着手机，用手指滑动榜单，查看被他们压在底下的一众大牌欧美歌星，惊呼：“这排行够我吹到孙儿辈了吧。”

袁律书选了个最安静的庆祝方式，他坐在乔微床头的椅子上，捧着手机，静悄悄地截图保存。

不满袁律书一副老僧入定的模样，徐西卜干脆侧身抢走了他的手机，说：“呀，都这时候了，你还在埋头看什么？”

……

组建乐队前，季圆觉得成为欧美一线交响乐团的一员是她人生中的奢望；凌霖则想留在顶级大学任教；而徐西卜的愿望更简单，他想趁着年轻在酒吧的舞台上多挥洒些汗水。当时，他们都没想到自己能有今天这成绩。他们因为不同的原因相聚在一起，又在磨合与迁就中学会包容。

乔微笑着看他们充满朝气地嬉笑打闹，觉得心里被暖意和幸福填满了。就是这时候，病房的门被推开，田恬从门后探出头唤她一声：“微微，护士站那儿有人在等你。”

乔微没料到，这人居然是霍峋之的母亲。

“你好，乔微。”霍母伸出手来，简单直接地自我介绍，“我是霍峋之的妈妈。”

乔微一时没反应过来，愣了半秒才颔首问好。

她平日里很少听霍峋之提起自己的母亲，这还是两人第一次见面。霍母的眉峰平直，眉尾微挑，五官立体，皮肤紧致，看上去很年轻，半点不像是二十多岁孩子的母亲。

摸不清对方的来意，乔微迟疑道：“峋之今早回 B 市了，不在医院。”

“没关系，我知道。”霍母笑起来，并不在意，“我是来找你的。”

乔微的身体不适合离开医院，两人只能在十九楼的走廊上说话。霍峋之聘来的保镖一直跟到楼梯口，被霍母呵斥后，才无奈地留在消防门外等待。

门一掩，所有声音便被隔绝在外，周围都安静下来。

“我真是白生了这个儿子……峭之十天半个月也不知道给我这个当妈妈的打个电话，对女朋友倒是精心呵护。”霍母叹气，眼睛瞥了眼门外。

乔微听不出来此刻霍母的语气中究竟是揶揄多些还是抱怨多些，只能开口解释：“因为前些日子出了点意外，所以他们才会寸步不离地跟着我。”

霍母“嗯”了一声，抬头朝她望过来，似是听进去了。

霍母的目光落在乔微身上，让乔微有点不自在。她身上还穿着病号服，手上戴着病人腕带，素面朝天。她有些后悔出门前没有再对着镜子整理一遍仪容，以至于让她在长辈面前失礼。

乔微的性子比霍母想象中沉稳，她原以为乔微会像乔母那般张扬，这样的人才能降得住她儿子，与乔微见面了才发现，原来霍峭之喜欢的是这个类型的女生。

这个女生安安静静的，像开在路边的花儿。虽说面上不见血色，但她五官柔美，眼神干净纯粹，瘦弱的身形为她增添了几分柔弱感，很容易令人心生怜悯。

“你本人比照片更漂亮。”霍母双臂环抱，歪头称赞一声。

乔微摇头笑了笑，她大概猜到霍母的来意不善。

果然，几句寒暄过后，霍母直接切入正题：“我就开门见山地说了。”

乔微点头。

“峭之玩了这么多年，也该收心了，家里为他物色了几个适龄的结婚对象，我想听听你的想法。”

纵然已经有了心理准备，真听到这这些话，乔微还是浑身僵硬。

她的想法？不，霍母问的不是她有什么想法，只是想告诉她——霍峭之是一家大企业的继承者，而她现在是个病入膏肓的病人，他们已经绝无可能。

乔微垂眸片刻，半晌才掀起眼帘问道：“峭之，他知道吗？”

“知道。”乔母摊手坦诚地说，“不过他喜欢你，只听你的话，家里人说的话，他一句也听不进去。前些日子，他跟他父亲吵了一架，导致他现在处处受制，忙得焦头烂额，这些你大概也看见了。年轻人一旦陷入爱情里，还真是半点理智都没有。”

乔微只知道霍峤之最近很忙，没想到，这其中竟还有她的缘故。

她几次张口欲言，终究还是没有说出话来，又听霍母道：“当然，我不是要逼你们分开，也不想让峤之有理由恨我。除了他的婚姻大事，他想和谁谈恋爱都是他的自由，我不会干涉。”

乔微明白霍母的意思，在他们的圈里为利益结合，婚后貌合神离的夫妻并不鲜见，大家各玩各的，互不干涉。

03

霍母目送着乔微进了病房，才转身说：“走吧。”

身后的助理小跑着跟上，问道：“夫人，我们瞒着霍少来这儿，是不是不太好……”

“我说什么了吗？我威胁他们分手了吗？”霍母把包扔进助理怀里，疾步朝前走。

“我不趁现在赶紧给他找个对象结婚，我怕他会一辈子都不想娶媳妇了。”

“可霍少会乖乖听话吗？”

“我说的他当然不听。”霍母下巴朝病房的方向抬了抬，说，“那个人开口，他会不答应吗？”

话音没落，电梯便到了。

霍母疾步进门，对着光滑的镜面整理了自己额角的碎发，电梯门缓缓合上之际，刚刚从电梯里走出去的人忽然折回来，手伸进门缝，喊道：“等一下。”

霍母闻声，抬头正眼瞧了来人一眼。“乔敏？”她露出礼貌的微笑，“真是好久不见了，差点没认出来。”

确实，乔母打扮得随意，又没穿高跟鞋，不像从前那样光彩照人。

乔母扶着电梯门，偏头，细细打量霍母半晌，不置可否地挑眉道：“你怎么会在这儿？”

“路过。”

路过G市，路过这家医院，路过肿瘤科十九楼？

世界上哪有那么多巧合，乔母的头脑转得飞快，问：“你是来找我女儿的吗？”

“是又怎么样？”

霍母怕被儿子知道，本来还想掩饰一番，现在被乔敏一语点破，面子上有些挂不住，故意叹了口气：“儿女大了，让父母操心的事反而更多了。”

乔母立刻露出警惕的神色：“你和我家微微说了些什么？”

“瞧你那副要吃人的样子，探病，我能说什么？”霍母往后闪了两步，伸手就去按关门键，乔母却伸腿挡住电梯门，门又开了。

“你要上就上，挡在门口干什么？”

“这位阿姨，麻烦别耽误别人时间啊……”

电梯里有人表示不满，可乔母不为所动，问：“你们说了什么？”

“你自己问她不就知道了。”

“又是你那套门第论吗？！”

“你真是疯了。”霍母翻了个白眼，“我赶时间，没工夫跟你瞎扯，让开！”

乔母的目光沉下来，抬手就给了霍母一巴掌，瞪着她道：“我看你才是疯了！”

这一巴掌打得响亮，电梯里瞬间安静下来。

霍母捂着脸，回头满脸诧异地看向乔母，扬声骂道：“洪特助，你是死人吗？”

“夫……夫人……”助理被这一幕吓得呆住了，想伸手扶住霍母，结果又战战兢兢地把手收回来。

霍母活到这把年纪，还是第一次被人打脸，她快要气疯了，怒吼：“你凭什么打我？！”

“你为什么要在我女儿面前乱说话？”

霍母讨厌乔母也是有缘由的。她大学时期的男友是学校的风云人物，那个男人俊朗温和，书卷气十足。然而交往了一个月，她居然在男友的课本里发现了他写给乔敏的情诗。

霍母生性高傲，哪里受过这种侮辱？她的男朋友居然把这个野心勃勃、精于算计的女人当女神！当时，她怒气冲冲地向男友提出了分手，谁知才分开，对方便和乔敏走到了一起。只是还没交往两个星期，他又被乔敏甩了。

“我偏要说，谁让她是你女儿，谁让她缠着我儿子！”

“你放屁！”乔母气得发颤，“明明是你儿子先来医院对我女儿死缠烂打！”

霍母冷笑道：“我儿子怎么可能对你女儿死缠烂打，他就是同情心泛滥，你知道B市有多少姑娘排着队想嫁给他吗？我要不是看在你的女儿活不……”

下一秒，乔母直接伸手拽上了霍母的头发，把她拖出了电梯。

大庭广众之下，两人撕打起来。

霍母穿着短裙、皮草外套，脚上踩着高跟鞋，这样的装扮让她在这场厮打中失了优势，让她处处受制，脸上多出了好几道印子，洪助理急得手足无措，但也不敢上前劝阻。

这一次，电梯门要合上，门被人悄悄按开。吃瓜群众默契地围观电梯外的豪门大戏。有人小声说道：“这阿姨看着挺有气质，动起手来怎么这么彪悍……”

“洪特助！”霍母怒道。

洪特助吓得身子一颤，忙上前挡住，说道：“关门，别看了！别看了！”

“我还以为拍电视剧呢，还多少姑娘排着队想嫁给她儿子……”

“宁拆十座庙，不毁一桩婚。这么跋扈，就应该被教训一下。”

乔微一个人坐了许久，听见门响，本以为是护士过来采血，回头却看见是母亲。

“今天怎么这么早……”现在还没到下班时间啊，乔微不解。

“今天开会时间提前了，结束得早，我就直接过来了。”

霍峤之去了B市，乔母怕乔微一个人在病房没人照顾，她把从护士站拿来的药放在床头。

“这是美国的新药，医生说从今天开始试吃一段时间，看看效果。”

药已经分格装在透明药盒里，这一盒是乔微一天要吃的量。

“你去过医生办公室了吗？”

“嗯。”

乔微没了话，抬头，这才发现母亲的耳后好像有抓痕，血迹已经干了。她抬手指了指那个地方，疑惑地问道：“你那儿是怎么了？”

“应该是不小心抓到了。”乔母抬手拭去血迹，小心地问道，“今天发生了什么事吗？护工说你刚刚一直坐在窗边。”

“没什么特别的事。”乔微的神色很淡，吃了药，就从窗边躺回了床上。

乔微一向把心思藏得很深，即使是遇上再不高兴的事，也不会向人倾诉。若不是乔母先在电梯里遇到了霍峭之的母亲，此刻乔母也猜不出什么端倪。

霍母那个女人从大学起就是个眼高于顶的千金小姐，说话、做事咄咄逼人，从不顾虑旁人的感受，乔母想也知道她的嘴里说不出什么好话。

另一边，身处B市的霍峭之接到乔母的短信，看完，他怒得差点没把手机摔出去。他攥紧拳头，在盯着手机屏保上的照片时，才慢慢放下正准备要甩出去的手机，给母亲打了电话。

“你去医院了吗？”

“告状告得可真够快的。”霍母脸上的抓痕被药水刺激，疼得“嗞”了一声，斥道，“下手这么重，你以为我的脸是猪皮吗？换一个人过来帮我上药……”

“是。”那美容师吓了一跳，忙低头起身。

霍母这才继续道：“峭之，你还是别和那对母子来往了，乔敏那个泼妇，你知道她今天干了什么吗？她——”

“最后一次。”

“什么最后一次？”

“你要是再插手我的事，就别想再认我这个儿子。”

话筒里，霍峭之的声音冷静又决绝。

“霍峭之……你！”

霍母的话音没落，那边便挂了电话。

“他这话是什么意思？”霍母怒不可遏地偏头问，新换上来的美容师一头雾水。

“太过分了，要不是看他这么辛苦，我才不帮他！生个儿子还不如生个叉烧……”

霍峭之越想越急，生怕母亲说了什么伤人的话，简单把工厂的事情交代了一下，凌晨时分就买了回 G 市的机票，风尘仆仆地赶回去，飞机落地的时候，天还没亮。连打扫卫生的护工都尚未开始工作，十九楼静悄悄一片。他轻轻推开门，黑暗中，乔微蜷缩着睡在一边，呼吸平稳，一副安静的样子。

她还在。

还好，她还在。

霍峭之看了乔微好一会儿，小心翼翼地脱了鞋，躺在她身后，双手覆上她的腰，又把头搭在她的肩膀上。两人挤在一张病床上，紧挨着，他的心才终于安定下来。

霍峭之狂喝咖啡硬撑着近四十个小时没睡觉，马不停蹄地奔波在几个工厂间，此刻他眼下都是青色，冒出的胡茬儿也来不及剃。他实在太累了，以至于一合上眼便沉沉睡去。

呼吸声传来，乔微的眼睛重新睁开。其实门开的时候，她就醒了，知是霍峭之，便没有动弹。

她轻轻动了一下，转身。男人的脸庞近在咫尺，走廊上微弱的灯光透进来，除了额角的伤痕还未消退，他的脸俊朗得不可思议。只是他的眉心始终紧蹙着，连拳头也是握紧的，仿佛随时都在战斗状态。

乔微抬手抚平他的眉头，又吻了一下他的鼻尖。日夜相处了那么久的人，即使是闭着眼睛，她也能一点点描摹他的轮廓。

很累吧。如果不是她，霍峭之一定还好好地做着他的公子哥儿，每天无忧无虑，不用为任何事情伤神。

霍母的话又一次在她耳际回荡。

“如果你的病能好起来，我当然不会反对你们在一起。峭之的脾气你也清楚，他还有这么长、这么好的人生，你忍心让他一辈子活在失去你的痛苦里，在阴影中过一辈子？乔微，如果你现在不做决定，到那个时候，就再没有人能帮他了。”

……

她说得对。

乔微脑海中闪过很多乱七八糟的画面，一会儿想到小生身上盖着的白色薄布，一会儿又想起他的妈妈趴在推车上哭得肝肠寸断的样子。

那画面太残忍了，连她这个外人都永生难忘。她不敢想象如果自己真的走到那一步，霍峭之会是什么样子。

顽劣、高傲、不堪管教……那些都是给外人看的，真正的霍峭之，是一个再有情有义不过的人，对她如此，对朋友如此，对他奶奶也如此。他只是用一副看上去坚不可摧的盔甲将自己武装起来，其实他的心很软，一戳就受伤了。

做决定吧，乔微。她在心底一遍遍地提醒自己。

04

阳光照进病房，霍峭之察觉光线落到眼睛上，伸手往前摸却扑了个空，他猛地坐起来睁开眼睛。

乔微不在病房。他慌张地起身，四下去找，洗手间、走廊，都不见，准备下楼时，终于碰上她回来。

“去哪儿了？”霍峭之刚睡醒的声音有些嘶哑，黑发凌乱，领带松散。

“去楼下了。”乔微被他吓了一跳，忙问，“要再睡一会儿吗？”

“睡够了。”霍峭之摇头，开始洗漱。

他洗完脸后又用冷水冲了下头，随便抽了块毛巾便从洗手间出来，站到乔微身后，从外套口袋里掏出一个小盒子，这是他从 B 市带回来给她的礼物。

“微微，你闭眼。”

乔微感觉颈上微凉，她睁开眼低头看，发现是一条红宝石项链，项链被铂金细链串起来，宝石被切割成泪滴的形状，冰凉坚硬，在晨光下熠熠生辉。

“喜欢吗？”

这条项链，若是乔微生病前戴是极漂亮的。她的锁骨生得好，只是自从植了静脉输液港之后，皮肤下有一小道凸起的疤痕，她便习惯将领子扣到最高处，不再戴首饰了。

霍峤之买项链的时候没想到这些，只觉得乔微戴起来一定美极了。

无论是哪个年纪的女性，大都避免不了在意身上的疤痕。此刻见乔微解开领扣，露出带疤的肌肤，他才后悔买了这个礼物，恨不得拍自己两下。

真是蠢死了。

谁知乔微并不在意，她摩挲着宝石冰凉圆滑的表面，认真地道：“喜欢。”

一会儿还要采血，霍峤之帮她把项链解下来装进盒子，若无其事地转移话题：“出院就能戴了，等你好了，我们去奥斯汀度假吧，你不是一直很想去……”

“峤之，我帮你吹头发吧。”乔微忽然打断他的话。

霍峤之发梢的水珠一滴滴往下落，他拿起毛巾浑不在意地擦了几下，说道：“你不能碰冷水，我自己来就行。”

“我帮你。”乔微这次却很固执，拉着他在床边坐下来，打开吹风机。

温热的风在发间穿梭，乔微的手指柔软，让他感觉很舒服，霍峤之有点受宠若惊：“怎么了？”

“又不是夏天，在水龙头下用凉水冲不好，下次还是回家用热水洗。”

“嗯。”

霍峤之应下。他帮她打理过很多次头发，她却还是第一次帮他吹头发。

早点是乔微在医院门口买的热香饼，并且是霍峤之最喜欢的巧克力味。

她抬手将他嘴角的巧克力酱擦拭掉，说道：“以后不要把吃早点的时间省掉，来不及可以叫助理给你买。”

“好。”

霍峤之提前从B市回来，原本被安排得满满的行程有了空当，干脆把时间用来陪乔微去探望外公。

临走时，梁嫂拎着保温桶追到门口："小姐，山药鸡汤，对胃好的。"

乔微清楚，她虽然从未提过，但梁嫂一定已经知道她的病了，她笑了笑，道："梁嫂，以后叫我微微吧。"

"这怎么使得……"

"使得。"乔微伸手接过保温桶，颔首道，"这些年辛苦你了。"

梁嫂身后是画眉鸟婉转的清啼，檐下又传来收音机里咿咿呀呀的广府戏，乔微的目光越过梁嫂，正好能瞧见外公在院子里惬意地晒太阳。

其实什么都不记得，也不全然是件坏事。今天之后，老人又会忘掉有个会给他带酥脆饼干的外孙女，过着无忧无虑的晚年，梁嫂会把他照顾得很好。

两人没有开车，步行到公交车站。霍峤之刚打开钱包，乔微已经把零钱扔进了投币箱。

"你钱包里从来就不装零钱，以后别再忘记换了，不是每回我都在。"

"知道了。"

在满车人惊讶的目光中，霍峤之窘迫地把红色钞票塞回钱包。

车窗外的风景飞一般从眼前飘过，上林路的建筑和公共设施已经开始改建维修，这条历经漫长岁月的老街道，将在几个月后展现全新的面貌，向游客们开放。

两人并肩坐在最后一排，每人戴一只耳机，比谁能在前奏开始时以最快的速度答对作者和曲名。乔微这一天的精神格外好，走了很久也没有疲色，他们手牵着手，像所有普通的情侣一样，漫无目的地散步。

她整天待在病房那十几平方米的空间内，无聊又枯燥。呼吸着没有消毒水的空气，对乔微来说，每一刻都弥足珍贵。

傍晚时，他们来到乐队第一次商演的中心广场附近。临近七夕节，周边的商店、超市都挂起了大幅广告，鲜花、气球、粉色的LED屏，整个广场都沉浸在欢欣甜蜜的气氛里。

他们坐在餐厅靠落地窗的位置，居高临下地将一切景色尽收眼底。

他们点了奶油鸡肉玉米浓汤、番茄芝士罗勒面，还有巧克力榛果蛋糕，边上的乐手拉的是门德尔松的曲子。

乔微放下餐巾，再从洗手间回来的时候，与正在休息的餐厅乐队成员低声说了几句什么，那乐队的人便把小提琴借给了她。

乔微将那琥珀色的琴身轻轻搭在肩上，朝霍峤之看了一眼，嘴角微勾，垂眸，弓轻触在弦上。

霍峤之觉得自己恐怕永远也忘不掉今天，乔微一整天都格外温柔。

她十指白皙纤长，穿了修身的红裙子，裙摆敞开。窗外金色的夕阳照在她的眉眼上，衬得她整个人像落入凡间的天使。

乔微拉的是维尼亚夫斯基的小提琴曲《传奇》。

那是维尼亚夫斯基在陷入热恋时为爱人所作的歌曲，双音旋律与和弦音型所表达的柔情与甜蜜，无不与此时的气氛契合。

无论是技巧还是感染力，乔微的水平都高出之前的表演者不止一点，餐厅的气氛很快被调动起来。情侣们交颈低语，还有听众频频往乐队的方向投去视线，而那美丽的小提琴手眼睛里映的始终是霍峤之的影子。

乔微还从来没有这么大胆、主动过！

霍峤之的心脏被琴音一下一下撩拨得起伏不定，他既觉得刺激，又开心得不已。

歌曲里传达的情意从柔情含蓄到激情浓烈，层层递进，让人再难将情绪剥离。

怎么办，怎么办？

霍峤之抬手捂住胸口，心脏剧烈地跳动着，要是此时身边有纸笔，他一定马上就动笔写谱，谱一首天底下最动人的情诗送给她。

临近曲子结束，霍峤之终于抬手拿起桌上的红酒，一口气喝完，抱上乔微的外套，站在台下，张开怀抱，将她从台阶上抱下来。

夜幕已经降临了。

公司还有事，霍峤之把乔微送回医院。他们在住院部楼下分别，他一步三回头地往外走，忽地被乔微唤住。

“峭之。”

“嗯？”他带着笑意没来得及回头，被乔微抱住腰身。

“今天开心吗？”

“嗯。”他拉开乔微的手，打算转身吻她，却被她更用力地抱紧。

“那我们就在这里分手吧。”

“微微，你说什么？”霍峭之嘴边的笑意凝固，他怀疑是自己的耳朵听错了。

“分手吧。”

她终于将手松开，再一次开口，声音很轻，像是在喃喃自语。

霍峭之终于看清乔微的眼睛，月光下，她漆黑的眼眸像是平静没有波澜的水面，映出自己错愕的面孔。

他猛地想起乔微一整天反常的样子，还有那些絮絮叨叨的叮嘱，极力抑制住失控的情绪，去拉她的手，紧张地道：“微微，你别开玩笑了……”

“我没有开玩笑。”乔微摇头，退后两步，说道，“别再来医院了，峭之，我们停在现在就可以了，我不想让你看到我最后的样子。”

肿瘤科每周都有胃癌晚期病人住进来，他们躺在床上渐渐难以动弹，每一次翻身都要人帮忙，身上会胀痛，也许还会积腹水、出黄疸……会变得丑陋。

这会让身边的人都陷入痛苦。

乔微大概理解史书中的李夫人为什么不愿让汉武帝见自己最后的样子了，她也不愿霍峭之未来活在痛苦之中，不如就让记忆停留在她最好的时候。

在这里及时结束，就是最好的选择。

“你在胡说什么！”霍峭之眼睛发红，不管不顾地来抱她，“你会好的，你跟他们不一样，你听我说，你会好起来的，微微……”

“我当然希望会有那一天。”乔微抬手挣脱他，摇头，眼眶里的泪水滴落在霍峭之的大衣上。

“可是峭之，上次会诊的结果，我都知道了。”

尾声

01

“你回去吧，我要休息了。”乔微轻声道。

霍峤之摇头，他黑沉沉的眼睛里全是渴求，攥紧乔微的手不肯放，手指最终还是被她一个一个地掰开。

乔微转身便走，越走越快，生怕霍峤之追上来。直到进了电梯，她才用余光透过电梯的缝隙望见他的样子。

他拎着的外套垂在地面上，愣在原地没动，目光只望着她的方向，像是站成了一尊雕像。

电梯门合上，乔微忽地双腿发软，扶着墙才勉强站稳，整个腹腔像是被扔了一把火，烧得食管又疼又痒，然后像刚做完化疗一般开始不受控地咳嗽。

身后的人被她吓了一跳，忙问道：“小姐，你没事吧？”

电梯到了。

乔微一只手捂着嘴巴，另一只手摆了摆，跌跌撞撞地快步回到病房，关上洗手间门。

她几乎把一天吃下去的所有东西都吐了出来，连五脏六腑都仿佛要吐出来。她把马桶冲了一遍又一遍，直到在那水中瞧见了血丝，她才扼住喉咙，强迫自己停下来。

她喘着粗气蹲下来，伸手擦拭唇瓣，却擦下来一手的血迹。

她将血迹用纸巾擦干净，扔到马桶里，冲进下水道。

这种情况不是第一次了。

即使所有人都瞒着乔微的实际病情，都往好的方向说，可身体是她自己的，她比任何人都更清楚自己的状况。

她一直告诉自己要打起精神，保持放松，保持开心，记得每一句医嘱，强按下不适吃饭、吃药，积极配合治疗，每天早早地起床锻炼……

即使如此，病情还是一天天恶化了。

可是，她多想活下来。

忍到这一刻，她终于掩面痛哭出声。

如果可以，她多希望有奇迹发生。

她还有很多很多没来得及做的事情，还有很多很多没有实现的愿望，还有一个欠他很多却来不及偿还的人情。

……

乔微终于将自己整理好，从洗手间出来的时候，她才发现窗前坐了一个人。

她心头一跳，擦干净眼角的泪痕，正要开口，灯开了，窗前的人回过头来。

席越将视线从她的脸上移开，问道：“失望吗？”

“没有。”

“既然舍不得，为什么还要说那些把人赶走的话？”

“那我该说什么？”

“陪着我，留下来，或者，我爱你。”

她唇色苍白，笑了笑，道：“这也不像是你会教我说的话。”

席越点头：“嗯，从前是不会。你知道我是从什么时候改变想法的吗？”

乔微摇头：“是台风来的那一次吗？”

他转了转手里的水杯，说："那天海边风那么大，志君说他们两个人把霍峄之拉上来都艰难，你却一个人抓了他那么久。"

他靠在沙发里，似是陷入回忆，一个人自顾自地说："我记得你来到家里后，过第一个生日的时候，你妈妈送了你一个八音盒。"

乔微也记得，说："可以演奏《春天的故事》一百五十六音的那个。"

"你明明很喜欢，却又把它扔在柜子里，直到有一天，你再把它拿出来时，才发现它坏了。你找了很多地方都说没办法修，最后是你自己找了工具，对着机械解析图，花一整天时间把它修好了。"

"也没有很喜欢……"

"别忙着反驳我，总是回避自己的心意比失去更痛苦。你其实比自己想象的更喜欢他。微微，你总这样，心是会累的。"他长叹一口气，起身将乔微搂在怀里，她整个人都十分瘦弱，即使穿了厚重的外套，也掩藏不住单薄的身形。

"微微，我只希望你能开心。"

霍峄之自然不是会轻易放弃的人，那晚之后的几天里，他把更多的时间花在医院，公事也在医院办，晚上就在医院的沙发上睡。

只是乔微铁了心要他走，不肯再跟他说话。

连田恬都看出了端倪，早晨采血时悄声问乔微："微微，你和霍少吵架了吗？"

见乔微不答，田恬又劝她："都这时候了，怎么还吵架……"

所有人都不理解，像霍峄之这样的"十佳男友"，世上少之又少，乔微究竟还有什么不满意。

只有乔微知道，他越好，她便越不能害他。

在乔微吃的靶向药开始产生耐药性之前，医生通过做基因检测，好不容易找到信号分子匹配的新药，但这种药又对消化道的伤害十分严重。乔微的食欲急速减退，胃胀、胃痛比之前做化疗的反应还要严重。

接连几天，乔微吐得连水都喝不下去，只能靠打营养液补充身体所需营养。她即使在睡梦中，肚子也一直隐隐作痛，额头上全是细汗。

夜间，霍峭之每一个小时起床一次，给她喂药、擦手、擦脸。按理说，这段时间他忙着处理公司的事情，这些事本可交给乔母来做。可他没有。

凌晨三点，乔微感觉到额头上毛巾的热气，在黑暗中，她睁开眼睛，定定地看着霍峭之拧毛巾的背影。

他似乎瘦了一点。

他再次转过身来，借着窗外淡淡的月光，乔微看见他眼下有青色，下巴上都是来不及清理的胡茬儿。她想起来第一次与他见面时的场景，那时候的霍峭之高大英俊、意气风发，眼睛里全是傲慢，容不下任何人的身影，与现在完全是两副模样，他好像长大很多了。

“醒了？”霍峭之低声问。他把毛巾折好，抬头便怔住了。夜色里，他看见她眼睛里有亮晶晶的东西在闪动。他半晌才反应过来，乔微哭了。

“峭之……求你了，你走吧。你会遇到更好的人，和更好的人结婚。”

霍峭之听着这话感觉像是有人用锤子狠狠地捶在他的胸膛上，他只觉得心脏已经鲜血淋漓。无论在生理上，还是心理上，这么多痛苦，他一点也没法替乔微分担。他夺门而出，问走廊里不认识的中年男人借了一支烟点燃，疾步到走廊尽头，猛吸一口。

这是乔微住院以来，霍峭之第一次抽烟。他抽烟抽了许多年，烟瘾大得很，当初不知花了多少力气克制自己。尝到久违的烟草味道，他原以为这感觉该是幸福的，没想到一口下去，反倒被呛得连咳了好几声。

霍峭之缓缓地抽完烟，烟雾缭绕中，他把烟头在垃圾桶上摁灭并扔了进去。他回到病房，重新洗了毛巾，倒掉水盆里的水，帮乔微最后擦了一遍脸，又喂她吃了药。有条不紊地做完这一切，最后，他在她的额头上落下一个吻。

“知道了，我会走的，你所有的要求我都答应。”霍峭之睁大眼睛记住她的样子，强压下马上要夺眶而出的眼泪，轻声开口对她这样说道。

十九楼再也不见那个年轻英俊的超级富二代了。小护士们又是想念，又是惋惜，私底下议论纷纷。

“不会是分手了吧？”

“那乐队也要解散了吗？咱们内地好不容易有上Billboard榜的乐队，可惜了……”

“键盘手不是说乐队的灵魂是乔微吗？乐队都是为她组建起来的，她要是出点什么事，乐队解散也是正常的吧？”

“主音吉他手要上大学了，键盘手和鼓手要去国外进修——”

几人的窃窃私语被田恬重重放下来的文件夹打断了。

“你们别瞎说了，乔微住院又不是一两天了，要分手怎么会等到这时候才分？”

“那她男朋友最近怎么一次都不来了……”有人小声道。

田恬一时语塞。

“我看网上有圈内人爆料，说他要结婚了，结婚对象好像是德林的千金，我刚刚还顺手存了她的照片。”

“漂亮吗？”

“漂亮，就是那种豪门小姐的长相，她家那么有钱，想丑都难吧。”

“我看看……”

几人都想先看清楚照片上的人，争抢中，不知是谁手滑，手机恰好掉到了走廊上。

乔微扶着轮椅一侧，俯身将面前的手机捡起来，轻声问：“谁的手机？”

几个小护士瞧清来人，顿时都吓得没了声。

看没人敢接，乔微只能将手机放在护士站的柜台上，自己转动轮椅继续往病房那边去。

田恬小跑着追上来帮她推轮椅。

“微微，你别听她们瞎说，她们就是闲着没事干。”

“我没事。”

乔微回头冲她笑了笑。

“真……真的没事吗？”

“嗯。”

乔微回到病房，拿起茶几上的 iPad，按亮屏幕，屏幕上显示的是护士们刚刚讨论的新闻。

季圆拿了毯子过来，边走边折，乔微匆忙关掉屏幕，让好友帮她把毯子盖在腿上。

“医生说你不能着凉，出去要记得把毯子带着。”

乔微点头，示意自己记住了，抬头又问：“你们的机票订好了吗？”

这话季圆不爱听，往后一倒坐在沙发上，说道：“订好了，订好了，你怎么就这么着急把所有人都从身边推开啊。”

学校那边已经为季圆他们延长了两次入学期限，再怎么延后，这一天也还是要来了。

“我的龟儿子你要替我照顾好，我爸妈他们想帮我照顾，我都不给呢。你要记得喂食给它吃，等我回来，你要亲手交到我手里。”

季圆把她的乌龟放在了乔微病房的窗边，此刻它正滑动着短小的四肢在缸中游动着吹泡泡。

“好。”

“你自己也要好好的。”

“好。”

“你明天要送我到机场。”

“好。”

乔微都点头一一答应。

02

当晚探病时间结束，病房重新变得死寂起来，乔母在窗边帮乔微整理洗好的衣服。

乔微免疫力差，怕感冒，不能像从前没生病时一样每天洗澡，只能每天换干净衣服，乔母弯着腰叠了半天也没弄完。

“明天再收拾吧。”乔微唤她。

乔母闻声，诧异地回头。乔微还是第一次用这样的口吻与她说话，她拿衣服的手不自觉地动了动，觉得眼睛一酸，低声道：“马上就叠完了……你先睡。”

乔微没动，一直等到她把所有事情都做完。

这天晚上，乔微是和乔母挤在同一张病床上睡的。上学之后，她便再也没和妈妈在一起睡过。她俩都瘦，在不足一米五宽的床上也不显得拥挤。黑暗中，母女俩破天荒地说了许多话。

……

“所以八个月就把我生下来了？”

“嗯，你刚出生时才三斤多，在保温箱里住了一个多月。”

“这么小，产检的时候医生没建议流产吗……”

“那时候你在我肚子里已经五个月了，你爸爸说，既然已经来了，无论如何也要让你睁开眼睛看一看这个世界。”

乔微这才知道，原来自己险些无法来到这世上。

“你小时候不吃肉，饭菜沾了一点肉味你都不肯碰，你爸爸就每天去早市买最新鲜的鲫鱼，用文火熬化了泡饭喂你。”

“我小时候这么让人操心啊。”乔微笑起来。

“嗯，现在也让人操心，还好我只生了一个，要是多生几个，还不知道要怎么办呢。”

“那怎么办呢……”被子下，乔微摸索着抓住了母亲的手。

乔微的掌心被被子焐出了一点热乎气，碰上去倒不像平日那么凉。

“对不起了，妈妈。”

乔母怕压到她，整晚都睡在床沿边，半个身子都是僵的，直到听乔微那边传来均匀的呼吸声，才抬手轻轻抚摸她的脸颊。

第二天，季圆和凌霖走的时候，天气特别好，秋高气爽。季叔叔送她们去机场，路上，乔微见到好几辆婚车。

“今天是什么日子啊？”

“秋分，宜出行、冠笄、结婚、开业、破土、安葬。”季圆答她。

“你们还专门看了日子？”

“那当然，我一辈子能有几个重要的日子。本来还说要延迟几天出发，因为公司说要在今天帮咱们办个白金唱片的专辑庆功会，可偏偏你和主唱这样——”

话没说完，季圆被凌霖用手肘碰了一下。

乔微想了想，认真地道了一声：“对不起。”

“算了，算了。”季圆摆手，“下次我做了什么对不起你的事，你也一定要原谅我哦。”

乔微笑起来应了，转头看向窗外。

车子开了近四十分钟，路不再拥堵了，窗外的风景向后飞逝，也就在这时，乔微才发现，她们似乎已经过了到机场的高速岔路。

“叔叔，咱们不从刚刚那条路走吗？”

“嗯，广播电台说那边堵车。”

乔微环视一圈几人的表情，发现他们并无异样。车子离新体育馆越来越近，她抬头几乎可以看清那座地标式建筑，沿路还有拿着荧光棒、海报、花环的粉丝。

乔微心里那几分不对劲终于找到了出处。绕了这么长一段路，就算一路上不堵车、没遇红绿灯，季圆他们的飞机也赶不上了吧，可车里这几个人半点着急的样子也没有。

“体育馆里要开演唱会吗？”

“嗯。”

“是谁——”乔微话还没完全问出口，声音便戛然而止。

因为她已经看清了体育馆正门那里悬挂的巨幅海报。

那是他们的乐队。

海报还是专辑宣传初期拍摄的，那时乔微的头发还没剃，穿了一条黑色长裙，亚麻色的大波浪卷发拨到肩膀一侧，闭眼拉琴。

乔微愣了好几秒，整个人完全没有动弹，她不知道要怎样形容这一刻从心底翻涌而出的震惊。她刚刚猜想了许多种可能，唯独没想到这一种。所有人居然瞒着她，准备了这场演唱会。

“他们……都来了吗？”

她话里的“他们”指的是谁，很显而易见。

凌霖点头：“他们两个星期前就开始为演唱会排练了。”

原来霍嵴之这段日子都在 G 市，没有回 B 市。

乔微抬手，慌忙用拇指把眼角擦干，说道：“你们为什么都瞒着我，这有什么好瞒的，我什么都没有准备……”

凌霖递过来一张节目流程单，道：“从前排练过的曲子你不是每天都在练习吗，今天要演出的曲子，就没有你不熟的，放宽心好了……”

乐队成立之初，乔微便一直在生病，很多次演出，并且是她独自在医院练习，演出前和乐队合上几遍，就能上台演出，也从没出过差错。

“可从前是从前，今天那么多人……”乔微有些手足无措。

季圆忽地握紧她的手，道：“台底下的人再多，台上的人还是我们几个呀。”

乔微担心的事情很多，怕自己记不清谱，怕以现在的身体状况，体力支撑不了几个小时，怕做不好，不能让所有的乐迷满意，可她担心的一切，都在看见霍嵴之的瞬间被全部抛之脑后。

乔微一到后台，工作人员便迎上来给她做造型、上妆。画完眼线，她再睁开眼睛的时候，通过化妆镜里看见霍嵴之从后面的门进来。

他剃了像她一样很短很短的头发，几乎要露出青色头皮。才几天不见，他瘦了很多，只是依旧高大挺拔。他已经换好了登台演出的衣服，里面是衬衫，外头搭了件黑色夹克，胸前戴了条银色项链，造型师用阴影把他的五官描得更加立体，整个人看上去多了几分坚毅，眉宇间透着冷漠。

“假发就选这款吧，烟灰色和裙子也很搭，您觉得怎么样？”造型师推着衣架路过，忙碌间停下来征询乔微的意见。

“好。”

她攥紧裙摆才忍住喉咙里的哽咽，让自己发声正常些。造型师推着衣架离开后，霍峭之才走过来，把拎在手上的琴盒轻轻地放在她眼前的梳妆台上。

这个盒子有些眼熟。

乔微不敢贸然动手，抬头看着霍峭之的眼睛，经过几次眼神确认后才抬手去开盒子。

琥珀色的琴身上是熟悉的刻字——Charlotte Elizabeth，是那位勋爵女儿的名字。

这把琴是一位国外收藏家送给乔微父亲的，又从乔微父亲传到乔微手上，她一度觉得这把琴可能再也没办法使用了。

“修好了吗？”乔微觉得自己的声音在发颤。

“嗯。费了点力气，昨天晚上才送回来的，今晚你就拿着它上台吧。”霍峭之的手插在裤兜里，说得轻描淡写。

霍峭之没有说出口的是，他几乎用遍了所有的办法，拜访了几位制琴大师和修补大师，最后他请大师重做了指板、琴码、音柱，修复了面板裂缝、弦枕和尾枕，好不容易才将它修复到现在的样子。

琴是刚刚调过的音色，和乔微记忆中的声音几乎一样。

古董琴比起她的那把新琴演奏效果更好，古董琴面板间的缝隙被填补，去除了演奏时产生的泛音。

大概是心理作用，拿上这把琴，乔微觉得全身都被武装起来。

“谢谢。”乔微由衷地说。

“不要和我说谢谢，我只想给你留下最好的记忆。”霍峭之说完便转身快步出门去。

“果然和网上说的一样，你们的感情真的很好啊……”化妆师羡慕地说，她手持眼影刷子轻轻在乔微眼睑下方扫过。

突然，化妆师的手停住，她发现乔微的眼中闪着泪光。

“需要纸巾吗？”她以为是自己的话让乔微没忍住，小声抱歉地道，“快要上台了，再开心也要忍住不掉泪哦。”

乔微抱紧琴盒，仰起头，不让眼泪流下来。

就像季圆说的那样，节目单上大部分需要演奏的曲子，她在录专辑前就已经练过几百次，她记忆力出众，闭着眼睛也能拉出来。

“微微姐，穿这点会不会太冷了，不然叫造型师给你再加个披肩？不是有那种皮草披肩吗？穿着可暖和了……”袁律书一边抚摸着演出服的面料，一边问乔微。

“不冷，今天天气很好。”

徐西卜接着道：“微微姐，你饿不饿？我口袋里帮你装了巧克力，你要是饿了就告诉我。”

“我不饿。”

“但是时间长了，你可能会体力不支，站不住，他们准备了椅子，你一开口就会有人给你拿上来，坐着拉琴也是一样的。他们还请了助唱嘉宾，一会儿你多休息……”

一群人絮絮叨叨，直到被乔微叫停他们才止住话。

她扬了扬手里的琴笑起来，说：“我没事的。”

时间临近傍晚，夜幕降临，新体育馆上空灯光变幻，场馆内人声鼎沸，就在这时，舞台两侧的大屏蓦地亮起来，十秒倒计时开始。

“准备好了吗？”霍峤之握住乔微的右手。

他的掌心永远滚烫，那温度仿佛能把人融化。

“好了。”乔微说。

黑暗中，霍峤之牵着乔微朝前走。其实她刚刚已经看过昨天彩排的录像，清楚地记得流程，不至于弄不清自己该站哪儿，可她还是任他牵着她朝前走。

大屏幕倒计时到最后一个数字时，舞台的灯光终于亮起来。

在台下星星点点的光亮中，乔微看见了乐迷们拼凑举起来的乐队巨幅海报，她看不清他们的脸，只听得见他们喊着自己的名字，那声音铺天盖地而来，像是能把人淹没。

03

乐队刚上台的时候，还是引起了台下一阵轰动。

据那些媒体的说法，小提琴手的病已经很重了，甚至有八卦的小报几次潜进医院，拍到了乔微坐轮椅的照片。照片里，她身形单薄瘦削，隔着照片也掩不住眉宇间的病态，可见媒体没有夸大其词。

乐迷们都已经做好了乔微会缺席的心理准备，可是今天，她居然会出现在演出现场！

摄影师也格外偏爱乔微，大屏幕上闪过霍峤之后，马上给了她镜头。那镜头放大，又慢慢拉长，观众们都能清晰地看到她秋波眉的纹理，根根分明，湖水般的眼眸清澈、纯粹。

她轻轻弯起嘴角，笑得很浅，腼腆地同观众打招呼，然而当小提琴的琴弦落下时，整个舞台仿佛都成了她的主场，气质完全与出场时判若两人。

作为观众，常青忘记了在哪儿听过的一句话——有生之年一定要欣赏一次摇滚乐现场表演。

因为现场更感人，因为摇滚的生命在现场。

常青在官网购买专辑时，抽奖获得这一次演唱会的门票，因为自己工作太忙，抽不开身，他原本打算将门票转手他人。然而等听完了整张专辑后，他便打消了这个念头。

这张专辑囊括了乐队成立之初至今创作的所有最动人的曲目，仅在他的耳机里，已经能感受音乐充沛饱满的生命力，如果去现场，这音乐由顶级的音响发出，那将是怎样震撼的感受！

机票是临时买的，常青第一次抵达千里之外的G市，在机场等了半个多小时的车，在来的路上又堵了许久的车，直至踏进体育馆，他甚至连午饭也还没吃。可当他站在台下，听到第一个音符响起的时候，他便隐隐有了一种预感，这一次会不虚此行。

和常青之前在耳机里听到的音乐相比，现场响起的每一个旋律都有着独一无二的地方。

现场演奏出来的歌曲因为演奏者情感的变化、力道的变化、音响的变化会产生意想不到的效果，这便是现场最绝妙、最能打动人心的地方。

常青的位子离舞台很近，近到他仿佛能听到吉他手的弹片摩擦琴弦的声音，灯光变幻，他能看清楚乐队每一位成员投入专注的肢体语言，还有他们头上的汗水。

来G市之前，他循环播放的音乐让他体会到了世界的广袤与自己的渺小，那么此刻现场的音乐，让他更真切地体验到这种感觉，真实且震撼。

摇滚的精髓就在于态度，他听到了这支年轻乐队来自内心最深处的呐喊。

他们的音乐表现出最原始的生命力，像点燃灵魂的火光，让现场每一位听者的心越烧越烈。

乔微这是第三次下场喝水，同时还吃了一颗巧克力。

托每天练琴的福，她比曾经同住一间病房的人身体状况都好一些，不至于四肢无力，只能拉出软绵绵的音乐，今晚她保持着最好的水准拉到现在。她都不知道自己是怎么坚持站立到现在，指尖已经酸到动不了，全凭着一股信念在咬牙支撑。

几场演奏下来，乔微满脸汗水，下台休息的时候，化妆师用粉扑蘸上散粉为她补妆，她只觉得头晕目眩，任人摆弄，看众人帮自己换上新的服饰，整理妆容。他们的嘴唇一张一合，她听不清他们说什么，耳朵里全是台前震天的观众呼声。

“最后一首了，乔微。”

“需要凳子吗？”

“看你抬手的力气都没了，还是坐在凳子上拉吧……”

乔微看着他们说话的口型，许久才弄明白他们的意思，她缓缓摇头，说：“没关系。”

助唱嘉宾就要下台，灯光已经就位，然而乔微的假发迟迟没有固定好，暗扣似乎是坏了，卡不上，帮乔微戴假发的姑娘都快要急哭了，乔微干脆把假发取下来。

“没事，你把帽子给我。”乔微其实也不太习惯戴假发的感觉。

那帽子是乔微戴来的白色毛线帽。

她的最后一套服装很普通，黑色铅笔长裤、夹克连帽衫、颈链，搭配白色帽子似乎也没有违和感。

乔微在后台时觉得自己已经是强弩之末，但当她踏上舞台的那一刻，同伴和听众的加油声又给予了她无穷无尽的力量。

最后一首曲子是*Song for Roses*，这首单曲成绩最好，最被乐迷们熟知，也是乔微拉得最好的曲子。

每一个旋律都像是铭刻在她心上，这世上不会有人比她更熟悉这首曲子。

乔微左手四根手指不停地变换指法，小提琴的四根弦演奏出音程和弦，使音乐以对位的方式展现，仿佛几把小提琴在同时竞奏。

现场的气氛被推向高潮。

“Launched in life.”

“Like branches the river.”

霍峤之唱了整场，声音已经微微有些沙哑，然而他高亢的声音近乎嘶吼，听得观众热血沸腾。

乐队成员每一个细微的动作都能引来台下观众的惊呼与尖叫，每一次汗水的挥洒都能点燃观众的热血与激情，所有人一同开始了最后的大合唱。

摇滚乐的现场魅力，是由在场的所有人来共同呈现，乐队用音乐感染台下的观众，台下的观众同样回馈给他们近乎疯狂的热情。

演出到了这个环节，霍峤之应该停下和粉丝接触，从舞台边缘往回走了，间奏时，乔微拉完最后一个音，抬头忽然发觉他不见了。

舞台近两米多高，她上一秒还见人站在那儿，下一秒就没了踪影。难道他掉到舞台底下去了？！

乔微大惊，抬头左右张望，愣是没找到他的身影。

演唱会上明星跌落舞台摔伤的事故常有，上一次B市音乐节，还有乐队的鼓手踩空掉进了升降台的夹缝导致骨折。他们这次演唱会的舞台设计比上次音乐节更立体、更复杂，上台前，工作人员几次提醒他们一定要注意安全。

听到乐迷们台前的惊呼，还有麦克风里传来的闷哼声时，乔微全身都绷紧了，她立马放下琴往舞台边缘跑去。

原来霍峤之被人不小心拽下舞台，还好他身手矫健，落地时借力滚了半圈，才没怎么伤着。

身边全是乐迷的惊叫，霍峤之一抬头，看见台上的乔微向他跑过来。

逆着光，他能清晰地看到她帽子上的细绒，还有漆黑的眼睛，神情里充满恐惧，她步履急促，微动的嘴唇喊着他的名字。

霍峤之的手背上火辣辣地疼，可他并不在意手上的疼痛，只是清晰地听见了胸腔里的心跳，怦、怦、怦——

怎么办呢？真是一刻都没有办法停下来喜欢她。

“峤之。”

“我没事。”

霍峤之的这一句话，通过麦克风传遍全场，乔微听清后，便脚下一软。

她的体力透支得太严重了，以至于松开这口气之后，脚下一个踉跄，来不及保持平衡便失去了力气。

眼看乔微就要从霍峤之刚刚跌落的地方摔下来，所有人的心都提到嗓子眼，这一次，霍峤之抬手，牢牢地把她揽入怀里。

镜头捕捉得刚刚好，乔微掉进主唱怀里的瞬间，全场的观众沸腾，所有人都以为这是个安排好的环节。

台上的演奏还在继续，观众的合唱声越来越大，几乎要把耳膜震破。

这是演唱会的最后一首曲子，也是曲子的最后一遍复奏。

霍峤之摘掉耳返，关了话筒，他紧紧地抱住乔微，贴着她的耳朵对她说：“我想了很久，我把有生之年的爱都已经给你了，没办法和别人结婚。”

大屏幕上只能看到他的汗水滴落，嘴唇微动，没有人知道他们在说什么。她站不稳，任凭他抱着，他的热气呼到她的耳郭上，像能蛊惑人心一样。

“微微，你现在开心吗？”

乔微嘴唇微张，又停住，她没有办法否认，在此刻，她的心是激动的。

虽然乔微没出声，但霍峤之已经知道她心中的答案。

“那你要一辈子记住现在这样开心的感觉。”他说罢，便单手绕到颈后解项链。

乔微攥着他的衣角勉强站稳，这才发现，男人一直戴的银链末端挂着的是两枚戒指——没有花纹图案，平淡无奇的两枚铂金对戒。他先给自己戴上一枚，又抬头征询她的意见。

“我帮你戴上，可以吗？”

乔微怔住了。

“我从来不拒绝你，就这一次，你不要拒绝我。”

他漆黑的眼睛流露出哀求的神情。

乔微怔怔地任凭他将戒指套在了自己的无名指上。

她明白这意味着什么，但在所有人都疯狂的呼喊中，她仿佛也有了不管不顾的权利。被戴上戒指的时间很短，可奇怪的是，生命里所有重要的时刻，在这一瞬间从她脑中走马观花地闪过。

她的手很瘦，指节比平常人的还要细一些，霍峤之把戒指旋紧，戒指卡在手指根部不松不紧，尺寸刚好合适。

“今天准备得太仓促，以后我会给你更好的。”

在安保人员赶来之前，他这样宣布——

“现在，你是我的妻子了。”

和乔微戴上戒指的手十指相扣，他终于笑起来。他像个完成心愿的小孩子，眼睛里落了星辰，纯粹炽热，亮得惊人。

04

二十岁时，霍峭之无论如何也想象不到自己结婚会是什么样子。他天性崇尚自由，对被枷锁套上的感觉充满抗拒和厌恶。然而时隔多年，当他真正跨入婚姻殿堂的时候，心境与那时候截然不同，他觉得是幸福的，整颗心都被对方的爱塞满。

无论过程如何坎坷艰难，能和深爱的人结婚，都让人觉得永远充满勇气，永远不遗憾。

冬天到来的时候，乔微的病还是没有好转。医生说通过最新拍的片子来看，乔微身体内的癌细胞已经开始转移到肝脏。

霍峭之在医院走廊上发怔，站了整整两个小时，直至肩颈酸疼，才终于鼓起勇气推门步入病房。

“怎么去了这么久，医生说什么了？”

“医生说你最近状态很好，癌细胞都很乖，病灶也没扩大，看来最近的锻炼还是有效果的。”霍峭之已经整理好表情，眼睛含笑。

“真的？”乔微坐在床上，咧嘴笑起来，牙齿雪白，眼睛弯弯，伸手要他抱，“那我以后再起早半个小时，多动一会儿。”

“嗯。”

他走近，把她抱起放在窗边的轮椅上，这里是病房唯一能够晒到太阳的地方。乔微又瘦了，抱起来一点也不费劲，轻飘飘的，在手上都快感觉不到重量。

和以往一样，霍峭之瞒下了医生的话。乔微也像从前一样相信他，尽管最近她从床上起身变得越来越难。

两个人像是在和时间赛跑，抓紧了每一分一秒沉浸在彼此还能十指相扣的幸福里。

发行的*Song for Roses* 已经从白金唱片升级为钻石唱片，然而红极一时的钟声与蔷薇乐队在最后一场盛大的庆功演唱会后解散了。成员们各奔东西，无数乐迷深感惋惜。

季圆和凌霖这对情侣去了美国，跟着他们崇拜的大师深造。

徐西卜在九月时进入了大学，他还是很招女孩子喜欢，崇拜他的女歌迷围起来可绕整座大学两圈。

袁律书被音大特招，回到学校继续学习。从前条件不好的时候，他们全家倾尽所有供他姐姐念书。他姐姐走后，他一度觉得人生失去了努力的方向，好在这时，他来到G市进入乐队，重新找回了生活的动力。

人生就是一段追寻梦想的旅程，只有一遍遍去尝试，才能抵达终点。

霍峭之和乔微的婚礼在G市最大的教堂举行。

结婚当天，男方的奶奶和朋友都来齐了，只有霍父、霍母不在场。时间仓促，两人还没来得及做心理准备，乔微和霍峭之的名字已经到了同一个户口本上。

虽然男方家长不赞成这门婚事，可如今的霍峭之已经不是可以被人随意左右的人了。他当闲散少爷太久了，以至于他认真起来的时候，令所有人都吓了一跳。

霍奶奶将名下的股份正式转给了孙子，再加上一众中小股东的支持，霍峭之在董事会站稳脚跟，连霍父也奈何不了他，也不枉费他过去大半年来的奔波辛劳。

教堂里，乔微穿上了新娘婚纱。她太瘦了，以至于婚纱店的工作人员加班连改了好几夜，才将婚纱改到适合她的尺寸。细纱轻盈，珠绣精致，柔软的裙摆一层叠一层，纯白色的蕾丝像给纱裙蒙上薄雾一般，圣洁纯净。头纱垂及腰间，乔微坐在轮椅上，抱着捧花，透过头纱，她精心描绘过的眉眼若隐若现，更撩动人心弦。

在婚礼上，霍峭之不走寻常路，不按流程来。大抵觉得演唱会上他们已经交换过戒指，神父才念完结婚誓言，他便迫不及待地掀起头纱弯腰吻她。

底下一片笑声和惊呼，乔微骂他“坏家伙”，霍峭之却心满意足。

G市地处沿海，气候炎热，连续几年没下雪，然而这年除夕当晚飘起了大雪。

乔微的身体已经很孱弱，医生不敢让她出院，即使是过年，她也只能留在医院里。她自己摘掉呼吸机，说想去窗边坐一会儿。

霍峤之想到外头一堆的医生，于是点头答应了，把她抱到窗边。

“窗子也打开，吹吹风，好不好？”

“不好，会感冒。”

“不会的。”乔微摇头，笑起来，“我感觉今天精神特别好。”

尽管她的气息还是微弱，但声音听上去却确实比前几日要亮很多，并且还有力气给自己化了妆。

霍峤之实在拒绝不了乔微，她漆黑的眼睛像是会说话。

乔微穿上外套，又戴了毛线帽，霍峤之拿来厚毯子帮她盖上，这才打开窗。

乔微生在南方，很少见这样大的雪。雪花纷纷扬扬，把医院楼底下一片都铺满了。雪落在车子上、屋顶上，厚厚的，有的压弯枝头，风刮过时扑簌簌落下，入眼都是白皑皑一片。

夹着小冰粒的冷风吹进来，乔微打了个冷战，却还是伸手去接。

“真好看。”

雪粒融化在掌心，她想起了小时候的事，说：“我从前堆了个巴掌大的小雪人，半天就开始融化，我怕它化掉，就把它搁在冰箱里放了一整年。”

霍峤之帮她把掌心的雪水擦拭干净。

“B市下雪更好看，你要是喜欢，等你好了我就带你去看，你要是想滑雪，我们就去惠斯勒，去圣莫里茨，还有奥地利……”

“我真傻。”乔微忽然笑起来，“雪人就是该留在雪天啊，放在冰箱里才没有意思。”

她笑得太好看了，唇红齿白，以至于霍峤之竟无端地生出恐惧来。她轻轻倚在他肩头，默默无言。就在他觉得她睡着了，正打算关窗的时候，她忽地开口：“春天快来了吧。”

“嗯，春天暖和，你就不怕冷了。”

“我开始拉维瓦尔第的《四季》时候，也是在冬天，练琴时手指都冻僵了，我就一直一直拉《春》那段，心想春天怎么还不来呀……”

“那你应该拉皮亚佐拉的《春》，拉完就不冷了。”皮亚佐拉的探戈总让人身体不自觉地跟着打拍子。

乔微被他逗笑了，笑完便听见远方传来的除夕钟声。她一度觉得自己撑不过这漫长又寒冷的冬天，却最终如约和他度过了在一起的第二个新年。

终于撑到现在了。

乔微感到喉咙干涩。

她知道自己的胃在痉挛，傍晚时打过止痛针，现在并不觉得很疼，只是觉得力气在缓慢地从身体里流逝。

乔微很久没有说过这么多话了，霍峥之问：“累吗？”

“有一点。”

“那我抱你回床上休息。”

乔微却摇摇头，说：“我想吃糖。”

“我现在去买。”

他起身要走，又被乔微抓住左手。

“峥之——”

他回头，乔微就坐在轮椅上，秋波眉浅淡，看他的眼睛温柔得像湖水，笑道：“我是不是忘了告诉你了……”

“嗯？”

“我爱你。”

霍峥之等这一声，已经等了很久很久。除夕夜，所有的超市和商店都打烊了，他跑遍了整条街，最后才在一家快要关门的便利店里找到了乔微喜欢的橘子味气泡糖。

雪落在头上也来不及擦，霍峥之抱着整盒糖往回跑，仓促间撞了个踉踉跄跄的醉汉，一整盒糖从他怀里飞了出去，眼看就要被过路的车子碾碎。

醉汉骂骂咧咧地拉着霍峥之不肯松手，霍峥之疯了一般用尽力气把人推开，飞扑上去。

雪天本就路滑，车主被前方突然冒出来的人吓了一跳，急忙踩刹车，车子直到离男人两三厘米的地方才堪堪停住，地上滑出一道深深的雪痕。

车门被打开，驾驶座上的人惊魂未定，急匆匆下来，骂道：“你是不是不要命了？！大年三十怎么还出来害人——”

他的声音在看清人时戛然而止。

那雪地里的年轻人穿的大衣面料很好，人也生得俊朗，不像是碰瓷的。他的下巴大抵是倒地时磕破了，血一直在流，可他整个人只失魂落魄地抱着那罐糖站起来朝前走，怎么叫也不理。

从前听人说，深爱的人离世时候会有心灵感应。

霍峄之就是在这一刻，感觉灵魂像被人抽走了。他的心脏像是被乱七八糟的线缚住，脑子里一片空白，腿在雪地里机械地动着，却忘记了该往哪个方向走。

……

乔微没等到第三个新年，她的心跳永远停在了那一年G市的大雪天。

应她的要求，不戴呼吸机，不做临终抢救。

她的骨灰被送回了Y市峄山，这里是霍峄之家祖故所在地，这里也是将来安葬他的地方。

乔微走后很长一段时间，霍峄之没有哭。他把婚纱照放在办公桌上，认真工作，也开始关注资慈善。尽管她把他所有的情感都带走了，但又留给了他最珍贵的回忆。

爱对于他来说，不是肌肤之亲，而是恒久的忍耐，不是柴米油盐，是永无止境的想念。

番外一

临近年关，G 市的大街小巷早已张灯结彩，处处充满新年的热闹喜庆气氛。回公司途中路过天桥，霍峭之吩咐司机停车。

前方就是禁停标志，司机有一瞬的犹豫，又瞟见路边蜷缩在站台下的断臂乞丐，硬着头皮把方向盘往右打，将车缓缓停靠在路口。

后视镜里老板打开窗子，招招手示意乞丐过来。

那乞丐脏兮兮的，头发脏成一缕一缕的，叫人不忍看。霍峭之却熟视无睹般低头，把钱包里所有的现金塞进了他的碗里。

乞丐初时还瞧着碗底一沓红色的钞票发怔，似是不敢相信天上竟会掉下这么大的馅饼，待他回神结结巴巴鞠躬感致谢谢，深黑色单面玻璃已经重新升上去，车也开走了，他甚至没来得及看清这位有钱的好心人是谁。

真是个不折不扣的散财童子。

司机看得一阵肉痛，忍不住出声道：“霍总，您不怕是骗人的吗？我听说现在特别多乞丐故意装残疾。”

“骗子不会在这么冷的天蹲守到过年。”霍峭之眉也没抬地说道。

司机不再多话，只是默默地从后视镜又看了老板一眼。

他的老板有个奇怪的嗜好，日行一善。

这些善行包括并不仅限于夏天请整个孤儿院的孩子吃冰激凌、时不时往各种疑难杂症研究中心扔个不见响的三五百万，总之每天不做点好事，他浑身都不舒服。据说他还以已经去世的太太的名义设立了专项基金，拨出流水一样的款项用于绝症病人的临终关怀治疗。

做过这么多好人好事，想来任谁都应该赞他一声大慈善家了吧，可事实上，霍总本人的形象看上去并不像大多数人印象中那样面慈心善，外界对他的评价是两极分化的。他眉宇间总凝着一种经年不散的锋利与冷淡的神情，无论是做生意还是对待下属，他都有一套残酷的行事规则，有时甚至严苛到不讲情面，很多人怕他，当然，这世上更多的人感激他。

他其实常常想不通，小霍总家族显赫，生下来就含着金汤勺，去乐坛随便玩玩就能年少成名，玩够了急流勇退回家还能继承百亿家产，这一辈子可以说是人生赢家了，可为什么他时常总莫名觉得他孤独可怜。

他不知道这种感觉从何而来，事实上，霍总工作忙碌，生活充实，身体健康，有家人、有朋友，身后随时跟着助理秘书，永远被众星拱月般簇拥在人群中。

他甚至无法将那种可怜具象化地表达清楚。

是哪一刻呢？也许是同龄人早已娶妻生子而霍总依旧左右空空的时候，又或者是他待在顶楼办公室整整一个星期，却没有一通电话告诉他回家吃饭的时候。

他站在最高的地方，身影却如此寂寥。

公司到了，霍峥之下车，径直进到直达电梯。

他走得很快，新来的特助小跑着才勉强跟上，似是被上司训斥了，隔着玻璃也能感受那人有多诚惶诚恐。

司机收回目光，连连拍了几下自己的头，想什么呢？

他是吃饱了撑的才会觉得这个开口断人生死，一甩手能扔给乞丐他一个月工资的大爷可怜。

葬礼后很长一段时间里，霍峥之最烦别人跟他说人死不能复生，要保重身体或者节哀顺变之类的屁话，不断提醒他丧偶的事情。

他不愿意也不需要被提醒。

乔微翻过的曲谱还摆在阳台上半敞着，甚至连小提琴弦撒下来的松香末都没人动过。

衣物都静默在衣帽间，有她从娘家搬来的、她从前常穿的，还有他路过商场，每次觉得他的太太穿上一定很好看随手买下的。

洗漱台上的牙刷是两支，白色和灰色的毛巾并折挂在架子上。

他不允许有人妄图抹去这些痕迹，也不注销乔微的身份证，依旧为她手机号缴费。他固执地坚持着，叫自己和所有人相信，她只是出去了一趟远行了。

他不知道多渴望，甚至连做梦都在想，有一天，乔微的社交账号头像能重新亮一回，给他发个消息：峤之，你辛苦了。

乔微走后最初半年，他时常夜间半梦半醒中想起她到点该吃药了，晕晕乎乎起床去倒热水，数好药片放在另一侧床头柜上。

待回头叫人时，他才猛然间清醒，背靠着空荡荡的床头，枯坐上几个小时。

他不再做音乐，才思曾经如泉涌般源源不断，而今像是大旱枯竭的水池。

霍峤之很清楚，他一生中最叛逆最张扬的时期已经过去，最丰沛最纯粹的情感，被一个人带走了。

像是养蚕人剥茧抽丝，抽得一干二净。

作为一个曾经坚定不移的唯物主义者，他现在坚定地相信：死亡不是生命的毁灭，乔微一定在往生的某个轮回里，等候着与他重新相遇。

他不懂什么“四谛法门”“八正道”，不懂什么“世间三种法”“大事因缘是无常”，他只记得勉灵寺那个披袈裟的老和尚跟他说过，只要他日行一善，日积月累攒够功德，下辈子就能得偿所愿。

番外二

早年，席越买过一支本土交响乐团送给乔微做生日礼物，只是后来乔微生了重病，再没有精力管理。

久而久之，这支交响乐团入不敷出，人才凋零，就连在G市主场的演奏会卖四十块的门票都少有人听，全靠财团拨款勉力支撑。

直到有一天，霍峤之在乔微名下财产清单里发现了这支乐团。

人生漫长，他太孤独也太无聊了，一时兴起去听过两次现场后，很不高兴，觉得乔微名下怎么能有这么烂的杂牌乐队，干脆大手一挥，拨款重新修缮剧院音乐厅。他甚至亲自上阵做考官，重金吸引了一堆国内高水平的演奏家，另聘一位德高望重的老先生做指挥。

俗话说的“有钱能使鬼推磨”半点不假，短短半年时间，这支挣扎在破产边缘的三流交响乐团重获新生，演出海报上个个是叫得响的名字，入场票价都翻了五六翻不止。

霍峤之近两年患上失眠症，经常睁眼看着天花板无法入眠，有时干脆一个人开车到音乐厅，坐在台下黑漆漆的观众席，听乐团排练曲目。

黑暗和音乐能带给他无法言说的放松感，在座椅里睡觉不会像躺在床上一样空虚无聊，辗转反侧。

迷迷糊糊间，他听到谁在拉贝尔格的《小提琴协奏曲》。

这曲子是为了纪念音乐大师马勒的遗孀再嫁后生的女儿所作，正当花季的曼侬在复活节那一天死去，贝尔格伤心至极，写下这首安魂曲不久，便在同年的圣诞节离世。曲子的创作背景注定了它对生死的描绘格外动人。

尤其自第三乐章三段体的快板起，大量穿插其间的和弦仿佛敲打在人心上，完全自由的华彩段里反复的挣扎更是叫人悲痛欲绝。

模糊中，不知道是谁的手在抚摸他的脸，下意识触摸到脸上冰凉的水迹时，霍峤之恍然意识到自己在哭，喉咙间甚至发出了啜泣般的哀鸣。

他心跳飞快，似有所感，慌张至极，猛地睁眼，忽然发现乔微的脸就近在眼前。

只一瞬间，他的眼泪掉了下来。他知道，他知道这不是错觉！

在过去的千百个日日夜夜里，他每一天都在想念的人，回来了，近在咫尺地立在他眼前。

她鲜活地冲他微笑，目光一交汇，霍峤之整个人都战栗起来。

他的喉头哽咽，不知道用了多少力气才发出颤抖的一声："你回来了。"

他像个被父母抛弃的孩童抓紧她不愿松手，甚至连眼睛都不敢眨一眨，他亲吻她，和她说话，问她这些日子过得好不好。

她一一耐心地答了，然后轻轻把头放在他的膝盖上。

"微微。"

"什么？"

"微微。"

"我在。"

……

他不厌其烦地呼唤她的名字，她也不厌其烦地小声回应。

是了，第四乐章的圣咏和慢板那么空旷纯净，所以才会有亡灵归来。

如果这是一个梦，霍峭之祈祷它真实一些、再长一些，最好能够从此刻开始永睡不醒。

乔微走时亲手放在阳台上的书已经发黄发脆，夕阳的余晖里，能瞧见页面上落满的尘埃。

新来的保姆没受过前任叮嘱，冒冒失失开了一面窗，春天的风灌进屋子，曲谱便哗啦啦开始翻页，直到她慌慌张张按住页面方停下来。

那是书的最后一篇，《云雀高飞浪漫曲》的尾章，五线谱下剩出半面空白，记着乔微不知道什么时候留下的一行小字。

峭之，这辈子太短，下一次，我不想再被你目送着远行。